미셸 오바마

미셸 오바마

피터 슬레빈 지음 | 천태화 옮김

Michelle
Obama

학고재

MICHELLE OBAMA: A Life

Copyright ⓒ 2015, Peter Slevin

All rights reserved.

Korean Translation Copyright ⓒ 2017 by Hakgojae Publishing Co.

미셸 오바마

ⓒ피터 슬레빈

2017년 9월 4일 초판 1쇄 인쇄
2017년 9월 11일 초판 1쇄 발행

지은이 피터 슬레빈
옮긴이 천태화
펴낸이 우찬규 · 박해진
펴낸곳 도서출판 학고재(주)
등록 2013년 6월 18일 제2013-000186호
주소 04034 서울시 마포구 양화로 85 동현빌딩 4층
전화 02-745-1722(편집) 070-7404-2810(마케팅)
팩스 02-3210-2775
전자우편 hakgojae@gmail.com
페이스북 www.facebook.com/hakgojae

ISBN 978-89-5625-357-2 03840

케이트Kate를 위하여

차례

살아 있는 증거

2010년 6월, 미셸 오바마는 워싱턴에서 가장 낙후된 흑인 밀집 지역 고등학교에서 졸업반 학생들을 찬찬히 둘러보았다. 미셸은 이 자리에서 학생들뿐만 아니라 자기의 삶도 함께 보았다. 무대는 헌법기념관Constitution Hall이었다. 1939년 미국애국여성회Daughters of the American Revolution가 오페라 가수 메리언 앤더슨이 흑인이라는 이유로 공연을 저지했던 바로 그곳이다. 그 후 70년이 지나는 동안 많은 것이 변했지만, 여전히 많은 것이 또 그렇지 못했다. 이날 미셸은 애너코스티어 지역 흑인 아이들이 봉착한 시련과 인종주의를 이야기했다. 미국 의사당 건물에서 바라보이는 모든 지역이 한때 흑백 격리 지구였고, 일부 지역에서는 흑인들의 부동산 소유가 금지됐었다는 사실을 지적했다. "그런 장벽은 철폐되었지만 그다음에는 다른 것들이 나타났죠. 가난과 폭력, 불평등 말이에요."

미셸은 30년 전 자기가 맞서 싸운 시카고 노동자 계층의 역경과 당시 만연했던 자괴감에 대해서도 언급했다. 그리고 애너코스티어의 학생들이 살고 있는 세상 역시 그때와 별반 다르지 않다고 덧붙였다. 쓸모없는 존재로 느껴지는 것과 거부당하는 것에 대해, 그리고 공립학교에 다니는 흑인 아이가 가족들 중에서 드물게 대학에 진학하기 위해서는 얼마나 많은 끈기가 필요한지에 대해 설명했다. "열심히 공부하면 아이들이 괴롭혔어요. 선생님들은 제 시험 성적이 그다지 좋지 못하니 너무 큰 꿈은 꾸지 말라고 충고했죠. 저 같은 시카고 사우스사이드 출신 여자아이에겐 성공이란 어울리지 않는다는 걸, 세상은 다양한 방식으로 분명하게 알려주었어요." 부모님이 '당신들은 누리지 못한 삶을 향해' 나아갈 수 있도록 희생하고 격려해준 이야기를 하면서는 감정이 북받쳐 목이 멨다. 코발트블루 졸업 가운을 입은 학생들이 일제히 박수를 치기 시작했고, 미셸은 말을 이었다. "버락이 이 자리에 있었다면, 자기도 마찬가지였다고 할 거예요. 아버지 없이 자라는 것이 종종 힘들었다고도 하겠죠. 집은 가난했고, 자기도 잘못을 저지르곤 했으며, 늘 우등생은 아니었다고 털어놓았을 거예요."

미셸은 알고 있었다. 열악한 환경과 여러 제약에 직면한 애너코스티어의 학생들에게 성공은 먼 나라 이야기였다. 경제적 어려움과 가정불화, 손 벌리는 친척들, 때로는 학생들 자신의 육아 문제까지. 기댈 만한 사람도 없고, 공부에 열중할 조용한 공간도 없으며, 행운 따위는 애초에 기대할 수조차 없었다. "내 옆에 아무도 없다고 느껴질 거예요. 사람들에게 너무나도 자주 실망한 나머지 스스로에 대한 믿음조차 포기해버리고 싶을 수도 있을 테죠. 태어나는 순간 이미 운명은 정해져버렸다고, 그저 희망을 억누르고 꿈을 줄이는 수밖에 없다고 여길 수도 있어요. 하지만 여러분 중 누군가 지금 그런 생각을 한다면, 분명히 말하지만, 당장 그 생각을 버리세요."[1]

이날 미셸의 연설에는 단 한 마디도 시시한 구절이 없었다. 미셸이 현대사에는 전혀 있을 법하지 않던 영부인이 되어 백악관에 입성한 지 17개월이 되는 때였다. 평생 천착해온 인종, 정치, 권력 문제를 이야기하며, 미셸은 온전히 자기만의 목소리로 불평등과 인내, 도전과 성취에 대한 메시지를 전달했다. 미셸이 활기 넘치고 돋보이는 이유는 바로 이런 주제와 경험 덕분이었다.

미셸 같은 사람이 백악관을 차지한 적은 없었다. 꽤 비슷한 활동을 한 이들도 마찬가지였다. 그녀는 장애물경주를 하고, 더기 댄스를 췄으며, 백악관 잔디밭에서 훌라후프를 돌리기도 했다. 관저를 개방해 참신한 인물과 새로운 목소리를 수용했고, 직접 거리로 나가 자신을 알렸다. 시트콤과 토크쇼에 출연하고, 소셜 미디어 역시 서비스가 시작되자마자 곧장 참여했다. 미셸의 일거수일투족에 카메라와 마이크가 뒤따랐다. 그런 관심이 짜증스러울 만도 하지만, 그녀는 오히려 이를 이용하려 애썼다. 새로운 헤어스타일을 놓고 언론이 법석을 떨 때, 미셸은 영부인에 대해 이렇게 말했다. "머리를 손질한 다음 우리는 세상이 주목해야 할 중요한 일들 앞에 섭니다. 사람들은 결국 머리에서 눈을 떼고 우리가 서 있는 곳을 바라보기 시작하죠."

미셸의 프로젝트와 메시지는 모두 노동자층과 불우한 이들을 돕고 부조리를 해소하려는 굳은 신념이 반영된 것이다. 그녀는 엘리너 루스벨트 이후 그 누구보다 세련된 영부인, 불평등에 깊이 관심을 기울인 영부인이었다. 또 조심스러우면서도 누구보다도 일관되게 정치적 입장을 표명했다. 미셸은 수차례 선거 유세장에서 신념을 밝혔으며, 그것도 그저 단순히 선거 공학에 맞춰 발언하거나 정가의 한담을 나누는 정도가 아니었다. 오히려 세상이 어떻게 돌아가야 하는지에 대한 신념을 전파하는 목소리였으며, 잘못을 바로잡으려는 목표 아래 준비된 프로젝트의 일환이었다. 미셸의 노력은 불과 한 세대 전 아프리카계 흑인 미국인에게만 해도 거의 허락되지 않던 영역으로까지 뻗어나갔다. 이 점이 미셸의 활동을 규정하고 또 복잡하게 만든 요인이기도 했다. "우리는, 제가 이 자리에 있게 될 줄은 생각지도 못했던 나라에 살고 있습니다."[2]

미셸이 영부인이 될 거라는 기대에 지지자들은 환호했고, 이는 버락이 대통령에 당선되는 데 기여하기도 했다. 하지만 흑인이 종종 평행우주 공간으로 밀려나는 것처럼 느끼게 만드는 나라에서, 그녀의 이야기는 많은 백인 미국인들에게 여전히 낯설다. 미셸은 말한다. "흑인 사회에서는 늘 하는 이야기지만 미디어에서 우리의 온전한 모습을 발견하기는 힘듭니다. 언제나 편파적이고 왜곡된 모습만 보이죠. 사람들은 버락과 미셸 오바마는 좀 다르다고 생각합니다. 우리가 좀 특이하다는 거죠. 하지만 그렇지 않습니다. 여러분이 예전에 우리를 미처 제대로 보지 못한 것뿐이에요."[3] 그녀는 시민 평등권 운동* 이후 세대다. 일부 사람들은 마치 유행이라도 되는 듯 더 이상 인종 문제는 없다고 말하곤 했다. 하지만 그건 좀 생각해볼 일이다. 미셸의 친구 베르나 윌리엄스는 이렇게 말한다. "사람들은 흑인이 정말 어떤지 전혀 몰라요. 제대로 알지도 못하면서 우리를 안다고 생각하죠."[4] 일찍부터 '불만 여사Mrs. Grievance' 혹은 '버락의 독한 반쪽Barack's Bitter Half'이라고 비난받아온 미셸은 사람들에게 자신을 더 잘 이해시킬 필요가 있다고 느꼈다. 그래서 워싱턴 생활을 이야기할 때 즐겨 사용한 표현 중 하나는 캘리포니아

* 1950~1960년대의 미국 흑인 평등권 요구 운동.

　　　　　미셸 오바마

대학 학생이 영부인의 역할로 규정한 바 있는 '정치와 제정신의 균형'이라는 말이었다.[5]

영부인으로 각광받은 몇 해 동안 미셸은 수차례 사람들의 입에 오르내렸다. 대중적으로 인기가 높아지면서 미셸은 세상에서 가장 유명한 여성의 반열에 올랐다. 백악관의 참모 트루퍼 샌더스는 미셸을 가리켜 '절대로 과소평가해서는 안 된다'고 했다.[6] 확실히, 미셸은 확고한 목표와 자신감으로 인생을 개척해나간 듯 보인다. 친구들은 미셸이 피부색 때문에 주눅 드는 일은 없었다고 말했다. 하지만 인터뷰 진행자가 화면에 졸업 앨범을 띄우고 고등학생 시절의 자기를 어떻게 생각하느냐고 묻자 미셸은 잠시 생각에 잠겨 뜸을 들였다. "그때는 늘 두려웠던 것 같아요. 이런 생각을 했어요. '난 그렇게 영리하지는 않아. 진짜로 똑똑하지는 못한 거야. 나보다 더 열심히 공부하는 애들도 분명 있겠지.' 저는 항상 누군가의 기대에 어긋나거나 그들을 실망시키지 않을까 두려웠어요."[7]

헌법 기념관에서 미셸은 코발트블루 가운을 입은 애너코스티어 졸업생 158명에게 자기의 이력과 자기 회의에 대해 이야기했다. 조언과 격려를 아끼지 않았지만 달콤한 얘기는 삼갔다. "그 자리에 주저앉아 마냥 기다리고만 있어서는 안 됩니다." 또 이렇게 강조했다. "누군가 다가와 여러분 손에 뭔가를 쥐어줄 거라는 기대는 버리세요. 세상은 그렇게 돌아가지 않습니다." 미셸은 학생들에게 프레더릭 더글러스를 떠올려보라고 했다. 그 지역 주민 중에서 가장 유명한 더글러스는 노예로 태어났지만 스스로 글을 깨친 사람이었다. 당시 노예에게 글을 가르치는 것은 불법이었다. 어린 시절 어머니를 여의고 아버지는 누군지도 몰랐지만, 그는 '갖은 역경을 이겨내고' 마침내 성공했다. 그리고 수십 년간 평등을 위해 투쟁했다. 또 미셸은 현재의 백악관 주인을 생각해보라고 말했다. "우리는 여러분 한 사람 한 사람에게서 우리 자신의 모습을 발견합니다. 우리는 여러분을 위한 살아 있는 증거입니다. 적절한 지원만 따른다면 여러분이 어떤 환경에서 태어났는지, 돈이 어느 정도 있는지, 피부색이 어떤지는 전혀 중요하지 않습니다. 하려는 각오만 있다면 무엇이든 할 수 있습니다. 모든 것은 여러분 자신에게 달려 있습니다."

미셸 오바마

1
___

시카고의 약속

두세이블 고등학교 수영 팀 사진에서 프레이저 C. 로빈슨 3세는 검은색 수영복 팬티를 입고 뒷줄 왼쪽에서 세 번째 자리에 서 있다. 맨가슴을 드러낸 몸이 늘씬하고 단단하다. 팔이 억세고 눈빛은 형형하다. 1953년, 열일곱 살의 고교 졸업반, 정규 교육이 거의 끝나가고 있었다. 5년 안에 그는 육군 일병이 되어 독일로 갈 예정이었다. 그다음 5년 안에는 결혼해서 아버지가 되고, 민주당 선거구의 노동자로서 곧 시카고시 임금 대장에 이름을 올릴 것이다. 그가 인생의 상당 기간 동안 하게 될 일은 8시간 교대 근무제로 정수장의 고압 보일러를 관리하는 따분한 일이었다. 보수는 그럭저럭 사는 데 딱 모자라지 않을 정도였다. 가족을 돌보느라 여러모로 애썼지만, 수영을 하며 보낸 청춘은 너무나 금세 사라져버렸고 체력은 급격히 떨어졌다. 다발성경화증으로 두뇌는 점점 더 몸을 제어하지 못하게 되었다. 처음에는 절뚝거리다가 지팡이를 짚었고, 목발 신세를 지다가 결국 전기 스쿠터를 탔다. 아이들은 출근 전 푸른색 작

시카고의 약속 15

업복 셔츠의 단추를 채우려 안간힘을 쓰는 그를 바라보았다. 퇴근 후 프레이저는 이따금 아이들을 불러내 쇼핑백을 아파트 계단에서 집 안까지 나르게 했다. 작업장에서는 로비Robbie로, 집에서는 디들리Diddley로 불린 그는 장애인으로 판정받았어야 하는 시점을 훨씬 넘겨서까지 일했다. 정수장 동료인 댄 맥심은 그를 '내가 아는 사람 중에서 가장 씩씩한 사람'이라고 평했다.¹

2008년, 프레이저 로빈슨이 세상을 뜨고 16년이 흐른 후, 그의 딸은 유권자들에게 아버지는 자신에게 길을 인도하는 북극성으로 남았다고 말했다. "저는 자랑스러운 아버지를 확인하려고 끊임없이 노력합니다. 제 선택을 어떻게 생각하실까, 내가 어떻게 살아왔는지, 어떤 경력을 쌓아왔는지, 어떤 남자와 결혼했는지, 그분은 어떻게 생각하실까. 머릿속에 맴도는 이런 질문들이 제가 교만하지 않고 시카고 사우스사이드 출신 소녀의 모습 그대로 남아 있게 해줍니다. 우리가 얼마나 많이 성취했건, 방 안에 카메라가 몇 대가 있건, 사인을 원하는 사람들이 얼마나 많건 전혀 상관없이 말이에요."² 머릿속의 그 목소리는, 시카고 사우스사이드에서 자라난 아버지의 성장 과정과, 비좁지만 묵묵히 걸어온 그의 인생행로에서 비롯된다. 프레이저는 흑인 대이동기Great Migration에 사우스캐롤라이나에서 이주해와 노동자 계층으로 기반을 잡은 야심 찬 아버지와 신앙심 깊은 어머니 사이에서 태어났고, 살아남은 다섯 남매 중 장남이었다. 형제 사이에서 직업적 성취는 가장 낮았지만, 그는 가족의 중심이었다. 한 사촌은 그를 '접착제'라고 불렀다.³ 그는 자녀를 둘 두었다. 프레이저는 문제가 생기면 의지할 만한 사람이었으며, 집안 전통을 지키는 사람이었고, 그들이 여러 성공과 실패, 좌절 가운데서도 굳건히 단합하도록 애쓰는 사람이었다. 2008년 민주당

미셸 오바마

전당대회에서 미셸은 연설 말미에 '제 아버지의 추억과 제 딸들의 미래를 위해' 남편 버락을 대통령으로 뽑아달라고 호소했다. 같은 해 백악관의 안주인이 되면서 미셸은 다른 사람들에게 기회의 문을 열어주는 데 헌신할 것이라며 또 말했다. "늘 다정한 아버지를 기억합니다. 그분의 이야기와 충고, 그분이 살아온 방식을 기억합니다. 아이들을 키우면서도 저는 언제나 아버지의 말씀을 따르려고 애씁니다. 그분의 유산이 제 아이들에게도 전해지고 또 이어지기를 바랍니다. 아버지의 가르침은 제가 어떤 영부인이 될지도 좌우할 겁니다. 제가 어떤 사람인지, 제 딸들이 어떤 사람이 되기를 바라는지, 그리고 제가 이 나라를 위해 원하는 게 무엇인지 깨닫게 해준 것이 바로 세상을 향한 그분의 따뜻한 시선이었으니까요."[4]

프레이저 이야기, 그리고 미셸의 이야기는 1930년대 시카고에서 시작된다. 흑인 대이동의 첫 번째 물결이 한창이던 당시는 어떤 아이라도 자신에게 요구되는 것이 무엇인지 자연스럽게 터득하던 때였다. 프레이저는 절제와 인내가 가져다줄 가능성과 보상을 깨닫고, 그 교훈을 미셸과 그녀의 오빠 크레이그에게 가르쳤을 것이다. 그는 또 20세기 중반 시카고에서 흑인이 어떤 엄청난 장애물과 맞닥뜨릴지도 알았을 것이다. 일리노이 중앙철도로 한참을 달려 남부의 노예제와 짐크로*로부터 수백 킬로미터 떨어진 곳에 살고 있다 해도 말이다.

1927년 매서운 한파가 몰아치던 어느 날, 자전소설 『깜둥이 소년』의 작가 리처드 라이트는 뭐라도 일거리를 찾아보려고 시카고에

---

* Jim Crow. 노예 해방을 사실상 무산시키기 위해 제정된 일련의 흑백 차별법들을 통칭한다.

도착했다. 스무 살이 채 안 된 그는 야위고 굶주린 상태였다. 체중은 우체국 노동자 같이 안정적인 일자리를 얻는 데 최저치인 57킬로그램도 되지 않았다. 앞날이 어떻게 될지 알 수 없었다. 하지만 멤피스에서는 더 이상 아무것도 기대할 수 없다는 사실만큼은 확실했다. 멤피스에서 광학회사 사환으로 일한 그는 겨우 주급 8달러를 받았고, 진급 가능성도 거의 없었다. 북부로 가기로 결심하던 순간을 떠올리며 그는 '계속 남부에서 검둥이로 살면 앞으로 내 삶에 어떤 일들이 생길지, 이제 꽤 분명하게 계산할 수 있었다'고 썼다.[5] 동료들은 그의 선택을 비웃었다. 북부행 열차에 몸을 싣고 흔들리는 차창 밖으로 얼핏 내다본 시카고는 그다지 희망적이지 못했다. 그 첫인상은 '나의 모든 환상을 조롱하며 실망시키고 우울하게 만들었다'고 그는 적었다.[6] 하지만 기차에서 내리자마자 마음이 환하게 밝아졌다. 역사를 막 나서려는 순간, '백인이 먼저 용건을 마치기를 기다릴 필요 없이' 신문을 사는 흑인을 본 것이다. 흑인과 백인이 놀라울 만큼 서로 무신경하게 성큼성큼 제 갈 길을 가고 있었다. '인종 공포가 없구나', 그는 생각했다. 하지만 그런 고무적인 장면 역시 미시시피 나체즈 태생의 흑인 청년에게는 불안감을 안겨줬다. 이 기계도시가 낯선 법률에 따라 움직이고 있다는 건 알지만, 자기가 거기 익숙해질지는 의문이었다.[7]

　시카고의 축복은 라이트나 그 이후 이주자들이 겪는 것처럼 양면적이었다. 자유로움은 부인할 수 없었다. 많은 이에게 분명 엄청난 일이었다. 여러 규칙이 달랐고, 모두 긍정적인 방향으로 흘러가고 있었다. 전차에 좌석 코드*가 없고 보수는 높았다. 인구 과밀로

---

* 흑백 구분을 말한다.

많은 학교가 2부제 수업을 하긴 했지만 공립학교도 여전히 매력적이었다.[8] 시카고에는 음악, 문화, 종교뿐만 아니라 도박과 술 등 다소 덜 건전하지만 즐길 만한 것들도 넘쳐났다. 보이지 않는 경계선이 둘러쳐진 흑인 지구에 너무 많은 사람이 붐벼서 때로는 옴짝달싹할 수 없긴 해도, 한편으로는 그렇게 밀집된 사우스사이드의 공동체는 활기와 추동력, 그리고 어느 정도 공동 목표를 만들어주기도 했다. 사회학자 세인트 클레어 드레이크와 호러스 케이턴은 이를 '도시 안의 도시'라고 부르며 47번가와 사우스 파크웨이의 교차로를 혼잡한 도심 광장에 비유했다. 1945년 출간된 『흑인 도시 *Black Metropolis*』에서 그들은 '끊임없는 얼굴의 소용돌이'를 묘사했다. 평범한 아침 시간의 흑인 의사와 치과의사, 경찰관, 상점 주인, 점원, 그리고 『디펜더 *Defender*』, 『비 *Bee*』, 『뉴스레저 *News-Ledger*』, 『메트로폴리탄 뉴스 *Metropolitan News*』 등 흑인이 사주社主인 신문을 파는 가판대를 그렸다. 한쪽에는 프로비던트 병원 원장 닥터 조지 클리블랜드홀의 이름을 딴 도서관이 있고,[9] 길 건너 리걸 극장에는 캡 캘러웨이와 루이 암스트롱, 레나 혼과 듀크 엘링턴, 라이어넬 햄프턴과 냇킹 콜의 공연 포스터가 붙어 있었다. 1939년 개장한 리걸 극장의 주인은 흑인이었다. 당시로서는 대단한 성공을 거둔 셈이었다. 뉴욕의 할렘 르네상스*가 쇠퇴하면서 그 자리를 차지한 것이 시카고였다. 어느 작가는 사우스사이드를 '흑인 미국의 수도'라고 부르기도 했다.[10]

라이트가 정착한 지 4년이 지나 프레이저 C. 로빈슨 2세가 사우스사이드에 도착했다. 사우스캐롤라이나 해안의 조지타운─조지

---

* 1920년대 미국 뉴욕의 흑인 지구 할렘에서 퍼진 민족적 각성과 흑인 예술문화 부흥을 가리킨다. 니그로 르네상스라고도 한다.

워싱턴이 아니라 영국 왕 조지 2세를 기리는 이름이다—이라는 작은 마을에서 북서쪽으로 이동해온 것이다. 조지타운은 벼농사와 제재소, 플랜테이션 경제로 알려진 곳이었다. 로빈슨은 1912년생이었다. 아버지는 외팔이였는데, 목재회사에서 일하면서 사업에서 성공을 거둬 집과 대지도 소유했으며, 매우 가부장적인 사람이었다. 한 세대 전까지만 하더라도 로빈슨 집안은 노예 신분이었다. 수많은 로빈슨과 그 인척이 대대로 백인 소유물이었다. 남북전쟁이 끝나고, 에이브러햄 링컨이 노예 해방 선언에 서명하고 난 뒤에도 상황은 크게 달라지지 않았다. 그들은 영어에 다양한 서아프리카 말이 뒤섞인 독특한 크리올어인 걸러Gullah어를 계속 사용했다.

조지타운은 1900년까지는 유권자에서 흑인이 다수를 차지했다. 그러나 그해 9월, 백인 유지들이 더 이상 참을 수 없는 시점에 이르렀다. 흑인 주민 수백 명이 이발사 존 브라운필드가 린치(집단폭행)을 당하지 않도록 감옥 밖에 몰려드는 상황이 벌어졌다. 얼마 전 한 백인 보안관보가 인두세 미납 혐의로 브라운필드를 체포하려다가 옥신각신하던 중에 자기 총에서 발사된 총탄에 맞아 몇 시간 뒤 사망한 일이 있었다. 브라운필드는 곧장 살인 혐의로 수감됐다. 그런데 백인들이 린치 단체를 조직한다는 소문이 퍼졌고, 이에 1천여 명에 달하는 흑인 주민이 몰려들어 '존을 구하자!'고 외쳤다. 시위 규모가 커지자 조지타운의 백인 시장은 주지사를 설득해 군대를 파견해 사태를 해결했다.

브라운필드는 살인죄로 사형 선고를 받았고, 그를 포함한 아홉 명이 시위 관련 범죄로 유죄 판결을 받았다. 백인 지역 유지들은 '백인우월주의클럽White Supremacy Club'을 결성하고 인두세와 읽기·쓰기 테스트를 이용해 흑인 시민 유권자 수를 줄여나갔다. 1902년

미셸 오바마

이 되자 유권자 523명 가운데 흑인은 110명뿐이었다. 남부 다른 주역시 사정은 비슷했다. 1896년에 흑인 13만여 명이 유권자로 등록되었던 루이지애나에서는 1904년에 1,342명밖에 남지 않았고, 앨라배마에서는 흑인 유권자 2퍼센트만 명부에 등록되었다.[11] 그마저도 막상 '투표권을 행사하려면 심각한 보복 위험을 감수해야 했다.' 소수 백인이 통제권을 틀어쥔 상황에서 전망은 암울했다. 레이철 스웬스는 미셸 오바마의 선조를 연구한 『아메리카 태피스트리 *American Tapestry*』에서 '권력을 쥔 백인은 조지타운에 야심찬 흑인이 발붙이지 못하게 했다'고 적었다.[12]

1920년대 말 하워드 고등학교를 마칠 무렵, 프레이저 로빈슨 2세는 스스로 '좀 더 나은 일을 할 운명을 타고난 청년'이라고 생각했다.[13] 주변 사람들의 생각도 마찬가지였다. 토론에 능하고 건강한 그는 대학 진학을 꿈꾸었고, 장차 유망 산업으로 떠오르는 전자공학 분야에서 일하고 싶었다. 하지만 조지타운에는 그런 미래가 없었다. 그는 대공황이 한창일 때 제재소에서 일하고 있었다. "그분은 다른 삶을 원했어요. 꿈이 컸죠"[14]라고 딸 프랜체스커는 회상했다. 시카고로 떠나는 친구를 따라 프레이저는 훌쩍 그곳을 떠났다.

훗날 미셸 오바마의 친조부가 되는 이 젊은이에게 세상은 녹록지 않았다. 시카고에는 일자리가 귀했고, 얻어걸리는 것은 일용직뿐이었다. 그는 볼링장에서 핀을 세웠고[15] 식당에서 설거지를 했다. 세탁소에서 일하거나 잡역부로도 일했다. 곧 대학 진학이 불가능하다는 사실은 자명해졌고, 전자공학 분야의 일자리도 물거품이 되었다. 전기공으로 정규직을 얻으려면 노동조합에 가입해야 했지만, 흑인은 가입할 수 없었다. 결국 '대공황기 취로사업청'의 도움으로 정기적인 수입원을 찾았으나 수입은 보잘것없었다. 이때쯤 그는 청년 시절 다니던 아프리칸 감리교 감독 교회African Methodist Episcopal church를 포기하고 순복음선교회Full Gospel Mission라 불리는 오순절교회에 다니게 되었는데, 그곳에서 성가대원으로 활동하던 영리하고 활달한 십대 소녀, 라본 존슨을 사귀었다. 라본의 아버지 제임스 존슨은 구두 수선 가게 주인이자 열차 승무원으로 일했으며 가끔 침례교 전도사로 활동하기도 했다. 일리노이의 에번스턴에서 조용하게 살다가 1920년대 들어 안정적인 일자리를 찾아 이주해 온 존슨은,[16] 가난 때문에 불화가 생기자 아내 피비와 헤어져 집을 나가버렸다. 피비는 일곱 자녀와 함께 사우스사이드에 남았다. 첫째는 스물일곱 살이었고 막내는 다섯 살이었다. 라본은 학교에 다녔지만 방과 후에는 어머니를 도와 백인 가정에서 빨래를 하고 하이드파크에서 아이들을 돌봤다. 그곳은 70년 뒤 손녀인 미셸이 훨씬 영광적인 삶을 살아갈 곳이었다.

1934년 10월 프레이저와 라본은 결혼했다. 스물두 살이 된 프레이저가 사우스캐롤라이나를 떠나온 지 3년째 되는 해였다. 열아홉 살 라본은 고등학교를 마친 지 겨우 8개월이 지난 참이었다. 1935년 8월 아들을 낳은 두 사람은 아이 이름을 프레이저 C. 로빈슨 3세라고 지었다. 대공황이 맹위를 떨치는 와중에 도시에는 미래 비슷한 것이라도 찾아보려 몰려든 미숙련 흑인 노동자들이 넘쳐났다. 이주 속도는 놀라울 정도였다. 1910년, 50명 중 1명이 흑인이던 시카고의 흑인 인구는, 1940년이 되자 12명 중 1명이 되었다. 30년 사이 이 도시의 흑인 인구는 무려 530퍼센트나 증가해 277,731명이 되었다. 이런 인구 증가는 제2차 세계대전의 경제 활황기를 타고 그 후까지 지속되었다. 열차는 매달 수천 명씩 새 주민을 도심

미셸 오바마

고층 빌딩들이 내다보이는 웅장한 일리노이 중앙역으로 실어 날랐
다. 그러나 시카고는 거물들의 도시일지언정 포용의 도시는 아니
었다. 흑인들은 대부분 블랙 벨트라 불리는 사우스사이드 한 구석
에 몰려 살았다. 어떤 이들은 그곳을 북미시시피라 불렀고, 또 어떤
이들은 검은 동네Darkie Town라고 부르기도 했다.

주거 정책상 흑백분리가 원칙이었다. 백인 유지들은 (토지 사용)
제한 규약과 인종주의적 시민단체들—어처구니없게도 '개선 협
회들'로 알려진—을 이용해 흑인을 배제했으며, 집단 폭력과 협
박도 비일비재했다. 1934년 설립된 미연방주택관리국은 주변 흑
인 인구가 일정 수를 초과하면 대출 보증을 거부했다. 레드라이
닝Redlining[17]으로 알려진 이 정책은 은행이 대다수 흑인에게 융자를
해주지 않는 것을 의미했다. 따라서 흑인이 부동산을 소유하기는
거의 불가능했다.[18] 미셸의 아버지가 다섯 살이던 1940년, 시카고
흑인 인구의 4분의 3은 주민의 90퍼센트가 흑인인 지역에 살았다.[19]
인구 조사 구역 총 950개 가운데 350개에는 흑인 주민이 단 한 명도
없었다. 블랙 벨트의 주거 환경은 점점 악화되었으며, 남부에서 흑
인이 더 많이 유입되면서 더욱 비좁아졌다. 건물주들은 새 이주자
들을 받아들이고 수입을 늘리기 위해 건물을 더 작은 단위로 쪼갰
고, 그러다 보니 배관시설조차 없는 곳들도 있었다. 그럼에도 집세
는 도시 다른 곳에 사는 백인들이 치르는 것보다 오히려 비쌌다.[20]

인구 과밀과 위생 불량으로 흑인의 질병 발병률과 사망률은 백
인보다 현저히 높았다. 1940년 시카고에서, 흑인 주민 결핵 발병률
은 다섯 배나 높았다. 출생 후 1년 내 사망하는 유아가 백인이 2명
이면 흑인은 3명꼴이었다.[21] 1945년 도시계획자와 부동산 평가사
들은 블랙 벨트의 절반 이상을 '불량 지구'로 간주했다. 평등이란

신기루와 다름없었고, 냉정하게 생각하면 조롱에 가까웠다. 시카고에 더 나은 미래에 대한 희망이 전혀 없었던 것은 아니다. 하지만 방정식이 복잡했다. 상황은 불리했고, 미셸이 클 때까지 그런 식으로 지속되었다. 버락 오바마는 1960대의 처갓집 사정에 대해 "당시 다른 흑인 미국인 가족들이 겪은 일을 똑같이 겪었다.[22] 인종주의가 앞으로 나아가려는 그들의 노력을 알게 모르게 가로막았다"고 말했다.

1930년대 중반 미셸의 아버지가 태어났을 때 로빈슨 집안은 돈에 쪼들리는 상황이었다. 라본이 다시 파출부 일을 나갔다.[23] 1937년 노메니를 낳고 라본은 곧 셋째아들 존을 낳았지만, 셋째는 아기 때 죽었다.[24] 10년이 지나는 동안 불화가 쌓여 끈끈하던 부부 사이가 돌연 파경에 이르렀다. 1930년대 말, 프레이저는 결혼 생활에 염증을 느꼈다. 시카고에도 신물이 났다. 적어도 그땐 그랬다. 1941년 3월 그는 군대에 지원했다. 지원서에 프레이저는 키 173센티미터, 몸무게 70킬로그램이라고 쓰고, 가족 관계는 '별거, 부양가족 없음'이라고 적었다.[25]

라본은 생계를 꾸리기가 점점 어려워졌다. 스테이트가 근처 이스트 57번가에 살면서 정부보조금에 기대어 살던 그녀는 농무부 홍보실에 일자리를 구했다. 아이들은 직장에 엄마를 찾아가곤 했다. 큰아들 프레이저가 동생들을 데리고 북부행 전차에 올라 도심으로 향했다. 그들은 엘리베이터를 타고 건물에 올라가 어머니가 등사기를 돌리는 방을 찾아갔다. 라본은 친구와 친척의 도움을 받아 아이들을 돌봤다. 특히 조지타운 출신 노파 두 사람에게 자주 의지했는데, 그들은 수시로 걸러어로 말하곤 했다.[26] 라본은 또 교회

생활에도 충실해서, 일요일이면 프레이저와 노메니를 데리고 순복음선교회에 나갔다. 상가에 있는 교회는 엄숙했지만 경쾌한 음악이 흘렀다. 노메니는 "교회가 그렇게 활기차지 않았다면 난 거기서 아무런 신성함도 느끼지 못했을 거야"라고 말했다. 교회는 아주 신나는 곳이었다. 그에게 '내 작은 전도사'라고 부르며 연설에 재주가 있다고 칭찬해준 목사도 있었다. 어머니에 대해서는 성장기에 '종교적으로 보호받았고' 어른이 되어서도 항상 올바르고 '아주, 아주 독실했다'고 말했다. 라본은 시카고의 무디 신학대학 상점 관리인으로 일하기 시작했다. 신앙과 직업에 대한 야망 모두를 만족시키는 방법이었다. 흑인 여성으로서는 처음이었다.[27] 1958년 스물두 살이 된 아들 프레이저는 어머니의 날에 성경을 선물했다. 55년 후 블루룸(백악관 접견실)에서 미셸이 받쳐든 그 성경에 버락 오바마가 손을 얹고 두 번째 대통령 임기를 시작하는·선서를 했다.

라본은 언제나 돈이 궁했지만 프레이저와 노메니의 음악과 예술활동을 열성적으로 지원했다. 라본의 동생 메리 랭은 말했다. "교육이 전부였어요. 아이들은 그 혜택을 받았죠."[28] 아이들은 수영과 스케이트를 배웠고, 학업에 전념할 수 있었다. 돈은 물론 중요했다. 하지만 노메니는 살림 걱정보다 아들의 안전을 우선시하던 어머니를 떠올렸다. 어느 해 크리스마스인가 그는 미키 마우스, 도널드 덕, 플루토 같은 디즈니 캐릭터 거푸집 세트를 선물받았다. "그 작은 장난감이 정말 마음에 들었어. 회반죽을 부은 다음 떼어내서 말리고, 바니시를 바른 후 칠하기만 하면 됐으니까. 어느 날에는 종일 그것만 만들었지. 그러다 보니 테이블에 40개가 넘게 쌓인 거야. 그래서 그걸 팔아보자는 생각을 한 거지."[29] 노메니는 모두 구두상자에 담고는 어머니에게 영수증철을 사달라고 졸랐다. "어머니에게는 무엇을 할지 자세히 말하지 않고, 그저 사업을 할 거라고만 했지. 어머니는 그냥 웃으셨어."

어머니가 출근한 동안, 노메니는 동네를 돌아다니며 아파트 문을 두드렸다. "내가 '아줌마, 이거 사지 않으실래요? 한 개에 35센트고 세 개는 1달러에 드려요'라고 하면 아줌마들은 '여보, 이리 와서 이것 좀 봐요! 요 꼬마 좀 보세요!'라고 외쳤지. 그렇게 일주일을 하니 13달러 정도 모이는 거야. 정말 큰돈이었어. 나는 어머니 앞에서 탁자에 그 돈을 꺼내놨어." 라본은 놀라서 어디서 난 돈이냐고 물었고, 노메니는 디즈니 인형을 팔고 있다며 영수증철을 사준 사람이 어머니임을 상기시켰다. 라본은 기뻐하지 않았다. "다시는 나가서 남의 집 문을 두드리지 말거라." 그녀는 아들에게 말했다. "누가 잡아갈지도 몰라." 방문판매 사업은 그렇게 끝났다.[30]

제2차 세계대전이 시작되자 프레이저 2세는 유럽으로 건너갔다. 자식들의 이야기에 따르면 그 경험으로 그는 강하게 단련됐다. 무전병으로 복무하면서 그는 흑인 부대에서 진급해나갔다. 해리 트루먼 대통령이 1948년 군대 통합을 지시하기 몇 해 전이었다. "아버지는 군대에서 드디어 재능과 기술을 써먹을 기회를 발견한 것 같아요. 어떤 면에서는 자립심이 강한 분이었어요." 전쟁이 끝나고 한참 지난 뒤 시카고에서 태어난 그의 유일한 딸, 프랜체스커의 말이다. 프레이저는 사우스사이드로 돌아왔지만 가족과는 몇 년간 거리를 유지했다. 노메니는 말했다. "아버지는 1년에 한 번 정도 와서 우리를 서커스에 데려가셨어. 그게 우리가 아버지를 만나는 거였어." 그는 시카고 중심가의 기차 박람회에 간 일과 이따금씩 영화를 보러 간 일을 기억하고 있었다. 아버지는 몇 블록 떨어진 곳에 살았지만 마치 다른 주에 사는 것처럼 멀게 느껴졌다. 어머니는 그

미셸 오바마

의 거처를 알았지만 아이들은 모르고 있었다.[31]

프레이저는 군복무를 마치고 사우스사이드에 돌아온 뒤에도 몇 년간 혼자 지내다가 결국 가족에게 돌아왔고, 머지않아 아이가 셋 더 늘었다. 앤드루, 칼턴, 프랜체스커라고 이름을 지었는데, 프레이저 가족에게 우유와 달걀을 배달하며 친하게 지내던 이탈리아 출신 여인과 그녀의 농장에서 숙영하던 군인들의 이름을 딴 것이었다.[32] 가족을 떠난 지 10년이 넘었지만 프레이저는 자신만만하고 때로는 완고하기까지 한 사람으로 돌아왔고, 옳고 그름의 기준이 확고한 가부장적 아버지였다. 군대에서 상사까지 진급한 것은 결코 우연이 아니었다. 그는 아이들에게 엄격했다. 형보다 더 아버지에게 대들던 노메니는 그렇게 기억했다. 노메니가 십대 초반이던 어느 날, 지금은 기억조차 할 수 없는 잘못 때문에 아버지가 매질을 했다. 그때 어린 프레이저가 끼어들었다. "어쩌다가 형이 내 비명소리를 들었나봐. 형이 뛰어 들어와서는 아버지 팔을 붙들고는 소리쳤어. '그만하면 됐어요, 아버지. 그만하세요.' 그랬더니 아버지가 꼼짝도 못 하시더라고. 그 후로는 한 번도 맞은 적이 없어."[33] 나중에 프레이저 3세는 아이들을 키우면서 때리지 않았다. 그런 일은 아내에게 맡겼다.[34]

어느 정도 자라자 프레이저 3세와 노메니는 학업 말고 다른 일도 해야 했다. "살림에 보탬이 되어야 했어. 큰돈을 벌어야 한 건 아니지만 그건 아버지의 원칙이었지." 노메니의 술회에 따르면, 한 아이는 전화세를, 다른 아이는 전기세나 식료품비를 책임지는 식이었다. 프레이저가 처음 가진 직업은 우유 배달부였다. 고객의 현관 앞에 새 우유병을 놓고 빈 병을 회수하는 일이었다. 채소 배달부 마차에서도 일했고, 모자 제조공 보조로도 일했으며, 청소회사에서도 일했다.[35] 프레이저는 고등학교 수영 팀인 시호스Sea Horses 선수였기 때문에 가끔 수상안전요원 일자리도 얻었다. 때로는 프레이저가 하던 일을 두 살 아래인 노메니에게 넘겨주기도 했다. 노메니는 회상했다. "물불 안 가리고 닥치는 대로 일해야 했지. 어떤 식으로든 방법을 찾아야만 했어."[36]

라본은 아이들에게 넓은 세상의 문을 열어줘야겠다고 다짐했다. 1940년대 중반, 열한 살의 프레이저는 토요일 아침마다[37] 미시간가에 웅장하게 선 시카고 예술대학을 향해 버스에 몸을 실었다. 그곳에서 그는 회화와 조각 세계를 발견했다. 당시 주니어 스쿨이라 불린 클래스의 친구들과 어울려, 그는 다양한 미술 교육을 받았다. 선생님 중에는 전쟁을 피해 유럽에서 건너온 유대계 독일인 조각가 넬리 바르 비그하르트라는 사람이 있었는데, 그녀의 지도를 받은 프레이저와 동갑내기 흑인 학생인 리처드 헌트는 "아주 개방적인 분이었어요. 학생들의 장점이 무엇인지 찾아내서 격려해주었죠"라고 말했다.[38] '엄격하기보다는 포용적'이었으며 '학문적 전통에 얽매이지 않고 개념적이고 유연한 접근법에 치중했다'고도 했다. 헌트는 점심시간에 미국 내 인종 간 관계에 대해 토론한 일을 기억했다. 비그하르트 선생님은 '(유럽에서) 탈출해 자유의 나라를 찾아왔는데 흑백 관계의 실상을 보고는' 충격을 받았다.[39] 헌트는 북적대는 노동자 계층의 거리 이글우드에서 토요일마다 주니어 스쿨에 왔는데, 소묘와 회화, 수채화와 유화, 정물화와 도형을 공부했기 때문에 수업은 끊임없이 이어졌다. 이후 조각가가 된 그는 과거를 회상하며 여러 매력적인 예술학교 교사들을 떠올렸다. 교실과 스튜디오는 지하에 처박혀 있었지만, 그 위에서는 학생들이 풍

미셸 오바마

성한 볼거리로 가득한 미술관을 자유롭게 돌아다니고 있었다. "선생님들은 말하곤 했죠. '올라가서 로댕의 작품을 좀 감상하는 게 어때?'"⁴⁰

예술에 대한 프레이저의 열정은 절제되었으나 꾸준히 지속되어, 두세이블 고등학교에서 두각을 나타냈다. 회화와 조각부터 수영과 권투에 이르기까지 그의 관심은 넓게 걸쳐 있었다. 1953년 졸업 앨범인 『적과 흑 Red and Black』에는 가벼운 상의를 입고 흉상을 조각하는 그의 전면 사진이 실려 있다. 급우였던 루벤 크로퍼드는 회상했다. "옆에 있어도 거의 눈에 띄지 않았어요. 그는 항상 무언가에 열중하고 있었죠. 아주 조용히 자기 작업에 빠져 있었어요."⁴¹ 나중에, 미셸은 만약 형편이 허락했다면 아버지는 예술가가 되었을 거라 말했다. 노메니 역시 어린 시절부터 일종의 질투심을 품었다고 인정하며 그 말에 동의했다. "형은 정말로 예술가였어." 프레이저는 고적대장으로 퍼레이드를 지휘하고 여행도 다녔다.⁴² 노메니는 그를 다재다능하고 원만하며, 친구도 쉽게 사귀는 차분한 인물로 평가했다. 자기만의 패션 감각과 스타일도 있었다. "그는 자신감이 있었어요." 그의 동생이 말했다. "아주 주관이 뚜렷했죠."⁴³

1952년, 프레이저는 열일곱 번째 생일을 맞았고, 두세이블 고등학교에서 마지막 학년을 시작했다. 그 1년 전 넬슨 올그런은 『시카고: 탐욕의 도시 Chicago: City on the Make』를 출간했다. 시카고는 피부색이 문제되지 않는 곳이라는 생각과 도시 지도자들의 역겨운 자기 미화를 비웃는 내용이었다. 그는 인종 관계란 '언제 어디서든 백인이 우월하다는 불변의 사고'에 기초한다고 주장했다. 나중에 헤로인 중독에 관한 소설 『황금 팔을 가진 사나이 The Man with the Golden Arm』

로 유명해진 백인 소설가 올그런은 흑인에게는 집세를 더욱 비싸게 받고, 식당이나 술집도 비공식적이기는 하지만 분명히 출입이 제한되었다고 했다. 그는 '살 수 없는 거리, 묵을 수 없는 호텔, 일할 수 없는 사무실, 그리고 가입할 수 없는 노조 등 당신만의 작은 목록을 만들어보라'고 썼다.[44]

두세이블 학생 상당수는 흑인 대이동기에 이주해온 흑인들의 자녀였으므로 흑인의 처지를 폭넓게 논의했고 또 잘 이해했다. 흑인이라는 것은 삶의 한 부분일 뿐 아니라 미래에 영향을 미칠 중요한 변수였다. 학교에서 공부하고 바깥세상에서 경험한 인종주의는 그들의 사고를 형성하고, 의사 결정에 영향을 미치며, 나아가 다음 세대에게 남길 교훈에도 영향을 주었다. 학교 이름 자체가 시카고 최초의 영구 정착민으로 추정되는 흑인 모피 무역상 장 바티스트 푸앵 뒤 사블레Jean-Baptiste Point du Sable에게서 딴 것이었다. 1745년 지금의 아이티에서 태어난 그의 일대기는, 1936년 학교가 이름을 따온 순간부터 학교의 정체성을 상징하는 중요한 일부가 되었다. 1945년 두세이블을 졸업한 찰리 브라운은 '우리는 장 바티스트 푸앵 뒤 사블레의 일대기를 배웠다'며 전 학년에 걸쳐 미국 흑인의 역사를 공부했다고 했다. 학생들은 정기적으로 '흑인이 겪은 역경'에 대해 토론했다.[45]

프레이저가 학교에 다닐 무렵 두세이블에서 가장 자유분방하고 영향력 있는 선생님으로 미술 주임 마거릿 버로스가 있었다. 그녀는 수업 시간에 흑인 역사와 시사 문제를 함께 가르쳤다. 1920년대 가족들과 함께 루이지애나에서 시카고로 이주해올 때 십대였던 그녀는 NAACP(미국흑인지위향상협회) 청소년협의회에 가입했고, 시카고 예술대학에서 공부한 후 사우스사이드 예술 센터와 '두

미셸 오바마

세이블 미국 흑인 역사박물관' 건립에 기여한 인물이다. 그녀는 학생들이 자기 역사에 자부심을 갖기를 바라며 '무엇이든 검은 것에 대한 혐오를 접하면' 물러서지 말고 맞서 싸우라고 가르쳤다.[46] 버로스의 태도와 행동주의는 학생뿐 아니라 시카고 교육위원회의 높은 사람들에게도 눈에 띄어, 1952년에는 시내로 불려가 입장을 설명해야 했다. 처음에 그녀는 승진되는 줄 알았다.[47] 하지만 위원회는 얼 브라우더*와 그녀가 따른 영웅 중 하나인 폴 로브슨**까지 포함해 공산주의자와 그 동조자들에 대해 어떻게 생각하느냐고 물었다. 버로스는 그런 의심을 불러일으킬 만한 빌미를 준 적이 없었다. 아마도 '당시에는 불온한 것으로 간주되던' 흑인 역사에 대한 관심과 옹호가 이유였을 것이라고 그녀는 짐작했다.

두세이블은 불평등에 맞서는 투지를 중요하게 여겼다. 과거를 아는 것은 중요하지만 거기에 속박되어서는 안 되었다. 두세이블 고등학교 강당 무대에는 '가능한 한 평화를, 그러나 그 어떤 경우에도 정의를'이라고 적혀 있다. 19세기에 백인으로서 노예제철폐주의자이자 미국반노예제협회American Anti-Slavery Society 의장이던 웬들 필립스의 말이다. 한 저명한 역사학자는 그를 '직업적 선동가'라 불렀다.[48] 찰리 브라운은 졸업한 지 거의 60년이 지났지만 여전히 두세이블의 교훈을 외웠다. 그에게 이 여덟 마디는 공정함에 대한 요구로 가슴 깊이 각인되어 있었다. 미국 흑인이 오랜 시련을 겪어온 것은 부정할 수 없는 사실이다. "만약 당신이 그 당시 시카고에서 살았다면, 백인 사회가 흑인을, 검둥이를 어떻게 그렸는지 알 겁니다. 흑인 피가 단 한 방울이라도 섞이면 그 사람은 흑인입니다."[49]

* 미국 공산주의자.
** 좌파 배우.

그는 말했다.* 브라운은 두세이블 농구팀의 스타였다. 190센티미터 장신 포워드였던 그는 1953년과 1954년에 주전으로 활약했다. 두세이블 농구팀은 시에서 우승한 뒤 모든 선수가 흑인으로 구성된 팀으로는 최초로 남부 일리노이주 토너먼트에 진출했다. 두세이블이 백인 팀과 경기할 때, 감독은 선수들에게 4쿼터에 들어가기 전에 최소한 20점은 앞서야 한다고 주문했다. 원정 경기일 경우는 더욱 그랬다. 브라운은 "우리는 심판으로부터 어떤 우호적인 판정도 기대할 수 없었다"고 했다. "당시는 인종 차별이 워낙 공공연했으니까요."

흑인인권운동이 전국적인 뉴스가 되기 훨씬 전부터, 시카고 사우스사이드의 흑인 어른들은 장애물의 존재를 인정하되 그에 굴하지는 말아야 한다고 이야기하곤 했다. 젊은이들은 스스로 가치를 인정받기 위해 더욱 열심히 노력해야 한다고 배웠다. 백인만큼 성공하기 위해서는 두 배는 더 뛰어나야 했다. 그들에게는 백인 동료만큼 실수가 용납되지 않았다. 불공정하다고? 그렇다. 하지만 그게 현실이었다. 그들을 구하러 달려올 정의의 기사는 없다. "내 아버지의 입에서 나올 한마디를 꼽으라면 바로 자제력입니다."[50] 버나드 쇼는 말했다. 그는 사우스사이드에서 성장해 CNN의 방송 리포터가 되었다. "어머니는 '네가 뭘 하느냐가 아니라 어떻게 하느냐가 중요하다'고 말씀하시곤 했습니다. 아버지 역시 '네가 무엇을 말하느냐가 아니라 어떻게 말하느냐가 중요하다'고 말씀하셨지요." 이는 성품과 바른 행동에 대해 부모가 자녀들에게 일러줄 만한 일반

---

* 미국의 인종 분류 원칙으로 조상 중 한 명이라도 사하라 사막 이남 출신이 있으면 흑인으로 규정했다. 그래서 '한 방울 규정'으로 불렸다.

적인 교훈은 아니었다. 쇼의 부모는 자식들에게 백인들이 지배하는 사회에서 어떻게 해야 성공할지를 가르친 것이다. "인종주의는 도시의 삶 곳곳에 퍼져 있습니다. 물론 고등학교 역시 마찬가지입니다." 그는 말했다. 성공하기 위해서는 프레이저의 급우 루벤 크로퍼드의 말처럼, 항상 무언가에 열중하고 있어야 했다.

흑인 대이동기 2세들은 사회적 지위라는 사다리에서 부모가 차지한 것보다 더 높은 단에 올라서는 것이 사명임을 배웠다. "나아져야 했어요. 그게 우리를 향한 기대였죠."[51] 크로퍼드는 말했다. 그의 아버지는 가족을 부양하기 위해 두 가지 일을 해야 했는데, 그중 하나는 시카고 교육위원회 유리창닦이였다. "부모를 공경하고 제 할 일을 하면 되는 거야. 허튼짓은 하지 말고. 그게 중요해." 크로퍼드는 클라리넷을 연주했고, 우등생이었으며, 방과 후에는 노스디어본의 구스 굿 푸드Gus' Good Food에서 접시닦이로 일했다. 깊이 있게 세상을 배웠고 그 가치는 컸다. 일요일마다 꼭 교회에 갈 필요는 없었다. 윤리적 명제는 자명했다. "사람들을 대할 때 네가 할 도리를 하라. 모든 사람들을 공평하게 대하라. 사람들에게 함부로 하지 마라. 그것은 신의 뜻이다."[52]

프레이저와 라본 로빈슨 가족의 저녁 식탁 교육도 거의 동일했다. 조카 케이퍼스 퍼니에는 '무엇이 옳은지에 대한 확신만 있다면 갈팡질팡할 일도 없고 가족을 실망시키지도 않을' 거라던 말을 떠올렸다. 그는 프레이저 2세를 집념의 사나이라며, 그가 젊은 세대, 특히 흑인 소년들에게 한 말을 기억했다. "게으름 피울 시간은 없어. 그건 인생을 낭비하는 짓이야. 세상은 경쟁이야. 검둥이로 태어났으면 두 배는 노력해야지. 네 존재 가치를 증명하려면 항상 전진할 자세를 갖춰야 해. 환경에 적응해야지. 전진해."[53] 하버드 대학에서 공부하다가 유대교로 개종한 후 사우스사이드의 랍비가 된 퍼니에는, 공평한 기회가 주어지는 세상이었다면 프레이저는 아마도 교수가 되었을 거라고 생각했다. 실제로 젊은 시절 사우스캐롤라이나에서 프레이저를 알던 일부 사람들은 그를 '교수님'이라고 불렀다. 그는 "노력을 격려하고 추진력을 높이 샀다"고 퍼니에는 말했다. 만약 가족 중 누군가가 재능을 썩히며 허송세월한다면 그는 질책했을 것이다. "뭐하는 거야? 이러고 있을 시간이 어디 있어!" 비록 세상은 부조리하지만 그 정신은 의연히 살아남아 전해졌다.

1955년 프레이저 3세는 스무 살이 됐다. 에밋 틸 사건으로 여름 한 철이 떠들썩했다. 8월 28일 미시시피 델타 지역의 한 마을에서 백인 남성 두 명이 증조할아버지 집에 놀러 온 열네 살짜리 소년을 납치해서 폭행한 후, 시신에 50킬로그램짜리 조면기*의 굴대를 달아 탤러해차이 강에 던져버린 것이다. 아이의 잘못이라면 미시시피주 머니 마을에서 상점을 운영하던 백인 여성에게 휘파람을 분 것이었다. 훼손된 틸의 시신이 일리노이 중앙철도를 거쳐 시카고에 돌아오자, 아이 어머니는 '온 세상'이 보도록 관 뚜껑을 열어놓겠다고 발표했다. 사우스사이드 주민은 물론이고 시카고의 모든 시민들이 그 사건에 경악을 금치 못했다. 신문은 관련 기사로 도배되었다. 『제트 *Jet*』 잡지사의 사진기자가 찍은 사진 중에는 브래들리가 넋을 잃은 모습이 있었다. 사건의 파장을 추적한 역사학자 애덤 그린은 '이만큼 흑인 독자의 마음을 아프게 한 사진은 없었다'고 적었으며, 랭스턴 휴스와 그웬돌린 브룩스는 이 사건을 소재로 시를 지었

---

* 면화에서 솜과 씨를 분리하는 기계.

고, 제임스 볼드윈은 희곡 『미스터 찰리를 위한 블루스*Blues for Mister Charlie*』를 썼다. 엘드리지 클리버와 앤 무디는 그 살인 사건이 자신의 정치 행보에 큰 영향을 주었다고 했으며,[54] 무하마드 알리는 인터뷰에서 '에밋 틸 생각이 머리를 떠나지 않는다'고 밝혔다.[55]

충격과 애도 속에서, 닷새간 수천수만 명의 조문행렬이 이어졌고, 많은 조문객이 모인 가운데 로버트 하나님의 교회 Roberts Temple COGIC에서 장례식이 치러졌다. 그달이 지나기 전에 메트로폴리탄 교회에서 열린 집회에 또다시 1만여 명이 운집했다. 석 달 후 앨라배마 몽고메리에서 로자 파크스가 버스에서 자리 양보를 거절한 사건*이 일어났다. 자리에 앉아 있는 동안 틸의 죽음이 떠올랐다고, 몇 년 후 그녀는 술회했다.[56]

틸 사건이 발생한 당시, 프레이저 2세는 우체국에서 일을 하고 있었다. 참전용사에게 주어지는 일자리였다. 민간 영역에서는 기회가 제한되던 시절이라, 중산층으로 나아갈 수 있는 매우 귀중한 길이었다. 비록 오랫동안 꿈꿔온 전기기술자 일은 아니지만 안정적이었고 저축도 약간 할 수 있었다. 그는 검소한 사람이어서 일단 은행에 돈을 넣으면 결코 꺼내 쓰는 법이 없었다.[57] 라본과 다시 합친 후 그들은 당시 미국 흑인으로서는 드문 경로를 걸었고, 곧 아파트까지 장만했다. 아파트는 철도 기지 동쪽에 이웃한 우드론의 옛 화이트시티 놀이공원 6만 제곱미터 부지에 올라갈 파크웨이 가든 홈 Parkway Gardens Homes이었다. '미국 흑인이 소유, 관리하는 최대의

---

* 로자 파크스는 퇴근길 버스에서 백인에게 자리를 양보하지 않았다는 이유로 체포되었다. 이때부터 382일 동안 흑인들의 '버스 승차 거부 운동'이 이어졌고, 이는 미국 흑인인권운동의 도화선이 되었다.

공동 소유 아파트 프로젝트' 파크웨이 가든은 1945년에 열차 식당차 노동조합 지도자들의 주도로 시작됐다.[58] 제2차 세계대전 당시 제조업 활황기에 몰려든 흑인 노동자의 열악하고 부족한 주거 환경을 개선하려는 목적이었다. 종전 직후 미국 내 철강의 20퍼센트가 시카고에서 생산되었고, 일자리가 집보다 많았다.[59] 공동 소유 형태의 파크웨이 가든은 35개 동 694채의 아파트를 공급하는 것과 더불어 보다 싼값에 쾌적한 주거 공간을 제공함으로써 슬럼가 집주인들을 압박할 목적도 있었다. 공동 소유자들은 1949년까지 계약금 2,500달러를 납입하고, 매달 시세보다 낮은 임대료만 지불하면 되었다. 프로젝트는 미연방주택관리국으로부터 수백만 달러를 지원받아 진행됐기 때문에, 백인과 같은 조건으로 대출받는 것이 거의 불가능하던 당시로서는 흑인이 부동산을 한결 쉽게 소유하는 방법이었다. 입주는 1950년대 초반 시작되어 1955년에 마무리되었다.[60] 2011년 파크웨이 가든은 국가사적지로 등재되었다.

1950년 9월에 열린 파크웨이 가든 기공식에는 시의 유력 정치인이 대거 참석했다. 기조연설을 맡은 흑인인권운동가 메리 매클라우드 베튠은 공동 소유 형태를 두고 '진보를 위한 새로운 전선의 개막'이라고 말했다.[61] 미셸 오바마는 태어나서 18개월까지 파크웨이 가든에서 살았다. 복도 맞은편에는 조부모가 살았다. 그리고 나중에 어린 시절 사우스쇼어 근처에 살 때도 종종 아파트를 찾아왔다.

1950년대에 프레이저와 라본 로빈슨이 아파트를 소유하고 여기로 이사해 들어간 것은 일종의 계급 상승을 의미했다. 다섯 자녀 모두 고등학교를 졸업했고, 그중 몇은 대학과 대학원까지 진학하는 등 중산층으로 진입하는 데 확고한 발판을 마련한 것이다. 그들이 파

미셸 오바마

크웨이 가든에 입주할 즈음에는 인종 차별이 옳지 않다는 여론이 점차 확산되고 있었다. 브라운 대對 교육위원회 사건에 대한 대법원 판결*이 가장 상징적인 예일 것이다. 물론 법원에서의 승리가 현실로 이어진 것은 아니었다. 2보 전진했지만 동시에 1, 2보 후퇴하기도 했다. 성공은 자주 좌절로 이어졌다. 칼 한스베리는 은행가이자 부동산 투자자였으며, 낙선했지만 공화당 하원의원 후보였다. 1937년 그는 시카고 대학에서 멀지 않은 우드론 백인 지역에 은밀히 집 한 채를 구입했다. 가족을 위해서이기도 했지만, 무엇보다 제한 규약이라고 불리는, 즉 일정 지역에 흑인들이 거주하지 못하게 막아 분리 정책을 합법화하는 제도에 도전하고 싶었던 것이었다.[62] 딸 로레인은 '지옥 같은 적개심'이었다며 '말 그대로 울부짖는 군중이 우리 집을 둘러쌌다'고 적었다.[63] 이웃들이 소송을 제기해 일리노이 법원이 한스베리 가족에게 떠날 것을 명했지만, 미국 대법원은 1940년 11월 판결을 뒤집었다. 그러나 절차상의 문제였을 뿐, 헌법에 의거한 판결은 아니었다. 한스베리 가족은 로즈가 6140번지의 새 집을 포기하고 블랙 벨트 한가운데 있는 옛집으로 돌아왔다. 문화계 여러 흑인 엘리트들이 방문했는데, 그중에는 W.E.B. 두보이스, 폴 로브슨, 듀크 엘링턴, 랭스턴 휴스, 그리고 조 루이스 등도 있었다.

판결이 나고 18년이 흐른 후, 몇몇 배우가 뉴욕에 모여 로레인 한스베리가 쓴 희곡을 연습했다. 로레인은 그 작품이 대체로 자전적인 이야기라고 했다. 그녀는 어머니에게 쓴 편지에서 이렇게 말하고 있다. "엄마, 이 연극은 사람들, 흑인들과 삶의 진실을 말하는 거

---

* 1954년에 내려진, 공립학교에서 흑백 분리가 부당하다는 판결.

예요. 그들처럼 우리도 얼마나 복잡다단한 인간인지. …우리 역시 본질적으로 존엄성을 지닌 존재라는 사실을 많은 사람에게 이해시키는 데 이 연극이 기여할 거예요."[64] 『태양 속의 건포도 *A Raisin in the Sun*』라는 이 희곡은 흑인 저자의 작품으로는 최초로 브로드웨이에 올랐다. 한스베리는 이야기의 무대를 자신이 자란 곳이며 또한 로빈슨 가족이 당시 살던 사우스사이드 흑인 지구로 설정했다. 주인공은 레나 영거라는 흑인 가정부로, 1만 달러라는 엄청난 보험금을 타게 된다. 가족들은 누추한 아파트에서 벗어나고자 백인 지역에 집을 구입하지만, 기겁을 한 백인들은 대표를 보내 돈을 주며 그녀를 내쫓으려 한다. 어떻게 할지 고민하던 레나는 결국 보상을 거부한다. 그들은 자기 회의나 적들의 음해에 굴복하지 않는다. 작가 로레인은 말했다. "우리는 그렇게 가난하지는 않았어요. …그렇게까지 힘들지는 않았어요."[65] 자신은 성공해서 벗어났지만, 대부분의 사람이 그 오래된 동네에서, 심지어 가족들에게서조차 벗어날 수 없다는 사실을 그녀는 잘 알고 있다. 그들과 같은 흑인 가족에게는 자기 자신, 가족, 타인에 대한 책임의 딜레마가 삶의 한 부분이 되어 끊임없는 수수께끼로 재생되곤 한다. 미셸은 2014년에 재공연된 《태양 속의 건포도》를 관람한 후 '미국의 가장 위대한 이야기 중 하나'라며 가장 좋아하는 작품으로 꼽았다.[66]

프레이저 3세는 고등학교 시절의 마지막을 파크웨이 가든에서 보냈다. 1953년 졸업 후에는 해군 항만에 있는 일리노이 대학에 등록했다. 제2차 세계대전 후 대학 진학 붐이 일면서 임시로 마련한 캠퍼스였다. 돈이 떨어지자 곧장 자퇴한 그는 동생 노메니의 학비 마련을 도왔다. 노메니는 일리노이 공과대학의 건축학부를 졸업했

미셸 오바마

다. 프레이저는 1958년 5월 스물두 살에 육군에 입대했다.[67] 채 여덟 살이 안 된 동생 앤드루는 프레이저가 전쟁터에 나가는 줄 알고 울음을 터뜨렸다. 하지만 그때는 한국전쟁이 끝나고 베트남 전쟁은 아직 시작되지 않은 중간 시기였다. 처음 도착한 곳은 세인트루이스에서 남서쪽으로 210킬로미터 떨어진 레너드 우드 기지였다. 8일 후 캔자스주의 라일리 기지로 옮겼다가, 6개월 후 그는 다시 남부 독일로 떠났다.

전국에서 모인 군인들은 라일리에서 8주간 기초 훈련과 역시 8주간 상급 전투 교육을 받았다. 뮌헨 근처 부대에 도착하고 나서, 그들은 제24보병사단에 배속되어 곧 에드윈 워커 소장의 지휘를 받았다. 워커는 복잡한 인물이었다. 1957년 그는 연방군을 지휘해 리틀록스 센트럴 고등학교의 인종 통합 정책을 방어하는 역할을 했다. 1961년 독일에서 휘하의 군인들에게 우익 성향의 정치 메시지를 유포한 혐의로 군대에서 쫓겨난 그는, 1962년 제임스 메러디스의 미시시피 대학 입학에 반대하는 시위를 벌이다가 체포되었다. 워커는 초강대국들이 경쟁하는 시대에, 냉전은 조만간 열전으로 바뀌리라 예상하고 규율과 헌신을 강조했다. 훈련은 끝이 없었고 규율은 엄했다. 프레이저와 같은 연대에서 박격포병으로 복무한 조 헤게더스는 '매일 집합 명령이 떨어졌다. 토요일 아침마다 내무반 검사가 있었는데 모든 게 완벽하지 않으면 신의 가호를 빌어야 했다'고 회상했다.[68] 프레이저는 전임하기 전 소총과 기관총 각 부문에서 전문 사격술 자격을 취득했다. 선행훈장을 받았고,[69] 1960년 5월 23일 일등병으로 제대한 그는 4년간의 일리노이주방위군 복무도 완수했다.[70]

사우스사이드 집으로 돌아온 여름, 프레이저는 스물다섯 살이 되었다. 그는 일자리를 알아보며 메리언 실즈라는 아가씨와 사귀었다. 시카고는 인구 유입으로 복작거렸다. 흑인들의 북부 이주가 계속되면서 1960년 시카고는 1940년보다 흑인 인구만 50만 명이 불어났다.[71] 아버지 세대가 남부를 떠나온 지 거의 30년이 흘렀다. 프레이저 2세는 여전히 노심초사했지만 가족은 자리를 잡아가는 듯 보였다. 다음 10년은 프레이저 3세와 메리언이 시카고의 거친 약속으로부터 자식들을 위해 무엇을 이뤄낼지 볼 차례다.

사우스사이드

프레이저 로빈슨과 메리언 실즈는 친구로 만났다. 당시 프레이저 는 열아홉 살이었고, 메리언은 열일곱 살로, 잉글우드 고등학교 졸 업반이었다. 프레이저가 군에 입대하기 전에 헤어진 두 사람은 그 가 돌아온 후 다시 만났다.[1] 그들은 건강하고 활달했다. 호기심이 많았고 현실적이었으며 많이 웃었다. 프레이저가 독일에서 돌아온 지 6개월이 되지 않은 1960년 10월 27일, 그들은 우드론에서 결혼 식을 올렸다. 주례는 칼 A. 퓨콰 감리교 흑인 목사가 맡았는데, 그는 NAACP* 시카고 사무국장을 겸임하고 있었다. 1964년 1월 17일, 메리언은 미셸을 낳았다. 장남 크레이그가 채 두 살이 되지 않았을 때였다. 로빈슨 부부는 사회적 성공보다는 가정의 행복과 아이들 의 출세에 더 관심을 쏟았다. 프레이저가 다발성경화증을 앓게 된 후 그런 경향은 더욱 강해졌다. 집안에서 메리언은 엄한 반면, 프레

---

* National Association for the Advancement of Colored People, 미국에서 가장 오랜 역 사를 자랑하는 대표적인 흑인 인권단체다.

이저는 동기유발자였고 '우두머리 철학자'였다.[2] 흑인에 대한 편견으로 가득 찬 도시의 복잡한 가정에서 자란 부부는, 미셸과 크레이그에게 강인함과 지혜, 그리고 끈기를 가르치는 것을 사명으로 여겼다. 더디지만 사회 분위기가 변하고 기회는 늘어나고 있었다. 그러나 그들의 부모가 가르친 교훈은 여전히 유효했다. 할 수 있는 일을 하라. 그리고 불평 없이 하라. '불가능한 일이 아니라면, 너 역시할 수 있다.' 메리언은 가훈을 설명하며 이렇게 덧붙였다. '필요한 것은 선택뿐이다.'[3]

프레이저와 메리언은 둘 다 대학에 다니지 못했다. 그 한이 자녀들을 독려하는 원동력이 되었다. 프레이저는 일리노이주방위군 예비역이었으며 아버지와 마찬가지로 우체국에서 일했다. 그러다가 미셸이 태어나기 사흘 전 시 정수장으로 일자리를 옮겼고, 죽을 때까지 그 일을 계속했다. 메리언은 2년간 내키지 않는 교직 공부에 매달렸다. 교사는 부모가 선망한 직업일 뿐, 그녀가 흥미를 느낀 건 아니었다. 메리언은 스피겔Spiegel이라는 소매업체에서 잠시 일하다가 미셸이 고등학생이 될 때까지는 가정만 돌봤다. "저는 생각이 뚜렷하고 교양 있으며, 매우 생산적이고 윤리의식이 강한 집안에서 태어났습니다. 부자는 아니었지만 미국의 중류층, 중상층 흑인 가정이 희망하는 바와 같은 것을 바랐습니다."[4] 2005년 미셸은 설명했다. "사람들은 부유하지 않은 흑인을 지나치게 무서워하고 경원시하는 경향이 있어요. 그렇지만 제가 경험한 바로는 우리 공동체는 매우 강하고, 부모님은 이 나라의 다른 모든 사람들과 마찬가지로 아주 도덕적이었습니다."

메리언 실즈 로빈슨은 1937년 7월 30일 시카고에서 태어났다. 그녀의 부모는 초등학생 때 시카고에 왔는데, 이미 상실과 슬픔에 대해 많은 것을 알고 있었다. 레베카 점퍼와 퍼넬 실즈는 남부 출신으로 각각 노스캐롤라이나와 앨라배마 태생이었다. 노예제를 경험한 사람들이 아직 살아 있던 20세기 초반에 태어난 그들은 막 시작되던 흑인 대이동의 물결에 합류했다. 작가 이저벨 윌커슨이 리처드 라이트로부터 차용해 '다른 태양들의 온기'라고 불렀던 바로 그것에 이끌린 것이다. 남부의 인종주의 굴레에서 벗어나 시카고가 제공해줄 듯 보였던 경제적 기회를 붙잡으려는 어른들을 따라, 그들은 대도시로 이동했다. 메리언의 부모는 프레이저 C. 로빈슨 2세보다 얼추 10년 앞서 시카고에 들어와 1920년대를 그곳에서 보냈다. 그들은 스무 살 때 결혼해 사우스사이드에서 일곱 자녀를 키웠으나,[5] 직업도 사생활도 그다지 평탄치 못했다. 말년에 두 사람은 별거했다.

미셸의 외할머니인 레베카 점퍼는 1909년 노스캐롤라이나에서 일곱째 아이로 태어났다. 문맹인 아버지 제임스 점퍼는 원래 버지니아 농장에서 소작농으로 일했다. 레베카는 집안이 노스캐롤라이나로 이주하고 처음 태어난 아이였다. 가족은 다시 친척들을 따라 주 경계를 넘어 방적, 연초, 벌목 산업이 막 성장하던 릭스빌로 이동했다. 제임스는 노동자로 일했으며, 노예의 딸로 태어난 아내 엘리자 틴슬리 점퍼는 세탁부 일을 했다. 두 사람 모두 어른이 되어 글을 익혔고, 엘리자는 조금 쓸 줄도 알았다.[6] 레베카가 열 살이 되기 전 아버지가 세상을 떠났다. 당시 노스캐롤라이나에서 사상자가 수천 명이나 된 독감이 사인이었던 것 같다. 희생자 다수가 흑인이었다. 가족은 뿔뿔이 흩어졌다. 레베카는 작은 이모 캐리 틴슬리 콜먼과 이모부 존을 따라 1907년 북부로 이동했다. 볼티모어에서 시작한 여정은 시카고로 이어졌다. 시카고에서 운을 시험해보고 싶었던 것이다. 어쩌다 가족으로 맺어진 세 사람은 북적거리는 사우스사이드에 정착했다. 어른이 된 레베카는 재봉사로 일했다. "우리 집안 여자들은 재봉사였어요"라고 메리언은 말했다.[7] 그녀도 바느질을 익혔다. 존은 정육공장에서 일했는데, 그로부터 5년이 안 되어 업턴 싱클레어가 그 업계의 어두운 면을 고발한 『정글 *The Jungle*』이 출판되었다. 존은 이후 미장이로 일했다.[8]

퍼넬 실즈 역시 어린 나이에 상실의 고통을 겪었다. 그는 1910년 앨라배마 버밍햄에서, 노예에서 여러 계단 상승한 가족의 첫아들로 태어났다. 심한 인종 차별이 수십 년간 지속된 도시지만, 그 와중에도 할아버지는 성공을 거둬 부동산도 소유하고 있었다. 아버지 로버트 리 실즈는 열차 승무원으로 일했다. 안정된 수입이 보장되고 넓은 세상도 구경할 수 있는 괜찮은 직업이었지만, 그는 퍼넬이 채 두 돌이 되지 않았을 때 어머니 애니 실즈에게 두 아이와 생계의 짐을 떠맡기고 홀연히 세상을 떠났다. 그전까지 집에서 바느질 일 정도만 하다가 힘겨운 책임을 떠맡게 된 어머니는 곧 재혼했다. 새 남편은 양복장이였다. 가족은 퍼넬과 여동생을 이끌고 앨라배마를 떠나 1920년대 초반 시카고로 이주했다.[9]

퍼넬은 열아홉 살 때까지 시립 공장에서 일하다가 나머지 생의 대부분을 목수와 잡역부 일로 보냈다. 그는 음악, 특히 재즈를 무척 좋아했는데, 청년 시절 시카고는 음악의 메카였다. 당시 유명한 드러머 플로이드 캠벨은 회상한다. "1930년 5월 9일 마침내 시카고에 입성했을 때, 음악가들에게는 일자리가 널려 있었어요. 47번가와 사우스 파크웨이에서 반경 한 블록 안에만도 풀타임에 주당 75달러까지 주는 자리가 최소한 110군데는 있었으니까. 리걸 극장에

미셸 오바마

밴드 두 개가 있었고, 사보이 볼룸에는 오케스트라가 세 개나 있었고… 한마디로 시카고는 음악의 천국이었죠."[10] 명사들, 악단 연주자들, 야심가들이 향후 몇 년간 도시를 누볐다. 루이 암스트롱과 얼하인스, 베시 스미스와 킹 올리버, 듀크 엘링턴과 캡 캘러웨이, 카운트 베이시와 베니 굿맨, 엘라 피츠제럴드와 진 크루파, 그들 모두 링컨 가든 카페나 4천 명이나 수용할 수 있는 거대한 사보이 볼룸 등을 비롯한 사우스사이드의 수많은 클럽에서 공연했다.

퍼넬 실즈와 시간을 보낸 사람들은 한결같이 재즈가 퍼넬에게 활기를 불어넣었다고 했다. "할아버지는 하루 24시간 내내 소리를 최대로 키워서 음악을 들었어요." 미셸은 회상한다. 그녀가 처음 소장한 앨범인 스티비 원더의 1972년 작《토킹 북Talking Book》도 할아버지가 선물한 것이었다. 할아버지는 모든 방, 심지어 화장실에도 스피커를 달았고, 어머니는 '재즈를 들으며 잠들었다'고 한다.[11] 크레이그는 할아버지가 '천부적인 요리사이고 드러머이자 재즈 마니아였으며, 가족 모두를 자기 쪽으로 끌어당기는 자석 같은 흥행 기획자'였다고 했다.[12] 가족들은 그를 '사우스사이드'라는 별명으로 불렀다. 물론 그 역시 좌절을 겪었다. 살아가는 내내 마주칠 수밖에 없던 인종 차별 때문이었다. 흑인이기에 더 나은 일자리를 얻을 수 없었고, 보수를 더 많이 받을 수 없었으며, 노동조합에도 가입할 수 없었다.[13] "아버지는 인종 문제만 나오면 울화통을 터뜨렸다"고 메리언은 말했다. "아버지는 화가 많은 사람이었어요."[14]

남북전쟁과 재건 시기 이래로 1960년대만큼 인종 문제가 지속적으로 전국적인 이슈로 떠오른 적은 없었다. 프레이저와 메리언이 자녀들을 키우던 시기다. 커너 위원회Kerner Commission는 1968년 미국 각 도시에서 일어난 흑인 폭동에 관한 보고서 첫 쪽에서 간명하게 결론부터 제시했다. "우리 사회가 둘로 분열되고 있다. 하나는 흑, 다른 하나는 백으로, 이 둘은 분리되었고 불평등하다." 이 위원회는 1967년 분노의 열기로 뜨겁던 여름에 린든 존슨 대통령이 만든 것으로, 일리노이주지사 오토 커너 주니어가 의장을 맡았는데 모두 진보주의자나 선지자는 아니었다. 하지만 몇 달 동안 증언과 분석을 거쳐 위원회는 미국 각 도시가 심각하게 분열되었으며 흑인은 궁지에 몰렸다는 불기피한 결론에 도달했다. '소요 사태에 관한 국가자문위원회'라는 공식 명칭으로 위원 11명이 활동한 이 위원회는 '차별 정책과 빈곤이 인종적인 게토*를 만들었다. 이는 백인 미국인 대부분에게는 전혀 알려지지 않은 파괴적인 환경이다'라고 적었다. "백인 미국인은 온전히 이해하지 못하지만, 백인 사회가 이 게토에 깊숙이 관련되어 있음을 흑인은 절대 잊지 못한다. 백인 기관들이 그것을 만들었고, 유지하며, 백인 사회는 이를 눈감고 있다."[15] 존슨 대통령은 위원회를 설치하면서 국가는 좌절과 폭력을 양산하는 도시 환경을 '양심'에 기대어 단호하게 대처해야 한다고 선언했다. "우리 모두 그런 환경이 어떤 것인지 잘 알고 있습니다. 바로 무지와 차별, 빈민가, 빈곤, 질병, 일자리 부족입니다."[16]

위원회가 전국 각 도시에서 발견한 문제들은 시카고에서는 일상이나 다름없었다. 1948년 인종 차별적인 주거 제한 규약에 제동을 건 셸리 대 크래머 사건에 대한 대법원 판결과 1954년 브라운 대 교육위원회 사건 판결 이후에도 공평한 기회를 향한 진보는 더뎠다. 시위가 벌어지고 시민 간에 충돌이 발생했다. 특히 분리주의 학

---

* 중세 유대인의 격리 주거 지역에서 비롯된 말.

교를 둘러싼 갈등은 심했다. 교육, 취업, 정치를 통한 성공의 길은 여전히 좁기만 했다. 마틴 루서 킹 목사는 1966년 남부의 비폭력 저항운동을 북부로 확산시키기로 결심하고, 그 대상지로 시카고를 선택했다. 그는 빈민가의 주거 상태와 차별을 고발하는 선전책의 일환으로, 보일러가 망가지고 계단에 지린내가 진동하는 웨스트사이드의 낡은 아파트로 이사했다.

그해 한 대학 연구팀은 시카고 흑인 거주 지역의 빈곤과 기회 부족은 상당 부분이 차별적인 주택 및 고용 정책에서 비롯된다는 결론을 도출했다. 특정 경계구역 지정과 고리대금적 계약 구매가 성행했다. 1966년 흑인 가구의 평균 소득은 백인 가구의 3분의 2 수준이었지만, 평균 집세는 동일했다. 흑인 거주 지역 집세와 주택 가격이 억지로 끌어올려졌다는 사실을 보여주는 것이었다. 학자들은 이를 '유색인 세금'이라 부르며, 주거상 차별이 흑인 시민의 다른 생활에 어떻게 영향을 미치는지 보여주었다. "이런 차이는 흑인의 자유로운 주거 선택권을 박탈하는 편견에 근원을 두고 있다. 흑인은 생활수준이나 취향에 상관없이 도시의 특정 지역으로 주거가 제한된다. 주거상의 차별은 나아가 주거와 밀접한 관련이 있는 학교, 공원, 도서관, 해변, 대중교통 차별로 이어지는 경향이 있다."[17] 흑인 아이들의 학교는 점점 과밀화되었지만, 시카고 공립학교 간부들은 구역 획정을 다시 해 대체로 교실이 남아도는 백인 학교를 흑인 학생으로 채우기를 거부했다.

고용 면에서 간극은 심각했다. 흑인은 대체로 시카고의 중심 업무지구인 루프에서 일하는 것이 허락되지 않았다. 미국고용평등위원회U.S. Equal Employment Opportunity Commission가 1966년 펴낸 시카고 주요 사업장에 대한 보고서를 보면 전문직이나 관리직에서 백인이 흑인보다 열 배가 많았고, 영업직은 다섯 배가 많았다. 흑인 피고용인은 단순노동이나 서비스업에서 백인보다 세 배 많았다. 조사된 수치로는 보험업에서 화이트칼라 직업 총 33,769개 중 흑인이 4.5퍼센트를, 소매 직업 78,385개에서 12퍼센트를 차지했다. 의료 분야에서는 화이트칼라 직업 23,783개 중 흑인이 12퍼센트를 차지했다.[18]

시카고에서 가장 빈곤한 지역 열 곳은 소위 '흑인 벨트Negro Belt'라 불리는 시카고의 사우스사이드와 웨스트사이드에 분포했다. 열 곳 중 일곱 개 지역은 적어도 주민 90퍼센트 이상이 유색인종인 것으로 나타났다. 가장 낙후된 지역은 시 남쪽 끝에 위치한 올트겔드였는데, 그곳은 이후 1980년대에 버락 오바마가 빈민운동을 펼친 곳이다.

미셸 오바마가 생후 18개월간 살았던 파크웨이 가든이 속한 우드론 역시 쇠퇴의 길로 접어들었다. 지역 인구가 증가하면서 1950년 40퍼센트이던 유색인종 인구가 1966년에는 98퍼센트로 늘었다. 모든 면에서 가난해졌다. 건물은 낡았고, 청소년 범죄는 증가했으며, 일자리는 사라졌다. 한 작가는 '통계적으로 우드론은 또 다른 빈민가가 되었다'고 썼다.[19] 1965년 크레이그가 세 살, 미셸이 18개월일 때, 로빈슨 가는 5킬로미터 떨어진 사우스쇼어의 조용한 거리로 이사했다. 중산층 지역이던 그곳은 완전한 백인 지역에서 점차 완전한 흑인 지역으로 바뀌는 중이었다. 당시 어떤 사람들은 이런 이주 행위를 '남부에서 멀리 벗어나기'라고 불렀다.[20] 그들은 프레이저의 예술 작품부터 장난감까지 모두 챙겨 붉은 벽돌 건물 2층 아파트에 정착했다. 메리언의 이모 로비 실즈 테리와 남편 윌리엄

테리가 그해 구입한 곳이었다. 의지가 강한 교사 로비는 우드론의 아프리칸 감리교 감독 교회 성가대 활동에 열성적이었으며, 윌리엄은 열차 승무원이었다. 그들은 아이가 없었으므로 로빈슨 가족이 가까이 살기를 바랐다.[21] 아파트는 작았지만 집 앞뒤로는 수레를 끌 만큼 넓은 마당도 있었다.

메리언과 프레이저가 사우스유클리드가 7436번지로 이사할 즈음 글로리아와 레너드 주얼은 남쪽으로 두 블록 떨어진 곳에 집을 샀다. 1967년『시카고 트리뷴 *Chicago Tribune*』기자와의 인터뷰에서 글로리아는 말했다. "여기가 통합지구였거든요. 다섯 살, 네 살 된 두 아이가 우리보다는 훨씬 즐거운 세상에서 자라기를 바랐어요. 여기 사람들은 헌신적이고 수준이 높아요."[22] 글로리아는 교원 자격증을 취득한 후 헤드스타트* 코디네이터로 일했다. 레너드는 시카고 예술대학에서 상업미술을 배우고 가르쳤으나 흑인이라는 이유로 번번이 취업이 좌절되었다.[23] 사우스유클리드 7600 지구에서 백인은 지속적으로 빠져나갔지만, 초기에 전입한 주얼가는 그곳에서 삶을 가꿨다. 크레이그를 비롯한 친구들에게 '비프'라 알려진 레너드 주얼 2세는 "어린 시절은 최고였어요. 끝내줬지요"라고 말했다.[24] "아주 재밌었어요. 아이들도 아주 많았고 놀 거리도 정말 많았어요. 주로 바깥에서 단순한 놀이를 했어요. 자전거를 타고 소프트볼을 하고 축구를 했죠. 늘 뭔가를 했어요. 차고에 올라가고, 나무에 매달려 뒷마당으로 뛰고, 신났죠."

얼마 지나지 않아 두 블록 떨어진 곳에서는 크레이그와 미셸이 자전거를 타고 큰길과 골목을 누비게 되었다. 이스트 75번가 맞은

---

* 1965년부터 미국에서 저소득층 미취학 자녀를 위해 시행한 교육 프로그램.

편에 풀밭과 운동장 시설이 마련된 커다란 도시공원이 있었다. 공원 이름은 로젠블룸 파크였는데, 그 이름은 이미 빠져나간 사우스쇼어 초창기 주민들을 상징했다.* 크레이그와 미셸은 좀 더 커서는 브린모어 초등학교에 안전하게 걸어서 통학하게 되었다. 동네에서는 드물게 전업주부로 지낸 메리언은 그 학교에서 자원봉사 활동을 했다.[25] "좋은 학교들이 있고, 그게 사람들이 이사해오는 이유였어요. 우리도 그것 때문에 이사했으니까요." 메리언은 말했다. "그곳이 변해가는 걸 저는 별로 신경 쓰지 않았어요. 어떤 사람들은 학교가 지나치게 백인 위주라고 생각했죠. 사람들은 매우 민감해서, 학교에 흑인 미술 선생이 있기를 바랐어요. 저는 단지 아이들이 학교에 가서 배워야 할 것을 배웠으면 했어요."[26] 아이들에게 그런 태도는 상당히 훌륭하게 느껴졌다. 크레이그는 이를 일컬어 '가정교육의 지상낙원'이라고 했다.[27]

1966년, 마틴 루서 킹은 시카고 웨스트사이드에서도 상태가 심각한 노스론데일 지구에 처음 당도했을 때, 인종적 정치 지형이 너무나도 심하게 뒤얽혀서 차라리 셀마나 버밍햄의 텔레비전에 출연하는 흑백분리주의자들이 그리울 지경이었다. 그는 즉각 판단을 내렸다. 시카고에는 흑인들에게 장애가 되고 해가 되는 구조적 불평등이 깊게 뿌리박고 있다. 다른 곳보다 결코 적대감이 적지 않다. 킹은 인종 통합 집회를 주도하고 개방적인 주거 정책을 위한 항의 행진을 벌였다. 그는 갱 단원, 시민운동가, 시 공무원들을 만났다. 부동산중개소와 은행 앞에는 피켓이 세워졌다. 로빈슨 가족이 이

---

* 로젠블룸은 독일계 유대인의 성姓으로, 사우스쇼어 초창기에는 유럽 이주민들이 주로 살았다.

미셸 오바마

뤄낸 것을 더 많은 사람이 할 수 없도록 만드는 차별을 행인에게 알리기 위해서였다. 도심 상업 지역에 모인 시위대는 '저축대부조합이 게토 바깥에 집을 마련하고 싶은 흑인에게 대출을 거부해서 여기 모였다'라는 피켓을 들었다.[28]

7월 10일, 37도의 무더위에 킹은 솔저필드 경기장에서 장차 6개월간의 '시카고 자유운동'으로 기억될 첫 집회를 열었다. 수만 명이 운집해 비비 킹, 머헬리아 잭슨, 피터 폴 앤드 메리, 그리고 열여섯 살 스티비 원더의 공연을 보았고, 공연 후에는 수천 명이 5킬로미터 떨어진 시청까지 행진을 했다. 킹은 마틴 루서를 흉내 내어 14개 요구 조항이 적힌 양피지를 시청 바깥문에 붙였다. 닷새 후 어느 동네에서 혹서에 지친 흑인 아이들을 위해 소화전을 트는 문제로 다툼이 벌어졌는데, 이는 결국 두 명이 사망하고 수백 명이 체포되었으며 경찰관 여섯 명이 총상을 입는 폭동으로 번졌다. 재산 피해는 200만 달러에 달했고 주방위군 4천 명이 거리를 순찰하게 되었다.

사태는 끝나지 않았다. 3주 후 킹은 흑인과 백인이 섞인 550명의 자유운동 지지자들을 이끌고 시카고 남서쪽 백인 동네에 위치한 마켓 파크에서 행진을 벌였다. 경찰은 시위대를 보호하기 위해 폭동 진압용 헬멧을 쓴 병력 200명을 파견했지만 상황은 악화되었다. 앤드루 영, 제시 잭슨을 포함한 시위 행렬에게 돌멩이와 벽돌, 체리 폭탄*이 쏟아졌다. 42명이 병원으로 후송되었다. 백인 청년들은 행진자들 차량의 타이어를 찢고 불을 질렀다. 그들은 차에 붙은 '슬럼을 끝장내자'라는 스티커로 행진자들의 차량을 식별했다. 킹은 며칠 후 지지자 1,700명 앞에서 시위와 피켓 행진은 계속될 것

---

* 폭발력이 강한 공 모양 붉은 폭죽.

이라고 말했다. "저는 여전히 미래에 대한 믿음을 가지고 있습니다. 형제자매들이여, 저는 여전히 '우리 승리하리라'를 노래할 수 있습니다."[29] 다음 날 오후 킹은 다시 마켓 파크로 돌아갔다. 잔뜩 흥분한, 4천 명이 넘는 백인이 기다리고 있었다. '킹은 등에 칼을 꽂으면 멋있어 보일 것이다'라고 쓴 피켓도 보였다. 행진 경로 짜는 일을 도운 한 지지자는 오스카 메이어사社의 비엔나소시지 광고를 개사한 노래를 들었다고 했다.

> 나는 앨라배마 군인이면 좋겠네
> 정말 그렇게 될 수 있다면 얼마나 좋을까
> 왜냐하면 앨라배마 군인이라면
> 그땐 검둥이들을 합법적으로 죽일 수 있을 테니까[30]

킹이 군중 속에서 날아온 돌멩이에 오른쪽 귀 뒤를 맞고 땅바닥에 쓰러졌다. 또 다른 누군가가 던진 칼은 다행히도 빗나가 백인 방해자의 어깨에 박혔다. 행진은 계속되었고, 공격도 계속되었다. 창문이 박살나고, 뼈가 부러졌으며, 사람들은 시위대의 차에 불을 질렀다. 시위 협력자로 오해받은 경찰관 여섯 명은 구석에 몰려 구타를 당하다가 지원 병력이 하늘을 향해 공포를 쏘고 나서야 구출되었다. "내 생에 그런 적개심은 처음이었습니다." 나중에 킹은 기자들에게 말했다. "남부 전역을 돌며 시위를 벌였지만, 단언컨대 미시시피나 앨라배마에서조차도 시카고처럼 적개심에 가득 찬 적대 행위는 보지 못했습니다. 미시시피 사람들이 시카고에 와서 한 수 배워야 할 정도로 말입니다."[31]

리처드 데일리 시카고 시장과 재계는 계속되는 시위와 악화되는 여론, 그리고 분쟁이 더 커질 가능성에 떠밀려 어쩔 수 없이 유화 조치를 약속했다. 하지만 킹이 시카고를 떠난 뒤 현실은 조금도 나아지지 않았다. 킹이 조직한 남부기독교지도자회의Southern Christian Leadership Conference의 랠프 애버내시는 "시카고에 가서 몽고메리, 버밍햄, 셀마에서 한 것과 똑같은 전술로 잘못을 바로잡을 수 있을 거라고 기대하다니, 우리가 너무 순진했다"고 밝혔다.[32] 시카고 프로젝트는 1960년대 중반의 인종주의가 과거 남부 연합 변방에만 머무는 것이 아니라는 사실을 전 미국인에게 보여주었다. 미국의 심장부에서 일어난 폭력과 독설에 대해 작가 테일러 브랜치는 "우리 사회의 심각한 편견이 후미진 남부 지방에 국한된 문제로, 언제든 계몽과 엄격한 지도로 고칠 수 있다는 교묘한 사기술에 균열을 냈다"고 말했다.[33] 시카고의 유혈사태 이후 『새터데이 이브닝 포스트 Saturday Evening Post』 편집자는 '우리 모두가 미시시피 사람들이었음을 인정하자'고 썼다.[34]

이 소요는 시카고의 추악한 면을 드러냈다. 도시는 전형적인 정치 보스 스타일의 데일리 시장에게 지배되고 있었다. 1955년 4월부터 1976년 12월까지, 여섯 번이나 연임한 데일리는 20세기 미국에서 다른 누구보다 완벽하게 후원의 힘을 공고히 다져 시정을 자기 비전과 의지대로 좌지우지했다. 그는 지지자들의 충성을 끌어모았고, 다른 이들은 불도저로 밀어붙이듯 했다. 이런 태도는 성장하는 흑인공동체를 대할 때 특히 두드러졌다. 흑인에게 데일리의 전술적 너그러움은 끝이 분명한 축복이었다. 사우스사이드의 무소속 백인 시의원 리언 디스프레스는 말한다. "데일리에겐 특별한 약점이 있었어요. 시카고 흑인 시민을 결코 평등하게 여기지 않았죠."

리언은 종종 시의회 표결이 49 대 1로 나올 때 외롭게 한 표를 행사하던 인물이다. "데일리는 위원회 위원들과 공직자들을 득표 활동에 이용했어요. 그리고 비례에 따라 관직을 배분했죠. 고위직은 백인을 위해 남겨뒀어요. 경찰과 소방서의 문호를 개방하는 것도 사실상 저지했어요. 그는 댄라이언 고속도로 건설도 흑인 거주 지역 확장에 방벽 역할을 하도록 배치했어요. 가능한 한 공평한 주거 정책 입법을 제지하려고 기를 쓴 거죠."[35]

1960년대 초, 시의회에는 흑인 의원이 여섯 명 있었다. 데일리의 요구에 순응한 그들은 경멸조로 '조용한 여섯 명'이라고 불렸다. 시장은 선거철에 득표율이 높게 나오고 시의원들이 요구한 대로 표결할 경우, 충성을 바치는 자들에 한해 지역구 주민에게 일자리를 나눠줄 수 있는 상당한 권한을 부여했다. 시카고 관료 조직과 그 연결망으로 통제되는 후원 일자리는 최고치에 달했을 때는 4만여 개에 이른 것으로 추정되는데, 여기에는 정원사, 청소부, 운전기사부터 시 감사와 국장직까지 포함되었다.[36] 어떤 이들에게 후원은 훌륭한 일자리와 괜찮은 월급, 그리고 중산층으로 나아가는 길을 의미했으며, 또 다른 이들에게는 뇌물을 제공하는 통로였다. 돈은 공금 횡령, 사업 계획, 수수료 상납 등 상상할 수 있는 모든 곳에서 흘러나왔다. 그리고 극소수에게는 공직을 향한 사다리였다. 데일리 재임 기간에는 시청을 지배한 그의 낙점을 받지 못하면 시의회 의석 50석 중 한 자리도 차지하기 어려웠다.

모든 것이 거래였고, 모든 사람이 그 규칙을 이해했다. 『제트』와 『에보니 *Ebony*』를 펴내는 언론사의 흑인 사장 존 존슨은 '당시 데일리 시장과 거래하지 않으면 시카고에서 사업하는 건 불가능했다'고 털어놓았다. "그의 부하들과는 일을 할 수 없었어요. 그를 개인적으로 만나야 했죠. 그건 결국 사적으로 복종하는 것을 의미했어요."[37] 1983년 최초의 흑인 시장이 된 해럴드 워싱턴 역시 그 커넥션과 함께 임기를 시작했으며, 워싱턴이 사망하고 후임으로 들어선 유진 소여도 마찬가지였다. 지역구 위원장이었다가 나중에 조용한 여섯 명의 일원이 된 윌리엄 바넷은 당연하다는 듯 말했다. "우리는 일자리를 나눠줬습니다. 지역구를 지킬 필요가 있었어요."[38] 1975년 흑표범당*의 보비 러시는 바넷이 '데일리의 구두약을 핥다가 눈이 흐려졌'고 독설을 퍼부었다.[39] 하지만 옹호자들은 조용한 여섯 명이 한 거래를 완전히 부패로만 볼 수는 없다고 말한다. 흑인의 취업 기회가 제한되었다는 점을 고려하면 어쩔 수 없는 선택이었다는 것이다. 시장이 된 후 소여는 『시카고 트리뷴』과의 인터뷰에서 "다른 사람들을 돕기 위해서는 세상과 타협해야 했다"고 말했다. "그들 역시 어느 정도는 족쇄를 끊고 싶어하는 사람들이었습니다. 하지만 그랬다간 다치고 일자리와 지위를 잃을 사람들이 너무 많았어요."[40] 먹이사슬의 가장 밑바닥에는 그 연결망에 기여한 대가로 가족을 먹여 살릴 일자리를 얻은 노동자들이 있었다. "시카고에 결백한 사람은 없습니다." 소여가 말했다. "우리 모두 데일리의 커넥션에서 시작했어요."[41]

소여의 정치적 멘토는 조용한 여섯 명의 일원인 로버트 밀러였다. 장의사였던 밀러는 사우스사이드의 여섯 번째 구를 운영하며 호의를 베풀고, 당의 지도에 따라 민주당 표를 끌어모았다. 밀러는 후원을 정치가 돌아가는 방식으로 이해했을 뿐만 아니라, 그런 거래는 흑인 지역구의 발전을 위해 당연히 치러야 할 대가라고 옹호

* 흑인 과격파.

했다. 소여는 밀러 덕분에 시 임금 대장에 이름을 올릴 수 있었다. 1959년 밀러가 그를 정수장 일자리에 집어넣은 것이다. 그리고 미셸의 삼촌인 노메니 로빈슨 역시 그로부터 1년 후 소여처럼 여섯 번째 구의 후원 체제와 협력해 정수장 일자리를 얻었다. 노메니는 우드론 보이스클럽 이사인 로버트 촐리의 장학금 덕에 일리노이 공과대학을 다니고 있었다. 촐리가 노메니에게 여름방학에 무엇을 할 거냐고 묻자, 노메니는 "촐리 씨, 좋은 일자리가 필요합니다"라고 대답했다. 1년 전 청소부로 일한 그는 진급을 원했다. 촐리는 소개장을 써서 그를 밀러에게 보냈고, 밀러는 그를 시청으로 보냈다. 시청에서 노메니는 매슈 다나허를 만났다. 다나허는 데일리 시장의 후원 사무를 총괄하고 있었다. 시장의 운전기사로 시작해 열한 번째 구의 시의원 자리까지 올랐다가 뇌물죄로 낙마한 사람이었다. 다나허는 노메니를 공공사업국장인 제임스 윌슨에게 보냈고, 그는 곧 두꺼운 고용 장부를 훑어보았다.

"좋았어, 여기 적당한 노무직이 있군. 어때, 마음에 드나?" 윌슨이 말했다. 노메니는 모험을 걸어보기로 마음먹고, 예전엔 더 좋은 직업을 가졌었다고 대답했다. 윌슨은 다시 장부로 몸을 돌려 이번에는 다른 쪽을 살폈다. "염소 관리인." 그는 말했다. "구 정수탑 기술직 같은데, 자네가 할 수 있겠나?" 노메니는 보수가 얼마인지 물었다. 윌슨은 한 달에 543달러 50센트라고 대답했고, 노메니는 깜짝 놀랐다. 시카고 중산층 4인 가족의 수입과 맞먹는 액수였다. 그는 즉각 수락했다. 물론 밀러는 노메니에게 대가를 요구했다. 그를 지역구 위원장 보조로 임명한 것이다. 노메니는 말했다. "그 사람은 아주 상냥하게 말했지. '공부하는 데 방해되면 언제든 말하게나.'" 밀러는 자기 요구를 그럴싸하게 포장했다. 노메니가 거절할 수 없

미셸 오바마

다는 것은 두 사람 모두 잘 알고 있었다.

프레이저 로빈슨은 동생의 예를 좇아 커넥션의 하급직으로 들어갔다. 민주당 지역구 위원장으로 일하다가 시 수도국으로 진출했다. 스물여덟 살 때 월급 479달러를 받으며 상근 노무자 혹은 잡역부로 일을 시작했다. 훗날 동료가 된 댄 맥심 역시 사우스사이드 출신 백인으로, 1957년부터 민주당 커넥션에서 일하기 시작했다. 맥심이 처음 얻은 후원 일자리는 쿡 카운티의 도시계획 조사원이었다. 그는 말했다. "그때가 정치하기 좋았던 시절의 시작이었어. 뇌물 말이야. 교통경찰한테도 그랬으니까. 단속에 걸리면 면허증에 5달러나 10달러짜리 지폐를 얹어서 내밀면 그만이었거든. 우리 모두 그랬지. 선거는 전쟁이었고, 공화당은 적이었어. 전쟁에서 이기려면 물불 가릴 게 없었어. 표를 훔치는 것까지 포함해서 말이야."⁴² 그렇지만 프레이저 로빈슨은 투표자 명부를 조작하거나 표를 훔치는 사람은 아니었다. 맥심은 회상했다. "그 사람은 그런 부류가 아니야. 완고했거든. 세상의 소금 같은 사람이었어."

지역구 위원장 자리는 프레이저의 사교적인 성격에 맞았다. 동생 앤드루는 그 자리가 또한 '일자리로 나아가는 사다리이자 징검다리'였다고 말했다. 정수장 일자리는 지루하기는 했지만 적당한 근로시간에 안정적인 수입이 보장되었다. 5년 후 그는 월급 659달러 50센트를 받는 조장으로 승진했고, 다시 7개월 후인 1969년 5월에는 월급 858달러를 받으며 보일러 관리 일을 시작했다. 그리고 세상을 떠날 때까지 그 일을 계속했다. 메리언은 프레이저가 '지역 정치가 가장 중요하다'고 느꼈으며 자신의 지역구 활동을 선한 일을 하는 길로 여겼다고 회상했다.⁴³ "그는 사람들을 돕는 걸 좋아했어요. 지역구 위원장이 시와 사람들 사이를 중재하는 구조였어요." "사람들이 뭔가 조치가 필요할 때 문의하는 이가 바로 그 사람이었어요. 남편은 항상 지역구로 나갔지요. 밤에도 나가곤 했어요. 사람들과 얘기하는 걸 좋아했으니까요."[44] 그녀는 프레이저를 '오지랖 넓은 양반'이라고 불렀다.

로빈슨 가족이 살던 사우스유클리드가 7436번지는 그 거리에서 가장 잘사는 집도, 가장 가난한 집도 아니었다. 집은 나중에 에밋 틸 거리로 불리게 되는 이스트 71번가 상업지구로부터 세 블록 북쪽에 있는 조용한 거리에 있었다. 건물 남쪽에 입구가 두 개 있었는데, 하나는 그들이 살던 2층 아파트로 오르는 계단과 연결되었다. 로빈슨 가족은 메리언의 아버지 퍼넬의 도움을 받아 부엌이 딸린 방 두 개짜리 아파트를 네 가족이 살 집으로 개조했다. 침실 하나는 부부가 썼다. 퍼넬은 좁은 거실을 칸막이로 나눠 공동 침실과 놀이 공간으로 바꾸었다. 놀이 공간은 나중에 미셸과 크레이그의 공부방이 되었다. 아이들 방에서 복도를 따라가면 부엌이 나오는데, 이곳은 식당이자 하나뿐인 욕실로 쓰였다. "만약 부동산 사무실에 그 집을 설명해야 한다면, 침실 하나에 욕실 하나라고 말하겠어요"라고 크레이그는 말했다. "누군가 그 집이 102제곱미터라고 한다면, 나는 그 사람을 거짓말쟁이라고 부를 겁니다."[45]

미셸은 나중에 "내가 생각하고 실천한 모든 것은 아버지가 열심히 일해서 우리에게 마련해준 그 작은 아파트에서 만들어졌어요"라고 말했다.[46] 로빈슨가는 매일 저녁 함께 모여 식사하는 것을 철칙으로 삼았다. 물론 프레이저가 정수장에서 야간 당직을 서는 날은 예외였다. 정수장은 시카고 중심가에서 레이크쇼어 고속도로를 타고 20분 거리에 있었다. 로비 이모는 아이들에게 피아노를 가르쳤고, 날씨가 좋을 때는 야외에서 함께 놀아주었다. 크레이그가 크리스마스 선물로 받은 자전거를 탈 때 미셸은 새로 산 세발자전거를 타고 뒤따랐다. "우리는 나이 차가 얼마 안 나는 남매라기보다는 거의 쌍둥이처럼 보였어요"라고 크레이그는 회상했다.[47] 그의 추억 속에는 어둠 속의 짓궂은 장난과 아이들이 웃음을 터뜨리던 여러 장면이 있었다. 백과사전을 뒤지며 답을 찾아냈고, 프레이저가 가끔 25센트짜리 동전을 문설주 위에 올려놓으면 크레이그가 펄쩍 뛰어 낚아채는 등 다양한 시합도 했다. 미셸에게는 소꿉놀이 세트가 있었고 바비 인형도 많았다. 그중에는 몸매가 비현실적인 금발 인형 말리부 바비—미셸이 처음 가진 인형이었다[48]—와 흑인 바비 모조품도 있었다.[49] 미셸은 말했다. "바비라면 무조건 좋았어요. 바비 인형에 푹 빠져서, 매년 크리스마스마다 새 바비 인형을 선물 받았죠. 어떤 해에는 바비 인형의 집과 캠핑 세트를 받기도 했어요."[50] 나중에 마야 안젤루의 작품, 특히 「놀라운 여자Phenomenal Woman」라는 시를 읽은 후에야 미셸은 개미허리 플라스틱 인형의 몸매가 담고 있는 문화적 메시지를 돌아보게 되었다. 바비는 '완벽의 기준'으로 보였고, '세상은 내게 그것을 갈망'하게 만들었다고 나중에 미셸은 말했다.[51]

프레이저는 퇴근 후 짬을 내 아이들과 야구, 농구, 축구, 미식축구 같은 스포츠를 즐겼다. 크레이그에게 권투 글러브를 사주고 어떻게 사용하는지 가르쳤다. 크레이그는 미셸과 권투하던 일을 떠올렸다. 미셸은 코펜하겐에서 열린 국제올림픽위원회 총회에서 아버지가 "공 던지는 법을 가르쳐주었고, 어떻게 하면 동네 아이들보다 더 멋진 라이트훅을 날릴 수 있는지 가르쳐주셨다"고 말했다.[52] 자

기는 '말괄량이'[53]였으며 스포츠는 '아빠와 공유한 재능'이었다고
도 했다.[54] 아이들은 하루에 한 시간 텔레비전을 볼 수 있었다.[55]

《브래디 번치 Brady Bunch》*는 미셸이 특히 좋아하던 프로그램이
다. 그 프로그램에 대해서는 척척박사였다. 부모는 아이들을 두고
밤에 외출하는 일이 거의 없었다. 가족은 토요일 밤이면 보통 게임
을 하며 보냈다. 다이아몬드 게임, 모노폴리**, 핸즈다운이라는 속
임수 게임, 그리고 나중에는 스크래블*** 시합을 즐겼다. 어린 시절
부터 미셸은 지는 걸 싫어했다.

집에 에어컨이 없었으므로, 날이 더울 때는 아이들은 뒤 베란다
에서 캠핑을 했다.[56] 베란다는 나중에 크레이그의 침실로 개조되었
다. 미식축구 시즌이 되면 그들은 베어스를 응원했다.[57] 프레이저는
일요일 오후에 텔레비전 앞에 붙박이곤 했다. 그들은 사우스사이
드 인근 야구팀인 화이트 삭스를 응원했다. 하지만 노스사이드의
상징인 리글리 구장에서 경기하는 시카고 컵스에 더 열광했다. 어
니 뱅크스는 그들의 스타였다. 유격수이자 강타자로 두 차례나 내
셔널리그 MVP가 된 어니 뱅크스는 한때 흑인 리그에서 하루에 고
작 7달러를 벌던 선수였다.[58] 팬들은 그를 '미스터 컵'이라 불렀다.
비록 부진한 팀 성적 때문에 월드 시리즈에 진출하지는 못했지만,
다른 흑인 동료 선수 빌리 윌리엄스, 퍼거슨 젠킨스와 함께 명예의
전당에 올랐다. 크레이그는 소년 시절 야구를 자신의 주 종목으로
여겼다고 말했다. 그는 제2의 어니 뱅크스가 되는 상상을 했다.[59]

* 1969년 미국 ABC 방송에서 방영한 시트콤으로 이혼한 남녀가 재혼해 6남매 대가
  족을 이끌어가는 이야기.
** 부루마불 같은 보드 게임.
*** 낱말 만들기 보드 게임.

남편의 백악관 첫 재임기, 바른 먹거리 캠페인을 벌이는 자리에
서 미셸은 어린 시절 사우스쇼어에서 얼마나 활달한 여자아이였는
지를 술회했다. 등굣길은 안전했고 브린모어 초등학교에는 아직
휴식 시간이 있을 때였다. 수업 시작 전이면 아이들과 운동장에서
얼음땡 같은 놀이를 했다. "방과 후 동네로 돌아와 몇 시간씩 뛰어
놀았어요. 항상 애들이 넘쳤죠. 소프트볼이나 피기Piggy 같은 게임
을 했어요. 타자, 투수, 포수가 있고, 표준 12인치 소프트볼보다는
16인치 공을 갖고 놀았죠." 수비수가 날아오는 공이나 원바운드 공
을 잡으면 타자가 되었다. "나중에는 술래잡기를 했어요. 보통 남
자애들이 여자애들을 쫓고 그다음에는 여자애들이 남자애들을 쫓
는 식으로요. 그리고 동네 모든 여자애들이 더블 더치Double Dutch*
를 뛸 줄 알았어요. 또 자전거를 타고 몇 시간씩 돌아다녔죠."[60]

메리언은 아이들이 어릴 때부터 자녀 교육에 상당한 시간을 쏟아
부었다. 크레이그는 초등학교에 입학하기 전, 네 살 때 읽기를 가르
쳐주던 어머니의 부지런한 모습을 기억했다. 그녀는 학습 카드를
준비하고 아이가 관심을 보이면 글자와 소리, 그리고 그 두 개가 어
떻게 연결되는지 몇 시간씩 설명했다. 브린모어 초등학교에 입학
했을 때, 그는 다른 아이들보다 많이 앞서 있었다. 메리언은 딸에게
도 같은 방법을 시도했지만 미셸은 거부했다. "아마도 미셸은 자기
혼자 읽는 법을 깨칠 수 있다고 생각한 것 같아요. 그렇지만 그런
걸 설명하기에는 너무 어렸던 거죠." 메리언은 말했다.[61] 백악관에
서 할머니가 된 메리언은 일곱 살이던 미셸의 막내딸 샤샤가 그 무

---

* 줄 두 개를 엇갈려 돌리는 줄넘기.

렴 미셸을 떠올리게 한다고 말했다. "샤샤와 똑같이 미셸도 의견이 분명했고, 주저하지 않고 말했어요. 우리가 그렇게 하도록 허락했으니까요."[62] 미셸의 친할머니 라본 로빈슨은 직장 동료들에게 미셸이 고집이 세서 가끔 매를 들어야 하지만 그래도 크레이그와 미셸은 좋은 아이들이라고 했다.[63] 미셸의 친구는 그녀의 태도에 대해 어머니 메리언에게 불평한 선생님 얘기를 들었다. "미셸의 어머니는 선생님에게 '그래요, 애가 성깔머리가 좀 있지요. 그렇지만 우린 그렇게 키우기로 했어요'라고 대답했다"는 것이다.[64]

로빈슨 가족의 성취 기준은 매우 높았다. 그렇지만 성적보다는 노력과 태도를 중시했다. 아이들에겐 노력하면 보상이 따른다고 가르쳤다.[65] 그리고 실제로 그랬다. 미셸은 2학년을 월반했고, 2학년이 따분했다고 기억하는 크레이그는 3학년으로 월반했다. 그들이 2년 간격을 두고 각기 브린모어 초등학교의 8학년 과정을 마쳤을 때, 크레이그는 수석 졸업생으로 고별사를 읽었고, 미셸은 차석 졸업생으로 내빈 환영사를 했다.[66] 메리언과 프레이저는 교육의 중요성, 즉 단순히 학교에 다니는 것이 아니라 우수한 성적을 거두는 것이 얼마나 중요한지를 강조하기 위해 자신들의 경험을 예로 활용했다. 대학을 마치지 못한 것이 얼마나 한스러운지 설명한 것이다.[67] 메리언은 말했다. "애들에게 그게 얼마나 바보 같은 짓이었는지 이야기했어요."[68]

가정교육은 아이들이 학교에서 배운 것을 확장시켰고, 정치적으로 요동치던 시대를 따라잡지 못하고 뒤처진 시카고 공립학교 커리큘럼의 부족한 부분을 메워주었다. 공민권법 Civil Rights Act *과 투

---

* 인종, 피부색, 종교, 출신지에 따른 차별을 철폐할 목적으로 제정된 연방법. 가장 종합적인 것이 1964년에 제정된 법이다.

미셸 오바마

표권법 Voting Rights Act*이 공표되었지만, 일요일에 도시를 드라이브 하거나 여름방학에 남부로 여행을 가면 인종 차별과 편견이 여전히 건재한 걸 볼 수 있었다. 미셸이 네 살이던 1968년에 마틴 루서 킹이 암살되었다. 웨스트사이드 흑인 거주 지구를 비롯한 전국에서 폭동이 발발했다. 브린모어 초등학교 교과과정에 흑인 역사가 포함되었고, 크레이그가 이 문제에 대해 질문을 시작하자 메리언은, 크레이그의 표현을 빌리자면 '흑인 시각에서 쓰인' 백과사전을 샀다. "그래서 저는 킹 박사의 죽음이라는 비극이 무엇을 의미하는지, 모든 인종에게 속하는 평등의 꿈이 무엇을 표상하는지 깨달을 수 있었습니다." 크레이그는 회상했다. "또한 '다른 쪽 뺨을 내미는 것'이 쉽지만은 않다는 것을 알았고, 맬컴 X 같은 1960년대의 다른 인권운동 지도자들에 대해서도 좀 더 알게 됐습니다." 크레이그의 가운데 이름이 맬컴인 것은 우연이 아니었다. 크레이그의 말에 따르면 1962년에 어머니는 "아들의 가운데 이름을 찾고 있었는데 마침 맬컴의 활동 기사를 읽으면서 맬컴이 잘 어울리겠다고 생각했다"는 것이다.[69] 다른 자리에서 그는 또 "내 아버지는 흑표범당 시절에 성장했어. 그래서 내 가운데 이름이 맬컴이야!"라고 말하기도 했다.[70]

　1960년대의 소용돌이 속에서 맬컴 X는 미국 흑인의 다양한 이미지를 표상했는데, 그중에는 모순적인 것도 있었다. 그의 원래 이름은 맬컴 리틀Malcolm Little로, 시시한 범죄자였으나 감옥에서는 빅 레드Big Red로 알려졌다. 금욕주의자로 마약, 사기, 도덕적 타락에 반대하는 설교를 했는데, 호리호리하고 맵시 있던 그는, 위는 뿔테이

---

* 　1965년에 미국의 흑인과 소수민족의 참정권을 보장하기 위해 제정한 법.

고 아래는 은테인 안경을 써 학구적인 분위기를 자아냈다. 제대로 된 사회라면 시민들에게 당연히 부여해야 할 기본권에 대해 차분하게 이야기해서 백인 질문자들을 당황시켰다. 하지만 그는 흑인운동의 인사법으로 주먹을 치켜들기도 했다. 분리주의*와 폭력 투쟁을 주 장했고, 비폭력 투쟁이 미국 흑인에게 무슨 진보를 가져다주었느냐고 따졌다. 킹 목사의 '나에게는 꿈이 있습니다'라는 연설로 유명한 1963년 3월의 워싱턴 행진을 '워싱턴의 광대극'이라고 꼬집기도 했다.[71]

맬컴이 지적, 종교적 방황을 겪는 내내, 그의 격한 언사에 회의적이거나 경멸을 보내던 흑인들조차도 맬컴의 개인적인 이야기와 흑인 찬양에서는 힘을 얻었다. 메이저리그 최초의 흑인 선수 재키 로빈슨은 1964년 3월 『디펜더』에 의견을 보냈다. 그 기사는 소니 리스턴을 꺾고 세계 권투 헤비급 챔피언으로 등극한 캐시어스 클레이가 이슬람으로 개종, 무하마드 알리가 되고 난 몇 주 후에 게재되었다. 로빈슨은 스스로를 '가장 위대한 사람'이라고 칭하는 새로운 챔피언을, 떠버리이긴 하지만 흑인의 긍지를 일깨웠다는 점에서 긍정적으로 보았다. "나는 흑인이 다른 인종보다 더 훌륭하다는 것에 동의하지 않는다"고 로빈슨은 말했다. "그렇지만 다른 인류와 마찬가지로 훌륭하다는 사실을 스스로 알기 바란다." 그는 알리와 맬컴 X가 흑인들을 블랙 무슬림으로 끌어들일지도 모른다는 비평가들의 우려는 중요한 점을 놓치고 있다고 지적했다. 인권을 위해 행진한 흑인들은 "더 많은 민주주의를 원했을 뿐, 그 반대는 아니었다"고 로빈슨은 말했다. "그들은 이 나라의 어느 산골 벽지에 처박혀

---

* 흑인들만의 국가 건설을 말한다.

고고하게 고립되어 사는 것이 아니라, 미국인 주류의 삶에 융합되고 싶었던 것뿐이다. 얼마가 됐든 흑인들이 블랙 무슬림에 합류한다면 알리나 맬컴 X 때문이 아니다. 그것은 미국이 흑인들의 분별 있는 지도부를 인정하지 않고, 이 나라의 다른 모든 시민이 향유하는 권리를 우리에게 부여하지 않기 때문이다."[72]

문화비평가 타너하시 코츠는 이렇게 밝혔다. "우리가 현재 받아들이는 말, '블랙'은 맬컴 X 이전에는 모욕이었다. 우리는 유색인이나 니그로였고 누군가를 블랙이라고 부른다면 주먹다짐이 벌어지기 일쑤였다. 그렇지만 맬컴은 그런 위협이 내재된 말을 뭔가 신비스러운 것으로 바꿔놓았다. 블랙 파워, 검은 것은 아름답다. 그것은 당신이 결코 이해할 수 없는 흑인들의 정서다. …맬컴이 내뱉은 모든 독설에서 가장 매력적인 개념은 집단적 자아 형성, 즉 흑인은 의지력으로 스스로를 재창조할 수 있다는 생각이었다."[73] 버락 오바마는 자신의 정체성을 찾아나가는 과정을 기록한 『내 아버지로부터의 꿈 Dreams from My Father』에서 맬컴 X에 대해 썼다. "그의 반복적인 자아 창조 행위들이 내게 말을 걸었다. 그의 언어가 지닌 시적 대담성, 존중에 대한 진솔한 고집이 순수한 의지의 힘으로 빚어져, 자체적인 규율로 무장한 새롭고 비타협적인 질서를 약속했다. 다른 모든 것, 푸른 눈의 악마들이나 종말 이야기는 그런 강령에 비하면 부차적인 것들이었다."[74] 대통령으로서 오바마는 맬컴의 신학, 분석, 그리고 정책적 조언이 '결함투성이'라고 했지만, 작가 데이비드 렘닉에게 그는 맬컴이 흑인 공동체 내에서 점점 깊어가던 신념, 즉 흑인들은 스스로를 믿어야 하며 자신의 가치를 주장해야 한다는 것을 입 밖으로 소리 내 표현한 사람이라고 말했다. "생각해보라. 1960년대 초반, 박사 학위를 가진 흑인이 열차 짐꾼으로 일하며 하루 중 대부분을 사람들에게 아첨하고 고개 숙이는 것으로 보내야 했다면, '나는 사람이고, 나는 무언가 가치 있는 존재다'라는 그런 단언은 중요한 의미를 지녔을 것이다. 맬컴 X는 누구보다도 그 점을 잘 포착한 듯싶다."[75]

미셸과 크레이그가 초등학생일 때 메리언은 선생님들과 학생들 앞에 자주 나타났다. 프레이저 역시 아이들 교실에서 보내는 시간이 많았고,[76] 친척들도 마찬가지였다. 로비 이모는 그 학군에서 오페레타 워크숍을 이끌었다. 2학년 때 크레이그는《헨젤과 그레텔》의 헨젤로 캐스팅되었다. 크레이그가 노래하는 대목이 있었고, 발레복을 입고 착한 요정을 연기한 미셸도 노래를 불렀다. 혼자 노래하는 것이 '창피'했다고 미셸은 말했다. 그렇지만 연극은 성황리에 끝났다. "저는 무대의상 때문에 연극을 좋아했어요."[77]

로비 이모는 저돌적이었다. 항상 그랬다. 메리언의 회고에 따르면, 메리언의 대가족과 함께 사우스에버하트가 6449번지에 살 때 로비는 '내 어머니라면 하지도, 할 수도 없었던' 방식으로 아이들 양육을 도왔다.[78] 그녀는 정치적으로 진보적인 우드론 아프리칸 감리교 감독 교회에서 청소년 성가대 단장을 맡았고, 1943년 노스웨스턴 대학의 성가 합창 음악 워크숍에 등록했다. 늦은 여름밤 그녀가 윌러드 홀에 도착해 방을 요구하자 한 직원이 흑인은 교내에서 밤을 보낼 수 없다고 했다.[79] 거의 자정이 가까운 시간이었음에도 그 직원은 그녀를 에번스턴의 '유색인' 하숙집으로 보냈다. 로비는 그 일을 우드론의 목사 아치볼드 케리 주니어에게 알렸다. 목사는 『시카고 디펜더 *The Chicago Defender*』기자와 시카고 시민자유위원회 Chicago Civil Liberties Committee 직원에게 조사하도록 시켰다. '흑인들은 자기들끼리 사는 것을 좋아하는 걸로 안다'는 것이 학교 측의 답변이었다. 다섯 달 후 로비는 우드론 교회의 지원을 받아 노스웨스턴 대학을 인종 차별 혐의로 주 법원에 고소했다. 소송 내용은 대학이 그녀를 '다른 보통 젊은 여성들보다 열등하고 그들과 생활하거나 교제하기에 부적합한' 존재로 취급했다는 것이었다.

우드론 성가대 단장이 된 로비는 완벽을 추구했다. 가족 내력이었다. 우드론에서 노래하고 사우스유클리드 집에서 종종 리허설을 하기도 한 베티 리드는 "로비는 다정했지만 음악은 완벽해야 했어요"라고 당시를 기억했다. "누군가 음정이 틀리면 노래를 중단시키고는 '이 부분부터 다시 시작할 겁니다. 만약 노래하기 싫다면 끝날때까지 그냥 가만히 계세요'라고 했어요. 우리는 당황했지만, 그녀는 우리가 다시는 실수하지 않기를 바랐던 거예요. 그녀는 독한 감독이었지만 그 덕에 합창과 공연이 제대로 굴러갔던 거죠."[80] 리드는 로비의 친구가 되어 종종 교회에서 집까지 차를 태워주기도 했다. 나중에 리드는 우드론을 떠나 스스로 신도 모임을 꾸렸다. 그녀는 1991년 프레이저의 추도식을 주관했다.

미셸은 어릴 때 자기와 크레이그가 예배에 성실히 참여하지는 않았으나 집안 양쪽 모두가 '종교와 신앙에 강하게 연결되어' 있었다고 했다. 어떤 때는 실즈 가족 쪽 우드론으로, 또 어떤 때는 로빈슨 가족 쪽 침례교회로 예배를 보러 갔다.[81] 그녀는 사우스유클리드가 7436번지 집의 지하실보다 훨씬 큰 교회 지하실에서 발을 동동 구르며, 시카고의 끝없는 추위를 견뎌내던 일을 기억했다.[82] 어른이 된 후 미셸은 딸들이 "높은 존재에 대해 기본적인 공경심을 가졌으면 좋겠어요. …제가 그렇게 자랐으니까요"라고 말했다.[83] 프레이저와 메리언은 다른 일들과 마찬가지로 종교 문제 역시 아이들이 스스로 길을 선택하도록 내버려두었다. 크레이그에 의하면 그들의 접근 방식은 아이들에게 교회를 접하게 하고 '스스로 생각하면서 신앙에 대해 자기만의 기반을 발견하고 탐구하도록' 격려하는 것이었다.[84] 아버지의 장례식을 치르고 나서 몇 년 후, 크레이그는 베티 리드의 추도사가 '아버지가 어떻게 더 좋은 곳으로 갔는지'에 관한 게 아니었다는 걸 알아차렸다. 그는 말했다. "그건 삶이란 여기 지상의 것이라는 아버지의 믿음과 배치되었을 거예요."[85]

크레이그와 미셸은 어린 시절 무척 화목했다고 자주 말한다. 부모님은 서로 사랑했고 양육 책임을 동등하게 나눴다. "서로를 사랑하는 건 너무나도 당연했어요. 그건 그분들이 만들고자 한 단란한 가정의 토대였고, 그분들이 항상 행복해 보이는 이유이기도 했어요. 비록 환경은 정반대였을 때도요." 크레이그는 말했다.[86] 프레이저와 메리언은 확실히 아이들의 학업 성취와 교양 함양에 기대가 컸지만, 유머 감각 역시 중요하게 여겼다. 그런 아이들이 교만해지는 걸 방지하는 효과가 있었다. 크레이그는 부모님이 '혹독했다'고 기억했다.[87] 미셸은 '나를 밀어붙이던 어머니'라고 했고, 크레이그는 부모님이 '가차 없었다'고 회상했다.[88] 미셸은 일요일마다 화장실을 청소했다. 세면대와 변기를 닦고 바닥을 청소했다. 또 미셸과 크레이그는 번갈아가며 설거지를 했다.[89] 부모는 아이들이 다른 사람들의 부정적 평가에 지나치게 민감해지지 않도록 '과한 칭찬을 삼갔지만'[90] 적절한 칭찬으로 사기를 북돋웠다. "매우 엄격하셨고, 해야 할 일도 많았습니다." 크레이그가 말했다. "그렇지만 존중과 사랑이 넘쳤고, 무엇보다도 부모님이 우리에게 주신 것 중 가장 큰 선물은 바로 자존감이 아닌가 합니다."[91] 그들은 또 스스로와 타인에

미셸 오바마

대한 책임감을 심어주었다. 이는 향후 미셸이 성인이 되어 선택하게 될 무수히 많은 일에 영향을 주게 된다.

미셸과 크레이그가 스스로 선택하는 자유가 무제한적이지는 않았다. 열심히 공부하고, 정직하고, 절도 있는 생활을 유지하는 한도 내에서 허용되었다. 지켜야 할 의무가 있었고, 때로는 처벌도 따랐다. 그렇지만 목표는 자유로운 사고였다. 메리언은 아이들에게 '추종자가 되지 말라'고 가르쳤다. "한 가지 이유로 누군가를 따른다면, 그 사람은 또 다른 이유로 너를 이끌려고 할 것이다."[92] 스스로 생각하라는 조언이었다. 실수를 두려워하지 말라고 가르치기도 했다. 실수를 하면 무엇이 잘못됐는지 배우면 된다. 메리언은 말한다. "아이들에게 판단력이 생겼다 싶을 때부터는 규칙을 정해줘서는 안 됩니다. 어려서부터 스스로 결정하는 법을 익히기를 원한다면 말이에요. 저는 이게 아이들에게 큰 자신감을 심어준다고 생각해요."[93]

메리언 본인의 굴곡진 어린 시절은 오랜 시간 잊히지 않는 교훈을 남겼고, 그녀는 이를 후대에 전했다. 메리언은 흑백 분리 학교에 다녔다. 가족과 친지가 다 같이 분투하고 희생하는 것을 보았다. "그걸 보면서 힘든 일이지만 어떤 대가를 치르더라도 꼭 해내야만 하는 일이 있다는 것을 깨달았어요. 우리 모두 교회에 다녔어요. 저는 브라우니brownie*였다가 좀 더 커서는 걸스카우트를 했죠. 모두 피아노를 배웠고, 연극 학교에도 다녔어요. 부모님은 우리를 미술관, 그러니까 시카고 미술대학에 데려갔어요. 그분들은 그 모든 일들을 해냈죠. 도대체 어떻게 그럴 수 있었는지 모르겠어요."[94] 메리언은 크레이그와 미셸이 심포니, 오페라, 미술관에 다니게 했다.[95]

---

* 유년 걸스카우트.

또 '느낀 것을 말할 수 없어서 억울하던' 어린 시절을 되새기며, 아이들이 일어서서 당당히 말하고 항상 왜냐고 물을 수 있도록 키우려 했다.[96] "읽고 쓰기보다 더 중요한 건 생각하는 법을 가르치는 거예요.[97] 아이들에게 우린 그렇게 말했어요. '선생님을 존경해라. 그렇지만 문제 제기를 주저하지 마라. 엄마아빠 역시 마찬가지다. 우리가 너희에게 뭔가를 이유 없이 시키게 놔두지 마라.'"

로빈슨가에서는 미셸과 크레이그가 인종이나 노동자 계층 출신이라는 이유로 어떠한 장애물을 만나든, 그것이 인생의 가능성을 속박할 수 없다는 공감대가 형성되었다. 그런 가능성을 채워나가는 것은 그들의 몫이었다. 변명은 필요 없었다. 아이들이 태어날 때 이미 운명이 정해진 것이 아닌 한 말이다. 메리언은 '매순간 경청하며' 아이들을 키웠다고 했다.[98] "항상 우리가 틀릴 수도 있다는 전제 하에 사물을 바라보려고 노력했어요. 내가 모든 것을 다 안다는 식으로 행동하지 않았기 때문에 저는 아이들에게서 많은 걸 배울 수 있었죠. 남편도 그런 걸 잘했어요. 아이들은 기회만 주어지면 정말 똑똑해질 수 있어요. 스스로 생각할 수 있어요."

1960년대와 1970년대 사우스사이드에 살던 로빈슨가의 시점에서 보자면 편견과 기회는 나란히 존재했다. 회피할 수 없는 위험들 속에서도, 메리언과 프레이저는 아이들이 살아갈 세상이 한 세대 전 그들을 맞이한 세상보다 훨씬 큰 가능성을 열어줄 거라는 걸 알았다. 그리고 현대 미국 도시라는 험난한 세상 속으로 나아가는 흑인 아이들에게는 독립성이 단순한 자산이 아니라 필수가 될 것이라고 예견했다.

아직 쓰이지 않은 운명

프레이저와 메리언 로빈슨은 일요일에 드라이브를 즐겼다. 형편에 어울리는 오락거리였고 아이들 교육에 도움이 된다는 것도 무시할 수 없었다. 1970년대 초반에는 기름 값이 쌌고 복잡한 도시는 매력적이었다. 여유가 있을 때 가족은 뷰익 일렉트라 225에 몸을 싣고 시카고를 누볐다. 아이들은 묻고 프레이저는 이야기를 들려주었다. 그가 운전대를 잡고 아이들은 뒷자리에 앉아 있는 동안, 메리언은 조수석 차문에 등을 기대고 앉아 가족이 대화하는 모습을 지켜보았다. 더 넓은 세상을 탐험하러 나서는 미셸의 여정은 그런 드라이브에서 시작되었다. 다음에는 자전거로 동네를 돌고, 동네를 가로질러 고등학교를 다니고, 주 경계를 넘어 여름 여행을 떠나고, 어느 날 비행기를 타고 동해안의 대학에 입학했다. 프레이저는 메리언과 마찬가지로 독서가였으며 가문의 전통을 지키는 사람이었다. 그는 운전하면서 차창 밖으로 스치는 장면들을 머릿속에 차곡차곡 쌓아둔 지혜나 지식과 연결 지었다. 그의 경험, 도시의 상수도 장비를 관리하며 보낸 오랜 고독의 시간들도 그 속에 녹아 있었다. 가족에 관한 이야기를 즐겨 듣던 크레이그는 일요일 드라이브가 사우스쇼어의 풍경을 안락하고 친밀하게 느끼는 것 이상으로 어린 나이에 인생을 생각해보게 한 중요한 순간이었다고 회상했다.

1974년 크레이그가 열두 살이고 미셸이 열 살일 때, 한번은 고급 주택이 즐비한 동네를 지나게 되었다. 크레이그가 커다란 집들 뒤편에 왜 작은 건물들이 딸려 있는지 물었다. 부모님은 집주인을 모시는 흑인들이 지내는 헛간이라고 설명해주었다. "그래서 인종주의와 계급주의, 통합과 분리 정책, 노예제와 짐크로를 이야기하기 시작했죠."[1] 당시 사우스쇼어에는 백인 주민이 거의 없었기 때문에 아이들은 일상적으로 백인을 접할 기회가 별로 없었다. 당시 아이들이 경험한 적대감이나 적대적인 행위라면 아마도 또래 흑인 아이들이 저지른 일이었을 것이다. 그들이 훌륭한 문법을 구사하고 성실하게 학교생활을 하는 모습이 '백인 흉내'로 여겨질 수 있었기 때문이다.[2] 그날 일요일 드라이브 때 아이들은 왜 어떤 애들은 흑인이건 백인이건 남을 비난하고 못되게 구는지 알고 싶어했다. 메리언은 못되게 구는 건 종종 불안감에서 비롯된다고 설명했다. 프레이저는 별 생각 없이 배척해버리기보다는 무지의 성격을 이해하는 것이 중요하다고 했다. 비열함에 대한 대응책은 자기 이해다. 자기 평가가 확고하고 스스로에 만족한다면 아무도 그를 불쾌하게 만들지 못한다.[3] "백인 세상에서 흑인 아이로 성장할 때, 악의든 악의가 아니든 사람들이 당신에 대해 부족하다고 말하는 것을 자주 듣게 된다"고 크레이그는 나중에 말했다. "아버지가 '다른 사람들이 옳다고 생각하는 일을 그들 눈치나 보면서 해서는 안 된다. 네가 옳다고 여기는 일을 해야 한다. 사람들이 너에 대해 어떻게 생각할지를 걱정하지 않는 사람으로 크라'라고 한 말이 기억납니다."[4]

1970년대 초반은 전국적으로 인종주의 논쟁이 뜨거웠다. 긍정적으로는 흑인인권운동의 영향으로, 부정적으로는 공화당 출신 대통령 리처드 닉슨의 인종 차별적 '남부 전략'* 때문이었다. 흑인들에게 기회는 분명 확대되고 있었다. 몇몇 예외는 있었지만 법제화된 차별은 연방법의 도움으로 허물어지고 있었으며, '최초로 시행되는' 것들이 점점 쌓여갔다. 장애물은 많이 남아 있었다. 시카고에서 흑인 청년들이 대면한 세상은 부모가 그 나이에 겪었던 세상과 질적으로 다르진 않더라도 어느 정도 변모해 있었다. 그들이 들은 (교육, 개인적 책임, 자존감에 근거한) 교훈들은 흑인 대이동기에 북으로 흘러들어온 사람들까지 포함해 몇 세대의 경험에서 우러난 것들이었다. 미셸과 크레이그의 경우 그것은 프레이저와 메리언이 나눠준 지혜를 의미하지만, 또한 조부모 네 분과 사우스사이드의 친인척이 전해준 지혜이기도 했다. 프레이저 쪽은 다섯 남매였고 메리언 쪽은 일곱 남매였다. 사촌들의 이름을 기억하는 것만도 상당한 집중력이 필요할 정도였다.

미셸의 외조부 퍼넬 실즈는 사우스사이드라고 불리는 재즈 애호가였다. 활달하고, 요리를 잘했으며, 바비큐 대가였다. 그래서 할아버지 집은 '모든 특별 행사의 본부'가 되었다. 생일은 물론이고 명절, 특히 7월 4일 독립기념일에는 해마다 요란한 파티가 열렸다. "좁은 집에 꽉 들어차 저녁으로 갈비를 뜯고, 웃고 떠들고, 재즈를 듣고, 밤늦도록 카드 게임을 했어요. 우리가 간신히 눈을 뜨고 있으면 사우스사이드가 벌떡 일어나서 '치즈버거하고 밀크셰이크 먹을

---

* 선거에서 남부의 백인 표를 얻으면 승리한다는 전략.

사람?' 하고 묻곤 했어요. 할아버지는 우리가 떠나는 게 싫었던 거예요"라고 미셸은 그 시절을 회상했다.[5] 퍼넬의 가장 인상적인 메시지 중 하나는 딸 그레이스 헤일이 울면서 집에 들어와 아이들이 자기를 싫어한다고 했을 때 해준 말이다. "사람들이 너를 좋아하지 않을 수도 있단다. 그렇지만 그들이 꼭 너를 존중하도록 만들 필요는 있다. 밖에서는 항상 존중받도록 처신하렴. 사랑은 집에서도 받을 수 있으니까." 그러고는 덧붙였다. "다시는 이런 하찮은 일로 나를 찾지 마라."[6] 미셸의 외할머니 레베카 실즈는 다른 유형의 본보기였다. 그녀는 자식을 다 키운 후, 오십대에 학교로 돌아가 간호조무사 자격증을 땄다. 동시에 프랑스어도 배웠다. '아주 똑똑했지만 조용한 분'이었다고 헤일은 전한다. "어떤 때는 엄마가 방에 계신지도 모를 정도였어요."[7]

미셸의 가운데 이름은 친할머니 라본 로빈슨에게서 딴 것이다. 라본은 억척스럽게 자기 길을 개척해 무디 신학대학 구내상점 최초의 흑인 여성 관리자가 되었다. 그녀는 손님이 뜸할 때 성경 한 구절을 골라 동료들과 기도하는 시간을 가졌다. 상점 점원이던 재클린 토머스는 "그녀는 매우 대가 센 사람이었다"고 말했다. "어떻게 옷을 입어야 하는지, 젊은 기독교인 여성으로서 몸가짐이 어때야 하는지 말하곤 했지요." 토머스는 라본을 '아름다운 여성'이라고 생각했지만 자기를 대하는 태도에는 불만이었다. "그분이 저를 괴롭힌다고 생각했어요. 다른 여자애들에게는 나한테 하는 것처럼 일을 시키지 않았거든요. 오죽하면 집에 가서 기도하곤 했겠어요." 그렇지만 그런 가르침과 채근은 라본이 남편의 퇴직과 함께 사우스캐롤라이나로 가면서 어쩔 수 없이 일을 관둔다고 발표했을 때에야 비로소 의미가 드러났다. 라본은 토머스가 자기 뒤를 잇기를

미셸 오바마

원했기 때문에 그 자리에 맞게 훈육했던 것이다.[8]

하지만 가족 중에서 라본의 남편 프레이저 C. 로빈슨 2세만큼 성격이 강한 사람도 없다. 그는 손주들이 찾아올 때마다 어김없이 신랄한 교훈을 선사했다. 미셸은 만약 그가 백인으로 태어났다면 은행장이 되었을 거라고 했다.[9] 1920년대 사우스캐롤라이나에서 십대 때 꿈을 품었지만 그는 50년 후 시카고에서 우체국 직원으로 퇴직했다. 꿈은 실현되지 못했다. 미셸은 '그를 둘러싼 불만의 기운'을 보았다.[10] 늘 긍정적으로 세상을 바라보던 크레이그조차도 그를 '찌푸린' '아주 무서운' 사람으로 묘사했다. 그들이 댄디(멋쟁이)라고 불렀던 무뚝뚝한 할아버지는 '같이 있기에 즐겁지는 않은' 사람이었다.[11] 프레이저는 매사에 꼼꼼했다. "영어 표현에서는 마치 훈련 조교처럼 정확했다"고 크레이그는 말했다. 그는 낯선 단어를 즐겨 썼다. 아이들이 알아듣지 못하면 사전을 건네주곤 했다. "한번은 인사하러 가서 '안녕하세요'라고 하니까 할아버지가 '아주 형식적이군' 하며 호통을 치셨어요. …그리고 제가 미처 대답하기도 전에 '형식적이라는 게 무슨 뜻인지 아니?'라고 물으시더군요. '아니요, 몰라요.' '그럼 가서 찾아봐!' 그러고는 슬며시 웃으시는데, 저는 아주 놀랐어요. 왜냐하면 할아버지가 웃는 일은 드물었거든요. 그래서 할아버지는 우리가 모르는 단어를 쓰는 데서 행복을 찾는 게 아닐까 하고 생각했어요."[12] 후에 크레이그가 오리건 대학에서 야구부 감독을 할 때, 그의 라커룸에는 항상 사전이 있었다.

1952년에 태어난 조카 케이퍼스 퍼니에는 프레이저 2세를 철두철미한 성격에 유명한 구두쇠로 기억했다. 그에게 돈을 빌리려면 책임감에 대한 강의를 한참 들어야 했다. "한마디로 사람은 책임감이 있어야 한다는 거였어요."[13] 물론 프레이저의 삶은 양면적이었다. 그는 라본과 어린 두 아들을 내팽개치고 몇 년간 집을 떠나 있었다. 다시 돌아왔지만 말이다. "그는 우리가 절대로 이해할 수 없는 무언가와 씨름하고 있었다"고 둘째아들 노메니는 말했다.[14] 노메니는 그래서 아버지의 도움 없이 장학금을 타고, 여름방학에 아르바이트를 하고, 형 프레이저에게 돈을 빌리는 것을 포함해 동원 가능한 모든 수단을 써서 간신히 대학과 대학원을 졸업했다. 그의 아버지는 프레이저의 두세이블 고등학교 졸업식, 노메니가 수석으로 마친 하이드파크 고등학교 졸업식, 그리고 대학 졸업식에도 나타나지 않았다. 아래 동생 앤드루는 또 이렇게 전한다. "아버지는 사랑은커녕 그 비슷한 것도 내비친 적이 없어요. 모든 게 당신 방식대로였고 싫으면 떠나라는 식이었지요." 아무리 큰 성공을 거둬도 마찬가지였다. "내가 경기할 때, 그리고 과학산업박물관에서 그림으로 상을 받았을 때도 아버지는 거들떠보지도 않았고 아무 말씀도 없었어. 내가 시 대회 결승에서 쿼터백으로 뛸 때도 아버지는 오지 않았고. 우리는 늘 혼자 해야 했지."[15]

노메니는 평화유지군으로 인도에 갔다. 1962년 『뉴욕 타임스 *The New York Times*』에 그가 인도에서 재클린 케네디를 만나는 사진이 실렸다.[16] 나중에 그는 미연방경제기획국에서 일하고 1971년 하버드 경영대학원을 졸업했다. 그런데 놀랍게도 아버지가 전례를 깨고 학위 수여식을 보려고 케임브리지까지 왔다. 1996년 아버지가 세상을 떠나고 노메니는 서류 더미에서 EENEMON(노메니를 거꾸로 쓴 것)이라고 적힌 서류철을 발견했다. 그 안에는 아들에 관한 기사를 모은 두툼한 신문지 더미가 있었다. 노메니의 성공이 지역의 관심을 끌었던 것이다. 가족들은 또 다른 것을 발견하고 깜짝 놀랐다. 아들의 대학 교육비도 대지 않은 짠돌이가 세상을 떠날 때 아주 부

미셸 오바마

자였기 때문이다. 그는 라본에게 거의 50만 달러에 달하는 돈을 남겼다.[17]

프레이저 2세는 또 손주들에게 가정교육의 토대가 되고, 프레이저 3세와 메리언을 비롯해 무수히 많은 미국의 흑인 부모가 1960년대에 완전히 체득한 커다란 메시지를 귀에 못이 박이도록 들려주었다. 그 메시지는 일견 모순된 두 가지 생각을 동시에 마음에 품으라는 역설에 뿌리박고 있다. 하나는 인종과 계급 때문에 자녀들이 속한 경쟁의 장이 불리하게 기울어 있다는 사실이다. 다른 하나는 사랑, 지원, 인내, 그리고 올바른 생활이 합쳐지면 궁극적으로 승리할 것이라는 신념이다. 미셸은 청중이 대체로 흑인이던 사우스캐롤라이나에서 첫 번째 대통령 선거 유세 연설을 할 때 그 양면성을 설명했다. "우리를 실망시키고, 우리 아이들을 실망시키고, 결코 오지 않을 변화에 대한 희망으로 우리의 발목을 잡는 불가능이라는 장막입니다. 이 나라의 인종주의와 차별과 억압의 쓰디쓴 잔재지요." 다른 한편으로 미셸은 "할아버지가 오빠와 저에게 심어준 것처럼, 우리가 펼쳐나갈 삶에 대한 커다란 꿈입니다. 그분은 내가 태어나기 전에 내 운명은 아직 쓰이지 않았다고, 내 운명은 내 손안에 있다고 가르쳐주셨습니다"라고 말했다.[18]

　미셸의 조부모 세대는 아무리 좌절하고 심적 고통이 컸어도 과거의 부당한 것들에 얽매이지 않았다. 부모 세대도 마찬가지였다. 역사가 고통스럽고 혼란스러워도 선조들은 그들의 진보를 가로막은 장벽 때문에 자식들이 지레 주눅 들게 하고 싶지 않았던 것이다. 메리언이 인종 차별 때문에 화가 나 있다고 느낀 퍼넬조차도 "그것이 아이들에게까지 이어지는 것을 원치 않았다"고 메리언은 말했다. "우리는 인종적으로 분열될 수 없습니다. 그건 허용될 수 없어요. 우리는 편견에 희생당할 수 없습니다."[19] 당시 인종 차별은 일반적이었다. 1950년에 두세이블 고등학교를 졸업한 스털링 스터키에게는 아이비리그 코넬 대학 학위를 소지한 삼촌이 있었다. 하지만 당시 삼촌이 찾은 가장 좋은 직업은 얼음 판매 관리자였다. "얼음 가게라니!" 스터키는 혀를 찼다. "그렇지만 삼촌은 젊은 애들이 실망할 만한 얘기는 하지 않았어요. '너희들 때는 달라질 거야'라고 했지요."[20]

레이철 스워스는 "부모들은 자식들이 부담을 느끼지 않고 희망을 품고 나아가도록 격려했다"고 말했다. 레이철은 미셸의 가계도를 노예 시절까지 거슬러 올라가 친가와 외가 양쪽 모두에 백인과 노예가 있었음을 밝혀낸 사람이다.[21] 프레이저와 라본이 전해준 무언의 메시지는 실용주의였다. "우리는 네가 할 수 있는 것을 얻기를 바라. 네가 앞을 보면 좋겠어. 뒤돌아보는 걸 원치 않는다."[22] 시먼스 대학을 졸업한 딸 프랜체스커 그레이는 과거를 캐묻는 건 금기시되었다고 기억했다. 거리 곳곳에, 또는 버스만 타고 나가도 편견이 판치는 세상이었지만, 어른들은 흑인 아이들이 낙관적인 세상에서 보살핌을 받으며 자랄 수 있도록 완충지대, 즉 일종의 안전지역을 만들어냈다. 미셸은 그런 사실을 알아내고 나중에 '아이들이 큰 꿈을 품기 어려운 시대에도 긍지를 잃지 않도록 가르친 어머니와 아버지 들'에게 경의를 표했다.[23]

사우스사이드의 빈곤한 가정에서 성장한 더발 패트릭에게도 그 가르침은 낯설지 않다. "그게 분리 정책 때문인지도 몰랐어요. 그냥 동네일 뿐이었죠."[24] 그가 본 어른들은 냉소주의에 빠질 만한 이유가 충분했는데도 여전히 미래는 만들어갈 수 있다고 말해주었다. 미셸보다 일곱 살 많은 그는 로빈슨 가족이 겪은 것보다 더 혹독한 가난을 견뎌야 했다. 특히 바리톤 색소폰 연주자였던 아버지가 선라 아케스트라Sun Ra Arkestra와 연주하러 뉴욕으로 떠나버린 뒤에는 더욱 힘들었다. 아버지가 화를 내며 집 밖으로 뛰쳐나가던 날 네 살이던 더발은 아버지를 쫓아갔다. "집에 가! 집에 돌아가라고!" 아버지가 소리쳤다. 집에서 한 블록 떨어진 곳에 이르자 아버지는 더발의 뺨을 후려쳐 길바닥에 쓰러뜨렸다. "그 자리에서 나는 아버지가 멀어지는 걸 지켜봤어요"라고 패트릭은 말했다.[25] 그의 어린 시절은 공적 부조에 의존하던 어머니의 내핍, 두세이블로 가는 등굣길에서 마주치는 갱들의 위협, 여름날 가족이 오렌지주스를 마실 수 있으면 좋겠다는 안타까운 소망으로 점철되었다. 할아버지 레이놀즈 윈터스미스는 똑똑하고 재능이 많았지만 사우스쇼어 은행 청소부로 바닥을 쓸고 변기를 닦으며 50년을 보냈다. 그 은행은 사우스유클리드가 로빈슨 가족의 집으로부터 네 블록 떨어진 곳에 있었다.

"제 꿈을 억누르는 온갖 이유를 갖고 있는 어른들에게 둘러싸여 있었어요." 패트릭이 말했다. "조부모님은 짐크로 속에서 성장하셨지요. 어머니는 가난과 배반의 치욕을 너무나도 잘 아셨어요."[26] 그렇지만 그와 누나는 '우리에게 제약이 있다고는 하나도 느끼지 않고' 인생을 마음대로 설계할 수 있다고 확신하며 어른이 됐다. 패트릭은 그것을 '어린 시절의 진정한 선물'이라고 불렀다.[27] 한 백인 선생님으로부터 예상치 못한 장학금 소식을 전해 듣고, 그는 사우스사이드를 탈출해 밀턴 아카데미의 기숙사로 갈 수 있었다. 그리고 나중에 하버드 대학에서 학위를 두 개 딴 뒤 매사추세츠 최초의 흑인 주지사로 선출되었다. "그분들은 내가 괴로움에 빠져 있기를 원치 않으셨습니다. 오히려 그로부터 벗어나 더 넓은 세상으로 나아가 특별한 일을 할 수 있다고 믿기를 바라셨지요."[28] 훨씬 나중에야 그는 가족들이 자기를 보호하기 위해 얼마나 애썼는지 알게 되었다. 가족이 매달 켄터키를 방문할 때 할머니가 꼭 음식을 싸간 이유는 돈이나 시간을 아끼려는 게 아니었다. 식당이 흑인 손님을 거절해서 아이들이 길에서 모욕당하는 일을 겪지 않게 하려는 배려였던 것이다.

크레이그 로빈슨은 1979년 프린스턴에 가기 전까지는 가족이 가진 돈이 얼마나 보잘것없는지, 그들이 얼마나 작은 아파트에서 살고 있는지 전혀 알지 못했다. 그 이후에야 그는 자기 가족이 '가난하다'는 결론에 이르렀다.[29] 아버지는 정수장에서 정기적으로 임금이 인상되었고, 가족은 일상적인 근검절약이 몸에 배었으며, 사우스유클리드에서 주택을 공유한 덕에 생활비를 줄일 수 있었다. 여행은 항상 차를 이용했다. 외식이란 보통 친척 집에서 먹는 저녁식사를 의미했다. 자동차 전용 극장에 갔을 때 메리언은 집에서 팝콘을 튀겨서 갔다. 디저트는 일요일 저녁식사에만 맛볼 수 있고, 프레이저가 크레이그의 머리를 잘라줘 이발비를 아꼈다. "학교에서 먹는 점심은 종종 남은 음식으로 만든 샌드위치였어요. 1년에 한 번 서커스를 보러 가는 건 큰 행사였죠. 금요일에 피자를 먹는 건 대단한 행복이었어요"라고 미셸이 말했다. 피자는 보통 성적을 아주 잘 받았을 때 상으로 먹을 수 있었다.[30] 어쩌다 스테이트가나 미시간가에 갔지만 쇼핑 때문이 아니었다. 크리스마스 장식을 단 북적거리는 상점들을 유리창 너머로 들여다보는 것이 전부였다. "텔레비전이 고장 났는데 고칠 돈이 없다면 나가서 신용카드로 새로 살 수

미셸 오바마

도 있겠지요"라고 메리언이 설명했다. "물론 카드 대금을 제때 치를 수만 있다면요."[31]

초등학교에 다닐 때, 크레이그는 어느 날 집안의 경제 사정이 궁금했다. 그래서 부엌 식탁에 앉아 있는 아버지에게 달려가 "우리 부자예요?"라고 물었다. 그는 아버지에게 자기 집이 부자인 것 같다고 말했다. 이유는 메리언이 전업주부이고 프레이저는 시에서 제공한 안정적인 직업이 있기 때문이었다. 프레이저는 다음 월급 날 수표를 은행에 입금시키지 않고 현금으로 바꿔서 지폐 다발을 집에 들고 왔다. 약 1천 달러 정도 되는 돈이었다. 그는 침대 밑에 지폐들을 펼쳐놓았다. 크레이그가 한자리에서 본 것 중 가장 큰돈이었다. "와, 우리 부자다!" 크레이그는 탄성을 질렀다. 프레이저는 거기서 각종 공과금을 집어 들었다. 전기세, 가스비, 전화비, 집세, 차할부금 등. 그러고는 봉투를 한 다발 가져와서 각각 돈을 집어넣었다. 식료품비와 매달 고정비용도 제했다. 작업을 마치자 달랑 20달러짜리 지폐 한 장만 남았다. 크레이그는 실망하지 않고 20달러도 무척 큰돈이라고 말했다. "월급을 받을 때마다 20달러씩 모을 수 있는 거지요?" 프레이저는 크레이그에게 자동차극장과 가끔 사 먹는 테이크아웃 음식을 상기시켰다. 남는 게 없었다.[32]

프레이저 로빈슨 3세는 아버지와 달리 자식들에게 대단한 열정을 쏟았다. 아이들을 각각 '캣'과 '미셰'라고 불렀고 아이들의 활동과 성취를 대단히 자랑스러워했다. 밤 10시부터 아침 6시까지 야간 근무를 하고 아침에 돌아와서도 침대로 가기 전에 아이들 아침밥을 차려놓곤 했다.[33] 미셸의 무용 발표회와 크레이그의 경기에도 참석했다. 동네 농구장에서 크레이그와 시간을 보냈고, 미시간 중부의 전원 휴양지인 듀크스 해피 홀리데이 리조트에 방을 잡아 같이 농구를 하고 노련한 코치를 물색해 아들을 가르쳤다. 그는 아들과 이발소에 함께 가서 세상 돌아가는 얘기를 듣게 해주었다. 물론 음담패설은 어머니에게 전하지 말라고 당부했다. 그는 격언을 자주 인용했다. 가장 좋아한 말은 '똑똑한 사람은 자기 실수에서 배우지만, 지혜로운 사람은 다른 사람의 실수로부터 배운다'였다.[34] 프레이저에게는 아이들이 그의 높은 기대에 부응하고 싶게 만드는 힘이 있었다. "만약 아버지를 실망시키면 모두가 울어버릴 것만 같았어요"라고 크레이그는 말했다.[35] 그가 처음으로 맥주를 마신 것은 대학생 선수 선발 여행에서였다. "부모님을 실망시킬 만한 짓을 하자고 꼬드기는 친구조차 없었습니다. 전혀요. 왜냐하면 아들로서 엄마와 아빠를 실망시키는 것은 최악의 수치가 될 테니까요."[36]

프레이저의 친구들과 친척들은 한결같이 그를 사교적이고 관대하며 신망 있는 인물이라고 평했다. '가족, 친구들, 그리고 시카고의 모든 낯선 이들에게 비공식적인 상담사'였다.[37] 메리언의 동생 그레이스 헤일은 "프레이저는 무슨 일을 하든 모든 걸 쏟아부었어요. 무엇을 하든 끝까지 밀어붙였죠"라고 말했다. "자기 직업을 생각하는 방식, 매일 직장에서 주어진 일을 해내려는 의지, 자식 교육에 대한 고집. 무슨 수를 써서든 아이들 교육만큼은 시킬 수 있다고 생각했어요. 아이들에게 최고를 주고 싶어했고, 또 그렇게 했지요. 그런데 그걸 못 보고 갔으니."[38] 메리언의 삼촌 윌리엄 테리의 건강이 나빠졌을 때, 프레이저는 출근 전과 퇴근 후에 항상 그를 문안했다. 테리의 턱수염을 면도해주고, 머리를 잘라주고, 목욕시키고, 화장실에 데려갔다.[39] 가족의 말을 주의 깊게 들었고 조언을 아끼지 않았다. "내 인생 문제, 아내, 아이들 얘기를 하고 싶을 때 찾아가곤

미셸 오바마

했지. 올드피츠 한 병과 진저에일, 땅콩 한 줌을 놓고 진지한 대화를 나눴어. 형님은 나한테 많은 걸 가르쳐줬다고"라고 노메니는 말했다. 노메니는 종종 친척들로부터 떠돌이라거나 심하게는 음모가라며 따돌림을 당했다. "내가 항상 최선의 결정을 해서가 아니라 내가 무슨 결정을 하든, 무엇으로부터 벗어나고 싶어하든 형님은 나를 위해 최선의 것을 해주고 싶어했어. 항상 그렇게 느껴졌어. 형님은 사물을 전체적인 눈으로 봤거든."[40]

프레이저가 그런 안목을 갖게 된 주요 원천은 다발성경화증으로 몸이 쇠약해진 데 있었다. 질병은 여러 가지로 발목을 잡았다. 회화와 조각을 향한 열정도 예외는 아니었다. "그렇게 몸이 나빠지지 않고 우리를 키우느라 일해야 하는 처지가 되기 전에, 만약 선택권이 있었다면 아버지는 예술가가 되었을 거예요"라고 미셸은 말했다.[41] 다발성경화증은 누구에게 발생할지, 증세가 얼마나 심각할지 예측할 수 없다. 진단 또한 어렵기로 악명이 높다. 1965년에 서른 살이 되어 사우스쇼어로 이사했을 때, 그는 이미 병들어 있었던 것으로 추정된다.[42] 프레이저가 어디가 아픈지 스스로 알기 훨씬 전부터 아이들은 그가 점점 약해지고, 뒤뚱거리고, 작업복 단추를 채울 때 손을 떨며 힘겨워하던 걸 보았다. 미셸은 "저는 아버지가 뛰어다니는 모습을 한 번도 본 적이 없습니다"라고 말한 적도 있다.[43] 프레이저는 처음에는 지팡이를 사용했고 그다음에는 목발을 짚었다. 목발에는 팔을 감싸는 고리가 있었다. 나중에는 목발을 두 개 짚었고 그다음에는 보행 보조기를 사용했다. 자식들이 대학에 들어갔을 때는 휠체어와 동력 스쿠터를 이용했다.

"어린아이였을 때도 저는 아버지가 아픈 날이 무척 많다는 것을 알았습니다. 침대에서 일어나는 것마저도 엄청나게 힘겨운 날이 많다는 것도 알았습니다." 2012년 민주당 전당대회에서 미셸은 대의원들에게 말했다. "그렇지만 매일 아침 저는 아버지가 웃으면서 일어나 보행 보조기를 잡고, 세면대에 몸을 기대서 천천히 면도한 뒤 작업복 단추를 채우는 모습을 보았습니다. 그리고 하루 종일 일하다가 집에 돌아오실 때면 오빠와 저는 아파트 계단 꼭대기에 서서 아버지를 맞으려고 끈기 있게 기다렸습니다. 아버지는 손을 뻗어 한쪽 다리를 들어올리고 그다음에 다른 쪽 다리를 올리는 식으로 천천히 계단을 올라와 우리 품에 안겼지요." 그는 병원 신세를 지지 않는 걸 자랑으로 여겼고 거의 하루도 일을 빠지지 않았다.[44] 그는 부당하게 자기 삶을 덮친 불행에 어떤 불평도 늘어놓은 적이 없다. 미셸은 아버지를 모범으로 삼았다고 자주 언급했지만, 그의 질병이 자기에게 어떤 영향을 미쳤는지는 세세하게 설명하지 않았다. 그렇지만 체계적이고 절도 있는 생활을 좋아하는 미셸에게서 그 흔적은 엿볼 수 있다. "장애를 지닌 부모가 있을 때는 체계적인 관리가 무척 중요한 습관이 됩니다. 그저 하루를 무사히 보내기 위해서라도요"라고 미셸은 말했다.[45]

댄 맥심은 1970년에 정수장에서 일을 시작했다. 그때도 프레이저는 이미 절뚝거렸던 걸로 그는 기억했다. 그리고 세월이 가면서 점점 더 건강이 나빠지는 걸 지켜보았다. "장애인 시설에 갔어야 할 사람이 거기 있었지. 매일 일했어. 내가 그때까지 살면서 안 어떤 사람보다도 씩씩했지. 정직하고 양심적이고 부지런했어. 몸이 불편해도 불평하는 법이 없었지. 온순한 사람이었고. 그 사람이 욕하는 건 딱 한 번밖에 못 봤다니까."[46] 그건 월급날 정수장에 들러 임금을 챙겨간 동료가 근무 교대시간을 두 시간 넘겨 전화로 병가를 신청했을 때였다. 맥심은 또 크레이그의 농구 경기에 간 일을 떠올렸

미셸 오바마

다. 그는 크레이그가 자기를 깍듯이 맥심 씨라고 불러주는 것에 깊은 인상을 받았다. "많이 웃었어. 스포츠 얘기를 많이 했지. …크레이그나 미셸이 뭔가를 이뤄냈을 때마다 늘 나한테 이렇게 말했어. '무슨 일이 있었는지 알아? 크레이그가 오늘 처음으로 덩크슛을 했다니까'."

프레이저는 자식을 대견해했고 아이들이 있어 즐겁다는 걸 스스럼없이 드러냈다. 메리언은 한 인터뷰에서 남편은 자식들이 "신이 보내준 최고의 아이들이라고 생각했어요"라고 말했다.[47] 그런 마음은 크레이그와 미셸에게 고스란히 전해졌다. "내가 얼마나 똑똑한지, 얼마나 착한지, 사람들을 얼마나 기쁘게 만드는지, 얼마나 성공할 수 있는지 끊임없이 상기시켜주는 가족이 있다는 건 행운이에요. 부모님은 우리에게 자신감을 심어줘서 남들보다 유리한 출발선에 서게 해주었죠"라고 크레이그는 말했다. "진부한 소리로 들리겠지만, 그게 바로 우리가 성장한 과정입니다."[48]

71번가를 덜컹거리며 달리는 기차를 혼자서 탈 만큼 성장하기 전까지 미셸에게는 자전거가 바깥세상으로 나가는 여행 수단이었다. 가장 좋아하는 목적지이자 처음으로 혼자 떠난 여행에서 가장 멀리까지 간 곳은 레인보 해변이었다. 미시간 호숫가에 넓게 펼쳐진 공용 모래사장까지 자전거 페달을 밟아 힘들이지 않고 갈 수 있었다. 가끔은 친구들과 자전거 여행을 함께했다.[49] 시에서 개최한 여름 캠프에서 열 살이던 미셸은 상스러운 말버릇 때문에 베스트 캠퍼 상을 놓쳤다. "막 욕을 배우는 성장기를 지나고 있었어요. …캠핑이 끝날 무렵 캠핑 대장이 말하는 거예요. '네가 베스트 캠퍼가 될 수 있었다는 사실을 아니? 그런데 넌 욕을 너무 많이 했어'라고요."

미셸은 그 말을 듣고 놀랐다. "좀 냉정해져야겠다고 생각했지요."[50]

1970년대 중반에 레인보 비치가 미셸의 인생 여정에서 한 부분을 차지했다는 사실은 시대가 변하고 있다는 의미였다. 불과 십수 년 전만 해도 전통적인 블랙 벨트의 경계를 넘어 흑인이 이주하면서 75번가부터 79번가까지 호숫가는 분쟁이 잦은 지역이었다. 백인 인명구조대와 해변 이용객은 흑인을 반기지 않았고 항의하기 일쑤였다. 1961년 7월 NAACP 청년협의회를 위시한 흑백연합시위대가 '자유 웨이드인freedom wade-in'*을 벌였다. 반대자들이 돌을 던져 시위자에게 상해를 입혔다. 사우스쇼어의 꼬마 미셸 세대에게 이미 그런 투쟁은 역사가 되었지만, 1970년대에 크레이그는 진보는 단번에 완성되지 않는다는 것을 일깨워주는 사건을 겪었다. 날씨가 따뜻한 어느 날 그는 골드블랫 백화점에서 새로 산 자전거를 타고 레인보 비치를 지나고 있었다. 한 흑인 경찰이 그를 세우고 자전거 도둑으로 몰았다. 크레이그는 항변했지만 소용없었다. 경찰관은 크레이그를 차에 태워 자전거를 가지고 집으로 데려갔다. 메리언은 경찰관을 마당에 붙잡아놓고 족히 30분 이상을 흑인 아이라고 범죄자로 속단하는 것은 잘못이라고 장광설을 늘어놓았다. 크레이그는 2층 창문 너머로 그 광경을 지켜보고 있었다. 메리언은 경찰에게 다음 날 다시 찾아와 사과하라고 했고, 그는 그렇게 했다.[51]

사우스유클리드가 7600 블록에 사는 크레이그의 친구 레너드 주얼 2세는 어린 시절 사우스쇼어에서 자전거 타던 일을 소중한 추억으로 간직하고 있다. 하지만 그도 자전거에 얽힌 아픔이 있었다. 초등학교 친구들과 사우스쇼어 컨트리클럽으로 자전거를 타고 갔

---

* 흑인이 백인 전용 풀장에 들어가 인종 차별에 항의하는 것.

을 때였다. 그곳에는 9홀 골프장과 전용 비치가 있었는데 원래 백인 개신교도에게만 개방되고 유대인과 흑인은 들어갈 수 없는 곳이었다. 백인 경비가 자전거 무리를 막아서면서 "너희는 들어갈 수 없어'라고 했어요." 주얼은 틀림없이 피부색 때문에 거절당했다고 느꼈고, 마음에 '끔찍한' 상처를 입었다고 털어놓았다.[52] 그렇지만 레인보 비치가 변하는 세월에 무릎을 꿇었듯 클럽도 마찬가지였다. 백인이 떠나면서 회원 수가 줄어들자 클럽은 매물로 나왔다. 매수를 희망한 무리 중에는 무하마드 알리가 주축이 된 그룹도 있었다. 알리는 클럽 근처에 살고 있었다. 클럽은 결국 시카고 공원관리국에 매각되었다. 1992년 미셸과 버락은 그곳에서 결혼 피로연을 열었다.

미셸은 지독한 공부벌레가 되었다.[53] "누구보다도 열심히 공부했다"고 크레이그는 말한다. "농구 연습을 마치고 집에 오면 걔는 공부를 하고 있었어요. 내가 소파에 앉아 텔레비전을 봐도 계속 공부를 했죠. 텔레비전을 껐을 때도 여전히 공부하고 있었어요."[54] 그들은 브린모어 초등학교에서는 2년 차이였지만 케네디킹 대학의 속성 과정을 함께 다녔다. 미셸은 거기서 생물학과 불문학 강의를 들었다. 주얼도 같은 대학에 합류했고, 매주 동네 밖에서 만났다. 그도 한 학년 월반했지만 미셸과 크레이그가 자기보다 더 열심히 공부한 것으로 기억했다. 그래서 그건 로빈슨 가문에 전해 내려오는 가풍이 아닐까 추측했다. 프레이저와 메리언은 "아주, 아주, 아주 강철처럼 강하다"고 주얼은 말했다.[55] 그들이 받들던 가치는 그로서는 도저히 도달할 수 없어 보였다. "로빈슨 부인이 정말 좋았어요. 그분을 절대로 화나게 하고 싶지 않았죠. 로빈슨 씨는, 정말 무서웠어요. 그 당시 저는 카멜레온 같았습니다. 제 할머니께서는 '너는 좀 줏대가 있어야 해. 개성을 가지란 말이야'라고 말씀하셨죠. 하지만 저는 '그딴 게 뭔데요?' 하는 식이었어요."

주얼은 시카고에서 수의사로 성공하기까지 여러 번 정체성의 위기를 겪었다. "8학년일 때 진로를 정했습니다. 고등학교에 입학하고 내 나름대로 활동하면서 스스로 결정하는 위치에 있었죠. 로빈슨 씨와 부엌 테이블에 마주 앉았을 때가 기억납니다. 그분은 그냥 저를 물끄러미 쳐다보았어요. 침착하고 고요하면서도 강인한 사람이었습니다. 저는 왠지 사기꾼이 된 느낌이었어요." 주얼은 두 가족이 살아가는 방식에서 극명하게 대비된다는 것을 알아차릴 수밖에 없었다. "우리는 가진 게 아주 많았어요. 우리 집은 정말 번쩍번쩍한데, 그들은 코딱지만 한 곳에 웅크리고 살았어요. 그건 상자였어요. 작은 칸 하나가 미셸의 자리이고 다른 작은 칸은 크레이그 것이었죠. 작은 거실에 좁은 부엌에 아주 조그마한 욕실이 전부였어요. 그렇지만 그들은 제가 본 사람들 중 가장 올바른 사람들이었습니다."[56]

미셸은 무엇이든 못하는 걸 싫어했다. 크레이그는 "미셸은 진짜 지는 걸 싫어해요. 그래서 그렇게 성공한 거죠"라고 말했다.[57] 첫 번째 도전은 피아노였다. 로비 이모가 가르쳤다. 집에는 피아노가 있었는데, 2층 아파트로 올라가는 벽면에 붙여 놔두었다. 크레이그도 피아노를 쳤는데 그다지 잘 치지 못했고 열심히지도 않았다. "미셸이 너무 오래 피아노를 쳐서 그만하라고 말려야만 했어요"라고 메리언은 말했다.[58] 미셸이 십대가 됐을 때는 브로드웨이 쇼의 곡, 재즈, 팝송을 연주했다. 농구 경기 전에 크레이그의 신경을 안정시키려고 만화《피너츠Peanuts》의 주제곡을 들려주기도 했다.[59] 미셸과

미셸 오바마

메리언은 자주 농구 경기장을 찾았다. 그들은 쉽게 이기는 경기를 좋아했지만 아슬아슬한 것은 참지 못했다. 경기가 막상막하로 흘러가고 종료 시각이 가까워오면 외면하거나 아예 경기장을 떠나버렸다.[60]

아이들만 승부욕이 강한 게 아니었다. 메리언은 1996년 예순 살이 되기 직전 일리노이 시니어 올림픽 달리기 종목에 출전해 50미터를 9.39초, 100미터를 20.19초에 주파하며, 두 종목 모두 동일 연령대 3위로 입상했다. 이듬해 예순 살이 되어서는 50미터를 8.75초, 100미터를 18.34초로 단축하고 60~64세 부문에서 우승을 차지했다. 1998년에는 두 종목에서 2위를 했다.[61] 그리고 넘어져서 다친 후에 출전을 그만두었다. "더 빨리 뛸 수 없다면 아예 도전하지 않았지." 일흔 살의 메리언은 말했다. "그냥 달리는 게 아니야. 이기려고 달리는 거지."[62]

미셸은 스포츠를 좋아하는 가정에서 자라 승부욕도 강하고 자질도 있었지만 육상 선수단에서 잠시 활동한 것을 빼고는 대체로 선수 활동을 삼갔다.[63] "키 큰 여자도 다른 활동을 할 수 있다는 걸 보여주고 싶었어요. 판에 박힌 대로 살고 싶지는 않았거든요."[64] 180센티미터까지 자랐지만 농구는 크레이그의 특기였고 그녀는 이미 크레이그 로빈슨의 여동생으로 알려져 있었다. 미셸은 소녀 시절 발레를 시작해 휘트니 영 고등학교 때까지 무용을 했다. 1981년 졸업 앨범에는 그녀가 무대에서 왼발로 바닥을 박차고 올라 발가락을 쭉 편 채 오른 다리를 높이 치켜들고 팔은 균형을 잡으려고 활짝 펼친 자세로 찍은 사진이 있다. 흐트러짐 없이 완벽한 자세였다. 어른이 된 후 미셸은 벽에 주디스 재미슨의 솔로 댄스 대표작인 《크라이Cry》 공연 사진을 걸어두었다. 《크라이》의 안무가 앨빈 에일리는 '모든 곳의 흑인 여성, 특히 우리 어머니들'께 이 작품을 헌정했다. 재미슨은 작품 속 인물에 대해 '노예제의 시련 속에서 태어나 사랑하는 사람을 잃으며, 거대한 시련과 역경을 극복해야 한 우리 앞 시대의 여성들을 대표한다. 고통과 분쟁의 세상을 뚫고 나와 그녀는 자신의 길을 발견하고 마침내 승리했다'라고 적었다.[65]

미셸이 다닌 휘트니 영 고등학교는 켄터키 분리 지구에서 태어난 흑인 남성의 이름에서 따온 것이다. 휘트니 영은 1961년 전미도시 연맹 National Urban League 의장이 되었고 조직의 영향력을 확장시켰다. 하지만 인종 문제로 점점 소란스러워질 때, 영은 흑인들로부터 린든 존슨 대통령과 백인 재계 인사들에게 구애한다고 비난받았다. 그렇지만 그는 건설적인 타협은 선이라 여기고 자기를 일종의 다리로 여기면서 후에 미국의 소수집단 우대 정책 affirmative action 으로 알려질 정책을 추진해나갔다. "저는 혼자 가만히 생각해봅니다. 이 기차를 박차고 뛰쳐나가 125번가에 서서 백인 놈을 욕하며 내가 강하다는 걸 과시해야 할까요? 아니면 시내로 가서 제너럴 모터스 사장과 흑인 실업자를 위한 일자리 2천 개에 대해 논의해야 할까요."[66] 미셸은 영에 관한 역사를 배웠고 그를 우러러보았다. 백악관에서 그의 일대기를 다룬 다큐멘터리 영화《정계 실력자: 휘트니 영의 인권 투쟁 Powerbroker: Whitney Young's Fight for Civil Rights》을 상영했을 때, 미셸은 학생들에게 "영은 품위를 활용했습니다. 모든 차별과 도전, 그리고 모든 위협을 제압하기 위해 그는 지성과 놀라운 유머 감각에 의지했습니다"라고 말했다.[67]

1975년에 그의 이름을 따 개교한 고등학교는 실험적인 학교였다. 다양한 인종과 민족 출신의 재능 있는 학생들을 한데 모으는 마그넷 스쿨*이었다. 사우스사이드 출신 흑인으로 대학졸업자인 에이바 그린웰은 '새로운 세상이 열리는 경험'이었다고 말한다.[68] 시카고 도시연맹은 "아마도 시카고에 있는 학교 중 최고일 것이다. 시설이 훌륭하고 매력적인 교과과정을 갖췄다"고 평가했다.[69] 연맹은 새로운 공립학교가 가져올 문제점을 인정하면서도 수년간 그 사업을 추진했다. 문제점이란 선망하는 학교에 매년 수백 명은 입학하겠지만 시카고의 십대 수천 명은 이류 학교에 갈 수밖에 없다는 것이었다. 연맹국장 제임스 W. 콤프턴은 "최근 마그넷 스쿨 사업이 거둔 성과가 대단히 기쁩니다. 그러나 이 사업이 가장 도움이 절실한 사람들과 지역의 이익에 눈감는 대가로 발전하는 것은 원하지 않습니다"라고 했다.[70]

1974년 즈음, 시카고의 흑인 인구가 증가하면서 고등학생의 51.7퍼센트가 흑인이었으며, 초등학생 흑인 비율은 57.8퍼센트였다. 초등학생 백인은 28.3퍼센트에 불과했다. 휘트니 영 고등학교의 인종별, 민족별 입학 배분은 명확했다. 도시 전역에서 학생을 모으는데, 전체 모집 학생은 흑인 40퍼센트, 백인 40퍼센트, 스페인어권 10퍼센트, 기타 5퍼센트, 그리고 후원에 의한 '교장의 선택'이 5퍼센트로 배정되었다. 대체로 지리적인 요인까지 감안하면 교장의 선택은 전 학생의 10퍼센트를 점했다. 성적으로 보자면 적어도 입학생의 80퍼센트 이상은 시 차원에서 시행하는 시험에서 '평균 이상'이었다. 교장 버나르 E. 도슨은 대기자 명단을 설명하면서, 지원자 이름과 함께 제출하는 정보에 주소, 인종, 성별, '성취도' 그리고 지원자, 선생님, 상담자의 평가가 포함되어야 한다고 말했다.

* 인종이나 구역에 관계없이 다닐 수 있고 뛰어난 설비와 교과과정을 갖춘 학교.

'휘트니 영의 교육과정과 가장 잘 어울리는 학생'을 선발할 것이라는 뜻이었다.[71]

미셸이 입학하기 2년 전에 개교한 이 학교는 사우스사이드, 웨스트사이드, 노스사이드에서 십대들을 모았다. 시카고 도심 바로 서쪽에 위치한 학교에 들어가는 데 운 좋게 성공한 학생들은 곧 휘트니 영 고등학교는 다른 곳에서는 만날 수 없을 학생들이 총집합한 섬(몇몇은 오아시스라고 생각했다)과 같다는 사실을 알게 됐다. 그들은 공부하고, 수업에 참여하고, 캠퍼스에서 한데 어울렸다. 하지만 서로 멀리 떨어진 집으로 흩어지고 나면 아침 종이 울릴 때까지 만나지 못했다. 제프리 윌슨은 1975년에 입학해 미식축구부에서 센터와 수비 태클을 맡으며 합창부에서 노래했는데, 초등학교 시절 친구들이 있는 웨스트사이드에서 멀리 떨어져 있다는 게 기묘하게 느껴졌다. 걸어서 갈 수 있는 인근 학교를 놔두고 L전철*을 타고 이동해 두 블록을 더 걸어야 했기 때문이다.

"휘트니 영 학교는 슬럼가 한가운데 있었어요. 을씨년스러웠지요"라고 윌슨은 회상했다. "주변에는 낯선 공장과 벽돌 건물 들이 있었어요. 대부분 비어 있었죠. 바로 두 블록 떨어진 매디슨에는 빈민굴이 있었고요. 노숙자와 부랑인 들이 하루 종일 어슬렁거렸어요. 우리가 축구를 하면 그들은 둘러서서 구경했어요. 어떤 때는 경기 중에 그 사람들이 말을 걸기도 했지요."[72] 학교의 목적과 정신은 명확했다. "시카고는 이 나라에서 흑백 분리가 가장 심각하다고 여겨지던 당시에 시행된 거대한 실험이었습니다. 우리는 그걸 당

---

* 시카고 다운타운, 일명 Loop와 시카고 외곽을 연결하는 전철. Loop에서는 고가도로 위로 운행하기 때문에 Elevated train이라는 명칭에서 'EL' 혹은 'L'로 불리게 되었다.

연하게 받아들였던 것 같아요. 저에겐 백인 친구들이 있습니다. 흑인 친구들도 있고요. 백인 남자 친구도 있고 백인 여자 친구도 있어요." 동시에 그는 흑인 학생으로서 흑인 십대는 가지 말아야 할 동네가 있다는 것도 배웠다. "흑인 아이가 어떤 동네에 가서 충격을 받는 건 그렇게 드문 일이 아니었어요. 우리 모두 해당되는 얘기였죠"라고 윌슨은 말했다. 그는 학교 생활이 바깥과는 달랐던 것에 감사했다. "일과를 마치면 백인 친구들은 자기 갈 곳으로 돌아가고, 흑인 친구들도 자기 갈 곳으로 갔어요. 우리가 섞이는 시간은 학교나 학교와 관련된 행사에서, 또는 다른 동네 누구와 데이트할 때뿐이었어요." 윌슨은 시카고의 일상과 관련된 교과 내용을 떠올리며 웃었다. "특히 사회 시간에는 수업 참여도가 대단했어요. 선생님들이 전달하는 메시지가 우리가 사는 곳과 직결되었거든요. 전혀 추상적이지 않았죠."[73]

윌슨은 다른 세상 사이에 끼어버린 듯한 느낌을 기억했다. 단지 흑과 백뿐만 아니라 흑인사회 간의 이질감도 있었다. 그가 성장한 가정은 철저한 노동자 계층 대가족이었다. 그는 형제만 일곱 명이라 같은 차를 타고 어디를 가본 적이 없다. 아버지는 미시시피 출신으로 엔턴만 제과에서 반죽공으로 일했다. 어머니는 앨라배마 출신으로 냉동식품 가공업체인 사라 리Sara Lee 공장의 컨베이어벨트에서 28년을 보냈다. 한 시간 이상 차로 출근해서 새벽 4시부터 빵틀에 반죽을 채워 넣는 일을 했다. 윌슨의 부모는 그에게 끊임없이 분명한 목표를 제시했다. 사는 건 힘들다, 너는 할 수 있다, 열심히 해라. 교육, 교육, 교육. 하지만 윌슨이 휘트니 영에 입학했을 때 동네 아이들 몇몇은 그를 놀렸다. 아이들은 그가 아주 특별하고, 아주 똑똑하고, 아주 건방진 게 분명하다고 말했다. 윌슨이 자기방어

수단으로 선택한 것은 흑인식으로 말하는 것이었고, 휘트니 영에서도 그렇게 했다. 하루는 복도에서 친구에게 "나는 체육관으로 갈 거야"고 말했는데, 발음이 후음과 섞이고 딱딱 끊어지지 않아 '난제 유까느로가꺼야'와 같이 들렸다. 프랑스어 선생님이 그 말을 듣고 "학생, 왜 그렇게 말하지?"라고 물었다. 윌슨은 다시 그 말을 반복했다. 선생님은 그를 교실로 따라오라고 손짓한 후 문을 닫고 명령했다. "다시는 그렇게 말하지 말거라." 선생님은 윌슨이 정확한 발음으로 여러 번 문장을 반복하도록 시킨 후 돌려보냈다. "2분이 채 안 돼서 다른 아이가 내게 어디 가냐고 묻기에 저는 또 '난제유까느로가꺼야'라고 말했어요." 선생님은 여전히 그를 지켜보고 있었다. "선생님의 서늘한 시선을 보고 나서 다시는 그러지 않았어요." 그는 휘트니 영에 있는 것이 좋았다. "학교에 있는 게 무척 즐거웠어요. 학교에 남아서 농구팀, 배구팀, 수영 팀이 연습하는 걸 지켜봤지요."[74]

미셸은 열세 살 때 대중교통으로 사우스사이드에서 휘트니 영까지 통학했다. 학교는 개교 3년차였다. 집 근처에서 버스를 타고 레이크쇼어 고속도로로 가 미시간 호수를 따라 북으로 13킬로미터를 달리면 고층 빌딩이 즐비한 도심에 닿았다. 그곳에서 다시 버스나 기차로 갈아탔고 마지막에는 걸었다. 통학은 편도만 최소한 한 시간 이상이 걸렸다. 한겨울에는 등하교길이 모두 어두웠다. 가끔 북부행 버스에 앉아 가려고 다른 버스를 타고 남쪽으로 몇 정거장 내려가서 버스를 타곤 했다. 그러자면 30분이 늘어났지만 그래도 앉아서 공부할 시간을 벌 수 있었다.[75] 등굣길 동반자이자 절친한 친구로 산티타 잭슨이 있었다. 그녀는 흑인 인권운동가이자 후에 대통령 후보로 나서는 제시 잭슨 목사의 딸이었다. 두 소녀는 십대 때 집을 오갔으며 어른이 돼서도 친구로 지냈다. 잭슨은 미셸의 결혼식에서 축가를 불렀다.

로빈슨 가족에게는 통학 거리가 문제이긴 했으나 새로운 마그넷 스쿨에 지원하는 것은 재론의 여지가 없었다. 사우스쇼어 고등학교는 건축 상의 결함, 기물 파손, 그리고 개교 후 관리 소홀로 몸살을 앓고 있었다. 1960년대 중반에 '기능과 설계에서 모범'이 되겠다는 기치 하에 건립된 학교는 2년 늦게 문을 열었고, 수백만 달러를 쏟아부었지만 여전히 공사가 마무리되지 못했다.[76] 크레이그는 그 학교는 제쳐두고 마운트카멜 남자고등학교에 진학했다. 그곳에서 농구 대표선수로 활동했다. 그는 스스로 '늘 아웃사이더이자 인종 소수자이자 똑똑한 운동선수였다'고 설명했다.[77] 미셸은 휘트니 영에 진학하는 것이 동네 고등학교의 한계를 뛰어넘는 중요한 한 발이라는 사실을 알았다. 그렇지만 시카고 도시연맹 국장인 제임스 W. 콤프턴이나 『태양 속의 건포도』의 레나 영거와 마찬가지로 동료 수백 명이 그런 기회를 갖지 못했다는 사실도 알고 있었다. 크레이그와 미셸은 같은 방을 쓸 때 잠들기 전에 서로 노트를 비교하곤 했다. 크레이그는 "동생은 항상 누가 학교에서 괴롭힘을 당했고 누가 가정환경이 어려운지 얘기했어요"라고 말했다.[78]

미셸은 휘트니 영에 들어가서도 케네디 킹 대학의 영재 프로그램에 참여했고 초등학교 차석 졸업생에게 걸맞은 실력을 계속 유지했다. 그녀는 도시를 순회하는 합창단에서 노래했고, 사회 활동을 조직하는 데 기여했으며, 졸업반 회계 담당자로 출마해 선출됐다. 선거는 팽팽한 접전이었고, 연설할 때는 신경이 곤두설 정도였다. 학교 기금 모금 홍보위원회에서 일했으며, 대학 과목 선이수제

과목*을 들었고, 명예학생 단체National Honor Society를 만들었다. 명예학생 단체의 회장은 산티타 잭슨이 맡았다. 대학 진학이 목표였다. 미셸은 "대입 지원서에 쓸 수 있는 모든 활동에 참여했어요. 내가 꿈꾸는 학교에 들어가겠다는 단 하나의 목표에 삶의 초점을 맞췄지요. …모든 과제물에 사활을 걸었고, 시험 점수 하나하나에 사력을 다한 것 같아요"라고 말했다.[79] 피아노 교습, 보모, 때로는 개 길들이기로 돈을 벌었다.[80] 졸업반일 때는 제본소에서 일했다. 바로 옆에서 동료 어른들이 별다른 선택권도 없이 남은 인생 내내 동일한 작업을 반복하는 광경을 목격했다.

고등학교에서도 변치 않은 미셸은 당당하게 권위에 도전했다. 휘트니 영에서 한 타자 교사가 학생들에게 타자 속도에 따라 성적을 매기겠다고 했다. 과정이 끝날 무렵 미셸은 분당 충분한 단어를 쳐 선생님의 기준에 따르면 A를 받을 수 있었다. 그렇지만 선생님은 A를 주지 않겠다고 했다. "미셸은 그 선생님에게 조르고 또 졸랐어요." 메리언이 말했다. "결국 내가 전화를 걸어서 미셸은 결코 그냥 넘어가지 않을 거라고 말씀드렸지요."[81] 또 한번은 임시 교사가 미셸의 이름을 알지 못했다. "미셸이 '제 이름이 뭐예요?'라고 물었지요. 미셸은 선생님이 자기 이름을 알 때까지 선생님 책상에 앉아 있었어요. 내가 미셸한테 말했지요. '선생님 책상에는 앉지 마'."[82] 미셸의 끈기는 보상받았다. 제본소에서 일하는 것과 함께 그녀는 미국의료조무사협회American Association of Medical Assistants 시카고 본부에서 몇 차례에 걸쳐 여름방학 동안 타자수로 일했다.[83]

휘트니 영에서 시야가 넓어지면서 미셸의 야망도 커졌다. 소녀

---

* 고등학생이 대학 진학 전에 대학 인정 학점을 취득할 수 있는 고급 학습과정.

시절에는 엄마가 되는 것이 꿈이었다. "왜냐하면 그게 제가 본 거였으니까요. 엄마가 저를 보살피는 걸 봤죠. 그런 게 늘 하던 놀이였어요. 의사나 변호사 놀이를 하지는 않잖아요."[84] 고등학교 졸업이 가까워지면서 직업에 대한 새로운 상상이 펼쳐졌다. 한동안 그녀는 소아과 의사가 될까 생각했다. 그러나 수학과 과학에 약했고, 그런 과목을 별로 좋아하지 않는다는 것을 깨달았다. 미셸의 약점은 시험을 잘 못 본다는 것이었다. 어머니가 보기에 두뇌는 문제될 게 없었지만 말이다. "나는 그게 심리적인 문제라고 확신해요. 왜냐하면 미셸은 열심히 공부했지만, 오빠는 옆구리에 책을 끼고 다니는 것만으로도 시험에 합격했으니까요"라고 메리언이 말했다. "그런 사람이 주변에 있으면, 이미 충분한데도 더 잘하고 싶게 마련이지요."[85]

미셸의 공부 태도와 시험 성적 사이의 괴리는 크레이그에게도 의문이었다. "미셸은 내가 공부하는 걸 못 봤을 거예요. 그런데 저는 항상 시험을 잘 봤지요"라고 그는 말했다. "미셸은 늘 공부했어요. 밤 11시나 12시까지 앉아서 숙제를 했어요."[86] 그녀는 새벽같이 일어나 공부하기도 했다. 집이 복잡하고 시끄럽다고 느껴 종종 새벽 4시 반이나 5시에 일어나 조용한 가운데 집중해서 숙제를 했다. 메리언은 그 밤들을 회상하며 『뉴욕 타임스』의 마이클 파월에게 말했다. "미셸은 밤늦게까지 공부했지만 나름 규칙이 있었어요. 내가 '아직 안 끝났니?'라고 물어도 그냥 묵묵히 계속할 따름이었죠. 미셸은 학교에서 꽤 잘했고, 좋은 성적을 받으려고 작정하면 꼭 해내고야 말았죠. 독립심이 강했고 의지가 굳셌어요."[87]

미셸은 32등으로 졸업했다. 뛰어나지 않지만 준수했다. 대학에 진학하면서 오라 C. 히긴스가 설립한 사우스사이드 재단으로부터 장학금을 약간 받았다. 오라 히긴스는 시카고 소매업체인 스피겔에서 인종 통합에 기여한 인물이다. 스피겔은 시대를 앞서 나가면서, 시카고 도시연맹의 현장활동가 히긴스를 '인사 자문역'으로 고용하고, 회사의 전단지 사업과 시카고 26개 매장에서 일할 흑인 수백 명을 고용하는 임무를 맡겼다. 그녀는 비서와 타자수부터 스텐실 작업자, 상업예술가, 회계사, 포장공에 이르기까지 많은 분야에서 노동자를 고용했다.[88] 흑인에게 괜찮은 일자리가 드물던 때여서 소문은 금세 퍼졌다. 프레이저 로빈슨의 고등학교 동창이고 스피겔의 집하장에서 일한 루벤 크로퍼드는 "사람들이 '스피겔로 가봐. 흑인 여자가 일자리를 나눠준대'라고 말했지요"라며 당시를 회상했다.[89] 또 다른 수혜자는 메리언이었다.[90] 메리언은 젊은 여성으로서 스피겔에서 비서로 일하고 있었다. 히긴스의 성공을 본 다른 백화점이 그녀를 고용하면서 메리언은 일약 시카고의 명사로 떠올랐다. 이후 노스웨스턴 대학에서 학위 두 개를 취득한 그녀는 1960년대에 워싱턴으로 건너가 노동부 대변인으로 일했으며 존슨 대통령과 사진을 찍기도 했다.[91]

히긴스는 미셸의 증조이모뻘이었고 실즈 가족모임에 늘 참석했다. 딸 머렐 더스터도 마찬가지였다.[92] 머렐은 대학 행정관이었는데, 아이다Ida B의 손자이자 흑인인권운동가인 벤저민 C. 더스터 3세와 결혼했다.[93] 머렐 더스터는 가족모임을 설명하면서 "우린 온갖 것을 얘기했지요"라고 말했다. "어머니는 늘 인권을 말했어요. 우리는 어릴 때부터 시카고를 비롯한 여러 곳에서 어떤 일이 벌어지는지 알았어요." 2010년 히긴스가 100살이 되었을 때 미셸은 축하편지를 보내며 그녀가 얼마나 큰 영감을 주었는지를 언급했다.[94]

미셸이 고등학교를 마칠 무렵 크레이그는 프린스턴 대학 2학년 기말고사를 치르고 있었다. 그는 마운트카멜 고등학교에서 주전으로 활약했으며, 위스콘신의 여름 농구 캠프에서 좋은 모습을 선보여 프린스턴의 조감독에게 스카우트되었다. 아이비리그 프로그램에 따라 그가 선수 선발 여행에 참여하려고 동부로 날아갔을 때 학교의 수석 코치인 피트 캐릴이 트레이드마크인 회색 운동복 차림에 싸구려 화이트올 시가를 물고 뉴저지 뉴어크 공항에 마중 나왔다. 프린스턴과 예일을 만화영화 《고인돌 가족 플린트스톤The Flintstones》의 '프린스스톤'과 '셰일'하고 동일시하던 일을 떠올리며 크레이그는 그 같은 관심에 감사를 표했다. 그런데 캐릴이 몸소 시카고까지 날아와 사우스유클리드 가의 가파른 계단을 올라와서 로빈슨 가족을 만나자 그는 한층 더 감격했다. 어느 날 두툼한 합격 통지서가 우편으로 날아들자 "사람들은 마치 내가 달에서 금방 돌아온 닐 암스트롱이라도 되는 양 반응했다"고 크레이그는 말했다.[95]

메리언은 크레이그에게 프린스턴이 올바른 선택이라고 분명히 말했다. "내가 이렇게 말한 것 같아요. '너는 키가 크고 흑인이야. 똑똑한 걸 아무도 모를 거야.' 그러니까 너는 꼭 거기 가야만 해."[96] 그렇지만 돈 문제가 있었다. 크레이그는 가슴이 찢어지는 것 같았다. 다른 대학은 전액 장학금을 제공했지만 프린스턴의 재정 지원 프로그램은 프레이저와 메리언이 매년 3천 달러 정도를 별도로 부담해야 했다.[97] "저에겐 2만 달러처럼 느껴졌지요"라고 크레이그는 나중에 말했다. 어느 날 밤 어머니가 싱크대에서 설거지를 하고 있을 때 크레이그는 식탁에 앉아 아버지에게 말했다. 아이비리그에 진학할 기회를 꿈꿔왔지만, 워싱턴 대학의 제의를 받아들일까 한다는 얘기였다. 워싱턴 대학은 좋은 학교였고, 훌륭한 감독에 훌륭한 농구 지원 프로그램이 있으며, 무엇보다 공짜였다. 아버지는 애써 꾸며 반응하거나 무엇을 하라고 말하는 대신, 긴 한숨을 내쉬었다. 그는 고개를 끄덕이고 손가락으로 턱을 가볍게 두드리다가 목소리를 가다듬고 "아들아, 네가 이렇게 중요한 결정을 우리 가정형편에 맞춰 내린다면 나는 굉장히 실망할 거다"라고 말했다. 크레이그는 아버지와 대화를 나눈 후 아무 말도 하지 않았다. 다만 하룻밤 더 생각해보겠다고 동의했는데 기분은 날아갈 것 같았다. "어깨에서 세상의 무게가 사라지는 것 같았어요." 아버지의 제안은 그의 건강이 악화되고 미셸이 아직 집에 남아 있는 상황에서 '지금까지 그누구에게서도 본 적이 없었던 크나큰 너그러움'으로 비쳤다.[98] 크레이그는 그날의 대화를 인생에서 가장 중요한 순간으로 기억했다. 나중에 그는 부모님이 프린스턴 대학 교육비의 상당 부분을 신용카드로 조달했다는 사실을 알게 되었다.[99]

대학에 지원할 때가 되자 미셸은 크레이그가 프린스턴에 갔는데 자기도 못 갈 이유가 없다고 생각했다. 그녀의 셈법으로는 자기도 오빠만큼 똑똑했으며, 게다가 분명히 더 열심히 공부했기 때문이다.[100] 그러나 휘트니 영 고등학교의 상담 선생님들은 그렇게 보지 않았다. 그들은 미셸이 성적에 비해 너무 눈이 높다고 했다. 선생님들의 평가에 미셸은 자신감을 잃고 혼란에 빠졌다. "화가 나기도 했어요"라고 30년도 더 지난 후 그녀는 말했다.[101] 인생에서 오래도록 기억에 남는 순간이었다. 이는 훗날 선거 유세 연설에서 중요한 내용이 되었고, 그녀가 젊은 청중에게 던지는 메시지가 되기도 했다. 버락 오바마의 대통령 선거 유세에서 그녀는 그 경험을 풀어놓았다. "버락의 당선은 저같이 '안 돼' '하지 마' '기다려' '너는 준비가 안 됐어' '너는 부족해'라는 얘기를 들어야 하는 아이들에게 희망을 줄 것입니다. 보세요, 저는 원래 여기 있어서는 안 되는 사람이었습니다. 시카고 사우스사이드 출신 흑인 여자아이로서 저는 프린스턴에 가면 안 되는 사람이었습니다. 왜냐하면 사람들은 내 성적이 낮다고 했으니까요"라고 그녀는 말했다. 미셸은 프린스턴과 하버드, 그리고 일리노이와 위스콘신 대학을 지원했다.[102] 그녀가 프린스턴에 제출한 논문은 '길고도 길었다'고 메리언은 회상했다. 그녀는 미셸이 '설득으로 길을 열었다'고 했다.[103] 오빠처럼 미셸은 합격했고 곧 자기 길을 갔다. 그녀는 한 계단 올라서서 세상 밖으로 나아갔다. 청춘에서 가장 큰 도약이었다.

오렌지와 검정

1981년 9월 프린스턴은 사우스사이드와는 동떨어진 세상이었다. 실제로 그곳은 대부분의 세상으로부터 멀리 떨어진 세상이었다. 스테인드글라스와 가고일*부터 이오 밍 페이**의 조각으로 장식된 날렵한 기둥에 이르기까지 캠퍼스는 명문 대학 분위기를 물씬 풍겼다. 대학 측이 기꺼이 내세워 광고하는 특징이었다. 신입생 모두가 이 학교의 나소 홀에서 1783년 대륙회의***가 개최됐다는 걸 알았고, 프린스턴 출신이 공화국 건국 이래 미국 최고위층을 장악해왔음을 알고 있었다. 프린스턴의 오렌지색과 검은색 방패 문양에는 라틴어로 'Dei sub numinae viget'라고 새겨져 있다. '신의 가호 아래 번창하라'는 의미로 해석되지만 익살꾼들은 '신이 프린스턴으로 갔다'고 바꿔놓기도 한다. 대학 임원들은 프린스턴이 최고의 대

---

* 교회 등 건물 지붕 귀퉁이에 놓는 괴물 석상.
** 중국계 미국인 모더니즘 건축가.
***독립전쟁 당시에 열린 미국 13개 식민지 대표자 회의.

미셸 오바마

학이라고 자랑하는데 이는 지원자 수로도 증명되었다. 1985년에는 지원자 11,602명 중 17.4퍼센트만 합격했다. 당시로서는 매우 낮은 수치였다. 지원자들은 고등학교 수석 졸업자, 학급 임원, 선수단 주장, 신문 편집자 등 면모도 다양했다.[1]

1981년 9월 13일 윌리엄 보언 총장은 입학생들 앞에서 연설했다. 입학생들이 한꺼번에 모일 기회는 이후 4년이 지나고 학위 수여식을 할 때까지 없었다. 거대한 돌기둥과 스테인드글라스로 장식된 넓고 화려하고 웅장한 프린스턴 강당에서 총장은 학생들에게 자기 발견과 목표를 향해 앞으로 나아가라고 격려했다. 높은 이상을 품고 '단순히 현실적인 목표를 위한 수단이 아니라' 학문 그 자체를 위해 정진할 것을 요청했다. 쉽게 성취되는 작은 것들이나 돌아보면 '시시하다고 판명될' 것들을 목표로 삼는 것은 수치라고도 했다. 덧붙여 '사람들에게 봉사하는 관대한 삶을' 추구하라고 이르고, '가장 가치 있는 목표는 종종 손에 잡히지 않고 거의 도달 불가능해 보이는 것'이라고 단언했다.[2]

보언 총장은 그리스 시인 콘스탄틴 P. 카바피스의 위대한 인생 여정에 대한 환희의 송가 「이타카Ithaka」 번역문을 낭독했다. 이타카는 오디세우스의 고향이자 트로이 멸망 이후 펼쳐지는 그의 모험이 막을 내리는 불가사의한 목적지였다. 보언은 프린스턴과 나아가 나라 전체를 좀먹는 인종 분리에 대해서도 분명하게 언급했다. "종종 느낍니다. 우리가 우정을 키워나갈 때, 특히 인종이나 종교 같은 복잡한 경계를 넘을 필요가 있을 경우, 우리는 지나치게 방어적이라는 것을. …적당한 거리를 유지하고, 안전하게 무관심으로 일관하고, 그저 피상적인 우정만 유지한다면 불편함은 면할 수 있습니다. 그렇지만 그렇게 하면, 당신은 배움과 개인적인 성장의 크나쁜 기회를 스스로와 타인으로부터 박탈해버리는 결과를 초래하게 될 것입니다."[3]

미셸 로빈슨은 소수집단 학생들과 적응 시간이 좀 더 필요한 신입생들을 대상으로 마련된 오리엔테이션에 참가하려고 3주 먼저 캠퍼스에 도착했다.[4] 열여덟 번째 생일을 5개월 앞둔 때였고, 처음엔 좀 떨렸다. 신입생이 흔히 갖는 두려움이었다. 미셸은 "처음 들어갔을 때, 그 아이들과 도저히 상대가 안 될 것 같은 기분이었어요. 내 말은, 입학은 했지만 그곳에 있으면 안 될 것 같았죠"라고 당시를 회상했다.[5] 캠퍼스에서의 첫날, 그녀는 압도당했다. 집에서 가져온 침대 시트가 그 당혹감을 대변했다. 대학에서 만든 표준 매트리스에 비해 너무 작았던 것이다. 그녀는 시트를 최대한 머리 쪽에서 발 끝 쪽까지 잡아당긴 후, 덮이지 않은 부분은 이불을 늘어뜨려 가려 놓았다. 발은 드러난 매트리스에 올린 채 자야 했다.[6] 그리고 옷, 가구, 차 들도 당혹스럽기는 마찬가지였다. "대학생이 BMW를 모는 걸 보고 충격을 받았어요"라고 그녀는 말했다. "저는 BMW를 모는 부모조차 알지 못했거든요."[7]

가끔 물 밖으로 간신히 고개만 내밀고 숨 쉬는 기분이었다.[8] 첫 학기에 그리스 신화를 수강했는데 따라가기에 벅찼다. 중간고사에서 C를 받았다. "난생처음 받은 C였어요. 비참했지요." 그래서 분발했다. 교수와 계속 대화하고 기말시험에 열과 성을 다했다.[9] 미셸은 곧 엘리트 미국 대학들의 비밀을 발견했다. 요령은 참여였다. 이것만 알면 낙제하기가 오히려 쉽지 않았다. 미셸은 사회학과에 마음이 끌렸다. 그리고 점점 많아지는 유색인종 학생을 위한 오아시스로 1971년 창설된 제3세계 센터 Third World Center에 발을 들였다. 센터는 인종 문제, 흑인 문화, 흑인 이주 등을 토론했고 사교의 중심축으로 기능했다. 미셸은 거기서 일자리를 얻었고, 관리위원으로 선출되었다. 그곳은 미셸의 피난처였다. 휘트니 영 고등학교에서와 마찬가지로 운동부에는 가입하지 않았다. 학내 정치에서 자신을 과시하려고 하지도 않았다. 흑인, 그중에서도 흑인 여성이 드물던 엘리트 집합소에서 그녀의 첫해는 가까운 친구를 만들며 바짝 엎드려 지내는 시간이었다.[10]

대학에 들어갔을 때 크레이그에게 의지할 수 있었던 게 크게 도움이 됐다. 크레이그는 사회학과 3학년 과정에 들어갔고, 농구 스타였으며, 제3세계 센터 파티에서 디제이를 맡고 있었다. 그도 예전에는 미셸처럼 불안감을 느꼈다. 1979년 8월 어느 무더운 날 오후 나소가에서 버스를 내렸을 때는 '별개의 시공에 존재하는 세계'로 발을 들인 느낌이었다. 동급생 둘 중 하나는 이미 의학적 쾌거를 이뤘거나 소설책 한 권쯤은 너끈히 발표한 것처럼 보였다. 중간고사 성적표를 받아들고 그는 울먹이며 공중전화를 붙들었다.[11] 크레이그는 상담사의 추천을 받아 기계공학과에 등록했는데 성적은 C 하나, D 두 개, F 하나였다. 승부욕이 강하고, 특히 부모를 실망시키는 걸 죽기보다 싫어했지만 결국 아버지에게 자기가 해낼 수 있을지 모르겠다고 털어놓았다. "머리가 안되나봐요. 여기 오면 안 되는 거였어요. 너무 욕심을 부렸던 것 같아요."

프레이저는 아들의 말을 끊고 진정하라고 말했다. 1등은 못 할지 몰라도 꼴찌가 되지도 않을 거라고 말했다. "프린스턴 졸업장이 네 호주머니에 있는데, 사람들이 너의 1학년 성적에 어디 신경이나 쓸 것 같으냐?" 크레이그는 그때 아버지가 해준 말을 기억하고 있었다. "아이비리그 대학이 너를 선택한 건 네가 '다른 사람들과 똑같아서'

가 아니라 '너를 특별하게 만드는 것, 네가 학교에 기여할 수 있는 것' 때문이야."[12] 아버지 말에 힘을 얻은 크레이그는 참고 견뎠다. 비록 기계공학은 포기했지만 말이다. 그는 나중에 역사와 흑인에 관한 연구를 좋아했다고 한다. 하지만 철학과 종교 강의, 그리고 농구 코트 위에서 피트 캐릴 감독으로부터 가장 많은 것을 배웠다고 덧붙였다. 피트 캐릴은 훗날 농구 명예의 전당에 이름을 올렸다.[13]

미셸은 "모든 젊은이와 마찬가지로, 특히 흑인 여성으로서 정체성 문제로 크게 번민했다"고 사회학과 교수 마빈 브레슬러가 말했다. 마빈 교수는 미셸과 크레이그를 친구처럼 대했으며, 미셸의 졸업 논문 준비를 지도했다. "당시 대학들 내부에는 이상적인 소수집단은 어떠해야 하는가에 대해 여러 경쟁적인 입장이 있었습니다. 미셸은 자신을 어느 정도까지 흑인으로, 여성으로, 그리고 단지 한 개인으로 받아들일지 마음을 정할 필요가 있었지요."[14] 그렇게 태도를 결정한다는 것은 진공 상태에서 진행되는 게 아니었다. 프린스턴은 탁월한 학문적 입지에도 전통이나 평판 면에서는 북부의 명문 대학 중 가장 남부에 가까웠다. 미셸은 '아이비리그 대학 중에서 인종적으로 가장 보수적인 것으로 악명 높다'고 적었다. 1746년 대학 설립 이후 200여 년간 인종 장벽이 거의 그대로 남아 있었다. 흑인인권운동의 태동에 영향을 받아 대학 입학처는 1963년에 '프린스턴은 실력 있는 흑인 지원자를 적극적으로 모집하겠다'고 선언했다. 그렇지만 한 해에 20명 이상 흑인 학생을 받아들인 것은 그로부터 수년이 지나서였다.[15] 1985년에는 흑인이 94명 입학했는데 신입생 1,141명 중 8.2퍼센트에 불과했다.[16] 성비도 불균형했다. 프린스턴이 여학생을 받아들인 후 십여 년이 지나서도 남학생은

미셸 오바마

721명이고 여학생은 420명이었다. 미셸의 첫해 등록금과 기숙사비는 대략 1만 달러 정도였다.

미셸은 두 세상을 걷는 기분이었다. 하나는 흑이고 다른 하나는 백인데, 그런 느낌은 그때가 마지막도 아니었다. 1897년 W.E.B. 두 보이스가 '이중성'이라고 불렀던 삶을 살고 있었다.[17] 흑인으로서 하버드 대학에 다닌 두 보이스에게는 흑인 미국인이란 흑인과 미국인이라는 두 가지 정체성을 화해시키기 위해 끊임없이 투쟁해야 하는 존재였다. '누군가 침을 뱉고 악담을 퍼붓는 수모를 당하지 않고도… 면전에서 기회의 문이 닫혀버리는 경험 없이도 흑인이자 미국인이 되려면 말이다.' 그리고 19세기 말엽에 흑인이란 존재는 백인으로부터 "골칫덩어리가 된 기분이 어때?"라는 불길한 질문에 맞닥뜨려야 했다고 두 보이스는 말했다. 흑인은 '두 가지 자의식'을 견디는 동시에 독립적인 정체성을 세우기 위해 분투하면서, 그리고 항상 타인의 눈으로 자기 자신을 들여다보는 듯한, 재밌어하는 경멸과 동정으로 자신을 깔보는 세상의 줄자로 영혼을 재는 듯한 느낌 속에서 망연자실하게 된다고 그는 말했다.

미셸보다 1년 일찍 프린스턴에 들어온 친구 힐러리 비어드는 새롭게 발견한 사실에 깜짝 놀랐다. "저는 백인들 사이에서 자랐어요. 저에게 새로웠던 것은 유색인종을 별로 접하지 못한 백인을 만나는 거였어요. 모르는 사람과 방을 같이 쓰게 되는데 그 사람이 내 피부 색깔이 문질러 벗길 수 있는 게 아니냐고 물어서 정말 어이가 없었지요. 그런 질문을 한두 번 받은 게 아니에요. 항상 그런 질문을 받았어요. 저는 갑자기 나 같은 사람들에 대한 부정적 선입견이라는, 전에는 한 번도 겪어보지 못한 문제들과 정면으로 마주치게 되었죠. 충격적이었어요. 저는 대비가 안 돼 있었거든요. 갑자기 이런 세상에 내던져져서 적응 과정의 일부로 마주해야 하는 건 무척 힘든 일이었어요."[18]

소수집단 학생들은 대부분의 백인 동기들과 달리 인종과 민족성이 얽힌 난해한 선택에 직면했다. 미셸에게 인종, 계급, 가치에 대한 질문은 학업과 졸업논문 주제가 되었다. 논문은 흑인 프린스턴 졸업자들 사이에서 정체성과 목표에 관한 이슈를 탐사하는 것이었다. 미셸은 서문에 이렇게 썼다. "프린스턴의 경험은 나의 흑인으로서의 정체성을 뚜렷이 인식하는 계기가 되었다. 프린스턴에서 자유분방하고 개방적인 백인 교수님들과 동기들이 아무리 잘 해줘도 나는 캠퍼스에서 손님 같은 느낌을 자주 받았다. 사실은 이곳에 속하지 않는 사람인 것처럼. 내가 프린스턴의 백인들과 어떤 환경에서 교제했는지와 상관없이 종종 그들에게 나는 일단 흑인이었고, 학생이라는 건 나중인 것처럼 보였다."[19]

미셸이 프린스턴에서 인종주의와 마주칠 첫 번째 징후는 학기가 시작되기도 전에 나타났다. 1학년 기숙사 동기 중에 캐서린 도널리라는 백인 학생이 있었다. 그녀는 뉴올리언스에서 교사인 어머니 앨리스 브라운 밑에서 자랐다. 브라운은 로빈슨 가족과 마찬가지로 딸에게 최고의 교육 기회를 주기 위해 있는 힘을 다했다. 캐서린은 학교에 온 첫날 파인 홀 4층 방에 짐을 풀었는데 그날 크레이그 로빈슨이 방문했다. 마침 미셸은 그곳에 없었다. 캐서린은 캠퍼스로 가서 어머니에게 기숙사 룸메이트 중 한 명이 흑인이라는 사실을 알렸다.

브라운은 하얗게 질렸다. 그녀는 먼저 자기 엄마, 즉 캐서린의 할머니에게 전화했다. 할머니는 캐서린을 데리고 당장 뉴올리언스로 돌아오라고 말했다. 그렇지만 너무 극단적인 처방으로 보였던지 브라운은 기숙사 사무실로 달려가 방을 바꿔달라고 요구했다. "나는 그 사람들에게 우리는 흑인과 같이 살아본 적이 없다고, 캐서린은 남부 출신이라고 얘기했어요"라고 브라운은 말했다. 그녀는 자기 요구에 힘을 싣기 위해 멋들어진 나소 여관으로 돌아와 한 친구와 함께 그들이 아는 모든 프린스턴 관계자에게 청탁 전화를 돌렸다. 그러나 아무 일도 일어나지 않았다. 기숙사 사무소는 빈 침대가 없다고 말할 뿐이었다.[20]

2학기에 방이 나자 도널리는 이사 나갔다. 하지만 그때는 단지 좁은 방에서 탈출해서 기쁘다는 것뿐이었다. 그녀는 비록 미셸과는 완전히 다른 삶을 살았지만 미셸을 존중하고 친하게 지내게 되었다. 도널리는 미셸을 '내가 아는 이들 중에 가장 즐거운 사람'이라고 말했다.[21] 도널리는 이후 25년간 미셸 로빈슨을 잊고 지냈다. 그러다가 남편이 대통령에 출마한, 손가락이 길고 얼굴이 낯익은 아름다운 흑인 여성을 보고 인터넷을 검색했다. 그리고 직감이 맞다는 것을 확인하고 환하게 웃었다. 1학년 때를 돌이켜보며 어머니를 말리지 못한 것을 후회했다. 당시 그녀가 집안의 편견에 고개를 저은 일이 또 있었다. 고등학교 동창회 여왕이자 농구부 주장이던 도널리는 프린스턴에 있을 때 레즈비언임을 밝혔다. 그녀는 비난받고, 아웃사이더가 된다는 것이 무엇인지 조금은 깨달았다.

흑인이 프린스턴에서 생활하려면 신중해야만 했다. 흑인 학생은 인종적인 정치 지형에 따라 삶의 방식을 결정해야 했다. 식당에서 어디에 앉을 것인지, 캠퍼스 어디에서 살 것인지, 어디에서 사람들을 사귈 것인지, 어떤 친구를 사귀고 어떤 명분을 따를 것인지 등이 그런 것들이었다. 압력은 백인 선생과 동기들뿐만 아니라 흑인들로부터도 왔다. 흑인 세상에서도 나름대로 딜레마가 없지 않았다. 실로 프린스턴의 흑인 학생에게는 두 세상만 대립된 것이 아니라 세 개 또는 그 이상이 서로 다른 방향으로 잡아당기고 있었다. "익히 들었던, 프린스턴 스토리의 일부가 되고 싶어 안달하는 흑인 학생들이 있었습니다"라고 루스 시먼스가 말했다. 미셸의 프린스턴 재학 시절에 몇 안 되는 흑인 교수 중 한 명이다. "흑인인 것에 극단적으로 '집착해서' 프린스턴의 백인 사회에 너무 빠져버린 사람들에게 화를 내는 사람도 있었습니다." 시먼스 본인도 그런 부담을 느꼈다. "모든 사람에게 나를 증명해야 했지요."[22] 나중에 시먼즈는 스미스 대학과 브라운 대학 총장이 되었다.

로빈 기번은 이를 잘 알고 있었다. 그녀는 미셸보다 1년 늦은 1986년에 프린스턴을 졸업했고, 『워싱턴 포스트 *Washington Post*』에 실린 비평으로 퓰리처상을 받았다. 디트로이트 출신 흑인인 그녀는 제3세계 센터에 가끔 들렀지만—"그건 가족에게 안부를 전하는 것과 같았어요"—정규회원으로 가입하지는 않았다. "저는 제3세계라는 곳이 내 사회생활의 중심이 되는 걸 원하지 않았어요. 그랬다면 차라리 하워드 대학에 갔겠지요." 그녀는 프린스턴 생활 초창기에 센터에서 한 학생으로부터 들은 연설을 잊지 못했다. 그 학생은 미셸도 가입한 흑인통일기구 Organization for Black Unity(OBU)의 일원이었을 것으로 추측했다. "그 사람이 누군지도 몰랐어요. 그는 프린스턴에서 흑인이란 무엇을 의미하는가, 어떤 의무가 따르는가, 어떤 생각을 해야 하는가 등에 관해 장광설을 늘어놓았지요. 그 사람 말이 마치 '당신은 흑인이 아니다'라고 말하는 것처럼 들렸어요. 기숙사로 돌아와 화가 나서 눈물까지 흘린 기억이 나네요."[23]

미셸 오바마

반면 샤론 홀랜드는 제3세계 센터에 끌렸다. 센터에는 회원이 200명 넘게 있었다. 워싱턴 D.C.에서 의사의 딸로 자란 홀랜드는 "제 스스로 다른 사회생활을 만들어보고 싶었어요"라고 했다. 그녀는 미셸처럼 거기서 일자리를 구해 전화를 받고, 메시지를 받아 적고, 메모를 타자하고, 심부름을 했다. "센터에서 알찬 시간을 보냈어요. 봉사활동도 많이 하고 다민족공동체를 만드는 시도도 많이 했지요."[24] 홀랜드는 프린스턴 재학 시절을 다사다난했던 시기로 기억했다. 당시 그녀는 백인의 특권 혹은 그녀가 '책임에 대한 흑인의 법률'이라고 불렀던, 흑인이 다른 흑인을 어떻게 대해야 하는가에 관한 불문율에 제약당하지 않을 진로를 개척하기 위해 분투했다. 홀랜드는 그때가 '좋았던 시절'이라고 말한다. 그녀는 노스캐롤라이나 대학의 미국학 교수가 되었다. "그러나 또한 정말 힘든 시기이기도 했지요."[25]

미셸은 오후면 제3세계 센터를 찾아 센터장의 어린 아들 조너선 브래수얼과 놀아주었다. 아이가 가장 좋아하는 노래는 《피너츠》 주제가로, 미셸이 시카고에서 농구 경기를 앞둔 크레이그를 진정시킬 때 연주한 곡이었다. 힐러리 비어드는 미셸이 피아노를 연주하고 아직 열 살이 안 된 조너선이 그 옆 벤치에 앉아 있던 모습을 기억했다. "그녀는 아이와 대화를 했어요." 비어드가 말했다. "일방적으로 말하는 게 아니고요."[26] 미셸은 센터장 체르니 브래수얼과 함께 프린스턴 교직원 자녀를 위한 방과 후 프로그램을 운영했다. 어린 자녀를 둔 유색인종 교직원 부모들은 '아이들의 요구에 한층 세심하게 대응하는 프로그램'을 원했다.[27] 시먼스도 그런 부모였다. 그녀는 프로그램에 딸을 등록시키고 자신도 제3세계 센터의 정식 회원이 되었다. 프린스턴에서 흑인 교수를 영입하는 일은 '흑인 가족들이 느끼는 고립감 때문에' 어려웠다고 시먼스는 말했다. "우리는 가족, 교수회, 교직원으로서 그곳에서 시간을 많이 보냈어요. 공동체의 소속감을 느낄 수 있는 유일한 장소였으니까요. 그러나 우리가 느끼는 편안함만큼, 다른 사람들은 제3세계 센터의 활동을 매우 불편해했습니다. 왜냐하면 어떤 의미에서는 캠퍼스를 다시 (흑백으로) 분리하는 활동이었으니까요."[28]

국내외를 막론하고 사회적 정의에 대한 토론의 장이던 센터는 좌파적이고 국제적인 식견을 지닌 프린스턴 학생단체의 논객을 환영했다. 크레이그 로빈슨은 그곳을 '성역'이라고 불렀다. "정치를 배우고, 문화를 배우고, 다양한 배경을 지닌 사람들을 배웠어요. … 저는 그런 토론을 학과 토론을 위한 사전 연습으로 활용했죠. 제가 기분 좋게 교실에 들어가 경쟁할 수 있게 만들어주는 그런 지원이 있다는 것에 얼마나 감사했는지 모릅니다."[29] TWC(제3세계 센터를 종종 이렇게 불렀다)는 주말마다 미셸이 사회활동을 펼친 주 무대였다. 미셸보다 두 학년 높은 켄 브루스는 "파티가 있는 곳에는 미셸이 있었어요"라고 말했다.[30] 그리고 "흑인들의 파티는 대체로 음악과 춤 위주였고, 술이나 그런 종류는 별로 없었지요"라고 덧붙였다. 미셸은 스티븐슨 홀에서 밥을 먹었다. 그리고 거의 모든 동기들이 그랬듯 캠퍼스에서 4년 동안 살았다. 동급생으로 흑인통일기구의 임원이던 로렌 로빈슨은 미셸이 흑인통일기구 활동에 열심이었으며 캠퍼스로 연사를 초빙하는 일을 도왔다고 기억했다. 로렌은 나중에 로렌 유고르지로 개명했고 프린스턴 대학 홍보 담당 부총장이 되었다. 그녀는 또한 미셸이 흑인 사상 테이블 Black Thoughts Table에서도 활동했다고 했다. 흑인을 비롯해 관심 있는 학생들이 사회와 정치 문제를 토론하는 비공식적인 토론 모임이었다. "당시 프린스

미셸 오바마

턴에 다니던 흑인 학생들은 원하든 원하지 않든 인종 문제를 다뤄야만 했습니다"라고 유고르지는 말했다.[31]

프린스턴 재학 시절 미셸은 종종 패션쇼 무대에 섰다. 1985년 2월 에티오피아 기근 구호를 위한 1만 5천 달러 모금행사에서 미셸은 빨간색 민소매 벨벳 가운과 바닥에 끌리는 풍성한 백색 드레스를 선보였다. 그녀의 사진은 학교 신문 『데일리 프린스토니언 *The Daily Princetonian*』의 1면을 장식했다.[32] 지역 방과 후 프로그램을 위한 기금 마련을 위해 그녀는 카리브해의 전원을 연상시키는 노란색 페전트 스커트*를 입었다.[33] 학생 디자이너 캐런 잭슨 러핀의 말에 따르면 '당신은 키가 크고 걸음걸이가 멋지니' 스커트 모델이 돼달라고 부탁하자 "미셸이 우아하게 '기꺼이'라고 대답했다"고 한다.[34]

미셸과 비어드는 함께 제3세계 센터의 심부름을 다녔다. "제가 운전할 때는 과속했어요"라고 비어드는 말했다. "미셸은 제한 속도를 지켰지요. 스무 살이었으니 속도도 내고 경솔하게 바보짓도 할 만한데, 미셸은 늘 바르게 행동했어요."[35] 비어드에게 인상 깊었던 미셸의 그런 태도는 몇 년간 다른 친구들에게도 동일한 인상을 남겼다. 그녀는 오만하거나 냉정하지 않으면서도 주관이 뚜렷했다. 그녀는 "항상 자신의 가치에 뿌리내리고 있었다." 사람들이 조언을 구할 때, 미셸은 주의 깊게 들으며 '스무 살이고 많은 걸 안다고 여긴 우리 같은 사람들과는 달리' 즉각 대응하지 않았다. "아직 젊고 프린스턴에 갔으면 스스로 똑똑하다고 생각하고 인생을 만만하게 볼 수도 있잖아요." 비어드가 기억하기로 '미셸의 생각은 대중적인 의견이 아니었고, 프린스턴 학생의 의견도 아니었고, 흑인의 의견

* 농부들이 주로 입던 헐렁한 주름치마.

도 아니었다.'³⁶

비어드는 또 미셸이 '혈기왕성한 투사'였다고 했다. 미셸이 프랑스어 교수에게 화가 났을 때 그런 성격이 재미있는 방식으로 드러났다. "미셸은 매사에 똑 부러졌어요. 그른 건 그르다고 말하는 성격이었지요"라고 메리언 로빈슨은 말했다. "미셸이 프린스턴에 있을 때 크레이그가 전화해서 말하기를 '엄마, 여기서 미셸이 사람들한테 교수님이 프랑스어를 잘 못 가르친다고 떠들고 다녀요'라는 거예요. 미셸이 느끼기에 교수님의 회화 실력이 부족했던 거지요. 나는 크레이그한테 그냥 미셸을 모르는 척하라고 했어요."³⁷ 미셸의 소신은 날카로운 방식으로 표출되기도 했다. 크리스털 닉스가 『데일리 프린스토니언』의 첫 흑인 편집장이 된 다음, 미셸은 흑인 정치인에 관한 기사가 마음에 들지 않았다. 그래서 닉스에게 조용한 목소리로 "그런 기사가 다시 실리지 않도록 똑바로 해"라고 경고했다.³⁸ 4학년 때 미셸은 한 교수가 과제물을 평가하면서 "자네는 내가 여태까지 봐온 학생 중 최고는 아니야"라고 하자 충격을 받았다. 미셸은 그 반 1등이었다. 미셸의 반응은 의미심장했다. "나는 그 사람이 자기 말을 후회하도록 뭐든 다 할 거야. 나를 잘못 알고 있다는 걸 보여주는 게 내 의무라고 생각해."³⁹ 미셸은 교수의 연구조교가 돼 전력을 기울였다. 결국 그는 미셸을 인정했고 추가적인 추천서를 써주겠다고 제안했다. 그녀는 '교수님뿐만 아니라 나 자신에게 내가 무엇을 성취할 수 있는지 보여주었다'고 자평했다.

브래수얼은 미셸을 뉴욕으로 데리고 가 자신의 프린스턴 아파트에 편히 묵게 했다. 미셸에게 뉴욕은 처음이었다. 아파트는 '평화롭고 고요한 곳'이었다.⁴⁰ 가장 기억에 남은 경험은 크레이그와 미셸을 렌터카에 구겨 싣고 어머니의 날 깜짝 이벤트를 위해 뉴저지를 출발해 밤새도록 캐롤라이나로 달려간 여행이었다. 로빈슨 남매는 노스캐롤라이나에서 브래수얼과 어린 아들 조너선을 내려주고 조부모 프레이저와 라본을 만나러 계속해서 사우스캐롤라이나 조지타운으로 향했다. 방문을 마치고 그들은 다시 북쪽으로 돌아가는 길에 길동무들을 태웠다. 시간이 빠듯했다. "마치 '우리 미친 거 아니야?' 하는 식이었어요. 그래도 그럴 가치가 있었죠"라고 브래수얼은 말했다. 그녀는 결혼식에 미셸을 들러리로 초대했다. 마빈 브레슬러 교수는 미셸을 '침착하고 자신감 있고 매사에 일관성이 있다'고 평했다. 마빈 교수는 나중에 미셸의 사회학 논문으로 이어지는 3학년 때의 독립 과제를 지도한 사람이다. 그는 미셸이 절도와 유머 감각을 동시에 갖췄던 것으로 기억했다. 청교도적인 면모와 장난기가 있다고도 했다. 그리고 사려 깊고 사회적 책임에 헌신적이었다고 말했다. "미셸에 대해 사람들이 빼놓지 않고 하는 말은 겸손하다는 것이었습니다." 그는 미셸의 그런 성격이 가끔 그녀를 방문하던 부모님으로부터 물려받은 것이라고 추측했다. 로빈슨 가족은 『새터데이 이브닝 포스트』에서 튀어나온 노먼 록웰의 삽화 주인공들 같았다고 한다. "내가 본 어떤 가족보다도 그 삽화의 분위기에 가까웠어요"라고 브레슬러는 말했다. 아이비리그 최고의 농구 선수이고 두 번이나 올해의 선수상을 받은 크레이그가 경기 후 재드윈 체육관 로비에서 즐겁게 수다를 떨던 모습을 그는 기억했다. "어머니가 옆에 서서 소매를 잡아채며 '크레이그, 졸업논문은 어떻게 돼가니?'라고 물으시더군요. 그는 그 상황이 우스운 듯했어요. 아버지는 장애인인데 흐뭇한 얼굴을 영 감추지 못하시더군요. 남자가 자식에 대해 감상적이면 안 된다고 생각할지 모르겠지만, 어쨌든 그분은 그랬어요. 가족의 그런 모습이 미셸을 지탱하는 힘이 되지 않았나 생각합니다."[41]

이팅클럽eating club*들이 몰려 있는 프로스펙트 거리에서 제3세계 센터는 눈에 띄는 이상한 건물이었다. 전통적으로 3학년들은 '비커bicker'라고 불리는 클럽의 입회 심사 과정에 참가했다. 누가 초대 혹은 제안을 받을 것인지, 그리고 탐나는 학생들이 어느 클럽의 제의를 수락할 것인지 결정하는 일이었다. 센터 바로 옆에는 소란스런 파티로 유명한 타이거 인Tiger Inn이 있었다. 맞은편 나지막한 붉은 벽돌담 뒤의 회전문은 코티지 클럽Cottage Club인데, 국무장관 존 포스터 덜레스, 농구 스타이자 상원의원인 빌 브래들리, 『위대한 개츠비』의 작가 F. 스콧 피츠제럴드 등이 그 동문이다. 피츠제럴드는 대학생 때 코티지 2층 도서관에서 프린스턴 생활을 기초로 소설을 써서 나중에 『낙원의 이쪽 This Side of Paradise』이라는 제목으로 발표했다. 프린스턴 대학 총장 존 그리어 히븐은 소설을 읽고 난 후 "나는 우리 젊은이들이 4년간을 컨트리클럽에서 지내면서 인생을 완전히 속물적인 계산으로 허비했다고는 차마 생각할 수 없다"고 말했다.

70년 후 미셸의 시대에는 많은 클럽이 회원 선발자 지위를 포기했고 시민자유권 소송 압박에 떠밀려 대부분 여성에게 문호를 개방했다. 그런 모든 진보에도 프로스펙트가의 클럽들은 여전히 압도적으로 백인 위주였다. 반면 종업원은 흑인이나 이민자들이었다. 미셸 세대의 흑인 학생은 파티가 벌어지는 밤이면 프로스펙트가를 조심해서 걸어야 했다. 미셸보다 두 학년 위인 켄 브루스는 "사람들이 취해버리면 프로스펙트가를 걸어가는 것만으로도 몹시

* 민간 기관이 운영하는 식당 겸 사교 장소. 3, 4학년이 가입할 수 있으며 프린스턴에는 11개가 있다.

힘들었어요. 뭔가 지껄이고, 소리 지르고, 인도에서 길을 비켜주지도 않았죠. 마치 자기들이 주인이고 우리는 군손님라고 생각하는 것 같았어요"라고 말했다. "그 시절엔 그들이 우리를 동등한 권리자로 보지 않았다고 생각해요. 우리 스스로도 동등한 권리자로 자각하지 못한 것 같고요." 브루스는 흑인 기계공학도로 미식축구와 육상을 했고, 나중에 뉴욕의 투자 매니저가 되었다. 강의실에서는 유일한 흑인 학생일 경우가 많았다. "전반적으로 학생이나 교수나 우리를 먼저 흑인으로 보았습니다."[42]

1980년대 아이비리그의 흑인 학생에게는 한 가지 ─ 어떤 사람들은 가장 중요한 요소라고 말했다 ─ 복잡한 문제가 있었다. 소수집단 우대 정책이었다. 기회를 주려는 정책이지만 백인 학생과 교수진에게는 환영받지 못하는 분위기였다. 1960년대 중반에 시작된 이 정책의 취지는 명확했다. 예전 같으면 주목받지 못했을 재능 있는 흑인 학생들을 발굴해 백인 학생들보다 성적이 다소 떨어지더라도 대학 입학 기회를 주자는 것이었다. 그 결과 흑인 학생들의 재능과 가치에 반사적으로 회의와 의심을 품는 사람들이 생겨났다. 전체 대중에게도 대단히 인기가 없는 정책이었다. 프린스턴에서 흑인 학생 한 명을 받아들인다는 것은 종종 백인 학생 한 명을 탈락시킨다는 의미였고, 탈락 학생이 동문의 자녀일 경우도 있었기에 불만은 고조되었다. 흑인 학생들을 그림자처럼 쫓아다니는 질문은 '과연 자격이 있는가'였다. "소수집단 우대 정책은 시작부터 많은 불만을 불러왔어요. 사람들이 식사 중에 SAT* 성적을 묻곤 했지

* 미국의 대학 입학 자격 시험.

요"라고 샤론 홀랜드는 1980년대 초반 분위기를 회상했다.[43] 로렌 유고르지는 모욕을 생생히 기억했다. "저를 가장 괴롭힌 질문은 '너 왜 여기 있니?'였어요."[44]

소수집단 우대 정책의 공적 목적은 분명했다. 영국에서는 한층 정확하게 '긍정적 차별'이라고 불렀다. 대학의 목적은 점점 늘어나는 흑인 자녀들에게 과거 백인 자녀들이 누린 것에 버금가는 기회를 주자는 것이다. 흑인인권운동과 커너 위원회의 평가 이후, 신뢰할 만한 연구 조사에 따르면 흑인 학생들은 본인과 부모, 부모의 부모, 그리고 노예제 시기까지 거슬러 올라가 모든 사람이 감내할 수밖에 없었던 인종 차별의 대가를 현재 치르고 있었다. 1960년대 미국의 흑인 자녀들은 백인 자녀들에 비해 경제적으로 어렵고, 모범으로 삼을 만한 대상도 거의 없고, 교육 환경도 열악할 가능성이 높았다. 그 모든 것이 표준 평가에서 낮은 성적을 받고 정원제 대학에서 불합격 통지서를 받는 것으로 나타나게 될 거라는 얘기였다. 흑인 가족들이 명문대학의 높은 학비를 부담할 경제적 능력이 부족할 가능성까지 함께 고려하면, 진보적 사상가들의 눈에 기회 평등이란 단시일에 저절로 달성되기가 사실상 불가능해 보였다. 1965년 린든 존슨 대통령이 하워드 대학에서 연설할 때 그 문제를 언급했다. 1964년 제정된 미국 인권법은 중대한 진보이기는 하지만 여전히 부족하다는 것이었다. "쇠사슬에 묶여 몇 년간 절뚝거리던 사람을 풀어주자마자 출발선상에 세운 후 '다른 사람들과 자유롭게 경쟁할 수 있다'고 말하는 것과 같다. 완벽하게 공정했다고 볼 수 없습니다." 1년 후 하버드 로스쿨은 표준화된 테스트 점수가 다른 백인 동기들보다 상당히 낮은 흑인들을 받아들이기 시작했고, 다른 학교들도 그 예를 따랐다.[45]

미셸이 프린스턴에 입학하기 3년 전인 1978년에 우대 정책의 공정성을 둘러싸고 캘리포니아 대학 대리인 대 바키Bakke의 소송전이 벌어져 대법원으로 올라갔다. 고소인은 앨런 바키라는 백인 의과대학 지망생이었다. 그는 캘리포니아-데이비스 대학이 성적 낮은 소수집단 학생을 우대하는 바람에 자기가 탈락했다고 주장했다. 그러고는 미국 인권법 5조, 즉 연방정부의 재정 지원을 받는 프로그램은 '인종, 피부색, 출신 국적을 근거로' 차별해서는 안 된다는 규정을 들어 소송을 제기했다. 대법원의 의견은 갈렸다. 판사 네 명은 바키의 손을 들어준 반면, 다른 네 명은 인종적 선호는 과거 차별의 잔여 효과를 극복하기 위해서 정당화될 수 있다고 했다. 캐스팅보트를 쥔 루이스 파월 판사는 바키가 다른 사람이 저지른 잘못의 대가를 대신 치러서는 안 된다고 결론지었다. 그렇지만 파월은 다양성의 여러 가지 교육적 장점을 언급하고, 대학은 누구를 입학시킬지 결정할 때 학점, 시험 성적, 음악적 성취, 또는 100미터 달리기 기록 등을 고려하는 것처럼 인종도 고려할 수 있다고 판시했다.[46] 판결은 지원자의 여러 특성 중 어디에 무게를 둘지는 입학 사정관의 고유 권한으로 남겨두었다.

소수집단 학생들에게 문화적으로 불리하게 작용하는 경향이 강한 표준 평가는 단지 한 가지 고려 요인일 뿐이었다. 이런 변화는 우수한 흑인 및 히스패닉 학생들에게는 유리하게 작용했다. 하지만 비판자들에게는 이제 백인 학생들이 힘겨운 게임에서 패자로 전락했다고 확신하는 계기가 되었다.

"우리는 공동체 내에 공동체를 만들었어요." 미셸은 프린스턴에서 소수자 학생들의 어려움을 논하면서 말했다.[47] 또 졸업 앨범을 보이며 자신을 지탱해준 것이 무엇인지 얘기했다. "이 세상에 우정보다 소중한 건 없어요. 그게 없으면 아무것도 없는 거예요." 미셸은특히 두 여학생과 친했다. 한 명은 앤절라 케네디로 프린스턴에 입학한 흑인 자매 세 명 중 막내였다. 그들 모두 상당히 의미 있는 진로로 나아갔다. 다른 한 명은 수잰 알렐레로 나이지리아에서 태어나 잠시 자메이카에서 자라다가 메릴랜드 교외에서 고등학교를 졸업했다. 셋은 서로 떨어질 수 없는 사이였다. 그들은 기숙사에 살았고, 대학이 제공한 보잘것없는 책상과 옷장, 1인용 침대를 사용했다. 소파나 텔레비전은 없었다. "가구 살 돈이 없었어요. 그래서그냥 바닥에 베개를 놓고 전축으로 만족했지요"라고 케네디가 말했다.[48] 스티비 원더의 노래를 많이 들었고 '미친 듯이 웃고 떠들었다.'[49] 어느 해 봄방학 때는 유대인 학생단체와 함께 스키 여행을 갔다. "그 많은 백인 유대인 학생 틈에서 우리 셋만 흑인 여자였어요.눈에 확 띄었죠. 어쨌든 재밌었어요."[50]

앤절라 케네디는 워싱턴 D.C.에서 자랐다. 1917년 루이지애나커빙턴 태생인 아버지 헨리 해럴드 케네디는 우체국 직원이었으며,어머니는 로즈메리로 알려진 지역의 백인 위주 고급학교 체비체이스 초등학교 교사였다. "아버지는 당신을 포함해 가장 사랑하는 사람들을 인종 차별한 미국을 절대로 용서하지 않았다"고 앤절라의오빠 랜들 케네디는 말했다. 오빠는 하버드 로스쿨 교수로 인종과사회 문제를 연구했다. 그는 아버지를 '지적이고 사려 깊고 사랑스러웠지만, 비극적이게도 정부가 흑인 편이 아니라는, 그래서 자기편이 아니라고 의심할 만한 충분한 근거를 지닌 사람'이었다고 설명했다. 그는 흑백 분리 학교를 다녔고, 인종 때문에 기회의 문이닫히는 것을 보았으며, 흑인이 백인으로부터 치욕을 당하고 공포

미셸 오바마

에 떠는데도 공권력이 수수방관하는 걸 지켜보았다.[51] 자식들은 자존심 강한 아버지가 모욕당하는 것을 목격했고 결코 잊지 않았다. 랜들 케네디에 따르면 아버지가 가족을 태우고 사우스캐롤라이나로 가는 길에 백인 경찰들이 여러 차례 차를 세웠다는 것이다. "단지 흑인이고 좋은 차를 몰았기 때문입니다. 제가 그렇게 추정하는 게 아니라 경찰이 공개적으로 한 말이에요." 아이들이 보고 있어도 경찰관은 케네디에게 조심하라고 경고했다. 그곳은 '북부'가 아니라는 것이었다. 경찰관들의 훈계는 종종 "야, 알겠냐?"라는 말로 끝났다. 경찰이 케네디의 대답을 기다리는 동안 잠시 정적이 흘렀다. "아버지는 본인과 가족의 안전을 위해 최대한 계산된 방식으로 대응했어요. '물론이지요, 경관님'이라며 약간의 존경을 얹어 말하곤 했지요."[52]

그렇지만 미셸이 기억하는 어른들과 마찬가지로, 케네디의 부모도 절망하거나 핑계를 대서는 안 된다는 점을 분명히 했다. 아울러 거리로 뛰쳐나가 인권운동 시위를 벌이다가 체포되는 일이 있어서도 안 되었다. "부모님은 우리가 훌륭한 교육을 받고 각자의 분야에서 훌륭한 사람이 되기를 바라셨습니다. 인종 차별요? 그래서요? 성공하는 걸로 극복하면 됩니다." 인권운동기에 성년이 된 앤절라의 큰오빠 헨리 케네디 2세가 말했다.[53] 케네디가의 세 자녀는 모두 프린스턴 졸업 후 법조계에 몸담았다. 헨리는 하버드 로스쿨을 다녔고 서른한 살에 워싱턴 대법원의 최연소 판사로 지명되었으며, 후에 미국 지방법원 판사가 되었다. 랜들은 로즈 장학금으로 옥스퍼드에 입학한 후 예일 대학 로스쿨을 거쳐 대법관 서굿 마셜의 서기로 일했다. 앤절라는 졸업논문으로 「프린스턴 대학 여성들의 여성성과 남성성에 대한 태도」를 쓰고 하워드 로스쿨을 졸업했다. 그녀는 국선 변호인으로 가난한 의뢰인들을 위해 헌신했으며, 미셸이 백악관에 있을 때도 가까이 지냈다. 세 자녀가 모두 성공한 비결을 묻자 랜들 케네디는 사우스유클리드를 떠올리게 만드는 방식을 설명했다. "부모님은 자식들이 어떤 경우에도 깊이 사랑받고 있다는 사실을 일깨워주는 가족을 만들었습니다. 또 야망을 갖고 세상에 나가 하고 싶은 일을 하라고 말씀하셨지요. 일일이 간섭하는 분들이 아니었습니다. …특히 우리가 열한 살이나 열두 살이 되면 '뭔가에 관심을 가져야 한다. 특별한 열정이 있어야 한다. 그 열정이 무엇인지는 개의치 않는다. 그렇지만 열정을 가져야 한다'라고 말하는 것을 원칙으로 삼았지요."[54]

수잰 알레로 알렐레는 1981년 프린스턴에 입학했을 때 미국에 체류한 지 2년밖에 되지 않았다. 미셸보다 생일이 나흘 빨랐으며 지구 반 바퀴 거리에 있는 나이지리아의 옛 수도 라고스에서 어린 시절을 보냈다. 부모는 영국 명문 대학에서 학위를 딴 의사들이었다. 어머니는 산부인과 의사였고 아버지는 런던 대학을 졸업한 핵의학 전공의였다. 집에서는 이체키리 Itsekiri어와 영어를 썼다. 알렐레는 자메이카에서 고등학교 초반을 보내고, 메릴랜드 베세즈다에서 후반기를 보냈다. 메릴랜드의 고등학교는 교외에 있었고 규모가 컸다. 그녀는 높이뛰기와 장애물 경주를 했고, 생물학과 물리학을 대학 과목 선이수제로 수강했으며, 카운티 우등생 명단에 올랐다. 또 피아노도 잘 쳐서 런던의 음악학교에서 상장을 받고, 자메이카 시절 포크 음악 그룹에서 연주하기도 했다.

프린스턴 지원서에서 알렐레는 학문적으로 흥미 있는 과목은 생물학과 생화학이라고 적었다. '내가 먹는 음식에는 어떤 중요한 요소들이 들어 있는가? 나는 왜 키가 180센티미터이고 왜 엄마를 닮았는가?'[55] 그녀는 여러 컴퓨터 언어를 배웠고 십대 때는 응용수학자를 꿈꿨다. 선생님들은 그녀의 '독창성'과 명석한 이해력을 칭찬했다. 대학 과목 선이수제 생물학 교사 샤론 헬링은 '성실하고 책임감이 강하며 목표의식이 뚜렷하다'고 썼다. 상담 지도교사 도러시 J. 포드는 '나이에 비해 이해심이 깊다'고 적었다.

프린스턴에서 알렐레는 과학 과목들을 수강하고, 경주를 했으며, 경량급 미식축구 팀의 매니저로 활동했다. 컴퓨터 센터의 기술지원 팀에서 일했고 인터내셔널 센터에 가입했다. 학업 성적은 들쭉날쭉했다. 징계를 받기도 했다. 그러나 주로 아프리카 계열 흑인들에게 발발하는 유전병인 적혈구빈혈증에서 이상적혈구세포의 분자적 기초에 관한 졸업논문으로 생물학 학위를 받았다. 친구들은 고분고분 따르라는 압력에 저항하는 그녀의 능력에 감탄했다. "수잰은 우리 모두가 가져야 할 정신, 자기 심장에 귀 기울이라고 외치는 목소리를 지녔다"고 체르니 브래수얼은 말했다.[56] 천성적으로 조심스럽고 관습적이던 미셸은 이 친구를 이렇게 말한다. "수잰은 항상 행복하고 만족스런 결정을 내렸어요. 다른 사람들을 기쁘게 하는 데는 관심이 덜했지요"라고 말했다.[57]

알렐레는 제3세계 센터의 회원으로 있던 중 이팅 클럽의 가입 심사인 '비커'에 지원하기로 결심했다. 그녀는 캡 앤드 가운Cap and Gown에서 초청을 받았다. 맞은편의 코티지 클럽보다는 확실히 상류층 분위기가 나는 클럽이었다.[58] 그녀는 그곳에 있는 테리 슈얼과 아는 사이였다. 슈얼은 제3세계 센터 흑인 신입생을 위한 지원 프로그램에서 미셸이 멘토 역을 맡은 학생이었다. 슈얼은 앨라배마에서 프린스턴으로 왔고, 셀마 고등학교 수석 졸업생이었다. 아버지는 같은 학교 수학 선생님이고 어머니는 사서로 근무했는데 셀마 시의회 최초의 흑인 여성 의원이었다. 그녀는 브라운 채플 아프리칸 감리교회를 다녔다. 마틴 루서 킹의 운명적인 셀마–몽고메리 행진의 시발점이 된 곳이었다. "그 아이는 초등학생 때부터 현실을 절대로 그대로 받아들이지 않았어요"라고 슈얼의 어머니는 말한다. 프린스턴에서 그녀는 대표 팀 치어리더를 하고, 3학년 대표를 했으며, 「정치에서 흑인 여성: 우리 시대가 왔다」라는 졸업논문으로 상을 탔다. 졸업 후 그녀는 옥스퍼드와 하버드 로스쿨에 갔다. 그리고 2010년 흑인 여성 최초로 앨라배마주 하원의원으로 당선되었다.[59]

미셸은 1, 2학년 여름방학을 시카고에서 보냈다. 유클리드가에 살면서 시내에 있는 미국 의료조무사협회장 사무실로 출근했다. 대부분의 시간을 타자수로 보냈는데, 나중에는 의미 있는 인턴십이나 시민단체 활동을 하지 못한 것을 아쉬워했다. "노동자 계층 출신 아이는 감히 넘볼 수 없는 사치로 보였어요." 그런 자리는 설혹 보수가 있다 하더라도 쥐꼬리만 했고 재정적 보조를 받으며 학교에 다니는 처지에서는 대담한 시도나 진기한 경험이 돈벌이를 포기하는 정당한 이유가 될 수 없었다. "이미 힘들게 일하시는 부모님께 제가 여름방학이나 휴강 기간 중에 그런 일을 할 수 있도록 허락해달라는 말조차 꺼내기가 미안했어요." 미셸은 백악관에 있을 때 연방정부가 승인한 봉사 프로그램 아메리콥스AmeriCorps*의 규모를 세 배로 늘리는 법안을 지지하며 말했다. "그래서 절대로 여쭙지 않

---

* 지역사회 봉사단체. 회원은 집짓기, 집수리, 공원 청소 등을 하고 학비를 지원받기도 한다.

미셸 오바마

왔죠. 나는 공부하고 일했어요. 일하고 공부하고… 항상 일해야 했어요. 1년 동안 봐야 할 책값을 벌어야 했고 등록금에 보태야 했으니까요."[60]

1984년 여름, 4학년이 시작되기 전에 미셸과 앤절라는 뉴욕의 불우한 소녀들을 위한 캣츠킬 캠프의 지도교사로 일했다. 그들은 애니타 블리스 콜러Anita Bliss Coler(ABC) 캠프에 배속되었다. 맨해튼에서 북쪽으로 약 105킬로미터 떨어진 곳으로, 아홉 살부터 열두 살 사이 소녀 216명이 캠프에 참가했다. 캠프는 2주씩 4회에 걸쳐 진행되었는데 전기, 수도 시설과 문도 없는 오두막에서 자고, 원거리 하이킹을 하며 자연을 체험하는 것이었다. 『뉴욕 타임스』의 프레시 에어 재단Fresh Air Fund이 제공한 네 캠프 중 하나였고, 전원적인 시설에서 진행된 행사는 수영과 무용에서 바느질과 도예까지 다양했다. 지도교사들은 경쟁적이지 않고 신뢰와 자긍심을 고취하는 게임들을 개발했다. 소녀들은 점심식사 전에 감사기도를 올렸다. 1985년 캠프 대장 비벌리 엔타퍼는 "숲속에서 지내는 것이 아이들의 자신감을 높여주었다"고 말했다. "특히 '이건 못해' '저건 할 수 없어'라고 말하던 아이들의 경우에 더욱 그랬어요. 밤에 손전등도 없이 숲을 헤쳐나가고 불을 피우거나 한동안 더운 물 없이 지내면서 스스로 많은 걸 할 수 있다는 사실을 깨닫게 되었지요."[61]

도시의 교회단체들과 시민단체들도 캠프를 찾았다. 1984년 미셸이 캠프에 있을 때, 리들린 재단Rheedlen Foundation에서 캠핑을 왔다. 교육 담당 지도자는 제프리 캐나다였는데 나중에 그는 할렘 칠드런스 존Harlem Children's Zone 회장이 되었다. 캐나다는 빈곤층 아이들이 적절한 지원과 대우만 받을 수 있다면 발전할 수 있다고 믿었다. 훌륭한 아이들이 중산층 이상의 다른 아이들에게는 당연시되는 경험과 기회를 갖지 못했던 것뿐이라고 했다. 캐나다는 그들을 '기회를 가진 평범한 아이들'이라고 불렀다.[62] 이런 생각은 미셸에게 영향을 미쳤다. 영부인이 됐을 때 미셸은 캐나다를 '내 영웅 가운데 하나'라고 불렀다.[63]

처음에 캐나다는 프레시 에어 재단의 모험이 과연 변화를 가져올지 회의적이었다. 그의 프로그램에 참여한 많은 아이들이 경제적으로 불우한 결손가정 자녀들로 수학과 읽기 능력에서 또래보다 2년 정도 뒤처진다는 점을 지적했다. 그들의 여름방학은 기껏해야 무계획이고, 아울러 하나같이 '권위적인 어른들 문제'도 있었다. 그렇지만 결국 그는 여름 프로젝트가 성과가 있다는 결론을 내렸다. 아이들은 도시를 빠져나와 새로운 것을 맛보았고, 자기 자신을 알게 됐다. 1984년 ABC 캠프에 참여한 열한 살 소녀는 "건초마차 타기가 재미있었고, 도시의 내 적들로부터 떨어져 있어서 좋았어요"라고 말했다.[64] 같은 시기 또 다른 참가자는 "처음 오자마자, 밤이 좋았어요. 호숫가에 앉아 달빛을 받으며 사람들과 이야기도 하고요"라고 했다.[65] 미국과 유럽 등지에서 모인 지도교사들도 성장하는 시간이었다. 미셸과 함께 ABC 캠프에서 일한 스코틀랜드 출신 헬렌 맥밀런은 그때를 이렇게 설명한다. "여기서 나 자신에 대해 많은 걸 배웠어요. 내가 참을 수 없는 것, 나의 한계, 무엇이 나를 화나게 하는지 등을요."[66]

미셸이 프린스턴으로 돌아와 4학년이 되자 정치 때문에 반쪽짜리로 진행된 로스앤젤레스 올림픽이 끝났고, 로널드 레이건은 일방적인 재선 승리를 향해 순항하고 있었다. 연달아 치른 대선 여섯 번에서 공화당이 다섯 번째 승리를 거머쥐는 순간이었다. 졸업 전 미셸의 가장 큰 임무는 졸업논문이었다. 논문은 흑인 문제를 사회학 연구와 결합시키는 것이었다. 그녀는 흑인 프린스턴 동문들의 인종적 태도와 습관에 대한 연구를 설계하고 다듬는 데 시간을 많이 할애했다. 성공한 흑인 미국인이 덜 성공한 흑인을 돕기 위해 일할 가능성을 평가하는 것이었다. 64쪽짜리 논문에는 시카고 사우스 사이드의 성장 과정과 현재 살고 있는 엘리트 사회의 괴리를 해소하려고 애쓰면서 미셸이 관심을 가진 문제들이 무엇이었는지 고스란히 드러난다.

흑인 동문 400명에게 보낸 설문지에서 미셸은 '하층 흑인 미국인과 그들의 삶'에 관한 문항 9개에 대한 의견을 물었다. 문항에는 '나는 어떤 면에서 그들을 배신했다는 죄책감을 느낀다'와 '나는 그들을 부끄럽게 느낀다. 그들은 우리에 대한 인상을 나쁘게 만든다'가 있었다. 또 다른 문항에는 '나는 그들이 갖지 못한 기회를 얻은 것을 다행스럽게 여긴다'와 '나는 그들이 자립해야 한다고 생각한다'가 있었다. 마지막 문항은 '그들을 도울 방법이 없다. 그들의 상황은 절망적이다'였다. 각 문항에서 응답자는 '정말 그렇다'에서 '아니다'까지 나열된 네모 칸에 표기하는 방식이었다. 또 여섯 장짜리 설문지에서는 졸업자들에게 성장 과정, 존경하는 사람, 신앙, 흑인 및 백인들과의 다양한 관계, 그리고 프린스턴 입학 전, 재학 중, 그리고 졸업 후 그런 관계에 대한 생각이 어떻게 바뀌었는지를 물었다.

논문은 미국 흑인들 내부의 계급적 차이가 심화되면서, 프린스턴을 뛰어넘어 적용될 수 있는 양면적 진실에 기초하고 있었다. 첫 번째는 일부 흑인이 계층 상승을 하고 있다는 것이다. 두 번째는 흑인 대다수는 뒤처졌다는 사실이다. 미셸과 친구들은 부모들이 상상조차 할 수 없던 기회를 누렸다. 매년 친지까지 대가족이 모인 크리스마스 식사자리에서 항상 느끼는 것이었다. 흑인인권운동의 폭넓은 인종적 단결은 이제 경제적 계층화에 점차 자리를 내주고 있었다. '흑인 중산층의 요구가 충족될 때, 전체 흑인 사회의 요구도 자연스럽게 충족될 것'이라는 주장은 미국 인권법의 '환상'이라고 1978년 시카고 대학 사회학자 윌리엄 줄리어스 윌슨이 지적했다.[67] 우연찮게도 윌슨이 이러한 분열이 점차 확대되고 있다는 인식을 도출하게 된 것은 사우스쇼어에서 가장 괜찮은 지역, 즉 중산층이 증가하던 미셸의 이웃 동네를 차로 한 바퀴 둘러본 일이 계기가 되었다.[68] 그런데 도덕적 의무는 어찌 되는가? 미셸은 어린 시절부터 모든 성공한 흑인들은 뒤돌아서 도움의 손길을 내밀어야 한다고 배웠다. 아주 익숙한 생각이었다. '많이 받은 사람에게는 많은 것이 기대된다.' 그것을 문화적 DNA의 일부로 여겼다. 이제 미셸은 보통보다 훨씬 높이 도달한 성공이 그 등식마저 바꿔버렸는지를 묻고 있었다.

미셸의 문헌 비평은 흑인 정체성에 대한 의견의 연속성과, 미국 사회에서 흑인들이 취할 수 있는 기본적인 정치적 선택의 다양성을 그리고 있다. 스펙트럼의 한쪽에서는 찰스 V. 해밀턴과 스토클리 카마이클('자유의 기수와 학생 비폭력 조정위원회 Freedom Rider and Student Nonviolent Coordinating Committee'의 전 지도자)의 1967년 블랙 파워에 대한 정의를 빌려왔다. 그들은 『블랙 파워: 미국에서의 해방정치 Black Power: The Politics of Liberation in America』에서 '한 집단이 열린 사회로 들어가기 위해서는 똘똘 뭉쳐야 한다. 이것은 어떤 집단이 힘에 따라 입지가 정해지는 다원주의 사회에서 효율적으로 작동하기 위해서는 단결이 필수적이라는 사실을 의미한다'라고 썼다.[69] 앤드루 빌링즐리의 『백인 미국에서 흑인 가족 Black Families in White America』으로부터 미셸은 흑인들은 흑인 사회를 책임져야 하며, '과거의 백인 기준과 다른 새로운 '흑인' 기준으로 스스로를 규정해야 한다'는 생각을 제시했다.[70] 그리고 해밀턴이나 카마이클과는 달리 스펙트럼의 반대쪽에서는 논문 지도교수인 월터 L. 월리스의 조정자적 입장을 인용했다. 월터는 '미국 사회의 인종과 민족성'이라는 과목을 가르쳤다. 그는 『관료로 선출된 흑인 _Black Elected Officials_』에서 흑인과 백인은 '대표자 통합'을 위해 협력해야 한다고 주장했다. 미셸은 월리스와 공동 저자 제임스 E. 코니어스에 따르면 그런 통합은 '다양한 정치적 국면'에 흑인 정치인과 공무원을 포함시키는 것을 의미한다고 했다. '그들은 흑인 공직자들이 당면한 문제를 논의한다. 문제란 흑인 공직자들이 자신은 인종적 이슈를 초월했으며, 단지 흑인만이 아닌 모든 국민을 대표한다는 사실을 백인 사회에 설득해야 한다는 것이다'라고 미셸은 설명했다.[71] 미셸의 서술은 남편과 함께 22년 후 백악관 입성을 목표로 할 때 봉착한 과제를 놀라울 정도로 정확히 예견한 것이었다.

프린스턴 시기에 미셸이 흑인 미국 대통령은 상상도 할 수 없었다는 사실은 불문가지다. 흑인을 동등하게 받아들인다는 것조차 불가능해 보였다. 미셸은 논문에서 '백인 문화와 사회구조는 내가 사회의 주변부에 남아 있는 것을 허락할 뿐, 완전한 참여자가 되는 것은 결코 허용하지 않는다'라고 썼다.[72] 실제로 미셸은 '흑인 문화'와 '백인 문화'가 별개로 존재한다고 믿었다. 흑인 문화가 다르다고 여긴 이유 중에는 '흑인의 음악, 언어, 투쟁, 그리고 흑인들끼리 공유하는 의식'이 있었다. 이런 요소들은 '이 인종에 속한 사람들이 당한 억압과 부당함에서 기인한다. 그것은 이 나라 역사상 다른 인종이 경험한 것과는 비교조차 할 수 없다.'[73] 미셸은 자신의 연구가,

프린스턴 학생과 졸업자 들이 백인 문화에 더욱 철저히 빠져들수록 그들이 느끼는 것은 하층 흑인들—윌슨의 표현으로는 '경제적 정체라는 절망적인 상태에서 사회의 다른 계층보다 더욱더 멀리 뒤처지는 흑인 하층 계급'—의 곤경과는 더 멀어질 것이라는 사실을 보여줄 것으로 예상했다.[74] 하지만 놀랍게도 흑인 동문으로부터 돌아온 설문지 89개는 그 가설을 입증해주지 않았다. 흑인 졸업자들은 덜 성공한 흑인들의 운명에 관심을 가질 수 있다고 대답했고, 또 실제로도 관심을 보이고 있었던 것이다.[75]

가장 흥미로운 발견은 흑인 학생들이 프린스턴에 입학하기 전이나 졸업 후보다 재학 중일 때 더 정체성을 다른 흑인들과 동일시한다는 점이었다. 실제로 졸업 후 정체성에 대한 민감도는 '극적으로 줄어들었다.' 그녀는 이런 사실을 주요한 결론으로 삼았다.[76] 설문에서 그 이유를 제시하지는 않았지만 미셸은 두 가지를 꼽았다. 우선 응답자들의 나이를 따져본 후 대부분이 1970년대 캠퍼스에 있었으며 흑인인권운동의 가르침에 따라 단결을 추구했을 것이라고 추론했다. 또 다른 이론은 그녀나 다른 사람들도 느꼈던 고립감에 기반을 두었다. 당시 대학에는 흑인 종신교수가 다섯 명뿐이었고, 흑인 연구 프로그램도 보잘것없었으며, 오직 제3세계 센터만이 '흑인 사회의 지식인과 사회적 이익을 위해 특별히 마련되어' 있었다. 미셸은 흑인 학생들이 서로에게 의지할 수밖에 없었을 것이라고 추정했다. '왜냐하면 응답자가 가진 문제에 대해 다른 흑인들이 더 민감했을 가능성이 높기 때문이다.'[77]

미셸은 스스로 프린스턴과 그 바깥의 삶을 살펴보면서 자신이 느낀 소외감이 '흑인 사회에 기여하기 위해' 역량을 최대한 발휘해야겠다고 결심한 계기가 되었다고 했다.[78] 하지만 주요 은행과 회사의 인사 담당자들이 프린스턴을 방문하는 계절이면 전문직에 대한 꿈이 바뀌고 월급이 더 많은 직장에 대한 유혹이 커졌다. "백인 문화가 주도하는 아이비리그에서 4년간 지내면서 내 속에 어떤 보수적인 가치들이 자리 잡았다는 것을 깨달았다. 예를 들면 프린스턴에서 마지막 학년이 되자 나 역시 다른 백인 동기들과 비슷한 목표를 갈망하고 있었다. 이를테면 명문 대학원이나 전문 대학원에 입학하는 것 또는 성공적인 기업에서 높은 보수를 받는 것 등이었다."[79] 미셸이 논문 작업을 할 때 조언을 해준 사회학과 교수 하워드 테일러는 "미셸은 쉽게 동화되는 사람은 아니지만 그렇다고 과격한 투사도 아니었어요. 그녀는 통찰력을 갖고 그 문제를 적당한 선에서 아우르는 능력이 있었습니다"라고 말했다.[80]

졸업생 동기 켄 브루스는 미셸이 제기한 문제들은 당시 흑인 학생들에게 낯설지 않은 영역을 대변하는 것이었다고 말한다. "프린스턴의 경험이 사회적 지위에 어떤 영향을 미칠 것인가, 그것은 대체로 우리 모두 고민하던 것이었습니다. 이렇게 훌륭한 교육을 받았는데 그것을 가지고 앞으로 무엇을 할 것인가? 주류 사회 환경과 우리의 소수집단 환경 양자 모두에서 말이지요." 쉬운 문제는 없어 보였고 문제는 꼬리에 꼬리를 물었다. 심지어 어디에 살아야 하는가도 문제였다. 브루스는 물었다. "흑인 동네에서 가장 부유한 사람이 될 것인가, 아니면 백인 동네에서 유일한 흑인이 될 것인가?"[81]

미셸은 사회학과 우수상을 받았다. 논문도 선외가작으로 뽑혔고 흑인 연구 프로그램으로부터 상금 50달러도 받았다. 그녀가 제기한 물음은 계속 그녀를 따라다녔다. 2007년 미셸은 이렇게 말했다. "제가 지적한 것 중 하나는 백인이 다수인 환경에서 흑인들이 일반적으로 겪는 현실인데, 바로 매우 고독한 경험과 그 기간입니다. 문제는 고립감을 어떻게 처리할 것인가 하는 것이죠. 자기만의 공동체에 더욱 집착해야 하는가, 아니면 섞이려고 노력해야 하는가? 서로 다른 사람들이 각자의 방식으로 그 문제에 대처하고 있습니다."[82] 다양성의 가치로 논의의 방향을 바꿔 그녀는 계속 말했다. "시 행정부에 있건 회사 회의실에 있건, 정치에 몸담았건 교육계에 종사하건 상관없이 주변에 다양한 목소리를 지닌 비판적 대중들이 존재하도록 하는 것이 우리 의무입니다. 저는 비영리단체에 있을 때 동료들에게 주변을 둘러보고 '지도부라는 게 뭡니까? 당신들이 지도부인가요? 조직을 확장하고 회의 자리에 흑인, 여성, 히스패닉이 고작 한두 명만 앉아 있는 상황을 막기 위해 당신은 뭘 하고 있나요?'라고 외치라고 촉구했습니다. 모든 분야에서 우리는 여전히 그런 문제로 씨름하고 있습니다. 여러 명문 대학에서 우리는 여전히 그 문제와 씨름하고 있습니다. 그게 바로 제 논문에서 도출한 핵심 결론이며 저는 그때 이후로도 여전히 뚜렷한 변화는 없었다고 봅니다. 우리는 최소한의 변화만 이끌어냈을 뿐이지요. 프린스턴에서 오늘날 소수집단 학생들의 비율은 좀 나아졌나요? 교수진은요? 고위직 임원은요? 이런 것들이 우리가 국민으로서 계속 물어야 할 질문들입니다."[83]

미셸은 프린스턴에서 보낸 시절이 봉사활동에 대한 욕구를 줄인 것은 아닌지 걱정했지만, 그녀가 사우스사이드의 뿌리를 잊을 만큼 많은 변화가 있었던 것은 아닌 듯했다. 그 이유 중 하나는 부모님이 그녀의 의식에 공동체의 메시지를 깊숙이 뿌리박아놓았기 때문이다. 메리언은 미셸과 크레이그에 대해 "대학에 간 뒤로 다시는 우리 공동체에 돌아오지 않는 사람들을 얘기하면서 애들을 들볶았지요"라고 했다.[84] 또 한 가지 이유는 미셸이 멋들어진 프린스턴에서 불과 다섯 블록 떨어진 곳에 사는 한 가족과 유대관계를 유지한 것이다. 때때로 그녀는 나소 거리를 건너 대학과 마을의 경계를 지나 대학 정문 바로 밑 라이틀가 10번지의 작은 아파트에 사는 여인을 방문했다. 그 여성은 노예제가 철폐된 지 겨우 두 세대밖에 지나지 않은 1914년에 태어나 사우스캐롤라이나의 시골에서 성장해 일자리를 찾아 프린스턴으로 왔다. 미셸은 그녀가 부유한 백인 가정에서 청소와 요리를 하며 지낼 때 만났다. 이름은 어너스틴 존스였지만, 미셸은 시스 이모라고 불렀다. 미셸의 친할아버지 프레이저 C. 로빈슨 2세의 여동생이었기 때문이다. 존스가 알던 남부 세상과 그녀가 처음 접한 프린스턴을 대비해 보았을 때, 오빠의 손주가 둘씩이나 그 나라 최고의 학교에 다니고 있다는 사실은 얼마나 가슴 뿌듯한 일이었겠는가.

프린스턴에서 4년을 보낸 미셸은 향후 전망에 대해 새로운 갈등을 품게 되었다. '프린스턴 이후의 목표가 예전처럼 분명하지 않다'고 그녀는 논문에 썼다. 그림 같은 교정, 석상으로 장식된 신고딕풍 광장은 자신만만한 백인으로 들어차 있었다. 그곳은 엘리트 교육을 하는 엘리트의 왕국이었다. 여기엔 상반된 두 가지 효과가 있었다. 그녀가 시카고 노동자 계층 출신의 흑인 학생이라는 사실을 끊임없이 상기시키는 동시에 미셸 라본 로빈슨은 더 큰물에서 놀 수 있다고 속삭였다. 또 한 번 여름을 집에 돌아와 보낸 후, 그녀는 하버드 로스쿨에 입학했다. 그곳에서도 기회와 난제 들은 새로운 모습으로 나타났다.

진보의 이면

1985년 미셸이 하버드 로스쿨에 들어갔을 무렵 그곳은 모든 면에
서 프린스턴만큼이나 영광스럽고 높은 자리였다. 그리고 학기가
시작되자 경쟁도 확실히 더 치열했다. 일부 비평가들은 학교를 공
장에 비유하며 조롱했다. 미국에서 가장 큰 로스쿨이라는 점도 있
거니와 이 학교가 무척이나 많은 법인 고문 변호사들을 배출하고
있다는 사실 때문이었다. 졸업만 하면 그간의 노력은 미국 상류 사
회로 편입되는 것으로 보상받을 것이다. 1955년 이후 지명된 대법
원 판사의 반수 가까이가 하버드 졸업장을 가지고 있는 것은 우연
이 아니었다. 그렇기 때문에 미셸은 지원하는 곳마다 다 합격해놓
고도 하버드의 대기자 명단에 오른 걸 포기하지 않았다.[1] 하버드에
는 1973년 드라마 《하버드 대학의 공부벌레들The Paper Chase》이 방
영된 이후로 굳어진, 거부할 수 없는 신비로운 매력과 품위가 있었
다. 드라마에서 상징적 인물인 킹스필드 교수는 겁먹은 듯한 학생
들에게 딱딱한 어조로 "제군들은 머릿속이 곤죽인 채로 이곳에 왔

지만 떠날 때는 제법 법조인 같을 것이다"라고 말했다. 시카고의 작가 스콧 터로는 1977년 출간된 회고록『로스쿨 1학년 *One L*』에서 불안감을 잘 표현했다. 하버드는 '출세라는 희미한 이상을 어쩔 수 없이 좇아가는 우리들'을 손짓해 부른다고 한 것이다. 연방검사 출신으로 범죄 스릴러 연작을 발표한 그는 하버드에서 1학년 때 느낀 중압감을 극명하게 그려냈다. 그는 '월요일 아침이다. 중앙 건물로 걸어 들어가며 배가 꼿꼿해지는 것을 느낄 수 있다'라고 썼다. '앞으로 닷새 동안 나는 주변 사람들에 비해 덜 똑똑하다고 가정하게 될 것이다. 대부분의 시간 동안 내가 누리는 특권이 일종의 짓궂은 장난은 아닌지 의심하게 될 것이다. 내가 아무리 노력해도 더 잘할 수 없다는 것을 잘 알고 있다.'[2] 몇 년 후 터로는 하버드 생활이 '결코 이길 수 없는 게임을 하는 기분'이라고 표현했다.[3]

흑인 학생들은 더 힘들었다. 로버트 윌킨스는 하버드 로스쿨 흑인법대생연합 회장이었고 나중에 워싱턴 D.C. 연방순회고등법원 판사가 되었다. 그가 인디애나주 테러호트에 있는 작은 학교에서 화학공학 학위를 땄을 때만 해도 하버드는 신기루처럼 보였다. "저는 지원을 거의 포기했었습니다"라고 그는 말했다. "지원하더라도 아마 경제 형편이 안됐을 거예요. 돈을 댈 수 있다고 해도 아마 기쁘지 않았을 거예요.《하버드 대학의 공부벌레들》이 내가 아는 전부였지요." 윌킨슨은 자기가 '큰 세상에 대해 아는 게 별로 없는 시골 청년'이었다고 한다. 그렇지만 지원했고 합격했다. 1986년 봄, 흑인법대생연합이 (과거, 현재, 미래의 학생들을 초대하는) 연례 총동창회에 그를 초대했다. 빈털터리였던 그는 그곳까지 갈 형편이 못된다고 생각했다. 그런데 놀러온 동아리 친구가 필라델피아까지 차로 태워줄 수 있다고 했다. 거기서 그는 케임브리지행 기차를 탔다. 그 주말 윌킨스는 따뜻한 환대를 받았다. 미셸을 포함해 그가 만난 학생들은 명석할 뿐 아니라 다정다감해서 아주 인상적이었다. '미셸은 키가 크고 눈에 확 띄는 여성이라 결코 잊을 수 없었다'고 말했다.[4]

치열한 경쟁으로 유명한 학교의 평판을 고려해보면 공감대로 똘똘 뭉친 공동체가 있다는 건 예상 밖이었다. 하지만 일종의 건설적인 포용으로 설명되는 그런 태도는 1980년대 중반 하버드에 입학한 많은 흑인 학생에게 중요한 영향을 미쳤다. 특히 교수진과 교과 과정을 다양화하기 위해 학내 활동에 적극적이던 학생들에게는 더욱 그랬다. 미셸의 친한 친구였던 베르나 윌리엄스는 이렇게 말한다. "하버드의 흑인 공동체는 정말 큰 힘이 되었어요." 그녀는 워싱턴 D.C. 출신으로 윌킨스 이전 흑인법대생협회장이었다. 윌리엄스는 세상에서 가장 뛰어난 엘리트 집합소에 불안한 마음으로 발을 들였고 자기가 잘해낼 수 있을지도 의문이었다. 하지만 그곳에서 그녀는 비슷한 경험을 가진 '정말정말 똑똑하고 정말 멋진, 여태까지 만난 사람들 중에 가장 놀라운' 사람들을 발견했다.[5] 그녀는 하버드가 예일보다 자기에게 더 어울린다고 생각했다. 특히 인종 문제와 사회 정의에 관심이 있었기 때문에 더욱 그랬다. 그녀는 하버드 교수진이 백인이고 남성 일색인 것에 '놀랐다'. 그렇지만 최근 흑인 교수들을 충원하고 흑인 입학생도 늘어난 것에 안도했다. 1985년에 총 1,796명 중 170명이 흑인이었다.[6] 그래서 하버드가 뉴헤이븐의 경쟁자(예일)보다 '더 적극적이고 다이내믹해' 보였다. "우리에게는 흑인 동료가 충분했어요. 왜 예일에 가겠어요?"

20년 전에 미국 법학도 중 흑인은 1퍼센트 미만이었고, 그중 3분의 1은 주로 흑인 학교에 다녔다는 사실을 유념할 필요가 있다.[7] 윌리엄스는 말한다. 하버드의 똑똑하고 열성적인 흑인 학생이 된다는 것은 "생명 같은 거였어요. 흑인 여성으로서, 흑인 전문직 종사자로서 제 정체성을 형성하는 데 결정적으로 기여한 거죠. 그런 기회가 내게 오다니, 그런 믿기 힘든 기회를 손에 쥐다니, 하지만 그건 저 혼자만의 일이 아니었어요. 하버드에 입학했을 때도 그랬듯이, 그곳을 졸업하는 것도 저 혼자만의 일일 수는 없었죠."[8] 윌리엄스는 사무실들이 다닥다닥 붙은 지하 흑인법대생협회실에서의 한담을 기억했다. 미셸을 포함해 친구들이 의무와 목표라는 문제를 토론하고 있었다. "'여기를 나서면 흑인으로서 무엇을 할 것인가?' 우리는 그런 생각을 많이 했지요. 법조인이 된다는 게 무슨 의미인지, 흑인 법조인이 된다는 건 뭘 의미하는지에 대해서요."[9] 이런 질문은 하버드에서 그리고 그 이후에도 미셸의 사고에서 중심축이 되었다. 그것은 사우스사이드의 교훈과 프린스턴의 경험을, 그리고 앞으로 닥쳐올 전망에 대한 결정을 서로 연관 짓는 일이었다.

하버드 로스쿨 1988년 졸업반 동기 575명[10]은 1학년 첫해를 여러 반으로 흩어져서 각자 불법 행위, 계약, 그리고 헌법을 공부하며 보냈다. 필수과목은 재미가 없었고 암기할 것은 많았다. 그곳은 로스쿨이고, 공부가 힘든 건 당연했다. 미셸은 프린스턴에서 절제력으로 유명했다. 철저한 자기 관리로 밤샘을 금하는 규칙도 만들었다. 하버드에서도 마찬가지였다. 그녀는 집중했다. 친구 조슬린 프라이는 "엘리트 로스쿨 학생에게 어울릴 만한 것들에 사로잡히는 일이 없게 했어요. 미셸은 규칙적인 사람이었어요. 우리는 즐겁게 지냈죠"라고 말했다.[11] 생활비를 버느라 그녀는 교내 일자리를 잡았다. 프린스턴에 가려고 대출을 받으면서 시작된 빚은 더 불어났다.

한 해는 법학교수 랜들 케네디 밑에서 연구조교로 일했다. 그는 미셸의 대학 시절 룸메이트 앤절라의 오빠였다. 목요일 밤이면 흑인 법대생협회 사무실의 커다란 텔레비전 앞에 친구들과 둘러앉아 인기 드라마《LA 로LA Law》와《코스비 가족The Cosby Show》을 봤다.[12] 《코스비 가족》은 중상층 흑인 가정 헉스터블가의 이야기로 사교적인 산부인과 의사 클리프와 똑똑하고 입바른 변호사 클레어가 부부로 나온다. 장녀 손드라는 프린스턴에 진학해 변호사가 될 계획이었지만 꿈을 바꿔 등산용품점을 열기로 결심한다. 딸이 마음을 바꿨다고 하자 어머니는 노발대발한다. "다시 바꿔!" "널 프린스턴에 보내려고 그렇게 많은 돈을 썼는데? 손드라, 넌 우리한테 79,648달러 22센트를 빚졌어. 당장 돈 갚아!" 이 대목에서 큰 웃음이 터졌다. 그렇지만 클레어를 연기한 필리샤 라샤드에 따르면, 극중 인물인 클레어는 또한 사회에 기여하는 것에 대해서도 깊이 있는 지적을 했다. "부모는 자식을 알지요." 라샤드는 말했다. "그리고 클레어는 딸에게 변호사 자체를 목표로 삼으라고 한 건 아니에요. 어쨌든 약속은 지키라는 거였죠."[13]

하버드 학생들이 제각기 고군분투하는 동안 윌리엄스는 미셸이 보기 드물게 진지하고 침착하다고 느꼈다. 일부러 꾸미고 과시하려는 태도는 아니었다. "미셸은 수업 시간에 계속 손을 들면서 똑똑하다고 뽐내려는 사람이 아니었어요."[14] "미셸은 매력이 넘쳤어요. 차분한 자신감이 엿보였죠. 오만한 것하고는 달랐어요." 조슬린도 비슷하게 봤다. 미셸은 "현실적이고, 이성적이고, 실용적이고, 어떻게든 해법을 찾아내는 사람이었어요." 그녀는 계속 설명했다. "로스쿨 공부라는 게 지나치게 이론에 얽매이는 경향이 있잖아요. 미셸은 항상 근본적인 것을 먼저 생각했어요. 이를테면 '이게 상식적

미셸 오바마

인 거다, 도달해야만 하고 또 도달할 수 있는 실질적인 결과는 이런 거다'라는 식이었죠."[15]

1학년이 끝날 무렵 모의법정대회가 있었다. 법정 무대에 서서 장차 되고자 하는 법률가 역할을 해보는 첫 연습이었다. 파트너를 정하는 시간에 윌리엄스는 곧장 미셸에게 갔다. 이유는 간단했다. "미셸은 정말 차분하고 똑똑하니까 다른 사람보다 먼저 가서 물어보는 게 좋겠어." 형사재판이었다. 자세한 기억은 없지만 윌리엄스는 준비에 착수하면서 쉬운 길과 어려운 길이 있었던 걸 떠올렸다. 그들은 어려운 길을 택했다. 증거청문회에서 무기를 증거로 채택하려는 검사를 저지하는 역할이었다. 윌리엄스는 또 한 번 미셸의 차분한 설득력에 놀랐다. 그녀는 미셸이 한계에 도전하며 상대편으로부터 이의를 이끌어내는 걸 보면서 중얼거렸다. "정말 잘하네." "미셸은 이미 이의가 제기될 거라는 사실을 알고 그걸 얘기했고, 또 계속 밀어붙였어요. '언제부터 부인을 때려왔나요?' 같은 질문이었죠. 원래는 그러면 안 된다는 걸 미셸은 알고 있었어요. 그러면서도 자신 있었죠."[16]

증거 채택을 막는 데는 실패했지만 우정은 꽃피었다. 윌리엄스는 나서기를 좋아하고 정치적이었던 반면 미셸은 대체로 이목을 끌지 않는 역할을 선호했다. 학교의 법률 지원 사무소에서 가난한 의뢰인을 돕고, 흑인법대생협회 연례회의에 힘을 보태고, 미국 흑인의 법정신을 고양하는 견인차이자 목소리가 되려는 학생들의 법률 잡지 편집을 맡기도 했다. 미셸의 멘토이자 대중의 관심을 많이 받은 하버드 대학 교수 찰스 오글트리는 "미셸이 쓴 모든 것, 관여한 모든 일, 생각하는 모든 것은 사실상 인종과 성차별에 대한 것이었습니다"라고 했다. "그리고 어떻게 사람들이 앞으로 나아가도록 문을 열어줄 수 있는가 하는 것이었죠."[17]

1986년 봄 케임브리지에서의 첫해에 미셸은 『하버드 블랙레터 로 저널 *Harvard BlackLetter Law Journal*』 편집인으로 자원했다.[18] 잡지는 몇 해 전 창간되었는데, 대체로 백인이 우위를 점한 캠퍼스에서 흑인의 시각으로 인종과 권리에 대해 질문하는 것이 취지였다. 제3호를 발간할 때 편집인들은 흑인 법학교수 데릭 벨이 『하버드 로 리뷰 *Harvard Law Review*』 1985년 11월호에 기고한 우화적 에세이 「인권운동 연대기 *The Civil Rights Chronicles*」에 대한 토론을 실었다. 이 에세이는 전기 대법원 회기에 대한 『하버드 로 리뷰』의 연례 논고 '서문'란에 게재되었다. 학생 편집자인 엘리나 케이건, 캐럴 스타이커, 윌리엄 B. 포부시 3세는 벨 교수에게 기사를 의뢰함으로써 인종과 법률에 대한 논의의 중요성을 시사한 것이다. 1986년에 졸업해 나중에로스쿨 학장과 대법관이 된 케이건은 "모든 대화와 논쟁은 인종 문제로 흘렀습니다"라고 말했다.[19]

『하버드 블랙레터 로 저널』은 1970년대에 에세이, 시, 뉴스, 인터뷰를 싣는 잡지로 시작했다. 나중에 편집자들은 '흑인들을 표현하는 목소리'라고 말하곤 했다. 1984년에 학생들은 인종 문제를 다루는 매체로 저널을 재정립하고, 1990년 버락이 선출되기 전까지는 한 번도 흑인 편집장이 없던 고매하기만 한 『하버드 로 리뷰』의 대안으로 삼았다. 목표는 '다른 법학 잡지들이 보이는 일부 문체상의제약 없이… 흑인의 이해가 달린 법률적 문제를 학문적으로 제시하는 것'이었다.[20] 편집자들은 열성적으로 대화에 뛰어들었지만 자금과 인력이 부족했고 결정적으로 주류에서 벗어나 있었다. 말하자면 엄청난 경쟁력을 지닌 『하버드 로 리뷰』에 비하면 아예 상대가 되지 않았던 것이다. 『하버드 로 리뷰』는 우아한 법학 도서관만큼이나 하버드를 대표하는 얼굴이었다. 참고로 법학 도서관은 장서 140만 권을 소장하고 정문 위에는 라틴어로 'Non sub homine sed sub deo et lege', 즉 '사람 아래가 아니라 신과 법 아래에서'라는 문구가 새겨져 있다.

『하버드 로 리뷰』는 흑인들에게는, 그 내부 편집자들조차도 읽어내기가 쉽지 않기로 정평이 나 있었다. 1980년대 말 하버드를 졸업하고 교수가 된 케네스 맥은 『하버드 로 리뷰』를 읽는 시간이 '내 인생에서 가장 뼈저린 인종 차별 경험'이었다고 말했다. 잡지의 편견이 정치적, 이데올로기적 선을 넘었다는 것이다. "백인 편집자 상당수는 의식적이든 무의식적이든 흑인 편집자나 기고자 들의 지적 능력을 불신했습니다. 지성인으로서 진지하게 받아들여지는 것이 종종 가파른 고지를 오르는 전투 같았지요."[21] 정치적으로 보수적이고 백인인 브래드퍼드 베런슨은 "저는 대법원에서 일했습니다. 백악관에서도 일했고요. 지금은 거의 20년째 워싱턴에서 보내고 있습니다. 그런데 제가 본 정치 중에서 사적이고 지저분해질 수 있다는 의미로 보자면 『하버드 로 리뷰』를 둘러싸고 벌어진 일들이 가장 치열했습니다"고 한다.[22]

1986년 봄에 간행된 『하버드 블랙레터 로 저널』에서 기사 12개 가운데 9개는 벨의 「인권운동 연대기」에 직접적으로 관련된 것이었다. 다른 두 개는 소수집단 우대 정책에 대한 것이었는데 그중 하나는 하버드 대학교수 엘리자베스 바틀렛이 쓴 「소수집단 우대 정책에 대한 레이건 행정부의 급진적 공격」이었다.

편집진은 3월호를 벨의 이야기 주인공인 제네바 크렌쇼에게 바쳤다. 크렌쇼는 1960년대에 자신감 넘치는 변호사로서 '중산층 흑인들은 양면적 태도를 보이던 당시에도 피부색과 인종에 자긍심을 가지고 있었다'고 벨은 썼다.[23] 크렌쇼는 스스로 19세기 흑인 노예제 철폐론자 소저너 트루스와 해리엇 터브먼의 과업을 잇는 사람으로 여겼다. 그녀는 '세상이 부과한 제한에 저항하고 그것을 뛰어넘은' 신념을 높이 샀다.[24] 벨이 전하는 이야기에 따르면 크렌쇼는 하워드 대학 법학교수로 임용된 후 1964년 미시시피 자유의 여름Mississippi Freedom Summer* 때 유권자 등록소로 차를 몰고 갔다. 그때 한 백인 운전자 차량에 치여서 식물인간이 됐다가 20년 후 다시 깨어나 미국의 인종관계를 조사하고 결론을 내린다. '우리는 모든 것에서 진보했지만, 아직 아무것도 변하지 않았다.'[25] 그녀는 '우리 흑인들의 신념에 따라 법적으로 추구한 많은 것을 얻었지만 정작 삶에 필요한 건 별로 얻은 게 없다는 사실이 참으로 놀라울 따름이다'라고 말한다.

미국 흑인들이 전국에 걸쳐 법원과 국회의사당에서 일련의 승리를 거뒀음에도 인종적 공평성 면에서는 그다지 진보하지 않았다는 사실에 크렌쇼는 당황한다. '흑인들이 지난 20년간 법적으로 진보했지만, 여전히 종속적인 지위를 참고 견뎌야 한다는 사실을 대중에게 이해시키기는 불가능하다'고 그녀는 개탄한다. "흑인들이 요구하는 것은 백인들에게는 이미 오래전부터 주어진 기회들에 대해 자기들의 정당한 몫을 달라는 것뿐이다. 그런데 백인들은 흑인들이 겪지도 않은 부당함을 바로잡는다는 명목으로 힘들이지 않고 특권을 누리려 한다고 믿는다."[26]

부드럽게 말하면서도 카리스마 있던 벨 교수는 탁월한 선동가

---

* 흑인 투표권 등록 운동.

였다. 하버드의 실망스러운 소수집단 채용 관행에 대항한 고차원적인 시위는 그를 학내 인종 정치의 중심 위치에 올려놓았다. 그는 연좌농성과 사퇴 협박도 불사하는 투쟁으로 고질적인 인종 차별에 저항했다. 아이비리그의 인종적 분포뿐만 아니라 평등한 사회를 건설하는 데 법과 법조인이 맡아야 할 역할까지도 문제 삼았다. 그는 인종주의가 미국의 기득권층 내부에 만연하고 수술용 칼이나 소송 한 번으로 간단히 도려낼 수 있는 것이 아니라고 생각했다. 비판적 인종 이론critical race theory의 주요 지지자로서 벨은 인종주의란 인종적 편견을 말하고 행하는 사람들의 무작위적 집합체가 아니라고 주장했다. 그보다 인종주의는 법, 법적 기관, 그리고 관계들—유색인종의 권리를 박탈하는 법적 체계—속에 내재된 갈등과 태도로 간주했다.[27] 그리고 인종주의를 흑인들이 복종하며 살아온 지난 역사의 산물로 보았다. 백인 대부분은 너무 먼 과거로부터 굳어져온 일이라서 균형을 약간 옮기려는 시도조차도 인종주의의 역차별이라고 비난하는 상황이 벌어지는 것이다. 공공연한 차별에 대한 금지 조치로 재능 있는 일부 흑인—그는 '각광받는 소수'라고 이름 붙였고,[28] W.E.B. 두 보이스는 '재능 있는 10분의 1'이라고 불렀다—은 신분 상승을 꾀하고 번창할 수 있었다. 하지만 그들이 성공할 때 대부분의 흑인은 견고하게 지속되고 반복되는 불평등에 인질로 붙잡혀 있어야 했다.

　벨은 저명한 시카고 사회학자 윌리엄 줄리어스 윌슨의 『쇠퇴하는 인종의 중요성 The Declining Significance of Race』에서 한 대목을 인용했다. '과거 인종적인 억압 양식들은 불공정의 산물이 세대에 세대를 거쳐 전해 내려오면서 거대한 규모로 흑인 하층민을 양산했다.'[29] 벨의 관점에서 저항은 필수적이었다. 그는 결정적인 진보는 백인들이 흑인들의 진보가 그들의 이익에도 기여할 것이라고 각성하고, 이로써 모든 것을 토대부터 완전히 다시 시작할 때 가능하다고 믿었다. 벨은 대학 당국과 여러 차례 대결도 불사했고 "역사는 대립을 거치면서 발전합니다. 밀어붙이지 않고는 아무것도 이룰 수 없습니다"라고 말했다.[30] 1987년 하버드 대학 교수 로버트 클라크는 "여기는 대학이지 남부의 간이식당이 아니다"*라고 도발했다. 이에 벨은 "하버드는 오랜 시간 변화를 미뤄왔다. 바로 남부처럼 말이다"라고 응수했다.[31]

하버드의 교육과정에 대해 벨은 교수진을 다양화해야 한다는 입장으로 발전시켰다. 여성과 흑인을 교수진에 합류시켜야 한다는 주장은 단순히 공평한 고용 관행을 마련하자는 차원이 아니었다. 벨은 여성과 유색인종 교수들이 채용되면 그들의 존재, 그들의 교수법, 그들이 강의실과 복도에 전해줄 경험만으로도 대학 교육의 질은 향상될 것이라고 보았다. 이런 주장은 미셸이 1988년 신입생 논문에서도 제기하게 된다. 벨 교수는 「인권운동 연대기」를 기반으로 저술한 『우리는 구원받지 못했다 We Are Not Saved』를 출간할 즈음에 "심지어 자유주의적인 백인 학자들조차도 억압이 무엇인지에 대해서는 상상력을 동원해야만 하고, 동시에 자신은 억압자가 아니라고 상상해야만 한다"고 말했다. "흑인들에게는 삶뿐만 아니라 학문에도 그 토대를 만들어준 이야기와 경험이 있다."[32]

전직 NAACP 변호사로 활동한 벨은 명문 로스쿨 출신도 아니고 연방판사를 보좌한 경험도 없었다. 벨은 1960년대 말 흑인인권운동기에 하버드도 흑인 종신교수를 임용해야 한다는 학생들의 압력

---

* 1960년대 인종 차별 반대 투쟁의 일환으로 식당 카운터 점거 투쟁이 있었다.

미셸 오바마

덕분에 자리를 차지하게 된 것을 잊지 않았다. 하버드 대학 총장 데릭 보크는 벨에게 교수직을 제안하면서 "당신이 처음이지만 마지막은 아닐 것이다"라고 했다. 그 말은 사실이기는 했지만 허울뿐이었다. 1967년 하버드 로스쿨에는 종신교수가 53명 있었는데 모두 백인 남성이었다. 20년 후 미셸이 입학했을 때는 종신교수 61명 중 여성이 다섯 명 있었지만, 흑인 남성은 단 두 명이었고 유색인종 여성은 한 명도 없었다. 즉 미국 최고 엘리트 교육기관이자 외견상 진보적이던 하버드 로스쿨의 교수진 중 96퍼센트는 백인이었다는 것이다.

대학의 분위기는 사회와 동떨어질 수 있다. 그러나 하버드에서의 전개 과정은 인종 차별과 기회 균등 문제에서 많은 것이 변했지만 실상 달라진 건 없다는 인식이 전국적으로 싹트고 있다는 걸 반영했다. '브라운 대학 교육위원회 사건' 이후 30년 동안 흑인은 선거에서 승리했고 많은 이가 학계와 재계에 진출했다. 그러나 향후 10년간의 인종관계는 로널드 레이건의 대통령 재임기에 대강 결정이 났다. 레이건은 1980년 미시시피주 네쇼바 카운티에서 주정부의 권리를 승인하면서 대통령 선거 유세를 시작했다. 그곳은 1964년 흑인인권운동가 세 명이 피살된 곳이었다. 레이건은 대중 연설에서 캐딜락을 모는 생활보호대상자들과 식품구입권으로 티본스테이크를 사는 '젊은 흑인 건달들'에 대한 과장되고 종말론적인 이야기로 양념을 쳤다. 그는 1964년 미국 인권법의 산물인 소수집단 우대 정책을 불공정한 혜택의 원천이라며 반대했다. 그는 법무부 인권국의 집행 인력을 줄였고 법률서비스공사Legal Services Corporation에 대한 재정 지원을 끊으려 했다. 평등고용추진위원회 Equal Employment Opportunity Commission에는 나중에 대법관이 되며 소수집단 우대 정책을 공공연히 반대한 클래런스 토머스를 임명했다.

레이건과 그 반대자들의 정치적 논쟁은 로스쿨로 확산되었다. 1987년 미국이 헌법 제정 200주년을 기념할 때, 하버드는 전미흑인변호사회의 National Conference of Black Lawyers와 합작해 '헌법과 인종: 중요한 입장'이라는 학술회의를 주최했다. 모임은 '화려하고 번잡한 행사 진행 가운데에서도 재평가의 시간'이 되었다. 벨이 기조연설을 맡고 하버드대학 흑인 교수 찰스 오글트리와 데이비드 윌킨스가 워크숍을 이끌었다.³³ 보수주의자들은—레이건이 논란 많던 로버트 보크 대법관 임명을 강행해 대학가에서 시위가 일어난 해였다—(헌법의) '원래 의도'에 찬사를 늘어놓았지만 하버드 학생 다수와 교수들은 '원죄'라는 말이 더 어울린다고 생각했다. 결국 미국 민주주의의 기본 얼개를 마련한 사람들은 자유는 약속했지만 노예제를 인정함으로써 국가의 토대가 되는 문서에 모순을 적어 넣은 것이다. 그들은 여성, 흑인, 재산이 없는 자들의 투표권을 인정하지 않았다. 실제로 건국자들 중 다수는 노예 소유자였다.

대학에서 학생과 교수 들은 3세기에 걸친 인종적 불평등의 원인과 대가를 토론했을 뿐만 아니라 무엇을 어떻게 바꾸어야 하는지도 물었다. 배움의 도구로서 다양성을 장려하는 것이 적절했던가? 소수집단 우대 정책이 합법적인 접근법이었던가? 로버트 윌킨스는 "그 모든 것의 의미를 찾으려고 노력했습니다. 글을 쓰고 대화를 나눴습니다"라고 한다.³⁴ 소수집단 우대 정책에 대해 열띤 공방이 오갔는데, 비판적인 사람들은 흑인 학생들의 능력에 대해 심심찮게 회의적인 입장을 제기했다. 흑인 학생은 열 명 중 한 명꼴로 수적으로 열세였다. 당시 베르나 윌리엄스는 "소수자가 적은 이 상황이 오히려 흑인들은 여기 올 자질이 부족하다고 믿게 합니다. …학생, 교수, 그리고 미래의 법조인으로서 말입니다"라고 말했다. "우리가 어쩌다가 운명의 장난으로 여기까지 온 거라는 생각은 완전히 틀렸습니다. 여기 오기 위해서 우리가 견딘 엄청난 스트레스와 아울러 흑인으로서 일상적으로 겪은 핍박을 감안하면 말이지요."[35] 윌리엄스의 논평은 요약되어 흑인법대생협회의『메모』에 특별 보고서로 실렸다.『메모』는 1988년도 졸업반 동기 로스쿨 학생들이 신입생들과 지혜를 나누기 위해 만든 소식지였다. 편집 후기에 따르면 그해는 '하버드 로스쿨 흑인 학생들의 성과를 인정하고 축하하고 보존하기에 가장 좋았던 시기'로 보인다. 흑인 학생들이 그 어느 때보다도 많은 하버드 조직을 이끌었다. 예를 들면 출판물로는『여성 법률 저널 Women's Law Journal』,『하버드 입법 저널 Harvard Journal on Legislation』,『시민권 및 시민자유법 리뷰 Civil Rights and Civil Liberties Law Review』등이 있고, 조직 면에서는 법률지원사무소 Legal Aid Bureau, 공익법을 위한 학생회 Students for Public Interest Law, 심지어 하버드 로스쿨 공화주의자 Harvard Law School Republicans가 있었다. 50쪽짜리 소식지에서 가장 긴 에세이는 미셸이 작성했다. 그녀는 교수진이 훨씬 더 다양해져야 한다고 촉구하며 3천 단어 이상을 써내려갔다.

「소수자와 여성 법학교수들: 교수법 비교」라는 에세이에서 미셸은 법과 법률가의 일에 한층 인간적인 이해가 필요하다고 목소리를 높이고, 여성과 유색인종은 새롭고 가치 있는 방식으로 학생들과 유대관계를 형성할 것이라고 역설했다.《하버드 대학의 공부벌레들》을 언급하며 킹스필드의 권위주의적 우월성을 모범으로 따르지 않는 교수들을 위해 자리를 마련해야 한다고 제안했다. 비록 허구일지라도《하버드 대학의 공부벌레들》과 스콧 터로의『로스쿨 1학년』이 만든 로스쿨의 이미지가 학생들의 기대를 제약하고 교수진의 교수법에 영향을 미친다고 힘주어 말했다. 물론 나쁜 영향을 말하는 것이다. "전통이라는 이름하에 이런 이미지들은 우리가 '진정한' 로스쿨 경험으로 추구해야 하는 것이 무엇인지에 대한 선입견을 만들어낸다. …불행히도 전통적인 로스쿨 경험이라는 관념에서 학생들이 발견하는 위안과 안정감은 그것과 닮거나 일치하지 않는 모든 것을 근원적으로 불신하게 만든다." 미셸은 구시대적 교습법이 비판받지 않고 유지된다면 고용 과정에서도 답습될 것이라고 예견했다. 새로운 것을 시도하는 교수들은 대다수 학생에게 인기가 없을 것이고 고용과 진급에서도 저평가될 것이다. "종신 법학교수를 선발하는 데 비전통적인 자질을 불신하고 무시하는 교수진의 결정은 인종 차별 및 성차별의 구태를 강화시킬 뿐이다"라고 미셸은 말했다.[36]

미셸은 연구와 인터뷰를 위해 교수 세 명을 택했다. 두 명은 흑인이고 한 명은 여성이었다. 세 명 모두 백인 남성 교수들에게 냉대받았으며, 일부 학생으로부터 적대감의 표적이 되어야 했다고 미셸은 결론지었다. 많은 학생이 '순전히 인종과 성별을 근거로… 그들의 권위에 무례하게 도전하고 신뢰성에 의문을 품는 것이 정당하다고 느꼈다'고 그녀는 썼다. 그렇지만 기회가 생기면 소수집단이나 여성 교수들은 '혁신적인 교육법을 도입하고 여러 이슈들에 대한 그들의 관점을 환기시킬 수 있다. 이제 예전과 달리 학생들은 계급, 인종, 성별 문제가 어떻게 법적인 문제와 연관되는지 인식하기 시작했다. 학생들은 그런 이슈들이 적절할 뿐만 아니라 흥미롭다는 사실을 알고 있다.'

선택한 교수들은 전통적인 교수진과 달랐을 뿐만 아니라 그들끼

　　　　　미셸 오바마

리도 차이가 많았다. 찰스 오글트리는 캘리포니아 머세드에서 자랐다. 아버지는 앨라배마 출신으로 트럭 운전수였으며, 어머니는 아칸소 출신 전업주부였다. 그는 '부족한 기초 교육 훈련에서 비롯된 학문적, 문화적 약점에도 불구하고' 그의 자질을 알아본 한 상담교사 덕분에 스탠퍼드 대학에 진학했다고 미셸은 썼다. 친구들에게 '나무'로 불린 오글트리는 로스쿨의 장점에 대해서는 회의적이었지만 법률적 훈련을 거치면 훌륭한 변호사가 될 거라는 생각에 하버드에 등록했다. 그는 전미흑인법대생협회장과 그 조직의 하버드 분과장을 겸임했다.

데이비드 윌킨스는 다른 길을 걸었다. 그는 하버드 로스쿨 흑인 졸업생의 아들이었다. 시카고 대학 부속 실험학교 University of Chicago Laboratory Schools를 다니고 하버드 학부 우등상을 받았으며, 『하버드 로 리뷰』를 만들다가 서굿 마셜 대법원장의 서기로 일했다. 세 번째 교수 마사 미노는 미연방통신위원회 Federal Communications Commission의 전 의장 뉴턴 미노의 딸로 상류층 가정에서 자랐다. 하버드에서 교육학 석사 학위를 받고, 예일 대학 로스쿨을 수석으로 졸업했으며, 마셜을 보좌했고, 인권과 여성, 인종, 종교적 소수자들의 지위에 관해 전문 분야를 다졌다. 미셸이 에세이를 쓸 당시 세 명 중 미노만 종신교수였다. 오글트리와 윌킨스는 나중에 종신교수로 임명되었으며 미노는 로스쿨 학장이 되었다.

미셸은 오글트리 교수에 대해 다음과 같이 적었다. '오글트리 교수의 형법학 강의에서 학생들은 눈을 감고 자신이 법정에 선 모습을 상상할 수 있었다. 이 교수는 마치 성공적인 재판처럼 모든 강의를 게임 구조로 접근하고, 소크라테스적인 문답법만으로 학생들로부터 그 게임 구조가 작동하는 데 필요한 정보들을 이끌어낸다. 그렇지만 그는 의표를 찌르는 당혹스러운 질문을 던지는 방법은 배제한 채 이를 수행한다. 어조는 항상 차분하지만 핵심은 재빠르게, 그리고 예술가적인 정확성으로 접근할 줄 안다.' 오글트리는 역할극을 이용했다. 학생들에게 검사와 변호사 역할을 맡기는 것이다. 자신은 중재자 역할을 하며 '필요할 때 개입했다.' 수십 년간 유효할 수 있는 문제를 논의할 때는 전후 맥락을 고려해야 한다고 그는 미셸에게 말했다. "불심 검문을 허용해도 좋은지 그렇지 않은지를 말할 때, 불심 검문이 어떤 집단에 얼마나 남용될 수 있는지를 따져보는 것이 중요합니다. 그러면 학생들은 그런 절차를 받아들일 만하다고 말하기가 좀 더 조심스러워지지요." 나중에 오글트리는 하버드 학생들이 '그곳에 어떤 사명을 띠고 온 것이지, 단지 로펌에서 일하고 출세하려고 온 것은 아니라는 것을 이해하도록' 밀어붙이곤 했다고 말했다.[37]

데이비드 윌킨스는 미셸에 의하면 좀 더 전통적인 교수법을 택했다. 그것이 자신의 권위를 드러내는 데 필요하다고 느낀 것도 부분적인 이유였다. 그는 미셸에게 "젊고, 어려 보이고, 흑인이고, 강의 경험도 초짜인 내가 하버드 로스쿨 강의실에 걸어 들어가면서 '안녕, 여러분, 데이브라고 불러줘요!'라고 외치리라 기대하지는 않을 것"이라고 말했다. 미셸은 윌킨스가 협박이나 공포에 의한 동기유발 없이 학생들의 참여를 독려한다고 했다. '학생들의 말을 끊거나 어떤 발언도 바보스럽다고 취급하지 않는 것이 철칙이었다'는 것이다. '또 토론을 중시했으며 어떤 야유나 비웃음도 엄중히 금했다.' 그는 수업시간에 소수자와 여성이 편안하게 발언할 수 있는 분위기를 만들었다. 그리고 학생들이 특이하고 낯선 논리들을 접할

미셸 오바마

수 있도록 배려했다. "백인 교수들과는 반대로, 제가 여기에 있는 이유 중 일부는 인종이나 계급 같은 문제를 강의에서 소개하고 논쟁의 일부가 되도록 만들기 위해서입니다."[38]

미셸은 미노의 가족법 강의 수강생을 《필 도나휴 쇼 Phil Donahue Show》 녹화의 방청객에 비유했다. 낮 시간대 시청자 참여 토크쇼의 원조격인 도나휴처럼 미노는 미소와 유머로 수강생 모두가 환대받는다고 느끼게 만들면서 '심도 있게 탐구하는' 수업을 이끌었다. 그녀는 미셸에게 날카로운 분석은 여전히 기본이지만 '지원받는다는 느낌과 안정감이 더 동기를 유발하고 학습에 도움이 된다'고 했다. 그녀가 보여준 포용력의 부수적 효과로 조언을 구하는 학생이 줄을 이었다. "제가 관심을 갖고 경청하는 사람으로 보이니까 학생들이 오는 거지요. 그리고 내가 그들을 외면하지 않으리라고 생각한 것도 이유겠지요. 학생들이 어딘가 기댈 곳이 있다고 느끼는 건 중요합니다."[39]

에세이에서 미셸은 로스쿨의 교수 선발과 평가에 대해 새로운 접근법을 요구했다. 그녀는 지적인 중량감 그 자체보다는 실천적인 가르침과 인간적인 교육을 강조했다. 현학적인 논의는 필요 없었다. 미셸은 결과에 관심이 있었다. 세상에 대한 흥미와 태도는 실로 현실적인 것이었다. 전문가적 의구심을 갖기 시작한 그녀는 법이 얼마나 밀접하게 실제 삶, 특히 흑인들의 삶과 연결되는지 알고 싶었다. 그래서 오글트리의 '주요 목표'는 '강의실에 현실을' 도입하는 것이라고 강조했다. 그녀는 갈등의 근원을 보여주려는 윌킨스의 노력을 거론했고, 미노가 '강의실에 안주하는 학생들을 흔들어 깨워 장기적인 안목에서 치열하게 고민하게 만들기 위해' 할 수 있는 모든 일을 하고 있음을 주지시켰다.[40] 윌킨스는 나중에 미셸의 접근법을 설명하면서 그녀는 깊이 있게 고민하고 자신 있게 주장했다고 평가했다. 미셸은 다른 사람들의 의견을 경청했지만 "자기 의견은 무엇인지 당당히 밝혔습니다. 항상 질문을 던지는 사람이었죠. '이 것이 현실적으로 이용될 수 있는가? 실질적인 정의를 구현하는 것과 무슨 상관이 있는가? 이게 공정한가? 이게 옳은가?' 그녀는 그런 질문에 항상 분명한 답을 가지고 있었어요"라고 말했다.[41]

미셸이 저소득 의뢰인들을 위해 학생들이 운영하던 하버드 법률지 원사무소에 자원하면서 이제 논의는 이론에서 실제로 넘어갔다. 미셸은 캠퍼스 한구석의 작은 집에서 일하며 셔틀버스를 타고 보스턴의 허름한 동네를 누볐다. 자원봉사자들은 의뢰인을 만나고, 소송 상대편 변호사도 만났다. 상대방은 집주인, 배우자, 가스회사, 또는 주정부나 연방정부의 직원인 경우도 있었다. 그들은 변론문을 작성하고 때로는 법정에 나서서 변론하기도 했다. 실습 기회를 갖는 대신 학생들은 일주일에 최소한 20시간은 사건에 투자해야 했다. 일부 학생에게는 법률지원사무소가 본업이 되기도 했다. 법률지원사무소 출신 인사로는 대법원 판사 윌리엄 J. 브레넌 2세, 매사추세츠 주지사 더발 패트릭 등이 있다. 그렇지만 하버드 재학생 수에 비하면 자원봉사자 수는 매년 60명가량으로 그다지 많지 않았다.

1988년 법률지원사무소 개소 75주년 기념행사에서 공익 변호사 앨런 모리슨은 모든 학생이 학위를 취득하고 1년간 법률 봉사단체에서 활동할 것을 권했다. '가난한 사람들을 직접 경험하지 않으면 그들의 문제에 접근할 수 없다'는 것이었다. "가난한 사람들을 위해 일하는 것은 제도와 싸워야 하는 사람들과 단순히 그것을 즐기는

미셸 오바마

사람들의 삶이 얼마나 다른지를 알게 해줄 겁니다."[42] 미셸이 3학년 때 사무소를 이끈 흑인 학생 로널드 토버트는 흑인 학생들이 자원봉사에 더 많이 참여하기를 원했다. "우리 의뢰인 중 다수가 흑인과 소수집단입니다. 많은 사람이 단지 배경 지식이 없어서 그들을 이해하지 못합니다."[43]

미셸은 1986년 9월부터 1988년 6월 졸업할 때까지 적어도 사건 여섯 건을 맡아 의뢰인들과 일했다. 법률지원사무소 기록을 보면 세 건은 가정 사건이었다. 가정불화, 이혼, 친권 분쟁 등이 포함되는 항목이다. 두 건은 주거 사건으로, 사무소 관리자에 따르면 강제 퇴거 사건이었다. 나머지 한 사건은 상세 기록이 파일에 반영되지 않았다.[44] 1988년 법률지원사무소 활동 개요는 소송 상대방이 변호사가 없었던 경우에 대해 언급하고 있다. 기록에 따르면, 미셸은 친권과 방문권을 둘러싸고 감정이 격해진 상대방과 협상하는 데 전술적인 어려움을 겪었다.[45] 각 사건에서 미셸은 공식 변호사였고 필요한 경우 법률지원사무소의 감독관에게 자문을 구하며 독자적으로 전략을 세운 것으로 보인다. 모의 변론 워크숍을 지도한 오글트리는 미셸을 '집요하다'고 평했다. 그는 미셸의 활동이 사우스사이드의 성장 배경에 기반한 사명감과 '대학을 가지 못한 아버지에 대한 헌신, 즉 자신의 공동체를 돕기 위해 재능을 사용하겠다는 결의'에서 비롯된 것이라고 했다.[46] 아일린 세이드먼 감독관은 미셸이 보스턴 변두리의 백인 상류층 거주 지역에 있는 위성 법원을 방문한 일을 기억했다. "사람들은 미셸이 마치 이국적인 새라도 되는 양 쳐다봤어요. 당시만 해도 벤치에 앉은 여자와 법원에 있는 여자를 요즘처럼 똑같은 시선으로 보지 않았습니다. 더군다나 도시 외곽이었으니까요. 확실히 그곳에선 보기 드문 유색인종 여성이었죠."

미셸은 판사에게 제출할 서류들을 꼼꼼히 챙기고 있었다. 그러나 상대편인 법원 단골 백인 변호사는 준비가 안 된 채 왔다고 세이드먼은 말했다. "그래서 미셸은 단정히 간추린 서류를 앞에 두고 정좌한 반면 상대편 변호사는 분주하게 움직였어요. 판사는 그 변호사에게 호되게 훈계를 늘어놓기 시작했죠. '저 사람은 깔끔하게 서류를 준비했는데 당신은 아무것도 하지 않았소.'" 일은 잘 풀렸다. 세이드먼의 미니밴을 타고 케임브리지까지 돌아오는 45분간 그들은 그날 일을 즐거이 되새겼다. "미셸은 보통 사람 같았으면 당연히 화를 낼 법한 상황에 처했죠. 외계인 취급을 당했으니까요." 그렇지만 두 여인은 그저 고개를 저으며 웃고 말았다. 미셸은 "주변에서 돌아가는 상황을 민감하게 감지했고 어떻게 성숙한 자세로 대응할 것인지 잘 알고 있었어요."[47]

미셸의 경력에서는 법률지원사무소 시절이 동네 변호사처럼 일선에서 활동한 유일한 기간이었다. 물론 미셸이 도움이 필요한 노동자 계층 미국인들에게 관심을 보인 것이 마지막이라는 의미는 아니다. 프린스턴과 하버드에서 받은 교육과 기회로 무엇을 할지는 여전히 딜레마였다. 그녀는 케임브리지로 향했을 때 이타적이지도 않았고 딱히 사명감을 가진 것도 아니었다고 인정했다. "로스쿨은 뭐랄까, '그래, 이제 뭐하지? 취직하기는 싫어' 같은 거였어요. …신중한 판단이었다기보다는 '어이, 돈 벌기 좋잖아. 변호사가 되면 명예와 지위도 얻을 수 있어'라는 식이었지요."[48] 그녀는 하버드에 입학한 후 첫 두 해를 각각 시카고의 로펌에서 일했다. 그쪽에서 경력을 쌓을 수 있는 높은 보수도 여러 번 제안 받았다. 마찬가지로 책임감과 사명감에 대한 대화도 로스쿨 재학 기간 내내 따라다녔다.

흑인법대생협회 전 회장 로버트 윌킨스는 "하버드의 흑인 학생들은 '많이 받은 사람에게는 많은 것을 기대하게 마련이다'라는 격언을 깊이 공감했습니다"라고 했다.[49] 그들이 어디에 정착할지 고심하던 그 순간, 미셸과 여러 친구들은 흑인법대생협회 봄 동창회에서 그 단초를 발견했다. 한때는 거창한 회의였지만 1980년대 중반에 이르자 동창회는 소소한 사교행사 정도로 축소되었다. 그들은 이 모임에 법률, 변호사직, 그리고 흑인의 사명과 관련된 더 많은 의미를 부여하기로 결정했다. 1987년 모임의 공동 회장을 맡은 아레바 벨 마틴은 그것을 '꿰뚫는' 주제를 말했다. "여러분, 이건 여러분이 그냥 단순히 월스트리트의 편안한 직장에 가서 배부른 자본가 편에 서는 게 아닙니다. …만약 여러분이 여기를 떠나 고급 아파트를 장만하고 다른 일은 하지 않는다면, 그건 여러분의 공동체와 가족에게 누를 끼치는 겁니다. 당신의 인생에는 개인의 이익보다 더 큰 것이 있습니다."[50]

미셸이 공부하는 동안 로펌의 유혹은 떨치기 어려웠다. 대도시 로펌들은 하버드 학생들을 비행기로 초대하고 고급 호텔에 묵게 하고 "상상을 초월하는 식사와 술로 접대했어요. 명사처럼 대우받았지요"라고 마틴은 말했다.[51] 그녀는 하버드 초창기에 여섯 번 이상 그런 여행을 한 것으로 기억했다. 많은 학생이 유혹에 넘어갔다. 학자금 융자로 상당한 빚을 안고 있던 학생들은 말할 것도 없었다. 마틴도 마찬가지였다. 세인트루이스 임대주택에서 성장한 그녀는 누구보다도 힘든 상황이었다. 마틴은 흑인법대생협회는 대안을 제시하려는 시도였다고 설명했다. 당장이든 나중이든. "그래, 당신은 특권을 누린다. 그렇다, 이 로펌들이 당신에게 구애한다. 그래, 엄청난 월급을 제의받았다. 그렇지만 그보다 더 중요한 것이 있으니 거기에 매몰되지는 말자."[52]

흑인법대생협회는 마틴과 다른 준비모임 참여자들이 공감한 것처럼 소명의식을 천명할 필요가 있었다. 당시는 협회가 로펌과 학생 들을 위해 효과적으로 구인 활동을 하고 인맥을 넓히는 행사를 하는 곳으로 발전하던 때였다. 준비위원회는 사적으로 아는 동문과 흑인 들뿐만 아니라 공익법, 선출직, 기타 공적 서비스를 택한 흑인 법률가들도 끌어들일 계획이었다. 1987년 기조연설자는 버지니아 부주지사 L. 더글러스 와일더였다. 1988년 미셸이 3학년이던 때는 뉴욕 대법관을 은퇴한 브루스 M. 라이트가 기조연설을 했다. 형법 체계에서 인종 격차에 주목한 라이트는『백인의 세상에서 흑인의 정의 *Black Justice in a White World*』라는 제목으로 회고록을 펴냈다. 라이트는 프린스턴에 합격했지만 학교에 도착하자 피부색을 본 교직원이 그의 등록을 거절했다. 그는 뉴욕에 있는 아버지가 차로 데리러 올 때까지 트렁크에 걸터앉아 인도에서 하염없이 기다려야 했다. 훗날 왜 항의하지 않았느냐는 물음에 그는 "겁이 많았습니다. 그리고 학교경찰이 서 있었지요"라고 답했다. 왜 프린스턴 대학이 입학을 거절했는지에 대한 대답은 1939년에야 들을 수 있었다. 대학 사무처장 래드클리프 히어먼스가 프린스턴은 인종 차별 정책을 취하지는 않지만 특정 남부 출신 학생은 받지 않는다고 대답한 것이다. 2001년 프린스턴 대학은 라이트를 공식적으로 받아들였다. 그때 라이트가 공개한 히어먼스의 편지에는 다음과 같은 구절이 있었다. "내 경험상 유색인종 학생들은 자기 인종 사람들과 어울리는 것이 더 행복할 것이라고 말할 수밖에 없습니다."[53]

조슬린 프라이도 미셸, 동기생 캐런 하드윅과 더불어 그해 춘계회의 준비모임에 참여했다. 캐런은 워싱턴 D.C. 출신이고 연방공직

자의 딸이었다. 프라이는 나중에 백악관에서 미셸의 정책국장으로
일했다. 프라이는 국립대성당학교National Cathedral School*와 미시간
대학을 나와 1985년에 하버드에 들어왔다. 그녀는 같은 경험과 목
적을 공유하는, 유능하고 적극적인 다수의 비판적 동료들을 만나서
기뻤다. "그 사람들 말고는 '하버드에서 일 좀 저질러보자!'라고 생
각하는 흑인 학생들이 없었지요"라고 프라이는 말했다. "주어진 틀
에 얽매이지 않고 그런 친구들과 어울릴 수 있다는 게 좋았어요."[54]

　　처음에 프라이는 하버드에 다니는 것만도 행운이라고 생각했지
만, 점차 로스쿨 당국이 다양성 문제에 대해 뭔가 조치를 취해야 한
다고 생각하게 되었다. "우리 같은 사람들이 너무 적었어요. 유색인
종 교수도 부족했고요. 하버드도 백인들이 지배하는 다른 기관과
다를 바 없다는 생각이 들었지요. 하버드는 스스로 강점과 약점을
의미 있게 분석하지 못해요. 사실 자기들을 과대평가하는 경향이
있지요." 프라이는 말을 이었다. "우리는 이 나라에서 최고, 또는 그
중 하나로 손꼽히는 학교에 나름 기대를 했고, 또 충분히 그럴 만했
어요. 하버드가 명문 로스쿨로 자부하기 위해서는 먼저 유색인종
교수진과 학생이 함께 있어서 명문 로스쿨이라고 자부할 수 있어
야 합니다."[55] 1988년 5월 흑인법대생협회의 적극적인 활동가들은
그 균형을 맞추기 위해 매우 공개적인 작업에 착수했다.

흑인법대생협회는 1988년 4월 로스쿨 학장 제임스 보렌버그가 사
퇴 의사를 밝힌 이후 계속 시위를 계획하고 논의했다. 신임 학장으
로는 로버트 클라크가 선임될 전망이었는데 그는 데릭 벨의 시위

---

* 워싱턴 D.C. 국립대성당 부지에 위치한 여성 교육 기관으로, 미국 성공회 재단이
설립한 가장 오래된 학교다.

에 비판적인 인물이었다. 학생들은 보렌버그가 떠나기 직전이 교수진 다양성에 대한 청원을 넣기 좋은 기회라고 의견을 모으고, 요구사항을 10여 가지 내걸고 보렌버그의 사무실에서 철야농성을 벌이기로 했다. 그리고 최대한 널리 알리기 위해 소송과 비슷한 모의 고발 행사를 계획하고 활용 가능한 언론 매체들도 추렸다. 거사 날짜는 전체 교수회의가 열리기 이틀 전인 5월 10일로 잡았다. 시위 목적에는 교수회의에 초청받아 자신들을 변호할 기회를 얻는 것도 있었다.

그런데 로버트 윌킨스가 협회에 계획을 제출하자 반응은 기대와 딴판이었다. 그는 모두가 만장일치로 동의할 줄 알았다. 그러나 때는 시험 기간이었고 학생들은 책에서 눈을 뗄 여유가 없다고 답했다. 체포될 경우 진로에 악영향이 있을까봐 걱정하는 이들도 있었다. 윌킨스는 청중에게 한 세대 동안 남부의 시위자들은 신념을 위해 구타와 투옥의 위험을 무릅썼다는 것을 상기시켰고, 어쨌든 조용한 하버드 로스쿨 경내에서 그렇게 심각한 일은 발생하지 않을 것이라고 말했다. 협회 회원이라면 철야농성에 직접 참여하든 그렇지 않든 반대표를 행사해서 시위의 위력을 떨어뜨려서는 안 될 것이라고 말했다. 지도부는 가결 득표수를 얻었다.

제네바 크렌쇼가 있었다면 기뻐했을 것이다. 투표 결과는 어쨌든 데릭 벨이 중시한 행동주의, 그리고 이론과 실천의 간극을 메운다는 면에서 승리였다. 베르나 윌리엄스는 협회를 '단순한 사교모임 이상'으로 만드는 결의라며 벨에게 공을 돌렸다. "교수님은 우리가 목소리를 높이지 않으면 아무 일도 일어나지 않을 거라고 하셨어요. 항상 그걸 강조했지요."[56] 정치적으로 가장 적극적인 학생들이 하버드 생활 3년에서 확실하게 배운 것이 있다면, 그건 바로 요구하지 않으면 권력은 아무런 양보도 하지 않을 것이라는 프레더릭 더글러스의 기초적인 가르침이었다.

5월 10일 화요일, 24시간 연좌농성은 예정대로 시작되었다. 대략 학생 50여 명이 참여했고 대부분 흑인이었다. 흑인법대생협회 지도부는 이를 '철야 학습 시위'라고 불렀다. 텔레비전 뉴스는 학생들이 보렌버그의 집무실에서 시험공부를 하며 조용히 앉아 있는 장면을 방영했다. 윌킨스는 학장에게 요구 조건을 제시했다. 그중에는 그해에 흑인 여성 교수를 고용할 것, 향후 4년간 최소한 20명 이상 여성과 소수집단 교수를 종신교수 혹은 예비 종신교수로 고용할 것 등이 포함됐다. 그리고 더 많은 흑인과 소수집단 학생이 법학 교육을 받을 수 있도록 배려하고 '교과과정도 유색인종과 여성의 삶을 반영하도록 다변화할 것'을 요구했다. 벨의 전술과 미셸의 협회 에세이에서 가져온 내용들이었다. 아울러 학생들은 벨을 차기 학장으로 선출하고 오글트리를 종신교수직에 임명하라고 요구했다. 학생들은 보도자료에서 보렌버그와 교수선출위원회가 '구체적인 조치를 거부하고 가시적인 노력을 전혀 보이지 않았기 때문에' 시위는 불가피했다고 밝혔다. 성명서는 계속해서 소수집단 채용은 '미국 법률가들이 당면한 광범한 법적 문제들을 다루는 데 매우 중요하다. 백인 남성 일색의 교수진 때문에 이 같은 이슈들이 간과되고 있다'고 덧붙였다.

학생들의 요구에 대응해, 보렌버그는 고용에 대해서는 아무 약속도 하지 않았지만 교과과정을 폭넓게 바꾸고 학생들의 요구에 귀 기울이겠다고 약속했다. 윌킨스는 농성을 마친 다음 날 교수회의에서 발언 기회를 얻었다. 그는 교수들의 반응이 제각각으로 극명히 갈렸던 것으로 기억했다. 몇몇은 박수를 쳤고, 다른 이들은 팔짱만 끼고 있었으며, 또 몇 사람은 표정이 딱딱하게 굳었다. 최소한 한 명 이상은 신문만 뚫어져라 쳐다보며 고개도 들지 않았다.[57]

졸업식 날 아침은 날이 흐렸다. 그렇지만 촉촉이 비에 젖은 하버드 운동장에서의 학위 수여식은 어디에서나 익히 보는 것처럼 성대했다. 그리고 이곳은 한층 기쁨이 넘쳤다. 바로 하버드였기 때문이다. 제337회 학위 수여식에서 명예학위를 받은 사람으로는 소프라노 제시 노먼, 경제학자 존 케네스 갤브레이스, 코스타리카 출신 노벨 평화상 수상자 오스카르 아리아스가 있었다. 아리아스는 졸업생들에게 특권적 지위를 인정하고 그에 수반되는 책임을 다하라고 촉구했다. "이 세상 청년 대부분은 이곳 또는 다른 대학의 졸업식에도 참석하지 못했습니다. 청년 대다수는, 운이 좋다면 오늘 아침 일찍 일어나 밭을 갈거나 공장에서 기계를 돌리고 있을 겁니다. 당신들과 같은 젊은이들이 헛된 전쟁에서 죽어가거나 희망도 없이 간신히 생존만 유지하고 있습니다. 지성의 특권에는 사회적 책임이 따릅니다."[58] 하버드 대학 총장 데릭 보크도 시민의 의무에 대해 연설했다. 그는 교사와 공직자의 봉급이 낮은 것을 개탄하고 하버드 로스쿨 졸업자들이 택한 진로를 그런 공직에 대비시켰다. 그는 미국의 명문 로스쿨 졸업생 중 단 2퍼센트만이 졸업 직후 공직에 뛰어든다는 사실을 지적했다. 그보다 적은 수가 공익이나 법률 지원 활동을 선택한다고 말했다. 대다수는 로펌에 취직했다.[59]

졸업식이 끝난 후 데이비드 윌킨스는 멀찍이 서서 로빈슨 가족이 아치 밑에서 비를 피하고 있는 것을 보았다. 미셸은 키가 크고 우아했으며, 오빠 크레이그는 그녀보다 더 컸다. 옆에는 메리언 로

미셸 오바마

빈슨도 있었다. 그로부터 3년이 못 돼 세상을 떠나는 프레이저는 휠체어에 앉아 있었다. 윌킨스는 시카고의 방문자들에게 다가가 인사했다. "하버드 로스쿨은 힘든 곳입니다"라고 그는 말했다. "누구에게나 힘든 곳이지만, 특히 흑인 학생, 더욱이 흑인 여학생에게는 더 힘들지요. 그런데 미셸은 잘해냈을 뿐만 아니라 아주 특별한 것을 해냈습니다. 단언컨대 미셸은 앞으로 뭘 하든 특별한 사람이 될 겁니다."[60]

미셸은 여전히 진로를 확신하지 못했지만, 3년 전 하버드에 들어올 때보다는 훨씬 자신감 넘치고 능력도 월등히 함양되어 하버드를 떠났다. 사명감에 대한 그 모든 열띤 토론에도 결국 그녀는 로펌을 선택했다. 전해 여름에 일한 시카고의 유명 법률회사로 돌아가 프린스턴 때부터 상상한 편안한 직장생활을 시작했다. 새로운 일자리로 빚도 갚고 법률적 경험도 얻었다. 그리고 나중에 그녀는 발견했다. 하버드 졸업 앨범 한 귀퉁이에 부모님이 지면을 사 메시지를 남겨둔 것을. 하버드와 프린스턴에서 자랑스러운 졸업장을 땄어도 그녀는 여전히 사우스사이드의 소녀, 로빈슨임을 상기시키는 문구. '15년 전, 어떻게 해도 네 입을 막을 수 없었을 때 우리는 이미 네가 해낼 줄 알았다.'

옳은 일을 찾아서

미셸은 7년간의 아이비리그 생활을 마감하고 케임브리지에서 짐을 싸 시카고로 돌아왔다. 그리고 특권 기관을 떠나 또 다른 특권 기관으로 자리를 옮겼다. 대학 때 그렸던 직장생활에 첫발을 내디딘 것이다. 1988년 여름부터 미셸은 시카고에서 가장 유명한 로펌 중 하나인 시들리 앤드 오스틴Sidley&Austin에서 첫해를 보냈다. 백인과 남성 위주의 회사로 우량 고객 리스트를 자랑하는 곳이었다. 교육 수준이나 직업 면에서 그녀는 이제 명실상부한 엘리트 사회의 일원이었고, 근무 첫날부터 부모의 소득을 합친 것보다 더 많은 돈을 벌었다.[1] 그렇지만 근원적인 딜레마, 프린스턴과 하버드에서 그 많은 대화를 야기한 질문에 대한 해답은 여전히 오리무중이었다. 미국에서 흑인, 특히 흑인 여성이 무엇을 할 수 있는가? 어떤 것이 바람직한가? 무엇이 올바르며 그 판단은 누가 하는가?

라틴어로 적힌 졸업장 두 개는 미셸의 가능성을 보증하는 더할 나위 없는 증표였지만, 새로운 일자리를 얻을 수 있었던 것은 그저 훌륭한 교육을 받았기 때문만은 아니었다. 사실 시카고가 변하고 있었다. 사우스유클리드가의 아파트로 돌아와 맞닥뜨린 도시는 리처드 라이트나 할아버지들, 또는 부모가 알던 도시가 아니었다. 시카고는 더 이상 유능한 젊은 흑인 여성이 선택할 수 있는 자리가 집 근처 학교나 비서직에 한정되는 도시가 아니었다. 또 리처드 데일리 시장이 거의 백인으로만 구성된 권력 구조의 최상층에 앉아 권력을 휘두르던 1955년부터 그가 세상을 떠난 1976년까지의 시카고도 아니었다. 마틴 루서 킹의 북부 캠페인이 한창이던 때부터 이미 한 세대가 흘러 흑인의 정치적, 경제적 영향력이 성장하고 있었다. 시카고 인구에서 흑인 비율은 40퍼센트에 육박했으며 거주 지역도 수십 제곱킬로미터로 확산되고 있었다. 미셸의 할아버지가 성년이 된 1930년에 흑인은 24만 명에 불과했으나 이제는 시 경계 내에 100만 명 이상이 거주하고 있었다. 인구 성장과 시대 변화는 더 큰 기회를 가져왔고, 무엇보다도 엄청난 사건이 벌어졌다. 미셸이 떠나 있는 동안 시카고 시장으로 해럴드 워싱턴, 즉 흑인이 당선된 것이다.

1983년 시카고 선거에서 최초의 흑인 시장이 탄생했지만, 사실 이는 다소 늦은 감이 있었다. 뉴올리언스와 오클랜드보다는 5년, 디트로이트와 애틀랜타, 로스앤젤레스보다는 10년, 클리블랜드와 게리보다는 16년이 늦었다. 백인 정부에 대한 불만이 나날이 커져 갔다. 흑인 거주 지역과 주민들을 불평등하게 대우한다는 이유였다. 1968년 마틴 루서 킹 암살로 도시마다 분노는 극에 달했다. 연이어 1969년에는 시카고 경찰이 아파트를 급습해 흑표범당 지도자 프레드 햄프턴과 마크 클라크를 사살했다. 1972년에는 경찰이 흑인 치과의사 허버트 오돔과 대니얼 클레이번을 학대한 사건이 일어났다. 시의원, 조용한 여섯 명의 순종 전략은 이제 명운을 다한 듯했다. "저항하기까지 왜 그렇게 오래 걸렸느냐는 질문을 자주 받았습니다." 올림픽 금메달리스트이자 여섯 명의 일원이던 랠프 멧커프는 데일리와 절연하고 민주당 커넥션을 벗어나면서 말했다. "제 대답은 이겁니다. 흑인답게 살기에 너무 늦은 때란 없다. 그리고 당신도 같이 흑인답기 위해 노력하자고 제안합니다."[2]

1976년 데일리 사망 후 해럴드 워싱턴은 보궐선거에 출마했으나 낙선했다. 그렇지만 1983년에 적극적인 연대에 힘입어 시장직을 거머쥐었다. 하지만 동시에 선거는 흑인 시장 당선이라는 상징적 진보에도 도시의 해묵은 인종적 균열을 드러냈다. 워싱턴은 예비선거에서 백인 표를 단 11퍼센트밖에 얻지 못했다.[3] 총선에서 많은 백인 민주당 지지자들은 당 대신 인종을 선택해 공화당 후보에게 표를 던졌다. 그렇지만 유세 과정에서 겪은 어려움과 다른 도시에 비해 늦은 당선은 워싱턴의 지지자들, 특히 사우스사이드와 웨스트사이드의 흑인 밀집 거주 지역 주민들에게는 큰 기쁨이었다. 마치 『오즈의 마법사』에서 서쪽 마녀가 녹아 없어지는 순간처럼. 하지만 워싱턴은 데일리와 민주당 커넥션에 의무를 다하며 그 속에서 성장했다. 따라서 그의 당선은 진보임이 틀림없지만 동시에 후원 체제의 온존을 약속하는 것이기도 했다.

워싱턴의 임기가 2년째 접어든 1985년 7월 시카고에 온 젊은 지역활동가는 '그의 사진이 도처에 걸려 있었다'고 썼다. '구두 수선점과 미용실 벽에도 걸려 있었다. 유세 기간의 철 지난 선전물들이 여전히 가로등에 붙어 있었다. 심지어 한국인 세탁소와 아랍인 식료품점의 유리창에도 마치 부적처럼 눈에 잘 띄게 전시되어 있었다.' 하이드파크의 흑인 이발사가 그 활동가에게 지난 선거 때 시카고에 있었느냐고 물었다. "아니요, 없었어요"라고 신참이 대답했다. 이발사가 설명했다. "해럴드가 당선되기 전에 여기 있었어야 그 사람이 이 도시에서 어떤 의미를 갖는지 알 수 있지. 해럴드 이전에 우리는 늘 이등 시민처럼 보였다오." 또 다른 사람이 목소리를 높이며 그때는 '노예농장 정치'였다고 말했다. 이발사가 맞장구쳤다. "바로 그랬지. 노예농장. 흑인들은 최악의 일자리에서 일했어. 최악의 집에서 살고. 경찰들의 학대는 다반사였어. 그렇지만 소위 흑인 시의원을 뽑는 선거철이 되면 우리는 줄을 서서 민주당 표를 찍었지. 영혼을 팔아 크리스마스 칠면조를 얻은 거야. 백인들은 우리 얼굴에 침을 뱉는데 우리는 표로 그 사람들한테 보답한 거지."[4]

이발소에서의 대화를 기억하는 신참 활동가는 바로 버락 오바마였다. 그는 사우스사이드에서 풀뿌리 정치활동을 하며 3년을 보냈다. 그리고 1988년에 하버드 로스쿨로 떠났다. 그해는 또한 미셸이 로펌에서 자리 잡은 해이기도 했다. 그들은 다음 해까지는 만나지 못했다.

워싱턴이 재선에 성공하고 몇 달 후 앨런 그린은 케임브리지에서 스물세 살의 미셸 로빈슨과 저녁식사를 함께했다. 1987년 가을이었고 미셸은 하버드에서 마지막 해를 보내며 시카고의 유명 로펌들의 취업 제안을 검토하고 있었다. 채드웰 카이저Chadwell Kaiser도 그런 로펌 중 하나였다. 전문 분야는 복잡한 상업 소송으로, 특히 반독점 소송에서 회사들을 방어하는 수익성 좋은 사업을 하고 있었다. 미셸은 로스쿨 진학 후 첫해 여름방학을 채드웰에서 보냈는데, 그때 동료들에게 깊은 인상을 남겼다. 로펌이 로스쿨 1학년생을 채용하는 경우는 드물었지만 미셸이 '너무나도 확실한 자질을 보인 후보'였다고 그린은 전했다. 변호사들은 미셸의 법률가로서의 자질, 자신감, 그리고 프린스턴과 하버드에서의 성취에 놀랐다. 그린은 미셸이 '저돌적'이고 '섬세하다'고 말했다. '도서관에 처박혀 연구만 하는' 부류들과는 달랐다는 것이다. 그리고 또 다른 이유도 있었다. 미셸은 수십 년간 주로 백인 그리고 남성들이 치열한 경쟁을 벌이던 분야에 뛰어든 재능 있는 흑인 여성이었다. 로펌은 그녀를 필요로 했다. 윤리적인 차원—그럴듯하지만 충분한 근거는 아니다—이 아니라 사업적인 측면에서 그랬다.

"우리 회사는 1980년대 중반에 다른 회사들과 마찬가지로 로펌 세계가 너무 배타적이라는 사실을 인식하게 되었다." 그린의 말이다. 로펌이 미셸에게 '관심을 보인 것은 무난하게 잘 지낼 만한 사람을 발견했다는 생각에서 시작되었다'고 덧붙였다. 모든 것이 원만히 진행되고 그녀가 겉보기만큼 실제로도 능력이 있는 것으로 판명되면, 미셸은 흑인 고객과 변호사 들, 나아가 인력 구성의 다양성을 중시하는 다른 고객들까지 끌어들일 수 있는 자석 역할을 할 것으로 기대되었다. 그 회사는 원래 개신교, 남성, 백인만 고용하다가 최근 들어서야 가톨릭교도, 유대인, 여성을 고용하기 시작했다. "미셸은 회사가 다음 단계로 나아가는 돌파구가 될 수 있었지요. 큰 부담이었지만 미셸은 당황하지 않았던 것 같습니다. 오히려 반기는 기색이었어요."[5]

그린의 구애에도 미셸은 결국 시들리 앤드 오스틴을 선택했다. 조금 더 크고, 역동적이고, 근소하나마 인종 구성이 비교적 다양한 회사였다. 시들리의 한 흑인 변호사의 고객 중에는 무하마드 알리와 권투 프로모터 돈 킹도 있었다. 섣부른 선택이 아니었다. 섣부른 것은 미셸의 스타일이 아니었다. 그녀가 시들리를 선택한 건 경력을 쌓고 수만 달러에 달하는 학자금 빚을 갚기 위해서였다. 지난해 여름 시들리에서 인턴으로 일한 경험이 있으므로 분위기는 잘 알고 있었다. 회사는 1866년에 설립되었다. 시카고 대화재가 도심을 폐허로 만들기 5년 전이었다. 전형적인 아이비리그 출신들의 기업이었으나 점차 확장하면서 합병과 협업으로 성격을 변화시켜갔다. 근래에 유명한 동료 가운데는 민주당원으로 미연방통신위원장을 지낸 뉴턴 미노가 있었다. 텔레비전을 '광막한 황무지'라고 비난해 유명해진 인물이다. 하지만 회사의 정치적 색채는 대체로 공화당 쪽에 기울었다. 주로 회사를 고객으로 삼는다는 점은 다른 로펌들과 대동소이했다. 가난한 의뢰인을 돌보려고 멀리 법원까지 여행할 필요도 없고, 변화를 부르짖으며 연좌농성을 할 일도 없었다. 엘리베이터를 타고 도심의 고층 빌딩 47층에 있는 사무실에 오르면 구름까지의 거리는 절반으로 줄었다. 하지만 신기함은 곧 식상함으로 변했고, 번쩍거리는 창가에 서서 바깥을 내려다보아도 어린 시절의 사우스사이드 동네는 잘 보이지 않는다는 사실에 미셸은 약간 서글퍼졌다.

시들리의 젊은 동료로서 미셸이 맡은 일은 AT&T 장부[6]부터 쿠어스비어, 그리고 공중파 방송에 나오는 보라색 공룡 바니의 마케팅 업무에 이르기까지 다양했다. 한 동료는 그 일이 보람도 없고, 솔직히 따분했다고 말한다. 예를 들면 스토리보드를 보면서 맥주 광고가 방송업계의 규정과 기준에 적합한지를 판단하는 식이었다.[7] 후일 미셸과 친구가 된 선임 동료 존 레비는 '미셸이 낙담한 것을 알았다'고 했다. "당시 그쪽 분야의 일들은 불안정했지요."[8] 동료들은 미셸이 많이 노력했고 주장도 강했다고 기억했다. 회사에서 몇 안 되는 여성 선임 변호사이자 지적재산권 분야에서 미셸을 지도한 메리 허칭스 리드는 "그녀는 차분하면서도 태도에서 자신감이 넘쳤어요. 결코 호락호락한 사람이 아니었습니다"라고 말했다.[9] 다른 젊은 변호사들은 채용될 때부터 이미 많은 경력을 쌓아놓은 상태였다. 그렇지만 미셸의 성품과 실력은 두드러졌다고 다른 상급자는 기억했다. 1973년에 입사한 네이트 아이머는 "모두가 대단한 이력서를 들고 오지요. 그렇지만 미셸처럼 상식과 품성 면에서 풍부하고 강인한 사람은 없었습니다"라고 말했다. "철두철미했고, 매사에 분명한 입장을 보였으며, 아주 똑똑했습니다. 어떤 일이든 어떤 사람에게든 주눅 드는 일이 없었어요. 완벽한 동료였고, 시들리의 완벽한 변호사였어요. 미셸이 거기 계속 머물렀다면 분명 대단한 일을 해냈을 겁니다."[10]

미셸은 초기에 존 레비와 대화하던 중 회사의 채용 업무를 돕겠다고 자원했다. 시들리에 온 지 1년도 되지 않았지만 레비는 그녀를 불러 하버드 학생들의 입사지원서를 심사하고 그중 최고를 선발하는 업무를 돕게 했다. 그는 미셸이 학교를 잘 알고, 성격이 매력적이며, 회사에 대해서도 긍정적으로 말해줄 것이라고 여긴 것이다. 게다가 흑인이라는 것은 보너스였다. 시들리의 채용과 교육과정에서 그녀가 흑인이라는 점도 일정한 역할을 했다. 시들리에서 미셸을 처음 접촉한 프린스턴 출신 백인 스티븐 칼슨은 "새로운 흑인을 채용할 때는 이미 일하고 있는 흑인을 통하는 게 조금이나마 더 도움이 됩니다. 여기서 유일한 흑인으로 일하게 되는 건 아니라는 걸 알게 되는 거지요"라고 말했다.[11] 그해 회사는 채드웰 카이저가 미셸에게 한 것처럼 하버드에서 로스쿨 1학년생을 1989년 여름 방학 인턴 과정에 합류하도록 초대했다. 그 1학년생은 스타였고 회사는 그가 이곳에서 멋진 여름방학을 보내기를 바랐다. 미셸이 그에게 좋은 조언자가 될 수 있을까? 상관들은 궁금해졌다.

첫날 버락은 지각했다. 미셸이 그 장면을 목격했다. 미셸의 표현에 따르면 '이 잘나가는 인간에 대한 온갖 야단법석'에도 그녀는 시큰 둥했다.[12] 한 가지 이유는, 그가 회사에 보낸 사진을 봤을 때 그렇게 잘생겼다는 생각은 들지 않았기 때문이다.[13] 귀 때문이었다고 미셸 은 나중에 말했다.[14] 또 다른 이유는, 선의를 품은 백인들이 때때로 흑인들에게 얼마나 사소한 일로 감탄하는지 미셸은 잘 알았다. 너 나없이 수선을 떨었지만 그건 '버락이 단지 바른말을 할 수 있는 흑 인이기 때문'이라고 생각했다.[15]

"그렇지만 그가 사무실로 걸어 들어오자마자 우리는 바로 좋아 하게 됐어요. 그 사람은 아주 매력적이고 잘생겼거든요. 멋졌어요. 서로 끌렸던 것 같아요. 다른 사람들처럼 그 순간을 그다지 무겁게 받아들이지 않았어요. 그는 저의 싱거운 유머와 풍자를 좋아했어 요. 정말 훌륭하고 재미있는 남자였죠. 그리고 난 그 사람의 배경에 완전히 매료됐어요. 내가 살아온 과정과는 완전히 달랐거든요."[16] 얼마나 달랐을까? "글쎄요, 버락은 다인종 환경에서 자랐어요." 1996년에 미셸은 그렇게 설명했다. "어머니는 백인이고 아버지는 케냐 사람이잖아요. 그리고 하와이에서 자랐죠." 버락은 인류학자 인 어머니와 함께 인도네시아에서 몇 년간 어린 시절을 보내며 세 상을 조금 구경했다. 그런 세상 구경 덕분에 버락은 미셸이 '서로 비슷한 부류만 찾는' 사우스사이드나 시들리의 유복한 변호사들 사이에서는 접할 수 없는 새로운 관점을 갖고 있었다.[17]

내심 버락과 데이트할 마음이 없지 않았지만 지나치게 성급한 일일 수도 있었다. 게다가 미셸은 어머니에게 연예 운이 없는 것 같다며, 그해 여름 '나 자신에게 충실할 거예요'라며 연애와는 선을 그었다.[18] 미셸은 고등학교 시절부터 여러 청년과 데이트를 했다. 휘트니 영 고등학교에서는 데이비드 업처치와 졸업무도회에 갔다. 그날 밤 그녀는 브이넥에 허벅지까지 트인 실크 이브닝드레스를 입고 사진을 찍었다. 옆선을 트는 것은 그녀가 고집한 일이었다. 어머니가 바느질을 해주었다.[19] 하버드에서는 스탠리 스토커-에드워즈와 사귀었는데, 가수 패티 라벨의 양자였다. 하지만 오래 지속된 관계는 없었다. 훗날 미셸은 "가족들은 저를 견딜 남자는 찾기 힘들 거라고 했어요"라고 말했다.[20]

시들리에 온 것이 버락에게는 두 번째 시카고행이었다. 그의 성장 배경은 말 그대로 이국적이었고, 그래서 삶의 의미와 정체성을 찾아 여러 곳을 방황했다. 부모님은 1960년 가을 하와이 대학에서 만났다. 어머니 스탠리 앤 더넘은 캔자스 출신으로 갓 대학에 입학한 열일곱 살 신입생이었다. 버락 후세인 오바마는 여섯 살 연상의 유부남으로 케냐에 아들을 하나 뒀고, 또 한 아이가 태어날 예정이었다. 학기가 시작되고 몇 주 지나지 않아 앤은 임신했다. 그녀는 첫 학기를 마치고 학교를 떠났고 두 사람은 와일루쿠 카운티 법정에서 조용히 결혼식을 올렸다.[21] 당시는 인종 간 결혼을 금지하는 법이 21개 주에서 시행되던 때였다.[22] 버락 후세인 오바마 2세는 1961년 8월 4일 호놀룰루 카피올라니 산부인과 병원에서 태어났다. 아랍어로 버락은 '신의 축복을 받다'는 의미이고 후세인은 '훌륭한' 또는 '잘생긴'이라는 뜻이다. 몇 개월 후 부모님은 헤어졌고, 버락은 열 살 때 딱 한 번 아버지를 만났다. 어린 시절 4년 동안 그는 자카르타에서 어머니, 그리고 어머니의 인도네시아인 남편인 롤로 소에토로와 함께 살았다. 그곳에서 여동생이 태어났다. 인도 네시아 초등학교가 마음에 들지 않았던 어머니는 종종 새벽 4시에 아들을 깨워 공부를 가르쳤고, 때로는 교습이 세 시간씩 이어지기 도 했다. 버락이 싫증을 낼 때마다 그녀의 훈계는 한결같았다. "나 도 재미없어, 인마!"[23]

버락이 열 살이 되자 앤은 아들을 미국 학교에 보내야겠다고 결심했다. 그녀가 연구를 위해 인도네시아에 머무르는 동안 버락은 호놀룰루로 가서 중서부 출신 중산층 조부모 스탠리, 매들린 더넘 과 함께 작은 아파트에서 살았다. 조부모도 역시 어릴 때 결혼했다. 매들린이 열여덟 번째 생일을 맞기 전인 고등학교 무도회 밤에 두 사람은 사랑의 도피를 했다. 제2차 세계대전 때 스탠리는 제3기병 사단에서 근무했고 집안에서 투트로 불린 매들린은 B-29 폭격기 공장에서 일했다. 앤이 태어난 후 그들의 떠돌이 생활은 캘리포니 아, 오클라호마, 텍사스, 워싱턴주를 거쳐 마침내 하와이에서 끝났 다. 스탠리는 가구 상점에서 일자리를 찾았고, 매들린은 은행 비서 로 근무하게 되었다.[24] 스탠리는 허풍선이에, 몽상가에, 술꾼으로 부인보다 몹시 게을렀다. 근본은 좋은 사람이지만 "저를 지도하시 기에는 너무 나이가 많았고, 문제도 좀 있었습니다"라고 버락은 말 했다.[25] 1955년 시카고 대학 도서관의 부관장으로 은퇴한 매들린 의 남동생 찰스 페인은 "어려움 속에서도 그들은 결혼생활을 유지 했다"고 했다. "두 사람 모두 의지가 강했습니다. 스탠리는 스스로 집안일의 달인이라고 생각했지요. 집세를 번 건 매들린이었어요. 사실 오랜 기간 아침에 일어나 출근하고 돈을 번 사람은 매들린이 지요. 스탠리는 한곳에 오래 붙어 있는 사람이 아니었어요." 페인의 관점에서 보면, 버락의 인생에서 말하는 방식이나 분위기를 형성한 사람은 여자들—어머니와 할머니—이었다. "둘 다 성격이 괄괄하고 지배하려는 경향이 있었습니다." 그들이 미래의 대통령에게 미친 영향을 생각하며 재미있다는 듯 그가 말했다. "글쎄요, 결국 저도 꽤 대가 센 사람이 됐지요."[26] 실제로 버락은 언젠가 미셸에게 이렇게 말한 적이 있다. "내 박력은 어머니 투트한테 물려받은 거야."[27]

버락—당시는 배리라고 불렸다—이 자카르타에서 호놀룰루로 돌아왔을 때, 가족은 그를 엘리트 사립학교인 푸나호우 아카데미에 입학시켰다. 버락은 서른세 살 때 펴낸 자서전 『내 아버지로부터의 꿈 Dreams from My Father』에서 방황하던 청소년기를 언급했다. 그는 스스로를 '무관심'했다고 기억한다.[28] 농구를 했고 공부는 필요한 만큼만 했으며, 친구들과 마리화나를 너무 많이 피워서 함께하던 패거리는 '춤 갱 Choom Gang'*이라고 불릴 정도였다.[29] "나는 반항했다"고 그는 말했다. "보통 청소년들, 그리고 특히 흑인 청소년들의 방식대로 화를 냈습니다. 책임감과 근면성은 나하고 상관없는 낡은 전통이라는 사실에도 화를 냈지요."[30] 졸업반일 때도 그는 대학 진학에 회의적이었다. 어머니는 어느 날 그에게 너무 태평스러운 게 아니냐고 다그쳤다. 그는 하와이에 머물면서 강의를 몇 개 수강하고 파트타임 일자리나 얻을까 생각하던 중이었다. "어머니는 제가 말을 다 마치기도 전에 전화를 끊어버렸어요"라고 그는 말했다. "그분은 제가 마음만 먹으면 어느 대학이든 갈 수 있다고 했어요. '그게 어떤 건지 생각해봐라, 노력하는 게 힘들다고? 젠장, 배리,

---

* 마리화나를 피운다는 뜻.

미셸 오바마

그냥 빈둥대면서 방탕하게 지내면 어디서 행운이 굴러들어올 줄 아니?'"[31]

버락은 정신 차리고 사우스캘리포니아의 옥시덴틀 대학에 들어 갔다. '패서디나에서 몇 킬로미터 떨어진 곳으로 가로수가 즐비하고 스페인식 기와를 올린 건물들이 있었다. 학생들은 다정했고 교수님들은 자상했다'고 버락은 썼다.[32] 그는 하와이에서 시카고 기자 출신으로 다시키*를 입고 다니는 흑인 민족주의 시인 프랭크 마셜 데이비스와 어울렸다. 버락이 미국 본토로 떠나기 전 데이비스는 그에게 '네 인종을 문가에 남겨두고, 네 사람들을 뒤로하는 일이 될지니'라고 경고했다. 그것은 미셸이 프린스턴과 하버드에서 힘들어한 딜레마를 직설적으로 표현한 말이었다. 데이비스는 그 경험이 청년에게 '수준 높은 타협'을 선사할 것이라고 했다.[33] 사실 버락이 일류 대학이기는 하지만 아이비리그와는 격이 다른 옥시덴틀에 도착했을 때 흑인 학생들이 관심을 갖는 건 대부분 주변 백인 아이들과 크게 달라 보이지 않았다. '공부로 살아남는 것, 졸업 후에 좋은 데 취직하는 것, 이성 교제. 나는 잘 드러나지 않았던 흑인들의 비밀을 우연히 발견했다. 우리 대부분은 저항에 관심이 없다는 것, 우리 대부분은 항상 인종 문제를 생각해야 한다는 것에 넌덜머리를 내고 있다는 것. 우리가 정체성을 지키기로 택한다면 그것은 정체성을 더 이상 고민하지 않기 위한 가장 쉬운 길이기 때문이라는 것이다.'[34]

그렇지만 인종과 정체성에 대한 내적 고뇌는 깊고 끝이 없었다. 그것은 양쪽 인종의 혼혈이라는 유산과 흑과 백이 동시적으로 작

---

* 아프리카 민족의상에서 유래된 남성복.

용한 독특한 성장 배경에서 기인한 것이었다. 하와이, 인도네시아, 그리고 케냐인 아버지의 부재. 나아가 더넘 가족까지. "버락은 그냥 버락이었어요. 흑인이나 백인이 아니었지요. 우리와 같은 가족으로요. 물론 조금 다르긴 했지만"이라고 찰스 페인은 말했다.[35] 버락은 할머니가 "종종 인종적, 민족적 편견들을 들먹여서 나를 의기소침하게 만들었고" 그리고 "한번은 거리에서 흑인이 옆을 지나칠 때 공포감을 느꼈다고 털어놓았다"고 말했다.[36] 그는 도시의 노동자 계층 출신 흑인 학생들, 예컨대 와츠나 컴튼, 또는 드물지 않게 시카고에서 온 젊은이들에게서 볼 수 있는 특징들을 부러워하고 조금은 이상화하게 되었다. 살면서 만난 다양한 사람들을 이야기한 『내 아버지로부터의 꿈』에서 버락은 또 다른 자아의 역할을 사우스사이드 출신 흑인 여성에게 할당했다.

버락은 그녀를 리자이나로 불렀는데 라틴어로 '여왕'을 뜻했다. 그녀는 옥시덴틀 대학생이었다. '키가 크고 검은 여성이었으며 스타킹을 신고 집에서 만든 듯한 옷을 입었다.' 그녀는 성실했고—많은 시간을 도서관에서 보냈다—흑인 학생 행사 준비를 도왔다. 또 차분하고 진실해서 '거짓말을 할 수 없었다.'[37] 아버지는 없었고 어머니는 시카고 아파트에서 힘겹게 생활하고 있었다. 아파트는 겨울에는 춥고 여름에는 너무 더워서 종종 사람들이 바깥에서 자야 할 정도였다. 리자이나는 "저녁 시간 대부분을 부엌에서 삼촌들, 사촌들, 할머니, 할아버지와 보냈으며, 집 안에는 항상 웃음꽃이 피었다. 그녀의 목소리는 나에게 무한한 가능성을 지닌 흑인의 비전을 일깨웠다. 나는 그 비전을 갈망했다. 어떤 장소에 대한 갈망, 그리고 확고하고 명확한 역사에 대한 갈망이었다"고 버락은 적었다.

버락이 리자이나의 추억을 부러워하자[38] 그녀는 웃음을 터뜨렸다. 당황한 버락은 이유를 물었다. "오, 버락, 인생은 좀 특별해야 되지 않겠어? 나는 항상 하와이에서 자랐으면 얼마나 좋았을까 생각했어."³⁹ 버락은 미셸을 만나고 6년 후『내 아버지로부터의 꿈』을 출간했다. 그때 두 사람은 결혼한 상태였고 버락은 미셸의 사우스사이드에서의 삶에 빠져 들어가 있었다. 심지어 유클리드가의 집에서 잠시 같이 살기도 했다. 두 번째 책『담대한 희망 *The Audacity of Hope*』에서 버락은 미셸과 처가 식구들의 실제 삶을 그릴 때도 비슷한 말을 썼다.

시카고에서의 첫 여름에 미셸은 여러 세상 사이를 아주 수월하게 오가는 듯한 버락의 모습에 깜짝 놀랐다. 또 버락에게서 돈이나 성공에 얽매이지 않는 뚜렷한 목적의식을 보았다. 시들리의 임원들은 버락에게 대단히 관심이 많았고 그를 회사에 계속 붙잡아두고 싶어했다. 그는 점심때마다 고급 식당에서 접대를 받았다. 시들리 이사회의 한 임원은 그를 회의에 참관시켰고, 뉴턴 미노는 그에게 연방판사 서기가 되어 경력을 쌓으라고 조언했다.⁴⁰ 중진 변호사들은 하버드 대학 교수가 본 것을 똑같이 알아본 것이다. 헌법학자 로런스 트라이브는 1989년 3월 29일에 1학년생 오바마를 만난 것을 기념하기 위해 탁상 달력에 '버락 오바마, 1학년!'이라고 적어놓았다.⁴¹ "그의 성숙함과 목적의식, 달변에 감명을 받았습니다. 버락은 그렇고 그런 책벌레가 아니었어요. 그는 사람들이 어떻게 사는지에 관심이 있었습니다."⁴²

그는 아무도 부인할 수 없을 정도로 똑똑했고 성격도 원만했다. 미셸이 '상상할 수 있는 모든 면에서' 그에게 관심을 갖기까지는 그리 오래 걸리지 않았다. "그는 재기발랄하고 겸손했어요. 지나치게 진지하지도 않았고요. 스스로를 웃음거리로 만들 줄도 알았어요. 그러니까 내 말은, 우리는 바로 친해졌다는 거지요."[43] 그렇지만 미셸은 그와의 데이트를 망설였다. 회사에서 그녀는 버락의 멘토였기 때문에 데이트는 부적절하다고 생각한 것이다. 그리고 회사에 흑인 전문직 종사자가 상대적으로 적은 상황에서 두 흑인이 연인 관계로 발전한다는 것이 너무 뻔한 전개처럼 보이기도 했다. "처음 그를 만나자마자 정말 '좋아'하게 됐지요"라고 미셸은 설명했다. "주저하지 않고 말했어요, '이 남자와는 친구가 될 수 있다. 서로 좋은 친구가 될 것이다'라고요. 그리고 조금 지나 그 사람이 우정 이상을 원했을 때, 제가 밀어낸 것도 바로 그 때문이에요. 저는 같이 일하는 동료라고 생각한 거지요."[44] 미셸은 심지어 그를 친구들에게 소개해주기도 했다. 몇 주가 지나는 동안 말싸움도 여러 번 하면서 버락은 미셸이 제기한 이유들을 하나하나 지워가며 그녀를 굴복시켰다. 그 과정에서 미셸은 버락에 대해 또 한 가지를 배웠다. "매우 집요했어요."[45]

"그래서" 그녀는 회상했다. "좋다고 했지요. 단, 이번 한 번은 데이트를 하지만, 이걸 데이트라고 불러서는 안 된다고요.[46] 나는 당신과 그냥 하루를 보낼 뿐이라고요." 그날은 화창했다. 미셸은 사우스 쇼어에 살았고, 버락은 하이드파크와 가깝고 시카고 대학에서 그리 멀지 않은 아파트에 살았다. 데이트는 미셸의 아버지가 40년 전에 공부한 시카고 예술대학에서 시작됐다. 그들은 대학 미술관의 나무가 우거진 안뜰에서 재즈 캄보를 들으며 점심식사를 했고 스파이크 리의 신작 영화 《똑바로 살아라 Do the Right Thing》를 보려고 오랫동안 걸었다. 그리고 존 행콕 빌딩 96층에 올라가 아스라한 도시와 호수를 바라보며 술을 마셨다. "푹 빠져버렸어요"라고 그녀는 말했다.[47]

버락은 미셸에게서 미모를 포함해 여러 좋은 점을 보았다. '그녀는 정말 멋졌다.' 그는 미셸의 '강한 자신감, 자기가 누구이고 어디 출신인지에 대한 자신감'에 매료되었다. 그렇지만 공적인 자리에서는 보이지 않는 그녀의 또 다른 성격도 발견했다. 나중에 미셸이 삼십대 초반이 됐을 때 그는 "그녀의 눈빛에 연약함이 보입니다. 적어도 저는 그랬습니다. 사람들은 잘 모르죠. 왜냐하면 미셸이 세상에 드러내는 건 키 크고, 아름답고, 자신감 넘치며, 아주 유능한 여성의 모습이니까요. 그렇지만 그녀에게는 연약하고 어리고 어떤 때는 겁에 질리기도 하는 구석이 있습니다. 그런 두 가지를 동시에 보았기 때문에 끌렸던 게 아닌가 합니다"라고 말했다. 미셸의 연약함은 인생이 '무서우리만치 예측 불가능하다'는 데서 비롯되었다[48]고 버락은 『담대한 희망』에 썼다. 그는 '그 불확실성에 대한 아주 작은 암시'를 포착했다. '마치 그녀는 깊은 내면으로부터 세상이 얼마나 쉽게 부서질 수 있는지, 그리고 한시라도 방심하면 얼마나 쉽게 계획이 어그러지는지 아는 것 같았다.'[49]

어느 날 오후 회사 야유회를 마치고 그들은 하이드파크의 아이스크림 가게에 갔다. 배스킨라빈스 바깥 보도에 앉아 정담을 나눴다. 버락은 하와이 배스킨라빈스에서 일할 때 어떻게 아이스크림을 펐는지 설명했다. 그는 그녀의 가족을 만나고 싶다고 말한 뒤, 키스해도 되는지 물었다.[50]

이야기를 나누고 서로를 알아가면서 두 사람은 '남은 여름을 같이 보냈다.' 버락에게 잘 보이기 위해 미셸은 어머니의 시푸드 검보*

---

* 닭이나 해산물에 오크라를 넣어 걸쭉하게 국물을 낸 수프.

요리법을 빌렸다. 그리고 버락이 실제보다 자기를 훌륭한 요리사로 믿게끔 만들었다.[51] 미셸은 돈을 아끼기 위해 유클리드의 집에서 부모님과 같이 살았다. 프레이저와 메리언이 1980년 4월 로비이모로부터 단돈 10달러에 산 집이었다.[52] 나중에 버락이 대통령이 되고 미셸이 지인들에게 연애 이야기와 그에게 끌렸던 이유를 말하던 어느 날, 버락이 유쾌하게 떠들며 참견했다. "직업이 있는 흑인이라서! 직업이 있는 흑인 말이에요!"

버락은 미셸의 가족을 만나고 나서야 비로소 그녀를 이해하기 시작했다고 한다. 그는 당시 로빈슨 가족에게서 '흥'이라는 것을 보았다. 유클리드의 집을 방문하는 것은 마치 《비버는 해결사 Leave It to Beaver》의 세트장에 들어가는 것 같았다. 프레이저와 메리언은 물론 경영대학원을 졸업하고 시카고의 한 투자은행에서 일하던 크레이그, "삼촌과 숙모들, 사촌들까지 모두 몰려들어 식탁 주변에 둘러앉아 밤늦도록 먹고 왁자지껄하게 떠들고 할아버지의 오래된 재즈를 들었다." 『내 아버지로부터의 꿈』에서 리자이나의 대가족과 그들이 미친 영향을 말할 때도 나온 표현들이다. 세계를 떠돈 자신의 부평초 같은 삶과 시카고에 단단히 뿌리박혀 번성한 로빈슨 가족이 극명하게 대비되었을 것이다. 따뜻한 가족이었다. "아버지가 어떤 사람인지도 모르고, 족보도 뒤죽박죽이고, 여기저기 떠돌며 살아온 저에게 프레이저와 메리언 로빈슨이 가꾼 가정은 그때까지 존재하는지조차 몰랐던 안식처를 갈망하게 만들었습니다."[53]

미셸은 버락이 여전히 지역조직 활동과 변화를 일구는 것에 대해 말하는 것을 듣고 놀랐다. 버락은 법조계의 전통적인 출세에는 별 관심이 없는 듯했다. 돈은 말할 것도 없었다. 그는 그저 쓸 만한 정

미셸 오바마

도의 복장으로 시들리에 출근했다. 미셸의 표현으로는 '후줄근했다.'[54] 구두는 반 사이즈 작았고[55] 차는 너무 녹슬어서 미셸이 조수석에 앉으면 문에 뚫린 구멍으로 바깥 길이 훤히 보였다. "버락은 그 차를 사랑했어요. 시동을 걸 때는 미친 듯이 흔들렸지요. 저는 '이 차는 팔아도 한 푼도 못 받을 거야'라고 생각했어요."[56] 그는 1983년에 컬럼비아 대학을 졸업했다. 공부에 진지하게 접근하면서 옥시덴틀 대학에서 컬럼비아 대학으로 편입한 것이다. 그는 소식지와 연구 자료를 간행하는 뉴욕 시티 포 비즈니스 인터내셔널New York City for Business International이라는 출판사에서 일했다. 그리고 해럴드 워싱턴 행정부에서 일할지 고민했다. 그러나 시장 사무실에 편지를 보냈으나 답장을 받지 못했다.[57] 만약 조금만 더 돈에 관심이 있었다면, 신문 광고를 보고 지역 개발 프로젝트Developing Communities Project에 들어가 1년에 1만 2천 달러를 받고 여기에 추가로 고물 자동차 구입비 1천 달러를 받고, 로스쿨에 가기 전 3년간 시카고에서 일하지는 않았을 것이다.

프로젝트는 시카고의 지역활동가 솔 앨린스키의 활동에서 시작된 것이었다. 솔은 비밀리에 반反 데일리 운동을 펼쳤으며, 지침서이자 선언문이기도 한 『급진주의자들을 위한 규칙 Rules for Radicals』의 저자로 널리 알려졌다.[58] 버락은 이미 뉴욕에 있을 때 면접에서 최고점을 받고 일을 따냈으며, 곧 시카고로 향했다. 임무는 정치에 무관심한 올트겔드 가든즈와 로즈랜드 주민을 규합해 정부에 보다 공정한 개혁—더 많은 관심, 더 나은 서비스, 지역 주민을 단합할 더 많은 기회—을 요구하도록 독려하는 것이었다. 동료 활동가 마이크 크루글릭은 버락이 '사우스사이드 주민들의 더 나은 삶을 위한 권리를 옹호하고 그들의 인간성에 깊은 신뢰'를 갖고 있었으며,

'흑인들의 진보에 헌신적이었다'고 했다.[59] 앨린스키의 철학을 탐탁지 않게 여기는 정치비평가들은 사실이든 상상이든 나중에 버락이 그의 추종자였다고 비난했다. 사실 그의 상사였던 그레고리 갈루조는 스스로 앨린스키의 사도 바울이라고 칭했지만, 그와 달리 버락은 취사선택하는 자세로 점차 자기만의 전략을 세워나갔다.[60]

버락은 돌이켜보면서 그 활동이 '경험한 것 중 최고의 교육'이었다고 말했다.[61] 지독히 가난한 동네들에서 흑인 목사들과 함께 활동하면서, 그는 분리 정책이라는 악습을 타파한 진보적인 발전을 또다시 위협하는 집요한 인종적 불평등을 발견했다. 그는 시카고 흑인 주민들을 상담했다. 미셸의 가족과 흡사한 흑인 대이동의 후예들로, 그들의 조부모는 노동조합에 가입할 수 없었고, 부모는 피부색 때문에 좋은 교육과 좋은 일자리에서 배제당한 사람들이었다.[62] 몇몇은 성공해 떠났지만 대부분은 그곳에 발이 묶였다. 아마도 영원히. '재능 있는 10분의 1 The Talented Tenth' 패러독스가 재연되고 있었다. 버락은 '개인적 성취와 집단적 쇠퇴라는 이 이중성' 때문에 고민했다.[63] 조치가 필요한 건 명백하건만 과연 무엇을 할 것인가? 방법을 모색하면서 지역활동가로서의 한계를 절감한 버락은 법조인이나 정치인이 되면 더 많은 것을 할 수 있으리라는 기대를 품고 하버드로 향했다.

로스쿨 1학년을 마친 버락은 여름에 다시 시카고로 돌아와 지역활동가로서 알고 지낸 사우스사이드 주민들과 만나는 자리에 미셸을 초대했다. 교회 지하실에서 버락이 근근이 생활하는 흑인들과 대화하는 모습을 보면서 미셸은 사랑에 빠졌다. 그날 버락은 있는 그대로의 세상과 마땅히 그러해야 할 세상에 대해 이야기했다. "우리는 너무나도 쉽게 두 세상의 거리를 인정하고 세상을 있는 그대로 받아들인 채 안주한다고 했어요. 그 세상이 우리의 가치와 열망을 반영하지 않는데도 말입니다"라고 미셸은 선거 유세에서 연설했다.[64] "하지만 그는 또 우리가 세상이 어떠해야 하는지도 알고 있다는 것을 일깨워주었습니다. 공정함과 정의로움, 그리고 기회가 어떤 것인지 우리가 알고 있고, 우리 내면의 힘을 발견해 마땅히 그러해야 할 세상을 위해 힘쓰도록 스스로 믿어야 한다고 촉구했습니다."[65] 동유럽에서 평화적 혁명의 물결이 일고, 중국 천안문 광장에서 비무장 시민이 탱크 대열에 맞서는 것을 본 그해, 그날 버락이 한 말은 결혼 후에도 오랫동안 미셸의 기억에 남았다. 미셸은 2년간 시들리에서 두 차례 감정적으로 충돌하면서 상처를 받은 뒤 퇴사했다. 그렇지만 그날 버락에게서 본 것이, 인생에는 돈으로 환산되는 시간보다 더 가치 있는 것들이 있다는 생각을 굳건히 해주었다.

미셸은 버락을 보면서 가치관이 잘 맞고, 의미 있는 인생을 함께 할 수 있는 남자라고 느꼈다. "여자들에게는 판단 기준이 있습니다. 학벌은 어떤지, 수입은 얼마인지 등등. 하지만 그런 건 중요하지 않았어요." 미셸은 2011년 영국 여고생들에게 말했다.

중요한 것은 그 남자가 자기 어머니를 어떻게 느끼는가였습니다. 그 사람이 어머니에게 보이는 사랑, 여성들과의 관계, 직업윤리. 우리는 같은 회사에서 일했습니다. 그는 자기 일을 했고, 잘해나갔고, 똑똑했고, 저는 그게 마음에 들었습니다. 그는 겸손했습니다. 잘난 체하는 일 없고 재미있었습니다. 농담도 많이 했지요. 그리고 자기 여동생을 사랑했습니다. 게다가 그는 지역활동가였어요. 그게 참으로 존경스러웠습니다. 자, 우리는 큰 로펌에서 근무합니다, 그렇죠? 그리고 모두가 돈을 벌려고 아등바등합니다. 그는 하버드 로스쿨에서 가장 똑똑한 학생 중 하나였고 우리 회사에서도 가장 똑똑한 동료였습니다. 대법관 서기가 될 기회가 있었는데, 나는 이렇게 생각했지요, '그래, 당신은 틀림없이 할 거야, 그렇지?' 극소수만이 그런 기회를 잡습니다. 그런데 그는 이런 식으로 말합니다. '별로. 나는 교회에서 주민들과 일하면서 더 많은 걸 해낼 수 있을 것 같은데?' 저는 '음, 그건 좀 다른데' 하고 말했습니다. 하지만 그는 말만 그렇게 한 게 아니라 정말로 그럴 작정이었어요. 저를 감동시키려고 한 말이 아니었죠. 그래서 저는 '이런 사람은 그렇게 쉽게 만날 수 있는 게 아니야'라고 생각하게 됐지요. 게다가 유능하고 귀엽기까지 한 사람과 짝이 된다고 생각해보세요. 그러니까 저는 그 사람이 언젠가 쓸모 있는 사람이 될 거라고 항상 생각했습니다.[66]

미셸이 버락을 가족에게 소개한 후, "우리는 한 달간 그 문제를 중대사로 다뤘어요"라고 크레이그 로빈슨은 말했다. 버락에게 딱히 문제가 있어서가 아니었다. 그는 영리하고, 사교적이며, 준수했고, 키가 187센티미터였다. 180센티미터에 달하는 미셸에게 키는 중요한 요소였다. "그렇지만 우리는 버락이 뭔가 잘못된 일을 할 것이고, 그건 그 사람을 위해서도 아주 안 좋을 거란 걸 알고 있었지요. 미셸은 제 아버지가 그랬던 것처럼 모든 사람에게 똑같은 잣대를 들이댈 거고, 그 기대치는 아주 높았거든요."[67] 크레이그는 미셸의 남자친구를 싫어할 이유가 없었지만 "두 사람이 헤어지는 건 시간 문제였고 그래서 안쓰러웠다"고 말했다.[68] 그는 미셸이 '독한 여자'이고, 많은 걸 요구할 것이 확실하다고 말했다. "미셸은 성공했고, 그래서 자기만큼 성공한 사람이 필요하고, 또 자기와 맞상대할 수 있는 사람이 필요했어요. 그래서 우리는 가족 입장에서 미셸이 그

미셸 오바마

남자에게 좀 붙어 있기를 바랐지요. 그 남자가 미셸에게 맞설 만한 사람이라는 건 금방 분명해졌으니까요."[69]

결코 호락호락하지 않은 메리언도 버락에게 호감을 품었다. "어머니는 버락이 자기 자신에 대해서는 말을 아끼는 것을 알아챘어요. 그는 항상 주변 사람들에게 집중했지요"라고 미셸은 말했다. "그는 우리 가족의 가치를 공유한 사람이었어요. 정직을 신뢰했고, 누구든지 존중과 친절로 대했습니다."[70] 메리언에겐 백인 사촌과 고모 들이 있었고, 백인 여성과 결혼한 남동생도 있었다. 그렇지만 버락의 혼혈에 대해서는 조심스러운 입장이었다. '약간'이라고 그녀는 말했다. "완전히 백인인 것보다야 걱정이 덜했습니다. 나는 혼혈이라서 겪는 어려움을 염려한 것이지, 편견이나 뭐 그런 것하고는 아무 상관없었어요. 그건 아주 힘든 일이죠."[71]

버락의 가능성은 불투명했다. 프레이저는 농구를 해보면 됨됨이를 알 수 있다고 항상 말했다. 그래서 하루는 미셸이 크레이그에게 버락과 농구 게임을 해보고 결과를 알려달라고 청했다. "미셸의 부탁을 받고 '이런 젠장, 나를 나쁜 놈으로 만들려고 하는구나'라고 생각했지요"라고 크레이그는 말했다. 그렇지만 버락은 이기적으로 공에 집착하지 않았고 기회가 있을 때 과감하게 슛을 날렸다. 여자친구의 오빠에게 지나치게 고분고분하지도 않아서 추가 점수를 땄다. 그들은 미시간 호수 근처 농구장에서 몇 시간을 뛰었다.[72] "자신감 있지만 잘난 체하지 않고, 이타적이지만 나약하지 않고, 팀을 위해 희생할 줄 안다. 저는 미셸에게 훌륭한 보고서를 건넸습니다."[73]

시카고에서의 여름이 지나고 버락은 로스쿨 2학년 과정을 위해 하버드로 돌아갔고 미셸은 시들리에서 계속 일했다. 그는 다른 시카고 로펌에서 일자리를 물색했다. 그곳에서 한가하게 여름을 보내려던 계획은 1990년 2월 『하버드 로 리뷰』의 편집장으로 당선되는 역사적인 사건으로 무산되고 말았다. 104년 역사를 이어오는 동안 흑인이 이 저명한 잡지를 이끈 적은 한 번도 없었기 때문이다. 버락의 당선에 이목이 집중됐다. 그는 『뉴욕 타임스』와의 인터뷰에서 2~3년간 로펌에서 일하다가 지역활동으로 돌아가거나 시카고 정계에 진출할 계획이라고 말했다. "제가 당선됐다는 사실은 크나큰 진보를 보여주는 것입니다. 매우 고무적인 일입니다"라고 스물여덟 살의 버락은 기자에게 말했다. "그렇지만 제 이야기가 흑인들의 모든 문제가 해결되었다는 식으로 말하는 데 이용되어서는 곤란합니다. 저와 능력은 거의 동등하지만 기회를 갖지 못한 흑인 학생이 수백수천 명 있다는 사실을 명심해야 합니다."[74]

4개월 후 수잰 알렐레가 죽었다. 프린스턴 시절 미셸의 활기찬 친구로서 주변의 기대가 아니라 본인의 만족감에 따른 결정을 중시한 그녀가 1990년 6월 23일 암과의 싸움에서 지고 말았다. 스물여섯 살로 대학을 졸업한 지 겨우 5년밖에 되지 않은 때였다. 알렐레의 병에 충격을 받은 친구들은 워싱턴 D.C.에 모여 그녀를 응원했다. 워싱턴 D.C.는 알렐레가 MBA를 따고 연방준비제도에서 컴퓨터 전문가로 일한 곳이다. 추모기금 모금에 관여한 앤절라 케네디는 당시의 미셸을 떠올렸다. "수잰이나 내가 전화를 걸어 뭔가 필요하다고 하면 미셸은 단숨에 달려왔어요. 수잰의 죽음으로 미셸이 친구를 얼마나 깊이 사랑했는지 확인됐지요. 미셸은 정말 진실한 친구예요."[75] 알렐레의 죽음에 미셸은 크게 충격을 받았다. 버락의 의미 있는 삶과 자기 삶이 대비되면서 시들리에서 느낀 실망감이 더욱 깊어졌다. 선택할 때가 된 것이다. "만약 젊어서 죽게 된다

미셸 오바마

면 로펌 변호사로서 내 인생은 어떻게 기억되기를 바라는가. 매일 아침 일어나면서 일에 대한 기대감으로 신나고, 또 그렇게 일하고 있는가? 그 질문에 대한 답은 '아니요'였습니다."[76]

머지않아 미셸은 더 큰 충격에 빠진다. 다발성경화증으로 고생하던 아버지의 병세가 급격히 악화된 것이다. 그는 호흡에 문제가 있었지만 아무에게도 말하지 않았다. 어느 늦은 겨울밤 메리언은 잠에서 깨 숨을 못 쉬고 고통스러워하는 남편을 발견했다. 그는 의식을 잃었다. 메리언은 앰뷸런스를 불렀다. 시카고 병원 의사들은 여러 가지 문제를 발견했다. 기도에 커다란 혹과 출혈성 천공이 있었다.[77] 수술을 했지만 뇌에 산소가 충분히 공급되지 않았고, 프레이저는 혼수상태에 빠졌다. 가족이 전부 모였고, 버락도 보스턴에서 날아와 미셸 곁을 지켰다. 1991년 3월 6일, 여전히 정수장에서 일하던 프레이저는 결국 쉰다섯 나이로 숨을 거뒀다. 며칠 후 그는 사우스사이드의 링컨 묘지에 안장되었다. 슬픔 속에서도 미셸과 크레이그는 추도사 문구를 두고 언쟁을 벌였다. 메리언은 "그만 좀 하라"고 말했다. "너희가 지금 왜 싸우는지 아니? 아버지가 그리워서 그러는 거야." 세 사람은 울음을 터뜨렸다.[78]

묘지에서 미셸은 버락의 어깨에 머리를 기댔다. '관이 내려질 때'를 기억하며 버락이 나중에 적었다. "나는 프레이저 로빈슨 씨에게 당신의 딸을 잘 보살피겠다고 맹세했다. 잠정적이기는 하나 암묵적으로 그녀와 나는 이미 가족이 되었음을 알았다."[79]

미셸은 진로에서 더 의미 있는 일을 해야겠다고 느꼈다. 정확히 어떻게 하겠다는 계획은 없었지만 시들리를 떠날 때가 온 것이다. 여러 요인 중 하나는 점점 자기가 버는 돈이 불편하게 느껴진다는 것이었다. 자문해보았다. '가족모임에 벤츠를 타고 가는 게 편한가? 사촌들은 몸 하나 뉠 곳을 마련하지 못해 고생하는데.'[80] 돈보다도 사촌들, 이웃들, 친구들이 사는 도시를 바꾸는 것이 더욱 중요했다. "바로 그런 식으로 저는 세상에서 가장 사랑하는 두 사람을 잃었습니다." 2012년 노스캐롤라이나 A&T 학생들에게 그녀는 말했다. "여러분보다 그렇게 많은 나이도 아니었는데 온 세상이 무너지는 것 같았어요. 그래서 정신적으로 탐구하기 시작했지요. 스스로 좀 어려운 질문을 던져봤어요. '만약 내일 당장 죽는다면 마지막으로 할 일은 무엇인가? 어떤 흔적을 남길 것인가? 어떻게 기억될 것인가?' 그런데 어떤 대답도 만족스럽지 못했어요."[81]

미셸 오바마

7

자산과 결핍

시카고 시청 직원 밸러리 재럿의 책상에는 파일이 하나 놓여 있었다. 조금 전, 놀랍도록 인상적인 여성을 면접한 동료가 가져다준 것이었다. 면접을 본 여성은 시들리 앤드 오스틴에서 하는 일에 만족하지 못했다. 그녀를 만난 동료 수전 셔는, 2년 전 시장으로 당선되어 아버지의 옛 직함을 계승한 리처드 M. 데일리의 수석변호사였다. 셔는 미셸 로빈슨을 법무부서로 꾀어낼 수 없다는 것을 재빨리 간파했다. "변호사 일은 하고 싶지 않습니다." 미셸이 말했다. "공적인 활동을 하고 싶은데, 변호사는 너무 좁은 시각에서 세상을 바라본다고 생각합니다."[1] 셔는 그녀를 놓치고 싶지 않아 유능한 직원, 특히 흑인을 구하고 있던 재럿에게 알린 것이다.[2] 재럿은 미셸을 만나고 호감을 느껴 현장에서 바로 시장 사무실 자리를 제의했다. 구직자인 미셸 입장에서 당연히 고맙고 흥미로웠지만 또한 조심스러웠다. 미셸은 다소 이상해 보이는 요청을 했다. 재럿이 자기의 남자친구 버락 오바마를 만나 이야기를 마무리 지어달라고 한 것이다.

"그는 매우 신중했어요"라고 재럿은 회상했다. 세 사람은 웨스트루프의 식당에서 저녁식사를 했다. 서른네 살인 재럿이 가장 연상이었고, 버락은 서른 살에 접어들었고 미셸은 스물일곱 살이었다. 재럿은 나중에 그들의 친구이자 멘토, 그리고 오바마의 백악관에서 가장 영향력 있는 사람 중 하나가 된다. 재럿은 버락이 대화를 대부분 이끌었다고 기억했다. 하지만 자기에 대해서는 거의 말하지 않았다. "제 기억으로 버락은 제가 하려는 얘기들을 부드럽게 이끌어낸 것 같아요. 강압적인 방식이 아니라 말하고 싶게끔 만드는 방법으로요." 그는 재럿이 어디 출신인지 알고 싶어했다. 이란이라고 그녀는 답했다. "제가 이란에서 태어나서 어떻게 데일리 시장의 사무실까지 오게 됐는지 궁금해했어요."[3] 말하자면 사연이 길었다.

1956년 11월 밸러리 보먼(밸러리 재럿의 결혼 전 이름)은 교육 수준이 높은 집안에서 태어났다. 학력만큼 기대치도 높았다. 할머니는 '빛의 길로 가라'고 말씀하시곤 했다.[4] 20세기 중반 흑인 가정으로서는 드물게 교육 수준이 높았다. "제 어머니 세대는 모두 대학에 갔어요"라고 재럿의 어머니 바버라 테일러 보먼이 말했다. 그녀는 1928년 시카고에서 태어났다. "그 전 세대도 대학에 갔지요. 제 할아버지, 그분의 형제들, 또 그 자식들도 모두, 물론 저희도요. 모두 대학을 나왔어요."[5] 증조모 한 분은 남북전쟁 전에 오벌린에서 신학대학에 다녔다. 할아버지 한 분은 매사추세츠 공대 최초의 흑인 졸업생으로 터스키기 대학에서 부커 T. 워싱턴의 보좌관으로 일했다. 아버지는 시카고 주택청 최초의 흑인 청장이었고, 바버라 본인은 1950년 세라로렌스 대학을 졸업했다. 2주 뒤 바버라는 1923년 워싱턴 D.C.에서 치과의사의 아들 제임스 보먼과 결혼했다. 제임스의 형제들은 모두 대학을 다녔으며, 제임스는 하워드 대학에서 학위를 두 개 취득했다. 하지만 그 노력과 성공에도 보먼 가족은 노골적인 인종 편견에 시달렸다. 바버라는 사우스사이드의 흑백 통합 초등학교에 다니던 흑인 학생 30명 가운데 하나였다. 쉬는 시간을 마치고 교실로 들어갈 때 자기 손을 잡는 백인 학생은 단 한 명도 없었다고 회상했다.[6]

보먼 가족에게 인종적 정체성에 대한 메시지는 교육의 중요성만큼이나 분명했다. "할머니는 항상 말씀하셨어요. 사람들이 우리를 불편하게 만드는 게 아니라, 우리가 스스로 불편하게 만들 뿐이라는 거지요." 바버라의 할머니는 백인 대우를 받을 수도 있었다고 한다. "하지만 그분은 흑인인 걸 자랑스러워하셨고, 저도 흑인인 게 자랑스럽습니다. …증조할머니는 회초리를 들고 말씀하시곤 했지요. '알겠니, 너는 흑인이야. 늘 자랑스럽게 여겨야 해'라고요."[7]

밸러리 재럿은 여섯 살 때까지 대부분의 시간을 미국 밖에서 보냈다. 아버지가 시카고의 인종 불평등에 신물을 냈기 때문이다. 아버지는 시카고에서 의사가 되었다. 인턴 두 차례를 마치고 세인트루크 병원 최초의 흑인 레지던트가 되었다. 그러나 1947년 출근하던 날, 흑인은 후문으로 다니라는 말을 들었다. 그는 규정을 무시하고 정문을 지나갔다. 다음 날엔 문 앞에서 기다리던 다른 흑인 직원들과 함께 정문으로 걸어 들어갔다.[8] 그는 프로비던트 병원에서 3년간 병리학과장을 지내고 콜로라도에서 육군 병리학자로 3년간 더 근무하다가, 다시 프로비던트 병원의 부름을 받고 1955년 돌아왔다. 그러나 병원은 그에게 백인 의사의 반도 안 되는 급여를 제시했다. 더 이상 참을 수 없었다. 그는 "아내와 저는 이제 흑백 차별에 찌든 곳은 그 어디에도 가지 않기로 결심했습니다"라고 말했다.[9]

"'어디 갈 곳을 찾아보자. 영영 안 돌아올 수도 있지'라고 얘기했어요." 제임스 보먼은 술회했다.[10] 그는 페르시아만에서 멀지 않은 남부 이란의 고대 교통 요충지 시라즈에 있는 네마지 병원의 병리학과 자리를 수락했다. 이후 그들이 런던에 잠시 머물다가 마침내 다시 시카고로 돌아온 이유는 순전히 밸러리 때문이었다. "밸러리가 자기 자신이 누군지 몰랐기에, 아이에게 가르쳐주고 싶었습니다. 당시에 우리는 니그로라고 불렸는데, 딸에게 '너는 니그로야'라고 말하면 아이는 '그게 무슨 뜻이에요?'라고 물었어요. 설명을 해주려고 노력했지만 아이는 '주변에 피부가 까만 사람들이 아주 많은데 그 사람들을 니그로라고 부르지는 않아요. 왜 그 사람들은 니그로가 아니에요?'라고 되물었습니다."[11]

시카고로 돌아온 뒤 교육자로 자리 잡은 보먼 부부는 딸뿐만 아니라 학생들과도 지혜를 나누었다. 바버라 보먼은 조기 교육 관련 대학원 과정인 에릭슨 대학 설립에 기여했다. 미셸의 아버지보다 7년 일찍 태어난 그녀는 학생들에게 자기 세대는 인종주의에 대항하면서 일종의 만족감을 느꼈다고 전했다.[12] "워낙 힘든 일이었기 때문에 우리는 스스로가 투쟁을 통해 더 강해지고 있다고 생각했습니다." 제임스 보먼은 시카고 대학 흑인 의대생들에게 자괴감에 빠져서는 아무것도 해결할 수 없다고 말했다. "경쟁에서 이기기 위해서는 다른 사람들보다 나아야 합니다. 그냥 잘하기만 해서는 안 되지요. 월등해야 합니다. 그걸 깨닫고 자괴감을 떨쳐야 비로소 성공할 겁니다."[13]

밸러리도 미셸과 마찬가지로 시청에 들어가기 전 유명 로펌에서 변호사로 일했다. 그렇지만 걸어온 길은 달랐다. 밸러리는 사립학교인 시카고 대학 부속 실험학교에 다니다가 매사추세츠의 한 대입 예비학교를 졸업하고 스탠퍼드와 미시간 대학을 다녔다. 본인의 표현을 빌리자면 성인이 되어서도 밸러리는 '고통스러울 정도로 수줍음을 탔다.'[14] 1980년대 시카고 법조계에서 그녀는 몇 년 뒤 미셸이 겪는 것처럼 보람을 찾지 못했다. 그녀는 당시 세계 최고층 빌딩이던 시어스타워 79층의 호화로운 환경에서 근무했다. "미시간 호수의 돛단배가 내려다보이는 훌륭한 사무실을 가졌지만, 저는 비참했어요. 한 친구가 시정부에서 일하는 게 어떻겠느냐고 권했지요. 망설였어요. 제 길을 가고 있었고, 아무리 비참해도 그게 제 길이었으니까요. 그런데 해럴드 워싱턴이 최초로 흑인 시장이 되는 걸 보고 바로 옮겼어요."[15]

재럿도 그런 의심을 품은 적이 있기 때문에 그날 저녁 미셸과 버락이 제기한 의문에 놀라지 않았다. 미셸은 정치와 현역 정치인들의 고약한 행태에 회의를 품고 있었다. 민주당 지역구 위원장의 딸로 성장하면서 시청이라는 것이 보통 시민들의 삶과는 동떨어진 존재라는 것을 경험상 잘 알고 있었기 때문이다. 민주당 성향의 무소속 후보로 1968년 처음 하원의원에 당선된 애브너 J. 미크바는 직설적으로 말했다. 1983년 워싱턴이 당선되기 전까지 그는 '당신이 흑인이라면 시카고 정치에 만족할 수 없을 것이다'고 한 것이다.[16] 워싱턴의 임기는 짧고 혼란스러웠다. 그는 1987년 11월 자기 책상에서 죽었다. 시의회가 임명한 유진 소여가 잠시 그 자리를 대신했다. 그리고 리처드 데일리의 검증되지 않은 자손이 5층 집무실을 차지했다. 데일리는 21년간 시청을 장악하고 흑인 유권자에게는 절대적으로 필요한 일이 아니면 관심조차 주지 않는 인물이었다.

버락은 시카고의 정치를 배우는 학생이었다. 재럿은 미셸이 아무도 배려해주지 않는 고도로 정치화된 시장실에서 일하는 것에 대해 버락이 '일종의 두려움'을 가지고 있었다고 회고했다. "미셸은 정치 초짜였어요. …미셸이 중요하게 생각하는 사업에 데일리 시장이 관심을 둘까? 시장이 자기가 하고 싶은 것만 할까, 아니면 다른 사람들의 아이디어를 수용할까? 저는 시를 위해 우리가 함께 특별한 일을 할 수 있을 거라고 그녀를 설득한 것 같아요." 재럿은 말했다. 화제는 다른 곳으로 옮겨갔지만, 그날 저녁 내내 젊은 연인은 재럿의 판단을 신뢰해도 좋을지 조용히 평가하는 눈치였다고 한다.[17] 그때의 경험으로 재럿은 "결혼하기 전부터 그 둘은 최고의 친구였어요. 서로의 뒤를 돌봐주었지요"라고 말했다.[18]

물론 돈 문제가 없을 리 없었다. 미셸은 진로 결정에서 경제적인 문제는 핵심이 아니라고 이미 마음을 정했지만, 만족을 추구하는 과정은 비용이 따랐다. 시들리를 떠나 시청으로 가는 것은 임금이 거의 반으로, 즉 1년에 6만 달러로 줄어드는 것을 의미했다. 여전히 상당한 학자금 대출이 남아 있었다. 프린스턴 친구 앤절라 케네디는 "미셸이 떠날 때는 정말 믿기 힘들었어요"라고 했다.[19] 로빈슨 부부는 미셸과 크레이그에게 돈만 바라보고 직업을 택하더라도 '짜증 나는 일을 견딜 만큼 충분히 벌 수는 없을 것'이라고 조언해 왔다.[20] 미셸의 아버지조차 세상을 떠나기 전까지 미셸이 방황하는 것을 보고 이직을 걱정했다. 그는 물었다. "학자금 대출금을 갚고 싶지 않니?"[21]

미셸은 어릴 때부터 돈 계산이 치밀했다. 하지만 계획적인 사치도 즐겼다. 베이비시터를 해서 번 돈으로 코치 핸드백을 산 일도 있다. 메리언은 가격을 듣고 기절초풍했다. 그리고 자기는 가방에 절대로 그런 터무니없는 돈을 쓰지 않을 것이라고 했다. "맞아요." 미셸은 말했다. 그렇지만 자기가 그 가방 하나를 쓰는 동안 어머니는 열 개를 사게 될 거라고 대답했다.[22] 사실 프린스턴과 하버드 시절에 생긴 빚만 없었다면 미셸은 2년이나 기다려 시청에 가기보다는, 벌써 시들리를 떠나 비영리단체나 풀뿌리 조직으로 갔을 것이다. "시청은 재미있기도 하거니와 (재정적인) 어려움도 별로 없었어요. 그 정도는 감당할 수 있었지요. …시청 근무는 놀라운 경험이었어요. 저는 아직 어렸지만 많은 일을 책임졌어요."[23]

미셸이 데일리 행정부에서 자리를 잡는 동안, 버락은 평범치 않은 길을 걷고 있었다. 『하버드 로 리뷰』편집장으로서 열린 다른 길보다 훨씬 수입이 적은 길이었다. 마음만 먹으면 골라서 갈 수 있던, 연봉이 10만 달러가 넘는 로펌이나 모두가 탐내는 법원 서기 자리를 내쳤다. 대신 직업과 지향하는 바를 절충시켰다. 경제적으로 어려움을 겪던 어머니와 할머니에게는 실망스러운 일이었다. 실제로 어머니 앤은 한때 식품구입권에 의지할 정도였다. 그들은 버락이 세상을 구하려 들기 전에 먼저 자기 주머니는 채울 줄로 믿었다. 할머니 매들린 더넘은 버락의 선택에 '좌절'했다고 그녀의 동생 찰스 페인이 말했다. "모두 버락이 돈을 많이 벌 거라고 생각했지요. 아주 훌륭한 아이였고, 말도 잘했고, 흑인이라도 꽤 하였거든요. 버락은 어디든 잘 적응했지요. 하버드 법대에서도요." 그는 누나가 도대체 버락이 인생을 어떻게 살려는지 모르겠다고 한탄하던 것을 기억했다. "때때로 매들린은 예닐곱 명을 부양했어요. 가장 큰 희망은 버락이 돈을 왕창 벌어서 돈 걱정을 없애주는 것이었죠."[24]

당시 워싱턴 D.C. 순회고등법원 판사였던 미크바는 버락이 『하버드 로 리뷰』편집장에 당선된 후 그를 서기로 선발하려 했으나 상황이 여의치 않았다. 버락은 미크바에게 시카고로 돌아가 정치에 입문하겠다고 밝혔다.[25] 아직 정치적 야망은 막연했지만, 주변에는 어느 정도 알려져 있었다. 버락은 스물여섯 살에 하버드로 가기 전 시카고에서 통일지역기구United Neighbored Organization의 활동가 브루스 오렌스테인과 술자리를 가졌다. 두 사람은 해럴드 워싱턴 시장의 지원을 받아 쓰레기 매립지의 요금으로 사우스사이드 지역 발전기금을 마련하는 안을 검토했었다. 맥주를 주문한 후 버락은 오렌스테인에게 앞으로 10년간 무엇을 하고 싶으냐고 물었다. 오렌스테인은 다큐멘터리 영화를 만들고 싶다며 질문을 다시 버락에게 넘겼다. 버락은 10년 안에 시카고 시장이 되고 싶다고 답했다.[26]

졸업 후 시카고로 돌아온 버락은 유클리드가의 2층에서 미셸과 살면서 일리노이주 변호사 시험을 준비했다.[27] 메리언은 아래층에 살았다. 버락은 앞날을 설계하면서 기회를 포착하는 것뿐만 아니라 선택권을 유지하는 데에도 주의를 기울였다. 정치적 전망도 그중 하나였다. 그는 나중에라도 선택이나 기회를 제약할지 모르는 틀을 원치 않았다. "버락은 모든 걸 고려했습니다. 즉흥적으로 하는 법이 없었지요." 1991년 여름 태국 음식점에서 버락과 자주 만나 오랜 시간 점심식사를 같이 한 변호사 저드슨 마이너는 말했다. "그는 인생은 한 번뿐이라는 것을 잘 알았고, '어떻게 그것을 효과적으로 이용할 것인가? 어떻게 자리매김할 것인가?'를 신중하게 고민했습니다." 하버드의 들끓는 지적 흥분에서 막 벗어난 버락은 마이너와 함께 사회 변혁 수단으로서 법원을 활용하는 것에 대해 찬반 논의를 벌였다.

마이너는 버락보다 20년 위였으며 해럴드 워싱턴의 법률 자문 혹은 시 고문변호사로 2년간 활동했고 도심 북부의 붉은 벽돌 타운하우스에서 작지만 진보적인 로펌을 운영하고 있었다. 로펌은

미셸 오바마

'데이비스, 마이너, 반힐 앤드 갤런드Davis, Miner, Barnhill&Galland'라는 간판을 달고 일반 소송을 맡았다. 아울러 비영리단체를 자문하면서 인권법 분야에서 명성을 쌓았다. 마이너는 버락이『하버드 로 리뷰』편집장이 되었다는 기사를 보고 잡지사로 전화를 걸었다. 전화를 받은 사람으로부터 순번을 받으라는 말을 듣고 그는 메시지를 남겼다. 버락은 그날 밤 마이너가 집에 있을 때 전화했는데, 놀랍게도 워싱턴 행정부에서 마이너가 한 일을 상세히 알고 있었다.[28] 마이너는 버락에게 자기 회사에서 근무하라고 제안했다. 그는 '밤에 편안히 발 뻗고 잘 수 있는' 일을 배정하겠다고 약속했다.[29] 두 사람에게 분명한 것은, 활동가로서 반체제적인 일을 하려면 비용이 따른다는 사실이었다. 그때는 향후 21년간 지속될 리처드 데일리 시장의 재임 기간이 2년차로 접어드는 시기였다. 마이너는 몇 사람이 버락에게 자기네 로펌에 들어가는 것을 만류한 일을 떠올리며, "시카고 시장이 우리를 좋아하지 않으리란 걸 아주 잘 알고 있었습니다"라고 말했다. 무소속 민주당파로 낙인찍히면 골칫거리가 될 수 있었다. 그러나 버락은 시카고의 정치적 난맥상을 잘 알았기 때문에, 그런 접근법이 성격에 맞을 뿐만 아니라 비용을 감수하더라도 더 많은 표를 얻는 일거양득 효과를 노릴 수 있다는 점을 간파했다.[30]

버락은 마이너의 로펌과 계약했다. 마이너의 회사는 시카고 흑인 시의원 대다수를 대리했고, 멕시칸 미국인 법률 방어 및 교육 기금Mexican-American Legal Defense and Education Fund과 협력했다. 버락은 시티 은행의 주택담보대출 관행에 대항하는 시카고의 소수집단 주민들 편에 섰다. 세인트루이스 투표권 소송에서 흑인 유권자들과 시의원을 대표했으며, 일리노이주 선거구 재구획이 역차별이라며 제기된 소송에서는 이를 방어하기 위해 참신한 법률 이론을 개발하는 데 힘을 보탰다. 몇 년간 그는 바넷 대 데일리 소송에 온 힘을 쏟았다. 시카고 흑인 유권자에게 더 큰 대표권을 부여하려는 소송이었다. 항소심 법원은 그 사건이 '선거구 재구획 상황에서 소수집단 권리의 외적 한계'를 시험하는 것이라고 했다.[31] 버락은 또 우드론에 있는 아서 M. 브레이지어 목사의 신의 사도교회Apostolic Church of God, 저소득 주민을 위한 공중보건 네트워크, 저렴한 주택 개발을 목적으로 하는 비영리단체 두 곳을 위해 법률 작업을 했다.[32] 버락은 '무진장 진지하게' 노력했다고 마이너는 말했다.[33]

마이너가 맹세했듯이 버락에게는 보람찬 일이었다. 행여 잠을 제대로 못 잤다면 그건 지나치게 일에 몰입하는 성향 때문이었을 것이다. 로펌에서 세세한 일을 처리하는 동안에도 그는 책을 쓰기로 계약했다. 책은 미국의 인종 관계를 고찰하는 것으로 시작됐지만 회고록으로 끝났다. 그는 새로운 수십만 유권자를 등록시키는 과제를 떠맡았고, 시카고 대학에서 헌법을 가르치기로 약속했다. 그리고 미셸과의 관계도 있었다. 미셸은 그의 끝없는 목록 가운데 하나가 되는 걸로는 만족하지 않았다. 버락은 미셸을 사랑했다. 그 것만으로는 충분하지 않았다. 그는 훌륭한 동반자가 되기를 원했다. 그것도 역시 충분하지 않았다. 그는 많은 것을 하고 싶었고 잘하고 싶었지만, 모든 일을 동시에 해내는 건 버락 오바마에게조차 벅차 보였다.

밸러리 재럿의 눈에 버락과 미셸은 좋은 커플로 보였지만 결혼 문제가 남아 있었다. 조용히 기다리는 성격이 아닌 미셸은 1991년, 자기는 준비가 되었다고 태도를 분명히 밝혔다. "우리가 결혼을 전제하는 게 아니라면 더 이상 내 시간을 낭비하지 않게 해줘요."[34] 버락은 좋은 관계를 유지하고 있는데 그깟 종이 쪼가리가 무슨 소용이냐고 반문했다. 그는 논쟁을 오래 끌지 않았다. 미셸의 성격을 아는 사람이라면 누구라도 그렇게 하도록 조언했을 것이다. "그는 때로 '두 사람이 서로 사랑하면 됐지 결혼이 뭐가 중요해'라고 했지요"라고 미셸은 회고했다. "그럼 저는 '결혼은 전부예요'라고 말하곤 했어요."[35] 그러던 중 버락은 미셸에게 알리지 않고 미셸의 가족들에게 조용히 자기 의사를 밝혔다.[36] 어느 날 밤 두 사람을 위한 저녁식사 자리가 마련되었다. 표면적으로는 일리노이주 변호사 시험에 합격한 것을 축하하는 자리였다. 미셸은 다시 결혼 문제를 꺼내며 끝없는 장광설로 버락을 괴롭혔다. 디저트가 나왔고, 미셸의 접시에는 약혼반지 상자가 놓여 있었다. 미셸은 당황했고 곧 기쁨이 넘쳤다. 버락은 빙그레 웃었다. "그게 말문을 어느 정도 좀 막았군, 그렇지?"[37]

1992년 10월 3일, 미셸과 버락은 그리스도연합교회 Trinity United Church of Christ에서 제레미아 A. 라이트 주니어 목사의 주례로 결혼식을 올렸다. 교회는 '부끄럽지 않은 흑인과 당당한 기독교인'을 모토로 내걸었는데, 버락이 지역활동가로 일할 때 다니던 곳이다. 교회는 공동체 의식과 사명감을 심어주었다. 결코 고리타분하지 않았으며, 특히 흑인 전문직 종사자들에게 인기 있었다. 교인들은 라이트 목사의 극적인 설교에 여러모로 자극을 받았고, 즐겼으며, 감명을 받았다. 오바마를 상징하는 문구이자 그의 두 번째 책 제목이기도 한 '담대한 희망'도 라이트 목사로부터 나온 것이었다. 그런 기여를 하고도 그는 대통령 선거 유세 때 말썽을 일으키기도 했다.*

아버지 대신 크레이그가 동생의 손을 잡고 입장했다. 피로연은 사우스쇼어 문화 센터로 자리를 옮겨 열렸다. 한때 흑인 입장을 금지한 사우스쇼어 컨트리클럽이었다가 이제 시카고 공원국 소유가 된 곳이었다. 미시간호를 바라보는 연회장에서 들러리 대표 산티타 잭슨이 스티비 원더의 〈You and I(우리는 세상을 정복할 수 있다)〉를 불렀다. 미셸이 처음으로 가진 레코드 앨범 《Talking Book》에 수록된 것으로 어려서부터 좋아하던 곡이었다. 그 앨범은 또한 버락이 자기 돈으로 처음 구입한 것이기도 했다.[38] 신부는 화려한 백색 드레스를 입었고, 버락은 하얀색 타이를 맸다. 가족들은 먹고 춤추며 서로 어울렸다. 버락의 어머니 앤은 인도네시아에서 날아와 참석했다.[39] 그녀는 곧 여성세계은행Women's World Banking에서 일할 예정이었다. 소액 금융으로 저소득층 여성 사업자를 돕는 뉴욕 소재 비영리단체였다. 버락의 할머니인 투트(매들린 더넘)도 하와이에서 날아왔다. "모두 미셸을 보고 기뻐했지요"라고 그녀의 동생 찰스 페인이 말했다. "버락이 미셸을 얻은 건 엄청난 행운이라고 모두 생각했어요."[40]

가족과 친구 들은 이들이 서로에게 도움이 되는 커플이라는 걸 느낄 수 있었다. 크레이그는 버락이 미셸의 진가를 알아보고, 존중받을 만한 배우자라는 인상을 받았다. 페인은 미셸에게서 버락의 어머니와 할머니의 강인한 성격을 보았다. 미셸의 시들리 동료 켈리 조 맥아더는 그들을 산소와 수소에 비유했다. "따로 떨어져 있

---

* 라이트 목사는 2008년 오바마 대통령 선거 유세 당시 "God damn America(빌어먹을 미국)"라는 발언으로 비난을 샀고 극단적인 발언과 돌출행동으로 오바마 진영을 곤혹스럽게 했다.

을 때보다 함께할 때 훨씬 훌륭해질 거예요."[41] 하버드 법대교수 데이비드 윌킨스는 미셸과 버락이 결혼한다는 소식을 들었을 때를 기억했다. "'완벽하군'이라고 생각했습니다. 버락은 완벽하게 자기를 보조해줄 사람을 만난 거지요. 둘 다 믿을 수 없을 정도로 든든하고, 믿을 수 없을 만큼 강직하고 정직하지요. 그게 바로 버락 오바마에게 필요한 것입니다. 그는 세상에서 온갖 유혹을 겪을 것이고, 미셸은 버락을 붙잡아줄 겁니다."[42]

이십대 후반인 미셸은 시청에서 행정보좌관 직함을 가진 여러 직원 중 하나였다. 행정보좌관이란 비서를 그럴듯하게 부르는 것이나 다름없었다. 재럿이 경제기획국장이 되었고, 미셸도 이 부서에 합류했다. 미셸은 낙후 지역의 일자리, 공공 서비스, 개발 추진 과정에서 비용을 집행하고 때로는 관료주의의 폐해를 일소하는 권한을 부여받았다. 한 친구의 표현을 빌리자면 이 일은 '작전'과도 같았다. 해결사 미셸의 관심 영역과 임무는 광범위했다. 사업 개발 분야에서 일했지만 유아 사망률, 출장식 예방 접종, 방과 후 프로그램 등에 관한 문제도 다뤘다.[43] 미셸의 업무에는 그동안 시장실의 관심이 미치지 못한 흑인 지구들도 포함되었다. 그녀가 고려하는 한 가지는 '누구를 도울 것인가'였으며 또 다른 하나는 '어떻게'였다. 근본적인 질문은 '시 정부가 긍정적인 영향을 줄 수 있는가'였다고 동료 신디 모엘리스는 전한다.[44]

미셸은 유연하고 실용적으로 문제를 헤쳐나가는 능력을 입증했다. 동료 셀리 두로스는 "경험은 없었지만 자신 있게 밀어붙이는 '고지식한 사람'이었다"고 미셸을 표현했다. "사람들에게 잘못을 저지를 만한 사람이 아닙니다." 두로스는 정치적 세력관계에 따라

휘둘리는 시의 관료주의적 소용돌이와 그 안에서 벌어진 내부 투쟁을 언급하며 덧붙였다. "미셸에게는 흔들리지 않는 가치관이 있어요. 해야 하는 일을 정확히 알았고, 그래서 허튼소리나 하는 사람들을 참아넘기지 않았지요. 시청에서 일하는 것치곤 굉장히 강경한 노선을 취한 거죠."[45] 두로스는 미셸과 함께 지역사회개발포괄보조금Community Development Block Grant 분배를 개선하는 프로젝트를 진행했다. 포괄보조금은 가난한 지역으로 경제활동을 유도하기 위해 연방 재원을 투여하는 프로그램이었다. 그런데 그 프로그램이 도심 지역에 적용되고 있었으며, 효율적이지도 효과적이지도 못한 것으로 드러났다. 미셸은 자금을 거주 지역으로 직접 돌리고, 수혜자들이 후원과 뇌물 같은 낭비를 초래하지 않도록 하는 것이 더 나은 접근법이라고 믿었다. 미셸 채용 때 데일리의 수석보좌관이었던 데이비드 모세나는 "정부에서 일할 때 의사 결정 속도와 수많은 관계자가 복잡하게 뒤엉켜 좌절했던 기억이 납니다"라고 했다. 그는 미셸의 멘토로 남았다. "미셸은 '어디 해봅시다. 저한테 바보 같은 소리 하지 말고, 거짓말도 하지 말고, 무식하단 소리도 하지 말아요'라고 했지요. 멋진 웃음과 미소를 지닌 사람이에요. 그렇지만 농담을 많이 하거나 실없이 웃은 기억은 없습니다. 미셸은 일을 완수하고 싶어했어요."[46]

시청 일을 하면서 미셸은 도심 고층 빌딩 사무실의 깔끔한 복도에서 멀리 떨어진 노동자 계층 거주 지역으로 발걸음을 옮겼고, 그곳에서 정부의 역할이 지닌 가능성을 보았다. 그렇지만 한편으로는 가치 있는 프로젝트를 너무나도 자주 무산시킨 장애물과 내부 투쟁에 대해서도 속속들이 알게 되었다. 시들리에서 그랬던 것처럼 불만을 느꼈다. "여전히 부족했어요. 시 정부는 여러 면에서 회사와 다를 바 없었으니까요."[47] 일에 뛰어든 지 18개월이 되지 않아 미셸은 옮길 준비를 마쳤다. "스스로 하고 싶었던 거예요. 직접 관리하고, 자기 활동 결과를 확인하고 싶었던 거지요"라고 모세나는 말했다.[48] 답은 공공동맹Public Allies이었다.

미셸이 시청에서 일하는 동안 버락은 '투표 프로젝트Project Vote'를 진행했다. 1992년 선거를 앞두고 흑인 10만 명을 유권자로 등록시키는 작업이었다. 기금을 모으고, 직원 열 명을 고용하고, 등록 업무 자원봉사자 700명을 모집했으며, '권력 문제다It's a Power Thing'라는 슬로건으로 흑인 라디오 방송을 채웠다. 목표는 해럴드 워싱턴의 선거 유세 이후 실종된 시카고 흑인 사회의 활력을 다양한 방법으로 되찾고, 캐럴 모즐리브론을 재건시대 이래 두 번째 흑인연방 상원의원으로 당선시키는 것이었다. 버락의 상사 샌디 뉴먼은 그가 가장 큰 변화를 만들어낼 수 있는 곳이 어딘지 면밀히 계산했다. 뉴먼은 버락이 사업 규모를 확장시키는 방식을 보고 놀랐다. 버락은 다른 어떤 주의 '투표 프로젝트' 담당자보다도 더 많은 기금을 모았다. "자기 업무가 아닌데도 해냈지요"라고 뉴먼은 말했다. "오바마는 다양한 분야의 단체와 사람을 모집해 성과를 냈어요. 개중에는 서로 반목하는 곳도 있었지요."[49]

버락은 존 로저스에게 재무 팀을 맡겼다. 로저스는 프린스턴 대학을 졸업한 흑인으로 크레이그 로빈슨의 친구였으며, 상호기금 회사인 아리엘 캐피털Ariel Capital을 설립해 회장을 맡고 있었다. 리처드 데일리의 수석보좌관이자 일리노이주지사 후보였으며, 발이 넓은 백인 변호사 존 슈밋도 로저스에 합류했다. 민중의 지지를 이끌어내기 위해서 버락은 지지자들을 다양하게 모았을 뿐만 아니라, 그들이 스스로 보람을 느끼게끔 다가갔다. 물론 지역조직 활동가 시절의 경험에서 체득한 기술이었다. "오바마는 우리를 따로따로 찾아와서는 '제가 하고 싶은 일이 이건데 만만치 않군요'라고 했지요. 그리고 '우리가 이걸 해야 한다고 생각지 않으십니까? 당신은 어떤 역할을 맡고 싶습니까?'라는 식으로 말했어요. 일대일로 만나는 게 바로 조직 활동이지요. 그건 상대방에 대한 존중 표현입니다." 일리노이주 '개혁을 위한 지역조직연합Association of Community Organizations for Reform Now'*의 조직국장 매들린 탤벗이 말했다. "다른 사람들은 그냥 이메일을 보내 '참석하세요'라고 했어요. 버락은 그러지 않았죠. 일일이 찾아가 대화를 나눴고 그건 큰 차이가 있었어요."[50] 웨스트사이드의 시의원 샘 버렐은 20년간 정치에 몸담으면서 본 가장 효과적인 활동 방법이었다고 말했다.[51]

버락이 마음속으로 정치적 미래를 고려했으리라는 데는 의심의 여지가 없다. 1992년 공직 출마 가능성에 대한 질문에 그는 "누가 알겠습니까? 그렇지만 단시일 내는 아닐 겁니다"라고 답했다. 그리고 싱긋 웃고는 "이 정도면 충분히 정치인처럼 '모호했죠?' 진지하게 답변 드리자면, 재야에서 선동하는 것보다 더 많은 걸 성취할 수 있다고 느끼면 그때 출마할 겁니다. 현재는 잘 모르겠습니다."[52] 투표 프로젝트 활동으로 그는 인지도를 높이고 인맥도 넓혔다. 이듬해 잡지 『크레인스Crain's』는 마흔 살 이하 떠오르는 스타 40명의 명부에 서른세 살 오바마 이름을 올렸다. 잡지는 사회 정의에 대한 그의 열정, '제도 구축'이라는 멋진 개념에 대한 헌신, 시카고 대학에서 인종주의와 법에 대해 강의하고자 한 그의 결심에 주목했다. 버락은

---

* 개혁을 위한 지역조직 연합. 미국의 지역공동체 조직으로 진보 성향을 띠며, 주로 중산층과 저소득층을 지원했다. ◆

"하버드 로스쿨에 갈 기회가 있었다면 로펌에 고용되는 것을 성취라고 말할 수 없다"고 말했다. "변화를 만들어내는 것이 성취다."[53]

그런 찬사에도 잡지는, 그가 그리기 시작한 정치적 미래에는 어울리지 않는 이름을 가진 것 같다고 지적했다. 짧은 글에서 오바마의 이름은 세 가지 방식으로 잘못 적혔다. 첫 번째 문단에서는 '보록 오보마Borock Oboma'로, 세 번째 문단에서는 '버록Barock'으로 쓴 것이다.

미셸이 시청을 떠나 가입하게 될 공공동맹은 공익사업에 동세대 회원을 끌어들이려는 두 여성의 시도에서 비롯되었다. 버네사 커시와 카트리나 브라운은 1991년 11월 위스콘신의 윙스프레드에서[54] 열린 회의에서 새 단체를 착안했다. 초청자 명단에는 버락 오바마도 있었다. 방명록에 오바마는 주소를 로빈슨네로, 직업을 '작가'로 적었다.[55] 새로운 단체는 원래 국립공공생활직업훈련센터National Center for Careers in Public Life라는 딱딱하기 짝이 없는 이름이었다. 그러나 여러 참가자가 밴을 타고 회의장을 빠져나가버리는 모습을 보면서, 그들은 젊은이들이 어떻게 그렇게 자주 공공의 적으로 비치는지를 토론했다. 그리하여 공공동맹이 탄생했다.[56] 존 D.와 캐서린 T. 맥아더 재단의 엘스페스 리비어로부터 초기 보조금을 받고, 곧 공공사업을 위한 훈련과 인턴 프로그램에 연방정부의 후원을 얻었다. 1993년 워싱턴 D.C.에서 첫 '동맹원'들을 배출한 후 커시와 브라운은 시카고에 지부를 설치하기로 결정했다. 책임자를 물색하는 과정에서 오바마에게 의지했고, 오바마는 이사회 멤버가 되었다. 버락은 이들을 미셸에게 소개하고, 사업 추진 중에 이사회에서 물러났다.

역할은 멘토링과 인턴십 프로그램을 개발하는 것이었다. 지부장은 커리큘럼을 만들고, 이사회를 모집하고, 기금을 모으고, 여러 영역에서 동맹원을 선발해—첫해에는 30명, 다음 해부터는 40명—배치할 곳을 찾아야 했다. 동맹원은 10개월 동안 주 4일 견습생으로 일했다. 일부는 미셸이 창구 역할을 하는 시청으로 갔고, 다른 일부는 교육 프로그램, 청소년 계발 단체, 경제 개발 프로젝트, 환경 단체 등에 배속되었다. 한 변호사는 멕시코계 거주민 지역에서 법률 업무를 맡았다.[57] 금요일과 특정 저녁 시간은 리더십 트레이닝과 팀 프로젝트를 위해 비워두었다. 해럴드 워싱턴의 전 참모 재키 그림쇼는 이사회 위원으로 미셸을 면접했다. 그가 받은 첫인상은 "우와, 진짜 크다!"였다. 미셸은 프로그램을 어떻게 짜고 관리할 것이며, 배경이 각기 다른 젊은이들과 어떻게 연결할 것인가를 자신 있게 말했다. "미셸은 잘 웃었어요. 다정했지요. 따뜻한 사람이었는데, 우리가 찾던 바로 그런 사람이었어요"라고 그림쇼는 말했다.[58] "안내가 필요한 젊은이들을 상대하기 때문에 그 지도자가 될 젊은이가 필요했습니다." 그림쇼는 또 시카고 프로그램에 들어오는 사람들은 누구나 미셸의 직설적인 성격을 알아차릴 거라는 점을 의심치 않았다. 겉치레는 끼어들 자리가 없었다.

미셸은 공공동맹의 리더십 트레이닝과 공동체 조직 활동을 개발하면서 존 맥나이트와 조디 크레츠만의 아이디어를 수용했다. 노스웨스턴 대학 교수인 그들은 외부자들이 지원활동을 할 때 지역민들을 인식하는 일반적인 결함을 지적했다. 그들이 관찰한 바에 따르면 선의의 활동가가 도움을 받을 사람들의 능력을 너무나도 자주 간과하며, 또한 그들에게 의지해 해결책을 도출하는 경우가 거의 드물다는 것이다. 교수들은 그들이 내세우는 모델을 자산

기반공동체개발ABCD, Asset-Based Community Development이라고 부르며, 해결책은 안에서 밖으로, 바닥에서 위로 도출해야 한다고 역설했다. 프로젝트는 외부자들의 이론과 자금에 신세를 져서는 안 되고, 지역 자체의 노력에 기초해 건설되어야 한다. 핵심 목표는 자조, 즉 스스로 돕는 것이다. 프로젝트는 실용적이고 주민들이 납득할 때만 유지될 수 있다. 그리고 그것이 유지될 때에야 지역사회를 강화시킬 수 있다.

미셸은 시카고 전역에서 선발한 동맹원들에게 이런 개념을 소개하고 맥나이트와 크레츠만 교수가 발간한 훈련 안내서를 채택했다. 동맹원들은 개념 소개와 함께 지도와 팀 구성이 시작되는 '핵심 주간'에 안내서를 한 부씩 받았다.[59] 안내서에는 질문하고 경청하는 법, 지역사회에 진입해 처방과 지시를 내리는 데 바람직해 보이는 접근법 등이 담겨 있었다. 안내서는 아이디어가 풍부하고 활력도 있으나 '지역 지도자'라는 감투를 쓰지 않은 주민들을 지원하는 데 중점을 두었다. 성공적인 활동가는 고통받는 지역을 이미 반이 비어버린 잔으로 인식하면서도, 아직 반이나 찬 잔으로 여기며 활동한다. 그들은 자산에 주목한다. 다시 말하자면 결핍만 보지는 않는다는 얘기다.[60]

크레츠만은 미셸이 커리큘럼을 개발할 때 만나 함께 커피를 마셨다. 그는 미셸이 시카고 흑인 지구를 이해하는 데 자기 이론이 어떻게 녹아들었는지를 보았다. 미셸은 동맹원 교육이 시작되면서 멘토링과 교육을 무척 즐겼다. 그 일은 부모 세대가 자기 삶에 기여한 역할을 상기시켰고, 바로 프린스턴의 졸업논문과 하버드의 열띤 대화에서 논의한 것처럼 되갚음의 중요성을 깨닫게 해주었다. 모든 게 딱 맞아떨어졌다. "엄마와 아빠는 늘 말씀하셨지요. 몇 사람만이라도 돌아와서 공동체 안에서 산다면, 세상에 큰 변화를 만들어낼 수 있다고요." 미셸은 "그런 얘기를 아주 많이 나눴어요"라고 말했다.[61]

미셸은 인생의 단계마다 새로운 길로 나아갔다. 사우스쇼어에서 휘트니 영으로, 프린스턴으로, 하버드로, 시들리로, 그리고 시청으로. 공공동맹으로의 이동도 마찬가지였다. 그리고 무엇보다 중요한 것은 그녀가 책임자였다는 사실이다. 유명한 단체도 아니고, 수입이 좋지도 않았으며, 성공한다는 보장도 없지만 공공동맹은 온전히 그녀의 것이었다.[62] "처음으로 가진 내 것이었고 모든 부분을 제가 책임졌어요. 위태로워 보이고 불안했지요."[63] 그녀는 지부장으로 보낸 3년이 인생에서 처음으로 재능과 열정이 융합된 시기였다고 말한다.[64] 시작한 지 2년이 안 된 1995년, 미셸이 관리하는 예산은 1,121,214달러였고 반 정도는 아메리콥스 프로그램을 통해 들어오는 연방정부 자금이었다.[65] 미셸은 백악관에 들어간 후 그때의 경험을 되새기면서 "공공동맹을 만들기 위해 일할 때가 가장 행복했어요"라고 회상했다.[66]

미셸은 청년 동맹원들을 드폴 대학과 시카고 대학에서, 일부는 하버드 로스쿨에서 모았다. 그리고 카브리니 그린 같은 저소득층 주택단지나, 리틀 빌리지와 노스 론데일 같은 낙후 지역에서도 모았다. 거의 30년 전 마틴 루서 킹 목사가 가난과 차별의 폐해를 보여주기 위해 예로 삼은 곳들이다. 일부 동맹원은 겨우 고졸에 준하는 학력이 전부였다. 또 전과가 있는 사람도 있었다. 상당수는 가정에 문제가 있었고 경력 수준이 높은 사람은 거의 없었다. 미셸의 첫 번째 공공동맹 과정 참여자인 조비 피터슨 케이츠는 "착실하기만 하면 미셸은 상관하지 않았어요. 정말 하려는 의지가 있는지에만 관심을 뒀지요"라고 말했다. "기대감을 불러일으키는 사람을 뽑았어요. 머리나 집안이 좋은 것과는 아무 상관도 없었지요. 하려는 의지가 중요했어요. 열정과 진실성이 다른 어떤 것보다도 우선이었어요."[67] 다양한 계층의 사람을 한데 모으면서 미셸이 정한 기본 목표는 그들이 낯선 세상으로 걸어가도록 가르치는 것이었다. 안정된 환경에서 보호받고 자란 젊은이든 그렇지 못한 젊은이든 모두에게 똑같은 도전이었다. 미셸은 "모든 걸 알고 있다고 자신하는 아이들이 믿고 있는 모든 것을 검증하면서, 공동체에서 뭔가 현실적이고 어려운 문제에 봉착하는 것을 지켜보는 것만큼 재미있는 일도 없지요"라고 말했다. 역으로 고등학교 졸업장도 없는 아이가 대학 졸업자들과 나란히 앉아 자기 아이디어가 그들과 동등하거나 우월하다는 것을 깨닫는 모습을 볼 때처럼 흐뭇할 일도 없다고도 했다.[68] 동맹원으로 시작해 직원으로 합류한 백인 여성 베단 헤스터는 "미셸이 가르쳐준 것 중에 가장 강력한 건 부단히 내 권리를 인식하라는 것이었습니다. …미셸은 스스로 만족하고 지내는 건 너무 쉽다는 걸 일깨워줬죠. 제가 될 수 있는 모든 것을 공격적으로 추구하도록 유도했어요"라고 말했다.[69]

미셸이 다양성만 추구했다면 안정된 중산층 가정 출신에 얼굴색만 다른 여러 얌전한 지원자들을 뽑았을 것이다. 아마도 그건 '자기가 잘하고 있다는 걸 보여주는 사람'이 선택하는 길이었을 거라고 노스웨스턴 대학 백인 졸업자 케이츠는 말했다. 그렇지만 미셸의 방식이 아니었다. "미셸은 항상 저소득층 지역 출신 아이들—시카고에서 이는 인종과 밀접한 관련이 있었다—에게 모험을 걸었어요. 기회를 주기 위해서였죠. 세게 몰아붙였고, 지부장으로서뿐만 아니라 과외로 시간을 할애해서 그들을 이끌었어요. 다루기 쉽지 않은 녀석들이었거든요." 캐이츠는 계속 말했다. "배경이 좋은 사람들도 프로그램에 들어왔지만, 미셸은 우리를 자극하고 밀어붙이는 데 전혀 소홀하지 않았어요. 마치 인생의 목표가 이 모든 놀라운 사람들을 단 한 명도 뒤처지지 않도록, 삶을 허비하지 않도록 열심히 다그치는 게 아닐까 하는 느낌이 들었지요. 모두에게 엄격했어요. 하지만 누구를 쫓아내거나 하지는 않았죠."[70]

크리슈나 골든은 열여덟 살 때 리더십 시상식에서 미셸을 만난 후 첫 번째 공공동맹 과정에 선발되었다. 스스로 말하기를 그는 마음을 잡기 전까지 문제가 많았다고 한다. 자잘한 범죄에 손댔고, 불량배들과 어울렸고, 학교에서 퇴학당했다. 그는 영리했고, 어휘력이 풍부했으며, 탐구력이 뛰어났다. 그리고 말이 많았다. 미셸은 그가 문제 분석 능력이 우수하다고 칭찬했다. 그러나 해결책도 찾아내기를 원했다. "그분은 망가뜨리면서 건설하는 재주가 있습니다. 만약 누군가의 약점을 고민하고 있다면, 우선은 그 약점을 장점으로 채웁니다. 그러고 나서 그 사람 스스로 그렇게 해보게 한 뒤, 어떻게 변하는지 보는 거지요"라고 골든은 말했다. "사람들을 쉽게 놔주지 않아요. …그렇지만 카리스마가 있어요. 설령 미셸과 불편한 상황이 되더라도 괜찮다는 느낌을 받게 됩니다. 여전히 안전하고, 여전히 그분의 아이들 중 하나인 거지요." 골든은 미셸의 지도하에 상을 타 워싱턴 D.C.에 갔으며, 미셸의 도움을 받아 문화 교환 프로그램의 일환으로 독일도 여행했다. 그는 비상하게 영리했고 미셸도 그 사실을 주지시켰다. 그러나 재능을 썩힐 위험이 있었다. "제게 말했죠. 학교로 돌아가라, 학교로 돌아가라, 학교로 돌아가라고."[71] 그녀는 또한 '스탠퍼드, 스탠퍼드'를 외쳤다. 20년이 지난 후 여전히 영리하고, 여전히 말이 많고, 여전히 사려 깊지만 사우스사이드에서 머리를 깎고 있는 골든은 가끔 그때 말을 듣고 이발학교보다 더 나은 선택을 했다면 얼마나 좋았을까 하며 후회했다.

공공동맹은 젊은 선발자들에게 어떻게 관계를 형성하고 결과를 성취하는지 가르치려고 노력했다. 이는 인턴십 과정에 포함됐지만 또 단체의 도심 사무실에서 진행되는 훈련 기간에도 진행되었다. 미셸은 '마술이 일어나는 곳'은 주간 그룹 과정이었다고 말했다.[72] 마술은 천천히 찾아오곤 했다. 미셸이 3년차이던 어느 날 밤, 토론이 격해지면서 화가 난 동맹원 한 명이 사무실 문을 주먹으로 쳐 구멍을 냈다. 다음 날 아침 사무실에 출근한 미셸은 그를 쫓아내지 않았다. 대신 화를 내는 것은 스스로 패배하는 것이라고 가르쳐주었다. 왜냐하면 그 일로 그의 아이디어는 토론에서 배제되었기 때문이다. 오랜 동료 레이프 엘스모에 따르면 미셸은 "여기서 문을 치면 안 돼. 그러면 신뢰를 잃게 돼. 내 말이 무슨 뜻인지 알겠니?"라고 말했다.[73] 또 하루는 미셸이 매력적이지만 자주 지각하고 자질구레한 변명을 늘어놓는 동맹원과 마주 앉았다. 청년은 아침에 일어나 냉장고에서 술을 꺼내 마셨다고 했다. 걱정이 된 어머니가 그에게 집에 있으면서 자기를 도우라고 했다는 것이다. "알겠어." 미셸이 답했다. "그렇지만 그게 아침에 할 수 있는 네 선택이라고는 할 수 없지. …몇 가지 방법이 있어. 네가 해결할 문제야. 바로 네 일이라고."[74]

그날 사무실에 있었던 직원 줄리 설리번은 '꽤 취한' 아이를 상대하는 긴장된 순간이었다고 전한다. 그런데 미셸은 단호하면서도 동시에 이해심을 발휘했다고 한다. "스스로 자립하라는 식의 뻔한 얘기가 아니었어요. 현실적이었고 그 사람이 겪는 일을 이해하고 있었지요." 그렇지만 미셸은 인종이나 성장 배경에 기대려는 흑인

동맹원들에게는 부드럽게 말하지 않았다. 특히 그들의 주장에 백인이 이해심이 없다고 비방하는 내용이 포함되면 더 그랬다. 실즈와 로빈슨가의 지침서에는 흑인에게는 실수가 용납되지 않는다는 점만 분명하게 적혀 있을 뿐이다. 평범한 백인 아이는 카리스마나 연줄로 쭉쭉 잘나갈 수도 있고 능력이 있다고 치켜세워지거나 단점도 용서될 수 있다. 반면 흑인 아이는 그렇지 않다. 나중에 시청에서 근무하게 된 케이츠는 자기가 지도한 동맹원 중에 과제를 수행하지 않고 바로잡아주려는 진심 어린 노력에도 반항하던 흑인도 있었다고 했다. 케이츠는 미셸에게 문제를 보고했다. 미셸은 "5초도 용납하지 않았어요. 살살 다루지 않았지요."[75]

설리번은 미셸이 시카고의 이질적인 여러 영역을 돌아다니면서도 '어디서든 이해받는' 능력에 탄복했다. 그녀는 미셸의 사브 승용차를 타고 드라이브한 기억을 떠올렸다. "웨스트사이드의 마약에 찌든 거지 소굴 같은 곳에 갔어요. 미셸은 정말 험상궂은 사람들과 얘기를 나눴지요." 그다음 도심으로 가서 데일리의 수석보좌관을 만났다. "움츠러들지 않고 용건을 제시한 다음 또렷하게 말했어요. 흐트러짐 없는 침착함에, 세부적인 계획이건 커다란 구도에서건 다음에 무엇이 필요한지 명확하게 이해했죠. 정말 믿을 수 없을 만큼 놀라운 사람이에요. 설혹 미셸에게 화나는 일이 있다 해도 존경하지 않고는 못 배길 겁니다."[76]

공공동맹의 직원회의나 훈련 과정에서 인종과 계급 문제들이 제기되는 경우가 왕왕 있었다. 그럴 때도 미셸은 독단이나 산만한 논쟁은 두고 보지 않았다. A 지점에서 B 지점으로 가는 것이 관심사였고, 그것은 미셸의 직업과 정치 인생에서 전형이 되는 접근법이었다. 당시 밀워키의 공공동맹을 이끈 폴 슈미츠는, 미셸이 토론 중

　　　　미셸 오바마

에 "좋은 얘기예요. 그렇지만 일이 되게 만드는 게 우선이에요"라고 말하곤 했다고 전했다.[77]

미셸의 과제 중 하나는 동맹원들이 일할 자리를 찾는 것이었다. 미셸은 1993년에 '위대한 시카고 지도자 연수' 과정에서 쌓은 인맥을 활용했다. 재계, 정부, 기타 시의 여러 분야에서 전도유망한 젊은 지도자들을 교육하고 관계망을 형성하는 프로그램이었다. 밸러리 재럿과 존 로저스는 미셸보다 앞서 프로그램에 참가했다. 그 뒤를 이은 사람들 중에는 버락과 절친한 마티 네즈빗과 에릭 휘터커, 크레이그의 첫 부인 재니스 로빈슨, 나중에 미국 교육부장관이 된 안 덩컨도 있었다. 미셸은 여러 동료와 친구가 동맹원들과 대화하는 자리를 마련했다. 동맹원 교육 효과를 꾀하면서 한편으로는 고용 문제를 해결하려는 포석이었다. 미셸이 초빙한 강사들 중에는 버락도 있었다. 존 맥나이트*의 1980년대판 제자이자 사회운동에 다방면으로 헌신하는 사람으로 소개되었다.[78] 버락이 뛰어난 재능을 보였지만 일부 동맹원과 직원 들은 안타깝게도 그를 거의 기억하지 못한다고 유감스러운 듯 웃었다. 미셸이 너무 빛났기 때문이다. 그들에게 버락은 미셸의 남편으로, 시내에서 변호사 일을 하면서 가끔 강의를 해주는 호감 가는 사람일 뿐이었다.

그렇지만 버락은 풀뿌리 운동을 조직화하는 방법과 시청에서 성과를 본 경험을 동맹원 훈련 과정에 전수했다. 그는 권력 역학에 대해 자주 얘기했다. 미셸이 떠난 후인 1997년 동맹원 훈련 과정에 참가했고 나중에 버락의 시카고 대학 로스쿨 강의를 수강한 켈리

* 1960년대의 사회학자이자 사회운동가.

제임스는 버락의 강의가 '지역공동체에서 어떻게 유권자를 조직할 것인지에 초점이 맞춰져 있었다'고 했다.[79] 소크라테스식 문답법으로 가르치면서 동맹원이 자기 생각을 되돌아보게 만들고, 흑인인권운동기에 형성된 전통적인 전선戰線을 뛰어넘어 더 전진하게 만들었다. 그는 동맹원들에게 상호 이해가 교차하고 반대자들이 동의할 수 있는 지점이 어딘지 찾아내라고 조언했다. 그리고 미셸이 항상 강조했듯이 결과에 집중하라고 했다. 1995년 버락은 소외된 지역공동체가 '단순히 수혜자'로 간주돼서는 안 된다고 말했다. '우리 조직 활동이 집중할 곳은 어떻게 그들을 생산적으로 만들 것인가, 어떻게 그들이 고용되게 할 것인가, 어떻게 인적 자원으로 만들 것인가, 어떻게 창업하고 제도를 만들고 은행을 설립하고 안전한 공적 공간을 만들 것인가, 즉 생산적 공동체를 만드는 데 필요한 모든 과제여야 합니다. 우리 미래는 거기에 달렸습니다. 우파도 같은 얘기를 합니다. 그러나 그들은 낡아빠진 자수성가론만 읊조립니다. 일자리를 찾아라, 돈을 벌어서 탈출하라.'[80]

아이비리그 출신 커플은 마음만 먹으면 당장이라도 그곳을 뛰쳐나올 수 있었다. 그렇지만 그곳에 머물렀다. 이제 두 사람은 더 큰 도구를 탐색하기 시작했다. 결국 두 사람 모두 그 지역 내부에서부터 일하기로 선택했다. 버락에게 답은 정치였다. 정치적 기반을 잡는 것이 지역활동가로서는 기대할 수 없는 힘을 안겨줄 거라고 결론짓고, 1995년 일리노이주 상원의원에 출마하기로 결심했다. 미셸에게는 시카고 대학에 들어가 지역공동체의 가교 역할을 하는 것이 답이었다. 시카고 대학은 주변과 단절되어 특권을 향유하며, 이웃한 사우스사이드 흑인 거주 지역을 지저분한 우범지대 정도로 보는 경향이 있었다. 미셸은 대학과 지역공동체의 장벽을 깨는 것

미셸 오바마

이 자기 역할이라고 보았다. 목적의식 외에도 미셸을 움직인 또 다른 동기로 공공동맹에 비해 보수가 좋고 할 일이 적다는 점도 빼놓을 수 없었다. 공공동맹에서 미셸은 3년간 쉬지 않고 요리를 비롯해 허드렛일까지 도맡으면서 지쳐 있었다. 미셸과 버락은 아이를 갖고 싶었다.

자기 집에서 송별식을 주최한 이사회 멤버 써니 피셔는 공공동맹 일이 '미셸에게 어울릴 만큼 큰일은 아니었다'고 했다.[81] 미셸은 눈물을 글썽였다. 미셸과 오바마는 예전에도 그 집에 초청받은 적이 있다. 피셔와 시카고의 여러 친구들과 어울려 정치 문제에 대해 열정적이고도 재치 넘치는 대화를 나눴다. 친구들 중에는 웨더 언더그라운드Weather Underground*의 전 지도자 윌리엄 에어스와 버나딘 도른도 있었다. 두 사람은 수년간 도피생활을 하다가 학자가 되었고 하이드파크 리틀 리그 야구단 회원으로 활동했다. 피셔는 송별식에서 본 미셸이 "지금까지 본 가운데 가장 다정했다"고 말했다. 그녀는 서른두 살이었고 아무것도 없는 상태에서 시카고에서 조직을 운영하고 체계화하면서 이미 많은 것을 성취했다고 느꼈다. 미셸은 조직 만드는 일을 좋아했고, 특히 공공동맹에 애착이 많았다. 하지만 피셔는 미셸이 영원히 머물 거라고 기대하지는 않았다. "늘 예감하고 있었어요. 미셸에게는 사회적 변화를 조금 더 앞당겨줄, 더 영향력이 큰 다른 일을 하고 싶다는 충동이 있었어요."

---

* 1970년대에 활동한 급진 좌익 학생단체.

갈등

수십 년간 백인이 압도적으로 다수였던 시카고 대학과 그 주위를 둘러싼 흑인 거주 지역의 관계는 때때로 적대적일 만큼 좋지 못했다. 미셸이 자리 잡기에는 적당치 않은 장소 같았다. "대학에서 5분 거리인 동네에서 자랐지만 한 번도 캠퍼스에 가본 적이 없어요. 모든 건물이 동네를 등지고 있었지요. 그 대학은 저 같은 아이가 존재하는지도 몰랐고, 저도 그곳과는 어떤 관련도 맺고 싶지 않았어요."[1] 그렇지만 미셸은 학생봉사활동 과정 지도자로서 1996년 9월 그곳에 첫 출근을 하게 되었다. 이런 역설적인 상황에 그녀는 "운명의 장난이죠"라며 웃음 지었다.[2] 그녀는 특권과 인종 사이의 간극을 메우는 일에 나서, 때로는 평행한 두 세계 사이를 걸으며 통역 역할을 했다. 그 자리는 관료주의적인 면도 있었지만 변화를 만들어낼 프로젝트를 창안할 권한도 있었다. "대학에서 일한다는 것은 대학이 이웃의 삶에 얼마나 보잘것없는 역할을 하는지 지적할 기회를 얻었다는 의미였습니다." 미셸은 말했다. "저는 캠퍼스와 지역

미셸 오바마

공동체 사이에 가로놓인 장벽을 허무는 데 힘을 보태고 싶었어요."[3]

대학의 신고딕 양식 첨탑들은 미드웨이 플레잔스 공원 녹지의 감시탑처럼 우뚝우뚝 솟아 있었다. 공원은 1893년 시카고 만국박람회 때 최초의 증기기관 대회전 관람차가 하늘에 원을 그리던 곳이었다. 미드웨이 공원은 전국에서 열리는 카니발에 이름을 남겼다.* 1890년대 존 D. 록펠러의 기부로 설립된 시카고 대학은 유능하고 진지한 인재들을 끌어당기는 지성의 장이 되었다. 지적 활기는 노벨상 수십 개로 이어졌고, 미국 역사상 가장 유명한 과학적 발견 중 하나를 낳았다. 1942년 12월 2일 스태크필드(시카고 대학 축구장) 지하의 한 스쿼시 경기장에서 맨해튼 프로젝트 연구진이 최초로 지속적인 핵분열 연쇄반응을 만들어낸 것이다. 원자폭탄 출현을 알리는 전조였다. 요즘 시카고 대학 학생들은 헤겔과 도스토옙스키를 익살스럽게 인용해 하이드파크 캠퍼스를 '재미가 죽으러 가는 곳'이라고 부른다.

제2차 세계대전 후 대학은 도심에서 남쪽으로 단지 11킬로미터 밖에 떨어지지 않은 하이드파크 캠퍼스의 미래를 걱정하기 시작했다. 하이드파크는 흑백이 분리된 도시, 시카고에서 드물게 중산층 흑인 가정이 비슷한 조건의 백인과 어울려 살아가는 오아시스 같은 곳이었다. 그러나 흑인 대이동으로 인구가 증가해 장벽이 무너지면서 대학 당국은 저소득층 흑인 주민 유입이 백인 교수와 학생을 내쫓으리라는 두려움에 휩싸였다. 대학은 제한 규약을 승인하고 백인 지역단체들에게 자금을 지원해 흑인 유입을 막았다.[4] 시카

---

* 시카고 만국박람회 때 유흥시설은 전시 공간과 엄격히 분리해 미드웨이 공원에 배치했다. 이후 미드웨이는 박람회나 페스티벌 등에서 유흥시설이 들어서는 공간을 지칭하는 보통명사로 사용되었다.

고 법원이 규약 실행을 중지시키고 1948년 대법원이 규약을 불법화하자, 대학의 백인 고위층은 녹음이 우거진 캠퍼스를 포기하는 것까지 고려하는 정도가 됐다. 1950년 한 보고서는 55번가의 두 블록에 술집이 53개 있다며, '도랑에는 위스키 병이 가득하고 범죄는 증가 일로에 있다'고 공표했다.[5] 향후 6년간 백인 2만 명이 하이드파크와 이웃한 켄우드를 떠날 것이며, 유색인종 2만 3천 명이 전입할 거라는 예측도 있었다. 1940년부터 1956년까지 유색인종 인구는 4퍼센트에서 36퍼센트로 상승했다.[6]

대학 지도자들은 결국 남기로 결정했지만, 안전지대를 설정하기 위해 극단적인 조치들을 취했다. 방법은 도시 재개발이었다. 시카고 대학 역사학자이자 학장인 존 W. 보이어는 '일찍이 유례가 없는 광범위한 사회 공학'이었다고 적었다.[7] 시 당국은 연방정부 재정에 크게 의존하면서 상점 수백 개와 주민 수천 명을 몰아내는 철거 사업을 진행했다. 재개발사업 중 가장 큰 규모는 4,371세대가 거주하는 건물들을 철거하는 일이었다. 그중 2,534세대는 저소득 흑인 가족이었다. '하이드파크로 돌아오지 못한 비율은 흑인이 백인보다 훨씬 높았다'고 보이어는 보고했다.[8] 1970년까지 대학과 정부기관들은 그 사업에 1억 달러를 쏟아부었다.[9] 구시가지가 있던 자리에 대학은 그곳에 살던 흑인 가정이 감당할 수 없는 고급 주택을 지었다. 목적은 부동산 값을 높게 유지해 '남는 흑인 수와 '질'을 단속하는 것'이었다고 역사학자 아널드 R. 허시는 적었다.[10] 비평가들은 '도시 재개발'이 진짜 의미하는 것은 '흑인 제거'라고 비꼬았다. 반대자 중 대학 당국에 가장 거슬린 사람은 솔 앨린스키였다. 그는 지역조직 활동가로서 그의 선동 방식은 버락에게 영향을 주었다.

세월이 흐르면서 시카고 대학도 조금씩 적응하긴 했지만 여전히

미셸 오바마

완강히 버텼다. 1976년 백인 보이어가 박사 학위를 취득하고 대학에 남아 연구하겠다고 하자 노동자인 어머니는 깜짝 놀랐다. 어머니는 외할머니로부터 '우리 같은 사람은 그곳에 가지 않는다'는 말을 들었던 것이다. "대학이 인종주의자가 아니라서가 아니었어요. 물론 대학은 인종주의자였죠. 그렇지만 또 대학은 노동자 계층 백인에게도 일종의 신호, 그러니까 해자에서 다리를 걷어 올리는 듯한 태도를 취했지요"라고 보이어가 설명했다.[11] 인종적인 면에서 대학 지도부와 학생들은 사우스사이드는 말할 것도 없고 시카고 사람들과도 전혀 딴판으로 보였다. 미국에서 가장 뛰어난 대학 중 하나가 미국에서 가장 큰 흑인 밀집 지구의 한복판에 있었지만 대학은 이웃 주민들을 다른 종으로 분류하거나 아예 무시하는 것처럼 보였다. 미셸이 일을 시작하기 얼마 전인 1994년에 바버라 보먼은 대학의 한 회의에서 누군가가 대학의 '찬란한 역사'를 말하자 흠칫 놀랐다. 밸러리 재럿의 어머니이자 조기교육 전문가로서 교양 있는 보먼 부인은 그 말을 바로잡지 않고 넘어갈 수가 없었다. 그녀는 남자에게 말했다. "당신 말을 존중합니다. 그러나 당신이 말하는 '환상적인' 사회의 지도부에서 저는 흑인이기에 배제되었다는 사실을 유념해주셨으면 합니다. 그리고 저로서는 당시 사회가 그렇게 환상적이었다고 생각하기도 어렵습니다. 사실 모든 흑인을 지도부에서 배제했다는 사실을 인식하지 못하고 그렇게 환상적이었다고 말하는 당신 태도에 대단히 화가 납니다."[12]

미셸에게는 낯설지 않은 지역이었다. 프린스턴과 하버드에서 지낸 경험으로 일류 대학에 대해 어느 정도는 알고 있었다. 또 미셸이 고등학생이던 1970년대에 어머니가 대학 법무실 비서로 일했기 때문에 단편적이나마 하이드파크 캠퍼스의 삶도 알고 있었다.[13] 1996년 9월 처음 시작할 때부터 서른두 살 미셸에게는 해야 할 일이 분명하게 보였다. "저는 지역사회가 대학을 이해하고 신뢰하지 않으며, 대학도 지역사회에 대해 마찬가지라는 것을 알고 있습니다. 양쪽에 다리를 놓고, 양쪽 얘기를 듣고, 왜 서로 두려워하는지 이해하지 않고는 진정한 대화를 할 수 없습니다."[14]

미셸이 맡은 대학지역사회봉사센터University Community Service Center 국장은 대학이 봉사활동을 할 필요가 있다는 교수·학생위원회의 결정에 따라 새로 만들어진 자리였다. 미셸은 시카고 대학 학생뿐 아니라 주변 지역사회에도 변화를 불러일으키는 것을 목표로 삼았다. 사업을 성공적으로 이끌기 위해 계획서를 작성하고 보이어를 비롯해 상사들을 설득해야 했다. 또 학생들이 환영받고 유익한 활동을 할 수 있는 기관과 단체를 섭외해야 했다.

미셸은 소규모 인력을 꾸려 학생들에게 시카고의 지리를 알리는 사업을 시작했다. 하이드파크 외곽을 운행하는 버스 투어도 만들었다. 여름 인턴십 과정을 마련하고 공공동맹과 ABCD 접근법에서 가져온 내용들로 채웠다. '서머 링크Summer Links'로 불린 프로젝트는 10주간의 인턴십으로 구성되었는데 인종 관계, 복지 개혁, 의료 혜택, 부랑인 대책 같은 주제를 반나절 훈련하는 과정도 포함했다.[15] 별도로 미셸은 도시 문제와 관련해 월간 토론회도 개최했다. 한번은 미국 청소년 사법제도 100주년과 우연히 날짜가 맞아떨어졌다. 토론자로는 청소년 범죄 전과자, 목사, 쿡 카운티 소년원에서 일한 교사가 있었다. 버락, 그리고 웨더 언더그라운드의 지도자로 도망자 생활을 한 윌리엄 에어스도 토론자였다. 에어스는 그 무렵 이미 청소년 사법제도에 대한 책도 펴냈다. "학생과 교수 들은 이 문제를 교실에서 연구합니다. 하지만 그건 자기들끼리의 대화일 뿐입니다"라고 미셸은 말했다. "청소년 사법제도 같은 이슈는 시카고와 이 나라에 영향을 미치고, 직간접적으로 이 캠퍼스에도 영향을 미칩니다. 오늘 토론자들은 학생 여러분에게 청소년 사법제도에 관한 이론 수준의 이야기뿐만 아니라 경험에서 우러나오는 이야기도 들려줄 것입니다."[16]

미셸은 캠퍼스 바깥 흑인 주민들에게 다가가는 데 관심을 두었지만, 이는 학생 자체에 관심을 두는 대학 정책에서는 다분히 부차적이었다. 대학 운영이 어려움에 처한 상황에서 보이어는 학생들을 끌어들이고 만족시킬 방안을 강구했다. 주변 지역 환경과 대학에 대한 주민들의 태도 개선은 환영할 만한 일이지만 주된 목표는 아니었다.[17] 1992년 보이어가 학장이 됐을 때 시카고 대학은 지원자 중 거의 75퍼센트를 받아들이고 있었다. 재임 첫해에는 1학년의 15퍼센트가 낙제하거나 중퇴했다. 하버드나 예일 같았으면 '채 2분도 안 돼' 해고당할 만한 통계 수치였다.[18] 휴고 존넨샤인 총장이 등록 학생을 1천 명을 더 늘리는 계획을 발표하고 얼마 지나지 않아 보이어는 미셸이 들어오는 것을 보고 기뻐했다. 미셸이 지역사회 봉사활동에 집중하면 대학은 '더 폭넓고 다양한 인상을 줄 수 있다'고 판단했기 때문이다. "학생들이 대학에 오는 이유가 셰익스피어를 읽고 계산을 하고 밤늦게까지 인생의 의미를 토론하는 데만 있는 건 아니라고 말이죠."[19] 미셸은 '대학이 너무 내향적이라고 확신했다'고 그는 말했다. 그리고 '우리 시도는 미셸이 하고 싶은 것과 내가 관심을 갖는 것이 서로 맞아떨어진 결과였다'고 덧붙였다.[20]

미셸은 보이어를 실용적이고 성과 지향적인 사람으로 보았다. 물론 실제로 그랬다. 영리하고 강하며, 지치지 않는 고집이 있고,

목표를 이루는 데 필요한 자원을 상당히 전략적으로 마련했다. 대학의 인종주의적 역사를 감안할 때, 보이어는 미셸이 과거를 들먹거리기보다는 미래를 계획하는 데 더 관심을 두는 태도가 마음에 들었다. 그는 대학이 차별주의적인 과거 때문에 사우스사이드의 흑인 주민들에게 뭔가 빚지고 있다는, 그의 표현으로는 '보상 심리'에 공감하지 않았을지도 모른다. 미셸은 지역사회봉사 프로그램이 학생들에게 이익이 되어야 하며 'NGO처럼 밖으로 나가 이웃에게 선행을 베푸는 것은 아니다'라는 것을 잘 알고 있었다. "학생들을 교육하는 데 소기의 성과를 거둘 수 없는 곳에 돈을 투자하는 건 관심 없습니다. 저는 대학 학장입니다. 세상이 구원받기를 바라지만, 그렇다고 제가 세상을 구원하려고 여기 있는 것은 아닙니다."[21]

미셸은 5년간 근무하면서 업무 영역을 확장시켰다. 캠퍼스에서 안식처를 찾는 많은 흑인 학생이 지역사회봉사 센터를 모임 장소로 삼았다.[22] 멀리사 해리스페리는 흑인 여성의 사회활동을 가르쳤으며 미셸과 동료들에게 의지해 수강생들의 인턴십 자리를 마련했다. "학생들은 정말로 미셸을 동맹원이자 그들 편에 선 대변자로 봤어요"라고 그녀는 말했다. 미셸이 오기 전까지는 대학 교회의 부사제인 새뮤얼 스피어스가 지역사회봉사 센터에서 조언자 역할을 해왔다. 그는 미셸이 대학 상급자들을 다룰 줄 알고 지역 정치에 정통했다고 회상했다. "미셸은 정확히 치고 들어갔어요. 대결도 불사했지만, 그걸 추구한 건 아니고요. 미셸의 말이라면 총장님도 귀담아들었습니다. 더 넓은 지역공동체도 마찬가지였고요." 인종 문제가 논의를 떠난 적이 없었다. "하이드파크에서 지역활동을 하면서 인종 문제에 개입하지 않을 수 없지요"라고 스피어스는 말했다.[23]

미셸이 싸움에서 항상 이긴 것은 아니다. 학생들의 봉사활동에 학점을 줘야 한다고 주장했다가 실패했다. 그녀를 고용한 아서 서스먼은 대학 교수진 사이에서 그런 입장은 '해로운 것'으로 간주됐다고 말했다. '다른 엘리트 학교들은 그런 게 가능할지 모르지만 시카고 방식으로는 있을 수 없는 일'이라는 것이다.[24] 미셸은 전반적으로 봉사활동 프로그램을 확장하려고 노력했다. 그리고 지역단체들이 협업으로 확실히 이익을 보도록 만들었다. 레이프 엘스모에게는 가슴속 깊이 교훈으로 남았다. 그는 공공동맹에서 대학으로 미셸을 따라왔으며 거의 14년간 함께 일했다. 미셸은 그에게 '우리는 지역사회와 신중하게 약속해야 한다'고 가르쳤다. "우리가 하겠다고 말한 건 완수해야 했지요. 왜냐하면 지역사회는 여태껏 너무 많이 실망했으니까요"라고 그는 말했다.[25]

1995년 미셸은 공공동맹의 세 번째 수강생 맞이 준비를 하면서 구직활동에 나섰다. 그리고 대학에 취업했다. 버락은 여전히 파트타임 일을 여러 가지 하고 있었다. 어느 정도 성공하긴 했지만 아직 입지를 굳히지 못한 상태였다. 그는 시카고 대학에서 법을 가르쳤다. 데이비스, 마이너, 반힐 앤드 갤런드에서는 공익 소송을 담당했다. 지역조직 활동 훈련 과정을 이끌었고 우즈펀드, 조이스 재단, 시카고 애넌버그 챌린지Chicago Annenberg Challenge*의 이사직을 맡았다. 또 그해 『내 아버지로부터의 꿈』을 출판하고 하이드파크의 57번가 서점에서 낭독회를 열었다. 이웃에게 그는 다정한 남자였을 뿐 문학 스타는 아니었다. 로스앤젤레스의 유명한 흑인 서점인 에소원Eso Won 서점에서 낭독회가 열렸을 때는 고작 아홉 명이 참

* 시카고 공립학교 개혁 프로젝트.

석했다.[26] 세월이 흐른 뒤 『내 아버지로부터의 꿈』은 수백만 부가 팔려 버락과 미셸은 부자가 됐지만, 초판은 선인세 3만 달러도 메우지 못할 만큼 판매가 저조했다.[27] 많은 사람이 버락의 재능을 칭찬했지만 버락의 위대한 약속은 아직 충족되지 못했다. 누구보다도 버락 스스로 절감하고 있었다.

1995년 앨리스 파머는 일리노이주 제13지역구 출신 주상원의원이었다. 지역구는 오바마가 살던 하이드파크 아파트가 있는 사우스사이드를 포함해 남서쪽으로 낙후된 노동자 계층 거주 지역을 아울렀다. 진보적이고 인간관계도 좋은 파머는 지역구 관리를 잘해 향후 선거도 기대할 만했다. 그런데 흑인 로즈 장학생* 출신 멜 레이놀즈 연방하원의원이 기소되는 사건이 발생했다. 선거 유세 자원봉사자인 열여섯 살 소녀와 성관계를 맺고 사법 정의를 방해한 혐의였다. 유죄 판결을 받아 의원직이 박탈되면 보궐선거를 치러야 하는 상황이었다. 파머는 여기서 한 계단 올라설 기회를 보았다. 파머가 연방하원의원 선거전에 뛰어들자 버락은 파머의 주상원의원직 후보로 나섰다. 그렇지만 사전에 파머가 낙선해도 다시 주상원의원직 경쟁에 뛰어들지 않겠다는 약속을 받아두지는 못했다. 또 그는 파머의 하원의원 출마에 지지를 표명했다. 어색한 입장이었다. 파머의 가장 큰 경쟁 상대는 제시 잭슨 2세로, 오퍼레이션 푸시Operation PUSH**의 지도자이자 두 번이나 대통령 선거에 출마한 제시 잭슨의 아들이었다. 또 3년 전 오바마의 결혼식에서 축가를

---

* Rhodes Schola, 영국 옥스퍼드 대학에서 미국·독일·영연방공화국 출신 학생들에게 주는 장학금을 받는 학생. 이 장학금은 1902년 세실 로즈Cecil Rhodes가 시작했다.
** People United to Serve Humanity(인권봉사국민연합), 제시 잭슨이 1971년에 결성한 독자적인 흑인 단체.

부른 산티타 잭슨의 오빠이기도 했다.

파머는 민주당 예비선거에서 잭슨에게 패했다. 10퍼센트 득표로 3위에 그쳤다. 그녀는 주의원 자리를 지키려 하지 않겠다고 공언했으나 곧 약속을 저버렸다. 잭슨 1세와 주상원의원 민주당 지도자 에밀 존스 2세를 포함한 사우스사이드의 열성 당원들의 지지를 등에 업고, 다시 예전 자리에 도전하겠다고 선언했다. '마이클 조던이 돌아왔듯 나도 돌아왔다'고 그녀는 주장했다.[28] 파머에게 충성하는 사람들이 버락에게 사퇴 압력을 가했다. 버락은 거부했다. 그의 입장에서 거래는 거래였다. 파머의 조직이 입후보를 위한 서명을 받는 데 절차를 무시하자 버락은 그녀와 다른 세 후보 서명부의 정당성에 이의를 제기했다. 선거위원회는 네 명 모두의 자격을 박탈했다. 버락이 승리했다. 11월 군소 후보 두 명을 상대로 벌어진 투표는 요식 행위에 지나지 않았다.

미셸은 정치 일선에 나서는 것이 현명한지 회의를 품고 있었다. 웬만하면 정치인을 상대하지 않으려 했고 그들의 방식도 좋아하지 않았다. 그렇지만 버락의 선거를 열심히 도왔다. 버락의 선거운동 본부장 캐럴 앤 하웰은 "미셸은 최고의 유세활동을 펼쳤습니다. 뻔한 내용은 없었지요"라고 말했다. "아주 우아하고 품격 있게 선거운동을 했어요. 훌륭한 감독이었고 기획자였습니다. 정치를 잘 몰랐던 그때도 말이지요. 우리는 하루에 서명 200개를 받는 게 목표였습니다. 하루는 눈보라가 쳐서 150개만 받고 돌아왔죠. 그랬더니 미셸은 노발대발했고 우리는 어쩔 수 없이 다시 나가서 나머지를 받아와야 했습니다."[29] 정치를 불신했음에도 버락의 계획에 동조한 이유를 묻자 미셸은 "그 사람을 믿으니까요"라고 대답했다.[30]

"어떻게 하면 더 많은 사람에게 영향을 줄 수 있을 것인가? 우리는 항상 이 문제로 설전을 벌였어요." 미셸이 말했다. "제 의견은, 버락이 고등학교 교장이나 위대한 교사 또는 위대한 아버지라도 수많은 사람에게 영향을 줄 수 있다는 것이었어요. 변화를 만드는 방법으로서 정치를 찬성하는 입장은 아니었지요."[31] 정치에 대한 그녀의 불신은 뿌리 깊었고 버락의 정치 인생에서도 오랫동안 지속되었다. 크레이그는 "우리 가족은 정치와 정치인에게 극단적으로 냉소적이었어요"라고 말한다.[32] 20세기 후반 사우스사이드에서는 어쩌면 당연한 일이었을 것이다. 학교에서의 불평등, 경제적 방치, 그리고 한 정치인이 도저히 손댈 수 없을 정도의 부패 등으로 상처받은 시기였기 때문이다. 전 민주당 하원의원이자 연방판사인 애브너 미크바는 미셸이 가진 불만의 뿌리를 인종에서 찾았다. "미셸은 흑인들의 시카고에서 흑인의 삶을 살았다"라고 그는 말했다. "머리가 있다면 어떤 식으로든 큰 틀의 영향을 받을 수밖에 없습니다. 아주 부정적으로요."[33]

일리노이 상원이라는 좁은 우물에서 의미 있는 변화가 만들어질지에 대한 회의는 차치하고라도, 미셸은 버락이 산 채로 잡아먹히는 게 아닌지 걱정스러웠다. "저는 그쪽 사람들을 믿지 않아요." 선거 두 달 뒤인 1996년 5월, 미셸은 마리아나 쿡과의 인터뷰에서 말했다. "그런 종류의 야만성, 회의론에 대항하기에는 그 사람이 너무 착하다고 생각해요."[34] 미셸은 또 버락의 정치적 야망을 그녀가 원하는 삶, 즉 잘 관리되고 사생활이 보호되며, 근본적으로 안락한 삶에 대한 위협으로 간주했다. "일단 정치에 뛰어들면 그 사람의 삶은 이미 펼쳐진 책 같은 거예요. 누구나 와서 보고, 그 사람들이 꼭 선량하다고 볼 수도 없지요. 저한테 사생활은 중요하고, 믿고 사랑하는 사람들이 주변에 있으면 좋겠어요."[35] 그녀도 변화를 원했다. 물론이다. 그렇지만 또한 온전한 동반자를 원했다. 장차 자식을 갖게 될 것이고, 여행도 하며 친구, 가족과 뜻깊은 시간을 보내고 싶었다. 버락도 결혼할 때는 원하는 바라고 했지만, 정치에 뛰어들면서 상당히 다른 현실이 펼쳐질 수도 있는 위기 상황이었다. 그는 더 바빠질 것이고, 심지어 만나기도 어려워질 것이다. 캘리포니아에서 신혼여행을 마치고 돌아온 지 얼마 지나지 않아 버락이 『내 아버지로부터의 꿈』을 집필하기 위해 한 달간 발리에 가 있고 싶다고 했을 때도 미셸은 깜짝 놀랐다.[36] 그런데 그가 월요일마다 세 시간씩 차를 몰고 스프링필드에 가야 하며, 그 생활이 얼마나 오랫동안 지속될지 아무도 알지 못한다는 건 더 큰 문제였다. 그것도 버락이 연방 상원의원이나 연방하원의원으로 뛰어올라 멀리 워싱턴 D.C.로 가버리지 않는 한에서 그랬다. 1996년 미셸은 버락이 정치인으로 나갈 확률이 '높다'고 보았다. "그 문제로 약간 갈등이 있었어요." 그녀는 인정했다. 그러나 마음을 열려고 노력했다. "우리는 어떤 일이든 각오를 했어요. 우리 앞에 어떤 기회가 열릴지 지켜볼 뿐이지요."[37]

언젠가 시카고, 어쩌면 미국을 통치하게 될지도 모른다는 꿈을 키운 사람에게 일리노이주 스프링필드의 작은 정치판이란 허름한 상가의 싸구려 경품처럼 시시하게 비쳤을지도 모른다. 그렇지만 버락은 생애 첫 선거를 마친 뒤, 비록 소수당의 신인 정치인으로서 거의 영향력이 없다는 사실을 잘 알았지만 권력의 수수께끼를 풀겠다는 작심으로 맹렬히 일에 파고들었다. 노회한 다선 의원들은 버락의 연설을 들으며 그 순진한 야망에 눈만 껌뻑거렸다. 버락의 연설은 당당하고 길었다. 가장 격한 견제는 흑인 동료 의원들로부터 날아왔다. 그들은 버락의 혼혈 혈통, 하버드 학력, 지역구가 부르주

아 선거구인 하이드파크라는 점을 꼬집었다. 그들에게 버락은 지나치게 타협적으로 보인 것이다. 시카고의 가난한 웨스트사이드 지역 출신 상원의원 리키 헨든은 "뻔한 사람으로 보였다"고 말했다. "친구들 중에 그런 학력을 가진 자들은 모두 타협하기를 좋아하고 부자 동네에 삽니다. 그들은 사물을 있는 그대로 보려 하지 않아요. 항상 가난한 사람들을 보아왔다면 그렇게 쉽게 타협하려 하지는 않을 겁니다."[38] 이런 말은 청중에 따라 조금씩 변할 뿐 기본은 변하지 않는 무한 변주곡이었다. 버락은 어쨌든 중간지대를 추구하는 경향이 있었다. 공화국이 제대로 기능하도록 하는 것뿐만 아니라 진보를 추구하는 길로서도 가장 가능성이 높아 보였기 때문이다. 그는 실용적이었다. 주 차원, 나아가 미국 전역을 대상으로 한 유세에서 그런 태도는 순수하게 긍정적으로 보일 것이다. 그러나 장차 흑인 사회의 여러 영역에서는 비난 여론이 들끓게 된다. 그 비난은 한마디로 말하자면 이렇다. 그 사람 흑인 맞아?

버락은 언어의 힘을 즐겼지만, 알맹이 없는 말로 점수를 따는 데는 관심 없었다. 1996년 인터뷰에서 그는 '부정직함'이 핵심 어구라고 말했다. 이는 복잡성을 덮고 '타협으로 해결해야 할 집단 간의 현실적 갈등'을 교묘히 위장한다.[39] 그는 본격적으로 정치에 뛰어들기 전에 여러 해 동안 그 한계와 가능성을 살폈고, 숱한 경고를 들었다. 하와이에서 전직 시카고 기자 프랭크 마셜 데이비스는 그에게 흑인 학생들은 대학을 졸업할 때 '타협 석박사 학위'를 같이 딴다고 말한 적이 있다.[40] 10년 후 버락이 지역활동가 일을 포기했을 때 존 맥나이트는 로스쿨 추천서를 써주면서 버락이 지불하게 될 대가에 대한 첨언을 잊지 않았다. 풀뿌리 정치활동을 포기하는 대가는 지적인 순결성을 잃게 되는 것이라고 그는 예언했다. "자

미셸 오바마

네가 여태까지 매일 해온 일들은 협상 테이블에 앉기 위해 분열, 갈등, 대결을 조장하는 것이었지. 자네는 스스로 옳다고 믿고 확실하다고 느끼는 편에 서는 사람이야." 맥나이트는 계속 말했다. "장담하건대 정치 한복판으로 들어가면, 자네가 해야 할 중요한 일은 바로 타협이 될 걸세. 자네는 타협 설계자가 될 거야."[41]

이 논쟁은 흑인 정치사에서 뿌리가 깊다. 현대의 흑인 정치 스타일과 그 실질적인 내용은 '조용한 여섯 명'으로 알려진 시카고 시의원들의 타산, 휘트니 영, 마틴 루서 킹 목사, 그리고 흑표범당으로 시작해 흑인인권운동기 이후 의회흑인이익단체 Congressional Black Caucus와 흑인 시장 다수의 정치 책략에 이르기까지 광범위하고 다양한 형태로 분포해 있었다. 버락과 미셸은 인종적인 불만은 비록 그것이 아무리 정당할지라도 승리 전략이 될 수 없다고 확신했다. 중요한 건 결과였다. 1995년 『시카고 리더 Chicago Reader』의 행크 드 저터와의 인터뷰에서 버락은 "우리의 도덕적 열정은 충만합니다"라고 말했다. "인권운동의 가장 큰 패착은 이 에너지, 이 도덕적 분노를 지속적인 제도와 조직적인 구조를 만들어내는 힘으로 승화시키지 못했다는 점입니다."[42]

버락은 정책 입안자들이 당파성을 버리고 비방을 자제한다면 충분히 공통분모를 찾을 것이라고 주장했다. 주상원의원에 출마하면서 그는 저터에게 말했다. "정치인이 자기 일을 조직 활동가처럼 생각한다면, 혹은 교사처럼, 변호사처럼 생각한다면, 잠시 유권자들을 현혹시키는 것이 아니라 그들 앞에 놓인 진정한 선택이 무엇인지 교육시키는 자라면 과연 어떻게 되겠습니까? 예를 들면 선출된 공직자로서 저는 지역조직 활동가나 변호사보다 훨씬 쉽게 교회와 지역 유지를 한데 모을 수 있습니다. 우리가 한데 모여 머리를 맞대면 구체적인 경제 개발 전략을 짜고, 기존 법과 구조를 활용하고, 지역사회의 모든 분파들 간에 다리를 놓고 그들을 결속시킬 수 있습니다."[43]

버락은 선택의 기로에 섰다는 것을 알았으며, 여러 유권자 단체가 어떻게 반응할지도 충분히 예견했다. 그는 ACORN으로 잘 알려진 빈곤 퇴치 풀뿌리 조직 '개혁을 위한 지역조직연합'에서 교육 훈련 과정을 이끌고 법률 자문 역할도 해왔다. 정치에 입문하면서 좀 더 효과적인 활동을 위해 정치의 한가운데로 나아갈 필요가 있다고 ACORN의 조직가 매들린 탤벗에게 말했다. 버락은 "저는 ACORN의 회원들이 기대하는 만큼 뚜렷하지는 못할 겁니다"라고 미리 일러두었다. "ACORN 회원들 눈에 저는 어정쩡한 중간자의 길로 보이는 것들을 믿고 행해야 할 겁니다." 탤벗은 호의적인 입장에서 버락이 변화를 만들고 싶어하며, 그러기 위해 필요한 조치를 취하는 데 현실적인 입장을 택한 증거로 받아들였다. "그는 저한테 미리 경고해줄 필요가 있다고 느꼈던 겁니다. 예사로운 일은 아니었지요. 사람들은 당시에도 그저 버락이 재능이 많다고만 생각했습니다"라고 그녀는 말했다. 친구들은 종종 그를 툭 치면서 언젠가 대통령이 될 거라고 말했다. "그는 항상 콧방귀를 뀌었어요. '말도 안 되는 소리 하지 말아요. 생활비 벌기도 바쁜데, 성가시게 하지 말아요'라고요."[44]

초선 의원 버락이 길을 개척하는 데는 보좌관 에밀 존스의 역할이 컸다. 그는 전직 하수도 감독관이었으며 무뚝뚝하지만 수완이 좋았다. 민주당의 다선 상원의원들이 파머를 지지했음에도 버락이 사퇴를 거부하는 모습을 보고 그는 버락에게 호감을 품었다. 존스

미셸 오바마

는 스프링필드에서 버락의 열정, 직업윤리, 명석함을 보고 가능성을 발견했다. 초선 의원이라 다소 순진한 면도 없지 않았지만 '매우 공격적'[45]인 모습이 인상적이었다. "그는 하면 된다고 생각하는 사람이었습니다."[46] 버락은 시간이 흐르면서 체계적이고 포용적이며 보다 실용적인 스타일을 가꾸어나갔다. "독불장군은 아니었어요." 로비스트 신시아 커너리는 말했다. "제가 뭔가 소란을 만들고 싶었다면 그런 건 다른 의원도 많았으니까요."[47]

버락은 보통 한 주에 사흘 밤을 스프링필드에서 보냈다. 주 의회 일과가 끝나고 벌어지는 사교모임에도 얼굴을 내밀었다. 때로는 골프나 포커 게임을 하면서 보수적인 민주당 의원들이나 이념적인 선을 살짝 넘어 공화당 의원들까지 사귈 수 있는 자리였다. 하지만 그런 자리에서도 몸에 밴 조심성을 버리지 않았다. 의원들과 로비스트들의 포커 게임의 상주 멤버 한 사람은 버락이 승부 근성이 강하지만 조심스럽고 표정을 읽기 어려웠다고 한다. 백인 주상원의원 래리 월시는 "어느 날 밤 게임을 하는데 저한테 판세가 불리했습니다"라고 회상했다. "제가 좋은 패를 들었는데 버락이 더 좋은 패로 저를 눌러버렸습니다. 저는 카드를 던지며 말했지요. '이런 빌어먹을, 버락, 자네가 카드 게임에서 조금만 더 자유주의적이고 정치에서 조금만 더 보수적이라면 지금보다 훨씬 더 나와 친해졌을 거야.'"[48]

버락은 존스의 지원에 힘입어 초당적 성과를 올렸다. 일리노이주에서 25년 만에 처음으로 윤리 개혁 타협안을 도출해냈고, 사형 판결이 가능한 사건일 경우 심문 과정과 자백 녹취를 의무화하는 법안을 중재했다. 일하지 않을 때는 미셸과 오랜 시간 통화했다. 버락은 '떨어져 지내는 동안 일어난 즐거운 일과 슬픈 일을 나누며' 오간 정담과 웃음을 기억했다.[49] 하지만 여전히 미셸을 설득하지 못했다. 스프링필드에서 진행되는 정치는 그녀에게는 사소하고 속 빈 강정일 뿐이었고, 솔직히 남편에게는 저급한 일로 느껴졌다. "버락, 이 일은 고상하지 않아요"라고 미셸은 말하곤 했다.[50]

1998년 7월 4일, 미셸은 첫딸 말리아 앤 오바마를 낳았다. 버락이 스프링필드로 통근하기 시작한 지 18개월째 되는 날이었다. 말리아의 가운데 이름은 친할머니에게서 땄다. 친할머니 앤은 1995년 11월 쉰두 살에 암으로 세상을 떠났다. 회기가 끝나고 집에 있던 버락은 말리아가 태어난 직후를 '마술 같은 석 달'이라고 불렀다.[51] 부부는 조그만 딸에게 노래를 불러주고 사진도 굉장히 많이 찍었다. 하지만 회기가 시작되자 버락은 다시 매주 통근을 했다. 편도 320킬로미터 거리였다. 집을 자주 비우는 남편 때문에 미셸은 힘들었다. 집에서는 아기를 돌보고 시카고 대학에서는 격무에 시달려야 했다. 미셸은 근무시간을 줄이고 보수도 깎았다. 탄력적인 근무시간이 반가웠다. 그런데 업무 부하 정도는 그다지 달라지지 않았다. "월급은 반만 받으면서 일은 똑같이 해야 했어요. …대학은 일을 전혀 덜어주지 않았어요."[52] 의원직은 파트타임 일이었다. 버락은 보통 목요일부터 월요일까지 시카고에서 지냈고 여름엔 휴가였지만, 종종 저녁 모임에 참석해야 했고 법률 업무를 봐야 했으며 로스쿨 시험지를 채점해야 했다. "우리 관계에서 다시 긴장이 고조되었습니다"라고 그는 말했다.[53]

미셸에겐 돈 문제도 점점 더 걱정거리였다. 두 사람의 수입을 합산하면 24만 달러에 달했다.[54] 곤궁하지는 않았지만 상주 보모 비용, 주택 대출 상환금, 학생 융자금 상환 등 돈은 들어오는 족족 나갔다. "너무 비싼 걸 골랐어요." 미셸이 두 사람의 대학과 로스쿨 선

미셸 오바마

택을 두고 한 말이었다.[55] 그들은 1993년 277,500달러에 구입한 204제곱미터 규모의 하이드파크 콘도미니엄 상환금보다 더 많은 돈을 매달 학자금 상환비로 쓰고 있었다.[56] 집을 구입할 때 지불한 돈은 버락의 할머니가 조금 보탠 것[57]을 포함해 111,000달러였다.[58] 버락은 돈 문제에는 거의 신경 쓰지 않았다. 어떤 경우는 의원실 운영비 지불도 잊어 보좌관이 알려줘야 했다. 그는 사치하지 않았다. 옷도 평범한 정장이나 셔츠 차림이었고 한번 구입하면 해질 때까지 입었다. 골프를 쳤지만 사우스쇼어 컨트리클럽을 비롯해 퍼블릭 골프장을 이용했다. 그는 공직에 선출된 후 사브 900S를 미셸의 공공동맹 동료에게 2,500달러에 팔았다. 정치인으로서 미국산 자동차를 타야 한다는 이유도 있었다.[59]

대통령이라는 별을 따려면 그 사다리가 스프링필드에 있지 않다는 것을 그리 오래지 않아 깨달을 것이다. 비록 일리노이 의회가 에이브러햄 링컨이 처음 공직에 발을 들인 곳이라 해도 말이다. 버락은 주상원의원직을 거머쥔 지 채 2년이 되지 않아 초조해지기 시작했다.[60] 시카고 시장 자리는 가망이 없었다. 1999년 리처드 M. 데일리가 4선에 성공했다. 데일리의 입지는 하원의원 보비 러시를 물리친 후 더욱 공고해진 듯했다. 보비 러시는 흑표범당 시카고 지부장 출신으로 지명도가 높았다. 그렇지만 러시의 패배는 버락에게 한 가지 교훈을 주었다. 새로운 세기를 앞둔 시점에 러시는 이미 퇴물이 되어 하원의원으로서는 유권자들의 기대에 반도 미치지 못했다는 사실이다. 버락은 친구와 멘토, 미셸의 반대를 무릅쓰고 민주당 동료인 러시에게 도전하겠다고 선언했다. 버락은 1999년 9월 경선에 뛰어든 후에야 비로소 처음으로 여론조사를 실시했다. 조사 결과

러시가 비록 데일리에게는 패했지만 지역구에서 지명도 90퍼센트와 지지율 70퍼센트를 누리는 것으로 나타났다. 유권자 열 명 중 한 명만 경쟁자인 버락 오바마의 이름을 들어본 적이 있다고 답했다.[61]

69퍼센트가 흑인이고 평균 가구 소득이 24,140달러인 지역구에서 버락은 '새로운 리더십'을 약속했다. 그렇지만 그의 목소리는 전달되지 않았다. 최소한 노동자 계층 흑인 유권자들에게는 러시를 현직에서 몰아낼 만한 어떤 이유나 목소리도 들리지 않았다. 버락이 아무리 명석해도 유세 과정에서 할 수 있는 것은 공허한 말뿐이었다. 그는 수많은 성직자, 정치인, 재계 인사에게 너무 오만하고 성급하다는 인상을 심어주었다. 러시, 그리고 주상원의원 동료로서 또 한 명의 진부한 도전자인 던 트로터, 두 사람은 함께 버락이 하와이 출신이라는 약점과 보헤미안적 기질을 비방하는 데 여념이 없었다. 태평양의 섬에서 나고 자란 사람이 시카고 대학에서 헌법을 가르친다거나 지역활동가로 일했다고 주장하는 것은 그런 상황에서 별로 도움이 되지 않았다. "버락은 하버드에 가서 많이 배운 바보가 되었군요. …우리는 이런 동부의 엘리트 학위를 가진 사람들에게 감동하지 않습니다."[62] 러시는 그해에 흑인답지 못한 데 대한 반감에 호소하며 말했다. "버락은 인권운동 시위를 책으로 읽고 그걸 다 안다고 생각하는 사람입니다." 흑인 라디오 방송 진행자 루 파머는 버락의 하버드 시기를 언급하며 말했다. "당신이 그 엘리트 학교에서 백인들을 그렇게 감동시켰고, 그들이 당신을 엘리트 기관인 『하버드 로 리뷰』의 대장으로 삼을 정도였다면, 우리는 의혹을 품을 수밖에 없습니다."[63] 트로터는 최소한의 원칙마저 저버리며 '우리 사회는 버락을 흑인의 얼굴을 한 백인으로 본다'고 비방했다.[64]

버락은 유치하고 진부한 비방전이 흑인 사회에서 단기간 효과를 발휘할지는 모르나 결국 흑인 아이들에게 '좋은 교육을 받는 것은 올바르게 사는 길이 아니다'라는 나쁜 인식을 심어줄 우려가 있다고 항변했다.[65] 미셸도 똑같이 느꼈다. 그녀는 나중에 한 흑인이 '지성과 인종을 그들 사회 내부에서도 편 가르는 방법으로 사용'하는 것을 보고 느낀 당혹감에 대해 말했다. 그 공격을 보며 미셸은 어린 시절을 떠올렸다. "당신이 특정한 스타일로 영어를 한다 해도 학교에 갈 때는 엉덩이를 걷어차이지 않기 위해 다른 방식으로 숨겨야 해요. 우리는 그렇게 자랐어요."[66] 그렇지만 버락이 승기를 잡을 기회를 발견해도, 물론 그마저도 의문스러웠지만, 막상 써먹을 기회가 많지 않았다. 버락이 선거운동을 시작한 지 한 달째인 10월 19일, 러시의 스물아홉 살짜리 아들 휴이—흑표범당 창립 멤버 휴이 P. 뉴턴의 이름을 땄다—가 사우스사이드 집 바깥에서 강도 사건으로 총격을 입었다. 그리고 며칠 뒤 숨졌다.

러시는 비탄에 잠겼고 버락은 유세를 자제할 수밖에 없었다. 몇 주 후 러시의 부친이 세상을 떠났다. 유세가 본격적으로 재개되는 1월이었다. 그때까지 버락은 터무니없는 비난에 그대로 노출되어 있었다. 그는 매년 크리스마스 휴가철에는 미셸과 함께 하와이로 날아가 열대를 즐기고 노쇠한 할머니 매들린 더넘도 문안했다. 선거 유세로 바쁘고 총기 규제 입법 논의도 있어서 보좌진은 여행을 말렸다. 그렇지만 버락은 크리스마스와 신년 첫날 사이 닷새간의 휴가를 짜내면서 투투를 만나고, 미셸과 18개월 된 딸 말리아와 '다시 가까워지는' 시간을 갖겠다고 고집했다. 집안 사정도 선거 상황보다 별반 나을 게 없었다. "지치고 스트레스를 받았다"고 버락은 말한다. '로맨스는 고사하고 얘기할 시간도 없었다.'[67]

그들이 없는 사이 공화당 주지사 조지 라이언은 일리노이주의회 임시회의를 소집해 자신과 민주당 간부회의가 지지하는 총기 규제 법안을 표결에 부쳤다. 버락과 미셸이 시카고로 돌아올 예정이던 날 말리아가 고열이 났다. 가족은 발이 묶였고, 버락은 투표에 참여할 수 없었으며, 법안은 다섯 표 차로 부결됐다. 러시와 트로터는 즉각 비난하고 나섰다. 『시카고 트리뷴』은 '이런 겁쟁이 양떼 같으니라고'로 시작되는 신랄한 사설에서 버락을 포함한 여러 정치인을 거명했다.[68]

버락은 기사가 보도되고 이틀 후 '칭얼대는 아이를 끌면서, 말도 못 붙이게 하는 미셸과 함께' 집으로 돌아왔다.[69] 비록 그의 부재가 총기 법안의 운명을 결정한 건 아니지만, 이제 그는 시카고 거리를 안전하게 만들기 위해 의회가 투쟁하는 동안 하와이 해변에서 음료수나 홀짝거리고 있었다는 따가운 시선과 싸워야 했다. 동시에 러시는 총기 폭력의 고통을 떠안은 상징적인 인물이 되었다. 버락은 자신이 질 것이고, 매일 아침 공포 속에서 눈을 뜨게 되리라는 것을 알았다. '그날 나는 웃으면서 악수하고 짐짓 모든 것이 계획대로 진행되고 있다는 듯한 태도로 하루를 보내야 한다는 사실을 깨달았다.'[70] 고통을 더욱 가중시킨 것은 빌 클린턴 대통령이 시카고로 날아와 러시를 응원하고 휴이 러시의 죽음을 애도하는 광고를 만든 것이다. 버락이 선거 본부 저녁 파티에 도착한 시간에 방송은 이미 선거 결과를 발표했다. 버락은 30퍼센트 차이로 패배했다.

어이없는 대패로 버락은 실의에 빠졌다. 스프링필드의 참모 댄 쇼몬은 그때를 '시무룩한 시기'라고 불렀다. 버락은 자기가 너무나 확실히 잘못했다는 사실을 참을 수 없었다. 수입보다 지출이 더 많았

미셸 오바마

고 심지어 사비 9,500달러를 선거 본부에 빌려주기까지 했지만 별로 도움이 되지 않았다. 선거로 집안은 '거의 파산 지경'에 이르렀다.[71] 선거 빚 6만 달러를 갚기 위해 기부자들에게 헌금을 요청했을 뿐만 아니라 "내가 뭐랬어"라고 말하는 사람들의 얼굴을 마주해야 했다. 어떤 사람들은 입술을 깨물고 아무 말도 하지 않았으나 어떤 면에서는 그게 더 견디기 어려웠다. 그 침묵이 곧 동정이나 경멸임을 쉽게 감지할 수 있었기 때문이다. 패인을 통제할 수 없는 상황 탓으로 돌릴 수도 있었다고 버락은 말했다. 그러나 "전체 사회에서 개인적으로 거부당한 듯한 느낌을 받지 않을 수 없었습니다. 자격이 모자란다는 생각, 어디를 가도 사람들 마음속에는 '패배자'라는 단어가 스칠 것이라는 생각을 지울 수 없었습니다."[72] 버락은 자존감에 상처를 입었다. 정치 실험이 모두 끝장난 것은 아닌지 회의하기 시작했다. 야심에 걸맞은 기교를 갖추지 못한 것일 수도 있었다. 미셸이 더 존경받을 수 있고, 수입도 좋고, 훨씬 더 가정에 충실할 수 있는 일을 찾아보라고 권했을 때 그 말을 듣는 게 옳았을지도 몰랐다.

구름은 더디게 걷혔다. 여러 지인이 '어느 정도 효과적인 치료법'[73]이기를 기대하며 버락에게 2000년 8월 로스앤젤레스에서 열리는 민주당 전당대회에 가보라고 권했다. 전당대회에서는 부통령 앨 고어를 텍사스 주지사 조지 W. 부시의 대항마로 추대할 예정이었다. 버락은 미뤄둔 법률 업무들을 처리하며 가족과 여름을 보낼 예정이었으나 계획을 바꿔 가보기로 결심했다. 버락은 로스앤젤레스 공항에 도착하자마자 렌터카 창구로 가서 아메리칸 익스프레스 카드를 내밀었다. 그런데 들려온 답은 "오바마 씨, 죄송합니다만 카드 승인이 거부되었습니다"였다. "그럴 리가 없습니다. 다시 해보세요." 카드 사용한도가 초과된 것이다. 아메리칸 익스프레스사에 전화를 걸어 해결해야만 했다.[74] 그러나 그 한 주도 별반 나아지지 않았다. 그는 대의원이 아니었고, 일리노이주 대의원 의장 189명은 버락에게 줄 입장권이 없다고 했다. 버락은 이따금 대회를 보러 친구들과 함께 컨벤션 센터의 장외관람석에 올라갔다. '내가 전당대회에 소속되지 못했다는 것을 뼈저리게 느낀 자리였다.' 처음 이틀간의 정치 연설 대부분을 모니터로 보고 나서 그는 시간 낭비라는 결론을 내렸다. 고어의 후보 추천과 수락 연설이 있기 훨씬 전에 그는 집으로 돌아가는 비행기에 올랐다.

연애 시절과 결혼 초기에 미셸과 오바마는 독립적이던 각자의 삶을 엮어 통합하고, 그들의 일과 공유하는 야망에서 시너지 효과를 찾았다. 결혼한 지 4년째인 1996년 버락은 결혼의 장점은 '상대편의 희망과 고통 또는 투쟁을 이해하는' 서로의 능력에 달려 있다고 했다. 미셸은 버락이 '긴장을 풀고 편안하게 모험을 시도하고 일을 구태의연한 방식으로 하지 않게' 도와주었다.[75] 한편 버락은 미셸이 '안정과 가정, 확실성'을 희구하는 성향을 이해했다. 그렇지만 성향이 다른 두 사람은 마찰이 생길 수도 있다는 것을 알았다. "그 긴장을 어떻게 풀어가느냐가 정말 중요했습니다"라고 버락은 말했다.[76]

처음 가정을 꾸릴 때 어려움 속에서도 서로 협력한 방식이 그들이 지닌 힘의 원천이 됐다. 미셸의 공공동맹 동료 줄리 설리번은 이때가 미셸에게 특히 힘든 시간이었다고 전한다. 그리고 버락의 어머니가 돌아가신 상황에서도 '정말로 훌륭하게' 대처했다고 회고했다. "저는 두 사람이 여러 가지 스트레스를 겪는 것을 봐왔습니다. 두 사람은 서로에게 늘 다정했습니다."[77] 그렇지만 부모가 되고 나서 버락은 일과 가정에 대한 의무 사이에서 어떻게 균형을 맞출지를 두고 '계속 언쟁을 벌였다'고 했다.[78] 때로 미셸은 거의 혼자 말리아를 키우다시피 하면서, 가사와 동시에 학생 지역사회 봉사 활동 사무실을 이끌며 악전고투하는 것 같았다. 평등한 배우자 관계가 아니었다. 미셸이 기대한 삶도 아니었다. 그녀는 남편에게 여러 차례 말했다. "당신은 자기 자신만 생각해. 내가 혼자 가족을 건사하게 될 줄은 꿈에도 몰랐어."[79]

2001년 6월 미셸은 둘째 딸 나타샤를 낳았다. 버락의 마흔 번째 생일 하루 전이었다. 그 순간 불화의 골이 분명하게 깊어졌다. "나를 향한 아내의 분노는 거의 주체할 수 없는 듯했습니다."[80] 버락은 자기 아버지처럼 기피자가 되지는 말자고 다짐했었다.[81] 실제로 버락의 롤모델은 장인 프레이저 로빈슨이었다고 밸러리 재럿은 말했다. 하지만 스스로 가장 실망스러운 부분 역시 남편과 아버지 역할이었다.[82] 미셸의 불만은 버락이 부족한 부분을 정면으로 응시하게 만들었다. 처음에는 잘 몰랐지만 그는 성 역할에 대해 구시대적 사고방식이 강했다.[83] "저로서는 미셸이 불평할 일이 별로 없다고 생각했어요"라고 그는 말했다. 그는 미셸이 투정을 부린다고 여겼다.[84] "어쨌든 제가 사람들과 어울려 술이나 퍼마시고 돌아다닌 건 아니니까요. 미셸에게 요구하는 것도 거의 없었지요. 양말을 기우라고 하지도 않았고 내가 집에 갈 때까지 저녁을 먹지 말고 기다려달라고 하지도 않았습니다. 시간이 있으면 아이들과 놀아줬고요. 제가 바란 건 좀 부드럽게 대해달라는 게 전부였습니다. 그렇지만 저는 집안일의 세세한 부분까지 끝없이 협상해야 했고, 혹은 까먹고 하지 않은 할 일 목록을 받았으며, 늘 뚱한 얼굴을 봐야 했지요.

저는 미셸에게 우리가 다른 가족들에 비해 믿을 수 없을 만큼 운이 좋다는 걸 상기시켰습니다. 제 모든 단점에도 제가 미셸과 딸들을 세상 그 누구보다 사랑한다는 것도 일깨워줬지요. 제 사랑은 충분하다고 생각했습니다."

나타샤(샤샤)가 3개월이 됐을 즈음 버락과 미셸에게 공포의 순간이 찾아왔다. 어느 날 밤 아이의 울음소리가 들렸다. 아이 울음에 잠을 깨는 것은 일상사지만 그날은 좀 이상했다. 부부는 소아과 의사에게 전화했다. 다음 날 아침 샤샤를 진료한 의사는 뇌막염을 의심했다. 뇌와 척수를 감싸는 막에 염증이 생긴 증상으로 치명적일 수도 있었다. 샤샤는 즉각 응급실로 보내졌다. "공포에 질렸어요." 미셸이 말했다.[85] 아직 조그마한 샤샤에게 요추천자를 시술했다. 샤샤가 항생제를 맞는 사흘 동안 부모는 잠시도 곁을 떠나지 않았다.[86] "아이가 회복될지 어떨지 몰라서 숨도 제대로 못 쉬겠어요"라고 버락은 병문안 온 재럿에게 말했다.[87] "세상이 점 하나로 좁아졌습니다. 병실 사방 벽 바깥에 있는 어느 누구도, 그 어떤 일에도 관심이 없었습니다. 제 일, 제 일정, 제 미래도요."[88] 항생제는 효과를 발휘했다. 샤샤는 회복되었다. 그렇게 그들의 부부관계 역시 더디지만 회복의 길에 접어들었다.

버락이 정치를 그만둬야 할지 가장 깊이 고심한 시기가 이 무렵이었다. 의회에서 할 일은 점점 많아지고, 모금은 지지부진했으며, 연회는 항상 너무 길었다. "음식은 형편없었고 퀴퀴한 공기에, 나와 멀리 떨어져 혼자 아이들을 키우는 데 넌더리가 난 아내와 딱딱한 전화 통화를 나누는 게 일상이었지요." 미셸은 중요한 게 대체 뭐냐며 대놓고 따졌다.[89] 이제 다른 것을 추구해야 할 때가 아닌가 싶었

미셸 오바마

다. "더 상식적인 목표들이요. 이를테면 어릴 때 잠깐 꿈꾼 운동이라든지 배우 같은 것 말이지요."[90] 시카고 대학의 문은 열려 있었다. 헌법 강의는 인기가 좋았다. 학생들은 버락을 좋아했고, 그도 학생들의 발랄한 사고에 도전하는 지적 유희를 즐겼다. 종신교수직이 보장된다면 하이드파크 캠퍼스에서 평생 안정된 직업을 누리면서 지적인 생활을 영위할 수 있었다. 그리고 멀리 스프링필드까지 통근하는 대신 걸어서 출근할 수 있었다. 하지만 그건 고립된 세상이고, 그는 대학교수가 해야 하는 법률 저작에는 별 흥미가 없었다. 대학이 괜히 상아탑이라고 불리는 게 아니었다. 또 다른 문은 로펌이었다. 금세 큰돈을 만질 수 있는 길이었다. 시들리 앤드 오스틴을 비롯해 수많은 회사가 지체 없이 그를 고용할 것이고 기꺼이 10만 달러가 넘는 연봉을 안겨줄 것이다. 그렇지만 10년 전 이미 그 길을 거부한 마당에 새삼 영혼을 잠식하는 일로 돌아갈 이유는 없었다. 의향만 있으면 언제든 취직할 수 있는 금융계나 재계 일자리도 마찬가지였다.

자선사업이 눈길을 끌었다. 조이스 재단Joyce Foundation이 새로운 이사장을 구하고 있었다. 재단은 학교, 도시 폭력, 개혁운동, 환경 등에 관련된 프로젝트에 매년 5,500만 달러를 기부했다. 보수가 좋은 일이고, 집에서 가깝고, 시간 배분도 자유로우며, 사회에 기여할 수 있는 일이었다. 버락은 이미 이사회 소속이므로 어떤 사람들이 일하는지, 임무가 무엇인지도 잘 알고 있었다. 그는 이사회 면접을 진지하게 준비했다. 의원 보좌관 댄 쇼몬과 함께 나름대로 전략도 짰다.

그렇지만 정작 면접에 들어가자 망설여졌다. 쇼몬은 버락이 거절당하는 것보다도 채용될까봐 더 두려워했다고 전한다.[91] 그랬다.

그는 스프링필드에 자주 실망했고 러시에게 패했을 때 '완전히 모멸당하고 수치심을 느꼈다.'[92] 그는 미셸을 기쁘게 해주고 싶어 안달했다. 딸들과 놀고 좀 더 정돈된 삶을 살고 싶었다. 그렇지만 그 일을 얻는다는 것은 의원직 사퇴를 의미했다. 정치 인생은 종말을 고할 것이다. 이사회는 버락의 오락가락하는 마음을 읽었다. 누군가가 말했다. "맙소사, 버락, 이건 훌륭한 일이야. 그런데도 원하지 않는다니."[93] 그는 깨달았다. 실로 그는 원치 않았다.

불만이 많던 미셸조차 남편의 고통을 느꼈다. "버락처럼 뛰어나고 재능 많은 사람에게 '당신이 할 수 있는 것보다 좀 작은 일을 해봐요'라고 말하기는 쉽지 않지요."[94] 버락을 옆에서 지켜본 사람이 또 있었다. 버락의 어머니가 재혼해 낳은 여동생으로,『새장에 갇힌 새가 왜 노래하는지 나는 아네 I Know Why the Caged Bird Sings』를 펴낸 시인 마야 안젤루의 이름을 딴 마야 소에토로-응이었다.[95] 버락은 사실 다시 한 번 정치에 기대를 걸어보아야 할지 말아야 할지 몰라 번민하고 있었다고 그녀는 회상했다. "동시에 오빠는 마음속에서 뭔가 꿈틀대는 걸 느낀 것 같아요. 자기가 뭔가 큰일을 할 운명을 타고났다는 생각 같은 것 말이지요."[96]

9

망치지 말아요

2001년 시카고 대학의 주요 인사들이 지역 명사들과 함께 천막 아래 모였다. 1억 3,500만 달러 규모의 최첨단 소아병원 기공식 자리였다. 미셸은 대학병원 지역봉사국장이라는 새로운 직함으로 그 자리에 참석했다. 버락도 지역 주의원으로서 얼굴을 비췄다. 서늘한 아침공기를 가르며 목소리가 울려 퍼졌다. 오마 샤리프였다. 그는 대학이 흑인 건설노동자들에게 일자리를 제공하는 데 인색했다며 시위를 주도하고 있었다. 미셸은 새로운 자리에 앉은 지 몇 주밖에 되지 않았지만 이것이 지역사회 문제라고 직감했다. 그녀는 샤리프에게 다가가 머리를 맞대고 해결책을 강구해보자고 했다.[1]

미셸은 샤샤를 낳고 육아 휴직 중이었다. 직장에 대해 별다른 구상을 않던 중에 기회가 찾아왔다. 10년 전 미셸에게 시청 문을 열어준 수전 셔와 밸러리 재럿이 다시 일을 제안했다. 셔는 의료센터의 법률 고문이었고 재럿은 평의원회 이사였다. 미셸은 아이들이 어린 동안에는 일을 하고 싶지 않았다. 그렇지만 상당한 보수와 아울러 유연한 근무시간에 특히 마음이 끌렸다. 보모가 없었기 때문에 미셸은 아직 젖먹이인 샤샤를 안고 갔다. "제가 사는 게 이래요." 병원장 마이클 라이어든에게 그녀는 말했다.[2] 미셸이 마음에 든 병원장은 그녀의 요구조건을 흔쾌히 들어주었다. 미셸로서는 거절할 이유가 없었다. 현실적인 조건을 충족시켜주는 일일 뿐 아니라 사우스사이드 지역사회에 기여한다는 뚜렷한 명분도 있었기 때문이다. 미셸이 5년간 맡은 대학 지역사회 봉사활동 센터에서와는 또 다른 임무가 주어졌다. 미셸의 가장 원대한 사업이 될 것이었다. 그리고 일과 정체성 면에서 버락과 독립적으로 존재하는 마지막 기간이 될 것이었다.

미셸은 직무 규정이 아직 제대로 잡히지 않은 것을 역활용해 초기 활동의 틀을 잡고 대학과 주변 지역의 연대감을 높이는 기회로 삼았다. 막 일을 시작할 무렵 동료들에게 병원이 지역사회에 사람들을 파견할 필요가 있다고 말했다.[3] 병원 직원은 9,500명이었다. ABCD 경험을 살려 도시 빈민가 봉사활동 일정을 정했으며, 평의원회 이사와 임원 들을 위한 견학 프로그램을 마련했다. 견학지에서 지정된 사거리에서 버스를 내리면 거리 한편에 부서지고 판자를 덧댄 집들이 보였다. 쇠락한 동네였다. 그다음 미셸은 고개를 돌려 다른 편 블록을 보게 했다. 번쩍거리는 유리창과 새롭게 수리한 집들이 보였다.[4] 병원은 미셸의 촉구로 아서 브레이지어 목사의 신의 사도교회 크리스마스 행진을 지원하고 버드 빌리켄 데이Bud Billiken Day 행사에도 참가했다. 버드 빌리켄 데이는 미국에서 가장 오래된 흑인 퍼레이드로 1929년 『시카고 디펜더』의 발행인 로버트 S. 애벗이 시작한 행사였다. 미셸의 아버지와 숙부 노메니도 어릴 때 빌리켄 클럽 회원이었다. 미셸은 또 의과대학 하계 체험학습 과정에도 참여했다. 소외된 소수집단 학생들의 관심을 과학과 의학으로 이끌기 위해 마련한 프로그램이었다. 열심히 공부하도록 격려하고 어디까지 성취할 수 있는지를 일깨워주는 것은 공공동맹 시절을 떠올리게 하는 메시지였고, 영부인이 되어 할 일을 예고하는 것이기도 했다. 미셸이 주장하는 핵심은 환경의 희생양이 되지 말라는 충고였다고 한 동료는 평했다.[5]

2005년 미셸은 병원에 대한 자신의 목표를 설명하면서, 시카고 대학은 선결 과제를 조정할 필요가 있다고 적었다. '우리가 지역에서 존경받지 못한다면 의료계의 최선두에 선들 아무 의미가 없습니다.' 덧붙여 대학이 '부정적인 것들을 과장하면서 주변 지역사회의 위대한 자산을 포용하지 못하고 있다'고 주장했다. 또 지역 흑인 주민들에게도 조언했다. '지역사회도 여기서 제시되는 새로운 방향과 새로운 리더십에 열린 자세를 보여야 합니다. 가끔 우리는 과거로부터 발길을 돌리기 어려울 때가 있습니다.'[6] 미셸은 스스로 양 진영에 걸쳐 자리를 잡았다. 병원을 지칭할 때도 '우리', 흑인 사회를 일컬을 때도 '우리'라는 말을 썼다. 자기를 '사우스사이드 출신의 평범한 흑인 소녀'라고 칭하며 "저같이 두 세계에 발을 담근 사람이 다리를 놓고 해결책을 만드는 데 기여할 수 있는 겁니다"라고 말했다.[7]

미셸은 확성기를 들었던 오마 샤리프와 소수집단 고용 문제를 논의할 때도 대학 동료들을 대동했다. 샤리프도 동료 활동가들을 데리고 왔다. 그들 중에는 무척 냉소적인 목사 그레고리 대니얼스가 있었다. 그는 나중에 시위자들이 병원의 하수인들에게 기만당하고 있다고 주장했다. 그들은 '병원을 보호하는 것이 임무이고 설혹 그렇지 않다손 치더라도 진심으로 흑인의 이익에 관심이 있는 것은 아니'라는 것이었다.[8] 특히 미셸을 거명하면서, 그녀가 대학 지도부와 협력해 흑인 사회를 분열시킨다며 협상에서 빠지라고 요구했다. 그는 이를 '윌리 린치 전략Willie Lynch method'이라고 불렀다. 버지니아의 어떤 노예주가 분열과 정복 전술로 노예들을 길들였다고 하는, 출처가 불명확한 1772년 일화에서 나온 말이었다. 하지만 미셸은 물러서지 않았다. 그리고 한 달 내에 병원은 샤리프의 흑인 공사협회African-American Contractors Association와 협정을 맺었다. 시위를 그치는 조건으로 병원은 소수집단이 운영하는 유자격 회사들에게 일감을 주기로 했다.[9]

소수집단과의 계약은 미셸이 시카고 교통국 시민자문위원회 위원장으로 있는 동안—재럿이 시카고 교통국장일 때였다—미셸의 관심사였으며, 7년간 병원에서 근무할 때도 중요한 업무가 되었다.[10] 이 일은 흑인, 멕시코계, 여성이 운영하는 사업을 지원하고 주변 지역사회에 직접적으로 돈을 공급할 수 있는 전략으로 보였다. 계약 프로그램을 강화하기 위해 미셸은 시카고 도시동맹Chicago Urban League의 다양성 감시인이자 교통국 자문위원인 조앤 아치를 고용했다.[11] 병원은 발전했고 상도 탔다. 회계연도 기준 2002년부터 2008년까지 병원이 새로운 공사에 지출한 금액의 42.9퍼센트, 총 4,880만 달러가 소수집단과 여성이 운영하는 회사에 지급되었다. 미셸이 근무한 마지막 해에 병원은 추가로 1,620만 달러, 총 예산의 5.7퍼센트를 이런 회사의 상품과 용역에 지불했다.[12]

병원의 최고운영자 케네스 P. 케이츠는 대기업 백인 사장이 참가한 한 회의를 떠올렸다. 사장은 회의에서 기분 좋게 고개만 끄덕이면서 굳이 소수집단 고용 조건을 충족시킬 필요까지는 없다고 생각했다. 그러나 미셸은 '집요했다'. 결국 사장은 병원의 요구 조건을 만족시킬 때까지 더 이상 일을 따내지 못했다. 그는 미셸이 두뇌회전이 빠른 사람이라고 했다. 미셸은 이치에 닿지 않는 일은 용납하지 않았지만 그럼에도 사람들과 친근한 관계를 유지했다. "자기주장을 펼치는 데 서슴지 않는 사람이었습니다. 어떤 일에서든 항상 어디에 서야 할지 잘 알았지요." 케이츠는 말했다. "미셸은 자기주장이 왜 옳은지 설파하는 데 능했습니다. 어떤 사람들은 그녀가 고고한 척한다고 생각했지요. 그건 사실이 아닙니다. 그녀는 결코 자기가 대단하다고 생각하지 않았어요." 미셸이 일하기 시작한 후 흑인 사회에 대한 병원의 관심은 '완전히 달라졌다'고 그는 말했다.[13]

미셸은 또 배타적인 시카고 대학 부속 실험학교의 문호를 개방하기 위해 노력했다. 말리아와 샤샤는 어릴 때부터 그 학교에 다녔다. 이사회 위원인 미셸은 시카고의 모든 부모가 선호하는 사립학교인 '실험학교'가 인종과 계급을 다양하게 받아들이는 데 지나치게 소극적이라며 더 적극적이어야 한다고 주장하는 쪽이었다. 반대자들은 다양성을 위한 자리를 늘리면 교수와 직원 자녀 들이 받는 혜택이 줄어 결국 대학의 인력 모집에 차질이 생길 것이라고 맞받아쳤다. 미셸의 친구이자 같은 이사회 위원이고 나중에 의장이 된 존 로저스에 따르면, 미셸은 "있는 사실만 바라봅시다"라고 말했다고 한다. "미셸은 실험학교가 유색인종은 물론 사회경제적 배경이 상이한 사람들을 환영하는 곳으로 다양성을 지킬 수 있도록 혼신의 힘을 다했습니다. 그런 의제를 끝까지 밀어붙이기 위해서는 엄청난 용기와 신념이 필요하지요. 다양성을 밀고 나갔을 뿐만 아니라, 대중 정서상 좀 불편할 수도 있으니까 아예 입학 정책으로 정식화시켰지요."[14]

2003년 여름 버락은 시카고 볼룸에서 미소 지으며 악수를 나누고 있었다. 빌 클린턴의 자선기금 모금행사였는데, 버락은 이 자리를 약간 엉뚱한 최근의 도전을 선전할 기회로 삼았다. 미국 연방상원의원에 출마한 것이다. 그때만 해도 버락에 대해 들어봤다는 사람은 거의 없었다. 버락 오바마라는 하와이 출신의 머리 좋은 남자가 재건 시기 이후 세 번째 흑인 상원의원으로 선출되기에는 인지도가 턱없이 모자랐다. 헌법학자이자 시카고 대학 교무처장이던 제프리 스톤은 '버락이 군중을 상대로 작업하는 걸 봤다'고 한다. "사람들 사이를 오가며 팔목을 붙잡고 악수를 나누고 눈을 응시했습니다. 저는 한동안 그 광경을 지켜보다가 생각했지요. '어이쿠, 헛수고하는구먼.'"

가능성이 얼마나 됐을까? 검증되지 않은 흑인 정치인, 일리노이 주 상원의원 59명 중 한 명, 때로는 변호사이자 법학교수로 최근 하원의원 선거에 나섰다가 30퍼센트 차이로 참패당한 사나이. 저명하거나 부유하거나 또는 둘 다를 거머쥔 쟁쟁한 민주당 인사들과 맞붙어 예비선거를 통과할 가능성은 거의 없어 보였다. 설혹 통과하더라도 현직에 있다는 이점과 풍부한 자금력을 갖춘 온건한 공화당 의원을 상대해야 했다. 스톤은 새우 접시 옆에 서 있다가 버락을 맞았다. "왜 시간을 낭비하고 있나?"라고 스톤이 물었다. "이런 식으로 작업하는 걸 보니 딱하구먼. 마음을 바꿔 적성에 맞는 일을 해보게. 자네는 정말 학자가 됐어야 해. 우리가 자리를 마련해줄 수 있을 것 같은데 말이야." 스톤은 '분수에 맞는 일을 하라'고 말한 것이다.[15]

"버락이 내 팔을 붙잡았습니다." 스톤이 회상했다. "그리고 내 눈을 보더니 말하더군요. '제프리 씨, 말씀 정말 감사합니다. 무슨 말인지 잘 알겠습니다. 그렇지만 저는 책임이 있고 기회가 왔다는 느낌이 듭니다. 그래서 한번 시도해보렵니다.' 그가 돌아서서 군중 속으로 걸어갈 때 생각했어요. '참으로 멍청이로군'."

2000년 하원의원 선거에서 참패하고 조이스 재단을 기웃거릴 때와는 상황이 많이 달랐다. 그는 공황상태에서 벗어났다. 스프링필드에서 3선에 성공했고 주를 돌아다니며 사우스사이드와는 전혀 유사성이 없는 지역들을 익혔다. 그중에는 시카고보다 멤피스와 리틀록이 더 가까운 일리노이 변두리 지역도 있었다. 그가 승리를 위한 연합을 형성하고 주를 대표하는 공직에 오르려면 그런 지역의 표가 필요했다. 보비 러시의 재앙 속에서 무엇이 잘못됐는지 철저히 분석하고 반성하지 못한다면 오바마답지 않은 일이다. 그는 말투를 고쳤다. 예전에는 종종 학자연하거나 업신여기는 듯한 느낌을 주었다. 그는 다시 의정활동을 크게 늘리고, 출마를 비웃던 시카고의 정치인들, 목사들, 자산가들을 두루 만났다. 정치를 포기하지 않기로 결심했다면, 러시에게 패한 것이 오히려 약이 될 수도 있었다. 마치 기말고사를 6주밖에 남겨두지 않고 중간고사에서 낙제점을 받은 것처럼 말이다. 정치 감각이 탁월한 시장 동생 빌 데일리는 '웨이크업 콜(아침 알람)'이라고 말했다. "버락은 좌절한 사람처럼 보이지 않았습니다. 시민들에게 등을 돌리지 않았죠. 시민들과 더 많이 접촉했고 작업했습니다. 그다음에 폭탄을 던지기로 작심했지요. 잘한 거예요."[16]

미국 연방상원의원 경선에 나서기 전에 버락에게는 자기 확신 외에도 미셸을 설득하는 과제가 남아 있었다. 2002년 말 밸러리 재럿은 친구들과 경선 전망을 논의하는 식사 자리를 마련했다. 그녀는 기업인이자 버락의 친구인 마티 네즈빗, 죽마고우이자 1992년 투표 프로젝트 때부터 버락의 지원자였던 존 로저스를 초대했다. 물론 미셸도 그 자리에 있었다. 미셸은 가장 중요한 투표권을 쥐고 있었는데 이를 어떻게 행사할지 조금도 의심하지 않는 듯했다. "점심을 먹으러 가면서 우리는 버락을 말려야겠다고 마음을 굳혔어요"라고 재럿이 말했다. "아무도 좋은 생각이라고 여기지 않았고, 미셸은 아예 나쁜 생각이라고 가장 확신하는 사람이었죠."[17] 미셸은 그때 자기가 얼마나 꺼렸는지를 회상했다. "정말, 큰일이다. 이건 나한테, 우리한테 고통스럽고 힘든 일이다. 다시는 되풀이해서는 안 된다."[18]

그렇지만 버락도 그에 못지않게 마음을 굳혔다. 모임에서 그는 이번에는 황금 같은 기회를 포착했고, 결국 민주당 후보 일곱 명과 공화당 후보 여덟 명이 겨루게 될 선거에서 어째서 자기가 승리할 수밖에 없는지를 설명했다. 버락은 추론한 바를 펼쳐놓았고 위험성을 인정했으며, 특히 두 번씩이나 패배한다면 향후 평판과 전망에 치명타를 입으리란 것도 잘 안다고 했다. 그리고 미셸에게는 이번에 성공하지 못하면 정치를 떠나겠다고 약속했다. "기꺼이 도박을 할 각오가 돼 있습니다. 만약 진다면 끝장이라는 사실도 알고요. …잃을 게 제일 많은 사람은 나 자신이고 난 이길 자신이 있습니다. 그러나 여러분의 도움 없이는 불가능합니다."[19]

친구들은 설득당했다. "너무나 열성이어서 반대할 수 없었다"고 재럿은 전한다. 그 자리에서 그녀는 재정 업무를 맡기로 약속했다. 한편 네즈빗과 로저스는 인맥을 활용해 자금을 모으기로 했다. 버락은 용의주도하게도 자기가 모을 수 있는 자금을 계산해놓고 있었다. 그가 숫자들을 합산하니 총액은 가까스로 50만 달러가 되었다.[20] 주 전체 인구의 20분의 1에도 못 미치는 선거구에서 러시와 맞붙어 패했을 때 모은 액수와 엇비슷했다.[21] 언젠가 버락은 미셸이 그의 출마를 허락한 것은 '확신보다는 측은지심의 발로'였다며 웃은 적이 있다.[22]

미셸에게 허락의 의미는 다시 정치에 대한 회의와 정치적 삶에 대한 염증을 극복해야 한다는 것을 뜻했다. 그녀는 하원의원 선거에 나섰던 계산 착오를 반복하지 않겠다는 버락의 말을 믿어야 했다. 또 경제적인 문제도 고려해야 했다. 가능성은 적어 보였지만 승리한다면 워싱턴에서 두 번째 살림집을 차려야 한다는 생각에 벌써부터 갑갑해졌다. "말하고 싶지 않아요. 사람들은 그 사람의 신용카드 한도가 초과됐다는 사실을 잊고 있거든요."[23] 그녀는 작가 데이비드 멘델에게 말했다. "어처구니없다는 거예요. '설사 이긴다 손 치더라도 당신 인생에서 그 대단한 다음 단계를 무슨 돈으로 감당할 건데?' 그러자 남편이 말했지요. '글쎄, 그럼 책을 써야겠군. 아주 훌륭한 책 말이야.' 그래서 전 생각했죠. '얼씨구, 어이가 없네, 이친구야. 좋은 책을 쓰겠다고, 그래, 그것 참 좋은 생각이군. 그렇지, 그렇고말고. 어련하시겠어. 콩나무를 타고 올라가서 황금 달걀이나 잔뜩 갖고 내려오시게나, 잭.'"[24]

부부는 순전히 선거운동을 위해 두 번째 대출을 받았다. 2004년 3월 민주당 예비선거 하루 전날 『시카고 선 타임스 *Chicago Sun-Times*』는 버락의 재산을 11만 5천 달러에서 25만 달러 사이로 추정했다. 최악의 결과는 선거에서 지는 것이 아닐지도 모른다고 미셸이 농을 던지자 친구들은 그 말이 단순한 농담이 아니라는 걸 짐작했다. 미셸은 정치인의 아내 역할에 자조했다. "힘들어요. 그래서 버락이 그렇게 싹싹한 남자가 된 거지요."[25]

버락이 하원의원 선거에서 패하고 암울한 시기가 닥쳤을 때 미셸은 사실 침울함 속에서도 많은 생각을 했다. 샤샤를 낳고 좌절감이 새삼 깊어졌다. 버락이 일리노이주를 누비고 다니던 시기였다. 그녀는 어쩔 줄 몰랐다. 한편으로는 여러 가지로 너무 일을 벌이지 말고 좋은 엄마가 되자는 익숙한 긴장감을 느꼈다. 그러나 동시에 사명감이 있었다. 아이비리그 학위를 둘이나 가졌고, 전문직 종사자로서 아직 채우지 못한 욕망이 미셸에게도 있었다. 지금까지 여러 일에 탁월한 능력을 발휘했다. 버락도 갖추지 못한 능력이었다. 아무것도 없는 상태에서 공공동맹 시카고 지부를 일궜다. 시카고 대학의 지역사회 봉사활동 프로그램의 상당 부분을 기획하고 운영했다. 병원에서는 직원 단 둘과 시작해 23명이나 되는 팀으로 조직을 키웠다. 버락의 일이 항상 미셸의 일에 앞서야 한다는 사실에 때로는 화가 났다. 비슷한 연령대와 사회적 지위에 있는 다른 전문직 여성들과 마찬가지로 미셸도 일과 가정의 균형, 그리고 기대보다 덜 협조적인 동반자와의 관계에 힘겨워했다.

미셸은 '하고 있는 모든 일을 어떻게 다 처리해야 할지 몰라서' 가끔 눈물짓곤 했다고 버락은 회고했다.[26] 서로 경쟁적인 자아들이 충돌하는 상황이었다는 것이다. '어머니처럼 되고 싶은 욕망, 강인하고, 기댈 만하고, 가정을 건사하고, 자식을 위해 항상 자리를 지키는 어머니가 되고 싶은 욕망과, 전문 분야에서 남다른 능력을 발휘하고, 세상에 흔적을 남기고, 우리가 처음 만난 바로 그날에도 가지고 있던 모든 계획을 실현시키고 싶은 욕망' 사이의 갈등이라고 했다.[27] 미셸은 자기가 둘 중 어느 역할도 제대로 못하고 있다고 생각했다.[28] 그러나 미셸은 유감스럽게도 직업 전선을 떠나『뉴욕 타임스』가 '빠져나온 세대opt-out generation' — 고등교육을 받고 성공했지만 육아 때문에 화이트칼라 직업을 그만둔 여성—라고 일컬은 집단에 합류할 준비는 되지 않았다. 경제적 자립 기반을 유지하는 것을 포함해 직업적 성취에 이끌리는 것과는 별개로, 미셸은 천성적으로 자기가 온종일 아이들을 돌볼 만한 자질을 갖추었는지 의심했다. "일은 보람이 있어요. 저는 남편이나 아이들과는 전혀 상관없는 문제에 몰두하는 게 좋아요. 일단 그 맛을 보면 그만두기가 정말 어렵죠. 외출하지 않고 아이들과 집에 머무는 날에는 몸이 아프기 시작해요. 두통이 생길 정도로요."[29]

미셸은 버락을 변화시키기 위해 실랑이를 벌이면서 엄청난 에너지를 소모하고 있다는 걸 깨달았다. 양말은 바구니에 벗어놓아라, 코트를 걸어라, 버터를 치워라, 담배를 끊어라, 가족과 집에 있어라. 그동안 쭉 그녀는 대학에서 일했고, 가사를 돌봤으며, 일가친척을 살피고, 어린 두 딸의 삶을 내다보며 총괄기획자 역할을 수행했다. 진 빠지는 일이었다. 자욱한 안개 같은 피로감 속에서 버락을 변화시키는 데 너무 많은 걸 걸었다는 깨달음이 여명처럼 밝아왔다. 버락이 변하는 일은 좀체 없을 듯했다. 그는 집을 떠나 있는 것에 죄책감을 느낀다고 친구들에게 말했다.[30] 미셸이 좋은 말로 구슬리면 약간은 변할지 모른다는 암시도 섞여 있었다. 그렇지만 미셸은 자신이 통제할 수 있을 만한 것에서 해결책을 찾는 것이 더 좋은 방법이라고 판단했다. 그건 무엇보다도 스스로의 마음가짐이었다. '버락이 누구이고 무엇을 원하는지를 떠나, 나 자신을 위해 내가 원하는 삶이 무엇이고 어떻게 개척해나갈 것인지 방법을 찾는 것'이라고 미셸은 말했다. "제가 화를 내서는 안 돼요. 그러면 제가 화난 엄마고 화난 부인이 돼버리는 꼴이 되니까요."[31]

미셸은 샤샤에게 분유를 먹이려고 매일 침대에서 몸을 끌어내는 사람은 자기라는 사실에 속을 끓이다가 기발한 생각을 떠올렸다. 부부는 생활 리듬이 달랐다. 미셸은 보통 밤 10시면 잠들었지만 버락은 꼭두새벽까지 조용한 분위기를 즐기며 글을 쓰고, 책을 읽고 스포츠 경기를 봤다. "저는 몸매도 망가진 상태에서 피곤하고 화가 난 채 갓난아기를 안고 앉아 있었어요. 아기는 배가 고파서 새벽 4시에 깨는데 남편은 누워서 자고 있었지요." 미셸이 헬스클럽으로 도망가버리면 버락이 어쩔 수 없이 일어나 샤샤에게 우유를 먹일 수밖에 없으리라는 생각이 스쳤다. 그래서 동트기 전에 집을 빠져나와 시카고 웨스트루프에 있는 체육관으로 차를 몰았다. 집에 돌아올 무렵이면 버락이 샤샤와 말리아를 깨워 먹이고 있었다.[32]

미셸은 짐을 덜었고 버락과도 사이가 좋아졌다. 버락이 자금을 모으거나 먼 직장으로 출근해 집을 비우더라도 "그가 좋은 아빠가 아니라거나 집안일에 신경 쓰지 않는다는 의미는 아니었어요. 제 어머니나 훌륭한 보모가 도와줄 수 있다는 걸 알았죠. 일단 마음이 편해지니 결혼생활도 나아졌어요."[33] 미셸은 지난 시간을 회상했다. "제가 깨달은 중요한 사실은 버락을 제가 원하는 대로 만들려고 너무 몰아붙였다는 거예요. 그가 같이 있기만 하면 모든 게 좋아질 거라 믿은 거죠. 그래서 제 행복을 전적으로 그 사람에게 기대고 있었던 거예요. 그렇지만 그 사람과는 상관없는 거였어요. 저는 응원을 원했고, 그게 꼭 버락만 할 수 있는 건 아니니까요."[34]

어머니의 조언도 도움이 되었다. "사소한 일에 목숨 걸지 마. 정신 차리렴. 잊어버려라. 버락은 좋은 사람이다. 그 사람한테 화내지 마라." 메리언 로빈슨은 딸을 타일렀다.[35] 딸이 지내온 과정을 되짚으면서 메리언은 미셸이 원만한 결혼생활을 유지하기 위해 필요한 게 무엇인지를 제시했다. 메리언이 보기에 미셸은 먼저 자기가 존경하는 아버지와 남편이 다른 사람이라는 사실을 인정할 필요가 있었다. "사람들이 일반적으로 겪는 과정이라고 생각해요"라고 메리언은 말했다. "그걸 빨리 이해할수록 성공적으로 살 수 있지요."[36]

버락도 나름대로 생각이 많았고 그동안 얼마나 무심했는지 깨달았다. 인생의 대부분을 강한 여자들—어머니, 할머니, 현재는 미셸—과 살았지만, 세세한 일에는 신경 쓰지 않고 지냈다. 집안일이 어떻게 돌아가는지, 그 부담이 누구에게 돌아가는지 등을 따져본 적이 없었다. 그는 미셸이 옳다는 것을 깨달았다. 부담은 대부분 미셸에게 돌아갔다. "미셸과 나는 동등한 파트너라고, 미셸의 꿈과 야망도 나의 것만큼 소중하다고 아무리 되뇌어봐야 소용없었어요."[37] 가정에서 그의 역할? "물론 저도 도왔습니다. 그렇지만 항상제 상황과 일정에 맞췄지요. 그런데 미셸은 자기 일을 밀쳐놔야 했습니다." 말리아와 사샤를 위해 계획을 짜는 일, 딸들이 아프거나보모가 사정이 생겨 집을 지켜야 할 경우, 모든 일에서 책임은 대개미셸에게 돌아갔다. 미셸의 직장생활에 어떤 차질이 발생하는가는 따질 겨를이 없었다.[38] 1960년대와 1970년대 세대 중에 직장 여성을 어머니로 둔 일부 남자들에게 이런 자각은 상식에 속했다. 그러나 버락은 그런 인식이 조금 늦은 편이었다. 미셸이 '우리 결혼생활이 성숙하는 중요한 시기'[39]라고 불렀던 기간의 말엽이 되어서야버락은 그들의 가정이 버틸 수 있었던 것은 '딸들과 저를 위해 희생하며 이런 갈등을 현명하게 처리한 미셸의 강인한 의지' 덕분이었다고 말했다. 그는 교훈을 얻었다.[40]

상원의원 선거운동에 버락은 바빴다. 유세가 본격화되면서 점점버락을 보기 힘들어졌다. 모금을 해야 했다. 수백만 달러였다. 반지에 키스하고 무수한 손과 악수해야 했다. 거의 매주 일요일 사우스사이드와 웨스트사이드의 흑인 교회들을 방문했다. 보비 러시와 경쟁할 때 그를 배척한 노동자 계층 흑인들 사이에서 신뢰를 쌓기 위해 땀을 흘렸다. 하루는 플레전트 리지 선교침례교회Pleasant Ridge Missionary Baptist Church에 가서 인터넷 버블*이 터지고 난 뒤 미국 경제의 문제점을 얘기했다. 이곳에 선 버락은 전혀 아이비리그 출신 엘리트처럼 보이지 않았다. "우린 웨스트사이드에서 경기가 회복되는 걸 보지 못했습니다. 이스트세인트루이스에서 회복되는 것도 못 봤습니다. …일자리가 없다면 회복도 없는 겁니다."**41 유세는 힘겨웠다. 지지율은 종종 하향세를 타는 듯 보였다. 버락이 기자회견을 자청해도 아무도 오지 않았다. 그는 아무도 불러주지 않은 교회 예배나 노동조합 회의에 가서 끝까지 앉아 있었다. 종종 몇 시간씩 차를 몰고 주 남부 끝까지 달려가 고작 서너 명의 유권자를 만나고 돌아오기도 했다. 그렇지만 행복했다. 정말 행복했다. "기대가 크지 않았기에 홀가분했고, 여러 고마운 분들의 지지 덕분에 신뢰를 지킬 수 있었습니다. 저는 이미 잃어버렸다고 생각한 기쁨과 활기로 유세에 혼신의 힘을 쏟았습니다. …제 생의 그 어느 때보다도 열심히 뛰었던 것 같습니다."42 일과 생활이 균형을 이루는 날은 조금 기다려야 할 듯했다.

처음에는 민주당 경쟁자 여섯 명이 위협적으로 보였다. 댄 하인스는 데일리가와 가까운 시카고의 저명한 정치 집안 출신이었다. 블레어 헐은 정치 신인이지만 부유한 사람으로 경선에 사비를 무

---

* 닷컴 버블dot-com bubble이라고도 한다. 1995년부터 2000년에 걸쳐 IT 회사들이 실제 기업 가치에 비해 과대평가되면서 생긴 거품 경제 현상.
** 여기서 버락은 하층 흑인 영어 특유의 ain't라는 표현을 연달아 사용했다.

미셸 오바마

려 2,900만 달러나 쏟아부었다. 게리 치코는 리처드 데일리 시장의 수석보좌관으로 시카고 학교위원회Chicago School Board 위원장을 지낸 인물이었다. 조이스 워싱턴은 흑인 의료복지기관 임원으로서 중요한 흑인 표를 분산시킬 우려가 있었다. 헐과 하인스가 선두주자로 여겨지는 가운데, 미셸은 민주당 예비선거 며칠 전에 일리노이주의 정치와 버락의 출마가 지닌 의미를 함축하는 한마디를 던졌다. 그녀는 청중에게 기성 정치권과 흑인 아동들에게 똑같이 하나의 메시지를 전달해달라고 호소했다. 버락을 커뮤니티 펠로십선교침례교회Community Fellowship Missionary Baptist Church에 소개하면서 미셸은 말했다. "특권을 지닌 사람들에게 정치판을 그냥 넘겨주는 데 이제 지쳤습니다. 부자들, 부모 잘 만난 사람들에게 말이죠."[43]

유세는 한 달이 지나고 두 달이 지나면서 성과가 나타났다. 스프링필드에서 의정활동이 성공적이었고, 열심히 발로 뛰었으며, 무엇보다도 진보적인 민주당원들의 지지를 얻을 수 있었던 버락의 능력 덕분이었다. 더군다나 그들 대부분은 백인이었다. 하원의원 선거 때 흑인들이 대부분인 지역에서 치명적으로 작용한 요소들이 이제는 장점으로 기능하고 있었다. 또 운 좋게도 경쟁자들이 보기보다는 강력하지 않은 것으로 드러났다. 하인스의 유세는 밋밋했으며, 헐은 이혼 경력 때문에 완전히 끝장나버렸다. 그는 전 부인을 욕하고 때리고 협박한 것으로 알려졌다.[44]

마지막 몇 주간 버락은 기세를 올렸다. 그동안 돈을 아끼다가 유권자들이 마음을 결정하는 막판에 텔레비전 광고를 터뜨린 것이다. 버락이 윤리적이고 낙관적이며, 스프링필드에서 당파를 넘나들며 활약했듯이 워싱턴에서도 분위기를 일신할 유능한 입법가로 자리매김하는 메시지였다. 이런 브랜드 전략은 향후 다른 선거에서도 이어졌다. '예, 우리는 할 수 있습니다'라는 새로운 슬로건은 버락의 상징이 되었다. 버락은 처음에는 이 표현이 마음에 들지 않았다. 진부하게 들렸던 것이다. 그러나 선거 전략가 데이비드 액설로드는 그 말이 간명하게 확신을 전달한다고 보았다. 미셸은 자기와 마찬가지로 일리노이주의 정치에 환멸을 느낀 흑인들에게 효과가 있을 것이라고 믿었다. 시카고 정치인이자 액설로드의 회사에서 같이 일한 상담역 포러스트 클레이풀은 "버락이 사용하기 전에 미셸은 이미 그 말에 뭔가 힘이 있다는 걸 이해했습니다"라고 말했다. 텔레비전 광고가 시작되자 버락의 인기는 "로켓처럼 치솟았습니다."[45]

2004년 3월 16일 버락은 다른 민주당 후보들을 압도적인 표차로 물리쳤다. 후보들이 난립한 상황을 감안하면 놀라운 결과였다. 버락은 53퍼센트 득표로 결선 투표도 치를 필요가 없었다. 그는 자신감을 찾았다.

천재일우의 기회가 찾아왔다. 민주당의 예비 대선 후보로 꼽히는 존 케리가 보스턴에서 열리는 민주당 전당대회에 버락을 기조연설자로 초청한 것이다. 케리의 대변인 스테퍼니 커터는 "버락이 당의 미래를 대표한다고 봤습니다"라고 간단히 말했다.[46] 불과 4년 전에 입장권이 없어서 들어가지 못한 행사에서 버락은 이제 20분간 정치적 각광을 한 몸에 받으며 무대에 선 것이다. 고작 주상원의원 선거밖에 이긴 적이 없는, 그리고 단 한 번 도전한 연방하원의원 출마에 실패한 정치인이 그런 자리에 서기란 하늘의 별따기였다. 그렇지만 이제 버락은 케리의 이름을 대통령 조지 W. 부시에 대항할 후보로 지명하면서, 자기 이름— 작가 스콧 터로가 '불편하게도 오사마와 라임이 맞는다'고 말한 적이 있다[47] — 을 무명의 늪에서 건져 올릴 절호의 기회를 잡은 것이다. 2004년 7월 27일, 연설을 앞두고 버락은 떨고 있었다. 미셸은 그를 끌어안은 뒤 눈을 똑바로 쳐다보 며 "기회를 망치지 마, 이 친구야" 하고 응원했다. 두 사람은 웃음을 터뜨렸다.[48]

버락은 망치지 않았다. 무명 정치인에게서 터져나온 쩌렁쩌렁한 연설에 대의원들을 깜짝 놀랐다. 보스턴 플릿 센터와 전국에서 텔 레비전으로 지켜보던 민주당 가정들도 흥분의 도가니에 빠졌다. "이 친구 정말 물건이군!" 한 뉴스캐스터가 탄성을 질렀다.[49] 현장 에 있던 『시카고 트리뷴』 기자 데이비드 멘델은 그 장면을 기억했 다. "미셸이 그 광경을 지켜보았고, 뺨에 눈물이 흘렀습니다. 저는 사람들 틈에 앉아 있었는데 제 옆에 앉은 여성은 눈이 통통 붓도록 울었습니다. 그녀는 계속 소리쳤습니다. '이건 새로운 역사야! 새로 운 역사!'라고요."[50]

"오늘 밤은 저에게 특별히 영광스러운 날입니다. 왜냐하면 솔직 히 말해서 제가 이 단상에 선다는 건 가능성이 별로 없었기 때문입 니다." 버락은 이렇게 시작했다. 그는 케냐의 한 마을로, 캔자스의 소읍으로 가족사를 거슬러 올라갔다. 상원의원 유세 연설 문구와 자신을 공직으로 이끈 가치를 종합하며, 그는 현 시대를 정의하는 분파성과 사소한 비방전을 뛰어넘어 위대한 사회 계약과 정치를 말했다.

만약 시카고 사우스사이드에 글을 읽지 못하는 어린이가 있다 면, 그건 저의 문제가 될 것입니다. 그 아이가 제 자식이 아니 라도 말입니다. 만약 누군가가 약값이 없어서 약을 살지, 집세를 넣을지 선택의 기로에 선다면, 그건 저를 더 가난하게 만들 것입니다. 그 사람이 제 조부모가 아니라도 말입니다. 만약 정당한 절차나 변호사 선임 없이 구금되는 아랍계 미국인 가족이 있다면, 그것은 제 시민자유권을 위협하게 될 것입니다. 이것이 이 나라를 움직이게 하는 기본적인 믿음입니다. 저는 제 형제들의 수호자이고, 제 누이들의 수호자입니다. 이것이 바로 우리가 각자 꿈을 추구하면서도, 여전히 하나의 미국인 가족으로 통합되게 해주는 것입니다.

버락은 계속해서 청중에게 "자유주의자의 미국이 있고 보수주의자의 미국이 따로 있지 않습니다. 미합중국이 있을 뿐입니다. 흑인의 미국과 백인의 미국, 멕시코계의 미국과 아시아계의 미국이 있는 것이 아닙니다. 미합중국만 있을 뿐입니다"라고 외쳤다. 그는 '맹목적 낙관주의'를 말하는 것이 아니라고 주장했다. 그보다 진보는 투쟁을 해야만 찾아온다는 역사 속 논거에 입각해 행동을 촉구했다. 그는 조국에 대한 낙관적인 정서를 자신의 인생 이야기와 엮었다. 흑인 교회에서 오가던 얘기들을 차용하고 그리스도연합교회의 제레미아 라이트 목사에게서 받은 영감을 활용했다.[5] 그것은 '담대한 희망'이었다.

모닥불 주위에 둘러앉아 자유의 노래를 부르던 노예들의 희망이었습니다. 머나먼 해안을 향해 출발하던 이민자들의 희망이었습니다. …미국에 자기를 위한 자리가 있을 거라고 믿은 우스운 이름을 가진 깡마른 아이의 희망이기도 했습니다. 역경 속에서의 희망, 불확실성 속에서의 희망, 바로 담대한 희망입

미셸 오바마

니다. 신이 우리에게 준 가장 위대한 선물, 이 나라의 주춧돌, 보이지 않는 것에 대한 믿음, 앞으로 더 나은 나날들이 있을 것이라는 그 믿음입니다.[52]

박수갈채가 끊이지 않았다. 다음 날, 세상이 변했다. 모두들 버락을 찾았다. 인터뷰, 텔레비전 방송, 유세 현장, 사인 요청 등. 그는 유명 인사가 되었다. 심지어 가장 인기 있는 시트콤인《윌 앤드 그레이스Will&Grace》에서는 스타 데브라 메싱이 극 중에서 잊지 못할 꿈을 꾸는 장면이 등장한다. 그녀가 어떤 후보와 같이 샤워를 했는데 그가 "벼락같이 끝내줬다"*라고 말하는 것이다. 버락의 상원의원 도박—딱 한 번만 더, 올라가거나 관두거나 둘 중 하나—은 대성공이었다. 그는 유명해졌고, 그와 미셸은 조만간 부자가 될 것이었다. 『내 아버지로부터의 꿈』은 재출간되었고, 190만 달러를 받고 책 두 권을 더 쓰기로 계약했다. 이제 떠오르는 질문은 버락이 과연 상원의원이 될 것인가가 아니었다. 그건 이미 결론이 난 것이나 진배없었다. 문제는 과연 그가 대통령 자리에 도전할 것인가였다.

버락을 헬륨 풍선에 비유한다면 미셸은 풍선을 붙잡는 끈이었다. 공적으로 미셸은 버락의 인간성을 부각시키는 동시에 그가 자만하는 것을 방지하는 잔소리꾼 역할을 키워나갔다. 오프라 윈프리와의 인터뷰에서 미셸은 버락이 '집에서는 정말로 지저분한 사람'이라고 말했다. 미셸은 집에 있는 그의 서재를 '짐승굴'이라고 불렀다. 버락이 끼어들자 "당신은 오늘 아침에도 지저분한 옷을 바구니

* 'rock my world' 대신 비슷한 발음으로 'ba-rack my world'라고 말했다는 뜻.

위에 올려놨잖아요. 그래서 저는 이렇게 말했지요. '그건 뚜껑 있는 바구니예요. 뚜껑을 열고 그 안에 집어넣어요.'"[53] 아울러 국민들은 '땅에 발을 딛고 현실 속에서 살아가는' 지도자들을 원한다는 말도 나중에 덧붙였다.[54] 미셸은 또 유권자들의 기대감에 상한선을 두려 했다. 유권자들을 위해서도, 남편을 위해서도 필요한 일이었다. "버락은 구세주가 아니에요. 저는 이 말을 모든 국민에게 하고 싶고, 또 기회가 될 때마다 할 겁니다."[55] 미셸이 일리노이 주립대학에 모인 청중에게 말했다. "우리 중 많은 사람이 소망, 공포, 희망을 온통 이 젊은이에게 걸려고 합니다. 그러나 인생은 그렇게 흘러가지 않아요. 정치도 분명히 그런 식으로 움직이지 않지요." 이는 예언자적인 논평이었음이 판명되었다.

미셸은 유세에서 버락을 위해 목소리를 높이고, 곁을 지키고, 자금을 모으는 등 제 역할을 톡톡히 해냈다. 미셸과 딸들은 페니 프리츠커의 지원을 얻기 위해 버락과 함께 그녀의 여름 별장에도 같이 갔다. 페니는 하얏트 그룹 상속녀로 유명한 시카고 민주당원이자 사업가였다. 드물긴 했지만 오바마 가족은 넷이 함께 유세 현장에 나타날 때도 있었다. 가족 단합을 위한 일종의 실험이었는데 쉽지 않은 일이었다. 미셸은 그해 어느 때인가 정치는 시간 낭비라고 했는데,[56] 그 이후로도 과연 정치가 추구할 만한 가치가 있는 일인지에 대해서는 인식이 크게 달라지지 않았다. 그렇지만 기왕 시작한 만큼 남편은 이겨야 했고, 미셸 역시 마찬가지였다. 그녀는 유세 연설에서 버락이 믿음을 갖고 있는 정치에 대해 자신의 불신을 대비시킴으로써 오히려 그의 동기를 보증했다. "저는 정치가 사람들의 현실적인 문제를 해결할 수 있으리라고 믿지 않았습니다. 그러니 버락이 주상원의원에 출마하겠다고 말했을 때 제 심정이 어땠을지 충분히 상상이 갈 겁니다." 그녀는 일리노이 청중 앞에서 말했다. "저는 버락에게 말했습니다. '당신이 귀엽고 똑똑해서 결혼했어요. 그렇지만 이건 당신이 나한테 시킨 일 중에서 가장 바보 같은 짓이에요.' 우리 모두에게 다행스러운 게 있다면, 버락이 저처럼 냉소적이지 않다는 점입니다."[57]

유세 중에 버락의 인종을 두고 이런저런 방식으로 문제가 불거진 곳에서는 미셸이 나서서 흑인에 대한 남편의 헌신을 강력히 옹호했다. 하원의원 선거 때 반대자들이 버락의 하와이 출신과 하버드 졸업장을 근거로 '그 사람 흑인 맞아?'라고 한 비방성 질문이 이번에도 어김없이 등장했다. 미셸은 참지 않았다. 자신의 성장 과정을 강하게 부각시키면서 시카고의 인터뷰 진행자에게 말했다. "저는 흔히 말하는 흑인입니다. 사우스사이드에서 태어났습니다. 분명히 흑인 가정 출신이지요. 우리는 부자가 아니었습니다. 저는 이 나라의 어느 흑인보다도 더 흑인답다고 말할 수 있습니다. 그래요, 버락도 흑인입니다. 그를 비난하는 많은 이들보다도 버락은 훨씬 더 자기 소명에 충실하고 이 사회를 위해 헌신할 각오가 돼 있습니다. 제가 보증합니다. 왜냐하면 저는 흑인이기 때문입니다."[58]

하이드파크의 집에서 미셸은 계속 아이들을 돌보는 등 가사 부담을 떠맡았고 동시에 시카고 대학 일도 해냈다. 병원 근무 4년차—대학 근무로는 9년차—에 접어든 그녀는 충실하고 잘 짜인 팀을 만들어나갔다. 미셸은 되돌아보건대 일을 사랑했지만 결코 쉽지는 않았다고 말한다. '풀타임 근무와 24시간 요구되는 가사의 균형을 맞추는 것, 발표회와 회의와 업무 들을 처리하는 것, 끝도 없는 할 일 목록을 작성하고 완수하지 못하거나 종종 놓치는 것, 회사에서나 가정에서 능력 부족을 절감하는 것.'[59] 일이 제대로 돌아가게 만들기 위해 미셸은 효율성의 기준을 정했고, 직원들은 몇 년간 일을 하면서 그 규칙에 익숙해졌다. 가령 병원 봉사활동 팀이 토요일에 회의를 잡아 가족과 보내는 시간이 방해 받을 경우, 미셸은 회의의 목적은 분명한지, 일정이 필수적인지, 회의가 제시간에 끝날 것인지를 증빙하라고 했다. 오랫동안 미셸을 보좌한 레이프 엘스모는 '닥치는 대로 한다'든지, '그냥 만나보자'는 식으로 진행된 적은 없었다고 말했다.[60] 동료 케네스 케이츠도 미셸이 가족을 최우선시했다고 기억했다. 시간은 가치였고 딸들을 떠나 있는 시간은 귀중했다. "딸들이 우선이었습니다"라고 그는 말했다. "재론의 여지가 없었지요."[61]

미셸은 복잡한 일과를 소화하기 위해 보모를 두고 바쁜 생활의 잡동사니들을 몰아서 처리해줄 파출부도 불렀다. 또 자기관리도 다방면으로 노력했다. 목록 중독자처럼 자기 자신마저도 해야 할 일 목록에 집어넣고 관리했다고 한 부하 직원은 전한다.[62] 그녀는 또 사회의 성 분업에 대해서도 면밀히 관찰했다. "제가 남성, 즉 모든 남자에 대해 깨달은 건, 그들의 순서는 나, 가족, 그리고 저기 어디쯤에 신이 있다는 겁니다. '나'가 첫 번째죠." 미셸은 말했다. "그리고 여성은 '나'를 네 번째에 두는데 이건 바람직하지 않아요."[63] 그녀는 음식과 패션에 관심을 기울였다. 종종 스파도 찾았다. 머리와 손톱 손질은 마이클 플라워스에게 맡겼다. 라니로 알려진, 시카고 중심가의 반클리프 미용실 원장이었다. 미셸은 십대 때 어머니와 처음으로 그 미용실을 찾았고 나중에는 말리아와 샤샤를 데리고 다녔다. 웨스트휴런가의 교회를 개조한 미용실은 분위기가 좋았고 분주했다. 시카고 흑인 여성들에게 반클리프에서 머리 손질을 한다는 것은 지위를 상징했다. "세련되고 우아한 곳이죠. 갈 수만 있으면, 가는 거죠. 무슨 뜻인지 아시죠"라고 반클리프의 미용사 하룬 라시드는 말한다. 그는 두세이블 흑인 역사박물관을 지원하는 조직을 설립했다.[64]

메리언 로빈슨은 15분 거리인 유클리드가에 살면서 시내에서 비서로 일했고, 오바마 가족을 한결같이 반갑게 맞아주는 존재였다. 메리언은 평일 오후 근무 시간을 줄여 미셸의 아이들을 돌봐줬다. 미셸은 가끔 아이들을 회의에 데리고 갔는데, 버락도 마찬가지였다. 댄 하인스는 버락이 토요일 후보자 토론회에 미셸 없이 아이들만 데리고 온 일을 기억했다. 샤샤는 두 살, 말리아는 다섯 살이었다. 버락은 "아이들을 얌전히 있게 하려고 애썼지만 아이들은 물건을 넘어뜨리고 팸플릿을 집어던졌습니다. 그 와중에도 버락은 상원의원 후보자 체면을 지키려고 애쓰더군요."[65] 그렇지만 아이들을 유세 현장에 내몰아 도구로 이용하는 것은 허용하지 않는다는 것이 가정의 규칙이었다. 물론 투표 당일 밤 의례적인 당선 축하 행사에 모습을 보이는 것은 예외였다. 로드 블라고예비치가 2002년 일리노이 주지사 재선에 성공하고 하루이틀 정도 지났을 때, 역사학자 제임스 그로스먼이 하이드파크 슈퍼마켓 Co-Op의 식품부에서 버락과 우연히 마주쳤다. 그로스먼은 카메라를 즐기는 블라고예비치가 단상에서 어린 딸에게 청중을 향해 손을 흔들라고 시키더라고 말했다. 버락은 "저는 한 번이라고 그랬다가는 당장 이혼당할 겁니다"라고 대답했다고 그는 전했다.[66] 한때 엘비스 프레슬리의 화신이라고 불리던 블라고예비치는 나중에 부패 혐의로 기소되어 연방교도소에 수감되었다.

버락의 성공이 미셸에게 진정한 만족감을 선사하진 않았다는 것은 말할 필요도 없다. 버락이 성장할수록 그녀가 원하는 가정적인 삶에서는 점점 멀어질 것이라는 걸 미셸은 알고 있었다. 심지어 연이은 성공에 한껏 고무된 듯한 버락 역시 승리가 무조건 기쁜 것만은 아니었다. 보스턴 연설로 우뚝 선 그날 이후 버락은 "말리아가 벌써 여섯 살이라니, 믿을 수 없군요. 그 아이의 어린 시절이 3분의 1이나 지나버렸습니다"라고 말했다. 정치 때문에 잃어버린 아이의 어린 시절이 얼마나 되냐는 질문에 그는 답했다. "너무나도 많아요."[67]

버락에게 또 한 번 행운이 찾아왔다. 공화당 경쟁자 잭 라이언이 상원의원 도전을 포기한 것이다. 잭이 《스타 트랙: 보이저 Star Trek: Voyager》에도 출연한 아내 제리 라이언에게 나이트클럽에서 공개 섹스를 하자고 강요한 사실이 밝혀졌기 때문이다.[68] 그래서 일리노이주 공화당이 하버드 대학 출신의 극단적인 흑인 보수주의자 앨런 키스를 새로운 후보로 내세울 때까지 버락에게는 경쟁 상대가 없었다. 그리고 앨런은 일리노이에 아무런 연고도 없었다. 상식적으로 납득이 되지 않는 공천이었다. 결국 버락은 너끈히 앞서갔기 때문에 인기를 공고히 하는 여유도 부렸고, 전국을 돌며 다른 민주당 후보들의 유세를 지원하면서 정치적 자산도 쌓았다.

"저는 과장된 보도들을 그다지 진지하게 받아들이지 않습니다." 버락은 '믿기 힘든 출세'를 했다는 사실을 인정하면서도 순회 유세 중에 이런 말을 했다. 선거운동본부에서 전세 낸 제트기가 가까운 활주로에 대기하는 상황에서도 그는 자아도취를 경계했다. "대중의 관심은 하루아침에 찾아왔지만 사실은 늦은 겁니다. 저는 마흔세 살이고, 지금 제가 제기하는 문제들은 이미 20년 전 무명 시절부터 말해온 것입니다. 저는 결혼했고 두 아이가 있습니다. 저는 언론의 혹평을 받는 쪽이었지요. 생활비를 벌기 위해 고생하는 것이 무엇인지, 패배가 어떤 것인지 잘 압니다." 그는 자신을 잘나갈 때 지나치게 우쭐대거나, 못 나갈 때 지나치게 의기소침하지 않는 사람으로 평가했다.[69] "스스로 징크스를 만들어서는 안 된다고 믿습니다. 모든 일은 제가 한 행동의 결과지요." 비행기가 고공에 오르자 그는 덧붙였다. "일이 순조로울 때 저는 오히려 불안합니다."[70]

일은 순조로웠다. 더 이상 좋을 수가 없었다. 2004년 11월 2일 버락은 1880년대 이후 세 번째이자, 미국에서 유일한 흑인 상원의원이 되었다. 개표 결과 버락은 70퍼센트, 키스는 27퍼센트로 일리노이 상원의원 선거 역사상 가장 큰 득표 차를 기록했다. 2005년 1월 미국 상원에서 환호를 받으며 버락이 선서식을 할 때 미셸은 즐거운 마음으로 새로운 인생의 전환점을 맞이하며 주위를 두리번거렸다. "버락은 언젠가 이 모든 관심에 부응하는 뭔가를 해낼 거예요"라며 미셸은 환하게 웃었다.[71]

상원의원 선거에서 승리한 이후 오바마 가족에게 닥친 가장 큰 문제는 미셸과 딸들이 어디에 살 것인가였다. 미셸은 시카고를 떠나기 어려웠다. 직장, 가족, 사회관계 등 시카고에 단단히 뿌리박고 있었기 때문이다. 메릴랜드 외곽에 집을 알아봤지만 어쩐지 마음에 들지 않았다. 수도 근처에 살면 가족이 회기 중에도 버락과 더 많이 함께할 수 있지만, 버락은 일리노이로 자주 출장을 가야 할 것이고, 그럴 경우 미셸은 연고도 거의 없는 도시에 떨어져 있어야 했다. 그들은 하이드파크에 머물면서 더 큰 집을 찾아보기로 했다. 지금은 흥할 때이므로 훨씬 큰 집이 필요했다. 돈은 쏟아져 들어왔다. 『내 아버지로부터의 꿈』 판매 수익이 있었고 아울러 미셸이 승진하면서 연봉도 두 배 이상 올라 27만 3천 달러가 되었다. 또 그녀는 트리하우스 푸드TreeHouse Foods의 이사로 선임됐는데, 첫해 연봉으로 5만 1천 달러를 받았다.[72] 오바마 가족은 사우스그린우드가 5046번지에 벽난로가 네 개 있는 신 조지 왕조풍 붉은 벽돌집을 165만 달러에 구입했다. 미셸은 그 집을 안식처라고 말했다.

그런데 공교롭게도 집 구입이 말썽을 일으켰다. 버락이 부동산 개발업자 앤트완(토니) 레즈코에게 컨설팅을 의뢰하는 실수를 저질렀기 때문이다. 레즈코는 유명한 민주당 선거 후원자였고 전도유망한 일리노이 정치인들과 친분을 쌓았으나 나중에 중범죄로 유죄 판결을 받는다. 버락이 산 집은 인접한 대지와 함께 매물로 나왔는데 두 개를 합친 가격은 버락의 예산 범위를 초과했다. 2005년 7월 버락이 집 매매 계약을 마친 날 레즈코의 부인은 옆 대지를 구입했다. 7개월 후 버락은 빈 땅 일부를 구입해 집에 편입시켰다. 레즈코는 나중에 블라고예비치와 공모해 주정부 사업으로부터 불법적인 수익을 취한 죄로 연방교도소에 수감되었다. 그린우드가 거래 당시 은밀한 계획을 진행시킨 것이다. 오바마 부부가 불법을 저질렀다는 증거는 없었다. 그들은 레즈코 부부와 종종 저녁식사를 같이 한 적이 있다. 레즈코는 버락의 선거운동에 기부했고, 버락은 그를 친구라고 불렀다. 버락은 경고 신호를 놓쳤다고 인정했다. 이미 레즈코의 몰락을 예고하는 듯한 정치적 잡음과 수상한 거래들에 대한 보도가 있었기 때문이다. 버락은 2006년 부동산 거래에 대해 "분명히 제가 잘못했습니다. '멍청했다'라는 표현이 정확할 것 같습니다. 그 사람한테서 부동산을 구입할 때 더 신중했어야 했습니다"라고 말했다.[73] 『뉴욕 타임스』의 칼럼니스트 모린 다우드는 지면상으로 오바마의 '철두철미하고 똑똑하고 인맥이 넓은' 부인,

하버드 법학대학 학위와 본질을 꿰뚫는 눈매에 의심 많고 신중한 사람이 어째서 문제가 발생할 소지를 미리 간파하지 못했는지 물었다.[74]

레즈코 사건으로 오바마의 이름이 영영 손상된 것은 아니다. 하지만 미셸이 뛰어들 세상이 어떤 곳인지를 시사했다. 미셸이 하는 모든 일의 동기, 계획, 차질 없이 추진하는 능력이 검증대에 오르게 될 곳이었다. 그녀는 정치라는 가시밭길을 지도도 없이 걷고 있었다. 시카고 대학은 미셸을 지역사회 및 외부 업무 총괄 부총장으로 승진시켰다. 사람들은 눈살을 찌푸렸다. 버락이 상원의원으로 당선된 직후 이뤄진 인사였기 때문이다. 병원 이사진은 기자들에게 미셸의 승진이 남편의 정치적 성공과는 무관하다고 해명했다. 병원은 미셸을 잃을까봐 우려했으며, 보수도 다른 부총장들과 동일한 수준이라고 발표했다. 처음으로 오바마 부부의 재정 상태나 연줄과 관련해 문제가 제기된 순간이었다. 미셸은 당혹스러웠다. "이런, 당신들은 그렇게 생각한다는 건가요? 우리를 그렇게밖에 안 보는 건가요? 우리가 살아오면서 해온 모든 일, 버락이 어떻게 정치인으로 몸 바쳤는지를 안다면, 그러니까 제 말은, 도대체 무슨 근거로 그런 추측을 하느냐는 겁니다." 미셸은 2007년 12월 『시카고 트리뷴』의 존 매코믹 기자와 나눈 인터뷰에서 말했다. 또 남편의 성공 덕에 직장에서 득을 본다는 수군거림에 민감했다. "문제는 아내들이 대부분 직장생활을 하는 요즘 같은 시대에, 물론 저 역시 직업이 있고요, 어떤 식으로든 서로 영향을 받게 된다는 거예요. 상상조차 할 수 없어요. 그렇다고 제가 집에 틀어박혀 아이만 돌봐야 할까요? 그것도 진지하게 고민해봤어요. 어떻게 해야 할까요? 어디로 가면 제 능력을 고스란히 인정받을 수 있을까요?"[75]

시카고에 남기로 하면서 버락의 빈자리를 견디기가 더 힘들긴 했지만, 미셸은 직장을 포기할 필요 없이 그럭저럭 생활을 꾸리기 시작했다. 자기만의 사회활동 중 가장 야심찬 프로젝트인 도시의 료계획 Urban Health Initiative을 추진했다. 밸러리는 이렇게 표현했다. "우리는 의료 서비스를 제공하는 방식을 바꿀 것이며 그렇게 해서 시카고 사우스사이드 주민의 생활을 바꿀 것입니다."[76] 계획은 비용편익 분석부터 시작됐다. 대학병원이 치료하는 사우스사이드 주민은 열 명 중 한 명으로 추정됐는데, 가난한 사람이나 보험 혜택을 받지 못하는 사람이 자주 응급실을 1차 진료기관으로 이용하는 것으로 나타났다. 환자 입장에서는 비쌀 뿐만 아니라 시간도 많이 소요되는 방식이었다. 환자들은 일상적인 병증을 진료 받는 데도 몇 시간씩 기다려야만 했다. 또 병원 입장에서도 비용이 많이 발생했다. 병원에 환자 한 명이 걸어 들어올 때 평균 비용 1,100달러가 발생하는 것으로 계산되었다. 저혈당이나 천식발작 환자에게도 그보다 더 복잡한 치료를 위해 훈련받고 소양을 갖춘 직원들이 붙들려 있어야 했기 때문이다. 가정 주치의나 동네 의원은 같은 진료를 100달러면 할 수 있지만, 응급실을 찾는 환자 네 명 중 한 명은 주치의가 없었다.[77]

병원이 자원과 전문성을 효율적으로 배분할 방법을 찾으면서, 미셸은 의료 서비스 혜택에서 소외된 주민들의 선택권을 개선할 가능성도 보았다. 의료 서비스의 형평성 문제는 미셸이 개인적으로나 직업적으로 경험하면서 알고 있는 주제였다. 다발성경화증으로 오랫동안 투병생활을 한 아버지가 있었고, 암으로 죽어가면서도 보험회사들과 승강이를 벌인 버락의 어머니가 있었다. 건강이 안 좋고, 보험은 제한적이고, 양질의 의료 서비스를 받을 수 없는 친척들이 있었다. 반면 안도했던 경험도 있었다. 샤샤가 뇌막염에 걸렸을 때, 말리아가 천식발작을 일으켰을 때 전화 한 통으로 의사를 부르고, 일류 병원에서 진료 받고, 비용을 지불할 수 있었다.

시카고 의료기관의 적자 규모는 엄청났다. 미국의 대도시 가운데 하나인 시카고에서 사우스사이드에만 110만 명이 살지만, 제대로 된 의료 서비스 정책이 없고, 당연히 이렇다 할 체계도 잡혀 있지 않았다. 의원들은 분산됐으며 가정 주치의는 거의 없었다. 너무나도 많은 환자가 부족한 의료 시설 때문에 작은 병을 키우고 있었던 것이다. 반면 병세가 위급하지 않은 사람들이 곧장 응급실을 찾았다. 쿡 카운티는 이 문제에 거의 손도 못 대고 있었다. 오히려 정부는 눈덩이처럼 불어나는 예산 적자 때문에 공공 의료 서비스를 줄이기 시작했다. 메디케이드Medicaid*가 그나마 도움이 되었지만, 환자나 의사나 그것이 충분치 못하다는 건 공히 느끼는 바였다. 그 결과 저소득 노동자 수만 명이나 그보다 더 빈곤한 실업자들에게는 정기 검진과 부담스럽지 않은 의료 서비스란 한낱 꿈에 불과했다. 그 외에도 일부 지역에서 난감한 문제로 대두된 것은 바로 접근성이었다. 의사를 만나려면 종종 악천후 속에서 언제 올지 모르는 버스를 기다리고, 과로로 녹초가 된 의사에게 진료를 보려고 병동에서 또 기다리고, 다시 집에 가려고 버스를 기다려야만 하는 상황이었다. 예측 불가능한 여정에 환자 본인, 특히 자녀를 돌봐야 하는 환자들, 그리고 환자의 고용주들은 주저할 수밖에 없었다.

시카고 대학이 개발한 도시의료계획은 이 분야에서 미국에서 가

---

* 소득이 빈곤선의 65퍼센트 이하인 극빈층에게 연방정부와 주정부가 공동으로 의료비 전액을 지원하는 제도. 1965년 케네디 대통령 시절에 도입된 공공 의료보험이다.

장 거대한 실험이었다.[78] 이 계획은 주민들을 '가정 의료'라 불리는 가정 의원이나 지역 병원으로 유도하고, 1차 진료 의사가 아주 적은 비용만 받고 진료해 환자의 경과를 살피고 조치하는 것이었다. 의원에서는 손가락이 부러지거나 입술이 터진 상처를 비롯해 알레르기 반응과 만성 질환까지 다양한 증상을 치료할 수 있었다. 의원이 가깝고 진료가 만족스럽다면 환자들은 쉽게 후속 진료를 위해 재방문할 것이다. 또 건강 검진을 받거나, 종합병원 또는 전문의 진료 의뢰서를 받기 위해서도 찾게 될 것이다. 이것이 계획의 골자였다. 그렇게 되면 응급실을 찾는 사람은 적어질 것이고, 사람들도 건강해질 것이었다. 진료비도 줄어들 것이다. 그리고 무엇보다 대학병원은 전문적인 진료에 더 힘쓰게 될 터였다.

오바마 부부의 가까운 친구이자 일리노이주 보건국장인 에릭 휘터커는 도시의료계획을 담당하기 위해 공직을 떠났다. "사람들이 병원을 쉽게 갈 수 있는 체계를 만들어야 합니다. 그게 없기 때문에 우리가 구축하려고 하는 겁니다"라고 그는 말했다.[79] 비영리로 운영되는 시카고 가족보건센터Chicago Family Health Center가 파트너가 되었다. 의원 네 개가 연합한 곳으로 환자 2천여 명 중 98퍼센트가 흑인과 멕시코계였으며 40퍼센트 이상은 보험이 없었다. 보건 센터는 메디케이드와 메디케어Medicare*에 비용을 청구하고, 대학, 연방 보조금, 사적 재원으로 운영됐다. 신축적인 차등 진료비는 1회 진료당 최저 10달러에서 시작했다. 또 다른 파트너로는 민간기관인 친구가족보건센터Friend Family Health Center가 있었다. 새로운 응급실 정책을 실현하고 대학 진료소 두 곳의 폐지에 따른 공백을 메우며,

---

* 노인 의료보험 제도. 사회보장세를 20년 이상 납부한 65세 이상 노인과 장애인에게 연방정부가 의료비의 50퍼센트를 지원한다.

미셸 오바마

대학의 자금과 의사들의 지원을 받았다. 친구가족보건센터는 대학 병원에서 북쪽으로 5분 거리에 있기 때문에 해마다 환자 수만 명이 몰려 직원들이 후속 진료차 환자들이 재방문하도록 설득하는 데 어려움을 겪었다. 예약하고 나타나지 않는 환자 비율이 50퍼센트에 이르렀다. 대학병원에서 지역 의원들과의 협력을 담당하는 로라 덕스는 "사람들이 응급실로 가는 데 너무 익숙하다 보니 습관을 바꾸기가 정말 힘듭니다"라고 말했다.[80]

미셸은 이 프로젝트를 대표하는 얼굴이었고, 대학에서 가장 고위직에 오른 흑인 중 한 명이었다. 교회나 시민회관에서 연설하고 의사와 병원 직원 들과 대화를 나누며 대학의 의도와 계획을 알려나갔다. 그러나 회의론이 우세했다. 병원의 법률 고문이자 미셸의 친구인 수전 셔는 "평의회 회의에서 미셸이 프레젠테이션 하는 것을 봤어요. 성난 환자나 지역 주민과 같이 있는 모습도 봤습니다"라고 회상했다.[81]

새로운 도시의료계획에 대한 평가는 완전히 긍정적이지는 않았으며, 사업 모델의 타당성은 아직 증명되지도 못했다. 미셸이 워싱턴 D.C.로 떠난 뒤, 2000년 선거에서 버락을 물리친 하원의원 보비 러시는 병원이 비용을 아끼기 위해 가난한 환자들을 몰아내려 한 것은 아닌지 밝히라고 따졌다. 일리노이 대학 응급의학과는 응급실을 축소하고 병원 예산 1억 달러 감축 계획은 환자의 안전을 위협할 것이라고 경고했다. 병원 측은 환자를 몰아낸 적이 없으며[82] 계획의 옳고 그름은 시간이 증명할 것이라고 반박했다.

상원의원 재임 초기부터 버락은 이미 다음 단계를 생각하고 있었다. 단 한 가지, 누구나 알듯 바로 대권이었다. 그런 논의가 낯설기는 했지만 또한 점점 확산된 것도 사실이었다. 버락이 상원의원으로 당선된 다음 날 아침, 시카고의 기자들은 그가 차기 대권에 출마할 것인지 묻고 또 물었다. 그때마다 버락은 아니라고 답했다. '우스운 질문'이라고 일소에 부쳤다. 그리고 선언했다. "저는 2008년 대선에 출마하지 않을 겁니다." 그리고 마지막으로 말했다. "여러분, 저는 현재 주의회 상원의원입니다. 어제 당선됐고, 아직 연방상원에는 발도 들이지 못했습니다. 워싱턴에서 일해본 적도 없습니다. 더 높은 자리에 출마한다는 건 말도 안 됩니다."

언론의 관심은 식을 줄 몰랐다. 대중의 기대도 마찬가지였다. 한마디로 그는 대세였다. 미셸은 항상 중심을 잡는 균형추 역할을 했다. 2006년 상원의원 재임 2년차일 때 버락은 일주일에 사흘을 워싱턴에서 보냈으며 상원에서 나름대로 성과를 거두고 있다고 느꼈다. 하루는 상원 외교위원회 위원장이자 인디애나주 공화당 상원의원인 리처드 루거와 공동 발의한 핵확산금지 법안에 대한 청문회를 마친 후 오바마가 하이드파크에 있는 미셸에게 전화를 걸었다. 그는 잔뜩 들떠 그날 일을 설명하기 시작했다. 그러나 미셸이 버락의 말을 끊으며 얘기했다. "개미가 있어." 계속해서 그녀는 말했다. "부엌에 개미가 있어. 2층 화장실에도." 미셸 혼자서도 처리할 수 있는 일이긴 했지만 딸들이 방과 후에 병원 진료 예약이 있다고 말했다. "개미 덫 말이야. 잊으면 안 돼, 알았지, 여보? 여러 개 사와. 난 지금 회의에 들어가야 해. 사랑해요." 버락은 전화를 끊으면서 테드 케네디나 존 매케인도 일을 마치고 집에 돌아갈 때 개미 덫을 사간 적이 있는지 궁금해졌다.[83]

저는 꽤 설득력이 있거든요

2006년 말 버락의 임기가 2년이 채 안 됐을 때였다. 그는 처남에게 부탁이 있다고 했다. "갑자기 어디선가 나타나 '이봐, 처남, 내가 이걸 좀 해야겠는데'라고 하는 겁니다."[1] 크레이그는 오바마 부부의 집 부엌에서 나눈 대화를 떠올렸다. "내가 뭘 하려는지 알겠어?" 버락은 대선에 나갈 계획이라고 했다. '우와!' 크레이크는 혼자 생각했다. '누군가 아는 사람이 아무렇지도 않게 다가와서 대통령에 출마할 거라고 말하는 건 사우스사이드 출신으로서는 도무지 상상도 할 수 없는 일인데.'[2] 언론의 정치평론가들은 버락을 2008년 후보군에 올려놓았다. 이유는 대체로 민주당 전당대회에서 그가 남긴 강한 인상 때문이었다. 하지만 현실을 직시하자면 가능성은 '불가능에 가깝다'에서 '있을 법하지 않다'의 중간쯤에 자리했다. 그렇지만 버락과 참모들은 2008년 대통령 선거에 도전해볼 만하다고 판단했다. 데이비드 액설로드는 '버락이 최고의 인기를 누리고 있다'고 전략 메모에 적었다.[3] 참모들은 대중의 공감을 얻을 메시지를 개

발하고, 경쟁력 있는 조직을 만들고, 벼락이 승부에 나설 자금을 확
보할 수 있으리라는 결론에 이르렀다. 마지막 장애물은 미셸이었
다. "내 동생과는 상의했나?" 크레이그가 물었다. 벼락은 아직 하지
않았다며 덧붙였다. "처남이 내 부탁을 좀 들어줘야겠어. 설득 좀
해줘. 미셸은 찬성하지 않을 테니까." 크레이그는 그때를 회상하면
서 말했다. "'자네 말이 맞아, 미셸이 찬성할 리가 없지'라고 생각했
지요."4

벼락은 혜성처럼 나타나 상원의원 자리에 오르고 전국 무대에서
입지를 탄탄히 굳히며 높은 인기를 구가했다. 하지만 돈으로 살 수
있는 것을 제외하면 그의 성공이 미셸의 삶을 편하게 만들어준 건
하나도 없었다. 미셸은 대학에서 일하며 여덟 살 말리아와 다섯 살
샤샤를 도맡아 키웠다. 친구들과 친지들에게 둘러싸여 있어도 외
로운 날이 있었다. 벼락은 워싱턴으로 통근하면서도 짬을 내 『담대
한 희망』을 집필했고, 2006년에 출간해 호평과 함께 큰 수익을 거
뒀다. 곳곳에서 록 스타에 버금가는 환호를 받으며 유세의 전초 단
계와 비슷한 전국 순회 책 판촉 행사를 떠났다. 그는 끊임없이 전국
강연과 모금행사에 나서야 했다.

긍정적으로 보자면 벼락의 직업은 안정적이고 일의 요령을 터득
했으며, 미셸은 시카고 대학병원에서 성공적으로 업무를 수행하고
있었다. 두 딸은 최고급 사립학교의 일상에 적응하고 친구들과도
잘 어울렸다. 메리언이 은행에서 퇴직하고 오후에 손녀들을 돌봐
주었다. 미셸은 나중에 실험학교 근처에서 일하는 것의 장점에 대
해 말했다. "딸들과 아주 가까운 데 있었어요. 아시겠지만 여러 가
지 일을 한꺼번에 해야 할 때 아주 요긴한 조건이지요."5 대통령 선
거 출마는 미셸이 걱정한 것처럼 이런 최소한의 평화조차도 예측

미셸 오바마

할 수 없도록 뒤흔들어놓을 것이다.

크레이그는 버락의 요청에 따라 먼저 메리언을 설득해보기로 했다. 메리언과 프레이저가 전해준 교훈에 의지하려는 것이었다. "그분들은 정열에 대해 말씀하셨습니다. 모두에게 최선이 되는 걸 하라고 하셨지요. 아버지와 어머니는 기회란 언제 올지 모른다고 하셨어요."[6] 미셸이 보람이 없다며 큰돈을 벌 수 있는 로펌을 그만두었듯이, 크레이그도 삼십대 후반에 투자은행을 사직했다. "저는 포르셰 944 터보를 가졌었지요. BMW 스테이션왜건도 있었어요. 도대체 누가 BMW 스테이션왜건을 살까요? 그건 세상에서 가장 멍청한 차예요. 왜 7만 5천 달러나 들여서 스테이션왜건을 삽니까?"[7] 대신 그는 농구 코치가 돼 곧 브라운 대학에서 농구팀을 운영했다. 그는 어머니를 설득하면서 자기가 갑자기 미국에서 가장 유명한 농구팀 중 하나인 켄터키로부터 일자리 제안을 받는다면 어떻게 할지 상상해보라고 말했다. 그리고 조금 이상하기는 하지만 주저 없이 수용할 것이라고 덧붙였다. 그리고 버락의 경우 초선 의원이지만 세계에서 가장 영향력 있는 사람이 될 가능성이 있다고 말했다. 그 사람이 일을 너무 잘한다고 해서 책망할 수는 없다고 크레이그는 주장했다. "그래, 맞는 말이다." 메리언이 응답했다. "그렇지만 네가 동생을 설득하기는 어려울 것 같구나."[8]

2006년 11월 8일, 버락과 소규모 참모진이 데이비드 액설로드의 시카고 사무실에 모여 전망을 논의했다. 미셸도 참석했다. 버락의 대선 출마 전략은 액설로드가 기획했다. 그는 『시카고 트리뷴』 정치부 기자 출신으로 문장가였고 2004년 민주당 상원의원 예비선거에서 버락이 두각을 나타내는 데 큰 공을 세운 사람이었다. 조지

W. 부시가 이라크 전쟁을 다루는 방식에 불만이 고조되는 가운데 액설로드는 아슬아슬하긴 해도 기성 제도권에 도전하는 참신한 대통령 후보가 승리할 가능성을 발견했다. 그 후보는 통합가, 해결사, 변혁가, 그리고 새로운 세대의 지도자로 인식될 필요가 있었다. 이 경우 기성 제도권에는 힐러리 클린턴도 포함되었다. 그녀는 웰즐리 대학과 예일 대학 출신으로 전 영부인이었으며, 남편은 현대 역사상 가장 풍부하고 가장 깊숙한 곳까지 민주당 네트워크를 구축한 사람이었다. 부시의 뒤를 이으려는 공화당 후계자와 경쟁하기 위해 버락은 먼저 클린턴을 제압할 필요가 있었고, 그것이 더욱 어려운 과제가 되리란 것은 불을 보듯 뻔했다. 그렇지만 액설로드, 데이비드 플러프, 스티브 힐더브랜드를 비롯한 버락의 팀원들은 초반 네 개 주—특히 이웃한 아이오와는 중서부 농촌으로 95퍼센트가 백인이었다—에서 클린턴을 능가한다면 승산이 있다고 계산했다. 캐시어스 클레이(무하마드 알리)가 소니 리스턴을 이긴 것처럼 말이다. 건방진 신예는 챔피언을 때려눕혔다. 도전자는 열심히 훈련했고, 영리하게 싸웠으며, 긴장감을 느낄 때 최고의 기량을 발휘했다. 승산이 높지 않던 상원의원 선거 때 버락은 그 장면이 담긴 엽서 크기의 사진을 구해 사무실 벽에 걸어두었다.

액설로드의 회의실에서 미셸은 경청하고 질문했다. 버락이 보비 러시에게 참패한 후 다시 상원의원 선거에 나섰을 때와 똑같았다. "미셸은 이게 무모한 생각은 아닌지, 미친 짓은 아닌지 탐색했어요." 액설로드가 말했다. "왜냐하면 미셸은 그런 데 미혹되지 않거든요."[9] 미셸은 재정 문제, 자원 배분, 본격적인 유세 일정, 가정생활 그리고 버락과 딸들의 관계에 미칠 영향 등에 대해 알고 싶어했다. 생활을 재정비하기 위해 분투한 지 얼마 되지 않은 때였다. 그

미셸 오바마

런데 이번에는 대선? 나중에 유세를 책임지게 될 플러프는 그때 미셸을 처음 만났다. "그녀의 단순명쾌함과 정곡을 찌르는 질문이 인상적이었습니다. 모든 사항을 분명하게 알고 싶어했지요. 저는 출마 여부는 버락이 단독으로 결정할 사안이 아니라고 말했습니다. 두 사람이 함께 결정해야 하는 것이었지요."[10]

버락이 주말마다 집에 올 수 있고 일요일은 휴식을 취할 수 있냐고 미셸이 물었을 때, 힐더브랜드는 그렇다는 의미로 고개를 끄덕였다. 그러나 플러프가 즉각 수정했다. "미셸에게 좋은 소식을 전해주는 사람이 없었습니다. 쉬운 길이란 있을 수 없었지요." 플러프가 회상했다. "몹시 힘들고 진 빠지는 일입니다. 후보자는 아주 잠깐 집에 들를 수 있고, 집에 가더라도 전화를 하거나 연설문을 교정해야 합니다."[11] 회의 때 미셸은 버락도 앞으로 어떤 일이 닥칠지를 알고 있는지 확인하고 싶어했다. 위험부담이 큰 일이었다. 버락이 참모들에게 무엇인가 설명하려고 하자 미셸이 그의 말을 끊었다. "우리는 지금 바로 당신에 대해 얘기하고 있는 거예요."[12] 버락은 더 이상 아무 말도 하지 않았다. 플러프는 공항으로 가는 길에 액설로드에게 전화를 걸어 버락이 출마하고 싶어하는 듯하다고 말했다. "그렇지만 버락은 실제 출마보다도 출마라는 이상에 더 이끌리는 것 같습니다. 이 일이 실제로 무엇을 의미하는지, 얼마나 힘든지, 얼마나 오랫동안 시련을 견뎌야 하는지 숙고한 뒤에 버락이 어떻게 판단할지는 두고 볼 일입니다. 미셸이 변수예요. 미셸이 반대하면 일은 틀어질 겁니다. 그런데 그녀가 어느 쪽으로 기울지 감을 잡을 수가 없군요."[13]

미셸은 체계적으로 의사를 결정했다. 우선 목록을 만들었다. 모든 질문을 추적하고, 모든 변수를 고려했으며, 잘못될 수 있는 모든 가능성을 측정했다. 그녀는 걱정이 많은 사람이었다. 밸러리 재럿은 부부의 차이를 비교하면서 버락이 '기말고사를 앞두고 벼락치기를 해 A를 받는 사람'이라면 미셸은 '개강 첫날 사람들이 논문에 대해 토론할 때 자기 논문을 어떻게 마무리할지 개요를 작성하는 사람'이라고 말했다.[14] 미셸은 1996년 버락이 정치에 입문할 때 모든 것을 통제해야 한다는 강박을 떨치고 좀 더 느긋하게 모험을 즐기겠다고 말했다.[15] 그렇지만 아직 대통령 출마처럼 커다란 모험은 없었다. 2008년 대선 출마는 삶에 엄청난 변화를 가져올 것이고 승리하더라도 미셸이 짧게는 4년, 길면 8년 동안 자기 일을 포기해야 한다는 의미였다. 그건 전보다 더 철저하게 자기 정체성이 버락에게 종속된다는 뜻이기도 했다. 그리고 단도직입적으로 말하면 남편이 암살당할 가능성과 위험을 감수하는 일이었다. "나는 당신이 험한 길을 가려 할 때마다 나 자신을 낮췄어. 정말 그런 상황이 닥칠 때를 대비해서"라고 미셸은 말했다.[16]

미셸에겐 거부권이 있었다.[17] "가장 큰 결정권은 미셸에게 있었어요"라고 재럿이 말했다.[18] 미셸은 두 가지 틀에서 가능성을 따졌다. 하나는 자원 배분이었다. "좋아, 어떻게 하려는 거지?" 그녀는 자문했다. "대체 어떤 것일까? 내 직업은 어떻게 하지? 아이들은 어떻게 돌보지? 우리 재정 상태는 어떻게 되지? 아이들 학자금 적립에 차질이 없을지 확신할 수 있나? 저와 남편뿐만 아니라 가족 전체, 그리고 우리 생활에 관계된 사람들 모두를 위해 괜찮다는 느낌이 들면, 일단 머릿속에 가능성이 그려지면, 저는 '그래, 한번 해보는 거야, 나는 할 수 있어'라고 말하지요. 그러면 저는 문제를 어떻게 이해해야 하는지, 그리고 모든 기본적인 것들을 충족시키기 위

미셸 오바마

해서 어떤 자원이 필요한지 알게 됩니다."[19]

또 다른 틀은 그보다 복잡한 것으로 남편, 가족, 자신을 위해, 그리고—대통령이 되면—나라를 위해 무엇이 옳은 일인가 하는 대의 문제였다. 미셸은 대선 출마가 버락이 할 일이며 그렇지 않으면 두고두고 후회하게 될 것이라는 사실을 즉각 깨달았다. 그리고 진보적인 변화를 일궈내겠다는 결의는 둘의 관계가 처음 시작될 때부터 공유한 기본 가치였다. "그 임무를 의심해본 적이 없습니다"라고 그녀는 유세 초기에 말했다. "게다가 버락이 그 임무를 완수할 능력이 있다는 사실도 의심해본 적이 없습니다."[20] 목표는 백악관이었다. 이는 버락의 야망이었으며, 그의 삶이었다. 하지만 또한 그녀의 삶이기도 했고, 딸들의 삶이었으며, 가족과 친구 들의 삶이었다. "제 마음속 이기심은 '때려치워! 그냥 안 된다고 해버려'라고 말합니다. 그러면 편해지니까요"라고 미셸은 말했다. "그렇지만 그게 바로 우리 사회가 당면한 문제지요. 우리는 나를 위한 결정을 그만두고 이제 우리를 위한 결정을 해야 합니다."[21] 미셸은 받아들였다.

미셸은 유세가 본격적인 국면으로 접어든 2007년 말에 이렇게 설명했다. "대통령 출마는 좋은 생각이라고 제 자신을 설득하기 위해 용기가 약간 필요했습니다. …'약간'이란 사실 많은 걸 의미했지요. 왜냐하면 집에는 아직 어린 두 딸이 있고, 저한테는 소중한 직업이 있으니까요. 대선이 우리 가족에게 어떤 의미가 될지 고민했습니다. 그래서 제가 작은 생각에서 벗어나 이기심과 두려움을 떨치고 제 남편 같은 사람이 대통령으로서 할 수 있다고 생각되는 대의에 집중하기까지는 시간이 걸렸습니다." 게다가 유세에서 미셸이 일정 부분 역할을 해야 한다는 것은 '바람직한 정도'가 아니라 필수였다. "솔직히 말씀드리자면 두려웠어요. 제가 엉뚱한 소리를 할까

봐 걱정스러웠습니다. 어떻게 답해야 할지 모르는 질문을 받을까봐
조마조마했지요. 저도 다른 사람들처럼 아흔아홉 가지를 잘하고도
한 가지를 잘못하면 그것 때문에 자책하는 버릇이 있거든요."[22]

직업이 있는 배우자로서 미셸이 남편을 위해 한 선택은 그다지
드문 경우는 아니었다. 『클리블랜드 플레인 딜러 Cleveland Plain Dealer』
의 재치 있는 칼럼니스트로 퓰리처상을 수상한 코니 슐츠는 사십
대 후반에 클리블랜드의 민주당 하원의원 셰러드 브라운을 만나
결혼했다. 얼마 지나지 않아 브라운은 그녀에게 상원의원에 출마
하고 싶다고 말했다. 치열한 경쟁이 예상됐지만 승산이 있다고 생
각했다. 코니는 회의적이었다. "심하게 말렸죠. 우리는 신혼이었어
요. 게다가 전 정치적인 배우자는 못됐지요. 그 사람이 어떻게 결혼
생활을 망칠지 눈에 선했습니다." 대화를 나누면서 그녀는 브라운
이 출마하지 않으면 영원히 후회하게 되리라는 사실을 깨달았다.
"모처럼 별들이 일렬로 늘어섰는데* 저는 그 길을 가로막는 크고
뚱뚱한 달이 되고 있었던 겁니다." 브라운이 오하이오주 상원의원
선거에 나서자, 코니가 칼럼을 그만두는 건 시간문제가 됐다. 윤리
문제뿐만 아니라 자원 배분 문제도 같이 걸려 있었기 때문이었다.
그녀는 남편과 함께 유세장에 모습을 드러냈고, 유세차에 얇게 썬
망고와 당근이 떨어지지 않도록 챙겼다. 긍정적인 관점에서 그녀
는 남편과 한 배를 탔다는 사실을 깨달은 것이다. 모험이지만, 스릴
이 없다면 어떻게 최고의 모험이 되겠는가? 코니는 두려웠다. 편집
국장에게 선거 기간 중에 칼럼을 쉬겠다고 통보한 후, 일기장을 열
어 대문자로 썼다. '앞으로 어떻게 될까?'[23]

---

* 절호의 기회가 찾아왔다는 뜻.

미셸은 한 가지 조건을 내걸었다. 결정을 지지하는 대신 버락에게 담배를 끊으라고 요구한 것이다. 그는 골초였고 예전에도 금연하려 했다가 실패하곤 했다. 이번에는 영원히 끊어야 한다고 미셸은 못 박았다. 유세 기간에는 결과가 만족스럽지 않았지만, 미셸의 노력이 부족한 건 아니었다. 버락이 니코틴 패치를 썼는지 묻자 크레이그는 웃으면서 말했다. "미셸 오바마! 거기 있는 미셸이 바로 무시무시한 패치였어요."[24] 나중에 버락이 모르는 사이에 녹취된 대화에서 농담하는 것을 들어보면, 그가 담배를 끊을 이유는 충분하고도 남았다. "나는 마누라가 무서워 죽겠어."[25]

2007년 2월 10일, 화창하게 갠 날 스프링필드 구舊 주청사 계단에서 선거 캠프 발대식이 열렸다. 149년 전 링컨이 '분열된 집House Divided'이라는 연설을 한 곳이었다. 버락은 그 상징성을 노렸다. 16대 대통령의 의지와 정신을 본받겠다는 결의 표현이었다. 영하의 추운 날씨에 미셸도 겹겹이 옷을 껴입고 버락 곁을 지켰다. 그들 앞에는 1만 5천 명의 인파가 광장을 가득 메우고 인도까지 차지하고 있었다. 버락이 백악관의 온정과 현명한 판단을 되살릴 것이며 세계에 인도주의적인 미국을 다시 알릴 것이라는 강한 믿음 때문이었다. 오바마 일행은 스프링필드를 출발해 서쪽으로 미시시피를 가로질러 아이오와로 달려갔다. 전형적인 콘벨트(옥수수 경작지대)인 아이오와*는 다른 어떤 주보다도 2008년 오바마의 도전에서 성패를 가름할 중요한 주였다.

승리에 앞서 버락이 신뢰할 만한 후보로 입지를 다지는 것이 무

---

* 아이오와는 농업주로 빈부 차가 작고 유색인종 비율이 미국 전체에서 가장 낮다.

엇보다 중요했다. 그는 앞서의 경험에서 보아 세련된 선거운동가는 아니었다. 처음에는 활기가 넘치지만 한두 달 지나다 보면 의기소침해지곤 했다.[26] '말이 두서없어지고, 맥 빠지고, 주저한다'고 플러프는 말했다.[27] 버락은 정치적인 싸움이나 일간 뉴스에서 호평을 받는 것 같은 자잘한 이득에는 별 관심이 없었다. 또 막대한 자금을 동원할 수 있는 전국적인 조직을 구축해야 했지만, 그러기 위해 필요한 관심과 배려를 보이는 것은 꺼렸다. 그는 생각에 깊이 빠져들 고독의 시간을 그리워했다. 반면에 그 앞에는 클린턴을 필두로 쟁쟁한 후보들이 포진하고 있었다. 이기는 것 말고는 해본 적이 없는 정치 조직을 갖춘 클린턴과, 클린턴을 위협하는 강력한 적수로 전 부통령 후보였던 노스캐롤라이나의 법정 변호사 존 에드워즈가 떠올랐다. 또 다른 장애물로는 전국적 언론이 부추긴, 남편의 정치적 계승자이자 그 정신의 수혜자인 클린턴이 민주당 후보가 되는 것은 떼놓은 당상이라는 선입견이었다. 전국적인 관점에서 보자면 이를 부정하기 어려웠다. 몇 달 동안 계속, 심지어 오바마의 선거운동이 놀라운 지지율 신장을 보인 이후에도 전국 여론조사는 여전히 클린턴이 30퍼센트 차이로 여유 있게 앞섰다.

그렇지만 오바마 팀은 아주 색다른 도박을 하고 있었다. 회의론자나 전문가 들의 의견과 여론조사 결과를 외면하려고 고집스럽게 노력해야만 하는 일이었다. 오바마 진영은 2008년 1월 3일 전국 최초로 열리는 아이오와주의 코커스*에서 국지적으로 클린턴을 이

---

* 지구당대회. 정당에 등록된 당원들이 대의원을 선출하고, 여기서 선출된 대의원들이 전당대회에서 투표해 대통령 후보를 정한다. 당내 행사이기 때문에 선거 관리도 주정부가 아니라 해당 주의 정당위원회에서 한다. 이에 반해 프라이머리는 당원이 아닌 일반인도 참여하는 개방형 예비선거로 주 정부에서 선거 관리를 맡는다.

김으로써 전국적으로 그녀의 발목을 잡아챌 수 있다고 계산했다. 성공한다면 뉴햄프셔, 사우스캐롤라이나, 네바다에서 선전을 펼칠 수 있고, 거의 전국의 반 정도가 투표하는 슈퍼 화요일 전까지 클린턴의 후보 자격에 심각한, 또는 치명적인 타격을 입힐 수 있었다. 슈퍼 화요일은 2월 초반인데 클린턴 진영은 그날이 승리를 확정하는 날이 될 거라고 낙관하고 있었다. 전략은 대담했고, 일견 엉뚱하기도 했다. 물론 이 표현은 버락과 그의 전략가들이 들었던 것보다는 상당히 온건한 표현이다. 2007년 10월 어느 날 오후, 클린턴이 다른 주자들을 멀찌감치 따돌려 버락의 승률이 희박해 보이자 버락을 충심으로 지지하던 애브너 미크바는 걱정이 됐다. 그는 빌 클린턴의 백악관 참모로 일했지만 진심으로 버락을 지지했는데, 친구들로부터 그 풋내기는 가망이 없다는 소식을 들은 것이다. 미크바는 그들이 옳을 수도 있다고 생각했으나 믿고 싶지는 않았다. 자신의 시카고 클럽인 클리프 드웰러스Cliff Dwellers에서 점심식사 중에 대선 이야기를 주고받으면서 그는 두 가지 면에서 희망이 있다고 말했다. '버락은 미국에서 가장 운이 좋은 정치인이다' 그리고 '클린턴 부부는 항상 실수를 저지른다'는 것이었다.[28]

아이오와는 공교롭게도 오바마 진영이 필요로 하는 조건들에 거의 딱 맞아떨어졌다. 그중 한 가지는 아이오와가 코커스로 후보자들을 선출한다는 점이었다. 까다롭고 복잡한 방식이지만 풀뿌리 정치조직을 일구고 두 발짝 앞서 생각하는 후보—즉 지역조직 활동가의 꿈—에게 유리했다. 또 한 가지는 아이오와 코커스에 참가하는 사람들이 후보들을 오랫동안 찬찬히 살펴보는 데 익숙하다는 점이었다. 커피숍, 거실, 고등학교 체육관 등지에서 그들은 듣고,

질문하고, 곱씹고, 또 좀 더 질문했다. 나중에 펼쳐진 예비선거(프라이머리)들은 유권자 대부분이 광고나 뉴스에서 정보를 얻는 데 반해, 아이오와 사람들은 후보자들을 면밀히 살피며 몇 달간 연구할 시간을 가졌다. 10월 어느 날 오후 미셸은 아이오와의 한 서점에서 한 시간 넘게 시간을 보낸 적이 있다. 지역 신문기자와 인터뷰한 후 그녀와 이야기하고 싶어하는 모든 잠재 유권자들과 대화를 나누었다. 마을 외곽 농장에 산다는 중년 유권자는 깊은 인상을 받았다고 했다. 버락에게 투표하겠느냐는 질문에 그 사람은 "글쎄요, 먼저 그 사람을 만나봐야 알 것 같아요"라고 대답했다.[29]

버락은 이웃한 일리노이주 상원의원이었다. 따라서 지명도나 지역 문제 관련 지식에 유리했고, 선거운동원을 투입하기에도 용이했다. 그는 신선한 목소리로 부상했다. 클린턴이나 상원의원 조 바이든과 크리스 도드를 포함한 다른 민주당원들과 달리 그는 이라크 전쟁을 반대했다. 미국이 주도한 침공 5개월 후인 2002년 10월, 시카고 반전 집회에서 그는 말했다. "저는 모든 전쟁을 반대하는 것이 아닙니다. 바보 같은 전쟁을 반대하는 것입니다." 그런 입장은 진보주의자들의 지지를 얻었다. 미국은 전쟁 사상자 문제로 홍역을 앓고 있었고, 그 여파로 공화당은 2006년 11월 상원을 잃었다.[30]

머리 좋은 흑인이 미국의 45대 대통령이 될 것인가? 상상조차 어려운 일을 해내고 아이오와에서 승리를 거머쥐기 위해서는 버락이 단순히 기가 막힌 연설을 한 사람이 아니라, 강력한 메시지와 생동감 넘치는 조직을 겸비한 인물이라는 사실을 보여줄 필요가 있었다. 여기서 버락이 이기면, 미국 중부의 백인 유권자들도 버락 후세인 오바마라는 이 흑인 후보를 지지하게 되리란 것을 증명하는 셈이었다. 이는 품질 인증 마크와도 같았다. 대선에서 소수집단 후보

미셸 오바마

를 결코 지지한 적 없는 백인뿐만 아니라, 백인에게까지 폭넓게 지지받는 경쟁력 있는 후보가 될 가망이 없는 사람을 오로지 흑인이라는 이유만으로 찍던 수많은 흑인들에게도 효과가 있을 것이었다. 즉 압도적으로 백인이 많은 아이오와에서의 승리, 특히 그가 공화당원이나 무소속 일부까지 끌어온다면, 꼭 필요한 검증 결과를 과시하게 되는 것이다.

미셸은 버락을 친근한 이미지로 부각시키는 일에 착수했다. '이력서에 적힌 오바마가 아니라 인간 오바마를 소개하는 일'이었다. 도시 수십 곳과 소읍의 낯선 공간을 활보하며 미셸은 이방인들로부터 의혹에 찬 시선을 받았다. 그들에게 미셸은 부탁을 거듭했다. 백인이 아니고, 워싱턴이나 애덤스나 존슨이나 포드, 또는 클린턴이라는 이름을 갖지 않은 자기 남편을 주의 깊게 봐달라는 부탁이었다. 원고도 없이 떨지도 않고 차분하게, 18년 전 시들리 앤드 오스틴에서 만난 버락의 첫인상을 전하면서 자기가 느꼈던 의문들을 청중과 나누었다. "저는 그 남자와 아무런 공통점도 없었습니다. 그는 하와이에서 자랐답니다! 하와이에서도 사람이 자라나요? 그는 혼혈입니다. 저는 '그래? 그게 도대체 뭔데?' 그랬지요." 미셸의 유세는 단편소설을 담담하게 들려주는 것 같았다. 어떻게 서로 상이한 배경에서 성장해 이토록 비슷한 가치관을 갖고 있다는 걸 알게 됐는지, 시카고에서 가장 가난한 지역의 후텁지근한 교회 지하실에서 무엇을 발견했는지를 이야기하는 것이었다. 바로 그곳에서 버락은 세상에서 소외된 사람들과 얘기를 나누었고, 너무나 자주 비열해지고 불공평한 사회에서 개인이 사명감을 갖고 해야 할 의무가 무엇인지 명료하게 보여주었다고 미셸은 말했다. 버락은 그 무렵 청중에게 세상을 있는 그대로 받아들이지 말고, 마땅히 그래야 할 세상을 위해 투쟁하라고 촉구했다. "제가 그날 버락에게서 발견한 건 원칙과 진실함이었습니다." 미셸은 넋이 나간 듯 몰입한 청중에게 말했다. "그게 바로 제가 사랑에 빠진 사람, 바로 그 남자입니다." 마치 이렇게 얘기하는 듯했다. '그래요, 여러분이 무슨 생각을 하는지 다 알아요. 그렇지만 끝까지 들어보세요. 이 사람이 바로 여러분이 찾던 그런 후보랍니다. 그는 준비가 됐어요. 여러분도 준비됐나요?' 미셸은 확신을 전파했다. "장담합니다." 어느 날 오후 록웰 시립도서관 지하실에서 그녀는 말했다. "제가 이 주의 모든 사람과 대화할 수 있다면, 그 사람들은 모두 버락 오바마를 찍을 거예요. 저는 꽤 설득력이 있거든요."[31]

버락의 일로 시작한 것이 곧 미셸의 일이 되었다. 그녀가 말하는 모든 것은 버락을 백악관으로 보내는 목표에 따른 것이었다. 물론 그런 말들이 미셸의 신념과 확신에 어긋나지도 않았다. 그녀는 버락의 삶뿐만 아니라 자기 삶도 말했다. 이야기의 배경에는 항상 시카고 사우스사이드의 일상적인 활기와 그곳 사람들이 있었다. 아이오와, 사우스캐롤라이나, 뉴햄프셔의 다양한 청중에게 호소하기 위해 미셸은 도시 유권자들에게 익숙한 주제들을 고른 다음 전국의 중산층 가정이 당면한 난제들에 맞게 확장시켰다. 미셸은 사람들이 그리 많은 걸 요구하는 게 아니라고 말했다. 그저 안정된 직업과 공평한 기회, 감당할 만한 의료 복지, 좋은 학교, 안정된 노후생활이 전부라는 걸. 그 전형이 바로 미셸의 아버지였다. 시카고 정수장의 블루칼라 노동자로서 다발성경화증에 시달렸지만 그는 아내가 전업주부인 가정을 부양하고 두 자녀를 프린스턴에 보냈다. 그러나 그런 가장 기초적인 희망들이 평범한 사람들에게는 점점 아

미셸 오바마

득한 목표가 돼버렸고, 퇴보는 그녀가 살고 있는 현재 이미 현실이 돼버렸다고 말했다. 미셸은 정치인들이 너무 냉소적이고, 정부와 사회가 지나치게 냉정해졌다고 지적했다. "이제 4인 가족에게 그냥 참고 열심히 살아보라고만 할 수는 없습니다."[32]

미셸은 대선 후보인 오바마, 그 사람에 대해 2007년 6월 할렘에서 열린 여성 집회에서 "저는 해답answer과 결혼했습니다!"라고 말했다.[33] 하버드에서 일군 버락의 성취와 일리노이 의회에서 보여준 초당적 활동을 설명하면서 미셸은 종종 남편을 깎아내리는 말도 곁들였다. 상원의원 선거 때부터 익숙한 전술로, 잘 드러나지 않던 유머감각을 보여줌과 동시에 버락의 평범한 면모를 전달하려는 것이었다. "버락 오바마라는 대단한 사람이 있습니다." 2007년 2월 비벌리힐스 모금행사에서 미셸은 말했다. "그리고 집에서 저하고 같이 사는 버락 오바마라는 남자가 있습니다. 그런데 이 남자는 좀 덜 대단한 것 같습니다. 무슨 이유인지 이 남자는 토스트에 버터 하나도 제대로 바를 줄 모릅니다. 빵이 딱딱해지기 전에 발라야 하는데 말이죠. 그리고 침대 정리하는 걸 보면 다섯 살짜리 딸보다도 못해요."[34] 그녀는 버락이 집에 없는 아침에 말리아, 샤샤와 자주 나누던 진솔한 얘기들도 들려주었다. "버락은 너무 시끄럽게 코를 골고 냄새가 나서 애들이 아빠와 한 침대에 들어가기를 싫어해요."[35] 『뉴욕 타임스』의 칼럼니스트 모린 다우드는 그런 폭로를 듣고 '조금 움찔했다'고 했다. 비벌리힐스 행사 이후 모린은 '나중에 나와 얘기를 나눈 많은 사람이 미셸을 훌륭하다고 평했다. 그러나 어떤 사람들은 그녀의 구박과 비하가 남성을 무력하게 만들며, 남편을 철부지 아이처럼 보이게 할—경험이 부족하다는 공격에 노출시킬—우려가 있다고 했다'라고 썼다.[36] 한 기자가 나중에 이에 대해 미셸

에게 물었다. "버락과 저는 웃어넘겼어요." 미셸의 답이었다. "그냥
해보는 소리지요. 정말 누가 버락 오바마를 무력하게 만들 수 있다
고 생각하는 거예요? 지금요?"[37]

그들의 생활이 공개되고 공공연하게 낱낱이 해부되면서 미셸과
버락은 인터뷰와 유세장 연설에서 서로에 대해 말하는 일이 잦아
졌다. 처음 겪는 일도 아니었다. 각자 인터뷰 진행자와 그들의 관계
를 이야기했고, 버락은 『담대한 희망』의 구체적인 내용을 토론했
다. 그들은 직업적으로 성공을 거두고 유명 인사로 부상했지만, 집
안에서는 스스로를 평범한 사람들로 그렸다. 결혼생활은 만족스럽
고 서로를 좋아한다고도 했다. "미셸은 똑똑하고 재미있습니다. 정
직하고 강하죠. 최고의 친구입니다"라면서 버락은 좀 더 나은 배우
자가 돼야겠다고 했다. "나이가 들면서 깨달은 게, 미셸은 제가 꽃
을 선물하는 것보다 훨씬 어려운 일, 그러니까 바빠도 짬을 내는 걸
더 좋아한다는 겁니다. 미셸에게 그건 제가 자기를 생각하고 있다
는 증거겠지요. 꽃도 좋아하지만, 로맨스란 그녀가 좋아하는 것에
제가 정말로 관심을 두는 것입니다. 그래서 시간은 항상 중요한 요
소지요."[38]

시간은 항상 모자랐다. 미셸은 블랙베리 전화기를 두 대 들고 다녔
다. 그녀의 이중생활을 상징하는 것으로, 물론 하나는 선거운동용
이고 다른 하나는 시카고 대학 업무용이었다. 그녀는 선거의 소용
돌이에 휩쓸리기 전까지는 대학에서 도시 보건 문제로 파트타임
근무를 했다. 그러다가 2008년 1월에 무급 휴직을 신청했다.[39] 직
장은 정치 바깥의 직업적 진로와 그녀를 연결해주는 끈이었다. 하
지만 미셸의 생각을 가장 강하게 붙잡는 것은 딸들이었다. 2006년

미셸 오바마

12월, 미셸은 "제가 아이들의 생활을 안정시켜야 합니다"라고 말했다. "그러므로 아이들에게 제 역할은 더 중요해졌습니다. 절대로 아이들을 어머니에게 맡기면서 '2년 후에 보자'라고 말하고 싶지는 않습니다. …균형을 잡아야 하고 균형을 맞출 겁니다."[40]

미셸은 유세장 청중에게 아침에 눈을 떠 처음으로, 그리고 잠자기 전 마지막으로 생각하는 게 바로 말리아와 샤샤라고 말하기 시작했다. 딸들은 학업에 열중하고, 친구들과 어울리고 어린 시절 누구나 하는 분주한 생활을 하며 잘 지내고 있다고 말하곤 했다. 그걸 지켜주기 위해 미셸은 점점 어려워지는 평범한 일상을 유지하려고 안간힘을 썼다. 미셸은 선거운동 직원에게 특정 날짜를 통째로 비워두라고 지시했다. 보통 일주일에 한 번꼴로 지역 유세를 떠날 때, 일정 담당자는 미셸의 연설 순서를 그날의 가운데쯤으로 배정했다. 시카고 미드웨이 공항의 전용 제트기에 오르기 전에 먼저 아이들을 먹이고, 입히고, 학교에 내려줄 시간을 만들기 위해서였다. 여행을 가급적 짧게 잡았으며 길에서 밤을 보내는 일은 피했다. 멀리 있을 때는 어머니와, 아이들의 대모로 정답게 '마마 케이'로 불리는 엘리너 케이 윌슨에게 의지했다. 윌슨은 비영리단체 상담가로 복지직업훈련 프로그램부터 시카고 임대주택 단지 초등학생들을 위한 청소년 비행 방지 프로젝트에 이르기까지 도시 교육 프로그램를 개발하는 데 상당한 경력을 쌓았다.[41] 윌슨은 메리언 로빈슨의 요가 파트너이기도 했다. 요가 선생은 메리언의 막냇동생으로 노스사이드에서 스튜디오를 운영하는 스티븐 실즈였다.[42]

미셸이 정신적으로 안정을 유지할 수 있었던 것은 오랜 기간 지원을 아끼지 않고 의지할 곳이 되어준 친구들 덕분이었다. 전문직 직장인이나 아이의 어머니로서 그들은 정치적 부침과 상관없는 삶을 살았다. 미셸은 고등학교, 프린스턴, 하버드, 그리고 시청에서 항상 절친한 친구들이 있었다. '엄마'라는 공통점으로 다시 만난 어린 시절 친구들은 표면적으로는 아이들을 위한 모임이었지만 사실은 '우리를 위한 것'이었다고 미셸은 말했다. "모든 걸 공유했어요. 딸들도 계속 친구였기 때문에 그런 우정을 유지할 수 있었지요. 여전히 제게 의논 상대가 되어주고, 쉴 수 있고, 분통을 터뜨리고, 함께 웃어주는 여자들이었어요. 굉장히 중요하지요. 버락이 여행을 다니기 때문에 제게는 그런 게 필요했어요. 어머니든 친구든 주변에 기댈 사람들이 있었기에 지나치게 화내거나 우울증에 빠지지 않고 온전한 심리 상태를 유지할 수 있었던 것 같아요. 전화만 하면 언제든 누군가 달려와서 같이 피자를 먹고, 또 친구네 가서 저녁을 먹기도 했거든요. 요리할 필요도 없어요. 각자 가져오면 되니까요."[43]

그런 친구로 아동보호단체 임원이며 전직 시카고 컵스의 좌익 외야수 게리 매슈스와 결혼한 샌디 매슈스가 있었다. 또 다른 이로는 홍보 전문가이고 한때 시청에서 같이 일했으며 집 근처에서 사는 이본 다빌라도 있었다. 다빌라는 가끔 주말에 말리아와 샤샤를 자기 집에 재워주곤 했다. "유세 기간에는 아이들을 공동 양육했어요. 우리 집엔 미셸네 애들 칫솔이 있지요." 다빌라의 말이다. 그녀는 그린우드가로 차를 몰고 와 아이들을 차에 몰아넣고 소풍을 떠났다. "미셸의 친구로서 말하지 않아도 알아서 하는 거예요. 서로의 생각을 속속들이 잘 아니까요." 좋은 일이건 나쁜 일이건 상관없이 그렇다고 다빌라는 말했다.[44]

친구들 중에서 미셸이 가장 많은 시간을 같이 보낸 사람은 아마도 애니타 블랜처드와 셰릴 러커 휘터커일 것이다. 그들은 중산층 가정 출신으로 둘 다 의사였다. 블랜처드는 산부인과 의사로 말리아와 샤샤 출산을 도왔다. 시카고 의과대학 교수로 일하며 매년 사우스사이드에서 흑인 소녀와 어머니 들을 위해 성교육을 포함한 사춘기 대비 세미나를 진행했다.[45] 휘터커는 하버드 대학 공중보건 학위를 가진 조지아 출신 의사로 흑인 지역사회에서 고혈압과 기타 만성 질환 연구를 진행하고 있었다. 그들은 말리아, 샤샤와 또래가 비슷한 자녀가 있었는데 모두 시카고 대학 부속 실험학교에 다녔다. 서로 가까운 데 살았고 남편들도 친구였다. 아이들이 테니스 레슨을 받을 때 아버지들은 가까운 코트에 누워 조간신문을 읽거나 한담을 나눴다. 함께 하와이나 마서스 비니어드 섬으로 휴가를 떠났으며, 가끔은 짧은 결혼생활 후 몇 해 전 이혼한 밸러리 재럿이 합류하기도 했다.

이들의 인연은 놀라웠다. 블랜처드의 남편 마티 네즈빗은 기업가이자 시카고 주택청장이었으며 프리츠커*가 사람들과 함께 일했다. 나중에는 2008년 대선 본부 재정을 담당했다. 에릭 휘터커는 사우스사이드에서 성장해 우드론 근처에서 남성 보건 클리닉을 운영하고 일리노이 공중보건국을 이끌다가 미셸과 재럿에게 선발되어 도시 의료 계획을 지휘했다. 휘터커는 하버드 대학 농구장에서 버락과 만났다. 네즈빗은 농구선수 선발 여행에서 크레이그 로빈슨을 만났다.[46] 프린스턴의 농구 코치 피트 캐릴이 프린스턴 팀과 오하이오 주립대학 팀 경기를 봐달라고 초대했을 때였다. 두 사람은 경영대학원에서 다시 만났고, 네즈빗은 시카고 이스트뱅크 클럽에서 농구를 하다가 버락을 만났다. 마지막으로 애니타 블랜처드와 에릭 휘터커는 시카고 대학 의대생으로 재학 중에 재럿의 아

---

* 미국의 대표적인 부호로 유대계이며 활발한 자선사업을 하고 있다.

버지 제임스 보먼을 스승으로 모셨다.

똑똑하고, 재기발랄하고, 충성스럽고, 현실적이고, 신중한 이들은 서로를 지원하며 부와 명예를 거머쥐었다. 선거 유세가 시작되자 셰릴 휘터커는 버락에게 친구들이 무엇을 해주면 좋겠느냐고 물었다. "미셸과 난 당신들이 변치 않기를 바랄 뿐예요"라고 버락은 대답했다.[47] "이 모든 시도가 실패해도 여전히 친구들이 있고, 여전히 당신들 집에 들이닥쳐 뒷마당에 둘러앉아 저녁을 먹을 수 있다는 것만으로도 족합니다." 그들은 기회가 있을 때마다 골치 아픈 세상사를 뒤로하고 함께 모였다. 그렇지만 미셸의 표현대로 '이 대통령 출마라는 일거리'는 전혀 다른 차원의 문제였다. 최근까지 주 상원의원에 불과했고, 보드게임이나 농구를 하고 스포츠 채널을 즐기던 평범한 사내가, 흑인은 한 번도 이겨본 적 없는 경쟁에 나서서, 무시할 수 없는 경쟁자로 전국의 시선을 사로잡는 걸 보고 그들은 경악할 수밖에 없었다. 2007년 7월 "그 사람이 대통령이 될 거라고 봅니다"라고 재럿이 말했다. "막 소름이 돋아요. 계속 얘기하면 저는 아마 울음을 터뜨릴 거예요."[48]

버락은 2007년 2월 10일 시더래피즈로 첫 유세 여행을 떠났다. 민주당 대선 후보가 되는 데 사활이 걸린 아이오와 전당대회까지는 10개월 남짓 남은 시점이었다. 그는 노련한 선거운동 인력을 모았다. 그들은 클린턴 팀이 전혀 알 수 없는 방식으로 아이오와의 역학 관계를 이해하고 있었다. 빌 클린턴은 1992년 경선에서 경쟁자 톰 하킨 상원의원의 지역구가 아이오와인 점을 존중해 그곳에서 경쟁을 펼치지 않았다. 힐러리의 워싱턴 기반 고위 참모들 대부분은 이런 위험을 안일하게 인식했다. 반면 오바마 팀의 거의 모든 간부급

참모들은 전국 최초의 아이오와 경선을 어떻게 하면 이길지 알고 있었다. 유권자들이 세상의 주목을 받고 있다는 것을 오랜 시간 만 끽하도록 해주는 것이 시작이었다. 또 버락과 미셸이 그동안 갈고 닦은 지역사회 조직화 기술이 선거운동에 필요한 사항들과 아귀가 딱 맞아떨어졌다. 소명의식이 깃든 개인사, 일대일 접촉, 민간활동 가와 자원봉사자들에게 그저 따르라고 지시하는 것이 아니라 스스 로 지도자로 나서게끔 동기를 부여하는 것 등이었다. '담장을 칠하 자!'가 아이오와 참모들의 모토였다. 톰 소여가 친구들을 꾀어 참여 시키고 자기를 위해 일하게 만들고, 그 일을 하면서 행복을 느끼게 만든 전략을 차용한 것이다.

항상 근면한 학생이던 미셸은 몇 시간씩 브리핑 책을 붙잡고 씨 름했다. 이라크 전쟁과 근로 장려 세제Earned Income Tax Credit에 대해 막힘없이 말하기 위해서였다. 그리고 아이오와의 지형도 익혔다. 미셸이 처음으로 아이오와에 묵을 계획으로 방문했을 때를 수석보 좌관 멀리사 윈터는 이렇게 말했다. "미셸은 정말 시간을 알뜰하게 보냈어요. 딸들과 떨어져 있는 모든 날은 그럴 만한 당위성이 있어 야 했거든요."[49] 36시간 동안 미셸은 대븐포트, 오텀와, 센터빌, 코 리던, 라모니, 인디애놀라, 워터루, 아이오와 폴스, 록웰 시티, 그리 고 포트다지를 돌았다. 또 깜짝 놀란 상태로, 일정에 없던 메이슨 시티에 들르기도 했다. 고속도로를 달리다가 유세 차량을 들이받 았지만 다행히 목숨만은 건진 경솔한 오토바이 운전자를 살피기 위해서였다.[50]

미셸의 등장 횟수가 많아지면서 참모진은 그녀에게서 버락에게 는 없는 정치적 기술을 발견했다. 한 아이오와 소읍의 지역구 위원 장이 동요하자 선거운동원들은 버락 대신 미셸이 나서서 담판을 지어주기를 바랐다. 미셸이 아이오와 사람을 고등학교 체육관 담장에 몰아붙이고 협상 조건이 뭐냐고 압박하는 걸 지켜본 사람이 한둘이 아니었다. 사람들은 미셸을 '종결자'라고 부르기 시작했다. 오바마와 수년간 일한 시카고의 정치 전략가 피트 지앤그레코는 이 부부에 대해 '버락은 정치적인 재능을 타고났지만 자연스러운 정치인은 아니다. 미셸은 정치적인 재능을 타고났고 자연스러운 정치인이다. 버락은 어디를 가도 뿌리가 없지만, 미셸은 기반이 있다. 사람들은 미셸이 매우 현실적이라고 생각한다. 사람들은 그녀가 어디 출신인지 안다'고 평가했다.[51] 선거운동본부는 이런 특징이 여성들에게 강하게 나타난다는 것을 알아챘고, 미셸의 역할이 힐러리 클린턴과 대결 구도를 만든다는 아주 중요한 사실을 간파했다. 지앤그레코는 "미셸은 여성들과 정말정말 강력한 방식으로 연결됩니다"라고 말했다. "불과 얼마 전까지만 해도 '그녀가 바로 나'였기 때문이죠." 미셸이 공공동맹에 선발해 동료로 활동한 조비 피터슨 케이츠는 그런 생각에서 한 단계 더 나아갔다. "만약 누군가가 둘 중 누가 백악관에 가야 했느냐고 물었다면 저는 당연히 미셸이라고 했을 겁니다"라고 말했다. "왜냐고요? 느낌이지요. 미셸은 거칠잖아요."[52]

오바마 선거운동본부는 아이오와에서 성공하기 위해 신규 전당대회 참가자 수천 명을 모집해야 했다. 그들은 민주당 열성 당원에만 집중하지 않았다. 열성 당원 상당수는 이미 클린턴과 에드워즈에게 포섭되었기 때문에 새로운 사람들을 끌어들여야 했다. 운동원들은 사람들의 관심사, 열정, 자녀와 애완견 이름까지 알아냈다. 교회에서 주민과 어우러지고, 식당에서 고등학교 스포츠를 이야기하고, 바쁘게 돌아가는 오바마 선거사무실로 초대했다. 사무실은 아이오와주 각지의 상가에 수십 개가 설치되었다. 그런 자세로 미셸은 단정하고 꾸밈없는 필치로 정성들여 쓴 감사 편지를 아이오와 지지자들에게 보냈다. 역시 마찬가지 마음자세로 버락은 별로 주목받지는 못하지만 아이오와 캐럴에서 6천 부를 판매하는 『데일리 타임스 헤럴드 *Daily Times Herald*』의 칼럼니스트 더글러스 번스에게 여섯 차례나 전화를 걸었다. 번스와 아이오와 각지의 소읍에 포진한 그의 동료들을 통해 선거운동본부는 『뉴욕 타임스』의 장문 칼럼으로조차 설득할 수 없는 아이오와 주민들과 접촉면을 넓히고자 했다.[53] 아이오와 사람들에게 모든 것이 달려 있었다. 그들은 황금 티켓이었다. 데이비드 엑셀로드는 사석에서 '아이오와가 아니면 망한다'고 했다. 실제로 2007년 몇 개월 동안은 망할 것이라는 예측이 우세했다.[54]

그리고 코커스 하루 전에 정치적으로 가장 큰 행사가 열렸다. 11월 10일, 중심가 디모인 경기장에서 개최된 제퍼슨 잭슨 디너*였다. 행사장으로 가는 길에 버락은 불안한 기색이 역력한 선거운동본부 아이오와 정치국장 에밀리 파셀을 안심시켰다. "저는 4쿼터 마무리 선수입니다. 이런 거 많이 해봤습니다."[55] 원고 없이 연설하는 것이 규칙이었기 때문에 리허설을 했다. 버락은 강렬한 몸짓과 빠른 어조로 클린턴을 구시대 인물로 몰아붙였다. "우리는 역사적이고 결정적인 순간에 서 있습니다." 그는 선언했다. "우리 나라는 전쟁 중입니다. 세계는 위험에 처했습니다. 수많은 세대가 투쟁해서 얻으려 한 꿈이 서서히 사그라드는 걸 느낍니다. 우리는 더 열심히 일하지만 얻는 건 더 적습니다. 의료비와 교육비가 이렇게 비싼

---

* 민주당의 연례 정치자금 모금행사.

적은 없었습니다. 저축하기 더 어려워졌고, 은퇴하기 더 어려워졌습니다. 그리고 무엇보다도 우리는 지도자들이 이 문제에 대해 무엇인가 할 수 있다는, 또는 해줄 것이라는 믿음을 잃어버렸습니다." 그가 선거 공약들을 읽어나갈 때 대중은 환호했다. 언론은 관심을 기울였고 유권자들도 그랬다.

열흘 뒤에 미셸은 사우스캐롤라이나 오렌지버그로 갔다. 그녀의 단독 임무는 회의적인 흑인 유권자를 설득해 버락과 그의 가능성을 믿게 하는 일이었다. 2007년 말 CBS 방송의 여론조사를 보면 사우스캐롤라이나의 흑인 유권자 중 40퍼센트가 미국은 아직 '흑인 대통령을 뽑을 준비'가 되지 않았다고 생각하는 것으로 나왔다.[56] 그런 의심은 백악관으로 향하는 길의 초입이 구 남부연합의 심장부를 지나기 때문에 문제가 될 수 있었다. 사우스캐롤라이나 예비선거에서 흑인 유권자들은 절반 정도 표를 행사할 것으로 예측됐다. 아이오와 전당대회 이후 16일째, 그리고 슈퍼 화요일 열흘 전에 사우스캐롤라이나 전당대회가 열리기 때문에 버락은 그들의 표가 꼭 필요했다. 선거운동본부는 미셸에게 홍보를 부탁했다. 미셸만큼 버락과 가까운 사람이 없고, 또한 흑인 사회에 강한 신뢰를 줄 사람도 없으며, 그녀만큼 훌륭하게 이야기를 전달할 사람도 없었기 때문이다.

많은 흑인 유권자, 특히 여성에게 미셸은 그 존재만으로도 버락이 꽤 괜찮다는 상징이었다. 그는 백인 여성과 데이트했지만 시카고 출신 흑인 여성과 결혼했다.[57] "버락이 만약 백인 여성과 결혼했다면 그가 백인 사회를 선택했다는 신호였을 테고, 그건 그 사람이 흑인 편이 아니라는 사실을 끊임없이 상기시키는 징표가 됐겠지요. 미셸이 그 사람의 닻이 돼준 거예요"라고 멀리사 해리스-페리는 말했다. 그녀는 시카고에서 오바마를 만났고, 『여성 시민: 수치, 고정관념 그리고 미국의 흑인 여성 Sister Citizen: Shame, Stereotypes and Black Women in America』의 저자다. "부분적이기는 하지만, 흑인들이 버락을 좋아하는 이유는 그가 백악관에 있는 모습을 상상해보는 재미 때문입니다. 그런데 미셸과 갈색 피부의 딸들이 없다면 그림이 완전히 달라졌을 거예요." 앨리슨 새뮤얼스의 말처럼 '미셸은 흑인일 뿐만 아니라, 갈색이었다. 진정한 갈색.'[58]

그동안 노골적인 인종 문제 언급은 어느 정도 피하던 선거운동에서, 미셸의 오렌지버그 연설은 정면으로 이 문제를 다뤘다. 무대 자체가 이미 선언적이었다. 사우스캐롤라이나 주립대학은 점심 카운터 점거농성*으로 뉴스에 오르고, 1968년 볼링장에서 흑백분리주의에 맞서 시위를 벌이다가 학생 세 명이 경찰 총격으로 사망한 일로 유명했다. 미셸은 오랜 세월 삶의 원동력이 된 주제와 확신에 의거해 자신, 그리고 오바마를 미국의 인종주의와 인종주의적 정치의 역사에 긴밀히 결부시켰다. 미셸 스스로 소저너 트루스, 해리엇 터브먼, 로자 파크스, 그리고 매리 매클라우드 베툰의 어깨 위에 서 있다고 말했다. 그들은 '극복한다는 게 무슨 의미인지 아는' 위대한 여성들이었다. 그리고 자신에게 주어진 기회들은 '오래전부터 있었던 그분들의 희생과 용기' 그리고 '저에게 공부 열심히 하고, 꿈을 크게 갖고, 나중에 내게 내린 축복과 지식을 사회에 환원하라고 가르쳐주신' 부모님, 목사님, 그리고 어른 들의 목소리 덕분이라고 말했다. 미셸은 조지타운에서 두 시간 거리에 있는 곳에서

---

* 흑백분리에 맞서 점심식사 카운터에서 식사를 주문하고 거절당해도 계속 앉아 있는 투쟁.

자란 할아버지 프레이저 이야기도 했다. 그는 운명이란 태어나기 전에 미리 정해진 것이 아니라고 가르쳐주었다.

미셸은 자기의 성공이 보증된 것은 아니었다고 말했다. 그녀 역시 영혼을 갉아먹는 부정적인 말들을 경험했기 때문에 굴복할 수도 있었다. '책을 읽는 흑인 여자아이는 백인 흉내를 내는 거라고 생각한 급우들로부터, 성적이 낮으니 큰 꿈을 갖지 말라고 한 선생님들로부터, 선의였지만 '성공이란 시카고 사우스사이드 출신의 작은 흑인 소녀에게는 어울리지 않는다'고 한 동네사람들로부터' 부정적인 말들을 들었다. 그럼에도 미셸은 성공했다. 하지만 그녀의 삶은 '너무나 많은 여성, 너무나 많은 작은 흑인 소녀들'에게는 도달할 수 없는 영역으로 남아 있었다. 미셸은 구체적인 차별들을 언급하면서 같은 일을 할 때 백인 남성이 1달러를 받으면, 흑인 여성은 67센트를 받는다고 설명했다. 흑인 중산층 가정 출신 자녀의 45퍼센트가 '저소득층'으로 떨어지는 데 반해 백인 가정은 그 수치가 16퍼센트에 불과하다고도 했다. "우리는 지난 수십 년간 수백만 명의 여성이 복지 수혜 자격을 잃고 적절한 아동 대책도 없이 알아서 살도록 방치되고 있다는 걸 압니다. 너무나도 많은 흑인 여성이 질 좋고 값싼 의료 혜택을 받지 못하고 있다는 것도 알고 있습니다. 우리가 각종 질병에 노출되어 사망할 가능성이 백인 여성들보다 훨씬 높다는 사실을 알고 있습니다. 우리가 젊은 나이에 헛되이 죽고 있다는 사실을 말입니다. 우리 아기들 역시도. …또 우리 아이들에게 더 나은 삶을 선사하고 싶은 꿈이 점점 멀어지고 있다는 사실도 알고 있습니다."

그다음 이야기의 축은 버락에게로 옮겨갔다. 먼저 그의 경력을 얘기하고 다음에 후보 출마에 대해 말했으며, '위험할 때 일어서고,

미셸 오바마

어려울 때 일어선' 과거 세대들에 대한 찬사가 이어졌다. 그녀는 청중에게 똑같은 일을 해달라고 촉구했다. 면면히 이어져온 인권운동 지도자의 계보로 버락을 봐달라는 것과 그를 신뢰해줄 것, 버락은 지지 않을 것이며 총에 맞지도 않을 것이라는 사실을 믿어달라고 호소했다. 통상적인 선거 관행보다 이르게 버락은 몇 달 전부터 24시간 경호를 받기 시작했다. "사람들이 이발관이나 미용실에서 어떤 얘기를 하는지 압니다. 저도 사람들이 '버락이라는 사람이 괜찮은 것 같긴 한데, 아직 미국이 흑인 대통령을 받아들일 준비는 안된 것 같아'라고 말하는 것을 들었습니다. 글쎄요, 제가 드릴 수 있는 말은 우리는 예전에도 그런 소리를 많이 들어봤다는 것입니다. …무엇이 가능한지보다는 무엇이 잘못될지에 초점을 맞추는 말들입니다. 저는 이해합니다. 그것이 어디서부터 시작됐는지 알고 있습니다. …그건 이 나라의 인종주의와 차별과 억압의 쓰디쓴 잔재입니다. 우리 모두에게 상처를 주는 유산입니다."

그녀는 군중에게 두려움을 극복하라고―그녀의 표현대로 하자면 할머니네 가구들에서 플라스틱 보호 덮개를 모두 떼어내라고―말했다. 그리고 남편을 뽑아달라고 호소했다. "스스로 물어보십시오. 후보들 중에서 누가 흑인의 권익 향상을 위해, 그래서 우리가 그들을 가둘 필요가 없는 세상을 만들기 위해 싸울 것인지를. 누가 인종주의적 편견과 제나 판결*같이 이 나라에 고통을 가하는 일들에 맞서겠습니까? 몇 년에 한 번씩 추악한 고개를 세우는 참정권 박탈, 우리 사회에서 여전히 지속되는, 우리의 재산권을 빼앗고 절망시키는 특정 경계구역 지정을 누가 막겠습니까? 누가 이 나

---

* 2006년 루이지애나 제나에서 발생한 흑백 고등학생 폭력 사건에 사법부가 흑인 학생들만 가혹하게 다뤘다는 여론이 일었다.

라, 아니 모든 나라의 '치욕의 회랑Corridors of Shame'*을 더 이상 용납할 수 없다고 나서겠습니까? 답은 분명합니다. 버락 오바마입니다. …그래서 저는 여러분들께 버락을 믿어달라고 말씀드립니다. 아니 무엇보다도 먼저 여러분 자신을 믿으라고 호소하겠습니다. 저는 세상을 있는 그대로 받아들이는 걸 이제 그만 멈추고 우리와 함께 마땅히 그래야 할 세상을 만들자고 호소합니다."[59]

더욱 직접적으로, 미셸은 흑인 유권자들에게—버락이 이기려면 필수적인—클린턴을 버리고 자신들에게 합류해달라고 말했다. 나머지는 버락이 할 일이었다. 버락이 6주 후에 아이오와에서 승리하면, 이 유권자들은 그가 대통령이 될 기회를 잡았으며 승세로 돌아설 것이라고 결론 내릴 것이다.

미셸과 딸들은 막판에 혼신의 힘을 쏟아붓기 위해 친척, 친구, 보모들까지 대동하고 디모인으로 내려왔다. 아이들이 즐겁게 뛰노는 동안 어른들은 흩어져서 선거운동에 매진했다. 3월 이후 미셸은 아이오와를 열일곱 번째 찾았다. 뼛속까지 피로에 절었고 예민해졌다. 그녀의 참모를 맡은 선거운동원 재키 노리스는 '탈진했다'고 표현했다. "배우자가 선거에 출마해보지 않은 사람은 알 수 없는 감정적인 탈진이라는 게 있어요."[60] 미셸은 버락이 질까봐 걱정됐다. 하지만 그날이 다가오면서 가능성이 점점 높아지자, 남편이 승리할까봐 또 걱정이 됐다. 만약 이기면 어떻게 하지, 미셸은 걱정스러웠다. 그때는 그녀에게 또 무슨 일이 일어날 것인가?

2008년 1월 3일은 혹독하게 추웠다. 민주당의 놀라운 사나이가

---

* 사우스캐롤라이나 95번 국도변의 흑인 빈민가.

미셸 오바마

되어 지난 10개월을 보낸 버락은, 코커스 한 군데를 방문할 기회가 생겨 앙키니 외곽의 고등학교로 향했다. 비밀 경호국 요원이 운전하는 차를 타고 플러프, 재럿, 그리고 다른 두 참모와 동행했다. 주차장에 차를 세운 그들은 군중을 보고 고무되었다. 다양한 연령과 민족과 계층 사람들이 섞여 있었다. 버락은 돌아가신 어머니를 생각했다. 그 다채로운 사람들의 물결을 보고 어머니는 얼마나 감탄하실까. 이후 그는 미셸과 크레이그, 가족, 친구 들과 함께 모여 웨스트 디모인에서 저녁식사를 했다. 플러프에게는 예측만으로 전화하지 말고 결과가 분명해졌을 때 알리라고 일러두었다. 소식이 왔을 때 버락의 승리는 확정되었다. 그는 득표율 37퍼센트를 기록했고, 클린턴은 3위로 밀렸다. 에드워즈에게 1퍼센트 미만 차이로 뒤진 것이다. 불과 1년 전까지만 해도 아무도 그에게 희망을 걸지 않던 주에서 8퍼센트 포인트 차이로 결정적인 승리를 거둔 것이다. 그는 하이비Hy-Vee 센터에서 미셸, 말리아, 샤샤와 함께 만면에 미소를 띠고 단상에 올랐다. 의상도 서로 잘 어울렸고, 놀라운 가족사진이 연출되었다. 사진은 곧 유명해졌다.

"감사합니다, 아이오와!" 그는 외쳤다. "사람들은 이런 날이 오지 않을 거라고 했습니다. 우리 목표가 너무 높다고 말했습니다. 사람들은 이 나라가 공동의 목표로 한데 뭉치기에는 너무 분열되었고, 너무 환멸에 젖었다고 했습니다. 그러나 1월의 오늘 밤, 역사상 이 결정적인 순간에 여러분은 냉소주의자들이 우리가 할 수 없다고 한 일을 해냈습니다." 그는 지역구 위원장들, 자원봉사자들, 선거운동원들에게 감사를 전했다. 그리고 한 사람을 거명하며 감사를 표했다. "내 인생의 사랑, 오바마 가족의 주춧돌, 그리고 선거운동의 종결자. 미셸 오바마에게 큰 박수를 보내주시기 바랍니다." 지지자

수천 명이 갈채를 보내며 입이 귀에 걸리도록 웃었다. 오바마 부부
와 점점 성장하는 지지자 군단에게 그 순간은 짜릿한 감동이었다.
닷새 후 뉴햄프셔에서 시작되는 더 힘겨운 날들이 기다리고 있었
지만, 아이오와의 마법은 앞으로도 계속될 것이라고 믿었다.

불가능이라는 장막

버락의 선거운동은 뉴햄프셔에서 수직 상승했다가 같은 속도로 급전직하했다. 자만심의 대가였고 경쟁자들조차 놀라게 만든 후퇴였다. 힐러리 클린턴이 승리했다. 차이는 크지 않아서 7,589표로 39.1퍼센트 대 36.5퍼센트였고, 두 후보는 각각 대의원 아홉 명을 얻었다. 하지만 판세는 요동쳤고 버락이 경선에서 힐러리를 초반에 물리칠 것이라는 전망은 어두워졌다. 콩코드 호텔이 침울한 분위기에 휩싸이자 미셸은 열심히 참모들 사이를 오가며 한 사람씩 포옹하고 기운을 내도록 격려했다. 너무 자만하지 말고 너무 의기소침하지도 말 것, 가훈 중 하나였다. 버락은 우울했다. 그러나 곧 패배를 자신의 미숙한 선거운동 중에 일어난 가장 유익한 사건으로 여기게 되었다. 후보 지명까지 나아가는 머나먼 행진에서 그 패배는 단련의 계기가 될 것이었다. 버락은 여태까지 경험하지 못한 정치적 난타전을 마주했고, 미셸은『내셔널 리뷰 *National Review*』표지에 '불만 여사 Mrs. Grievance'라는 별명으로 실렸다. 아이오와에서는 희망이 두려움을 이겼지만 앞으로는 좀 다른 적들과 맞서야 했다. 워싱턴의 기자 그웬 아이필이 한 해 전에 쓴 '오바마 부부는 무엇이 그들을 기다리는지 아직 모를 것이다'라는 말은 정확했다.[1]

　뉴햄프셔에서 승리를 거둔 클린턴은 11일 후 네바다에서 버락보다 표를 더 많이 획득했다—대의원수는 적었다. 이제 슈퍼 화요일 전에 사우스캐롤라이나가 결정적인 싸움터가 될 터였다. 긴장이 고조되고 양측 모두 예민해졌다. 뉴햄프셔에서 버락은 승리를 예감하며 대규모 집회를 열었는데, 클린턴 부대는 버락이 마지막 토론에서 건방지게 굴었다며 비난했다. 호감도를 토론하는 도중 버락이 노트를 쳐다보다가 고개를 들어 신경질적으로 한마디 한 것이다. "당신은 충분히 호감이 가는 인물이에요, 힐러리 씨." 사흘 후 빌 클린턴은 버락이 자신의 이라크 전쟁 반대 활동 전력을 내세워 힐러리와 구별하려고 애쓰는 것에 대해 '내가 본 것 중 가장 대단한 동화'라고 비꼬았다. 사우스캐롤라이나 경선이 가까워지자 전직 대통령은 두 후보가 "인종이나 성별에 기대어 표를 얻으려 하기 때문에 사람들은 힐러리가 이곳에서 이기기 힘들 거라고 말한다"고 했다.[2] 과거 인종주의적 언행으로 아픈 역사를 지닌 주에서 클린턴의 그런 발언은 흑인들에게 무시당하기 딱 좋았다. "클린턴 부부는 짜증 나요. 말을 부풀려서 공포를 조장하려는 거지요. 백인 유권자들을 겁줘서 쫓아버리려는 거예요." 힐튼 헤드에서 미셸이 주최한 다인종 집회에서 쉰아홉 살 흑인 여성 데데 메이즈가 한 말이다. "그런데 오바마 캠프가 뭔가 조치를 취하지 않으면 아마 그런 게 먹힐 걸요."[3]

　미셸은 버락처럼 정치적 비방에 신사적으로 참지 않았다. 반격에 나섰다. 이례적으로 그녀는 간결한 정치자금 모금 편지에 자기 이름을 올리는 것으로 시작했다. 편지는 이렇게 시작된다. "지난 한

두 주 사이에 다른 후보의 배우자가 큰 주목을 받았습니다. 우리는 경선에 뛰어들면서 버락이 상원의원 클린턴과 대통령 클린턴을 동시에 상대하게 되리라는 것을 알고 있었습니다. 클린턴이 1990년대 자기 업적을 내세우고 지난 성공에서 힐러리가 담당한 역할을 선전할 것이라고 예측했습니다. 공정한 방법이고 우리는 대응할 준비가 되어 있습니다. 하지만 최근에 보듯이 동료 민주당원이 수단과 방법을 가리지 않고 이기기에만 몰두하는 전술을 들고 나올 줄은 미처 예측하지 못했습니다. 버락의 전력을 악의적으로 왜곡하는 비난은 예상하지 못했습니다."[4]

미셸은 전략 테이블에서 아무 직함도 원하지 않는다고 공개적으로 선언했지만, 오바마 선거운동본부가 역부족이라고 판단될 때는 거침없이 제 목소리를 쏟아냈다. "우리가 불공정하게 대접받는다거나 충분히 공격적으로 반격하지 못한다고 느낄 때, 미셸은 과감하게 나섰습니다"라고 2008년 초 전략가 데이비드 액설로드가 말했다. "가부좌를 틀고 앉아 염불만 외지는 않았습니다. 쓸데없는 공격에는 반대했지만 우리의 지위와 명예를 지키는 데는 적극적이었지요."[5] 미셸의 이런 기질은 오빠 크레이그와 닮았다. 크레이그는 더 강력하게 반격하고 싶어했지만 선거운동 사무장 플러프가 말렸다. 사우스캐롤라이나에서 미셸의 수석참모 멀리사 윈터는 미셸이 버락보다 공격에 적극적이었던 적이 많았다고 했다. "미셸은 거칠어요."[6]

애초에 서로 상대가 안 되어 보였지만 미셸 오바마와 빌 클린턴은 점점 호적수로 변해갔다. 미셸은 정치적으로 최근에야 발탁—액설로드는 '징집'이라고 말했다[7]—되었음에도 현대사에서 가장 탁월한 정치인 중 한 사람과 맞붙게 된 것이다. 클린턴은 사령관인 반면 미셸은 아직 미래를 모색하는 젊은 변호사에 불과했다. 나이로는 열일곱 살 차이였고 경력으로는 더 엄청난 차이가 났다. 하지만 두 사람은 공히 역사를 만드는 민주당 대통령 후보의 배우자로서 최선을 다해 주장을 펼치는 중이었다. 두 사람 모두 자신감 넘치고 재치 있었으며, 외고집이고 무척 똑똑했다. 둘 다 노동자 계층 가정 출신의 아이비리그 변호사였다. 둘 다 강인한 배우자가 있었지만 그에 못지않게 독립적이고 강인한 정체성을 지녔다. 그들은 대중을 즐겁게 해준다는 면에서 비슷한 능력을 가졌지만 스타일은 사뭇 달랐다. 악기로 치자면 색소폰과 피아노였다. 클린턴의 선율은 화려하고 음역이 넓으며 종종 복잡한 주제를 풍성하게 넘나들었다. 하지만 미셸의 선율은 대개 부드럽고 산뜻하며 절제되어 있고 늘 조심스러웠다. 클린턴의 연설은 연두 교서와 닮았다. 무상 장학금, 의료 복지 개혁, 줄기세포 연구, 그린칼라 일자리*, 노인 의료 복지, 이란, 제네바 협정, 세법 등을 툭툭 건드리면서 지나가는 분위기였다. 미셸의 연설은 그에 비해 이슈에 집중했고, 주의 깊게 들으려는 사람들에게 어울렸다. 그녀의 말에는 군더더기가 없고 여유가 있었다.

미셸에게 개인적인 것은 곧 정치적인 것이었다. "단순히 희망과 영감 문제가 아닙니다. 아주 솔직히 말하면, 인물에 대한 것입니다." 남편에 대한 공격에서 감지한 뉘앙스 때문에 미셸은 은연중에 클린턴 대통령 시절 백악관의 혼란스럽던 모습을 대비시키며 사우스캐롤라이나에서 이렇게 얘기했다. "벼락은 다릅니다. 그래서 제

---

* 기후 변화가 본격화되면서 빈번해지는 자연재해를 예측하고 재난을 관리하는 전문 직업군.

가 아이들과 멀리 떨어져 여기까지 와서 전 미국을 상대로 말하고 있는 겁니다. 중요한 건 인물입니다." 버락과 그녀가 정치적 난투극에 어떻게 대처하는지 질문을 받으면 그녀는 그 어떤 것에도 놀란 적이 없다고 답했다. "투쟁이 없으면 권력 양보도 없지요."[8] 이 말은 프레더릭 더글러스가 1857년에 한 아래의 말을 언급한 것이다. "권력은 요구하지 않으면 아무것도 양보하지 않는다. 전에도 그랬고 앞으로도 그럴 것이다. 모든 사람이 복종하게 될 권력의 크기를 가늠해보라. 그러면 그들에게 부과될 불공평과 부정의 양을 정확히 알 수 있다."

1월 26일 예비선거 하루 전, 빌 클린턴이 유세를 하고 한 시간이 지난 뒤 미셸은 이렇게 말했다. "두려운 건 진실이 무엇인지 더 이상 알 수 없다는 사실입니다. …진심으로 변화를 원합니다. 논조 변화 말입니다. 분리를 조장하고 분열시키는 말, 서로 고립시키는 그런 논조에 변화가 필요합니다. 정치인들은 가끔 그런 분열에 의지하고 도구로 활용하지요. 숱한 비방을 해대고도 나중에 바로잡을 수 있을 거라고 생각하지만, 실제로는 그렇지 않습니다."[9] 그날 늦게 미셸은 전직 대통령이 이라크 전쟁에 대한 입장을 두고 버락을 모함한 것에 직접적으로 대응했다. 연방상원의원 힐러리 클린턴은 부시 대통령에게 전쟁 개시권을 주는 데 찬성하는 투표를 했지만 버락은 주상원의원으로서 미국의 군사행동에 반대하는 연설을 했다. "자, 제가 한 가지 알려드리지요. 저는 그 사람과 같이 사는 사람입니다." 미셸은 기가 막히지만 할 말은 꼭 해야겠다는 심정으로 말했다. 그녀는 버락이 항상 전쟁에 반대했고, 불리한 상황에서도 반대 발언을 서슴지 않았다고 말했다. 버락이 연방상원의원에 출마할 때였다. 이것이 '반대자들이 알려주지 않는' 진실이라는 것이다.[10]

버락은 사우스캐롤라이나에서 다른 후보들에게 강타를 날렸다. 모든 예측을 깨고 55퍼센트 득표율을 기록했다. 클린턴은 27퍼센트로 2위였으며, 노스캐롤라이나 노동자의 아들 존 에드워즈는 백인 표의 40퍼센트를 얻었지만 전체적으로는 18퍼센트에 그쳤다. 버락은 흑인 표의 78퍼센트와 백인 표의 24퍼센트를 얻었다.[11] '인종은 상관없다! 인종은 상관없다!' 승리 파티에서 지지자들은 연호했다. 빌 클린턴이 능청스럽게 제시 잭슨도 사우스캐롤라이나 예비선거에서 승리했었다고 논평하자, 많은 전문가들과 정치인들이 즉각 그를 비난했다. 1월의 사소한 논쟁들은 선거운동이 치열해질수록 인종 문제가 더욱 크게 부상할 것임을 예고했다. 조만간 그 문제는 폭발적으로 전면에 부상하겠지만 일단 승리한 쪽은 열광적으로 환호했다.

버락의 출마는 40년 전 로버트 F. 케네디의 대선 출마 이후로는 볼 수 없었던 방식으로 민주당 지지자들의 마음을 사로잡았다. 아이오와 캐럴에서 선거운동에 합류한 젊은 조직가 앨리 캐러거는 어머니에게 케네디 얘기를 들으며 자랐다. 어머니는 1960년대 이야기를 할 때 눈빛이 빛났다고 한다. "제가 나중에 자식들에게 어떤 얘기를 해줄지 알겠어요. 오바마 얘기일 거예요."[12] 슈퍼 화요일 전날 캐러거는 후보에 대해 말했다. "어머니의 눈에서 보았던 게 바로 지금 제가 느끼는 거예요." 오바마 집회의 대형 전광판에는 그런 사람들을 사로잡는 뮤직비디오가 상영되었고, 인터넷으로도 급속히 번졌다. 당시는 바이럴 광고*가 상대적으로 낯설 때였다. 'Yes We

---

* 네티즌들이 퍼가기 등으로 전달하면서 자연스럽게 인터넷에 퍼지는 광고 방식.

Can'으로 알려진 이 동영상은 버락이 뉴햄프셔 선거일 밤에 한 연설을 배우와 가수 들이 노래로 부르는 장면을 이어붙인 것이다. 제작자는 '블랙 아이드 피스Black Eyed Peas'의 리더 윌.아이.엠will.i.am이었다. 그는 연설을 듣고 '자유… 평등… 그리고 진리… 그것이 우리가 오늘날 갖지 못한 것들'이라는 생각이 들어서 개념과 악상을 떠올리게 됐다고 말했다.[13]

'우리가 믿을 수 있는 변화'라는 선거운동본부의 희망적인 구호는 실제로 꽤 진실한 이야기들로 뒷받침되었다. 그리고 그 주요한 발언자 중 한 명이 미셸이었다. 두 오바마 가운데 더 직설적인 미셸은 부시 행정부 말기에 미국에서 느낀 불평등을 조금도 주저하지 않고 지적했다. 인구조사국은 3,980만 명이 빈곤선 아래에서 생활한다고 추정했다. 빈곤선은 개인 기준으로 소득이 주당 211달러, 4인 가족 기준으로 주당 425달러 이하를 말한다. 빈곤율은 11년 만에 최고로 치솟았고 미국 가정 절반이 연소득 5만 303달러를 밑돌았으며, 그 결과 교육과 일자리 기회가 위축되었다. 오바마 가족은 최근 부자가 되었다. 2007년 420만 달러를 소득으로 신고했는데 대부분은 인세 수입이었다. 그렇지만 미셸은 직업적으로 사우스사이드에서 하는 활동, 공공동맹 경험, 그리고 친지들의 생활(상당수가 여전히 노동자 계층이거나 거기서 벗어난 지 이제 겨우 10년 또는 20년째였다)을 통해서 그 수치 뒤에 숨어 있는 실상을 잘 알고 있었다.

"어릴 때부터 우리 생활을 지켜봤는데, 세상은 점점 힘들어졌습니다. 보통 사람들에게는 날이 갈수록 어려워졌지요. 생활은 나빠졌어요. 나아지지 않았죠." 미셸은 사우스캐롤라이나 힐튼 헤드에서 지지자들에게 말했다. "그리고 우리는 여전히 같은 나라 국민인데, 그 나라가 너무 상스럽습니다. 차라리 상스러운 게 효과가 있으면 좋겠어요. 우리는 그런 건 아주 잘하니까요. 말투는 거칠고, 어느 정도 상스러운 말은 강한 말이라고 믿게 되었습니다. …그리고 그런 걸 권장하지요. 정치뿐만 아니라 문화의 모든 방면에서 장려하고 있습니다."[14]

같은 날 에스틸이라는 시골마을 길가에 자리 잡은 오바마 선거사무실에서 미셸은 흑인 유권자 100명에게 연설했다. "이 나라는 깨졌습니다." "영혼은 상처 입었고 우리는 갈 길을 잃었습니다. 우리는 서로를 위해 희생해야 하고 타협해야 한다는 믿음과 의지를 잃었습니다."[15] 보통 사람들은 확고한 목표를 세우고 노력해도 계속해서 좌절만 겪게 된다는 말도 덧붙였다. "높이뛰기 막대를 막 넘을 만해지면 그들은 막대를 더 높입니다. 이건 피부색과 상관없는 사실입니다. 성별과도 상관없습니다. 이게 미국 생활의 실상입니다."[16]

막대를 높인다는 비유는 얼굴 없는 기성 제도권과 조작된 게임을 상징하는 말로 몇 달간 미셸이 즐겨 쓴 표현이다. 2007년 9월 미셸은 흑인여성전국연합National Conference of Black Women과 토의했다. "우리가 대적하는 것이 무엇인지 이해할 필요가 있습니다. 오랫동안 우리는 규칙도 없고 이길 만한 자원도 거의 없는 경기에서 경쟁에 내몰렸습니다. 그리고 우리가 불가능을 극복하고 가망 없는 경기에서 승리하고 게임의 규칙을 정한 사람들을 능가하니, 그들은 늘 하던 대로 했습니다. 규칙을 바꾸고 막대를 높였죠. 그리고 너무나 많은 사람이 뒤처졌습니다." 그들은 얼굴 없는 지도자들, 특권층, 냉담하거나 범접할 수 없는 자들이다. 그 결과는 종종 두려움이나 불확실성으로 나타나며, 이는 '불가능이라는 장막'을 만들어낸다고 미셸은 말했다. 변화는 유권자들이 '세상 돌아가는 꼴에 좌절하고 화가 났을 때' 비로소 찾아올 것이다. 그녀는 지역사회 조직

활동 지침서에서 뽑아냈다고 해도 무방할 만한 말로 호소하며, '보통 사람들'은 버락의 출마에 환호해야 한다고 했다. 그들은 공포에 떠밀려 투표하는 것이 아니라 자신의 이익을 위해 투표할 필요가 있었다.

인종과 계급 문제를 오가면서 미셸의 유세 메시지는 버락의 기본 방정식이라고 할 수 있는 '있는 그대로의 세상과 마땅히 그래야 할 세상'의 양 끝을 아울렀다. 전자는 요구를 나타내며, 후자는 목표를 상징한다. 미셸은 세상의 모든 암울한 모습에도 항상 낙관적으로 버락이 미국을 위해 할 수 있는 것을 향해 나아갔다. 공정함, 정직함, 품격으로 한 발 나아갈 수 있는 사람은 바로 버락 오바마라고 외쳤다. 버락은 기성 제도권과의 단절을 의미했다. 힐러리 클린턴도 공화당도 아니었다. '지금 제가 이 자리에 선 것은', 미셸이 힐튼 헤드에서 말했다. "이 경선에서 게임을 바꿀 수 있는 사람, 즉 여태껏 그 게임을 해온 사람들보다 더 잘할 수 있는 사람이 아니라 아예 게임 자체를 바꿀 수 있는 진실한 가능성을 가지고 있는 단 한 사람, 바로 제 남편인 버락 오바마밖에 없다고 생각하기 때문입니다." 미셸은 열 살짜리 흑인 소녀 이야기로 연설을 마무리했다. 19세기 아프리칸 감리교회 지도자인 헨리 맥닐 터너의 고향 사우스캐롤라이나 뉴베리의 이발소에서 흑인 소녀가 미셸에게 다가와 말했다. "버락 오바마가 다음번 미국 대통령이 되면 역사적인 일이 될 거예요." 미셸은 그게 아이에게 어떤 의미인지 물었다. "제가 되고 싶은 걸 무엇이든 꿈꿀 수 있다는 뜻이에요." 소녀는 대답하고 흐느끼기 시작했다.

"그 작은 아이가 울기 시작했습니다. 생각해보세요. 열 살밖에 안 됐는데 그 아이도 알고 있었던 겁니다." 미셸은 청중을 향해 말했다. "그 아이는 불가능의 장막이 여러분을 질식시킬 때 무슨 일이 일어나는지 알고 있습니다. 여러분이 기회를 가져보기도 전에 무엇을 할 수 없고 무엇이 될 수 없다고 말하는 나라에 살 때, 전부가 아닌 일부 사람에게만 교육의 기회를 부여하는 나라에 살 때, 정치가 모든 합리를 이기는 나라에 살 때 말입니다. 이것이 바로 이번 선거에 달린 일입니다."[17]

케이티 매코믹 렐리벨드의 전화벨이 울렸다. 2008년 2월 18일이었고 젊은 언론 담당 비서는 상관 미셸과 함께 선거 유세 차 위스콘신에 있었다. 전화선의 반대쪽에는 선거운동 홍보실 간부 빌 버턴과 댄 파이퍼가 있었다. 시카고에서 걸려온 전화였다. 그들은 보도를 보고 무엇이 잘못됐는지 확인하고 싶어했다. 렐리벨드 역시 뉴스를 보았으나 뭔가 잘못됐다고 느끼지는 못했다. "늘 하던 대로였습니다. 미셸은 짧은 경구로 연설하지 않아요. 모두가 이해할 수 있는 굵직한 얘기들을 했어요. 시간이 짧아서 방송사에서는 오지 않았고요." 시카고 사람들은 이미 기자들의 전화를 처리하며 걱정하고 있었다. 렐리벨드는 전화를 끊고 휴대용 녹음기의 재생 버튼을 누르고 연설에서 문제가 되는 부분이 있는지 찾아보았다.[18]

"희망이 돌아오고 있습니다." 미셸은 그날 아침 밀워키에서 말했다. "여러분께 말씀드리건대 저는 성인이 된 이후 처음으로 제 조국이 자랑스럽습니다. 버락이 잘하고 있어서가 아니라 사람들이 변화를 갈망하고 있기 때문입니다." 성인이 된 이후 처음으로 제 조국이 자랑스럽습니다. 이 한 문장은 계속 반복해서 방송 전파를 탈 것이며, 논평가들에게 해부당하고, 공화당 비평가들에게 미셸은 훌륭하고 순수한 애국자인 척했지만 사실은 그렇지 않다는 물증으로

미셸 오바마

널리 이용될 것이다.

　다음 날 공화당 후보 존 매케인의 부인 신디 매케인이 자원해 나섰다. "저는 제 조국이 자랑스럽습니다. 저는 당신에 대해 모릅니다. 혹시 전에 이런 말을 들어봤는지 모르겠군요. 저는 제 조국이 아주 자랑스럽습니다." 폭스 뉴스에서는 반反 오바마 논평자인 숀 해니티가 시청자들에게 말했다. "우리 나라가 상스럽고 자랑스러워할 게 하나도 없다고 생각한다면 그건 심각한 문제입니다."[19] 일부 비평가는 미셸의 자랑스럽다는 발언은 공개적으로 '해답'[20]이라 칭한 버락이 상승세를 타고 있기 때문이라고도 해석했다. 다른 사람들은 그녀가 미국에서 프린스턴과 하버드를 졸업했고 재산도 좀 모았으며 백악관의 주인이 될 가능성도 있는 상황에서, 어떻게 감히 자기 나라를 자랑스럽지 않다고 할 수 있느냐고 해명을 요구했다. 필리핀인 부모를 둔 오벌린 대학 출신 보수주의자 칼럼니스트 미셸 맬킨은 '우리는 동시대에 태어나서 살았다. 하지만 그녀의 외곬은 내게는 완전히 낯설다'고 썼다. '도대체 그녀는 어느 행성에서 살고 있는가?'[21]

　미셸 오바마의 그날 발언은 즉흥적인 것도 사고도 아니었다. 그녀는 똑같은 내용을 몇 시간 간격을 두고 거의 똑같은 단어를 써가면서 두 번 말했다. 미셸은 밀워키에서 주도主都 매디슨으로 이동해 연설했다. "희망이 돌아오고 있습니다. 여러분께 말씀드리건대 제가 어른이 된 이후로 처음으로 저는 제 조국을 정말로 자랑스럽게 여깁니다. 버락이 잘해서가 아니라 사람들이 변화를 갈망하고 있기 때문입니다. 저는 우리나라가 그런 방향으로 움직이기를 간절히 원했고, 제가 겪은 좌절과 실망이 저 혼자만의 것은 아니라는 것을 느끼고 있습니다. 저는 사람들이 기본적이고 공통적인 문제를 두고 단결하고 싶어하는 것을 보았으며 그게 자랑스러웠습니다. 저는 그걸 보았다는 것만으로도 행운으로 여깁니다. 이 나라 구석구석을 돌아다니며 우리를 분열시키는 것보다는 단결시키는 것이 더 많다는 것을, 아이오와의 농민이 겪는 어려움이 시카고 사우스사이드에서 일어나는 일과 다르지 않다는 것을, 사람들이 같은 고통을 느끼고 가족을 위해 원하는 건 다 똑같다는 사실을 깨닫게 되었습니다."[22]

미셸의 참모나 청중에게 이 발언은 상식적이었다. 주목할 만한 것도 아니고 후폭풍의 빌미를 제공할 만한 것은 더더욱 아니었다. "도대체 뭐가 문젠데?"라며 그들은 의아해했다. 대중의 존경을 받던 미국 최초의 흑인 합동참모본부장 콜린 파월은 12년 전 자서전 『나의 미국 여행 *My American Journey*』에서 '군대는 내가 좀 더 쉽게 조국을 사랑하게 해주었다. 그 많은 결함들에도 불구하고'라고 썼다.[23] 미셸의 공공동맹 동료 폴 슈미츠는 우연히 밀워키 연설 때 제일 앞줄에서 비디오를 찍었다. "거기 있던 사람 누구도 실언을 들었다고 생각하지 않았어요. 자리를 뜨면서 '오, 이런, 우리 큰일 났다'라고 생각한 사람은 하나도 없었죠"라고 백인인 슈미츠는 말했다. "이치에 맞는 말이었어요. 저라도 그렇게 말했을 겁니다. '이름이 버락 후세인 오바마라고? 말도 안 돼. 절대 안 돼', 과거에는 이런 식으로 말하는 사람들이 꽤 많았습니다. 한때는 그런 게 평범한 대화였어요. 그런 게 상식으로 통하던 나라였기 때문에 정말로 격세지감을 느끼는 거지요."[24]

다시 시카고의 상황을 보면, 역사학자 티뮤얼 블랙은 대수롭지 않게 여겼다. 미셸이 '수백수천만 흑인 미국인이 느끼는 심정을 표현'한 것뿐이라는 것이다.[25] 변호사 제임스 몽고메리도 블랙과 마

미셸 오바마

찬가지로 그것은 편견일 뿐이며 미셸이 실언한 게 아니라고 생각했다. "자명한 사실이지요. '내가 여기 있다. 남편이 대통령에 출마했다. 그는 흑인이다. 그리고 아이오와는 그에게 굉장한 승리를 안겨주었다.'" 하이드파크의 오바마 집에서 북쪽으로 한 집 건너에 사는 전직 인권변호사는 말을 이었다. "제 생각에 미셸의 말이 정말로 의미하는 바는 그녀가 마음속 깊은 곳에서, 백인 다수가 흑인 대통령을 뽑아줄지 의심을 품고 있다는 것입니다. 미셸은 자라면서 조국을 자랑스러워할 수 없는 이유를 시카고에서 수도 없이 봐왔지요."[26]

그렇지만 시카고 본부에서는 선거운동 지도부가 이구동성으로 '어이쿠' 비명을 질렀다. 그들은 광범한 유권자들에게 버락이 위험한 인물이 아니며 충분히 주류에 속하는 후보라고 설득해야 했다. 그런 관점에서 보면 미셸의 발언은 쉽게 말해 도움이 되지 않았다. 즉각 사태 수습 조치가 시작됐다. 버턴은 언론 발표문을 작성했다. '미셸의 의도는 지금 이 순간 정말로 자랑스럽게 여긴다는 것이다.'[27] 버락도 미셸이 정치에 뿌리 깊은 불신이 있었다는 것을 지적하며 방어에 나섰다. 그는 발언을 오해한 것이라고 말했다. "미셸이 의도한 것은 미국의 정치를 자랑스럽게 여긴 것이 처음이었다는 겁니다. 미셸은 정치 과정에 상당히 냉소적이었고, 그럴 만한 이유도 충분했습니다. 또 그건 미셸만 그런 것도 아니었습니다."[28]

이틀 후 로드아일랜드에서 열린 다음 공식행사에서 미셸이 스스로 해명에 나섰다. "저는 미국인들이 적극적으로 정치 과정에 참여하는 것이 자랑스럽습니다." "제 생애 처음으로 여태껏 본 적 없는 양상으로 사람들이 팔을 걷어붙이고 나서는 것을 보고 있습니다." 한 기자가 미셸에게 항상 조국을 자랑스럽게 생각해왔느냐고 물었다. "당연하지요"라고 그녀는 대답했다.[29] 선거 유세가 다음 국면으로 넘어가기 시작하자 참모 로버트 기브스는 그 소동을 돌이켜보면서 그런 일이 11월 선거 전날이 아니라 유세 초기에 터진 게 그나마 다행스러운 일이라고 말했다.[30]

미셸의 발언에 대한 반응은 사람들이 그녀를 받아들일 때 드러내는 분열된 시각을 보여주었다. 팬들에게 미셸은 권력에 맞서 당당히 진실을 말하며, 진정성 있고 진지하게 행동하는 사람이었다. 그녀는 문제를 직시하고 해결책을 찾았다. 자기만의 화법으로 새로운 희망에 회의적인 사람들을 설득했고 소외된 사람들을 단결시켰다. 반면 적들에게 미셸은 불평분자이고, 배은망덕한 사람이었다. 조국이 미셸과 그녀의 검은 이카루스인 남편에게 베풀어준 것에 감사할 줄 모르는 속물이었다. 악의적인 평가가 점점 힘을 얻으면서 미셸이 분열을 조장할 뿐만 아니라 꽤 위험할 수 있으며, 반역자일지도 모른다는 암시가 번졌다. 미셸의 프린스턴 졸업논문이 그런 견해를 지지하는 증거로 거론되었다. 그녀가 '부끄럽지 않은 흑인과 당당한 기독교인'이라는 신조를 내건 그리스도연합교회에 다닌다는 사실도 마찬가지였다. 폭스 뉴스의 흑인 논평자 후안 윌리엄스는 나중에 미셸의 '맞춤 드레스에는 스토클리 카마이클*을 연상시키는 특징들'이 보인다고 말했다.[31] 유세장 단상에서 미셸이 버락을 맞이하며 서로 주먹을 부딪치자 폭스 뉴스 기자는 우스갯소리로 '테러리스트의 인사법'이냐고 물었다. 미셸이 '백인놈'들이 나라를 좌지우지한다는 등 악의적인 발언을 했다는 우익 블로거들

---

* '블랙 파워'라는 급진적이고 혁명적인 슬로건으로 유명한 미국의 흑인인권운동가.

미셸 오바마

의 근거 없는 주장이 언론의 주목을 받았다.

미셸은 상상력을 더해가는 주장들에 대해 터무니없다며 일축했다. 『뉴요커 *The New Yorker*』는 표지에 풍자 캐리커처를 실었다. 미셸이 전투화를 신고 어깨에 칼라시니코프 소총을 걸친 아프리카계 복장의 지하디스트(이슬람 성전주의자)가 되어 버락과 백악관 집무실에서 주먹 인사를 나누는 장면이었다.[32] 작가 배리 블리트는 미셸에 대한 비난들이 '공포를 부추기는 우스꽝스러운 짓거리'임을 밝히려는 의도였다고 말했다.[33] 그런 비난들이 말리아의 귀에도 들어갔다. 말리아는 2008년 7월 4일에 열 살이 되었다. 하루는 말리아가 왜 뉴스에 나오는 사람들은 '엄마가 조국을 사랑하지 않는다'고 말하는지 버락에게 물었다. 미셸도 아이의 말을 들었다. 버락은 정치하는 사람들은 가끔 비열한 말을 한다고 설명했다. 말리아는 "미친 짓이에요"라고 대꾸했다.[34]

미셸의 로스쿨 친구 베르나 윌리엄스는 사태의 원인을 찾으면서 당당히 자기주장을 펼치는 성공적인 전문직 흑인 여성이 국내 정치계에 몰고 온 상대적인 참신성을 꼽았다. 구태의연한 비아냥꾼들은 기본적으로 '어떻게 미셸 오바마가 퍼스트레이디가 될 수 있는가? 그녀는 레이디(귀부인)가 아닌데'라고 여긴다는 것이었다.[35] 레이디 신분은 수세대에 걸친 미국 역사에서 백인 여성의 전유물이었다. 사람들이 기억하는 정치인 부인의 전형은 사근사근한 태도였다. 물론 백인인 것은 말할 것도 없다. 후보들을 향한 화려한 찬사 이외의 다른 뉴스거리를 만드는 건 부인들이 할 일이 아니었다. 마저리 윌리엄스가 조지 H.W. 부시의 부인 바버라 부시의 신랄한 말투를 두고 한 말처럼, '그녀의 역할에서 가장 필수적인 조건 중 하나는 기억에 남을 만한 일에는 가능한 한 말을 아끼는 것'이었다.[36] 후보자의 부인이라면 미셸처럼 '지도자들이 우리에게 진실을 말해줄 생각이 없기 때문에' 미국이 이라크와 전쟁에 돌입했다거나, '특히 헌법이 유린되는 현 상황에서는 헌법을 이해하는 사람'이 백악관에 들어가는 게 좋을 거라는 식으로 말해서는 안 되는 것이었다.[37] 아울러 미셸의 경우 (후보의) 배우자가 주장이 강할 때 맞닥뜨리게 되는 당파적인 반발이 인종주의적 편견에 기반한 경멸로 더욱 강화되었다. 인터넷에는 악성 댓글들이 넘쳐났다. 미셸은 중심 표적이 되고 있었다. 그녀는 『뉴욕 타임스』 인터뷰에서 "거짓말이 어디까지 갈 수 있는지 알면 아마 놀랄 겁니다"라고 말했다. "그러니까 제 말은, '백인놈들'이라고요? …그런 말을 한 사람은 저를 모릅니다. 그들은 제가 어떤 삶을 살았는지 몰라요. 저에 대해 아무것도 모릅니다."[38]

버락은 2월 19일 위스콘신과 하와이에서 결정적인 승리를 거두고 경선 열 번에서 연거푸 승리했다. 평균 득표율은 34퍼센트였으며, 대의원 숫자는 클린턴을 훨씬 앞질렀다. 그렇지만 뉴욕 상원의원 클린턴은 자기에게 유리한 전장 텍사스와 오하이오로 접어들면서, 중도 포기할 의사가 없음을 천명하며 유권자들에게 자신은 이미 잘 알려진 사람이고 권력에 가까이 있어봤기에 신뢰할 수 있는 사람이라고 호소했다. "우리가 당면한 선택은 바로 이것입니다." "이 위험한 세상에서 우리 중 한 명은 최고사령관이 될 준비가 되어 있어야 합니다. 우리 중 한 명은 과거에 공화당의 강적을 상대한 적이 있습니다. 그리고 우리 중 한 명은 다시 그 일을 할 준비를 갖췄습니다."[39] 실제로 클린턴은 텍사스와 오하이오에서 앞섰다. 오바마 부부와 선거운동본부 고위 참모들은 잔뜩 겁먹은 채로 7주 후 거의 패배가 확실시되는 펜실베이니아를 향해 터벅터벅 걸어갔다.

그런데 설상가상으로 펜실베이니아 투표가 있기 전, 제레미아 라이트 목사의 설교가 미디어플렉스를 타고 계속 재방영되면서 사태가 더욱 악화되었다. 상황이 그렇게 전개되자 버락은 미국 사회의 인종과 인종주의에 대해 그 어느 때보다도 분명한 입장을 표명할 수밖에 없게 되었다. 그의 전략가들이 피하고 싶어한 암초에 결국 맞닥뜨려버린 것이다.

제레미아 라이트는 누구인가? 버락은 그를 통찰력 있고 영감을 주는 사우스사이드 사람으로서 '저를 주님께 인도하고 교회로 불러들인' 사려 깊은 목사라고 설명했다.[40] 그는 사회 정의에 관심이 많고 에이즈 환자들을 도우며, 교회의 아프리카 선교를 지휘하고, 버락이 두 번째 책『담대한 희망』을 쓰는 데 영감을 준 사람이었다. 그리고 버락의 시카고 생활 초창기에 멘토 역할을 했고 결혼식 주례를 섰으며 말리아와 샤샤에게 세례를 해주었다. 유세 기간 중에는 종종 미셸이 라이트 목사의 허락을 얻어 교회 신도들에게 발언할 기회를 갖기도 했다. 그렇지만 유세가 진행되는 동안 마치 연극배우처럼 다시키*를 입은 그의 모습은 초창기에 버락이 보여준 이미지와 너무나도 달랐다. 언론에서 라이트 목사를 매우 단순화시켜 묘사했다는 점을 감안한다 해도, 그의 설교에서 등장하는 샷건을 난사하고 폭격을 감행하는 듯한 반정부, 반체제 인사로서의 과격한 모습은 버락의 초기 이미지와는 부합하기 어려웠다.

선거운동 참모들은 2007년 2월부터 라이트가 오바마 캠프에게 뜨거운 감자라는 사실을 알고 있었다. 라이트는 스프링필드에서

---

* Dashiki. 서아프리카에서 남성들이 입는 민속의상.

버락이 대선 출마를 선언할 때 기도를 집전하기로 했었다. 그렇지만 참모들은 새롭게 보도된 라이트의 설교문 때문에 버락의 연설이 언론의 관심에서 밀려날 수 있다며 반대했다.『롤링 스톤*Rolling Stone*』에 따르면 라이트는 이렇게 설교했다. "첫 번째 사실, 대학에 있는 흑인보다 교도소에 있는 흑인이 더 많습니다. 두 번째 사실, 인종주의는 이 나라가 세워진 토대이며 이 나라가 운영되는 원리입니다! 우리 나라는 마약 수입, 무기 수출, 그리고 전문 킬러 양성에 깊숙이 관여하고 있습니다. …우리는 백인우월주의와 흑인열등주의를 믿으며, 그것도 신보다 더 열심히 믿고 있습니다."[41] 잡지 기사를 보고 놀란 버락은 라이트에게 출마 선언 당일에 연설할 필요가 없다고 통보했다. 대신 그전에 가족 기도를 해달라고 목사를 초대했고, 그는 그렇게 했다.

2008년 3월 13일 버락이 텍사스와 오하이오의 패배로 맥이 빠져 있을 때 라이트가 선거운동에 심각한 골칫거리로 급부상했다. ABC 뉴스가 3분 25초짜리 보도를 내보냈는데, 라이트의 설교에서 발췌한 내용과 버락이 20년간 다닌 그리스도연합교회를 지지하는 발언을 짜깁기한 것이었다. 2003년 동영상에서는 라이트가 과도하게 많은 흑인을 미국 정부가 교도소에 수감했다고 비난하면서 시민들에게 "노래하시오, '신이여, 미국을 축복하소서.' 아니, 아니, 아니지! 신이여, 미국을 저주하소서! 죄 없는 사람을 죽인 자에 대해 성서에 이런 기록이 있습니다. 신이여, 우리 시민들을 인간 이하로 취급한 미국을 저주하소서! 신이여, 미국이 신처럼 굴고 최고인 양 행동한다면 계속해서 저주하소서!"

2001년 9월 16일—세계무역센터와 펜타곤에 테러 공격이 있은 지 닷새째 되는 날이었다—또 다른 설교에서, 라이트는 그 공격이 미국이 해외에서 저지른 폭력과 악행에 대한 보복이라고 말했다. 또 미국이 제2차 세계대전을 종식시키기 위해 일본에 떨어뜨린 원자폭탄 두 발로 훨씬 더 많은 사람이 죽었다고 했다. "모든 게 미국의 업보입니다." ABC 뉴스는 최근 은퇴한 그 목사를 '가끔 제가 동의할 수 없는 말을 해대는 늙은 삼촌'으로 비유한 버락의 말을 인용해 보도했다. 또 라이트를 옹호하는 신도들의 주장도 내보냈다. "아니오, 과격하다고 보지 않습니다." 한 여성이 카메라를 쳐다보며 말했다. "그게 미국에 사는 흑인들의 삶이라고 말하겠어요."[42]

라이트 관련 뉴스가 급속도로 퍼지며 버락의 정체성과 저의를 면밀히 따져야 한다는 여론이 비등했다. 클린턴의 선거운동본부가 버락을 풋내기에 불과하고 대선에서 경쟁력이 없다고 깎아내리는 상황에서, 회의론자들은 라이트 같은 목사와 함께하는 후보에게 백악관의 열쇠를 맡길 수 있겠느냐고 묻기 시작했다. 버락은 오하이오에서 이미 많은 백인 유권자를 잃었는데, 이제 후보 지명전이 길어지면서 펜실베이니아가 다가왔고 뒤이어 인디애나와 노스캐롤라이나가 줄줄이 닥쳐왔다. 선거운동본부가 원치 않던 돌발 쟁점이었다. 버락은 라이트의 발언들이 '자극적이고 경악스럽다'는 논평을 냈다. 그렇지만 별다른 효과는 없었다. "우리의 인종주의 역사에 스며든 모든 의심과 오해가 한꺼번에 갑자기 낱낱이 까발려진 순간이었지요." 버락은 나중에 『워싱턴 포스트』의 댄 발즈에게 말했다. "라이트 목사의 일을 제대로 처리하지 못했다면 우리가 질수도 있었다고 생각합니다."[43]

마티 네즈빗은 시카고에 있다가 인디애나에서 유세 중이던 버락의 전화를 받았다. 버락은 에릭 휘터커, 밸러리 재럿과 같이 앉아 그를 기다리는 중이라고 했다. 네즈빗은 원래 인디애나 유세에 참가하려 했으나 아내의 출산일이 가까웠기 때문에 그럴 수 없었다. 그는 계속 뉴스를 주시하고 있었다. "제레미아 라이트 건은 사실 숨겨진 축복입니다." 그의 말에 버락은 웃음을 터뜨리고 다른 사람들에게 그 말을 전했다. 네즈빗은 라이트가 장애물을 만든 것은 사실이지만, 버락이 충분히 처리할 수 있다고 설명했다. 연설을 통해서 말이다. 버락이 종종 고려한 적은 있지만 한 번도 하지 않았던 미국의 인종에 대한 연설하자는 것이었다. 오직 버락만이 그런 연설을 할 수 있다고 네즈빗은 말을 이었다. 버락이 스스로 흑인임을 규정해서만이 아니라, 백인 어머니와 할머니를 두었으며 성인이 되어 많은 시간을 인종주의 문제에 대해 깊이 고민했기 때문이라는 것이다. 네즈빗은 버락이 강력한 연설만 해내면 '게임 오버'라고 했다. 버락이 충분히 할 수 있다는 걸 모두가 알고, 아울러 백인 여성 클린턴은 절대 할 수 없다는 것도 자명한 사실이었다. 이미 참모진의 주의를 환기시킨 버락은 대답했다. "그렇다면 연설을 해야겠군요."[44]

미셸 역시 라이트 대참사를 버락이 한 발 더 나아가야 할 순간으로 보았다. "버락과 저는 '기회다. 이게 바로 당신이 여기 있는 이유다. 이게 바로 당신이 이번 경선에 참여한 이유다. 왜냐하면 이 논의는 꼭 필요한데, 당신이 아니면 아무도 할 수 없고 말할 수 없는 관점과 목소리를 당신이 갖고 있기 때문이다'라고 이야기했지요." 미셸이 설명했다. "제가 버락에게 한 말은 '당신도 그렇게 생각한다는 걸 알아요. 이 문제에 대해 미국인들에게 무슨 얘기를 하고 싶어하는지 정확히 알고 있고, 그게 얼마나 복잡한지도 알고 있어요'였어요. 그게 지도자가 할 일이었습니다. 이건 기회였고, 앞으로 버락이 어떻게 이끌어갈지를 보여주는 한 가지 사례에 불과했습니다."[45]

미셸 오바마

일단 필라델피아에서 연설하기로 결정하자, 미셸은 전에 없이 선거운동사무장 데이비드 플러프에게 전화를 걸어 행사장에서 언론에 할당된 자리를 제하면 청중석은 대략 100여 석 남짓인데 그걸로 충분할지 물었다. "활기, 박력, 열정이 필요해요. 맥 빠진 강연 같은 거 말고요"라고 플러프는 미셸의 말을 그대로 기억했다.[46] 미셸은 버락이 '지지자들의 얼굴을 보고 힘을 얻어야' 한다고 했다. 플러프는 동료들과 함께 상황을 점검했다. 선거운동본부는 일정 때문에 국립헌법센터National Constitution Center에서 행사를 진행할 수밖에 없었다. 플러프가 이유를 설명해주었다. 미셸은 남편을 응원하러 네즈빗, 재럿, 그리고 장래 법무부장관이 되는 에릭 홀더와 함께 필라델피아로 날아갔다. "미셸은 이런 순간에 빛을 발합니다"라고 플러프는 말했다. "그녀는 선거운동 전반에 대해 질문을 많이 하지는 않았어요. 그렇지만 일단 질문하면 그럴 만한 이유가 있었지요. 우리가 일을 철저하게 처리했는지 확인하고 나면 대체로 만족했습니다. 그때가 그런 상황이었습니다."[47]

버락은 밤늦게까지 연설문을 다듬은 뒤 3월 18일 성조기가 파수병처럼 늘어선 무대에서 연설했다. 에이브러햄 링컨, 헌법, 그리고 자신의 정치적 여정을 이끄는 소명을 향해 고개를 숙인 후 연설 제목을 '더 완벽한 통합'이라고 정했다. 이 연설은 수많은 세계로 열린 창 앞에 선 철학자가 흑과 백을 서로에게 설명하는 식의 글을 연설문 형태로 옮긴 것이었다. 더 중요하게는, 갈색 피부로 태어난 정치인이 백인 청중에게 자신의 정체성이 무엇이며, 또 무엇이 아닌지를 알려줄 의무감으로 쓴 설명문을 연설하는 것이었다. 버락은 노예의 후예와 결혼한 아프리카계 미국인이 대통령 지위의 문턱에

섰다는 부정할 수 없는 사실에 입각해 자신의 개인사와 미셸의 개인사를 미국 역사에 올올이 짜 넣었다. 38분간의 연설에서 '있는 그대로의 세상과 마땅히 그래야 할 세상'이라는 익숙한 서술과 함께 중간 단계 하나가 추가되었다. 현재 만들어지고 있는 세상이었다.

버락은 흑인들의 통한과 백인들의 분개가 여전히 지속되며 서로 분노를 유발하고 '인종적 교착상태'를 야기하는 것은 누구도 부정할 수 없는 현실이라고 말했다. 그렇지만 라이트 목사의 '중대한 실수'는 미국 사회를 정태적으로 파악한 것, 즉 목사가 성년이 되던 1950~1960년대 '흑백분리가 여전히 국법으로 존재하고 체계적으로 기회를 제한하던' 때의 인종주의가 여전히 온존한다고 본 것이라고 덧붙였다. 짐크로가 횡횡하던 시절이 있었다고 버락은 상기시켰다. 그 시절 흑인은 노동조합, 경찰, 그리고 일정 동네에서 배제되었고, 은행은 흑인 사업자에게 대출을 거절했으며, 어느 정도는 경제적인 기회 상실에 따른 좌절과 수모로 흑인 가정의 유대가 느슨해진 때였다. 그런 심각한 사회 부정의가 흑인들을 짓눌렀고, 지금도 라이트 목사 세대—당연히 프레이저와 메리언 로빈슨도 포함된다—의 견해에 영향을 미치는 것이라고 말했다. 여기에 라이트는 '미국은 변할 수 있다'는 증거를 신뢰하지 못한 것이 잘못이라고 정리했다.

버락은 걱정하는 참모들에게 최근 그리스도연합교회에 잘 나가지 않았고 그런 선동적인 설교를 들은 기억이 없다고 말했다.[48] 하지만 라이트의 예배는 전국의 모든 흑인 교회에서처럼 일종의 공연 같은 분위기였다고 말하며 그들을 납득시키려 했다. 모든 종교적 장소에서 신도들이 그러하듯, 예배자들은 긴 의자에 앉아 목사님의 말씀을 가려서 들을 수 있었다고 말했다. "라이트 목사의 일부 설교에서 분노의 목소리를 듣고 그렇게 많은 사람이 놀란 것을 보면 미국에서 흑백이 가장 극명하게 갈리는 시간은 일요일 아침이라는 옛말이 딱 맞는 것 같습니다."

그 많은 논란과 심적 고통에도 버락은 목사와 절연하지 않을 것이라고 필라델피아에서 말했다. "제가 흑인 사회를 떠날 수 없는 것처럼 그분과도 인연을 끊을 수 없습니다." 그리고 덧붙였다. "제가 제 백인 할머니와 인연을 끊을 수 없듯이 그분과도 인연을 끊을 수 없습니다. 할머니는 저를 키워주셨고, 저를 위해 거듭 희생하셨으며, 이 세상의 모든 것을 사랑하시듯 저를 사랑하십니다. 그렇지만 할머니는 언젠가 길거리에서 스쳐 지나가는 흑인 남자가 무서웠다고 고백하신 적이 있고, 인종주의적인 편견을 드러내는 말씀을 하셔서 저를 움찔하게 만든 적도 많습니다. 이런 사람들이 저의 일부분이고, 그들이 미국의 일부이며, 제가 사랑하는 조국입니다." 앞을 바라보며, 그는 흑인 사회에 대해 '과거의 희생자가 되지 말고 우리 과거의 짐'을 받아들이라고 조언했다. 백인 사회에 대해서는 '흑인 사회를 고통스럽게 만드는 것이 단지 흑인들의 마음속에만 있는 것은 아니라는 것, 그리고 과거처럼 노골적이지는 않지만 차별의 잔재와 차별로 인한 사건들이 현재에도 실재하며, 조치가 취해져야 한다는 사실'을 인정할 것을 촉구했다.

연설은 정치적 성공으로 널리 평가되었다. 라이트의 설교로 유발된 출혈을 멎게 하고 확신을 요구하는 유권자들에게는 확신할 수 있는 근거를 주었다. 버락의 진영에서 청중과 함께 조용히 연설을 지켜보던 네즈빗의 두 뺨 위로 눈물이 흘러내리는 모습이 사진에 찍혔다. 미셸은 "버락은 연설에서 제가 가진 모든 감정에 목소리를 부여해줬습니다"라고 말했다.[49] 그녀는 누구보다도 버락이 자신이 말한 대로 살아왔고 어떻게 그 말에 이르게 됐는지 잘 아는 사람이었다. "저는 그가 말한 것이 정말로 자랑스럽습니다. 그가 말한 모든 것들이 다양한 방식으로 제게 말을 겁니다. 그가 언급한 단어 하나하나가 모두 명백하고 현명하고 친절하고 통합을 지향합니다." 그녀는 버락의 그 연설이 '우리가 나눠야 할 긴 대화의 시작에 불과하다'며 '어렵다고 꺼렸던 다른 많은 사람과는 달리' 버락이 그 대화를 이끌어갈 것이라고 예언했다. 미셸은 자신의 입장을 분명히 했다. "저는 대화를 두려워하지 않아요. 우리가 대화를 통해 풀고 전진할 수 있기를 간절히 원해요."[50]

오바마 진영은 펜실베이니아의 예견된 패배를 거치며 지치고 사기가 떨어진 가운데 힘겹게 숨을 몰아쉬며 전진했다. 패배한 다음 날 밤 간부들은 새로운 결의를 다지기 위해 하이드파크 오바마의 집 저녁 식탁에 둘러앉았다. 민주당 대의원 수에서는 아직 앞서고 있었지만, 뉴햄프셔에서부터 내내 클린턴을 너끈히 따돌리려는 시도는 번번이 실패하고 있었다. 그들은 노스캐롤라이나와 인디애나에서 새로운 가능성을 보았다. 그렇지만 그들이 탄력을 받을 만하면 라이트 목사가 거의 괴상하다고 할 만치 치명적인 발언을 쏟아내며 재부상했다. 버락은 좀 더 강하게 말할 필요가 있음을 깨달았다. 그는 그의 예배를 '경악스럽다'고 표현하고 '구경거리'라고 불렀다. 그런 태도는 "저의 모든 것과 모순됩니다"라고 그는 말했다. "저는 제 성년기의 전부를 서로 다른 사람들 사이의 간극을 메우는 일에 바쳤습니다. 그것은 제 DNA 속에 박혀 있고 상호 간의 이해를 증진시키는 것이 제가 할 일입니다." 그는 미셸도 "비슷하게 화가 났다"고 말했다.[51] 그들은 상처받고 배신당하고 혼란스러운 기분 속

미셸 오바마

에서 그리스도연합교회를 탈퇴했다. 버락은 시련 속에서도 열심히 선거운동을 전개했고 미셸도 마찬가지였다. 그녀는 투표가 시작되기 전날 밤늦게 인디애나 게리에서 혼자 나가서 거의 한 시간이나 연설하는 등 무리한 일정을 소화했다. 그러고 나서 버락과 함께하는 마지막 집회에 참석하기 위해 제트기를 타고 인디애나폴리스로 갔다. 그 집회에는 사기를 높이기 위해 스티비 원더가 출연했다. 35년 전, 어린 미셸은 스티비 원더의 노래를 가장 좋아했었다.

　노스캐롤라이나의 유권자들이 버락의 길을 터주었다. 그리고 인디애나 유권자들도 그에게 거의 승리를 안겨준 것이나 다름없었다. 특히 흑인과 젊은 층에서 선전했다. 그들 중 많은 이들은 새로 등록한 유권자들이었다. 그날 밤 NBC 뉴스 앵커 팀 루서트는 '이제 우리는 민주당 후보가 누가 될지 안다'고 선언했다. 나머지 6개 지역의 예비선거는 요식 행위에 불과했다. 클린턴은 1,800만 표를 얻으며 오바마 진영을 막판까지 몰아붙였지만 결국 따라잡지는 못했다. 6월 3일 사우스다코타와 몬태나의 유권자들이 투표소로 향하고, 소위 슈퍼 대의원들*이 자신이 지지하는 후보 쪽으로 모이면서, 버락은 후보 지명을 받았다. 그는 미네소타의 단상에서 연설했다. 확실히 승리에 감격한 모습이었고, 11월에 꼭 이겨야겠다는 막중한 사명감이 벌써부터 움트기 시작했다고 나중에 소회를 밝혔다.

　축하연을 한 뒤 미셸이 시카고의 집으로 날아오자 말리아와 샤샤가 잠에서 깼다. 자정이 넘은 새벽, 버락이 반쯤 잠든 상태에서 미셸과 함께 침대에 기어들었을 때 아이들은 그가 민주당 대선 후보가 되었다는 사실을 알았다. "아이들이 '어어, 그럼 오늘은 아빠한테 엄

---

* 　바람몰이로 후보 지명전에서 승리하는 폐단을 막기 위해 전·현직 간부들로 구성한 당연직 대의원들.

청난 밤이네!'라고 소리쳤던 것 같아요"라고 미셸은 회상했다. "저
는 '글쎄, 너희들은 이게 얼마나 대단한 일인지 아니? 대통령 후보
가 된 흑인이 아직 한 명도 없었다는 걸 알고 있니?'라고 물었지요."
말리아가 대답했다. "네, 이해가 돼요. 흑인들은 노예였고 오랫동안
투표할 수 없었으니까요. 그러니까 정말 대단한 일이지요."[52]

승리하기는 했지만 '자랑스러운' 발언을 한 후 몇 개월간은 미셸에
게 힘든 시기였다. 전국 무대에 등단하자 그녀는 친구들과 지원자
들의 찬사에도 아무리 좋게 보아도 오해받고 있다는 느낌을 지울
수 없었다. 논란에 상처를 입었고, 때로는 증오감이 느껴질 때도 있
었다. 그런 상황에 낙담했고 자신감이 흔들렸다.[53] 다른 무엇보다
도 버락의 당선에 악영향을 끼칠지도 모른다는 생각에 견딜 수 없
었다고 그녀는 친구와 참모 들에게 털어놓았다. 미셸의 위스콘신
발언에 근거해 그녀의 유세 논조가 지나치게 부정적이고 신랄하다
는 기사들이 쏟아졌다. 그녀가 단순하고 악의에 찬 고정관념에 사
로잡힌 화난 흑인 여성으로 보인다는 것이었다. 선거운동원들 일
부도 11월 대선에서 백인 유권자들을 끌어모아야 할 흑인 후보에
게는 미셸의 성격이 걸림돌이 될 수 있다고 생각했다. 전략가들은
미셸이 어투를 순화시킬 필요가 있다고 결론지었다. 그러나 아무
도 그 소식을 전하려고 나서는 사람이 없었다. 토론에 관여한 정치
참모 포레스트 클레이풀은 '모두들 괜히 나섰다가 미운털이 박힐
까봐 조심스러웠다'고 했다.[54] 결국 여러 사람이 함께 미셸을 만나
문제를 매듭짓기로 했다. 미셸은 분개했다. 그렇지만 그 이유는 그
들이 예상한 것과 달랐다. 정말로 어투가 문제였다면 왜 진작 알려
주지 않았는지를 따졌던 것이다. "미셸은 후보의 부인한테 모두가

미셸 오바마

설설 기는 모습에 화를 냈습니다." 클레이풀은 그녀가 한 말을 전했습니다. "저는 변할 수 있습니다. 저는 선거운동에 도움이 되는 사람이 되고 싶단 말입니다."[55]

눈코 뜰 새 없이 바빴던 예비선거 기간이 지나가면서 선거운동본부는 미셸의 태도를 재고할 시간을 가졌고, 한편으로는 8월 덴버에서 개최되는 민주당 전당대회로 눈을 돌려 큰 무대에서 다시 시작할 준비에 들어갔다. 미셸은 약속을 지키려고 노력하면서 열심히 일했다. 그리고 여태까지 있었던 그 어떤 무대보다도 더 크고 중요한 무대에서 연설을 하게 되었다. 연설 태도를 교정하는 그녀의 능력은 이미 운동본부 자문위원들에게 강한 인상을 심어주었다. 예비선거 초기에 클레이풀과 존 쿠퍼가 그녀의 유세 연설을 지도했다. 그들은 시카고 노스프랭클린 730번지에 있는 액설로드의 회사본부 회의실에서 만났다. 미셸의 연설을 들은 후 그들은 어떤 부분에서는 속도를 늦추라든지 특정 음절에 강세를 두라든지 하는 식으로 어투를 수십 가지 교정했다. "한꺼번에 다 고치기는 힘들다는 거 압니다. 조금씩 쪼개서 차근차근 해봅시다." 클레이풀은 그녀에게 용기를 북돋워주었다. "알겠어요. 다시 한 번 해볼게요"라고 미셸은 대답했다. 연설을 마쳤을 때, 클레이풀은 그녀가 얼마나 완벽하게 비평을 수용하고 연설을 변화시켰는지를 보고 깜짝 놀랐다. "흠잡을 데가 없었습니다. 존과 저는 서로 마주 보며 말했지요. '이제 그만해도 될 것 같은데.' 저는 그런 사람은 처음 봤어요. 그녀는 프로 중의 프로였습니다."[56]

예비선거 후 휴지기에 미셸은 하이드파크에서 더 많은 시간을 보냈다. 아이들은 실험학교에서 한 학년을 마치고 과외활동을 다니거나 친구 집에 가서 잤다. 미셸은 평상심을 되찾으려 애썼다. 이제 평범한 가정생활로 돌아가는 것은 거의 불가능했다. 그녀의 명성과 시간을 내달라는 요청들 때문만은 아니었다. 그녀에게는 이제 24시간 밀착 경호가 붙었다. 집 밖에는 지휘 초소가 설치되었다. 경호원들은 학교에도 상주했다. 발레교실과 축구경기에 캐러밴을 배치하고 외부인의 접근을 막았다. 7학년에 올라가는 샤샤는 그들을 '비밀스러운 사람들'이라고 불렀다.

미셸은 오래전부터 버락이 유명해지면 표적이 될지도 모른다는 두려움이 있었다. 메드가 에버스, 맬컴 X, 마틴 루서 킹 목사 모두 암살자의 총탄에 쓰러졌다. "단 한 사람과 단 한 번의 기회만 있으면 되는 겁니다. 저도 역사를 알고 있어요"라고 그녀는 말했다.[57] 미셸은 몇 년 전 킹의 미망인 코레타 스콧 킹을 만났다. "가장 기억에 남는 것은 신이 우리, 그러니까 버락과 저와 함께할 것이니 두려워하지 말라는 것과 그분이 항상 우리를 위해 기도하겠다고 한 말씀이었습니다."[58] 대선 출마에 동의하면서 미셸이 버락에게 내건 조건은 항상 경호원들의 보호를 받겠다는 약속이었다. 또 그녀는 버락이 사망할 경우를 대비해 자신의 수입원과 직업적 평판을 유지하고 싶어했다. 미국에서 정치가는, 그녀의 표현에 따르면 '높은 위험'에 내몰리는 자리이기 때문에 어쩔 수 없는 일이었다. "만약 무슨 일이 발생하면 사람들이 분노할 것이고, 우리는 동정이야 받겠지만 저와 아이들이 가련한 처지에 놓이는 것은 원치 않았어요." 그녀는 작가 데이비드 멘델에게 말했다. "만약 아이들이 아빠를 잃더라도 모든 것을 잃게 되지는 않도록 미리 대비할 필요가 있었습니다."[59]

선거운동 초기에 버락의 참모들은 인터넷상에서 떠돌고 있는 선동적인 내용들을 한 다발 인쇄해 일리노이 상원의원이자 민주당

원내총무인 리처드 더빈에게 전달했다. 더빈은 그 정보를 상원 다수당 대표 해리 리드에게 전했다. 해리 리드는 비밀경호국을 움직일 절차를 밟았다. 2007년 5월 총선거를 18개월 앞둔 시점에서 버락은 이미 접근제한선 안쪽에서 움직였지만, 여전히 불안감을 떨칠 수 없었다.[60] 그는 증오의 표적이었다. 협박도 있고 단지 욕만 해대는 경우도 있었다. 많은 흑인 지지자는 그가 저격되었다는 뉴스를 듣게 될까봐 가슴이 조마조마했다. 뉴스 앵커 스티브 크로프트는 미셸에게 그런 가능성을 생각해본 적이 있냐고 물었다. "그렇게 크게 걱정하지는 않아요. 버락은 흑인이니까 주유소에 가다가도 총을 맞을 수 있는 게 현실이잖아요." "그러니까 단지 어떤 일이 일어날지도 모른다는 막연한 두려움이 판단의 근거가 돼서는 안 된다는 거지요."[61] 경호는 오바마 부부의 일상이 되었다. 버락의 암호명은 레니게이드Renegade(변절자)였고, 미셸은 르네상스Renaissance였다.

하이드파크 집은 바리케이드와 접근제한 조치에도 안식처가 되어주었다. 끝없이 이어지는 유세전에서 오바마 부부가 가장 편히 쉴 수 있는 곳이었다. 동네는 그들의 바람과 가치에 걸맞았다. 그곳은 또한 불가피하게 공화당 비평가들이 그들을 비난하는 상징이 될 수 있었다. 하이드파크 같은 곳에서 미국 대통령이 선출된 적은 없었다. 그곳은 지성주의로 소문난 대학이 있는 곳이고, 반성할 줄 모르는 1960년대 웨더 언더그라운드 급진과격파 두 명이 사는 곳이며, 조지 W. 부시가 승리한 선거에서 존 케리를 19 대 1로 지지한 유권자들로 유명했다. 그런 흑색선전을 고려하면 오바마 부부는 차라리 산골짜기에 틀어박혀 사는 것이 더 나았을 것이다. 공화당 전략가 칼 로브는 하이드파크를 케임브리지, 샌프란시스코와 함께 좌익 얼간이 삼총사라고 불렀다. 『위클리 스탠더드 *The Weekly Standard*』
는 버락이 웨더 언더그라운드의 전 지도자 빌 에어스를 단지 '우리
동네에 사는 사람'이라고 부른 것을 상기시키며 도대체 어떤 사람
들이 그런 동네에 살고 있느냐고 물었다.

그러나 정확하게는 하이드파크-켄우드라고 불러야 할 그 지역
은 실상 그렇게 쉽게 한 가지 색깔로 단정 지어 말할 수 없었다. 정
치 윤리적으로는 인종이나 사회 정의에 대해 진보적인 것을 자랑
스럽게 여기지만, 시카고 대학이 떡하니 자리 잡고 있는 곳이었다.
시카고 대학은 대법관 앤터닌 스캘리아에서부터 노벨상에 빛나는
자유시장경제학자 밀턴 프리드먼까지 미국에서 내로라하는 보수
주의자들의 산실이다. 이슬람국가 Nation of Islam*의 지도자 루이스
파라한이 오바마의 160만 달러짜리 집에서 네 블록 안에 살고 있
었으며, 에어스와 그의 과격파 추종자였던 아내 버나딘 돈도 마찬
가지였다. 그리고 유명한 자유주의 법학교수 리처드 엡스타인도
그곳에 살았는데, 그는 아무런 거리낌 없이 스캘리아와 에어스가
자기 친구라고 말하고 한때 돈을 고용하려 하기도 했다.[62]

하이드파크 주민 수십 명이 말하길, 그 동네에 산다는 것은 다양
한 신앙, 부, 정치적 신념을 가진 다양한 인종들이 뒤섞여 사는 것
을 선택한 것이므로, 그 역시 자전거길이나 초고속 인터넷과 마찬
가지로 하나의 셀링 포인트라는 것이었다. 시카고 공립학교 장학
관이었다가 나중에 미국 교육부장관이 된 안 덩컨은 "저는 생계지
원금을 받는 가정의 아이들이나 노벨상 수상자 가정의 아이들과
같이 뛰놀며 자랐습니다. 그게 어떤 건지 당신들은 모를 겁니다"라

* 미국의 흑인 이슬람 단체.

고 말했다. "저와 생김새가 다르고 배경도 다른 사람들 사이에서 아주 편안하고 거리낌없이 뛰놀며 자랐습니다."[63] 주류란 보통 통계적으로 정의되는데, 하이드파크에는 주류가 없었다. 미국의 대도시에 거주하는 백인들은 평균적으로 백인이 80퍼센트이고 흑인은 겨우 7퍼센트뿐인 동네에서 살았다.[64] 도심에서 좀 떨어진 주택지와 전원 지역의 인구조사를 보면 백인 비율이 훨씬 높았다. 그런데 2000년 인구조사를 보면 하이드파크 주민 2만 9천 명 중 43.5퍼센트가 백인이라 답했고, 37.7퍼센트가 흑인, 11.3퍼센트가 아시아인, 그리고 4.1퍼센트가 멕시코계였다. 나머지 3.4퍼센트는 '기타'라고 답했다. 경제적으로 보자면 10만 달러 이상의 소득을 올리는 사람들이 많았지만, 주민의 6분의 1은 빈곤층이었다. 평균가구 소득은 4만 5천 달러로 전국 평균에 비해 대략 10퍼센트가 낮았다. 또 이 지역은 부부가 이혼한 뒤에 학자인 남편이 경제학 분야에서 노벨상을 탈 경우 상금을 나눠야 한다는 구절을 이혼 합의서에 포함시킨 아주 특이한 곳이었다. 그 교수와 전 부인은 약속대로 이행했다. 교수는 상을 타고 전처에게 50만 달러를 보냈다.[65]

버락과 미셸이 2005년 구입한 그린우드가의 집은 그 지역의 현재 평판에 딱 들어맞는 계보를 가진 곳이었다. 20세기 중반 히브리 신학아카데미가 7년간 그 집을 소유해 유대인 학교로 사용했다. 1954년 하이드파크 루터교회가 벽난로 네 개가 있는 그 저택을 구입한 후 미국루터교인간관계협회Lutheran Human Relations Association of America 지부로 썼다. 1966년부터 1971년까지 조지 허벡 목사는 그곳을 가정이라고 부르며, 그곳에 살거나 방문하는 백인 청년들의 의식 개조를 통해 인종주의에 대항하려는 계획을 지도했다. 집에는 언제든 스무 명 정도의 사람들이 몸을 의탁해 짧게는 몇 주에서 길게는 몇 년까지 지냈다. 허벡은 신학생들까지 포함해 3천 명 정도가 훈련에 참여한 것으로 추산했다. "인종주의를 상대하고 싶다면, 백인 사회와 상대해야 한다"고 그는 말했다. 1968년 민주당 전당대회 때 시카고 세븐Chicago Seven*의 멤버들도 그 집에 머물렀다.[66] 1971년에는 화염병 네 개로 건물 외부가 약간 손상을 입었다. 2008년 선거 이후 버락과 미셸이 그 집의 소유자라는 걸 알게 된 허벡은 대통령에게 편지를 보내 그들의 집은 '선한 영혼들로 가득 차 있다'고 전했다.[67]

그럼에도 하이드파크의 20세기 역사는 시카고 대학이 백인 지역위원회와 함께 도시 재개발에 투자하기 전에도 이미 추악한 면을 지니고 있었다. 라본 로빈슨의 어머니이자 미셸의 증조모인 피비 모튼 존슨이 하이드파크에 살았는데 그 당시는 흑인 주민들을 겁주려는 폭행과 희롱이 만연할 때였다. 1917년에서 1921년까지 피비 가족이 사우스켄우드 5470번지—90년 후 버락과 미셸이 사는 집에서 여섯 블록 떨어진 곳이었다—에 사는 동안 58가구가 폭탄 세례를 당했다. 흑인 가정이나 흑인에게 집을 판 백인들의 가정이 표적이었다. 한번은 동네에 소요가 일어나자 피비는 불안해서 미칠 지경이었다. 그래서 주전자에 양잿물을 넣고 난로에 끓였다. 백인 침입자가 들어오면 눈에 뿌릴 작정이었다. 1940년대에도 마찰은 계속됐다. 제한 규약이 문제였다.[68] 1950년대는 도시 재개발이 문제였다. 일부 사람들이 실제로 〈쿰바야Kumbaya〉**를 노래한

* 전당대회에서 반전, 반문화 시위를 벌이다가 체포되었다.
** 1960년대 존 바에즈가 불러서 유명해진 흑인 영가. Kumbaya는 백인 선교사가 말한 'come by here'를 흑인들이 잘못 알아들은 데서 유래했으며, 이후 흑인 인권의 상징적인 가사가 되었다.

1960년대에 들어서는 하이드파크의 경제적 양극화가 문제였다. 인종통합이라는 자부심에도 지역사회는 '흑인과 백인이 단합해 어깨에 어깨를 겯고 빈민과 맞선다'는 농담 같은 얘기가 정말로 현실이었다.[69]

『버미어를 찾아서 *Chasing Vermeer*』의 작가 블루 볼리엣은 실제 자신이 가르치는 실험학교 학생들을 모델로 열두 살의 호기심 많은 다문화 어린이 주인공들을 창조해냈다. 존 폴 스티븐스 판사는 그곳에서 고등학교를 졸업했고, 랭스턴 휴스*도 한때 그곳에 거주한 예술가였다. 볼리엣은 지역사회에 대해 '스스로 당당할 수 있고, 어떤 종류의 다양성으로도 기여할 수 있으며, 그것으로 축하받을 수 있는 곳'이라고 말했다. "아이들은 하이드파크에서 그런 다양성에 대해 어떤 부정적인 대화도 듣지 않고 자랄 수 있습니다. 제 아들은 '왜 우리는 동시에 유대교인과 기독교인이 될 수 없나요?'라고 묻곤 했어요."[70] 사회운동가 제이미 캘븐은 어렸을 때 맨해튼 프로젝트에 참여한 화학자 해럴드 유리가 소유한 건물 3층에서 살았다. 그 건물의 소유주는 프로 복서 소니 리스턴과 재즈 피아니스트 아마드 자말로 몇 차례 바뀌었다. 무하마드 알리도 한때 근처에 살았다. 알리는 야외 우리에 자이르의 부패한 통치자 모부투 세세 세코가 선물한 사자 한 쌍을 키웠다.[71] 캘븐은 하이드파크에 흑인과 백인의 수가 거의 비슷했다는 점에 대해 말했다. "그들에게는 같이 산다는 것이 그렇게 큰일이 아니었어요."[72] 어떤 의미에서 그것은 대단한 일이라 할 수 있었다.

선거기간 동안 독특하지만 위험하지는 않은 인물로 보이고 싶었

---

* 1920년대 흑인들의 문학운동인 할렘 르네상스를 이끈 시인 중 한 명. 뉴욕뿐만 아니라 로스앤젤레스, 시카고 등지에서 흑인 연극단체를 설립하기도 했다.

던 버락에게, 자신이 선택한 거주 지역은 정치적 타협을 상징하는 곳이었다. 아울러 아직 용어에 대한 충분한 논의가 진행되진 않았지만 포스트 인종주의post-racial라고 불리는 현상의 가능성을 상징하는 곳이기도 했다. 그러나 그 상징은 부정적인 효과도 있었다. 공화당 사람들은 현학적인 오바마가 지나치게 이국적이고 엘리트주의적이며 순진하다고 주장했다. 그는 하와이에서 맨몸으로 파도를 탔고, 오리건에서는 녹차 아이스크림을 주문했으며, 책을 집필했고, 무엇보다도 이름이 버락 후세인 오바마였다. 알래스카 주지사 세라 페일린은 공화당 부통령 후보가 된 후 "이 사람은 우리처럼 미국을 세계에서 선善을 지키는 가장 위대한 세력으로 보는 사람이 아닙니다"라고 말했다. 인생의 상당 부분을 하이드파크에서 보낸 밸러리 재럿은 반발했다. "하이드파크는 '마땅히 그래야 할 세상'의 실재입니다. 만약 우리가 하이드파크를 본떠서 나라 곳곳에 더 많은 하이드파크를 만들 수 있다면 우리는 훨씬 더 강한 나라가 될 겁니다."73

2008년 8월 25일 덴버에서 민주당 전당대회가 열렸다. 미셸은 대회 전체 분위기를 좌우하게 될 첫날 밤 기조연설자로서 나섰다. 선거운동본부는 버락뿐만 아니라 미셸을 소개하는 데도 노력이 필요하다는 것을 알았다. 미셸의 비호감도는 상당히 높았다. 그달 초 NBC 뉴스와 『월스트리트 저널 The Wall Street Journal』의 여론조사를 보면 응답자 중 29퍼센트가 미셸을 부정적으로 보았고 그중 18퍼센트는 '아주 부정적'이라고 답했다. 긍정적인 대답은 38퍼센트에 불과했고, 28퍼센트는 중립적이었으며, 5퍼센트는 그녀의 이름을 모르거나 잘 모르겠다고 답했다. 한 부동층 유권자는 『세인트 피터스

미셸 오바마

버그 타임스_The St. Petersburg Times_』인터뷰에서 '내 조국이 자랑스럽다'
는 미셸의 발언과 인터넷상에 돌고 있는 그녀의 프린스턴 논문을
연계시킨 뒤 '그녀가 잠자리에서 대통령의 귀에 뭐라고 속삭일지
무섭습니다'라고 말했다.[74]

　선거운동본부는 덴버를 리셋 버튼을 누를 기회로 보았다. "미셸
이 계속 자신을 따라다니는 이런 문제들을 잘 처리하고 좋은 모습
을 보여주는 것이 만사를 위해 중요했습니다"라고 액설로드는 말
했다. "그리고 그녀가 사람들에게 버락을 알리기 위해 담당해왔던
역할을 계속 해주는 것도 중요했습니다."[75] 미셸에게는 자신감을
되찾고 보다 큰 무대에서 자신의 가치를 입증할 수 있는 기회였다.
비난은 '정말로 그녀에게 상처를 주었다'고 액설로드는 말했다. 특
히 "항상 남보다 뛰어나고 준비가 철저했고 일을 똑바로 처리할 능
력을 갖춘 사람이었기에 더욱 그랬을 겁니다. 또 이번 일로 자기가
얼마나 아슬아슬한 환경에 노출되어 있는지도 느꼈을 거라고 생각
합니다."[76] 미셸은 행사가 거의 한 달 이상 남은 시점에서 연설문 초
안을 요구했고 몇 주 동안 다듬고 연습하면서 단어 하나하나를 외
울 정도가 되었다. 저녁 행사에서 미셸의 몫은 '사우스사이드 소녀'
라는 제목의 6분짜리 유세용 비디오로 시작됐다. 그녀가 지난 유
세 과정에서 채택한 보통 사람들이라는 틀을 차용해 제작한 것이
었다. 부드러운 목소리와 잔잔한 음악이 깔린 그 영상은 가족과 공
동체 그리고 사회 환원을 위한 헌신이라는 주제를 강조했다. 메리
언이 해설자였고 크레이그와 버락이 카메오로 출연했다. 그렇지만
가장 비중 있는 출연자는 17년 전에 작고한 그녀의 아버지 프레이
저였다.

메리언: 미셸은 특히 아버지와 가까웠어요.

크레이그: 아버지가 쉰 살이 넘었을 때도 미셸은 아버지 다리 위에 앉아서 어깨에 머리를 기대곤 했지요. 어린아이 때 하던 것처럼요. 그게 두 사람 사이를 상징하는 모습 같았어요.

버락: 장인어른은 다정한 분이셨습니다. 모든 사람을 품위와 존경으로 대해야 한다고 생각한 분이었지요. 미셸이 그런 성품을 물려받은 것 같습니다.

메리언: 미셸은 항상 다른 사람들을 위해 봉사했습니다. 제가 애들 아버지를 사랑한 것도 같은 이유였지요.

크레이그: 미셸의 다정한 성품은 아버지한테 물려받은 거예요. 사람들이 걱정거리를 싸들고 찾아오면 아버지는 늘 어떻게든 올 때보다 나은 기분으로 돌아갈 수 있도록 애쓰셨지요. 미셸이 그런 점을 물려받은 게 확실해요.

미셸: 저는 아이들을 어떻게 키울지 생각하면서 매일 아버지를 떠올려봅니다. 그분의 다정한 모습을 기억하기 때문이지요. 아버지가 하신 말씀, 충고, 살아가신 방식들이 다 기억나요. 저는 매일 아이들을 키울 때 그분의 말씀을 적용하려고 애씁니다. 아버지의 유산이 아이들을 통해 살아 있으면 좋겠어요. 아마도 그건 제가 어떤 영부인이 될 것인지에도 영향을 끼칠 겁니다. 그분의 다정함과 세상에 대한 견해가 제가 누구인지, 제 딸들이 어떤 사람으로 자랐으면 하는지, 그리고 제가 이 나라를 위해 희망하는 게 무엇인지에도 크나큰 영감을 주기 때문입니다.

비디오 상영과 크레이그의 소개말 이후 시작된 미셸의 연설은 이야기의 도입과 결론부에 프레이저에 대한 언급을 세 문장에 담았다. 그녀는 "아버지가 우리를 굽어보신다고 느껴요. 제 인생에서 은총이 충만한 순간, 그분의 존재를 느꼈던 것처럼 말입니다"라고 말했다. 그녀는 누이로서, 아내로서, 딸로서, 그리고 '엄마'로서 단상에 서 있다고 말했다. 아버지를 '우리의 주춧돌'이라고 불렀고 청중에게 '제 아버지의 기억과 제 딸들의 미래를 위해' 또한 마땅히 그래야 할 세상을 건설하기 위해 땀 흘리는 모든 사람을 위해, 버락이 당선될 수 있도록 전념해달라고 호소하는 것으로 끝맺었다. 자신의 삶을 이야기하면서 희망과 노력을 강조한 기존 방식을 뛰어넘어, 여성투표권 쟁취 88주년과 마틴 루서 킹 목사의 '나에게는 꿈이 있습니다' 연설 45주기를 기념했다. "제가 오늘 이 자리에 선 이유는," 박수갈채를 뚫고 그녀는 말했다. "역사의 격류 속에서 제가 가진 미국의 꿈 한 조각은 앞선 분들의 힘겨운 투쟁으로 얻은 축복임을, 그 모든 분들이 가진 신념은 매일 아침 출근하기 위해 한 시간 일찍 일어나 힘겹게 옷을 꿰입으시던 제 아버지가 가졌던 신념과 다르지 않다는 것을, 또한 이 나라 방방곡곡을 돌아다니며 만났던 모든 남성과 여성의 신념과 다르지 않다는 것을 잘 알기 때문입니다." 그녀는 조국을 사랑한다는 선언으로 연설을 마무리했다. 군중은 환호했다.

연설은 성공적이었고 민주당원들에게는 마침내 행복을 안겨줄 한 주를 여는 서막이 되었다. 오바마는 11월 대선을 향해 출정하며 애리조나 상원의원 존 매케인과 조금은 별난 알래스카 주지사 페일린과 맞붙게 됐다. 페일린이 부통령 후보로 지명되자 공화당원들은 감탄했지만 다른 많은 사람은 냉담했다. 미셸의 여론조사 수치는 즉각 치솟았다. 오바마 선거운동본부의 다음 날 조사에서

18퍼센트가 상승했고 계속 고공 행진했다.[77] 10월이 되자 미셸은 콜럼버스에서 2천 명, 펜서콜라에서 7천 명, 게인즈빌에서 1,100명을 모았다. "비현실적이라는 말도 모자란다"고 크레이그는 말했다. "마술 같다는 게 적당한 표현입니다. 자고 일어나보니까 스타가 됐다는 게 바로 이런 거겠지요."[78]

선거 11일 전 애크런에서 미셸은 이제 더 이상 유세 연설에서 자신과 오바마의 아이비리그 학력을 언급하지 않았다. 버락의 헌법학 교수 경력, 일리노이주 상원의원으로 보낸 8년, 워싱턴 D.C.에서 보낸 3년에 대해서도 말하지 않았다. 그녀가 한 말은 "우리는 지극히 평범한 사람들입니다"였다. 집회 전에 미셸은 한 지역 선거운동 사무실에 들렀다. 자원봉사자 십여 명이 유권자들에게 전화하고 있었다. 유권자와 연결된 전화를 건네받고 그녀는 밝게 "안녕하세요! 아직 결정 못 하셨다고요? 괜찮아요. 제 남편에 대해 어떤 걸 말씀드릴까요?"라고 말했다. 이후 몇 분간 그녀는 듣고 대답하며 오바마가 대통령이 되어야 할 근거를 조심스럽게 제시했다. "우리는 지난 8년간 똑같은 일을 해왔는데 효과가 없었어요." 남편을 '평범한 사람들을 위한 투사'라 말하고 '그게 우리 배경'이라고 설명했다. 대학을 가지 못한 노동자 계층 부모의 딸로서 자신의 성장 과정을 소개했다. 은퇴해서 연금으로 살아가는 메리언과 교사인 버락의 동생 마야를 언급했다. 이제는 병들어서 여행도 할 수 없고 오늘내일하는 버락의 할머니 투트에 대해 말했다. 그녀는 손자가 대통령으로 당선되기 이틀 전에 숨을 거뒀다. "우리도 그 문제들을 느끼고 있어요"라고 미셸은 말했다. 전화를 끊으면서 그녀는 덧붙였다. "이게 제 주장입니다. 끝까지 들어주셔서 감사합니다."[79]

투표 당일 버락과 미셸은 아침 일찍 말리아와 샤샤를 데리고 하이드파크의 뷸라 슈스미스 초등학교에 가서 투표했다. 미셸은 아이들을 데리고 미용실에 갔고 버락은 이웃한 인디애나로 잠시 유세를 떠났다. 그곳은 승리가 확정적인 지역이었다. 오후에 친척, 친구들과의 농구 경기 시간에 맞춰 돌아왔고 이후 그린우드의 집으로 돌아가 결과를 기다렸다. 투표가 종료되고 개표가 진행되는 동안 미셸, 버락, 메리언과 두 딸은 크레이그와 그의 두 번째 아내 켈리, 그리고 두 아이 에이버리, 레슬리와 둘러앉아 저녁식사를 했다. 메리언은 아이들에게 학교, 선생님, 좋아하는 과목 등을 물었다. 텔레비전은 꺼져 있었다. 그렇지만 버락과 미셸은 각각 식탁 위에 블랙베리 전화기를 두고 있었다. 두 전화기는 교대로 계속 울렸다. 그들은 문자메시지를 읽었지만 아무런 언급도 하지 않았다. 전화기가 울리는 횟수가 잦아지자 버락은 부엌으로 가서 작은 텔레비전을 켰다. "이거 참, 우리가 이길 거 같은데." 버락이 말했다. 곧이어 미셸이 전화를 받고 돌아서서 버락에게 "축하해요, 대통령 각하"라고 말했다.[80]

버락은 그랜트 공원에서 당선자 연설을 했다. 여태까지 그 공원은 1968년 민주당 전당대회 때 시카고 경찰들이 시위대를 구타한 것으로 유명했다. 계절에 맞지 않게 따뜻한 11월 밤 차량 행렬이 시카고의 레이크쇼어 고속도로를 따라 북쪽으로 향했다. 말리아가 말했다. "어, 왜 다른 차들은 하나도 안 보여요?" 경찰이 양방향 교통을 통제하고 있었다. 크레이그는 그때에야 유권자들이 정말로 버락을 차기 미국 대통령으로 선택했다는 사실을 실감했다고 말했다. 도심을 가로질러 공식적인 결과 발표를 기다릴 하얏트 호텔로 가는 동안, 그는 지켜지지 못한 독립선언서의 약속이 비로소 실현

되었다고 혼잣말을 했다. 그 구절은 '모든 인간은 평등하게 창조되었다는 사실을 우리는 자명한 진리로 받아들인다'[81]였다.

그랜트 공원에 모인 10만 군중은 서부 해안의 투표가 끝나는 중부표준시 오후 10시에 방송들이 일제히 버락의 당선을 발표하자 기뻐서 어쩔 줄 몰랐다. 마이켈라 로리는 울었다. 군중의 환호 소리가 들리는 인도 한편에 혼자 서 있던 흑인 여성이었다. 그녀는 손으로 입을 막았다가 양손으로 머리를 감싸 쥐고 입을 벌린 채 한동안 아무 말도 하지 못했다. "저는 이제 정의를 떠올려요. 마침내 공정함이 뭔지를 떠올립니다." 로리가 말했다. "오, 이런." 다시 눈물이 솟구쳤다. "오, 신이여!"[82] 차량들은 경적을 울렸다. 지지자들은 소리치고 웃고 비명을 지르고 서로 껴안고 다시 웃었다. 수많은 버락의 추종자들은 이런 결과를 간절히 바랐지만 아직은 그 일이 진짜 일어났다는 것을 감히 믿을 수 없었다. 수정처럼 투명한 그 순간에는 어떤 일이라도 가능할 것처럼 보였다. "마침내 자유를 얻은 거야." 트레이시 보이킨은 외과의사 친구 캐런 윈즈비와 공원으로 향하면서 선언했다. "저는 의사입니다. 더 이상 흑인 의사가 아닙니다. 제 친구도 흑인 외과의사가 아닙니다. 그냥 외과의사예요. 모든 게 달라졌어요."[83] 그리고 영광스러운 그 순간 그것은 진실이었다.

미셸, 버락, 그리고 딸들은 무대로 성큼성큼 올라갔다. 버락이 연설하는 동안 좌우에 둘러선 가족과 친구들은 자기 살을 꼬집어보았다. 카메라는 제시 잭슨이 눈물을 줄줄 흘리는 모습을 포착했다. 나중에 그는 그 순간 에밋 틸, 로자 팍스, 마틴 루서 킹, 그리고 셀마에서의 행진을 떠올렸다고 말했다.[84] "우리는 미셸의 아버지를 위해 함께 울었어요. 우리는 그녀의 할아버지, 그리고 이미 돌아가신

제 엄마와 그 형제들을 위해 울었지요." 퍼니에가 말했다. "이건 매우 강렬하고 뜻깊은 순간이에요. 엄청난 순간이지요. 할 말이 없네요. 더 이상 무슨 말이 필요하겠어요?"[85]

12

아무것도 예견되지 않았다

미셸은 자신이 백악관의 플로터스FLOTUS ― 미국 영부인을 뜻하는 기밀 은어 ―가 된다는 것이 사상 초유의 일임을 잘 알고 있었다. 백악관은 관저로서 노예들이 건축에 동원되고 흑인들이 운영에 참여했지만, 흑인 대통령과 그 가족이 주인으로 들어앉은 적은 없었다. 그 상징성은 엄청난 것이었다. 당선된 후 엿새째에 조지 부시와 로라가 백악관 바깥에서 오바마 부부와 포즈를 취하는 순간, 이는 현실이 되었다. 그리고 취임식 전날 링컨 기념관 계단에서 콘서트가 열렸을 때도 마찬가지였다. 마틴 루서 킹이 '나에게는 꿈이 있습니다'라는 연설을 한 바로 그 자리였다. 그리고 2009년 1월 20일 내셔널 몰National Mall에 운집한 200만 관중 앞에서 버락이 취임 연설했을 때도 그랬다. 버락은 이 자리에서 두 세대 전에는 '동네 식당에서 음식 주문도 못 했을' 아버지를 둔 아들에 대해 이야기했다. 버락은 1861년 링컨의 취임식에 사용된 벨벳 장정의 성경에 왼손을 얹고 선서했다. 미셸과 버락이 방탄 리무진에서 내려 손을 맞잡고 겨울 햇살 아래 펜실베이니아가를 걷자 군중은 환호하고 연호했다.

백악관 안에서는 대체로 흑인인 집사, 청소부, 요리사 들이 모여 새로운 영부인을 맞았다. "무척 친절하고 다정한 분들이었습니다." 버락이 말했다. "그분들은 말리아와 샤샤를 보고 속으로 '내 손주 같다', 혹은 '내 딸 같다'고 느끼는 것 같았습니다. 우리가 여기까지 온 것이 그분들에겐 감격적이었을 겁니다. 물론 우리에게도 그랬고요."[1] 백악관의 첫날 밤 친구와 친척 수십 명이 모여 파티를 즐겼다. 무슨 일이 일어났는지 제대로 실감하는 사람은 아무도 없었다. 버락은 새벽 2시 30분에 길을 물어 2층 숙소로 향했다. 미셸은 그전에 먼저 퇴장했다. 한때 링컨의 집무실이던 링컨 침실Lincoln Bedroom에는 게티즈버그 연설문 서명 사본이 유리 진열장 안에 놓여 있었다. 크레이그와 켈리가 백악관 구경을 마치고 그 방의 우아한 장미목 침대에서 잠들었다. 남쪽으로 워싱턴 기념탑이 내다보이는 트루먼 발코니가 바로 앞에 있었다. 크레이그는 "아내와 저는 그냥 고개만 절레절레 저었지요"라고 했다.[2]

두 주가 채 지나기 전 미셸은 백악관에서 여성을 위한 동일 임금을 언급했다. 곧이어 주택도시개발청의 환호하는 노동자들에게 연설하며 '새로운 차원의 정열과 활력'을 찾으라고 격려했다. 그리고 며칠 후 워싱턴 지역보건센터 청소년들에게 버락과 자신도 '여러분처럼 어느 날 운명은 내 손에 있다는 것을 발견한 아이들'이었다고 말했다. 4월에 미셸은 국회의사당에서 노예 신분이었다가 유명한 노예제 철폐 운동가이자 여성참정권 운동가가 된 소저너 트루스의 흉상 제막식에 참석했다. 트루스는 18세기 말 이사벨라 바움프리라는 이름으로 태어나 여러 차례 팔려 다니다가 1826년 아이들을 데리고 탈출했다. 그리고 1851년 '나는 여성이 아니다'라는 유명한 연설을 했다. 거의 한 세기하고도 반이 지난 후 국회의사당에 흉상이 세워진 최초의 흑인 여성이었다. 제막식에 참가한 것만으로도 미셸은 마사 워싱턴이 가사 노예 일곱 명을 이끌고 초대 대통령의 부인으로서 뉴욕 관저를 차지한 후 흑인들이 얼마나 먼 길을 걸어왔는지를 웅변적으로 보여주었다. 본인이 노예의 후예라고 이야기하며, 미셸은 소저너 트루스를 "할 말은 하고야 마는 그런 여성이었습니다. 우리 모두 그게 무엇을 의미하는지 조금은 압니다. 그렇지 않습니까?"라고 말했다. 그녀는 첫 번째 여성 하원의장 낸시 펠로시, 새로운 국무장관 힐러리 클린턴, 그리고 일군의 공화당 지도자까지 포함한 청중 앞에서 그 순간을 기리자고 말했다.

"이제 제 딸들과 같은 소년소녀들이 해방홀Emancipation Hall에 와서 자기와 비슷하게 생긴 여자를 보게 된 겁니다."[3] 오바마 부부처럼 생긴 사람들이 해방홀을 빛나게 한 적이 없었듯, 그들처럼 생긴 사람이 백악관을 차지한 적도 없었다. 이러한 사실은 비록 버락과 미셸이 모든 미국인의 대통령이고 영부인인 것은 분명하지만, 앞으로 그들이 행하고 말하는 모든 것에 영향을 미치지 않을 수 없는 요소였다.

순식간에 미셸은 미국에서 가장 유명한 여성이 되었다. 열렬한 팬들은 미셸이 백악관에서 독자적인 영역을 구축하리라고 기대했다. 미셸의 새 참모들은 끊임없는 오찬과 기념식, 줄줄이 이어지는 크고 작은 행사 초대장에 파묻힐 지경이었다. 모든 것은 아직 백지상태였고 미셸은 마음대로 역할을 만들어갈 수 있었다. 하지만 곧 자유는 종종 상충하는 기대와 선택의 실타래로 인해 제한된다는 사실을 알게 되었다. 모든 영부인에게 해당되는 사항들이 최초의 흑인 영부인, 특히 화려한 이력을 가지고 그 자리에 오른 사람에게는 두 배로 강한 부담으로 작용했다. 미셸은 민주당 전당대회에서 대의원들에게 인종과 성별에 관련된 역사의 '격류 crosscurrent' 속에 서 있다고 말했다.[4] 친구 베르나 윌리엄스는 '조준십자선 crosshairs'이 더 정확한 표현일 것이라고 표현했다. "모든 사람이 일거수일투족을 지켜볼 겁니다. 그룹 폴리스의 〈Every Breath You Take〉 가사처럼 '당신을 지켜볼 것입니다' 같은 거지요."[5]

백악관에서 첫 1년은 '직업을 파악하는 시간'이었다고 훗날 미셸은 말했다.[6] 참모를 고용하고, 가사 인력을 관리하고, 업무 수행에 관한 복잡한 유·무형의 규정을 익힐 시간이 필요했다. 더 이상 운전하지 않고, 혼자 어디에 갈 수도 없으며, 집도 자기 것이 아니었다. 그렇지만 말리아와 샤샤가 새로운 생활에 적응하도록 돕는 한편, 두 개의 전쟁과 대공황 이후 가장 심각한 경제 위기와 대치 중인 버락을 지원했다. 모든 것을 통제하는 데 익숙한 미셸은 처음에는 막막했다. 미셸의 첫 번째 수석보좌관인 재키 노리스는 '순탄치 않았다'고 한다. "어떤 영부인에게도 쉬운 일이 아니에요. 어려운 과정이지요."[7]

미셸은 2년 가까이 지속된 선거운동 기간 동안 영부인이 된다면 어떤 역할을 할 수 있을지 생각했다. 워싱턴에 들어오기 전에 소모임을 만들어 그 역할에 대해 토론해보기도 했지만, 일부러 흐릿한 윤곽만 잡은 채 여지를 남겨두었다. 2007년에 로라 부시와 힐러리 클린턴 중 어느 쪽에 더 가깝다고 보느냐는 질문을 받고 미셸은 비교를 피했다. "버락이 대통령이 되면 여자로서, 그리고 엄마로서 제 인생이 어떻게 바뀔지를 현실적으로 그려본다는 건 아주 어려운 일입니다. 모르겠어요. 지금 제가 아는 건 제가 가진 여러 자질을 수준에 맞춰 적절히 구사해서, 그때그때 필요한 사람이 되겠다는 것뿐입니다."[8] 진솔한 답변이었다. 말리아와 샤샤, 그리고 버락에 대한 강한 의무감을 확인해준 것이었다. 유연한 태도를 보여줌과 동시에 시간을 버는 것이기도 했다. 펜실베이니아가 1600번지(백악관)로 이사한 후 역사책에서 미셸이 차지할 위치는 이미 피부색으로 정해졌다. 아울러 그 위에 분명 많은 것이 더해졌다. 훨씬 많은 것. 그게 무엇일까?

한 직원의 표현에 따르면 미셸은 '위험 회피형'으로 움직이기 시작했다. 낯선 환경과 씨름하면서 발이라도 헛디딜까 조심스러웠다. 미셸의 교육 수준과 실력에 기대를 건 지지자들에게는 실망스러운 일이지만 스스로 '전업엄마'로 규정하면서, 준비가 될 때까지는 당분간 어떤 명분이나 이슈에도 뛰어들지 않겠다는 입장을 분명히 했다. 직원들에게도 처음에는 공식 일정을 일주일에 이틀로 제한하라고 했다가 나중에 사흘로 늘렸다. 가정에 중점을 두고, 다른 날은 비공식적으로 활동했다. 미셸은 이스트윙에서, 대통령은 웨스트윙에서 집무를 봤다. 직원들에게는 개인적으로, 자신은 일단 직업을 선택하면 숙달되는 것이 먼저이기 때문에 정치적 자원을 아끼면서 가정을 돌보는 시간을 갖겠다고 일렀다. 첫출발부터 미셸은 국민이 선출한 배우자, 즉 공적 의무를 지니고 헌법이 규정한 권한을 행사하며 연봉 40만 달러를 받고 재선을 염두에 둬야 하는 버락에게 항상 봉사하며, 신중한 협조자 역할을 할 것이라고 말했다. 미셸의 첫 번째 목표는 선거 유세 과정에서 어렵게 터득한 교훈, 즉 해를 끼치지 않는 것이었다.

그렇다고 미셸이 스트레스나 의무감을 느끼지 않았다는 것은 아

미셸 오바마

니다. 보수를 받는 역할은 아닐지라도 미셸은 고등학교 때 밤새워 숙제를 하고 어떤 일도 대충 하는 법 없이 항상 철저하게 하던 모습 그대로였다. "이 자리에서 어떤 변화를 만들어내는 데 일조해야 한다는 커다란 의무감을 갖고 있습니다."[9] 2011년 미셸은 학생 질문자에게 답했다. "부모님을 실망시키고 싶지 않고 조국을 실망시키고 싶지 않습니다. 참으로 부담스러운 일이지요. …제 일을 잘하고 싶습니다. …나중에 돌이켜보면서 그 자리에 있을 때 사람들을 위해 좋은 일을 했다고 말하고 싶습니다." 그 학생은 흑인 영부인으로서 남다른 압박감을 느끼지는 않는지 물었다. 미셸은 "피부색 때문에 특별한 역할을 해야 한다고 느끼지는 않는다"고 답하며, 다른 영부인도 역할에 대해서는 비슷하게 생각했을 거라고 말했다. "영부인들은 아무도 자기가 선택해서 이 자리에 온 사람은 없어요. 배우자 때문에 이 자리에 앉게 된 것이지요. 보수도 없고 직함도 없지만, 맡은 역할에 최선을 다하고 싶고 뭔가 좋은 일을 해내고 싶은 겁니다." 미셸은 청중에게 웃음을 선사하는 것으로 마무리했다. "질문 고마웠어요. 마치 치유 모임 같군요."

영부인 역할은 까다로운 일이었다. 모델이 많이 있었지만 직무 규정은 없었다. 현대 영부인들은 남편들만큼이나 내용과 스타일 차이가 컸다. 미셸이 계승한 로라 부시는 우아하고 쾌활하면서도 듬직한 인물이었다. 낙오 학생 방지 정책에 목소리를 높였고 남편의 재임 2기에 67개국을 순방하며 버마의 정치적 자유, 아프가니스탄의 여성 인권, 아프리카의 에이즈 문제 해결 등에 상당한 역할을 했다. 도서관 사서였던 로라는 우여곡절 많기로 유명한 행정부에서 차분하고 절제된 태도를 유지했다. 남편이 술을 끊고 일에 집중하도록 독려한 사실이 알려지면서 입지가 강화되었다. "제 자신을 위해 여기에 있는 게 아닙니다. 조지를 위해 있는 거지요." 그녀는 이스트윙 수석보좌관 면접에 지원한 애니타 맥브라이드에게 말했다. "제가 여기서 무슨 일을 하건 그건 나라를 위해 일하는 대통령의 목표를 도우려는 겁니다."[10]

그 이전 백악관 주인이었던 로라의 시어머니 바버라 부시는 질서를 유지하고 때로는 남편을 대신해 날 선 말을 던지기도 했다. 반면 낸시 레이건은 강철 같은 충성심과 궁중 암투의 열정을 지닌 인물이었으며, 때때로 1980년대의 시대정신과 상충하는 패션 감각을 보여주기도 했다. 영부인들은 실제든 가상이든 백악관의 장관으로서 그리고 그들이 내세우는 대의명분으로 다양하게 알려졌다. 레이디 버드 존슨은 도시 미화작업과 '빈곤과의 전쟁'으로, 로라 부시는 교육 정책으로, 낸시 레이건은 'Just Say No'라는 마약퇴치운동으로 유명했다. 로잘린 카터는 고위 각료회의에 참석해서 조용히 필기했다. "제가 국무회의에 참석하지 않으면 카터와 지적인 대화를 나눌 방법이 없습니다"라면서. 대통령은 정책 서류나 메모장 여백에 '로즈의 생각은?'이라고 써놓곤 했다.[11] 반면 베티 포드는 백악관의 부담감에 짓눌렸다. 닉슨이 사임하고 미시간 하원의원 출신 남편 제럴드 포드가 정식으로 대통령이 된 그 여름날보다 훨씬 이전부터 술과 약물에 심각하게 의존했다. 그녀는 텔레비전 전국 방송에 출연해 과거의 신경쇠약을 허심탄회하게 말하고 로 대 웨이드 판결 Roe vs. Wade을 '위대하고 위대한 결정'이라고 언급하며 낙태 권리를 옹호한 후 인기가 치솟았다. 또 유방암 발병 사실을 밝혔고 1975년에는 남녀평등 헌법수정안 통과를 촉구하는 배지를 달고 다녔다. 자식들이 마리화나를 피웠던 것 같다는 말도 했다. "처음

미셸 오바마

맥주를 마시거나 담배에 손대는 것처럼 젊은이들이 한번씩 경험해 보는 그런 일이었어요."[12] 베티 포드는 누에고치처럼 격리된 대통령의 세상과 그 바깥 세상을 이어주는 다리가 되었다고 작가 케이티 마튼은 썼다. 미국인들은 '일상적인 이슈들을 솔직하게 말하는 여성을 본 것이다.'[13]

백악관으로 이사할 준비를 하는 동안 미셸은 각 시대를 대표하는 영부인들과 비교되고 있다는 것을 잘 알고 있었다. 재클린 케네디, 힐러리 클린턴, 엘리너 루스벨트 등 세 사람은 누구보다 독특했기 때문에 미셸이 자기만의 스타일과 내용을 만들어가는 데 상당한 애로를 겪으리라는 점을 시사했다. 그들은 자기 이름만으로도 유명했다. 재클린 케네디는 남편이 대통령에 당선되었을 때 서른한 살이었고 사별했을 때 서른네 살이었다. 그녀가 보여준 공식적인 모습은 새로운 카멜롯 시대*의 경쾌한 이미지, 스타일, 예술의 극치였다. 둔감한 아이젠하워 시대에 진력이 난 언론이 그런 모습을 더욱 부추겼다. 존 케네디는 백악관에 입성할 때 불과 마흔세 살이었으며 멋진 아버지인 동시에 바람둥이 남편이었다. 어린 두 자녀는 부러움의 대상이었다가 슬픔의 상징이 되었다. 힐러리 클린턴은 케네디 사후 혼란스러운 시국 속에 성년이 되었다. 시카고 외곽에서 자라면서 어릴 때부터 정치에 관심이 많던 그녀는 청년공화당원Young Republicans 회장으로 선출되었으나 1960년대 말 좌파로 돌아섰다. 예일 대학 로스쿨을 졸업하고 남편이 정계에서 경력을 쌓는 동안 아칸소 리틀록에서 변호사 생활을 했다. 힐러리는 대단한 지성과 독자적인 경력, 그리고 어릴 때부터 당당히 소신을 밝히

---

* 존 F. 케네디 대통령 재임 시절의 매혹적인 시대 분위기를 뜻한다.

는 성격으로 유명했다. 선거 유세 때도 자기는 집에서 쿠키나 굽는 유형이 아니라는 말과 나중에 직접 관리했다가 파탄 난 의료복지 개편 사업 때문에 곤경에 처했다. 미셸 팀은 힐러리를 모방하는 정책 입안자 역할은 하지 않기로 분명하게 정했다. 무책임한 남편이 백악관 인턴 모니카 르윈스키와 성추문을 일으켰는데도 한층 전통적인 입장을 취하면서 그의 곁을 지키자 힐러리의 인기는 상승했다. 남편에 대한 존중이었는지 아니면 동정이었는지 또는 양자가 복합된 것인지는 좀 더 논의가 필요한 대목이다.

하지만 미셸과 비교할 때 가장 흥미로우면서도 쉽게 따라 할 수 없는 자질을 보여준 인물은 엘리너 루스벨트였다. 용감하고 개성적이었으며 언론의 집중적인 관심 속에서도 진보적인 활동을 펼친 엘리너는 38대 대통령의 업무 수행을 도왔고, 어떤 시점에는 직접 연방정부 직책을 맡으려 했다. 그녀는 여성 기자들을 상대로 기자 회견을 열고, 한 인기 연합신문에 '나의 나날들'이라는 칼럼을 기고했다. NAACP 워싱턴 D.C. 지부에 가입했고, 반反 린치 입법을 지원했으며, 미국애국여성회가 메리언 앤더슨의 헌법기념관 공연을 거부하자 이 단체에서 탈퇴했다. 백악관에 들어간 것이 기쁘기만 한 일은 아니어서, 1933년에 엘리너는 '내 마음과 가슴속엔 혼란이 더 컸다'고 적었다.[14] 영부인으로 불리기보다 '루스벨트 부인'이라는 호칭을 더 좋아했다고도 한다. 프랭클린 루스벨트는 아내의 괴로움을 시로 적었다.

> 나의 엘리너는 겪었다네
> 모든 슬픔과 끔찍한 운명을
> 워싱턴의 부인들이 살았던

미셸 오바마

엘리너는 자주 백악관을 떠났다. 혼자 여행했으며, 종종 차를 몰고 나가 발견한 것들 남편에게 알려주기도 했다. 그녀는 백악관의 윤리 교사였다. 빈곤, 인종주의, 사회정의 문제에서 남편과 당을 앞서는 인물이었다. 1943년 시카고 출판업자 존 H. 존슨은 엘리너에게 『니그로 다이제스트*Negro Digest*』의 '내가 흑인이라면' 코너에 칼럼을 청탁했다. 『니그로 다이제스트』는 훗날 유명해진 『에보니』와 『제트』의 전신이다. 엘리너는 '내가 현 시대에 흑인이라면 굉장히 비탄에 잠겼을 것이다'라고 썼다. '민주주의에 대한 신념을 유지할 수 없을 것이며 다른 인종 사람들에게 선의를 갖기도 어려울 것이다.' 비록 흑인들이 '수 세대에 걸친 경제적 불평등에 발목이 잡혀 있지만, 나는 주어진 현 상황에서 열심히 노력해 가능한 최선을 성취해나갈 것이다. …나는 지나치게 많은 것을 요구하지 않을 것이다. 내게 찾아오는 기회를 십분 활용해 능력을 증명해 보일 것이다.'[16]

칼럼은 크게 성공을 거두었다. 존슨은 판매 부수가 단숨에 5만 부나 뛰었다고 밝혔다. 평균 판매량의 두 배였다. "그녀는 '내가 현 시대에 흑인이라면 굉장히 비탄에 잠겼을 것이다'라고 했습니다. 북부 신문들은 모조리 그 말을 인용했지요." 존슨은 술회했다. "그렇지만 '하지만 나는 또한 대단한 인내력을 가졌을 것이다'라고도 했습니다. 모든 남부 신문들이 그 말을 인용했지요."[17] 엘리너가 세상을 떠나고 3년 후 클로드 브라운은 할렘에서 보낸 삶을 회고하는 『약속의 땅에 사는 남자아이*Manchild in the Promised Land*』를 그녀에게 헌정했다. 클로드는 엘리너가 월트윅 남학교를 지원한 일을 언급했다. 월트윅은 허드슨 강가의 대안학교로 결손가정 출신 아이들과 문제아 혹은 비행 청소년들의 안식처였다. 그는 자기가 인생의 전환점을 맞은 곳이 바로 월트윅이었다고 말했다.

미셸은 선거 유세 기간에 그랬던 것처럼 해야 하는 일을 먼저 하기 시작했다. 공적인 역할 중 하나는 사기를 진작시키는 것이었다. 공무원의 딸이자 손녀로서 미셸은 연방정부기관을 돌며 나라를 위해 보이지 않는 곳에서 봉사하는 이들에게 감사를 표했다. 2월에는 환경보호국 직원들과 만났다. "여러분이 하는 모든 일, 여러분이 일하면서 쏟는 모든 땀방울과 눈물이 이 나라를 발전시키고 이 지구를 변화시킬 것입니다."[18] 교통부 직원들에게는 "우리가 당신들을 아끼고 미국이 당신들을 아낀다는 사실을 기억하십시오"라고 했다. 열차 승무원이었던 삼촌을 언급했고, 그들의 노동조합을 '시민권 개척자'라고 칭찬했다.[19] 농무부 직원들에게는 지역공동체 정원, 재생 에너지, 그리고 어린이 건강보험 프로그램 확장을 이야기했다. "앞으로 몇 년 동안 당신들의 역할이 절실할 것입니다. 우리는 심각하고 매우 현실적인 문제에 당면했고, 이 나라를 원상 복구하기까지 꽤 오래 걸릴 겁니다."[20] 남편보다 자유롭게 돌아다닐 수 있었던 미셸은 교육부 강당을 꽉 채운 직원들 앞에서 '가능한 한 어디서든 정보를 듣고 취하고 익히겠다'고 말했다.[21]

미셸과 보좌진은 초창기에 몇 가지 선결 과제를 정했다. 자기만의 역할을 모색하던 당시에도 미셸의 관심은 과거에 해온 일에서 크게 동떨어지지 않은 쪽으로 자연스럽게 모아졌다. 공공동맹과 시카고 대학 경험을 바탕으로 그녀는 국가적 봉사활동 프로그램에 연방정부의 재정 지원을 확대해야 한다고 주장했다. 2009년 4월 버락이 서명한 미국 봉사법 Serve America Act도 그런 활동의 결실이었다. 국가 및 지역사회 봉사단Corporation for National and Community Service
을 방문했을 때 미셸은 무급 인턴 제도는 '노동자 계층 아이는 엄두
도 못 낼 사치'였다고 회상했다. 누구든 '인종, 나이, 경제력과 상관
없이' 봉사하고 혜택 받는 기회를 가져야 한다고 말했다.[22]

　미셸은 '새로운 고향'이라고 부르던 워싱턴의 다양성을 살피기
위해 연방정부와 시내 관광명소에 가려진 곳, 삶의 활력이 넘치는
곳부터 때로는 문제가 많은 곳까지 탐사했다.[23] 자신과 남편의 이
야기를 새로운 청중, 특히 상류층과는 거리가 먼 유색인종 아이
들에게 들려주기 시작했다. 그들 속에서 자기의 어린 시절을 보았
고 그들에게 '문을 열어주고 장막을 걷어주는' 역할을 하고 싶어했
다.[24] 백악관은 국민의 집이 될 것이라고 미셸은 말했다. 친구 샤론
멀론은 "워싱턴에는 미셸이 무엇을 할지를 알려주는 지침서가 있
습니다"라고 했다. "그런데 미셸은 지침서를 따르지 않아요. 지역
사회에 깊이 섞여 들어가 자기가 하고 싶은 걸 하지요."[25] 백악관에
입성한 후 두 달이 지난 3월 19일 미셸은 차를 타고 강을 건너 국회
의사당에서 내려다보이는 흑인 빈민가의 애너코스티어 고등학교
로 갔다. 해방홀부터 걸으면 한 시간 안에 닿을 거리였지만 두 세
계는 서로 마주칠 일이 거의 없었다. "원래는 사람들에게 무시당하
던 학교였어요."[26] 학생주임 로스코 토머스가 학교에 대한 첫인상
을 회상했다. 미셸은 학생들을 불러 모았다. 그리고 자기는 영부인
의 삶을 마음속으로 그려보면서 '아주 많은 시간을 밖으로 나와 워
싱턴 D.C.의 지역사회에서' 보내고 싶어한다는 사실을 깨달았다고
설명했다. 그런 생각이 든 것은 어린 시절 시카고 대학이 집에서 아
주 가까웠음에도 노동자 계층 흑인 소녀에게 얼마나 멀게 느껴졌
는지를 기억하기 때문이었다. "그곳에 발조차 들인 적이 없었어요.

어떤 행사에도 참가한 적이 없었던 거지요. 그 당시에는… 그곳이 다른 세계라고만 생각했어요. 그곳은 대학이었고, 훌륭한 대학이 었지만 저하고는 아무 상관이 없는 곳이었지요."[27]

미셸은 애너코스티어에서 여자아이들, 그리고 남자아이들 몇몇 과 대화를 나눴다. 남자아이들에게는 "여러분은 아주 운이 좋군요. 여기에 살짝 끼어들었으니"라고 말했다.[28] 그들은 한 가지 이유로 미셸과의 만남에 선택되었다. "여러분 모두에게 어려움이 있지만 그걸 극복하고 다음 단계로 나아갔어요. 저한테는 그게 중요한 겁 니다. 이미 목표를 달성한 학생들만 원하지는 않아요. 오히려 다음 단계로 나아가려고 애쓰는 학생들이 더 소중하지요." 공공동맹에 서 동맹원을 선발할 때 중점을 두었던 가치와 일맥상통하는 말이 었다. 청소년기에 열심히 공부한 일과 성공하려면 책임의식을 가 져야 한다는 어머니의 충고에 대해서도 말했다. "살면서 '너는 할 수 없다' '너는 그 사람만큼 똑똑하지 못하다'고 말하는 사람들을 만났어요. 그렇지만 굴하지 않았죠. 오히려 더 분발했어요. 그 사람 들이 틀렸다는 걸 보여주고 싶었거든요." 계획한 대로 행사가 언론 에 보도되었다. 이 뉴스는 워싱턴의 공립 차터 스쿨*의 졸업반 재 스민 윌리엄스의 눈길을 끌었다. 이미 미셸에게 졸업식에서 연설을 해달라고 부탁한 학교의 학생이었다. "그분은 사람들이 자기한테 백인 여자애처럼 말한다고 했다는 얘기를 해주셨어요. 그게 무슨 뜻인지는 모르지만, 저도 그런 얘기를 자주 들었어요."[29]

미셸은 그날 워싱턴 지역의 여러 학교를 탐방한 여러 저명한 여 성 중 한 명이었다. '여성 역사의 달Woman's History Month'을 기념하는

---

* 공적 자금을 받아 교사, 부모, 지역단체 등이 설립한 학교.

백악관 행사의 일환이었다. 백악관 이스트윙은 시범 사업으로, 사회적으로 성취를 이룬 여러 여성을 지역 학교 열한 곳으로 보내고 다시 여학생들과 함께 초대해 식사와 환담을 나누는 행사였다. 그날 초대 손님은 얼리샤 키스와 셰릴 크로, 체조선수 도미니크 도스, 우주인 메이 C. 제미선, 미군 역사상 최초의 여성 4성 장군인 앤 던우디였다. 일정이 끝나고 손님들이 모두 귀가한 후, 미셸은 직원들에게 최고의 행사였다고 말했다.[30] 그리고 그 경험을 토대로 이스트윙은 멘토링 프로그램 개발에 박차를 가했다.

멘토링은 백악관 시절 내내 미셸의 어젠다를 관통하는 목표이자 철학이었다. 미셸은 경험을 나누는 데서 만족감을 느꼈고 그것이 젊은 청중, 특히 흑인 여성들에게 반향을 일으킨다는 사실을 발견했다. 워싱턴 D.C. 출신으로 하버드 대학 친구이자 정책국장으로서 프로젝트를 이끈 조슬린 프라이는 "미셸은 어떻게 하면 젊은이들과 함께 호흡할지, 단지 전도유망한 학교뿐만 아니라 모든 계층의 젊은이들과 어떻게 하면 한데 어울릴 수 있을지 정말 많이 생각했습니다"라고 전한다.[31] 그 역할은 꽤 오래전부터 품은 원초적인 결심을 만족시켰기에 어쩌면 당연한 것이었다. "제 인생의 모든 국면에서, 고등학교를 다닐 때나 프린스턴이나 하버드에 다닐 때, 혹은 시청이나 병원에서 일할 때도 항상 누군가의 멘토가 되는 일을 찾았습니다." 미셸은 2010년 디트로이트에서 프로젝트에 착수하면서 이렇게 말했다. "저는 이웃과 사회에 봉사하고 누군가의 손을 잡고 함께 걸어갈 방법을 추구해왔습니다. 왜냐하면 '신의 은총이 없었다면 나도 그렇게 되었을 것'라고 생각했거든요."[32]

그 프로그램으로 고등학교 2학년 학생 스무 명이 백악관에서 일하는 여성들과 자매결연을 맺었다. 미셸은 학생들이 '재미와 교훈'

을 얻기를 바랐다.[33] 학생들은 대통령 전용기를 구경하고, 애너코스티어에 갔으며, 대법원에도 갔다. 미셸과 함께 앨빈 에일리의 무용학원에도 갔다. 미셸의 어린 시절 영웅이었고 역동적이면서도 우아한 무용수 주디스 재미슨도 만났다. 프로그램의 규모는 작았으나 기획자는 뚜렷한 목표 아래 다양한 활동에 투자했다. 선택지는 무한했지만 시간은 한정적이어서, 미셸 오바마의 이스트윙은 에너지를 낭비할 여유가 없었다. "어린이 비만 방지 행사를 하겠다는 식으로는 충분하지 않아요. 분명한 이유가 있어야 합니다. 시작과 결과가 명확해야 하고 폭넓은 전략의 일환이어야 하지요."[34] 프라이는 첫 번째 애너코스티어 방문을 언급하면서 설명했다. "일회성 행사로 그쳐서는 안 됩니다. 한 번 방문해서 사진 찍고 다시 찾지 않는 그런 행사는 곤란합니다. 미셸에겐 계획이 중요합니다. 그래서 여러 행사를 수박 겉핥기 식으로 순회하는 일은 하지 않습니다."

백악관 웨스트윙에서 버락은 말로 다 할 수 없을 지경의 재앙을 물려받았다. 취임식 행사를 준비하는 기간에 테러 우려가 있었다. 새로운 대통령과 가족들에게는 눈앞에 놓인 위험을 알리는 전조와 같았다. 취임 선서를 고작 몇 시간 앞두고 보좌진은 버락에게 소말리아의 극단주의자가 대국민 연설 때 폭탄을 터뜨릴지도 모른다는 첩보를 알렸다.[35] 행사는 무사히 끝났다. 그러나 대통령이 어떤 어려움에 처했는지는 곧 분명해졌다. 9월에 리먼 브라더스 도산 이후 경제가 날개 없는 추락을 거듭하면서 1월 한 달에만 일자리 74만 1천여 개가 사라졌다.[36] 2월에 65만 1천 개, 3월에 65만 2천 개가 사라졌다.[37] 주택 시장이 붕괴하면서 수백만 명이 집을 잃었고, 노후를 대비해 비축해둔 자금들이 사라졌다. 클린턴 정부 말기에 2,360억 달러에 이르던 잉여 예산이 조지 부시 행정부에서는 1조 3천억 달러 적자로 바뀌었다. 공화당의 부자 감세, 그리고 끝도 없이 악화 일로를 걷는 두 전쟁, 즉 이라크 전쟁과 아프가니스탄 전쟁 때문이었다. 버락 취임 당시 미군 14만 4천 명이 이라크에 파병 나가 있었다. 그리고 3만 4천 명이 아프가니스탄에 주둔하고 있었는데, 버락의 예측을 세 배나 웃도는 수치였다. 한편 가뜩이나 불안정한 지구촌 곳곳에 테러 위협이 도사리고 있었다. 버락 후세인 오바마가 링컨의 성경에 손을 얹고 선서했을 때 『뉴욕 타임스』의 피터 베이커는 그가 '안팎으로 위기에 처한 나라'를 물려받았다고 썼다.[38]

오바마 지지자들은 나라가 엉망진창이라서 반대파들이 기꺼이 흑인에게 대통령 자리를 던져준 거라며 씁쓸한 농담을 주고받기도 했다. 대통령이라는 직책은 거대한 미로 속에서 어디로 향할지도 모르는 길을 끊임없이 선택해야 하는 처지 같았다. 각각의 결정은 지난 결정의 결과와 앞으로 닥칠 혼란스러운 고려 사항들과 뒤섞여 뒤죽박죽이기 일쑤였다. 정치, 원칙, 실행 가능성 등 모든 요소를 고려해야 했으며, 분석가들의 불가피한 비평도 참작해야 했다. 버락이 스포츠 채널인 ESPN을 좋아한 것도 그리 놀랄 일이 아니다. 미셸은 종종 자기 의견을 개진했는데 특히 인사 문제에서 그랬다. 시카고 친구 마티 네즈빗은 미셸이 버락의 사람들 중 가장 입바른 말을 하는 사람이라고 평했다. "대단히 실리적이고 직설적입니다. 포장하거나 에둘러 말하는 법이 없었습니다. 미셸은 보이는 그대로 말했습니다."[39] 대통령 자문위원으로 웨스트윙 사무실에 들어간 밸러리 재럿도 동의하며 미셸이 중요한 역할을 했다고 전한다. "미셸은 정말 솔직하지요. 그런 사람은 흔치 않아요. 미셸은 대통령에게 서슴없이 정확히 자기 생각을 전달했어요."[40] 수전 셔는 미셸이 여론을 대변하는 경향이 있었다고 덧붙였다. "'이건 사람들이 중요하게 여기는 게 아니다. 그들은 여기에 관심이 있다'라는 식으로 말했습니다."⁴¹

이는 미셸이 말할 순간을 잘 선택했다는 뜻이다. 미셸은 '정말 솔직'했던 건 사실이지만, 버락이 원하는 건 잔소리가 아니었다고 설명했다. "이런 일에서 절대 해서는 안 되는 일은, 미국 대통령이 문을 열고 집에 들어왔는데 누군가가 오늘 한 결정과 선택에 대해 꼬치꼬치 캐묻는 거예요. 물론 그가 뭔가를 말하고 싶을 때도 분명히 있지만, 스스로 알게 될 거라고 생각되거나 적당한 시기가 아닐 때는 말을 아끼는 편이지요."⁴² 대통령 집무실에서 몇 발짝 떨어지지 않은 곳에 산다는 것은 어려운 일이 생겼을 때 도움이 되었다. 미셸은 "이제는 제가 그 사람 사무실에 잠깐이라도 들를 수 있어요"라고 말했다. "남편이 특히 힘든 날이라는 걸 알 때는 종종 그렇게 하지요."⁴³

매사추세츠 주지사 더발 패트릭은 미셸의 성격이 버락의 감성을 여는 데 도움이 된다고 했다. 대통령으로 하여금 '집무실에서 진행되는 일을 생각하고, 평가하고, 자기 의견을 고려하는 데에서 나아가 그것을 느낄 수 있는' 공간을 미셸이 제공했다는 것이다. 패트릭은 버락을 공적, 사적으로 알고 지내는 사이였는데, 대통령은 공감능력이 있어서 부상당한 군인이나 비극적인 희생자들을 만날 때 넌지시 감정을 드러낼 줄 안다고 했다. 그렇지만 공적으로는 "감정 표현에 매우 신중했습니다. 비상하게 분석적이고 감정적으로 신중했습니다. 다른 사람 같으면 그냥 넘길 수 없는 일도 자기는 무심히 넘겨야 한다고 생각했지요." 미셸은 그런 버락의 감성을 끄집어낼 수 있었다. "미셸은 감정 표현에 훨씬 솔직했어요. 슬픔이건 분노건 실망이건 뭐건 간에요"라고 패트릭은 말했다. "꼭 공개적인 자리가 아니더라도 버락과 있을 때는 그랬습니다. 그게 버락에게 도움이 됐지요. 미셸이 그를 더 좋은 사람으로 만들어주니까요."[44]

버락이 경기 침체, 재정 적자, 전쟁 등 수많은 문제들과 씨름할 때 미셸은 가사를 돌봤다. 관저에는 방이 서른여섯 개 있는데 2층에는 침실 다섯 개, 3층에는 침실 세 개가 있었다. 그리고 욕실도 열여섯 개가 있었다.[45] 가사 직원과 사무 직원은 따로 있었다. 가족의 일상도 변했다. 말리아와 샤샤는 새로운 사립학교에 다녔고, 미셸에겐 파티 계획부터 공식적인 편지 쓰기까지 새로운 의무가 생겼다. 아울러 시간을 내기를 바라는 모든 사람에게 일일이 신경을 써야 했다. 심지어 새로 온 개도 있었다. '보'라는 포르투갈 워터도그 순종이었는데 선거 유세가 끝나면 아이들에게 사주기로 약속했었다. 미셸은 종종 일에 치여 불만을 늘어놓았다. 그럴 때면 늘 친구들의 도움을 받곤 했는데, 백악관에서는 가까이에 친한 친구들이 거의 없어 더욱 힘겨웠다. 다행히 시청과 시카고 병원 시절부터 친구였던 셔가 백악관 자문위원 사무실에서 근무했다. 피플스가스 사장이자 존 로저스의 전처인 데지레 로저스는 미셸의 의전 비서관이었다. 그리고 재럿이 있었다. "밸러리는 자문위원이었어요. 만능이었지요." 미셸의 수석참모 재키 노리스가 말했다.[46]

　시카고 대표단이 수시로 미셸을 도우려고 수도를 방문하며 안심시켜주었다. "절 알아보겠어요? 제가 아직 미셸로 보이나요? 착각하는 거 아니고요?"[47] 미셸은 옛 친구들을 만나면 그렇게 확인하곤 했다. 마음의 안정을 추구하는 과정에서 '전혀 예기치 못했으나 이구동성으로 얻은 조언 한 가지'는 전 영부인들로부터 나왔다. 가급적 빨리, 그리고 자주 캠프 데이비드 대통령 별장에 가라는 것이었다. 별장은 북쪽으로 약 100킬로미터 떨어진 메릴랜드 캐톡틴 마운틴 공원에 있었다. "거기 가면 어느 정도 자유롭게 숨을 쉴 수 있었습니다." 미셸은 말했다. "모든 영부인이 가족의 건강을 위해 그곳에 가는 걸 아주 중요하게 여겼던 것 같아요."[48]

미셸은 가정을 위해 일흔한 살의 어머니 메리언을 백악관으로 모셨다. 메리언은 3층에 기거하면서 손녀들을 돌보고 영부인을 받쳐주었다. 처음에는 메리언이 다소 꺼리기도 했다. "꼭 그럴 필요는 없었어요, 일단 들어가면 괜한 말을 많이 듣게 되거든요."[49] 백악관에 사는 것은 꼭 박물관에 사는 느낌이라는 것, 그리고 자기 차를 포기하고 싶지 않다는 것도 주저한 이유였다. 메리언은 운전을 좋아했다. 미셸은 오빠에게 엄마를 설득해달라고 부탁했다.

"동생이 말하기를, '오빠가 좀 얘기해봐. 엄마가 꿈쩍도 안 해'라는 거예요." 크레이그가 말했다. 그는 메리언이 독립된 생활을 좋아했고 아무나 누릴 수 없는 백악관의 분위기라든가 권력과 가까이 있다는 자부심 따위는 전혀 아랑곳하지 않으리라는 것을 잘 알았다. "어머니는 멋진 것, 대단한 것을 바라지 않으세요. 그냥 집에 있는 걸 훨씬 좋아하시지요."[50] 가까이에 친척과 친구 들이 있었고, 익숙한 일상이 있었다. 여동생과 쇼핑을 하고, 남동생의 스튜디오에서 요가를 하며, 집에서 신문을 읽고, 십자 낱말 퍼즐을 풀고, 집 수리 쇼를 보고, 피아노를 치고, 삽으로 보도를 치우는 조용한 삶이 있었다.[51] 생활도, 원하는 바도 소박했다.[52]

그렇지만 메리언은 양보했다. 유클리드가의 집에 자물쇠를 걸고 오바마 가정의 일원이 되었다. 워싱턴에서는 경호 요원이 운전하는 SUV에 동승해 말리아와 샤샤를 등교시키고 관저로 돌아와서 미셸이 집에 있으면 수다를 떨다가 3층 방으로 올라갔다.[53] 백악관의 차 모임 때 미셸은 메리언을 가리키면서 "어머니는 제가 넘어졌을 때 일으켜 세워주시고, 제가 도를 넘어설 때는 제지해주시는 분입니다. 조금 말씀이 많기는 하지만 말이죠. 저를 다그쳐서 전문 직업인으로, 엄마로 그리고 친구로 언제나 최선을 다하도록 이끄셨지요. 그리고 어머니는 항상, 항상, 항상 저와 함께해왔습니다. 백악관에서 어머니와 함께 아이들을 키운다는 건 정말, 오, 이러면 안되는데." 목이 멨다. "아름다운 경험입니다."[54]

메리언은 생활에 적응해나갔고, 상대적으로 얼굴이 덜 알려진 덕분에 백악관 밖으로 나가 동네를 산책한다든지, 별다른 소란 없이 약국을 들른다든지 할 수 있었다.[55] 한번은 지나가는 사람이 메리언에게 '로빈슨 부인과 꼭 닮았다'고 하자 "맞아요. 사람들이 그러더라고요"라고 답하고서 가던 길을 갔다.[56] 그녀는 쉽게 워싱턴을 빠져나와 시카고에도 가고, 퍼시픽 노스웨스트에 가서 오리건 주립대학에 있는 크레이그 가족을 방문하기도 했다. 물론 케네디 센터에서는 대통령 전용실에 앉았다. 그때는 종종 빌 클린턴의 백악관 비서였다가 친구가 된 베티 커리와 동석하기도 했다. 메리언은 대통령 전용기를 타고 러시아와 가나에 갔다. 엘리자베스 여왕과 베네딕트 교황도 만났다. 미셸은 어머니와 함께 있는 것을 즐기며 "대통령도 분명히 만족할 거예요"라고 말했다.[57] 버락은 바깥세상 소식을 백악관으로 가져오는 데 메리언이 큰 역할을 한다고 했다. "왜냐하면 그분은 거품을 잘 빠져나가시니까요."[58]

거품은 현대 대통령직에서 가장 이상한 측면 중 하나로, 오바마 가족이 특히 안타까워한 부분이다. 물리적인 면에서 거품이란 대통령과 직계 가족을 365일 24시간 둘러싸는 경호상의 저지선을 말한다. 오바마 가족은 총기로 무장한 경호원 없이는 아무 데도 갈 수 없었다. 취임 18개월 차에 버락에게 가장 그리운 것이 무엇이냐고 묻자 그는 '산책'이라고 답했다. 공원 벤치에 혼자 멍하니 앉아 있거나 아이들을 데리고 아이스크림을 사 먹으러 가지 못하는 것을 안타까워했다. 익명성은 '이제는 누리기 어려운 엄청난 즐거움'이라고 그는 말했다.[59] 거품은 물리적인 저지선 말고도 백악관의 고립된 삶을 상징하기도 한다. 해리 트루먼은 1947년 일기에 '위대한 흰 감옥'이라고 썼다. 관저는 '혼자 있기에는 지옥 같은 곳이다. 아침 일찍부터 밤늦도록 일하는 내내 유령이 나올 것만 같다. 밤새 마루가 삐걱거린다'고 적기도 했다. 그는 어둠 속에서 선조들의 유령을 보았다. '모두 이곳 복도를 오가며 해야 했을 일과 하지 않았던 일을 탄식한다.'[60]

60년 전이면 두 사람이 단출하게 식사를 하던 워싱턴의 식당이 이제 철통 같은 경계와 보안 검색이 필요한 곳이 되었다. 수도 밖에서 며칠을 보내려면 훨씬 복잡하고 돈이 많이 드는 연출이 필요했다. 심지어 백악관 경내 산책도 문제의 소지가 있었다. 백악관이 정부 청사, 관광지, 관저로 다양하게 이용되면서 사진기자들, 직원들, 손님들이 혼재했기 때문이다. 비현실적인 공간이었다. 버락은 남쪽 잔디밭에서 바로 날아올라 여행을 떠났다. "직원 중 누군가가 대통령이 길을 떠났다고 이메일을 보내주지만, 이미 헬리콥터 소리를 들었으니 뭐, 괜히 성가시기만 하지요"라고 미셸은 말했다.[61]

워싱턴에서 처음 봄을 맞으며 미셸은 경호실을 찾아갔다. 눈부시게 아름답다는 도시의 벚꽃을 구경하고 싶었다. 주민과 관광객이 타이들 베이슨 호수 등지로 구름같이 몰리는 계절에 가볍게 소풍이라도 즐길 참이었다. 그러나 영부인에게는 그리 간단한 일이 아니었다. 미셸은 야구 모자를 눌러쓰고 시카고 시청 시절 친구인 신디 모엘리스와 만났다. 당시 그녀는 백악관 연수 프로그램을 운영하고 있었다. 운전대를 잡고 목적지로 향한 경호원은 곧 인파가 너무 많다고 판단했다. 미셸은 분명히 눈에 띌 것이다. 그래서 대신 덜 유명한 장소로 차를 돌렸다. 벚꽃은 만개했고 그들은 산책을 즐겼다. 한번은 코르코란 미술관 행사에 걸어서 갈 수 있다는 소식을 듣고 미셸은 뛸 듯이 기뻐했다. 알고 보니 그곳은 백악관 바로 건너편에 있었다. 미셸이 대형 쇼핑몰 타깃에 갔을 때는 한 손님이 미셸을 알아보지 못하고 높은 선반 위의 물건을 내려달라고 부탁했다. 미셸은 부탁을 들어주었다. 영부인은 나중에 친구들에게 자기가 공공장소에 나가서 눈에 띄지 않으려고 마음만 먹으면, 일부 백인은 그저 흑인 여성으로 볼 뿐 자기를 보는 게 아니라고 말했다.

남편과 달리 미셸은 사적인 시간에는 언론의 추적을 받지 않았다. 남편이 없으면, 비록 경호원이 운전하는 차를 타야 했지만 바깥바람을 쐴 수 있었다. 미셸은 조용히 식사할 수 있는 레스토랑들을 발견했다. 연극이나 야구 경기를 보러 갔고, 친구 집도 방문했다. 친구들은 경호원으로부터 비공식적인 방문은 보안상의 이유로 '없었던 일'로 간주된다는 설명을 들었다. 아무도 미셸이 언제 어디에 갔는지 말해서는 안 됐다. 만약 말이 새면 외출은 취소될 수 있었다. 그런 것들이 마음에 들 리 없었지만 미셸은 적응했다. 심지어 직원들의 거절에도 익숙해졌다. "저에게 규칙을 알려주세요. 말만 해주면 지키겠어요." 미셸이 말했다. 셔는 미셸이 새로운 속박에 충격을 받았다고 전한다. "급격한 환경 변화가 얼마나 충격적일지 한번 생각해보세요."[62]

세상은 많이 변했지만 영부인의 세상은 그다지 변한 게 없었다. 1789년 미국 초대 대통령의 임기 첫해에 마사 워싱턴은 자신의 역할 때문에 구속받는 느낌이라고 말했다. "나는 공공장소는 아무 데도 갈 수 없단다. 정말 주립 교도소에 갇힌 기분이야." 그녀는 뉴욕의 임시 청사에서 조카딸에게 편지를 썼다. "넘으면 안 되는 어떤 경계가 있고, 하고 싶은 것들도 할 수 없으니 어쩔 수 없이 집에만 있게 된다."[63] 로라 부시와 함께한 공개 토론에서 마사 워싱턴이 말한 '주립 교도소'에 대한 질문을 받자 미셸은 웃음을 터뜨리며 말했다. "분명히 교도소 같은 요소가 있어요. 그렇지만 아주 훌륭한 교도소지요." 부시가 끼어들었다. "요리사가 있잖아요!" 미셸이 말을 이었다. "불평할 순 없지만 분명히 구속적인 요소들이 있습니다."[64] 미셸은 어떤 면에서 거품은 일종의 어항이고 자신은 유리 뒷면에서 헤엄치는 존재라는 사실을 금방 간파했다. 대중의 감시를 받는 삶에서 여론의 영향은 막대하고 비난은 견디기 힘들다. 그렇지만 장점이 하나 있었다. 어떤 주제에 이목을 집중시키고 싶다면, 언제든 카메라와 펜이 대기하고 있다는 사실이었다.

선거 유세 기간 중 버락은 미셸에게 뉴욕에서 하룻밤 데이트를 약속했다. 단둘이 저녁식사를 하고 공연을 보자는 것이었다. 그렇지만 브로드웨이에 간다는 건 만만찮은 일이었다. 2009년 5월 30일 화창한 오후에 멋지게 차려입은 오바마 부부가 백악관을 나섰다. 사진기자들이 셔터를 눌러대는 동안 이들은 손을 맞잡고 남쪽 잔디밭을 건너 대기 중인 헬기로 갔다. 해병대 장교가 칼같이 경례를 붙였다. 헬기는 매릴랜드 남쪽 앤드루스 공군기지에 두 사람을 내려주었고, 그들은 거기서 작은 공군 제트기를 타고 뉴욕으로 향했다.

미셸 오바마

뉴욕에서 두 번째 헬기가 그들을 태우고 날아가 맨해튼에 내려앉았다. 이미 차량 행렬이 시동을 걸고 기다리고 있었다. 두 사람은 대통령 전용 캐딜락 리무진에 올라탔다. '더 비스트The Beast'로 불리는 이 리무진은 이른바 달리는 요새로, 티타늄과 강철로 만든 철갑 때문에 무게가 무려 7.5톤에 달했다. 방탄유리와 문도 여객기처럼 두꺼웠다. 화학무기 공격에 대비해 외부 공기를 차단할 수 있으며 트렁크에는 대통령의 혈액형과 같은 혈액이 구비되어 있었다. 미셸은 그날 밤의 데이트에 대해 이렇게 말했다. "버락이 차량 행렬 스무 대를 동원했고, 무장경호원들이 있었고, 앰뷸런스도 대기 중이었어요. 당신 같으면 로맨틱한 분위기를 얼마나 느낄 수 있겠어요?"[65]

그날 밤 뉴욕에서 저녁식사를 할 레스토랑은 미식가인 미셸의 취향을 고려해 블루힐로 정했다. 한때 그리니치 빌리지 주류 밀매점이었다가 로커보어locavore*들의 고급스런 성지가 된 곳이었다. 2006년 『뉴욕 타임스』의 음식 평론가는 '그 식당만큼 진지하고 과시적으로 원산지를 알리려고 애쓰는 곳도 없을 것이다'라고 평했다.[66] 식사를 마치고 오바마 부부는 차량 행렬로 돌아갔다. 행렬은 벨라스코 극장으로 향했다. 이제 기자, 사진기자, 비디오카메라 팀 등 언론의 파견대까지 늘어났다. 극장 주변에는 오거스트 윌슨의 《조 터너 다녀가다Joe Turner's Come and Gone》가 상연되기 몇 시간 전부터 뉴욕 경찰과 비밀 경호국이 44번가 블록 전체를 통제하고 있었다. 연극은 흑인 대이동기의 북부 하숙집이 배경이며 삶의 터전을 잃은 흑인들이 생계와 정체성을 찾아 방황하는 과정을 묘사했다. 관객이 금속탐지기를 통과해야 했으므로 저녁 8시 예정이던 개막

---

* 지역을 뜻하는 로컬local과 라틴어로 '먹다'를 뜻하는 보어vore가 결합된 신조어로, 지역에서 생산된 먹거리를 즐기는 사람들을 말한다.

이 45분 늦어졌다. 관람 이후 오바마 부부는 까치발을 세우고 목을 길게 늘이는 군중을 지나 항공편으로 워싱턴으로, 남쪽 잔디밭으로, 그리고 항상 불이 꺼지지 않고 직원들이 대기 중인 안전한 가정으로 돌아왔다. 다음 날 연극표는 두 배가 팔렸고, 벨라스코 극장에서 오바마 부부가 앉았던 좌석은 볼트가 풀리고 바닥에서 떼어져 자선 경매에 매물로 나왔다.[67]

미셸과 버락이 채 뉴욕을 떠나기도 전에 공화당 전국위원회는 경기 침체 속에서 제너럴 모터스사가 파산을 선언한 지 며칠 지나지도 않았는데 그런 사치스러운 여행을 하다니, 분별없는 태도라고 비난했다. 공화당 전국위원회의 대변인 게일 깃초는 온라인상으로 "여러분, 국민 세금으로 제트기를 타고 어딘가에 가지는 못하더라도 토요일 저녁을 즐겁게 보내시기를 바랍니다"라며 비꼬았다. 이같이 기자들이 일거수일투족을 관찰하는 상황에서 오바마 부부는 백악관에서 지내는 동안 줄곧 정치적인 곤경에 처하곤 했다. 웨스트윙은 뉴욕 여행이 말썽을 일으킬 것을 예견하고 기자들에게 버락의 이름으로 성명서를 발표했다. "저는 아내와 함께 뉴욕에 갑니다. 선거 유세 때 모든 게 끝나면 브로드웨이에 데리고 가겠다고 약속했기 때문입니다." 버락에게는 그것으로 사태는 종결된 것이었다.

"새로울 게 없는 역할입니다. 1952년부터 모두가 해온 일을 그대로 하는 것만으로도 할 일이 많습니다."[68] 이스트윙 직원 트루퍼 샌더스가 영부인의 역할에 대해 한 말이었다. 익숙한 길을 따라가는 것은 쉬운 일이다. 미셸과 보좌진도 처음부터 아는 내용이었다. 그렇지만 그렇게 되면 이스트윙은 벨벳으로 치장한 무덤, 편안하지만 아무짝에도 쓸모없는 곳이 되고 말 것이다. 샌더스는 파티와 전통음식으로 하루하루를 보낸 영부인은 4년 후 또는 8년 후 깨어나 이렇게 혼잣말을 하게 될 거라고 말했다. "아무것도 한 게 없구나."

그렇지만 미셸은 다른 방식으로 일한다는 것이 전통과 위계에 얽매인 워싱턴에서 문제를 야기할 수 있다는 것을 알게 됐다. 자신이 어떤 일을 하겠다고 선택하면, 그건 곧 다른 일은 하지 않겠다는 선택인 셈이었다. 초창기의 역사 보존 사업 같은 것이 그런 예다. 전형적인 영부인들의 사업이었다. 힐러리 클린턴이나 로라 부시도 그 역할을 받아들였고, 특히 힐러리는 '미국의 보물을 지켜라Save America's Treasures' 같은 프로그램까지 만들었다. 그렇지만 미셸은 그런 일에 별로 흥미가 없었다. 시카고 명소관리위원회에서 일한 경력도 있지만 자신은 딱히 기여할 바가 없다고 느꼈다. 그런 사업은 연방정부의 다른 부서에서 훨씬 더 효율적으로 할 수 있다고 미셸이 결론을 내리자, 크게 기대하던 연관 단체 지도자들은 실망하고 말았다. 마찬가지로 의원 클럽Congressional Club*의 연례행사인 영부인과의 오찬 모임 분위기를 쇄신하려 했을 때도 미셸은 의전과 우선 순위에 대한 질문 공세에 시달려야 했다. 한 보좌관은 의원 클럽을 '우리를 움찔하게 만드는 모든 것들의 수호자'라고 묘사했다.[69]

미셸과 보좌진은 영부인이 어울리는 옷을 고를 수 있도록 오찬 기획자가 식탁보 견본을 보내왔을 때 무슨 일이 벌어질지 대강 짐작할 수 있었다. 그다음에는 바닥보다 단을 높인 보행로가 있었다. 패션쇼 무대처럼 꾸며 영광스런 초대 손님을 과시하려는 것이었다. 로라 부시는 백악관 첫해인 2001년에 그 길을 걸었다. 이듬해

---

* 의원들의 배우자들을 위한 공식 클럽. 1908년에 세계에서 유일하게 국회법으로 창립되었다.

부터 그녀는 "영부인으로서 저는 거의 모든 일에 적응했지만 이것만은 좀 과하군요"라며 정중하게 거절했다.[70] 부시는 2002년 행사가 있기 오래 전부터 기획자들이 그리로 걸어야 한다고 고집을 부리면서 보좌진을 괴롭혔다고 전했다. 또 영부인이 점심시간 네 시간을 꽉 채워 머물면서 그들의 특별한 요청 사항을 발언해달라고 요구했다. 하지만 로라는 아랑곳하지 않고 일찍 행사장을 빠져나와 예일 대학 기숙사를 퇴실하는 딸 바버라를 도우러 서둘러 뉴헤이븐으로 가버렸다.

로라 부시는 의원 클럽 오찬을 둘러싼 '끝없는 설왕설래'에 사무실의 누군가는 어김없이 울음을 터뜨렸다고 했다. 또 그전에 클린턴의 직원들 역시 좌절감에 울음을 터뜨렸다고 전했다.[71] 애니타 맥브라이드는 미셸을 동정했다. 로라 부시의 차석보좌관이던 그녀는 미셸의 참모진에게 일정을 미리 검토하고 정해둬야 한다고 알려주었다. 그리고 관련 사무실의 서신 견본들, 모든 기관 연락처, 연례 백악관 크리스마스카드 등과 영부인 사무실에서 처리할 온갖 잡무를 포괄하는 행사 시간표를 남겼다.[72] 그녀는 로라 부시가 '의원 클럽 아줌마들'이라고 부르던 사람들을 대할 때 미셸의 보좌진이 겪을 어려움도 잊지 않고 조언했다. "일정상 해야 할 일들인 겁니다. 그렇지만 또 요구 조건을 바꾸는 기회가 될 수도 있다는 걸 명심하세요. 할 일은 분명히 있지만 영부인이 변수를 조정할 수 없다는 뜻은 아닙니다."[73]

미셸은 자기가 있는 곳이 캔자스가 아니라는 것을 깨달았다. 그곳은 오즈였다. 또는 카프카의 세계일 수도 있었다. 결혼 서약에는 '부유할 때나 가난할 때나, 백악관에 있을 때나 건강할 때나'라는 말은 없었다. 하지만 한편으로 그녀는 정치인의 배우자들을 돕

미셸 오바마

고 싶은 마음이 있었다. "왜냐하면 그 역할이 얼마나 힘든지 잘 알기 때문이지요"라고 노리스는 말했다. 그렇지만 화려한 오찬보다는 분명 더 뜻 깊은 방법이 있을 터였다. "예전부터 해왔다고 해서 무턱대고 따라하고 싶지는 않습니다."[74] 미셸은 타협했다. 식탁보와 의상에 대한 요청에 응했다. 그 대신 의원 부인들을 봉사활동에 초대했다. 150명이 넘는 부인들과 남편들이 오바마 취임 100일째에 모여 식료품 봉투를 채웠다. 수도권 푸드 뱅크Capital Area Food Bank 에는 식료품 봉투 2천 개가 마련되었다.

2009년 4월 1일 미셸은 런던에 도착했다. 영부인으로서는 첫 해외 여행이었다. 버락이 실무자들과 회의하는 동안 그녀는 채링 크로스 병원에서 암 환자들을 격려하고 로열 오페라하우스에서 발레를 관람했다. 간소한 검정 카디건 차림에 두 줄짜리 진주목걸이를 걸고 엘리자베스 여왕을 만났다. 그리고 곧바로 의전을 깼다. 백발이 성성한 여왕의 머리 위로 우뚝 선 미셸이 매니큐어를 바른 왼손으로 여왕의 등을 다정스레 토닥인 것이다. 자연스러운 행동이었지만 여왕이 내민 손을 가볍게 흔드는 것 외에 어느 누구도 여든두 살 여왕을 함부로 만질 수 없었다. 호사가들 사이에 소동이 일었으나 여왕은 개의치 않았다. 미셸은 다음 날 갑작스러운 일정으로 엘리자베스 개릿 앤더슨 학교를 방문했을 때, 뜻밖에도 딱 성에 차는 일을 찾았다. 영국 최초의 여자 의사이자 여성참정권 운동가의 이름을 딴 학교였다. 여학생 90퍼센트가 인종적, 민족적 소수집단 출신으로 각기 대표하는 언어만 55개에 이르렀고, 모두 온갖 어려움을 이겨온 학생들이었다. 미셸의 참모들은 이즐링턴의 행사를 계획하면서 '영부인이 갈 거라고 예상하지 않는' 장소를 찾고 있었다고 트루퍼 샌더스는 말했다. 보좌진은 대통령의 외교 방문에 가치를 더하면서도 미셸에게 잘 어울리는 곳을 물색했다. 그들은 미국 중서부의 외딴 도시에 뿌리를 둔 미셸의 이야기에 멀리 떨어져 있는 십 대들도 열렬히 공감하리라는 사실을 알게 됐다. 미셸의 눈에도 보였다.

"제가 미국의 첫 번째 흑인 영부인으로서 이 자리에 서게 될 줄은 꿈에도 몰랐습니다. 저는 부유하지도 않고 내세울 만한 지위도 없는 환경에서 자랐습니다. 저는 시카고의 사우스사이드에서 성장했습니다. 그곳은 바로 시카고의 정수라 할 수 있는 곳입니다." 미셸은 소녀들에게 말했다. "저와 여러분은 공통점이 많다는 걸 알아주면 좋겠어요." 2주 전 애너코스티어에서와 마찬가지로 미셸은 '신념과 불굴의 용기'가 결국 승리할 것이라고 말했다. "여러분도 운명을 통제할 수 있습니다. 꼭 기억하세요."[75] 소녀들은 박수를 쳤고 미셸은 목이 멨다. 발언을 마치고 그녀는 "안아줄게요"라고 말해서 여학생들을 놀라게 했다. 소녀들이 몰려들었고 미셸은 한 사람씩 포옹했다. 다 마친 뒤 활력을 얻어 차에 오르면서 미셸이 말했다. "하루 종일이라도 할 수 있어."[76]

미셸이 말과 행동에서 자기만의 독특한 기법을 찾았다고 해도 크게 잘못된 말은 아닐 것이다. 미셸의 이야기는 소녀들을 감동시켰고 용기를 북돋워주는 따뜻한 포옹도 그랬다. 포옹은 곧 미셸의 상징이 됐다. 신뢰와 격려를 뜻하는 자연스럽고 한결같은 상징이었다. 미셸은 아직 자기가 가진 영향력의 윤곽을 제대로 가늠하지 못했고, 어떤 이슈를 추구해야 할지도 정하지 못한 상황이었다. 하지만 포옹만큼은 실천할 수 있는 구체적인 행위였다. 몇 마디 말과 미소, 그리고 포옹으로 미셸은 소년소녀 수천 명에게 미국 영부인이 응원한다는 메시지를 전달하고자 했다. 엘리자베스 개릿 앤더슨 학교와도 계속 관계를 유지해 2년 뒤 옥스퍼드에서 학생 35명을 만났으며, 2012년에는 12명을 백악관에 초청했다. 책상에는 학교를 방문했을 때 찍은 사진이 놓여 있었다.[77]

미셸은 임기 첫 2년간 인도, 아프리카, 라틴아메리카 등지를 방문할 때마다 꼭 청소년들에게 연설을 했다. 이스트윙의 참모진은 국무부와 국가안전보장회의 동료들에게 어떻게 하면 영부인의 활동이 국익에 도움이 될지 자문을 구했다. 그들은 해외의 다양한 청소년과 소통하는 미셸의 능력이 외교 정책에도 작은 보탬이 되기를 바랐다. 미국이 세계인들의 마음을 얻고자 애쓰는 가운데, 미셸은 2010년 4월 멕시코시티의 대학생들과 대화했다. 자신은 인터넷으로 연결된 세대의 '무한한 가능성'을 보았고, 젊은이들에게 집중해 국제적인 노력을 쏟아야 한다는 것을 깨닫게 되었다고 말했다. 또 멕시코 인구의 거의 절반이 25세 이하이고, 중동은 그 수치가 60퍼센트에 이른다는 점을 지적했다. 이를 '청년 팽창youth bulge'이라고 부르며 현 상태를 유지하는 것만으로는 충분치 않다고 말했다. "여러분은 조직력과 동원력에서 일찍이 그 예를 찾아볼 수 없을 만큼 큰 힘을 갖고 있어요. 낡은 사고에 도전하고, 오래된 분열을 봉합하고, 우리가 처한 난제들에 새로운 해결책을 제시할 능력이 있습니다."[78] 조직하고, 동원하고, 도전하고, 연결하라. 결핍이 아닌 자산이라는 프리즘을 통해서. 미셸은 참모들에게 말했다. "나를 비행기에 태워 아무 데나 데려다놓고 미소만 짓게 만들지는 마세요." 미셸은 자기 목소리를 찾아가고 있었다. 이제 할 일은 그 소리가 들리게 만드는 것이었다.

정치와 제정신 사이

백악관 7만 3천 제곱미터 부지에는 미국 7대 대통령 앤드루 잭슨
이 남부에서 가져온 목련부터 최근에 심은 장미까지 온갖 아름다
운 화초가 가득했다. 하지만 엘리너 루스벨트 이후 그곳에 채소를
가꾼 사람은 없었다.¹ 2007년부터 미셸은 정원과 어린이 건강이라
는 더 큰 계획을 궁리했다. 하이드파크의 부엌에서 이미 버락이 대
선에서 승리한다면 자기가 어떤 변화를 만들어낼 수 있을지 생각
해왔다.² 정원은 단순하지만 보람 있고, 보여주기에도 좋았다. 미셸
은 아직 종자나 토양에 대해서는 아는 것이 거의 없었지만 정원을
단순한 정원 이상의 의미로 가꾸기로 마음먹었다. 정원이 '우리 음
식, 우리 삶, 그리고 그 모든 것이 어떻게 아이들에게 영향을 미칠
지' 전국적인 논의를 촉발시키는 계기가 되기를 바란 것이다.³ 공립
초등학교 어린이들이 파종을 도왔다. 행인들 눈에도 백악관 담장
너머로 모종판이 보였다. 미셸은 "백악관이 '국민의 집'이듯 이 정
원도 '국민의 정원'이 되기를 바랐어요"라고 말했다.⁴

중요한 건 메시지였다. 새로운 정원은 먹거리와 건강 면에서 기본으로 돌아가자는 미셸의 주장을 알리는 선전판이었고, 미셸이 백악관에 있는 동안 중점 사업이 되었다. 참모들은 언론을 초청해 파종 행사를 보도하고 벌꿀을 비롯해 정원에서 수확한 것들이 백악관 식탁에 오른다고 선전했다. 백악관 요리사들은 허니 브라운 에일을 빚었고《더 투나잇 쇼 The Tonight Show》의 제이 레노를 위해 채식주의자용 피자를 조리했다. 백악관 정원은 컬러 사진이 가득한 『미국 농산물: 백악관 텃밭과 미국 정원 이야기 American Grown: The Story of the White House Kitchen Garden and Gardens Across America』의 중심 소재가 되었다. 2012년 미셸과 대필 작가가 집필한 이 책에는 영부인 사진 수십 장과 함께 지역공동체 정원을 만드는 데 필요한 준비물과 요령 등이 담겼다. 책에는 미셸이 자전거를 타고, 여름에 캠프에 참가하기도 한 시카고의 미시간 호숫가 공원, 레인보 비치에 있는 정원도 실렸다. 순조롭게만 된다면 학교와 지역사회가 이 사례를 따를 것이고, 한 번도 뭔가를 길러본 적 없던 어린이들은 심고, 거두고, 배우는 기회를 가질 것이라고 미셸은 썼다. "어린아이들이 가장 좋아하는 것은 퇴비입니다. 손으로 지렁이를 파낼 수도 있지요. 흙의 상당 부분이 지렁이 똥이라는 사실을 말하면 아이들은 특히 재미있어 합니다"라고 미셸은 말했다.[5]

정원은 미셸의 가장 야심 찬 계획이었다. 그리고 결과적으로는 크게 논란이 된 백악관 주도의 2010년 2월 영양과 건강 프로젝트의 시발점이 되었다. 미국 아동의 3분의 1이 과체중이고 성인 비만율도 증가하는 상황에 미셸은 전국적으로 어린이 식생활과 운동 습관을 바꾸는 것을 목표로 삼았다. 대상은 건강하지 못한 학교 급식의 영양 기준과 도시의 '음식 사막'*부터 식당 메뉴, 당분 섭취를 부추기는 마케팅까지 폭이 넓었다. 미셸은 학생들과 춤추고 스포츠 스타와 함께 운동하면서 화보를 찍고, 백악관에서 의회에 전화를 걸어 45억 달러 예산의 어린이 영양법을 통과시켜달라고 촉구했다.[6] 또 소아과 의사, 식품 공급 회사, 그리고 어린이용 프로그램을 만드는 미디어 회사와도 협력했다. 미셸은 그 프로젝트를 '렛츠 무브!'라고 불렀다.

공중보건에서 비만의 의미는 늘어나는 미국인의 허리 치수로 분명하게 드러났다. 과체중은 건강하지 못하다는 지표로 군사 모병 때도 가장 큰 건강상 불합격 요인이었다. 1995년부터 2008년까지 14만 명이 과체중으로 신체 검사에서 탈락했다.[7] 2010년까지 모든 지원자의 절반―남성 46.7퍼센트, 여성 54.6퍼센트―이 체력 테스트를 통과하지 못했다. 체력 검사는 60초 팔굽혀펴기, 60초 윗몸 일으키기, 1,600미터 달리기였다. 심지어 지원자들은 탄산음료와 당분을 지나치게 많이 먹고 우유와 칼슘을 멀리해 뼈가 약했다.[8] 오바마 행정부에 따르면 비만과 그 부작용으로 인한 보건비용은 한 해 1,470억 달러에 달했으며, 문제는 어릴 때부터 시작되었다.[9] 미국 질병통제 센터는 2010년에 아동 16퍼센트가 비만이고 그중 상당수가 성년이 되어서도 건강상 문제를 겪거나 비용이 많이 드는 습관과 질병을 갖는 것으로 추산했다. 과체중 어린이는 흑인과 멕시코계에 불균형적으로 많은 것으로 드러났다. 학교 예산 삭감과 우선순위 변화로 쉬는 시간과 체육 활동이 점차 줄어들고 있다는 것은 누구나 아는 사실이었다. 질병통제 센터는 초등학교의 25분

* 신선한 채소와 과일 등 건강한 식품을 구입하기 어려운 지역.

의 1, 중학교의 12분의 1, 고등학교의 50분의 1 정도만 매일 체육 활동을 한다고 보고했다.[10]

2010년 2월 9일 미셸은 장관 여섯 명과 함께 기자단 앞에서 문제를 제기하고 해결책을 제시하면서 협력 방안을 내놓았다. 미국 소아과학회는 체질량지수, 즉 BMI 측정법을 개발하고 건강한 생활을 위한 처방을 강구하기로 했다. 식품 공급업자들은 학교에 판매되는 식품에서 당, 지방, 염분을 줄이고 10년간 학교 음식에서 과일과 채소의 양을 두 배로 늘리겠다고 약속했다. 식약청은 제조업자와 소매업자와 협력해 식품 라벨을 알기 쉽게 만들겠다고 발표했다. "자기가 산 식품이 건강한지 아닌지 알기 위해 읽기도 힘든 말을 한참이나 노려보지 않아도 될 것입니다"라고 미셸은 말했다. 디즈니, 스콜라스틱, 비아콤, 워너브라더스 같은 미디어 회사들은 공중의식 개선에 나서기로 했다. 버락은 대중에게 이 프로젝트가 자신의 정책과 부합한다는 것을 보여주기 위해 영양과 체육 활동에 관한 연방정책을 검토할 '어린이 비만 대책반' 구성을 명령하는 서류에 서명했다. 집무실에서 서명을 마친 후 버락은 미셸을 돌아보며 말했다. "다 됐어, 여보."[11]

출범 행사에서 미셸의 연설은 화려하지 않았지만, 그렇다고 짧지도 않았다: 미셸은 5,800단어로 논리를 제시했다. 우선 아이들이 칼로리를 과잉 섭취하고 이를 소모하는 데는 소홀했다고 책망하려는 게 아니라고 분명히 밝혔다. 학교에서 어떤 점심을 주는지, 저녁에 무엇을 먹으며, 체육 시간과 쉬는 시간을 따로 둘지 말지는 어른들이 정하는 것이었다. "소금과 설탕이 엄청나게 들어간 음식, 게다가 그런 음식을 너무 크게 만드는 건 아이들이 아닙니다. 어디를 가든 그 광고를 보게 만든 것도 아이들이 아니지요"라고 미셸은 말했다. "아이들이 아무리 피자, 튀김, 사탕을 졸라도 궁극적으로 아이들은 결정권자가 아닙니다. 그렇게 되어서도 안 되고요."[12] 미셸은 화려한 백악관 식당에 서서 유클리드가의 비좁은 부엌의 식사시간을 떠올렸다. "간단한 규칙 한 가지면 됩니다. 접시에 있는 것을 먹어라, 좋든 싫든 보기에 별로더라도. 아이들은 뭘 먹고 싶다고 말하는 법이 없었습니다. 먹기 싫다면 배고픈 채로 자도록 놔두었습니다."

미셸은 직장인 엄마로서의 경험도 끄집어냈다. 시카고 소아과에 갔다가 말리아와 사샤의 체질량지수가 너무 높다는 진단에 놀랐던 경험을 돌이켰다(버락은 그저 말리아가 '조금 통통했다'고 표현했다).[13] 의사는 가족이 무엇을 먹는지 물었다. 그 질문에 미셸은 살아가는 방식, 특히 속도에 대해 고민하게 되었다. 그들은 항상 직장에서 학교로, 축구 교실로, 발레 교습소에서 피아노 학원으로, 놀이 장소로 숨 가쁘게 뛰어다니고 있었다. 부모에게는 마감 시간이 있고 아이들은 숙제가 있었으며, 각자 과제는 친구들과의 관계, 어른들의 보살핌, 집안 정돈 등 여러 가지 할 일과 우선순위를 다투었다. 오바마 가정은 안정적인 중산층으로서 좋은 음식을 먹을 돈은 충분했지만 시간을 갖기는 어려웠다. "피곤하고 배고픈 채 집에 돌아가는 날 밤이면 그냥 드라이브스루에 들르게 됩니다. 빠르고 싸니까요. 그게 아니면 건강한 음식은 아니지만 냉동식품을 전자레인지에 데워 먹기도 합니다. 간편하잖아요."[14] 가족은 더 자주 집에서 식사하기 시작했다. 신선한 채소와 과일을 더 많이 먹고, 물도 많이 마셨다. 우유는 탈지유를 골랐다. 더 이상 몸에 좋지 않은 식품을 찬장에 두지 않았고, 미셸의 부모처럼 디저트는 주말에만 먹는 특별식이라고 선언했다.[15]

미셸은 경제 수준이 서로 다른 가족들의 어려움을 강조했다. "부모들은 열심히, 너무 오래 일합니다. 때로는 투잡을 뛰기도 합니다." 그리고 과일과 채소 가격은 1980년대 이후 다른 식품 가격에 비해 50퍼센트 이상 더 올랐다고 덧붙였다. 미국의 도시가 '음식 사막'으로 얼룩진 상황도 도움이 되지 않는다고 했다. 음식 사막이란 동네에 제대로 된 식료품점이 없어서 소비자들, 특히 실직자나 저소득자가 신선한 식품을 구입할 수 없는 현상을 뜻했다. "이게 우리 상황입니다. 부모들은 아이들을 제대로 먹이고 싶어하지만 어쩔 수 없다고 느끼게 되는 겁니다."

영부인이 건강한 식생활을 옹호하는 것은 전혀 무해해 보일 수도 있지만 미셸은 비난이 있으리라고 예상했다. 정부가 지나치게 나서는 게 아니냐는 비난과, 자신을 사사건건 간섭하려는 보모로 몰아붙일 것에 대비해 선수를 쳤다. 우선 전문가들은 정부가 '국민에게 무엇을 하라고 말하는 것'만으로는 문제가 해결되지 않는다고 생각할 거라고 했다. 더불어 "매일 밤 아무것도 없는 상태에서 다섯 가지 코스 요리를 차리자는 것이 아닙니다. 항상 100퍼센트 완벽해야 한다는 것도 아닙니다. 저도 그렇게는 절대 못하거든요. 우리 삶에는 쿠키와 아이스크림, 햄버거와 튀김이 필요할 때도 있습니다"라고 덧붙였다. 나라 경제가 휘청거리고 교사와 교과서도 모자란 판에 과일과 채소에 돈을 쓰라고? 국가가 의료복지도 못 하는데 공원과 보도를 위해 자금을 마련하라고? "하지만 그건 잘못된 생각입니다." 미셸은 말했다. "아이들의 영양 상태가 좋지 않으면, 아무리 좋은 교사와 책이 있어도 세상은 아이들을 바람직한 방향으로 인도할 수 없기 때문입니다. 그리고 안전하게 뛰놀 장소가 없으면 아이들은 결국 비만에 따른 질병을 얻을 것이고, 그와 관련된 의료비용도 늘어날 것이기 때문입니다." 미셸의 대비는 옳았다. 몇 년 동안 사람들은 미셸을 위선자라 칭하거나 혹은 더 나쁜 말로 비판했다.

패션은 미셸의 공적인 면모를 규정하는 요소가 되었다. 미셸은 옷을 좋아했고 계층과 인종을 뛰어넘어 열광하는 추종자들이 늘어났다. 미셸은 잡지 표지를 장식하기도 했고, 무엇보다 블로그에서 선풍적인 인기를 끌었다. 블로거들은 미셸이 입는 모든 옷의 디자이너와 기성복을 추적했고, 미셸이 언제 그 옷을 마지막으로 입었는지, 어떤 구두와 액세서리를 곁들였는지도 언급했다. 메리 토머는 5년 동안 Mrs-O.com에서 아주 사소한 부분까지 논평했다. 2009년에는 "그 행사를 위해 Mrs. O(미셸)는 낯익은 옷들을 여러 가지로 리믹스했다.[16] 흑백 줄무늬 블라우스는 대통령 내외가 캐피톨 시티 차터 스쿨을 방문했을 때 입었던 것이다. 청록색 카디건과 로열 블루 에나멜 가죽 벨트, 이 두 조합은 마틴 루서 킹 국경일 예배에서 마지막으로 본 것이다. 회색 울 블레이저와 바지를 두툼하게 껴입은 멀티레이어드 앙상블(아마도 추운 날씨를 대비한 걸까?)." 변신의 폭은 놀라웠다. 미셸은 남쪽 잔디밭에서는 맨발로 거니는가 하면, 버킹엄 궁전에서는 카디건을 입었고, 버락을 배려해 어디서든 키튼 힐을 신었다. 버락이 호리호리하고 미셸보다 겨우 5센티미터 컸기 때문에 그녀의 그림자에 묻히는 것을 방지하는 조치였다.

영부인이 패션 감각으로 대중의 관심을 사로잡은 것은 거의 50년 만이었다. "아마 재클린을 능가했을 겁니다. 당시보다 세상이 더 커졌으니까요"라고 디자이너 타쿤 파니치걸이 말했다.[17] 그는 미셸이 '그런 자신감으로' 옷을 입는 데 감탄했고, '오늘날의 현대적인 여성 체형'을 가진 누군가를 위해 옷을 디자인하는 것이 기분 좋다고 했다. 여기서 체형이란, 달리 말하면 사이즈 2*에 끼워 맞출 수 없는 체형을 말한다. 미셸의 체형에 대해서는 여러 얘기가 있지만, 보통은 조각 같은 팔뚝에서 얘기가 시작된다. 미셸에게 이 팔뚝은 체육관에서 단련됐다는 자부심이 있었다. 보통 민소매 옷을 선호했는데 팬들은 환호했고 전문가들은 비난했다. '이미 충분히 보여주었다. 이제 그 당혹스러운 것을 치워야 한다.' 『뉴욕 타임스』의 칼럼니스트 데이비드 브룩스가 동료들에게 내뱉은 말이다.[18] 유행을 감지한 잡지들은 하우투 가이드를 게재했고 트레이너들은 운동 프로그램을 선전했다. '완벽하게 탄력적인 팔뚝: 21일 만에 미셸 오바마 팔뚝을.'[19]

미셸은 버락의 첫 번째 연두교서 연설장에 민소매 옷을 입고 나타났다. 『보그 *Vogue*』 표지에서도 같은 모습이었다. 블루 룸에서 백악관의 첫 공식 사진을 찍을 때 토머스 제퍼슨이 예리한 눈초리로 지켜보는 가운데 팔뚝을 과시하려고 한 것 같다. 얼굴과 머리는 흠잡을 데 없었고, 마이클 코어스의 검정 시스 원피스에 두 줄짜리 진주 목걸이를 했으며, 만면에 환한 미소를 띠고 꽃병이 놓인 대리석 테이블에 살짝 손을 짚고 섰다. 당시는 임기 초창기로 막 마흔다섯 살에 접어든 때였다. 사진은 젊음과 건강미로 과거의 영부인들과는 대비되는 모습을 보여주었다. 검은 피부는 3대 대통령의 초상화와 극적으로 대비되었다. 제퍼슨 대통령은 많은 노예를 소유했고 그중 한 명인 샐리 헤밍스와는 자식을 여섯이나 낳았다. 1781년 제퍼슨은 모든 사람은 평등하게 창조되었다고 말하면서도 흑인들은 지적

---

* 미국에서 여성 옷 2는 XS(초소형)에 해당한다.

으로 '훨씬 열등하고' 상상력은 '둔하고 천박스럽고 비정상적'이라고 썼다. 미국 대통령 중 가장 현명한 사람으로 꼽힌 그는 '아직 단순한 이야기 이상의 사고를 피력하는 흑인을 본 적이 없다. 회화나 조각에서 기초적인 자질조차 본 적이 없다'고 썼다.[20] 그날 미셸을 수행한 언론 담당 비서 케이티 매코믹 렐리벨드는 사진상의 대비가 의도적인 연출은 아니었다고 밝혔다. "야외, 레드 룸, 그린 룸, 블루 룸에서도 찍고, 앉아서도 찍고 서서도 찍었어요. 그런데 그 사진의 미소가 가장 마음에 들었지요. 배경도 그게 가장 좋았어요."[21]

미셸은 맞춤옷을 고를 때 자기가 어떻게 보일지뿐만 아니라 패션계에 어떤 영향을 미칠 것인가도 생각했다. 디자이너들은 영부인의 옷을 만들면서 색상, 질감, 스타일 등에서 과감한 시도를 해도 괜찮다는 사실을 알았다. 쿠바 태생의 이사벨 톨레도는 미셸이 취임식 때 입은 하늘거리는 울 레이스 드레스를 만들었다. 디자이너는 그 색깔을 레몬그라스라고 불렀다. "패션은 역사를 반영합니다. 저에게 역사 속 그 순간은 낙관적인 순간이었습니다."[22] 톨레도는 "영부인이 자기 몸을 감싸는 것만 생각하지 않았습니다. 어떻게 보일지, 사람들이 자기를 어떻게 인식할지에 주의를 기울였지요"라고 감탄한 듯 말했다.[23] 대만 출신의 스물여섯 살 디자이너 제이슨 우는 미셸이 취임식 무도장에서 입은 아이보리 시폰 드레스를 디자인했는데, 미셸은 이 옷을 스미소니언 박물관에 기증하면서 '걸작'이라고 평했다. 태국 출신 파니치걸, 인도 출신 나임 칸, 그리고 피터 소로넨과 나르시소 로드리게즈의 옷이 미셸의 옷장을 차지했다.
　미셸에게는 의상 구입을 돕는 참모가 있었다. 그리고 백악관 변호사들은 선물과 청탁에 관한 규정을 살폈다. 톨레도는 미셸이 레몬그라스 의상 구입에 '수천 달러'를 지불했다고 밝혔다. 시카고의 고급 부티크 점주인 이크람 골드먼이 주선한 것이었다. 미셸은 오직 자기만을 위한 맞춤옷을 비롯해, 비싼 디자이너의 의상뿐만 아니라 제이크루, 탤벗스, 갭 같은 기성복도 구입했다. 미셸이 방송 출연에서 입은 옷은 금세 매진되는 게 다반사였다. 중학생 샤샤가 유니콘 스웨터를 입었을 때도 마찬가지였다.[24] 평상복에 저렴한 브로치나 널따란 벨트를 해 재미를 주면 미셸의 패션은 더욱 인기를 끌었다. 미셸은 『에보니』와의 인터뷰에서 "당신이 무엇을 입는가는 당신이 누구인가를 반영한다"며[25] 팬티스타킹은 불편해서 피한다고 말하고, 여성들에게 기분이 좋아지는 옷을 입으라고 권했다. 그녀는 패션 모델이나 배우가 아니라 20년간 직장생활을 했으며, 그중 반은 엄마 역할을 겸했다. 이사벨 톨레도의 남편이자 동업자인 예술가 루벤은 미셸이 색상, 조합, 과감한 시도 등을 스스로 선택함으로써 "여성들에게 참여의 기회, 자유를 주었다"고 말했다.[26] 팬들은 동의할 것이다. 뉴욕의 패션 작가 케이트 베츠는 저서에서 미셸이 패션에 어떻게 접근하는지를 다뤘다. 『일상의 상징 *Everyday Icon*』이라는 책에서 그녀는 "스타일과 내용은 상호 배타적이라는 잘못된 관념으로부터 한 세대 여성들을 해방시키는 데 기여했다"고 칭찬했다. 베츠는 영부인의 스타일을 권능을 부여하는 복음에 비유했다. "자신이 누구인지 알고 당당히 세상에 나서는 것을 스타일로 규정했다."[27]

『더 네이션 *The Nation*』에 인종과 사회에 대한 글을 기고한 퍼트리샤 L. 윌리엄스는 미셸과 버락이 함께 '낭만적 매력'을 발산한다고 썼다. "미셸은 패션에 품격을 담았다. 팝스타 리애나처럼 입는 것이 아니다. 연예계나 스포츠에 어울리는 것도 아니다. 레이디를 강조하는 것이다."²⁸ 미셸의 의상에 대한 관심은 그녀에게 거는 기대—성별을 반영하든 아니든—가 여전히 영부인의 역할에 종속되어 있음을 나타냈다. 어디를 가든, 심지어 개를 데리고 백악관 경내를 산책해도 사진이 찍히고 사람들이 자기 패션에 흠잡을 데가 있는지 살피리라는 사실을 미셸은 잘 알고 있었다. 어느 여름날 그녀는 전용기 계단을 내려와 가족들과 함께 그랜드캐니언을 산책했다. 41도의 무더운 날씨여서 허벅지 중간까지 내려오는 평범한 반바지를 입고 있었다. 반응은 신속했다. 영부인이 반바지를? 대중 앞에서? NBC의 《투데이 쇼Today Show》가 이를 토론하자 시청자 30만 명이 의견을 보냈다.²⁹ 허핑턴포스트에도 거의 13만 명이 의견을 게시했는데, 58.6퍼센트는 미셸이 '맨다리를 보일 권리가 있다'고 답했고 16.8퍼센트는 안 된다고 했으며 24.6퍼센트는 '세상이 뒤집어질 만한 일은 아니지만 다음에는 긴바지를 입어야 한다'고 대답했다.³⁰

미셸은 그 일을 잊지 않았다. 4년이 지난 뒤에는 그때가 가장 후회스러운 패션이었다고 말하기도 했다.³¹ 2009년 3월호 『보그』 표지 모델로 나설 때는 훨씬 신중했다. 미셸은 경기 침체로 총체적인 어려움이 이어지는 가운데서도 체형이나 신장이 제각각인 여러 흑인 소녀의 장래에 메시지를 주는 계기가 될 거라고 믿었다.³² 미셸은 미국 디자이너를 피한다는 비난을 받기도 했지만, 종종 패션업계에 짜릿한 전율을 불러일으키는 선택을 하기도 했다. "눈알이 튀어나오고 팔이 축 처진 사람을 본 적 있습니까? 제가 몇 초간 그랬습니다. 어제 제가 미국 구글 인물 검색 순위 3위에 올랐습니다. 믿을 수 없어요." 2009년 11월 나임 칸이 한 말이다.³³ 미셸이 그의 비싼 의상을 입고 텔레비전에 출연했던 것이다. 미국 패션디자이너협회장 스티븐 콜브는 미셸을 '놀라운 촉매제'라고 칭했다. "오바마

부인이 어떤 디자이너의 옷을 입으면 그 디자이너는, 특히 젊은 디자이너일 경우 엄청난 희열과 함께 대단한 자부심을 느끼지요. 누가 당신 옷을 입었다고 해서 바로 사업을 개시할 수는 없지만, 돈을 벌 수는 있습니다."[34]

스스로에게 엄격한 미셸도 간혹 비난을 자초하는 실수를 저지르기도 했다. 한번은 워싱턴 푸드뱅크 자선행사에 540달러짜리 랑방 운동화를 신고 나온 것이다. 민감한 사람들이 즉각 브랜드를 알아보고 인터넷에서 가격표를 찾아냈다. 또 한번은 백악관 텃밭에서 호박을 딸 때 495달러짜리 토리버치 장화를 신었다. 토리버치사가 페이스북에 그 사실을 자랑스럽게 알리자 극명하게 대비되는 반응이 쏟아졌다. "그걸 호박밭에서 신고 다니다니, 서민들의 고통을 퍽이나 이해하겠네." 누군가 이런 댓글을 달았다. 미셸이 국민 세금으로 신발을 산 건 아니라며 변호에 나선 사람들도 있었다. 그들은 또 어쨌든 미셸이 외양을 가꾸든 그렇지 않든 욕먹는 건 기정사실이라고도 했다. "수건으로 머리를 동이고 운동복 바지를 걸치고 나서도 사람들은 지위에 걸맞지 않다고 뭐라고 할 것이다." 한 지지자가 썼다. '천국의 날씨가 너무 화창해서 불만인 사람들도 있는 법이다!'

영부인들은 오래전부터 백악관에서 콘서트를 열어왔다. 1960년대 초 재클린 케네디는 이스트윙에 이동식 무대를 설치하고 젊은이들을 위한 행사를 비롯해 저녁 음악회와 독서회 등을 개최했다. 그렇지만 미셸만큼 다방면에 취미를 가진 영부인은 없었다. 미셸은 다양한 목소리로 행사를 꾸미려고 노력했다. 2009년 5월의 행사가 그 전형이었다. 재즈, 낭송, 그리고 사회 정의를 내용에 담았다. 제임스 얼 존스가 『오셀로』의 한 대목을 낭송했고, 시카고의 시인 메이다 델 발은 세상을 떠난 푸에르토리코 출신 할머니를 기리는 시를 읊었다. '나의 혀는 부러진 바늘이로다. 잃어버린 지혜의 골을 긁어 당신의 울림과 공명하는 신념을 찾으려 하네. 당신의 뼈는 어떤 비밀을 간직하고 있는가?' 가수이자 어쿠스틱 베이스 연주자 에스페란자 스팔딩, 피아노 안으로 손을 넣어 현을 뜯곤 하는 록 재즈 피아니스트 에릭 루이스도 무대에 올랐다. 이스트윙에서 오바마 부부와 스파이크 리가 지켜보는 가운데 연주한다는 것은 루이스에게 널리 인정받고 있음을 확인하는 감미로운 순간이었다. "영부인이 뭔가 전위적이고, 빠르고, 힙한 음악에 그토록 솔직하고 순수한 취향을 갖고 있다니, 완전히 놀랐습니다." 루이스의 예명은 ELEW였다.[35] 청중 구성도 미셸의 기획 의도에 따라 달라졌다. "하원의원들이 이스트윙에 앉아서 낭송회를 감상하게 한다는 발상이 아주 마음에 들어요"라고 미셸은 말했다. "중요한 건 바로 이질성이에요. 워싱턴 사교계 명사들이 애너코스티어의 선생님들과 나란히 앉아 오페라를 감상한다고 생각해보세요. 모두 한데 섞이는 거지요. 아무 말도 하지 않으면서 많은 것을 말할 수 있고 많은 것을 이룰 수 있답니다."[36]

더 큰 목적은, 특히 사우스사이드의 성장 배경과 관련된 것으로 백악관 내부에 초청되기는커녕 차를 타고 근처를 지나가볼 수조차 없는 어린이들에게 백악관을 개방하는 것이었다. "말리아와 샤샤에게 그런 경험을 시켜줄 수 있고 그게 아이들에게 중요한 일이라면, 다른 사람들에게도 중요치 않을 이유가 없지요. 만약 그게 중요하지 않다면 이 나라의 명문 고등학교와 초등학교 들이 그렇게 음악 교육에 열을 올릴 이유도 없는 거고요." 미셸은 2010년 『워싱턴 포스트』의 기자 로빈 기번에게 말했다. "아이들은 더 많이 경험하고 더 많은 것을 볼수록 더 많은 걸 알고 싶어합니다."[37] 미셸은 전통적인 백악관 콘서트를 조금 바꿔 성인용 야간 공연 계획이 있는 스타들에게 낮에 아이들을 위한 워크숍을 열어달라고 청했다. "청소년들의 정신을 고양시키고 싶어요. 이런 보석 같은 존재들이 있다는 사실을 항상 명심해야 해요. 재능 있는 사람들에게 투자하지 않는 건 부끄러운 일입니다."[38] 미셸이 추진하는 프로젝트는 일관성이 있었다. 미셸이 지금 걷는 잘 닦인 길에 접근조차 하지 못하는, 그다지 행복하지 않은 사람들을 지원하는 것이었다. 그들의 삶은 미셸도 잘 알았다. 왜냐하면 그들은 마땅히 그래야 할 세상이 아니라 있는 그대로의 세상에 사는 친숙한 존재들이었기 때문이다.

미셸은 백악관 복도도 색상, 디자인뿐만 아니라 사회적 의미까지 담아 취향대로 꾸몄다. 부부가 초기에 미술관에서 빌린 작품들은 에드가르 드가와 재스퍼 존스부터 마크 로스코와 요제프 알베르스까지 다양했다.[39] 윌리엄 H. 존슨이 1940년대에 합판에 그린 강렬한 유화 〈부커 T. 워싱턴의 전설 Booker T. Washington Legend〉은 『노예 신분으로부터의 상승 Up from Slavery』의 저자이자 교육자인 부커 T.가 아이들을 가르치는 모습을 그린 것이다. 또 대출품 중에는 앨마 토머스의 작품도 두 점 있었다. 앨마는 흑인 표현주의 화가로서 워싱턴 공립학교에서 미술을 가르쳤는데, 흑인이라는 이유로 미술관에서 작품을 거부당한 적이 있었다.[40] 미셸은 글렌 라이건의 〈검정은 나를 좋아해 Black Like Me 2〉라는 작품도 벽에 걸었다. 이 작품은 문장 하나가 활자처럼 계속 반복되는데 밑으로 내려갈수록 검은색이 점점 짙어진다. 문장은 흰 피부를 검게 만들어 디프사우스*에서

---

* 미국 남부의 루이지애나, 미시시피, 앨라배마, 조지아, 사우스캐롤라이나 5개 주를 말한다.

흑인의 삶을 경험한 존 하워드 그리핀의 1959년 회고록 『블랙 라이 크 미』에서 따온 것이다. 그림 속 문구는 '나, 그리핀의 모든 흔적이 지워졌다All traces of the Griffin I had been were wiped from existence'이다.

말리아와 샤샤가 태어난 때를 전후해 거의 십여 년 만에 처음으로 미셸과 버락은 늘 한 지붕 아래서 함께 생활하게 됐다. 시카고에서 스프링필드나 워싱턴으로 통근할 필요가 없어졌다. 건물을 벗어 나 출근하는 일도 없어졌다. 관저의 옷방 창문으로 로즈가든 건너 편 웨스트윙에서 근무하는 버락이 보였다. 2008년 11월 미셸이 백 악관을 방문했을 때 로라 부시가 그 창문을 보여주었다.[41] 버락의 사무실은 딸들의 새로운 그네, 수영장, 테니스장과 가까웠다. 버락 은 매일 6시 30분에 저녁식사를 하러 집에 들어왔고, 아무도 요리 할 필요가 없었다. 대통령은 침대에서 뒤척이다가 밤에 다시 일하 러 가기도 했다. 가족은 돌아가며 식사 기도를 올렸는데, 기도는 항 상 '건강하고 오래 살게 해주세요'로 끝냈다. 식탁에서는 가급적 나 라를 뒤흔드는 화제는 피하고 말리아와 샤샤에게 초점을 맞추었 다. "아이들, 우리 가족에게 무슨 일이 있는지를 이야기해요. 아이 들이 뉴스에서 들은 주제로 토론하기도 합니다"라고 미셸이 말했 다.[42] 버락이 가정에서 도움이 되느냐는 질문에 미셸은 이렇게 답했 다. "대통령도 아이가 쓰기 숙제를 책가방에 챙겼는지 아닌지 정도 는 충분히 압니다."[43]

3층에는 아이들이 친구들과 밤샘 파티를 할 공간이 충분했고 가 족이 캠프 데이비드에서 친구들과 어울릴 수도 있었다. 화창한 주 말이면 버락은 골프를 쳤다. 보통은 백악관의 하급 보좌관들과 어 울렸다. 때로는 샤샤의 농구팀, 바이퍼스를 지도하기도 했다. 어린

미셸 오바마

선수들은 버락을 국가 원수가 아니라 샤샤의 아빠로 여겼다. "아빠가 할 일이지요"라고 버락은 말했다. "아이들도 당연하게 받아들이는 겁니다."[44] 그는 샤샤가 골대 밑 기술을 갈고닦는 대신 3점 슛에 너무 많은 시간을 허비하는 것을 나무랄 수밖에 없었다고 털어놓았다. 하루는 농구팀의 수석 코치가 일을 할 수 없게 되자, 버락이 차량 행렬을 이끌고 코네티컷 경기장에 가서 코치 역할을 대신하기도 했다. 샤샤는 미셸, 말리아와 함께 콜로라도로 스키 여행을 떠났을 때였다.

가족에게 스포츠는 중요했다. 버락이 농구를 좋아하고 ESPN을 즐겨 보고 골프를 즐겨서만은 아니었다. 미셸은 건강을 위해 근력 운동을 하고 줄넘기를 하고 킥복싱을 하고[45] 테니스도 치는데, 딸들에게도 각각 운동을 두 가지씩 하라고 명령했다. 분명히 도움이 되는 일이라고 미셸은 설명했다. "팀워크를 배우고, 패배하는 것과 영광스럽게 승리하는 것이 어떤 의미인지 이해하는 건 좋은 일입니다." 딸들이 각자 한 가지씩 운동 종목을 고르면 다른 하나는 미셸이 정해주었다. "좋아하지 않는 뭔가를 하면서 점차 나아지는 것이 어떤 느낌인지 아이들도 알아야죠. 항상 하고 싶은 일만 하면서 살 수는 없잖아요." 미셸은 딸들을 위해 테니스를 골랐다. 평생 할 수 있는 운동이기 때문이다. "처음 시작했을 때는 샤샤보다 라켓이 컸어요." "샤샤는 공을 칠 수가 없어서 쩔쩔맸습니다. 아이는 왜 테니스를 시키는지 이해하지 못했어요. 그런데 지금은 실력이 쌓이면서 정말 테니스를 좋아하게 됐지요. 그래서 저는 이렇게 말하지요. '엄마 말이 맞았지!'"[46]

오바마 아이들은 부모의 지도에 따라 자립적으로 자랐다. 미셸은 가사 관리인들이 딸들의 침대를 정리하지 못하게 했다. 세 살 터울인 말리아와 샤샤가 빨래하는 법을 배우고 텔레비전 시청 시간을 지키기를 바랐고, 열두 살이 되기 전에는 휴대폰도 사주지 않았다. 아이들은 클린턴의 딸 첼시도 다닌 워싱턴 노스웨스트의 명문 사립학교 시드웰 프렌즈에 다녔다. "우리 아이들은 우등생이 못 될 만한 핑계거리가 하나도 없어요. 아이들이 우등생이 되리라고 믿어요"라고 미셸은 말했다.[47] 말리아와 샤샤는 또한 그들만큼 특권을 누리지 못하는 삶에 대해서도 알고 늘 고마워해야 한다고 배웠다. 버락은 십대가 되면 최저임금을 받고 일하는 것이 어떤 것인지 배울 필요가 있다고 했다. "일하러 가서 임금을 받는 것이 항상 기쁘지만은 않다는 것, 항상 힘이 솟는 건 아니라는 것, 항상 공정하지는 않다는 것을 배우는 거지요." 말리아가 자기의 별난 일상을 못마땅하게 여길 때 미셸은 꾸짖었다.[48] "어려운 게 뭔지 제대로 알고 싶니? 힘든 게 뭔지 알게 해줄까? 너한테는 그런 게 없단다, 얘야. 대통령 아빠를 둔다는 건 힘든 일과는 아주 멀리 떨어져 있다는 의미지."[49]

기술은 삶을 변화시켰고 가족은 훨씬 좋은 집에서 지냈지만 그 메시지는 미셸의 어린 시절을 떠올리게 만들었다. 물론 메리언은 딸 미셸이 자기보다 훨씬 철저하게 생활을 관리한다는 데 이견이 없었지만 말이다. 미셸은 전업엄마가 되어 딸들이나 전국의 아이들에게 똑같이 지시했다. "지금 게으름뱅이에 얼간이로 살던 사람이 어느 날 갑자기 깨어나서 위대한 사람이 될 수 있을 것 같아요? …딸들에게 이렇게 말합니다. '오늘 침대를 정리해라, 그래야 스무 살이 되어 침대를 어떻게 정리하는지 알게 된다. 지금 방 청소를 해라, 그래야 대학에 가서도 돼지처럼 살지 않게 된다. 지금 숙제해라, 단순히 해야 할 일이기 때문이 아니라 앉아서 시작한 일을 끝내는 훈련이 필요하기 때문이다'라고요."[50]

마찬가지 이유로 미셸은 아이들 위주의 일상을 지키려고 노력했다. 딸들은 커가면서 백악관을 빠져나가 친구 집에서 시간을 보내는 일이 잦아졌다. 그들은 셀프카메라를 찍었다. 캠프에도 갔다. 여름에 가족 휴가로 마서스 비니어드 섬에 갔고, 크리스마스에는 하와이에 갔다. 말리아는 운전을 배웠다. 아빠와 차를 타고 나갈 경우, 딸들에게 대통령 차량 행렬은 '완전히 당혹스러운 일'이었다.[51] 그들이 바란 것은 평범함, 대통령 가족에게는 거의 불가능에 가깝지만 그래도 최소한도로 누릴 수 있는 평범함이었다.[52] 아이들에게 옳은 것은 부모에게도 옳은 일이었다. 미셸은 "우리 집이 지나치게 진지하지는 않다고 생각해요. 그리고 결혼생활에서 웃음은 단합을 위한 최선의 수단이라고 생각합니다"라고 말했다. "그래서 아직도 같이 즐길 방법을 찾곤 하지요. 대부분은 사적이고 개인적인 것이지만, 서로를 웃게 만드는 게 좋아요."[53] 버락도 동의했다. 그는 딸들과 대화를 나누면 스트레스가 풀린다고 했다. "제 결혼생활에서 가장 큰 가치는 워싱턴의 바보 같은 일들과 멀리 떨어져 있다는 것이고, 미셸이 그런 바보 같은 일의 일부가 아니라는 거지요."[54]

2010년 버락은 어린이 책『아빠는 너희를 응원한단다 *Of Thee I Sing*』를 출간했다. 딸들에게 보내는 편지 형식이었다. 책은 "너희가 얼마나 멋진 아이들인지 내가 말한 적 있던가?"로 시작한다.[55] 그는 아이들의 잠재력을 미국 이야기에 엮어 넣었다. 특히 다문화 국가인 미국의 초상화를 그리는 데 주안점을 두었다. 각각 특별한 장점을 지닌 뛰어난 인물 열세 명을 모델로 골랐다. 친절한 제인 애덤스, 용감한 재키 로빈슨, 창의적인 조지아 오키프, 인내심 강한 마틴 루서 킹 등이었다. 또 베트남 참전 기념비 디자이너 마야 린, 농업노동자 조직가 세사르 차베스, 그리고 조지 워싱턴과 에이브러햄 링컨을 불러냈다. 다름을 존중하는 의미로 그는 시팅 불의 말을 인용했다. '평화를 위해 독수리가 까마귀가 될 필요는 없다.'

2010년 버락은 또 한 번 힘겨운 한 해를 보냈다. 경제는 회복될 기미가 없었고 일자리 창출은 경기 침체로 일자리가 소멸되는 속도를 따라잡지 못했다. 실업률은 9.6퍼센트에 이르렀다. 1월 19일, 버락의 취임 1주년 바로 전날 민주당은 테드 케네디(에드워드 케네디의 애칭)가 2009년 8월 사망하기 전까지 46년간 지킨 상원의원 자리를 잃었다. 이로써 민주당은 한 표 차이로 필리버스터를 이길 수없게 되었다. 버락은 불리한 상황 속에서 장래 시카고 시장이 되는 수석보좌관 람 이매뉴얼을 비롯해 가장 가까운 조언자들의 충고도 물리치고 임시방편적인 미국 건강보험제도를 개편해 비싼 보험에 가입할 능력이 없는 수백만 미국인에게 혜택을 확장하는 조치를 추진했다. 대단히 기념비적인 사업이지만 골치 아픈 일이기도 했다. 메디케어가 적용되지 않는 65세 미만의 수천만 미국인은 의료보험이 아예 없었다. 의료보험이 있는 수백만 명도 보장 내용은 보잘것없었다. 그리고 보험업계에서 '기존 질병'*이라고 말하는 질환을 앓는 사람들은 다시 얻기 어려운 보험 혜택을 잃을까봐 직장도 옮기지 못했다. 국가가 관리하는 단일의료보험체제는 가망이 없었다. 공화당이 반발했고, 연방정부의 능력에 회의적인 의견도 많았으며, 민간 부문 기업들의 출혈이 심할 게 뻔했기 때문이다. 하원과 상원은 앞으로 나아갈 길을 찾아냈다. 그 결과 2010년 3월 23일 버

* 신규 보험 가입 때 가입자가 가지고 있는 기존 질병으로, 보험 대상이 되지 않는다.

락이 22개의 펜*으로 서명한 법안은 누더기가 되었다.[56] 그렇지만 1965년 메디케어를 만든 이후로 가장 야심 찬 사회안전망 확장이 분명했다. 버락은 이스트윙에서 열린 시끌벅적한 기념 파티에서 그 법은 모든 사람이 건강을 관리하는 데 '기본적인 안정성'을 가져야 한다는 원칙을 세운 것이라고 말했다. 만약 그 법이 예측하기 어려운 대법원과 공화당을 이기고 살아남는다면 버락과 미셸이 그토록 만들고 싶어한 공평한 경쟁의 장으로 한 걸음 나아가는 성과로 기록될 것이다.

백악관이 여전히 기쁨에 취해 있을 때 해양 시추선에서 사고가 발생해 노동자 열한 명이 사망하고 멕시코만에 기름이 유출되는 일이 벌어졌다. 대통령의 일이라는 게 얼마나 예측 불가능한지 보여주는 사건이었다. 국민들은 심해 유정을 덮으려는 정부와 민간의 시도가 번번이 실패하는 모습을 12주간 실시간 영상으로 지켜보았다. 버락은 석유 약 2억 1천만 갤런이 멕시코만으로 유출되어 아직 허리케인 카트리나의 피해에서 채 회복되지 못한 지역에 막대한 피해를 입히는 사태를 속수무책으로 바라볼 수밖에 없었다. 버락의 지지율은 45퍼센트로 급락했다. 2년 전 취임할 때는 62퍼센트였다. 2010년 11월 중간 선거 직전에 『뉴욕 타임스』는 '좌파는 버락이 거의 일을 하지 않는다고 생각하고 우파는 일을 너무 많이 한다고 생각한다'고 썼다.[57] 선거 결과는 최악이었다. 민주당은 하원 통제권을 잃었고 상원에서도 여섯 석을 내주었다. 버락이 입법으로 야심 찬 정책을 추진하기가 전과 비교할 수 없을 정도로 어려워졌다. 다음 날 기자 회견에서 그는 '완패했다'고 시인했다. 자신

---

* 역사적인 법안 서명에 쓰인 펜은 역사적인 가치가 있으므로 여러 개의 펜을 사용하기도 한다.

과 미국 국민의 관계가 몹시 어려워졌다고 인정했다.

버락이 최초의 흑인 대통령으로 취임 선서를 할 때부터 미국을 크게 뒤흔든 것은 부인할 수 없는 사실이다. 그렇지만 허니문 기간은 시작도 하기 전에 끝나고 말았다. 공화당원 다수는 의사 방해를 지상 목표로 세웠다. 공화당의 미치 매코널은 2011년 상원 야당 원내총무 취임 일성으로 '우리의 유일무이한 목표는 오바마를 단임 대통령으로 만드는 일'이라고 말했다.[58] 반대파는 버락을 사회주의자, 독재자, 아프리카 토인, 이슬람주의자 등 다양한 수사로 깎아내렸다. 그런 비방은 이제 막 움트기 시작한 티파티Tea Party*나 정치 주변부에서만 나온 것이 아니다. 전 공화당 하원 대변인으로 차기 대선 후보가 되는 뉴트 깅리치는 버락이 '케냐인들의 반제국주의 정서'에 물들어 있다고 했다.[59] 2008년 공화당 대선 후보 경선에 출마하고 폭스 뉴스의 주말 시사 프로그램 진행을 맡은 마이크 허커비는 대통령의 세계관은 케냐에서의 어린 시절에 형성되었다고 말했다. 버락은 대학생이 돼서야 케냐에 갔고 그 이후에는 간 적이 없었다. 전 뉴햄프셔 주지사이자 조지 H.W. 부시의 백악관 수석참모였던 존 수누누는 가장 함축적으로 말했다. "나는 대통령이 어떻게 하면 미국인이 되는지 배웠으면 좋겠다."[60]

라디오와 텔레비전의 인기 토크쇼 진행자들은 반버락운동에 아낌없이 방송 시간을 할애하며 회의론에 불을 지피고 경멸을 유도했다. 2011년 공화당원 45퍼센트는 대통령이 다른 나라 출신이라고 믿었다. 그들이 의미하는 것은 하와이가 아니었다.[61] 얼토당토않은 기만술이었다. 하와이 행정부와 언론 단체 들은 버락이 진짜 하

---

* 조세저항운동을 펼친 미국의 보수단체.

미셸 오바마

와이 출생이라는 각종 증명서를 이미 제출한 터였다. 그중에는 미국인이라면 운전면허를 취득할 때 누구나 제출하는 출생증명서도 있었으며 1961년 8월 13일판『호놀룰루 스타 애드버타이저*Honolulu Star-Advertiser*』도 있었다. 신문의 출생란에는 '버락 H. 오바마 부부, 하와이 칼리니아나올레 6085번지, 아들, 8월 4일'이라고 적혀 있었다. 그러나 '버서스Birthers'로 알려진 현실부정론자들은 한사코 사실을 인정하지 않으려 했다. 그들은 짐크로 시대의 남부군*처럼 버락의 서류를 확인하자고 달려들었다. 일반적으로 공개되는 양식이 아니라 주정부 파일에 보관된 출생증명서 양식을 요구했다.

2011년 4월 27일 버락은 백악관 기자실로 성큼성큼 걸어 들어가 서류를 공개하겠다고 발표했다. 물론 모든 정보는 사전에 검토를 마친 것이었다. "어떤 증거를 내놓아도 믿지 않는 사람들이 있기 때문에 이 문제는 끝나지 않을 것임을 알고 있습니다. 그렇지만 저는 국민과 언론에 말합니다. 우리는 이런 우스꽝스러운 문제로 허비할 시간이 없습니다." 공화당 전국위원회 의장은 기다렸다는 듯이 대통령이 버서스의 요구에 쓸데없이 시간을 낭비한다고 비난했다. 라인스 프리버스는 이런 기회를 위해 아껴둔 것처럼 짐짓 흥분한 투로 "불행히도 오바마는 선거 유세용 정치와 출생증명서에 대한 논란으로 제1순위 과제, 바로 우리 경제를 등한시하고 있습니다."

대통령 선거 유세 중 버락은 가끔 자신이 로르샤흐 검사지**가 된 기분이라고 말했다. 유권자 상당수가 그에게서 보고 싶은 것만 보

---

* 종전 후에도 저항을 이어간 일부 남부군을 말한다.
** 잉크가 떨어진 종이를 반으로 접어 생기는 대칭 무늬를 보고 피험자에게 연상되는 사물을 물어 심리를 알아보는 테스트.

기 때문이었다. 미셸에게도 마찬가지였다. 미국이 양극화되어 있음에도 그녀는 상당한 인기를 구가하는 것으로 나타났다. 미셸에 대한 호감도는 보통 60퍼센트 중반에서 70퍼센트 초반을 오가며 버락보다 훨씬 높았다. 그런데 갑자기 40퍼센트대 초반으로 곤두 박질쳤다. 미셸은 한 가지 성격으로 쉽게 정의되지 않으며 대중의 반응도 양극단에 있었다. 경애-경멸, 호감-비호감. 온화함, 현명 함, 포용력-건방짐, 옹졸함, 천박함. 반오바마 진영의 비난은 예견 된 것이었다. 민주당, 특히 오바마 같은 민주당원이 백악관을 장악 한 것을 견디지 못하는 사람들이 비난 공세를 펼칠 것은 불을 보듯 뻔했다. 독설은 인종주의나 성차별에 근거한 것이 많았다. 완곡하 게 표현하자면 미셸 같은 흑인 여성이 성공을 거두고 자기주장을 펼치는 모습에 익숙하지 않은 사람들이 많았던 것이다. 2007년 그 웬 아이필 기자는 장래의 영부인과 여행한 후 이렇게 썼다. "자기주 장이 강한 여성이 호전적이라고 쉽게 치부되는 것처럼, 대담한 흑 인 여성은, 글쎄요, 달리 표현할 방법이 없군요, 거만하게 보일 위험 을 떠안습니다."[62]

미셸을 긍정적으로 보던 사람들에게서도 비난이 불거졌다. 이미 충분히 갖춘 학벌, 경험, 백악관이라는 훌륭한 무대에도 왜 미셸은 낙태 권리, 양성 평등, 도시 빈민을 제약하는 구조적 장애 등 수많 은 진보적 사안에 더욱 직접적으로 목소리를 높이지 않느냐는 불 만이었다. 병원 경영을 쥐락펴락하던 미셸은 어디 갔는가? 2007년 과 2008년 초에 그렇게 날카롭고 강력하게 권력에 대해 거침없이 진실을 말하던 강한 정신의 소유자 미셸은 어디 갔는가? 2007년 4월, 여성에 대해 "정부나 사회로부터 필요한 지원을 받을 수 없으 리라는 사실에도 우리는 할 수 있는 일을 할 것입니다. …우리는 대개 여성들의 고난에 눈감아왔고 그들에게 스스로 알아서 하라고 말했습니다"라고 한 미셸의 발언이 그런 예였다.[63]

이스트윙은 일찍부터 비난을 알고 있었다. 수석참모 재키 노리스는 말한다. "여성 단체들로부터 이런 말을 들었습니다. '당신들은 미셸을 눈요깃거리로 만들고 있다. 훌륭한 사람에 대해 왜 고작 패션 얘기나 듣고 있어야 하느냐?' 사람들은 우리가 일을 더 많이 하기를, 더 많이 참여하고, 더 적극적으로, 공동체에 더 많이 개입하기를 원했습니다."[64] 페미니스트—대체로 백인 중산층의 페미니즘—적인 시각에서 '전업엄마'란 종종 핑계와 동의어로 들렸다. 작가 린다 허시먼은 미셸이 인종과 성차별의 험한 바다를 '지극히 영리하고 절제된 완벽함'으로 헤쳐나가고 있지만, 그렇게 하기 위해서 '과거의 어느 상상의 시대로부터 온 다정하고 부드러우며 친근한 시골 여성'을 흉내 내야만 했다고 말했다.[65]

미셸이 영부인이어서가 아니라 최초의 흑인 영부인이기 때문에 그의 역할도 정치적으로 고려해 다정하고 친근한 모습을 보여야 한다는 지적은 일리가 있다. 실수는 단 한 번만으로 비난 트위터 수천 개를 불러오기 십상이었다. 미셸을 잘 아는 사람들에게는 어머니로서 미셸이 느끼는 깊은 책임감이 자명하고도 중요한 사실이었다. 전업엄마라는 말은 말리아와 샤샤가 정말 우선이라는 뜻도 일부 포함하고 있었다. 그렇지만 어떤 선택을 하고 개념을 설명하는 것은 3차원 체스게임과 같다. 『숙녀는 울지 않는다 Big Girls Don't Cry』의 작가 레베카 트레이스터는 미셸이 '순수하고 여성적인 영부인 역할에 대한 모든 틀'을 깨뜨렸다고 칭송했다. 그렇지만 미셸이 정체성 중 상당 부분을 백악관의 전통과 남편의 경력을 위해 포기하도록 강요받았다고 느꼈다. "그녀의 것들이 지워졌다. 문제는 '미셸

이 직업을 가지고 있는가'가 아니라 '미셸이 자신을 지키고 있는가'
이다. 이는 마치 철창에 갇힌 것과 같다. 미셸도 이 사실을 잘 안다
는 것을 우리는 안다. 세상에 보여줘야 할 모습은 놀랍도록 축소된
버전일 뿐이다."[66]

　트레이스터가 적절히 평한 것처럼, 미셸이 백악관 휘장 속으로
녹아 없어진다는 표현은 그녀가 행하고 말하는 것, 그리고 왜 그렇
게 하는지를 지나치게 평가절하하는 일일 것이다. 또 미셸의 역할
이 흑인 미국 여성에게 지니는 다중적인 의미를 설명하지도 못할
것이다. 흑인 여성은 노예제 때부터 노동 현장에 있었다. 그렇지만
여성이 어떻게 일과 가정의 균형을 찾을 것인가라는 논쟁에서 그
들의 경험은 곧잘 무시당했다. 부분적인 이유는 경제적인 것이었
다. 최근까지 전업주부로 남는 것을 고려할 만큼 경제적, 가정적 안
정을 누렸던 흑인 여성은 거의 없다. 주류 대중문화에서 흑인 여성
은 주로 자기 아이보다 남의 아이―주로 백인 아이―를 키우는 역
할로 등장했다. 컬럼비아 대학 법학교수 퍼트리샤 L. 윌리엄스는
"흑인 여성을 논의할 때 자애로운 어머니, 사랑스러운 아내, 공경하
는 배우자, 아끼는 딸, 사촌, 친척으로서의 역할은 자주 누락됐다"
고 말했다. 그녀는 흑인 여성이 '무차별적으로 엄마가 아닌 유모로
분류된' 오랜 역사를 상기했다. 한편으로는 미셸이 '틀에 박힌 것에
저항한다'고 말하고, '페미니즘의 세력권을 보편적이고 도발적인
방식으로 확장시켰다'고 설명했다.[67]

　흑인 여성의 역사를 연구하는 학자 브리트니 쿠퍼도 비슷한 문제
를 제기하며 미셸에 대한 비난을 '페미니스트의 악몽'이라고 불렀
다. 이 표현은 논쟁적인 잡지 『폴리티코 매거진 *POLITICO Magazine*』의
기사 제목이기도 했다. 기사에서 쿠퍼는 '내가 백인 페미니스트에

게 하고 싶은 말은 간단하다. 물러서라. 멀리 떨어져라. 그리고 미셸에게서 손톱을 거둬라'라고 말했다. '흑인 여성은 주류 미국 주부의 역할에서 한 번도 모델이 된 적이 없다.'[68] 미셸이 어디에 에너지를 쏟을지 결정하도록 놔둬야 한다는 주장이었다. 이는 미셸의 견해이기도 했다. '우리는 선택권을 위해 투쟁했지, 여성으로 산다는 것이 무엇인지를 배타적으로 규정하려고 한 것이 아니었습니다.'[69]

공적 논쟁은 소셜 미디어와 밥상머리 대화에도 반영되었고, 그런 자리에서도 비슷하게 인종적 분열이 두드러졌다. 2011년 한 여론조사에서 흑인 여성 열 명 중 여덟 명은 개인적으로 미셸에게 공감한다고 답했다. 『워싱턴 포스트』와 카이저 가족재단이 실시한 조사에 따르면 88퍼센트가 미셸이 그들의 문제들을 이해하고 있다고 답했다. 흑인 남성은 84퍼센트가 동의했다. 반면 백인 여성은 51퍼센트, 백인 남성은 44퍼센트만 동의했다. 흑인 여성 응답자 가운데 미셸이 좋은 롤모델이 아니라고 답한 것은 2퍼센트에 불과했다.[70] 내셔널 퍼블릭 라디오의 진행자 마이클 마틴은 흑인 여성이 가정을 강조하는 미셸의 태도를 옹호한 이유 중 하나는 '넓은 의미에서, 그들 공동체의 적어도 한 명은 자녀를 보호하고, 가정을 가꾸고, 더 나아가 쇼핑하고, 운동하고, 자기를 꾸미는 사적인 시간을 가졌다는 것에 대한 안도와 공감' 때문일 것이라고 말했다.[71]

백악관에 시선이 집중될수록 친구들은 그 어느 때보다도 중요해졌다. 가족 휴가 때 오바마 가족과 합류하기 위해 종종 시카고에서 날아온 셰릴 휘터커는 "오바마 가족을 웃게 해주려고 애썼어요. 그들의 삶은 너무 무거웠거든요"라고 말했다.[72] 미셸은 워싱턴을 방문하거나 서둘러 워싱턴으로 짐을 싸서 온 친구들 외에도 프린스턴 시절의 룸메이트 앤절라 케네디와도 만났다. 앤절라는 워싱턴 D.C. 국선변호사 사무실의 중견 변호사로 가난한 의뢰인들을 돕고 있었다. 그리고 미셸은 워싱턴에서 흉금을 터놓을 사람이 별로 없다고 느끼고 샤론 멀론과도 가깝게 지냈다. 멀론은 직장과 모성, 그리고 유명인 배우자의 야심 사이에서 균형점을 찾는 일이 얼마나 어려운지 잘 알았다. 멀론은 유명한 산부인과 의사였고, 에릭 홀더 주니어와 결혼했는데, 에릭은 바로 버락이 미국 최초의 흑인 법무부장관으로 지명한 사람이었다. 멀론은 가사와 세 자녀의 일상을 거의 도맡다시피 했고, 남편이 점점 더 바빠져도 자기 일을 포기하지 않았다. "너무 바빠서 어딜 가고 싶어도 갈 시간이 없었어요. 막상 가더라도 제대로 즐기지 못했고요."[73]

멀론은 앨라배마주 모빌에서 여덟 형제 중 막내로 자랐다. 짐크로가 극성을 부리던 시절의 디프사우스였다. 아버지는 농부였고 어머니는 가정부였다. 두 사람 모두 투표권이 없었다. 1963년 큰언니 비비언은 백인뿐인 앨라배마 대학에 등록할 때 조지 월리스 주지사의 '교문 가로막기'로 유명해진 사건*의 주인공이었다. 찌는 듯한 6월 더위에 언론이 지켜보는 가운데 법무부 차관 니컬러스 캐천백이 연방법원의 결정과 케네디 대통령의 지시에 따라 멀론과 제임스 후드를 터스컬루사 캠퍼스로 호위했다. 월리스는 결국 길을 비켰다. 그러나 흑인의 대학 입학을 허용한 연방정부의 방침은 '부당하고 불법적인 것'이라고 항변하는 것을 잊지 않았다.[74]

멀론은 학업을 개시하던 달에 『뉴스위크 Newsweek』의 표지 인물이 됐다. 2년 후에는 134년 대학 역사상 최초의 흑인 졸업생이 됐다.

---

* 분리주의를 지지하는 주지사가 흑인 학생을 학교에 출입하지 못하게 막은 사건.

린든 존슨은 1965년 '민주주의의 품위'를 지키는 역사적인 투표권법에 서명하고 기념식장에 멀론을 초대해 서명 펜 중 하나를 선물했다. 그해 말 멀론은 지역 흑인지위향상협회의 상을 받으러 시카고에 왔다. 그때 주최 측 중에 칼 퓨쾌 목사가 있었는데, 그는 바로 프레이저와 메리언 로빈슨의 결혼식 주례를 선 인물이었다.[75] "언니가 주지사에게 당당히 맞섰을 때… 내 삶의 지평이 넓어졌습니다." 샤론 멀론이 말했다. "저는 앨라배마 모빌의 구석에 처박혀 있지 않고 어디론가 가게 될 줄 알았어요."[76]

샤론 멀론은 1981년 하버드를 우등생으로 졸업하고 IBM에서 잠시 근무하다가 컬럼비아 의과대학에 진학했다. 그녀는 현 시대의 미국 흑인을 '300년을 견딘 생존자들'로 여기며 미셸과 마찬가지로 부모님에 대해 대단한 자부심을 가졌다. "그게 저 역시 놀라운 부분입니다. 모든 것이 인간성을 부정하는 환경에서 자랐으면서도 상처받지 않고 오히려 자식들에게 그 유산을 물려주었으니까요. 그런 신념이 우리를 만든 겁니다."[77] 멀론과 홀더는 1989년 컨선드 블랙 맨Concerned Black Men의 자선모금행사에서 만나 결혼했다.[78] 홀더는 밸러리 재럿의 사촌인 앤 워커 머천트의 저녁 파티에서 버락을 만났고, 버락이 대통령에 출마하겠다고 하자 돕겠다고 나섰다. 멀론은 버락의 당선 확률이 0퍼센트라고 봤지만 남편의 결정에 동의했다. "저는 분리주의 남부에서 자란 경험을 영원히 벗어나지 못합니다"라고 멀론은 말했다. "저는 제 부모님 중 누구도 투표할 수 없었던 시대에 성장했어요. 그래서 우리가 흑인을 대통령으로 선출할 수 있다고는 솔직히 믿지 않았지요."[79]

미셸은 활력의 화신이 되었다. 더블 더치를 뛰었고 400명이 넘는 아이들과 함께하는 팔벌려뛰기 경기에 참여했다. 뉴올리언스에서 플래그 풋볼을 했고 물주전자를 들고 잔디 구장을 누비며 아이들에게 물을 먹였다. 엘렌 드제너러스의 낮 방송에 출현해 팔굽혀펴기 경기에서 우승했고, 백악관에서 레이트 나이트 쇼의 코미디언 지미 팰런과 캥거루 달리기 시합을 펼쳤다. 워싱턴 노스웨스트에서 중학생들과 댄스 스텝을 밟으며 친구 비욘세 놀스의 안무 실력을 선보이기도 했다. 순수하고 단순한 마케팅 활동이었다. "보시다시피 저는 아이들을 움직이게 만드는 거라면 기꺼이 바보가 될 수 있습니다."[80] '렛츠 무브!' 캠페인을 시작한 지 2년이 돼가는 2011년 말 미셸은 말했다. "그렇지만 제 바보짓에는 나름대로 규칙이 있습니다. 줄넘기를 하고 훌라후프를 하고 비욘세를 따라 춤추고, 이렇게 뭐든지 다 하는 데는 이유가 있습니다. 아이들에게 운동 방법이 무궁무진하다는 것을 보여주기 위해서지요. 제가 할 수 있다면 누구라도 할 수 있습니다." 두 번째 임기에 진보에 대한 철학을 밝힐 때처럼 '행동을 바꾸려면 먼저 태도를 바꾸어야 한다.'[81]

이에 대해 악의적이고 인신공격적인 반응도 있었다. '오바마 부인은 남편처럼 완전히 사기꾼이다.' 2010년 오바마 부부가 인도를 방문한 시기에 『워싱턴 포스트』의 한 독자가 기고한 내용이다.[82] 어떤 사람들은 미셸의 옷, 식생활 개선 노력, 조국을 자랑스럽게 여긴다는 악명 높은 발언을 비난했다. 전 알래스카 주지사 페일린은 2011년 리얼리티 텔레비전 쇼에서 쿠키 재료를 사러 장을 보면서 미셸을 조롱하고 왜곡했다. "스모어 재료는 어디 있나요?" 카메라가 돌아가는 중에 그녀는 물었다. "이건 미셸 오바마에게 경의를 표하기 위한 거예요. 그분은 언젠가 우리에게 디저트를 먹으면 안 된다고 했거든요." 페일린은 거기서 멈추지 않았다. 토크쇼에 출연해

"정부가 우리를 위한답시고 일부 정치인이나 정치인의 아내가 정하는 우선순위에 따라 의사 결정을 해주거나 뭔가를 대체하려고 하는 대신, 성가시지 않게 우리를 내버려두고, 각자 신이 주신 권리에 따라 스스로 의사 결정하도록 해준다면 나라는 다시 잘 굴러갈 겁니다"라고 말했다.[83]

위스콘신주 공화당 하원의원인 제임스 센센브레너는 미셸의 몸매를 비우호적인 방식으로 논하다가 두 번이나 들켰다. 교회 행사에서 그는 미셸의 '커다란 엉덩이'를 언급했다. 그 이후 곧 공항에서 휴대폰으로 통화하면서 "그 여자가 우리한테 제대로 먹는 법을 강의한다네. 자기 엉덩이는 그렇게 큼지막한 주제에 말이야"라고 말하다가 다시 걸렸다. 그는 사과했다.[84] 한편 '렛츠 무브!'가 시작되고 1년이 지날 무렵 러시 림보는 청취자들에게 말했다. "미셸 오바마는 자기 식단을 지키지 않는 것 같습니다. …제 말은 우리 영부인께서는 『스포츠 일러스트레이티드 *Sports Illustrated*』의 수영복 특별호 표지에서 볼 법한 모습을 보여주지 못한다는 뜻이지요." 그는 가끔 그녀를 '미셸 나의 엉덩이'라고 부르는 뚱뚱보 라디오 진행자였다.[85]

비난은 점점 추잡해졌다. 누구든 큰소리를 낼 수 있는 인터넷이라는 지구촌에서는 미셸을 《혹성 탈출 Planet of the Apes》의 침팬지 의사 닥터 지라, 《스타 워즈 Star Wars》의 우키 부족에 비유했다. 2013년 캘리포니아 로데오 쇼의 한 광대가 확성기에 대고 『플레이보이 *Playboy*』가 밋 롬니의 부인 앤에게 사진 모델이 되는 조건으로 25만 달러를 제의했다고 말했다. 계속해서 그는 백악관이 그 말에 화를 냈다고 했다. 왜냐하면 『내셔널 지오그래픽 *National Geographic*』은 미셸 오바마에게 같은 조건으로 단돈 50달러만 줬기 때문이라는 것이다.[86] 버지니아에서는 학교 이사회 위원이 아프리카 여인들이 상반신을 드러내고 민속춤을 추는 사진을 이메일로 유포하면서 미셸의 고등학교 동창회라고 덧붙였다.[87] 사우스캐롤라이나 선거위원회의 전 공화당 의장은 동물원에서 고릴라가 탈출하자 페이스북에 이런 글을 올렸다. "녀석이 미셸의 조상일 거라고 확신한다—아마도 해는 없을 것이다."[88] 캔자스 하원의 공화당 대변인은 미셸을 그린치*로 묘사한 크리스마스 이메일을 보내고 그녀의 여행비용이 국민 세금임을 암시했다. "당신도 저와 함께 요마마YoMama** 부인의 환상적이고 긴 하와이 크리스마스 휴가를 기원할 것이라고 확신합니다. 물론 우리 돈으로요."[89]

미셸은 들었다. 미셸에게 들렸다. 그녀는 입술을 꽉 깨물었다.

---

* 『그린치는 어떻게 크리스마스를 훔쳤는가』의 주인공. 원작은 테오도르 수스 가이젤의 소설이며, 2000년에 영화로 제작될 때 짐 캐리가 그린치 역을 맡았다.
** 뚱뚱하고 무식하고 못생긴 여성이라는 욕.

미셸 오바마

소박한 선물

2010년 10월 미셸은 캘리포니아 롱비치의 여성협회 Women's Conference
에서 연설했다. 환호는 없었다. 넓은 행사장에 미셸의 목소리만 울
려 퍼졌다. 조명은 침침했고 모든 눈동자가 미셸을 향했다. 미셸은
미국 사회가 군인 가족에게 어떤 빚을 지고 있는지 차분히 설명했
다. 새로이 관심을 갖게 된 분야였다. 선거 유세 기간 중 만난 여성
들의 이야기에 '숨이 멎을 것만 같았던 경험'을 한 이후부터였다.
미셸은 스스로 여성들의 걱정거리를 잘 안다고 자부해왔다. "그런
주제에 대해 읽고, 생각하고, 대화하면서 평생을 살았다"고 했다.
그렇지만 전혀 몰랐던 경험을 한 여성들―군인의 아내, 또는 본인
이 군인인 경우―이 있었다. 그들은 이라크 전쟁과 아프가니스탄
전쟁의 무게를 짊어지고 살고 있었다. 두 전쟁에서 미군 6,600명
이 전사했고, 최대 5만 명이 부상을 입었으며, 25만여 명이 사제 폭
탄으로 외상성 뇌손상의 후유증을 앓는 것으로 추정되었다.[1] 9·11
테러 이후 전체적으로 10년간 총 200만 명이 훨씬 넘는 미군들이

전쟁터를 다녀온 것으로 나타났다.

군인들이 보통 12개월 이상 떠나 있는 동안 가족들은 집에 남겨졌다. 미셸은 남편이 세 번, 네 번, 또는 다섯 번 파견된 여성들을 만났다. 그들은 2년에 한 번꼴로 이사를 다니면서 아이들의 생활이 흔들리고 직업이나 교육에 생기는 차질을 감수해야 했다. 여성들은 중산층 기반을 지키려고 분투했고, 남편이 전사하지 않을까 노심초사했다. "군목이 현관문을 노크하지 않는 날이 좋은 날이지요." 한 여인이 미셸에게 말했다. 처음 듣는 얘기였다. "대부분의 여성이 저보다 젊습니다." 미셸이 말했다. "그들이 누리는 지원과 자원은 저보다 훨씬 적습니다. 그리고 저는 상상조차 할 수 없는 어려움과 매일 씨름하지요."[2]

연설은 군인 가족을 지원하기 위해 이스트윙이 주도한 조이닝 포스Joining Forces 사업을 소개하는 내용이었다. 본격적인 출범은 몇 달 후였지만 미셸과 참모진은 캘리포니아 주지사 아널드 슈워제네거의 아내 마리아 슈라이버가 개최한 회의를 분위기 조성 기회로 보았다. 그렇지만 쉬운 일은 아니었다. 미셸의 국내 정책 참모 조슬린 프라이는 "이래라 저래라 설교할 수는 없는 일입니다"라고 말했다. "특히 군인 가족을 대할 때 지나치게 극적으로 꾸미거나 아첨하는 듯이 보이지 않도록 주의할 필요가 있습니다."[3] 군인 가족, 특히 상이군인들은 인정과 존중을 바라는데, 종종 희생자로 취급받고 당혹스러워하는 경우가 있었다. 프라이는 연설이 잘못될지 모른다고 걱정했다. 참모들은 예행연습을 하면서 스타일과 내용을 논의했다. "여러 번 검토했어요. 그러고 나서 영부인이 연습했는데 염려하던 걱정이 싹 사라졌습니다. 미셸은 어떻게 해야 하는지 이미 알고 있었어요. 가볍게 처리할 곳에서는 가볍게 넘어가고 공격적이라고 느껴질 수 있는 부분에서는 덜 공격적으로 했지요."⁴ 미셸이 기대 이상으로 잘해내는 모습을 프라이는 여러 번 보았다. 미셸은 언제나 기준을 정하고 그 기준을 능가했다. "우리가 하는 모든 일의 논조와 분위기를 제대로 이해하는 훌륭한, 아니 거의 믿을 수 없을 정도로 놀라운 감각 덕이었습니다." 여기에 프라이는 목표의 선명성도 한몫했다고 말했다. "현재 진행 중인 논의였기에 실질적인 쟁점뿐만 아니라 그 속에서 미셸의 역할도 쟁점이 될 수 있었습니다."

미셸은 대개 여성들이 처리할 일로 남는 사안들에 대해 여성 대 여성으로 대화하는 것을 자기 역할로 여겼다. 확장된 의료보험을 말할 때는 보통 가족의 의료복지를 결정하는 데 책임을 지는 여성들에게 도움이 될 것이라고 설명했다.⁵ 아이들의 영양 상태를 언급할 때도 마찬가지였다. 그리고 여성협회에서 선거 유세를 한 뒤로는 최다 청중을 기록한 여성 1만 4천 명 앞에서 호소할 때도 똑같았다. 미셸은 군인 가족 여성의 입장에서 생각해보자고 촉구했다. 배우자가 지구 반대쪽에서 위험한 임무를 수행하고 있을 때 어떻게 평정을 유지할지, 어떻게 유리 천장을 깨뜨릴지 관심을 가져보자고 했다. "승진하거나 경력을 인정받을 만큼 한 곳에 오래 머물 수 없을 때는 어떻게 하겠습니까?" 미셸은 연구 자료를 인용했다. 군인 배우자들은 일반 시민에 비해 연간 1만 500달러를 덜 버는데, 오히려 봉사활동에는 평균치보다 훨씬 많은 시간을 할애했다. 미셸은 군인 배우자들에게 능력을 활용할 기회와 '여러 가지 역할을 수행하는 데 필요한 모든 지원'을 주고 싶다고 했다.

미셸은 정부가 도울 수 있다고 시사했다. 그렇지만 '렛츠 무브!'에서 얻은 경험, 그리고 관료주의적인 접근은 완전한 해결책이 못 된다는 사실을 언급하며, 여자 친구들끼리 통하는 도움이 변화를 만들 수 있을 거라고 말했다. "이건 우리 여자들끼리 서로 돕는 일입니다. ……우리가 나섭시다. 음식을 장만해서 집으로 찾아갑시다. 초콜릿이라도 들고 찾아갑시다. 정말 상황이 안 좋을 때는 와인 한 병 들고 갈 수도 있지 않겠어요? 카풀처럼 교대제를 운영할 수도 있습니다. 이렇게 말하는 겁니다. '이봐요, 지금 당장 아이들을 우리 집으로 보내요. 오늘 하루, 오늘 밤, 이번 주, 당신이 필요한 만큼 봐줄게요'." 군인과 그 가족 들은 조국을 지키고 세계를 돕기 위해 역할을 다하고 있었다. "감사하는 것만으로는 부족합니다. 이제는 행동에 나설 때입니다."[6]

조이닝 포스는 화려하지 않았다. 사실 초반 작업은 지루하고 관료적인 문제들을 처리하는 현실적인 업무들이었다. 예를 들면 2011년 4월 출범 당시 군인 배우자 셋 중 하나는 간호사나 교사처럼 주정부의 자격증이 필요한 직군에 속했다. 그런데 군인 한 명이 다른 주로 전출되면 그 부인이 다시 일할 수 있기까지는 보통 수개월이 걸렸다. 그런 문제를 시정할 명문상의 규정을 마련한 주정부는 12개 이하였다. 또 다른 예는, 군인 한 명이 뉴욕의 드럼 부대에서 조지아의 베닝 부대로 전출되었는데 딸이 전학한 새 고등학교에서는 뉴욕에서 취득한 역사 과목 학점을 인정할 것인지가 문제가 됐다. 프로젝트의 일부 업무 처리를 위해 국방부에서 차출된 해군 대령 브래드 쿠퍼는 "아이들 수백만 명이 이런 경우에 해당되지만 이를 해결하려는 목소리는 없습니다. 다른 문제에 묻혀버리고 말지요"라고 전했다.[7]

제이슨 뎀프시 중령은 육군사관학교 출신으로 아프가니스탄에서 막 귀국한 보병 장교였다. 그는 군대에 관련해서는 경험이 거의 전무한 영부인과 참모에게 군대 문화를 설명하는 일종의 통역사이자 코치 역할을 했다. "군인 가족은 다른 누군가가 자기들이 겪는 것들을 이해하리라고 기대조차 하지 않습니다." 파견 근무가 끝날 무렵 그는 백악관 직원에게 이렇게 말했다. "그들은 위로 파티를 바라는 게 아닙니다. 공짜로 자동차를 얻고 싶어하지도 않습니다." 그는 군대 사회가 진정성 없는 접근, 특히 정치적인 수단이 되는 것을 경계한다는 것을 알려주었다.[8] 미셸과 함께 일하는 질 바이든은 그들을 돕고 싶었다. 질은 영문과 교수이고, 군인 아들을 둔 어머니이며, 부통령의 아내였다. 이스트윙에서 보기에 군대 행정은 너무 더뎠다. "영부인이 실망했냐고요? 물론이지요. 그럴 만도 했지요." 재키 노리스가 말했다. "영부인은 공익 광고를 한 번 하고 마는 수준이 아니라 더 많은 것을 하고 싶어했습니다. 어떻게 하면 지속 가능한 사업으로 만들 수 있을까 고민한 거지요."[9]

그렇지만 미셸은 해당 사업을 직접 운영하고 싶어하지는 않았다. 그건 미셸의 역할이 아니었다. 주변 사람들이 인지하듯이 그런 전략은 문제 해결만큼이나 많은 문제를 만들어낼 수 있었다. 미셸이 자기 역할로 생각한 것은 목소리를 높이고 힘을 모으는 일이었다. 뎀프시는 이따금씩 회의적인 펜타곤의 고위층을 방문할 때 프로젝트의 가능성을 높이 평가하고 미셸의 진정성을 변호했다. "들어보십시오. 이 프로젝트가 완벽할 수도 없고 모든 문제를 포괄하지도 못하리라는 것은 맞습니다. 또 우리가 모든 문제를 해결할 수도 없습니다. 그런데 이 점을 생각해보세요. 미국의 영부인이 이런 문제에 관심을 보인 것은 이번이 처음이라는 겁니다. …영부인들은 어떤 문제든 선택할 수 있지요. 자폐증이라든가 기아라든가. 그런데 이번 영부인은 자기 시간을 군대 사회의 관심과 요구사항을 들어주는 데 쏟기로 했다는 겁니다. 그 점을 충분히 활용해야 합니다." 그는 미셸이 복잡한 문제를 빠르게 이해하고 신중한 태도를 보였다고 말했다. "자기가 모든 답을 줄 수는 없다는 사실을 아주 잘 알고 있었습니다."[10]

프로그램이 진척되면서 참모들은 퇴역 군인과 가족 들의 커다란 근심거리로 떠오른 정신건강 문제를 이해하는 데도 노력을 기울였다. 그들은 의과대학들로부터 퇴역 군인을 치료하는 의사와 간호사 양성 과정을 개선하겠다는 약속을 받아냈다. 일반 시민보다 실업률이 높은 퇴역 군인들을 위해 기업들로부터 고용 보장 약속도 받아냈다. 미셸은 전국 주지사들에게 전문직 자격증의 주정부 간 이동 절차를 간소화하고, 군인들이 군대의 기술을 활용해 민간 자격증을 따거나 취업할 수 있도록 도와달라고 직접 호소했다.[11] 미셸의 작업을 대수롭지 않게 치부하던 논평가들이 간과한 것은 전역 군인 상당수가 궁핍한 노동 계급이라는 사실이었다. 2012년 현역 군인의 80퍼센트가 학사 학위가 없었다. 사병의 경우 그 수치가 93퍼센트에 달했다.[12] 조이닝 포스의 실무진은 퇴역 군인이 어떻게 하면 운전기사나 검침원 같은 안정된 일자리를 찾을지 논의하고, 그다음에 공공기관, 배달 회사, 대규모 소매업체와 접촉했다. "누구를 도와야 할지에 관해서도 토의했습니다." 시카고에서부터 오바마 부부와 알고 지낸 상무부 고위관료 매슈 맥과이어는 말했다. "물론 모든 전역 군인들에게 관심을 보여야 하겠지만, 고졸 특무상사가 민간 노동시장에 재진입하기 위해서는 해군사관학교 출신의 핵잠수함 함장보다 더 많은 도움이 필요하리라는 사정 또한 우리는 알고 있습니다."[13]

미셸은 버락이 대통령이 되고 6주가 지났을 때 노스캐롤라이나

미셸 오바마

브래그 부대에서 한 발언에서 미국의 경제적·정치적 양극화와 그로 인한 어려움에 주목했다. "저는 대부분의 사람들이 저처럼 우리의 군인 가족들이 빈곤선에 턱걸이한 채 생활하고 있다는 사실을 여태까지 몰랐으리라 생각합니다. 이사할 경우 배우자가 직업을 얻기 힘들다는 사실, 학점을 인정받아 교육과정을 마치기 어렵다는 사실, 그리고 양질의 보육시설 비용을 대기 위해 허리가 휜다는 사실을 알지 못했습니다."[14] 버락은 미셸이 '렛츠 무브!' 운동을 시작했을 때 명령을 발동한 것처럼 군인 가족들의 처우 개선을 위해 연방기관들이 협력하라는 대통령훈령을 공포했다. 미셸은 전국 각지에서 수집한 내용들을 버락에게 전달하겠다고 공개적으로 약속했다.

미셸이 군인 가족들에게 사적인 유대감을 느낀 것도 사실이지만, 조이닝 포스는 버락의 정책을 돕겠다는 목표에도 부합했다. 버락은 연방상원의원 시절 재향군인회를 위해 일하면서 일리노이주의 시청 미팅을 주재했고, 법안을 제안하기도 했다. 그리고 조용히 군인 병원의 부상병을 위문하기도 했다. 대통령이 돼서도 위문은 계속됐다. 선거 유세 기간에는 이라크에서 예방 전쟁을 벌이는 결정을 비난했고, 부시 행정부가 퇴역 군인들, 특히 부상당한 병사들에 대한 국가의 책무를 소홀히 한다고 맹공을 퍼부었다. 2008년 2월 휴스턴 해외참전군인회 강당에 모인 청중에게 "여지껏 실속 없는 말잔치만 들었습니다"라고 말했다.[15] 버락 행정부의 재향군인관리국에 심각한 결함이 있긴 했지만, 어쨌든 미셸은 그 문제를 다뤘다. 그 목적이 선거와 전혀 무관하다고 할 수는 없었다. 2012년 공화당 후보와 맞서기 위해서는 군인의 표가 유용했다. 버지니아, 노스캐롤라이나 또는 콜로라도같이 팽팽한 접전 지역에서는 군인의 표가 승부를 가르는 결정적인 변수가 될 수도 있었다.

2011년 1월 8일 투손에서 펼쳐진 야외 정치 행사에서 재러드 러프너라는 광기 어린 사내가 무차별 총격을 가했다. 연방판사를 비롯해 여섯 명이 사망했다. 민주당 하원의원 개브리엘 기퍼즈는 두부 관통상을 입었지만 기적적으로 살아남았다. 러프너가 '콩그레스 온 유어 코너Congress on Your Corner'라는 기퍼즈의 상징적 행사에서 왜 그녀를 노렸는지는 즉각 알려지지 않았지만, 이 사건으로 국민 토론 행사는 미국 정치사에 쓰라린 기억으로 남게 되었다. 나흘 후 버락은 애리조나 대학에 모인 수천 명 앞에서 미국인들에게 서로의 말을 더 주의 깊게 듣고 공감 능력을 키우자고 호소했다. 여태까지 해온 최고의 연설들을 떠올리게 하는 어조였다. "이번 사건을 우리의 윤리관을 확장시키는 계기로 삼읍시다." 그는 소위 오바마 본질주의로 분류될 수도 있을 법한 연설에서 이렇게 말했다. "우리의 윤리성을 인식하면서, 덧없는 시간 속에서 중요한 것은 부도, 지위도, 권력도, 명예도 아니라는 사실을 깨닫게 됩니다. 진정 중요한 것은 어떻게 사랑했는가, 다른 사람들의 삶을 향상시키는 데 어떤 작은 역할이라도 했는가일 것입니다. 그리고 그런 성찰 과정이, 즉 가치와 행동이 일치하는지 확인하는 과정이 바로 이 같은 비극이 우리에게 요구하는 바라고 저는 믿습니다."[16] 버락은 이어서 성경 구절을 인용했다. 미셸은 맨 앞줄에 기퍼즈의 남편인 우주비행사 마크 켈리 옆에 앉아 있었다. 대통령이 기퍼즈가 피격 이후 처음 눈을 떴다는 소식을 알리자, 미셸은 왼손으로 켈리의 오른손을 꼭 쥐고 오른손으로 그의 팔을 감싸며 안도를 표했다. 청중이 환호하고 모두 기립하자 미셸은 켈리를 끌어안았다. 단순하지만 자연스럽고 따뜻한 동작이었다.

총기 난사 사건은 러프너가 합법적으로 쉽게 살 수 있는 9밀리미터 반자동 글록19 권총으로 단 30초 만에 무려 31발을 발사했다는 점에서 이목을 끌었다. 그리고 기퍼즈도 같은 종류의 총기를 가지고 있었다. 예전에 다른 미치광이도 그런 짓을 저지른 적이 있고 더 심각한 사태도 있었다. 투손 사건은 희생자들이 누구인가 때문에 파장이 더 컸다. 사망자 여섯 명과 부상자 열두 명에 얽힌 이야기와 상징성은 화가 노먼 록웰로 하여금 당장 팔레트를 집어 들게 만들었다. 연방판사, 하원의원 참모, 친구들을 구하려 한 교회 자원봉사자, 부인을 보호하려다 부상을 입은 퇴역 해병. 그 가운데 가장 가슴 아픈 경우는 아홉 살 크리스티나 그린의 사연이었다. 수영과 체조 선수, 무용수로 활약한 그린은 최근에 학생위원으로 뽑힌 우등생이었다. 게다가 놀랍게도 2001년 9월 11일생이었다. "아이는 우리 어른들이 너무나도 당연하게 받아들이는 냉소주의와 독설에 물들지 않은 해맑은 눈으로 모든 광경을 지켜보았습니다." 버락은 말했다. "저는 그 아이의 기대를 저버리지 않을 것입니다. 우리의 민주주의가 크리스티나가 상상한 것처럼 훌륭한 것이기를 바랍니다." 버락이 연설을 마친 후 합창단은 19세기 셰이커 교도들의 노래 〈Simple Gifts(소박한 선물)〉를 불렀다. 버락의 취임식에서도 울려 퍼진 노래였다.

미셸과 버락은 크리스티나에게서 딸들을 떠올렸다. 크리스티나는 사샤보다 3개월 어렸다. 어머니이자 영부인으로서 할 역할이 있다고 생각한 미셸은 공개 발언을 하고 싶었다. 그래서 편지를 쓰고 비디오 영상을 만들었다.[17] 하지만 웨스트윙은 대통령이 주도하는 것이 낫겠다고 판단했다. 비디오는 공개되지 않았고, 버락이 투손에서 연설한 다음 날 백악관은 미셸의 이름으로 '부모님들에게 보내는 공개 편지'를 발표했다. 부모로서 미셸은 말했다. 이 사건과 여파는 "우리가 어떤 세상에 살고 있는지, 어떤 세상에서 아이들이 자랄지 생각하게 만듭니다. …제 딸들의 질문과 여러분의 아이들이 물었던 것이 같을 겁니다. 아이들에게 쉽게 답을 줄 수가 없습니다." 미셸은 어린 시절의 교훈을 떠올리며 부모들에게 '소중한 가치, 절망적일 때 희망을 찾는 것'에 대해 아이들에게 일러달라고 호소했다. 그리고 '주변 사람들에게서 나쁜 점보다는 좋은 점을 발견하는' 지혜도 가르치자고 말했다.[18]

미셸은 백악관에 있는 동안 할 수 있는 것을 정했다. 참모진에게는 '일단 시작하는 것'이 목표라고 말했다. 무엇이든 지속적이고 유산으로 남길 만한 것을 만들자는 의미였다.[19] 하지만 줄곧 이도 저도 아닌 역할과 함께 상황은 예산도, 인력도 충분치 못하고 직원들마저 수시로 바뀌기 일쑤였다. 미셸이 무언가 만들어내고자 한다면 스스로 모든 것을 꿰어맞춰야 했다. "영부인은 여기저기 부처들을 돌아다니며 '내가 이런 일을 하니 도와달라'고 할 수가 없습니다. 그럴 수 있는 지위가 아닙니다. 그들은 영부인을 위해 일하지 않습니다." 미셸의 언론 담당 비서 케이티 매코믹 렐리벨드가 말했다.[20] 미셸은 협력자를 물색했고, 같은 목적으로 참모를 파견했다. '렛츠 무브!'를 위해 의사, 재계 인사, 부모들, 내각, 그리고 '당연히 웨스트윙의 응원'이 필요했다고 렐리벨드는 전한다. 참모들은 연방정부 기관에 도움을 청하고 시장과 주지사 들을 구슬렸다. 그들을 백악관에 초대하거나 전국 무대에서 영부인과 같이 서는 기회를 만들었다. 미셸은 사면초가에 빠진 남편보다 언제나 인기가 좋았다.

노리스는 "미셸이 지닌 힘은, 대다수가 영부인을 기쁘게 해주고 싶어한다는 데 있습니다"라고 말했다.[21]

미셸은 널리 알리는 방법으로 유명 인사들에게 의지했다. 가장 유명한 사람은 단연 목소리 크고 화려한 무대 장악력을 자랑하는 비욘세 놀스였다. 래퍼 제이지로 잘 알려진 남편 숀 카터와 함께 비욘세는 음악과 마케팅에서 보석 같은 존재였다. 비욘세는 자기 노래 〈Get Me Bodied〉를 고쳐 입에 착 달라붙고 아이들이 좋아할 만한 〈Move Your Body〉를 만들었다. "땀 좀 흘린다고 다치는 건 아니잖아. 벽에 기대 서 있지 마! 모두 몸을 움직여봐." 고등학교 플래시몹처럼 연출된 비디오는 최고 조회수를 기록했다. 2015년 초까지 3천만 명 이상이 시청한 것이다. 비욘세가 할렘의 학교 P.S.161에서 찍은 비디오와 미셸이 워싱턴의 앨리스딜 중학교에서 더기를 추며 찍은 비디오가 각각 조회수 100만 회 이상을 기록했다. 곧 전국 학교와 공중보건국도 자기들만의 비디오를 만들었다. 미셸의 참모도 카펫 깔린 이스트윙의 좁은 공간에서 댄스 스텝을 연습해봤다고 수줍게 실토했다.[22]

미셸은 테니스 챔피언 세리나 윌리엄스를 비롯해 유명 스포츠 선수들의 도움도 받았다. 체조 선수 도미니크 도스와 개비 더글러스, 쿼터백 드루 브리스와 콜린 캐퍼닉, 피겨스케이트의 미셸 콴, 농구 선수 그랜트 힐, 육상의 앨리슨 필릭스, 그리고 오바마 가족의 오랜 트레이너인 코넬 매클렐런도 합류시켰다. 코넬은 백악관의 운동을 지도하기 위해 시카고에서 이사 왔다. 버락은 '렛츠 무브!'를 지원하기 위해 매클렐런을 지명하고 대통령 체육자문위원회를 개편, '건강·스포츠·영양에 관한 대통령자문위원회'를 만들었다. 미셸은 또 유명 요리사들을 학교 급식 시설과 연계해 직접 텔레비전 요리 쇼에 출연하기도 했다.

프로젝트가 4년째 접어들 무렵 미셸은 건강한 식생활을 홍보하기 위해 마이애미 히트 농구팀과 재미있는 비디오를 만들었다. 농구팀이 NBA 우승을 축하하러 백악관을 찾았는데, 수석 코치 에릭 스포엘스트라가 히트의 올스타 플레이어 드웨인 웨이드, 레이 앨런과 가상 인터뷰를 하는 동안 뒤에서 르브론 제임스가 농구 골대를 들고 서 있었다. 미셸이 뛰어들어 덩크슛을 한 후 우쭐대는 길거리 청소년처럼 너털웃음을 터뜨렸다. 그리고 미셸과 선수들은 태연히 사과를 우적우적 씹어 먹었다. 재키 케네디나 힐러리 클린턴의 백악관에서는 있을 수 없는 일이었다. 'ㅋㅋㅋ 사랑해요, 미셸.' 한 네티즌이 비디오를 보고 댓글을 달았다. 비디오는 방송과 웹에서 크게 인기를 끌었다. 또 다른 사람이 적었다. '완전 재밌다. …오바마 부인 끝내준다.' 그러나 반대 반응도 만만찮았다. 몇 가지를 소개하면 다음과 같다. '좋게 표현해서 역겹다. 품위를 지켜라. 엉덩이는 여전히 뚱뚱하군.' '원숭이들이 너무 많다.' '저 여자 때문에 돌겠군.'[23]

비밀경호국은 과거의 그 어느 대통령보다도 버락에 대한 위협이 크다는 것을 감지했다.[24] 버락이 어디를 가든 철통 같은 경호가 따라붙고 후보 시절에도 누구보다 먼저 경호국이 보호를 시작한 것도 바로 그런 위험 때문이었다. 위협의 심각성은 측정하기 쉽지 않았다. 그러던 중, 2011년 11월 어느 날 밤에는 위험이 현실로 닥쳤는데 경호국 대응은 전혀 인상적이지 못했다. 오스카 R. 오르테가-에르난데스라는 사내가 '버락을 막아야 한다'는 신념으로 컨스티튜션가에 차를 세우고 루마니아제 반자동 소총으로 백악관 관저에 총격을 가했다. 최소한 일곱 발이 건물에 맞았다.

그중 한 발은 고풍스러운 백악관 창문을 꿰뚫었지만 관저의 방탄유리에 막혔다. 또 다른 한 발은 트루먼 발코니의 목재 창틀에 박혔다. 오르테가-에르난데스가 총격을 개시한 금요일 밤 8시 30분경에 관저에는 샤샤와 메리언만 있었다. 미셸과 버락은 외부에 있었고 말리아는 한 시간 후에 경호원과 함께 귀가했다. 근처에 있던 사람들과 마찬가지로 비밀경호국 직원 여럿이 총소리를 들었지만, 책임자는 자동차 굉음이라면서 직원들에게 움직이지 말라고 했다. 그리고 경호국은 나흘이 지나서야 백악관이 총격을 당했다는 사실을 알았다. 미셸은 경호국이 아니라 백악관 안내원 보조에게서 총격 소식을 전해 들었다.[25] 미셸은 '경악했고 곧 불같이 화를 냈다'고 『워싱턴 포스트』의 캐럴 레오닝은 보도했다. 미셸은 비밀경호국장에게 직접 따졌다. 비밀경호국은 공격을 인지하고 저지하는 데 실패했다. 그리고 640미터 떨어진 거리에서 발사된 총탄은 오바마 가족이 자주 이용하는 관저 일부분을 때렸다. 가족은 따뜻한 밤이면 트루먼 발코니에 앉아 바람을 쐬곤 했다. 총알을 맞은 방탄유리는 미셸이 가장 좋아하던 옐로 오벌 룸 창문이었다.

이후 3년이 채 지나지 않은 2014년 9월에는 이라크전 참전 용사 오마르 곤살레스가 칼을 갖고 펜실베이니아가 쪽 백악관 담장을 타고 넘어 북쪽 현관문으로 건물에 난입했다. 곧장 계단을 올라 관저로 뛰어들 수도 있는 상황이었다. 그러나 그는 이스트룸 쪽으로, 그리고 다시 그린 룸 쪽으로 우왕좌왕하다가 붙잡혔다. 조사 결과 경호국은 경비견을 풀어놓지 않았으며, 백악관 문을 신속히 잠글 방법도 마련해두지 않은 것으로 드러났다. 게다가 경보기도 종종 오작동한다는 백악관 안내원들의 항의 때문에 꺼놓은 상태였다.[26]

식품, 소매업, 외식업 분야의 굵직한 인사들이 백악관을 찾아와 비만에 신음하는 미국을 위해 무엇을 할지 물었다. 그들은 미셸이 미국식품제조협회 회의장에서 한 것과 똑같은 말을 들었다. '새롭게 시작하세요.' '적당히 다듬는 것을 원하는 게 아닙니다. 여러분이 만드는 제품, 그 제품에 대한 정보, 우리 아이들이 보는 그 제품 선전 방식을 완전히 새롭게 연구해보라고 요청하는 바입니다.'[27] 미셸은 회사들이 레시피를 바꾸고 장점을 홍보하는 영업 전략을 다시 짜야 한다고 말했다. "문제가 되는 재료 하나를 빼고 다른 것으로 대체하라는 게 아닙니다. 지방을 줄이는 건 좋은 일이지만, 이를 설탕이나 소금으로 대신하는 건 좋지 않습니다. 그리고 문제가 되는 성분의 양을 비교적 유익한 성분을 첨가하는 정도로 보완해서도 안 됩니다. 예를 들면 설탕 다량에 비타민 C를 약간 더한다거나, 지방 덩어리에 식이섬유 몇 그램을 넣는 식으로요. 그렇게 한다고 해서 제품들이 갑자기 유익해지는 건 아닙니다."

미셸은 올리브 가든이나 레드 랍스터처럼 중학교에 급식을 보급하는 식당 체인들로부터 저염 건강식을 제공하겠다는 다짐을 받았다. 제너럴 밀과 크래프트 등 여러 회사가 칼로리를 줄이겠다고 약속했다. 서브웨이도 합류했다. 아이들에게 한층 건강한 메뉴—쿠키 대신 과일, 탄산음료 대신 탈지유와 물—를 주고, 새 메뉴를 홍보하는 데 3년간 4,100만 달러를 쓰기로 했다. 이미지 개선을 위해 꾸준히 노력하던 소매업계의 거인 월마트는 신선한 과일과 채소 판매를 늘리고, 포장 음식에서 트랜스 지방을 제거할 것이며, 가공식품에서 소금 함량을 25퍼센트 줄이겠다고 발표했다. 이스트윙은 월마트의 결정이 납품업자들의 행동에 영향을 미치고 산업 전반에 변화의 바람을 몰고 올 것으로 보았다.[28]

미셸 오바마

미셸이 업계의 자성을 촉구한 것은 정부가 새로운 규제를 가하지 않겠다는 의미로 해석되어 업계의 환영을 받았다. 미셸은 상호 이해관계를 존중하는 방식에 의존했다. 이스트윙은 업계의 자발적인 시정 노력을 이끌어내는 것이 정부가 식품 성분이나 어린이들에 대한 마케팅을 강제 규정하는 것보다 생산적일 거라고 생각했다. 기업들은 새로운 비영리단체인 '건강한 미국을 위한 동반자Partnership for a Healthier America(PHA)'와 긴밀히 협력했다. PHA는 엄밀히 따지면 독립적이지만 '렛츠 무브!'와 함께 설립된 단체였다. 월그린, 하얏트 등 회원사들과 병원 및 보건시설들은 영부인이 열망한다고 표현한 영양 및 건강 관련 프로그램과 관계를 맺는 것이 유리하다는 것을 알았다. 미셸이 사업 관련 발표를 하면 환영과 칭송을 받으며 도움이 되는 경우가 많았다. 백악관은 이를 윈윈win-win하는 것으로 보았다. "PHA는 민간 부문과 협력해 유익한 약속을 이끌어냅니다. 그리고 약속이 이행되면 공로는 기여한 이들에게 합당하게 돌아갈 것입니다." PHA는 홈페이지에 이 같은 전략을 밝혔다. PHA는 업계에 비현실적인 기준을 충족시키라고 강요하지 않는다. 목표는 민간 부문이 성공을 거둘 가능성을 극대화시키는 것이다. "민간 부문이 우리와 함께하면 좋겠습니다. 민간 부문의 협력 없이는 우리도 성공할 수 없습니다."[29]

건강식 옹호자들은 업계가 공적인 강제, 즉 규정과 규제가 없어도 신속하고 철저하게 움직일지 회의적이었다. 연구 결과에 따르면 광고는 설탕, 소금, 지방이 많이 함유된 식품들에 대한 아이들의 욕망을 자극하는 것으로 나타났다. 그렇지만 하원이 어린이 대상 광고를 제한하는 가이드라인을 개발하자, 식품과 광고업계 출신 로비스트들—일부는 공개적으로 '렛츠 무브!'를 지지하는 회사를 위해 일했다―이 이를 폐기시켜버렸다. 로비스트들은 규정들이 미국 소아과학회와 기타 단체들의 심의를 거쳤으며 또한 자율적인 것임에도, 지나치게 포괄적이고 비과학적이라며 불만을 드러냈다. 백악관은 하원의 후퇴를 비판했다. 아이오와 민주당 상원의원 톰 하킨은 직접적으로 이스트윙을 겨냥하지는 않았지만 펜실베이니아가 1600번지를 가리키며 "백악관이 겁먹었다"고 말했다. "이건 영부인이 해온 모든 일의 기반을 흔드는 겁니다."[30]

오바마 부부가 워싱턴에 입성할 때 이미 대중은 건강한 먹거리에 크게 관심을 보이고 있었다. 업계도 영업상의 이유로 진로를 변경하는 중이었다. 2005년 맥도널드는 이미 메뉴에 샐러드를 추가했다. 하지만 영부인의 노력은 전국적으로 담론을 폭발시키는 계기가 되었다. 백악관 텃밭부터 '렛츠 무브!'로, 새로운 영양 기준부터 학교 텃밭을 널리 장려하는 것으로, 그리고 심지어 미국 업계까지 같은 편으로 끌어들이며 바늘은 서서히 움직이기 시작했다.

미셸은 거의 매번 주요 언론으로부터 긍정적인 관심을 받았다. 그런데 예외가 한 번 있었다. 2010년 8월 샤샤를 데리고 스페인으로 사적인 여행을 떠났을 때였다. 개인적으로 여행을 갈 수야 있지만 대통령 전용기를 이용하고 경호 팀을 대동한 것이 문제였다. 『뉴욕 데일리 뉴스NY Daily News』는 '현대판 마리 앙투아네트'라는 헤드라인으로 일갈했다(마리 앙투아네트가 굶주린 프랑스 농민들에게 '케이크를 먹으라고 해'라고 했다는 데서 유래한 표현이지만 역사학자들은 그 말의 사실 여부에 의문을 표한다). 미셸에게 이 여행은 최근 아버지를 잃은 시카고의 친구 애니타 블랜처드를 위로하는 기분전환 여행이었다. 여행 계획의 발단은 블랜처드와 남편 마티 네즈빗이 자식들과

한 생일 약속이었다. 아이들에게 각각 열 살이 될 때 여행하고 싶은 곳을 고르라고 한 것이다. 록산느 네즈빗 차례가 되었고, 아이는 스페인을 선택했다. 미셸과 친구들은 코스타 델 솔 해안의 호화 호텔에 머물렀다.

백악관 참모진은 말썽이 생길 거라고 예상했다. 경제가 어렵고 2010년 힘겨운 선거철이 닥치는 마당에 호화 해외여행에 대한 시선이 곱지 않으리라는 사실을 잘 알고 있었다. 미셸도 이야기를 들었지만 본인에게 중요한 여행이라고 했고, 그렇게 그녀는 떠났다. 당연히 스페인 언론은 야단법석이었다. 미셸이 마르베야, 론다, 알람브라를 거니는 장면을 포착한 사진들이 보도되었고, 샤샤와 함께 마요르카 섬에 있는 후안 카를로스 1세와 소피아 여왕에게 감사 전화를 한 후 그곳에서 커다란 넙치와 가스파초로 우아한 오찬을 즐겼다는 사실도 알려졌다. 보이는 장면과 들리는 얘기마다 말썽의 소지는 충분했다. 오바마 가족은 일반인이면 당연히 내야 할 호텔 비용과 미셸과 샤샤의 일등석 항공권 비용을 자비로 부담했다. 그러나 납세자들이 부담할 비용에 비하면 조족지혈이었다. 국민들은 미셸의 수행 비서진과 대규모 비밀경호국 파견대의 경비 부담을 떠안았다. 보수적인 시민감시 단체는 법률에 의거해 정보 공개를 요구했다. 나흘간의 휴가로 46만 7천 달러 이상 연방예산이 지출된 것으로 추산되었다.[31] 백악관 대변인 로버트 기브스는 절약해야 할 시기에 그런 지출이 생긴 데 대해 어떻게 생각하느냐는 질문을 받고 이렇게 답했다. "영부인이 개인 여행을 떠난 것입니다. 시민이자 어머니로서 사적인 여행을 간 겁니다. 그 정도로 해둡시다."[32]

뉴욕에서의 밤 데이트 상황이 재연된 것이다. 그런데 이번엔 비용이 훨씬 컸다. 여행은 여기서 그치지 않았다. 딸들과 콜로라도에서 스키를 타고, 뉴욕에서 관광과 연극 관람을 하고, 프랑스에서 휴가를 보내고, 남아프리카에서 사파리를 즐겼다. 매번 신문기자나 비평가 들이 보잉 757기의 운행 비용을 계산했다. 한 시간에 11,351달러였고, 다른 경비를 포함하면 더 많았다. 경호원을 대동하고 전용기로 움직이는 것은 오랫동안 대통령 일가가 누리는 삶이었다. 조지 부시는 재임 기간 8년 동안 텍사스 크로퍼드의 자기 목장에 77회 방문했고, 적어도 490일간 머물렀다.[33] 캠프 데이비드에는 187회 방문했고 487일간 머물렀다. 그렇다면 영부인은 어떻게 해야 할까?

애니타 맥브라이드는 로라 부시의 수석보좌관으로 일할 당시 그런 질문과 씨름한 사람으로서, 비용이 많이 드는 해외 휴가는 나중으로 미룰 수 있다고 했다. 로라 부시가 친구들과 외출한 건 국립공원 정도였다. "영부인은 당분간 그 역할에 묶이는 겁니다. 논란의 소지가 가장 적게 휴가를 보낼 방법을 찾는 게 좋을 겁니다. …긁어 부스럼 만들 필요는 없으니까요."[34] 미셸을 비난 포화로부터 방어해야 하는 참모진은 딜레마를 충분히 인식했다. "민간 항공을 이용할 수 있다면 그렇게 했을 겁니다. 하지만 영부인은 그럴 수 없지요." 렐리벨드가 말했다. "미셸은 때를 봐서 친구나 아이들과 함께 교육적인 여행을 하고 싶어합니다. 문제는 이겁니다. 소요 경비와 인력을 감안해 여행을 포기해야 옳은가? 그 경계선을 어디에 둘 것인가?"[35]

첫 번째 선거에서는 버락 당선을 위해서라면 바다도 갈라질 태세였지만 2011년 재선 선거운동이 시작될 즈음에는 파도는 높고 물살은 거칠기만 했다. 경제성장률은 간신히 0을 모면했고 예산 적

자 수치는 0을 줄줄이 단 채로 못 박혀 있었다. 2011년 여름 실업률
은 9퍼센트로 제2차 세계대전 이후 선거일을 앞둔 현직 대통령이
당면한 숫자로는 가장 높았다. 노동통계청에 따르면 600만 명이
27개월 이상 실업 상태였다. 전국 실업률은 9.1퍼센트였고 흑인은
16.7퍼센트였다.[36] 2012년 선거 15개월 전 NBC 뉴스와 『월스트리
트 저널』이 시행한 여론조사에 따르면 미국인의 73퍼센트가 나라
가 잘못 굴러가고 있다고 생각했다. 버락의 총체적인 정책 평가에
서 처음으로 부정적인 응답이 50퍼센트를 웃돌았고, 경제 정책에
대해서는 59퍼센트가 부정적인 답을 했다. 외교 정책은 50퍼센트
의 지지를 받았다. 굳이 위안을 찾자면 미국인의 13퍼센트만이 하
원의 활동에 만족한다는 점이었다. 하원은 공화당에 휘둘리고 있
었다.[37]

버락은 2011년 8월 4일 쉰 살이 되었고, 이스트윙에서 스티비 원
더의 공연에 맞춰 미셸과 춤을 추었다. 바로 다음 날 신용기관들은
워싱턴 정가의 교착 상태를 언급하며 역사상 처음으로 미국 국채
의 신용 등급을 낮췄다. 경제가 활성화되면 적자는 당연히 줄어들
것이다. 그렇지만 연방정부의 지출을 늘려 경기 회복을 촉진해야
한다고 주장하는 버락과 경제학자들은, 그런 지출을 정당화하기에
는 적자 규모가 너무 크다고 고집하는 공화당에게 발목이 잡혀 있
었다. 공화당이 일자리 법안과 경기 촉진 사업들을 좌절시키는 데
는 정치적 계산도 작용했다. 경제가 회복되고 시민들이 나라가 올
바른 방향으로 나아가고 있다고 생각하게 되면 버락의 신뢰도가
높아질 것이다. 2012년 11월 버락을 꺾고 말겠다는 공화당의 숙원
을 위협할 수 있는 사안이었다.

전방위로 정치 공세가 펼쳐졌다. 편협한 시야와 당파적 이해에

짓눌린 오하이오 출신 공화당 하원의장 존 베이너는 버락의 예산 지출에 관한 그랜드 바겐(일괄 타결) 시도를 거부했다. 버락이 크게 양보했는데도 거부당했다는 소문이 퍼지자, 민주당 지지자들은 점점 더 버락을 풋내기 대통령으로 여기기 시작했다. 특히 그가 부시 대통령 시대의 부자 감세를 연장하는 데 동의했을 때는 실망감이 더욱 커졌다. 심지어 이민법 개정은 실종되었으며, 기후 변화를 늦추는 탄소총량거래제는 좌초될 위기에 처했고, 관타나모 수용소는 여전히 운영되었으며, 버락의 성과를 상징하는 건강보험개혁법의 운명은 보수주의가 5 대 4로 우위에 있는 대법원의 손에 달려 있었다. 그나마 증권 시장이 분위기가 밝았다. 증권 투자를 하는 미국인 중 적어도 50퍼센트는 불황의 최저점에서 훨씬 높은 곳까지 올라와 있었다. 그렇지만 그조차도 2011년 8월에는 나쁜 소식이 들렸다. S&P 500지수가 한 달 만에 5.7퍼센트 떨어졌고, 연속 4개월째 하락 추세를 탔다. 8월에는 일자리가 늘어나지 않아 더블 딥(이중 침체) 불황 공포가 확산되었다.

인기가 없던 버락의 디트로이트 자동차 산업 정책이 성과를 거둔 것이 그나마 긍정적이었다. 미군의 희생 없이 리비아의 변덕스러운 카다피 정권을 종식시키는 데도 기여했다. 재임 기간 중 최대의 도박으로, 해군 특수부대 팀 식스Navy SEAL Team 6를 파키스탄 영토에 침투시켜 9·11 테러의 배후 조종자로 집요하게 추적받던 알카에다의 지도자 오사마 빈 라덴을 처단하는 데 성공했다. 부통령 조 바이든은 선거 유세 중 오바마의 재선을 주장하며 "빈 라덴은 죽었고 제너럴 모터스는 살았다"고 말했다. 하지만 2011년 8월은 이미 10년째인 아프가니스탄 전쟁에서 가장 참혹한 달이었다. 미군 66명이 전사했다. 그중 30명은 아프간 반군의 로켓 공격으로 피격된 치누크 헬리콥터 탑승자였다.

루스벨트 이후 임기 두 번을 모두 채우는 두 번째 민주당 대통령이 되려는 오바마가 2012년 선거에서 내밀 만한 성적표는 아니었다. 다른 한 사람은 빌 클린턴이었다. 버락과 미셸은 8월에 마서스비니어드로 휴가를 떠났을 때 패배 가능성을 논의했다. 버락은 밀어붙일 각오가 되어 있었다. "경제를 회복시키려고 대단히 많은 일을 해왔다고 생각했습니다." 전략가 데이비드 액설로드가 말했다. "항복하고 나서 다음에 오는 사람이 영웅이 되는 건 버락에게 달가운 시나리오가 아니었지요."[38]

버락이 지거나 포기할 경우 역사책에서 누구와 동급으로 남을지는 그리 고차원적인 식견이 없어도 추측할 수 있었다. 링컨이나 루스벨트는 당연히 아닐 것이고 레이건과도 어려웠다. 아마도 단임 대통령인 지미 카터나 조지 H.W. 부시와 나란히 하게 될 것이다. 2012년 공화당이 승리한다면 국민에게서 거부당했다는 느낌을 강하게 받을 수밖에 없을 것이다. 게다가 그렇게 되면 버락의 부서지기 쉬운 성과들, 특히 건강보험개혁법은 심각한 위협에 처할 것이다. 그렇다, 그는 낙담했고 지쳤지만 패배는 있을 수 없는 일이었다. 버락과 미셸은 승부욕을 빼면 아무것도 아니었다. 단어 만들기 게임이건 대통령 선거건 두 사람은 지는 것을 죽기보다 싫어했다.

미셸은 다시 자기 역할을 준비했다. 전보다 더 잘할 수 있었다. 아이들은 생활에 적응했고, 가사는 일도 아니었으며, 주도하던 사업도 속도를 내고 있었다. 2011년 초 기자단에게 미셸은 "제 역할이 무엇인지 한결 분명해졌습니다. 목표는 분명합니다. 우리가 누구이고 어디를 향해 가는지 잘 압니다"라고 말했다.[39] 정치적 갈등에서 무엇을 기대할지도 알았다. 그녀는 표적이었다. 그렇지만 버락보다 상당히 높은 인기를 구가하고 있었다. 8월에 버락의 지지율이 최저치를 경신할 때도 AP통신 여론조사에서 미국인 70퍼센트는 미셸에게 호감을 보였다.[40] 심지어 보수 성향의 폭스 뉴스도 10월에 미셸의 호감도가 62퍼센트인 반면 응답자 중 28퍼센트만이 부정적인 반응을 보였다고 발표했다. 민주당 지지자, 여성, 흑인은 더욱 긍정적이었다.[41]

미셸의 정치적 과제 중 하나는 버락을 지지했던 예전 유권자들을 다시 결집시키는 것이었다. 버락은 그들의 금전적 지원, 열정, 그리고 표가 필요했다. 선거운동본부는 경제적 양극화가 새로이 부상하며 사람들의 관심을 끄는 시기에 버락을 중산층의 수호자로 자리매김했다. 새로운 도금시대 Gilded Age가 도래한 듯했다. 버락은 취임 연설에서 "부자만 위하는 나라는 부강해질 수 없습니다"라고 말했다. 노골적인 선거운동을 제외한 모든 뉴스 매체를 이용해 미셸은 버락이 가치 있는 사람이라는 것을 유권자들에게 납득시키고 왜 버락을 보살펴야 하는지 상기시키는 데 여념이 없었다. 이는 2008년 선거 유세 초기의 연설을 상기시키는 메시지였고, 일찍이 20년 전 시카고에서 공정함과 사명감에 대해 버락과 나눈 대화의 연장선상에 있었다.

2011년 9월 30일, 정치자금 모금 기간 마지막 날인 아름다운 가을 날, 미셸은 메인주 케이프 엘리자베스에서 랍스터를 먹는 기부자들에게 연설했다. 방문하기 전날 주 공화당 의장은 버락이 메인의 선거인단 넷을 잃을 거라고 장담했다. "손으로 일하는 사람들은 공화당을 찍을 겁니다. 그들은 거대한 실험이 성공하지 못했다는 것을 알고 있습니다."[42] 찰리 웹스터는 『포틀랜드 프레스 헤럴드*Portland Press Herald*』와의 인터뷰에서 말했다. 2012년 민주당과 오바마를 위해 수백만 달러를 모금해준 미셸은 선거 유세를 정치 전투로 여겼다. 정치를 불신했고 2010년 중간선거 때는 미온적이었지만 이번만큼은 모든 것을 걸었다. 미셸은 부유한 청중에게 나머지 반은 어떻게 생활하는지, 그리고 그들이 단지 노무자들만은 아니라고 주저하지 않고 설명했다. '망하지 않으려고 애쓰는 소상공인들'과 '공과금을 내지 못하는 의사들', 그리고 '더 이상 감당할 수 없는 주택담보대출 상환금'도 이야기했다. "이런 어려움은 새로운 현상이 아닙니다. 벌써 수십 년째 중산층은 도탄에 빠져 있습니다. 가스, 식비, 학비 같은 물가는 계속 오르는데 수입은 따라가지 못하고 있습니다. 그리고 이 경제적 위기가 터지면 너무나 많은 가정이 파탄에 이를 것입니다."[43]

공정성이 논의의 중심이고 대통령 정책의 중심이라고 미셸은 말했다. 미셸이 젊은 시절부터 일관되게 간직해온 가치이기도 했다. '모든 사람이 정당한 몫을 받고 정당한 몫을 하자'는 생각이었다. 버락과 공화당원 사이에서 선택하는 유권자들은 '아주 상이한 두 가지 전망' 사이에서 결정하는 것이다. 사람들의 사사로운 이야기를 잘 기억하는 사람, 버락으로부터 도움의 손길이 왔다. 그리고 또 다른 사람들이 있었다. 미셸이 이름이나 소속 당을 말하지는 않았지만 당연히 공화당 후보들이었다. "수 세대 전에 이 나라에서 우리가 한 기본적인 약속, 즉 어려운 시기에 동료 시민들을 버리지 않을 것이라는 바로 그 약속을 지킬 것인가의 문제입니다. 우리는 힘겹게 살아가는 가정들이 결딴이 나도록 방치하지 않을 것입니다. 대신 말합니다. '신의 은총이 없다면 나도 그렇게 되었을 것이다.' 우리는 기억합니다. 우리 모두 한 배를 탔다는 것을."

표현, 어투, 주제. 다시 예전의 미셸이었다. 버락의 중점 정책을 적극적으로 방어하고, 일자리법안의 혜택을 말했다. 사람들—하원 공화당 의원들—이 건강보험개혁법을 폐기하면 어떤 참사가 일어날지를 설명했다. "자문해봐야 합니다. 그들이 성공하도록 둬야 합니까? 보험회사들이 유방암이나 당뇨병 같은 '기본 질병'을 빌미로 보험 가입을 거부하도록 그냥 둘 겁니까? 아니면 병으로 파산하는 것을 지켜볼 수 없다고 당당히 일어서서 소리쳐야겠습니까? 우리가 누구입니까? 돈을 절약하고 생명을 구할 수 있는 암 검사나 산전産前 건강 관리 같은 기본 예방 진료 보장을 보험회사들이 거부하도록 그냥 둬야 합니까?"

연설 도중 미셸은 미국인이 누구냐고 일곱 차례 물었다. "열심히 살고도 힘든 이유가 '운이 없어서'라고 말하는 나라가 되어야겠습니까? …상류층 몇 명만 기회를 누리는 나라가 되어야겠습니까? 어디 출신이건, 어떻게 생겼건, 부모의 재산이 얼마건 아이들이 누구나 성공할 기회를 갖게 해줘야 하지 않겠습니까? 우리가 누구입니까?" 미셸은 전매특허가 된 질문과 청중의 화답으로 연설을 끝냈다. "마지막 묻겠습니다. 동참하시겠습니까?" 그녀가 외쳤다. "네!" 청중이 소리쳤다. "잘 안 들리는군요. 다시 한 번, 동참하시겠습니까?" "네!"

열흘 후 메인에서 멀리 떨어진 맨해튼에서 페미니스트 운동의 개척자 글로리아 스타이넘은 미셸이 진보적인 여성들을 상대로 강연하는 것을 지켜보았다. 관중 상당수는 기분이 그다지 좋지 않은 상태로 도착했다. 그들은 버락이 공화당을 상대로 더 강경한 태도를 취하기를 바랐다. "뉴욕 강연장의 분위기가 짐작이 될 겁니다." 스타이넘은 말했다. "그런데 연설이 끝날 무렵에는 모두 기립 박수

미셸 오바마

를 치고 적극적으로 도울 각오에 차올랐지요. 정말 극적인 변화였습니다."[44] 실제로 미셸은 진보주의 편에 서서 비난하는 사람들을 능숙하게 다뤘다. 버락과 함께 있을 때도 그랬고 혼자 있을 때도 마찬가지였다. 2012년 뉴욕의 작은 모금행사에서 미셸은 티켓 한 장당 2만 달러를 지불한 여성 기부자들을 상대로 연설하고 있었다. "불평불만에 신물이 납니다. 제 남편은 혼신의 힘을 쏟으며 나라를 위해 많은 일을 했습니다. 반대편에 서서 어떻게든 방해하는 사람들에게 대항해서 말이지요. 그러니까 제발 그만하세요! 그 사람한테 필요한 건 당신들의 도움이지 불평이 아닙니다!"[45] 미셸이 떠난후, 액설로드는 기부자들을 달래고 '별일 없는지 확인하기 위해' 뒤에 남았다.[46]

그해 시카고 사우스사이드의 우드론, 즉 미셸이 아기 때 살았던 아파트에서 몇 블록 떨어지지 않은 곳에 다종다양한 청중이 미셸의 연설을 듣고자 모였다. 무대는 미용실과 맞붙은 마을회관이었다. 동네는 위험했고—총격이 벌어졌었다—시간은 밤이었다. 여성이 한 명씩 들어올 때마다 누군가가 길로 향한 문이 잠겼는지 확인했다. 버락의 재선을 위해 전국을 돌며 여성들을 결집시키는 바로 그 사람, 미셸의 목소리가 스피커에서 퍼져나왔다. 전원 흑인인 우드론의 여성들은 감격했다. "미셸과 그 어머니, 그리고 아이들 덕분에 행복해요. 그들 모두 여자고, 흑인 여자인데 백악관에 살잖아요. 그곳에서 살고, 먹고, 느낀다니." 안과기사 호프 헌들리가 말했다. "영부인을 그렇게 가까이서 본 적이 없었어요."

헌들리는 그 2월 밤에 미셸의 연설을 한껏 즐겼고 워싱턴에서 미셸의 맡은 큰 역할을 생각하며 즐거워했다. "그 사람이 좋아요." 그녀는 버락에 대해서도 말했다. "미셸은 내 절친 같아요."[47] 설명이 이어졌다. "같이 줄넘기를 하며 자란 여자애들끼리는 모두 친하지요. 그런데 그중에서도 항상 절친이 있지요. …사람들은 미셸을 절친 같다고 느껴요. …수화기만 들면 언제든 통화할 수 있는 그런 친구요." 헌들리는 미셸을 만난 적이 없지만 그 자신감을 사랑했고, 미셸이 일군 모범과 미셸이 깨버린 낡은 틀에 탄복했다. 며칠 전 미셸은 콜로라도 애스펀으로 비싼 스키 여행을 갔다가 비난에 휩싸였다. 아무나 쉽게 가지 못하는 곳이었다. "저는 '친구야, 스키 타러 가렴. 친구야, 팔뚝을 드러내. 화창한 날에는 뾰족구두를 신어. 더 화창한 날에는 운동화를 신어. 머리카락을 풀어헤치면 어때?'라고 말할 거예요. 어떻게 엘리자베스 여왕을 만질 수가 있냐고요? 어떻게요? 미셸은 또 그럴 걸요." 헌들리는 미셸이 흑인 영부인으로서 '저주스러운 인종주의'와 맞서고 있다고 했다. 그렇지만 버락이 수많은 장애물과 반대자와 악마와 맞서는 '암흑 같은 시간 속에서도' 미셸은 든든한 우군으로 자기 자리를 지킬 것이라고 확신했다. "미셸은 이럴 거예요. '자, 할 수 있어, 자, 자, 다시 한 번 해보자, 내일 다시 가서 그깟놈들 잡아버리자.'"

미셸은 상황을 장악하고 싶었다. 실수나 돌발 상황을 최소화하고 싶었다. 대중 연설 때는 리허설을 하고 종종 버락처럼 텔레프롬프터를 사용했다. 직원들은 미셸의 선거 운동용 이메일이 버락보다 많은 돈을 끌어모았음에도 미셸 이름으로 발송되는 문서에는 극히 신중을 기했다.[48] 두 단체가 서로 자기 주에서 첫 디너파티를 유치하려고 충돌하면서 의전과 보안에 심각한 문제가 발생하자, 모든 비난은 이스트윙과 시카고 출신으로 자리에 오른 지 얼마 안 된 의

전비서관 데지레 로저스에게 돌아갔다. 미셸은 피할 수 있었던 실수로 이목을 끌고 백악관을 당황시킨 데 대해 몹시 화를 냈다. 미셸은 참모진에게 열심히, 창의적으로 일하고 불필요한 실수를 줄일 것, 메시지에 집중할 것, 그리고 자신의 브랜드 가치를 지킬 것을 당부했다. 언론과 접촉할 때 백악관 참모들은 청중이 우호적이고, 질문이 예측 가능하고, 분위기가 관대한 경우를 골랐다. 또 코미디 쇼, 토크쇼, 어린이 프로그램에 출연 기회를 잡는 데도 전문가가 되었다. 그런 일로 바쁜 와중에도 백악관 홈페이지와 선거운동 소셜 미디어 계정에는 항상 활기찬 사진과 동영상을 올렸다.

미셸을 일간지 매체에 싣거나 가장 가까이 따라다니면서 미셸의 활동을 가장 잘 아는 기자들에게 귀중한 인터뷰 시간을 할애해주는 것은 수년간 지켜온 전략이었다. 그런 기자들 중에는 『워싱턴 포스트』의 문화비평 기자로 퓰리처상을 수상한 로빈 기번, 역시 『워싱턴 포스트』의 크리서 톰프슨, AP통신의 달린 슈퍼빌, 그리고 미셸의 조상에 관해 책을 쓴 『뉴욕 타임스』의 레이첼 스윈스가 있었다. 영부인과의 인터뷰와 대본 없는 언론 접촉 이외에도 이스트윙은 직원, 친구, 전 직장 동료도 노출을 제한했다. 취재 대상이 긍정적인 얘기를 할 거라고 예상되는 경우에도 마찬가지였다. 실제로 대부분은 긍정적이었다. 미셸은 "은밀한 얘기를 누설하는 사람들에 대해 인상을 찌푸렸어요"라고 재키 노리스는 말했다. "미셸은 친구들이 먼저 절차에 맞춰 얘기를 한 다음 그것이 도움이 되는 일인지를 확인해주기를 원했습니다."[49] 주변 사람들은 미셸에게 충성하며 그녀가 시키는 대로 했다.

무엇보다 중요한 건 미셸의 정책 사업을 장려하고 버락의 재선을 돕는 일이었다. "저는 제 자신이나 임기 중의 일에 대한 언론 보도에 그다지 흥미가 없습니다. 그러니까 큰 기대도 없다고 말씀드려야겠군요."[50] 정치에 발을 들인 초창기에 미셸이 한 말이다. 진지하게 미셸을 다룬 전문 기자들의 가감 없는 보도에도 그녀는 신문에서 그리는 미셸 오바마가 실제 자신과 거의 닮지 않았다는 느낌을 자주받았다. 2009년 미셸은 백악관을 방문한 흑인 출판계 인사들을 치하했다. "여러분은 우리 이야기, 우리 이미지, 우리 여정을 알고 있습니다." 미셸은 버락과 함께 그들을 진심으로 환영한다면서 덧붙였다. "우리가 걸어온 길이 여러분에게는 낯설지 않을 겁니다. 여러분의 이야기 속에서 우리 이야기를 읽을 때마다 다시금 깨닫습니다. 그건 다른 느낌이지요. 저는 여러분의 신문을 읽을 때 비로소 나자신을 발견하곤 한다고 종종 말합니다."[51] 꼭 그런 경험 때문에 미셸이 기번, 톰프슨, 슈퍼빌, 스윈스와 더 적극적으로 대화를 나눈 건아닐 것이다. 물론 그들 모두가 흑인이긴 했지만 말이다.

미셸이 유명해지고 그 성장 과정에도 관심이 커지자, 언론은 본인도 몰랐던 족보를 캐냈다. 스윈스와 조디 캔터는 계보학자의 도움을 받아 미셸의 가족사를 노예시대까지 거슬러 올라갔다. 그리고 미셸에게 백인 조상이 있다고 보도했다. 노예주의 아들인 찰스 메리언 실즈가 집안의 어린 노예 멜비니아 실즈에게서 아이를 얻은 것이다. 오바마 가족은 하이드파크의 집에서 매년 친지와 함께 추수감사절 만찬을 가졌으나, 2009년 이후로는 장소를 백악관으로 옮겼다. 그해 미셸은 『뉴욕 타임스』가 작성한 가계도 사본을 나눠주었다.[52] 나중에, 흔치 않던 기자와의 인터뷰에서 미셸은 가족사와 더불어 첫 흑인 영부인으로서 자신의 지위에 대한 소회를 밝혔다. "제6대조 할머니는 노예였습니다. 우리는 여전히 상당히 강력한 방식으로 노예제에 결부되어 있습니다. …그렇게 오래된 일

미셸 오바마

도 아니지요. 저는 그분에 대해 알았어야 했어요."[53]

2012년 1월 『뉴욕 타임스』 1면은 미셸이 싫어할 만한 이야기를 실었다. '미셸 오바마는 대통령 참모뿐만 아니라 남편에게도 화가 잔뜩 났다'라는 문장으로 시작되는 기사였다.[54] 조디 캔터가 작성한 이 기사는 그의 새 책 『오바마 가족』을 미리 홍보하는 것이었다. 기사에서 캔터는 과장스럽게 백악관 부부의 내밀한 사연들을 다뤘다고 선전했다. 또 미셸이 '자신의 역할을 익히고 미세하게 조정한다'고 했다. 기사는 또 영부인과 대통령 참모의 '긴장'과 '갈등'도 적나라하게 다룬다고 시사했다. 진지한 뉴스라기보다는 워싱턴의 특정 독자들을 위한 심심풀이였다. 우연히도 미셸은 새로 《CBS 디스 모닝 CBS This Morning》의 진행을 맡은 시카고 친구 게일 킹을 지원하러 방송 인터뷰 일정을 잡아둔 터였다. 캔터의 책이 출간된 다음 날 CBS 쇼는 전파를 탔다. 미셸은 킹에게 "그 책을 읽어보지 않았어요"라고 말했다. 하지만 내용은 다 안다고 밝히고 캔터가 사실을 지나치게 확대 해석했다고 생각하고 있음을 시사했다. 미셸은 불편한 감정을 드러냈다. "그런 갈등 상황과 억센 여자를 상상하는 게 더 재미있기야 하겠지요." 미셸이 말했다. "그건 벼락이 당선된 이후 줄곧 사람들이 저에게 덮어씌우려 한 이미지입니다." 눈에 띄게 화난 어조로 미셸은 말을 이었다. "제 기분이 어떤지 누가쓸 수 있겠어요? 누가요? 어떻게 제삼자가 제 감정을 왈가왈부하지요?"[55]

이스트윙은 캔터의 책이 출간된다는 사실을 오래전부터 알고 있었다. 미셸은 책과 관련된 인터뷰를 거절했지만 캔터는 여러 중요인물을 만났다. 책이 나오기 몇 주 전 백악관은 전 홍보국장이자 민주당 전략가인 애니타 던에게 캔터가 보도하는 것을 검토하고 대응책을 강구하라고 지시했다. 참모진은 영부인 방어 인력을 준비했다. 책이 나오자 웨스트윙의 공보실은 캔터의 책이 '철 지난 뉴스를 과장되게 극화했다'고 평가절하했다. 보좌진은 전화와 키보드에 달라붙어 기자와 피디들에게 작가가 어디서 잘못을 저질렀는지 열심히 설명했다. 그렇지만 오바마 진영의 적잖은 사람들—현직, 전직 직원 모두—은 대체로 낙천적인 기조의 그 책에 충격적인 내용이나 통렬한 비난이 없다는 것을 알았고, 그런 대응 전략이 과연 현명한지 의문을 품었다. 참모들의 빗발치는 공세는, 아무도 읽지 않으면 좋겠다는 이스트윙의 바람과는 달리 오히려 책에 관심이 쏠리게 만들었다.

우파 비난꾼들은 가짜든 진짜든 미셸 이야기에 살을 붙이느라 여념이 없었고, 그 얘기들은 여과 없이 언론에 소개되었다. 미셸은 엘리트주의자다! 미셸은 사회주의자다! 미셸은 호전적이다! 미셸은 위선자다! 러시 림보는 미셸이 스페인 여행에서 돌아온 후 "미셸에게 어울리는 이름이 있습니다. 바로 빈대셸Moochelle이죠"라며 낄낄댔다.[56] "'빈대 붙어Mooch, 빈대 붙어, 빈대셸 오바마. 요러면 열 좀 받겠죠, 안 그래요, 여러분?" 림보는 저급한 익살로 떼돈을 벌고 대중이 원하는 걸 직감적으로 아는 사람이었다. 우파 사람들이 '빈대셸'이라고 할 때는 여러 가지를 의미했다. 살찐 소 또는 거머리라는 의미로 큰 정부, 복지국가, 예산 지출이 큰 민주당, 실업 수당으로 살아가는 흑인들을 아우르는 범주였다. 그 용어는 시장을 숭배하는 에인 랜드를 떠올리게 한다. 랜드의 『아틀라스Atlas Shrugged』는 반정부 티파티나 그 주류 공화당 열성당원들의 현장 지침서와도 같다. 랜드는 생산자들이 열심히 일한 대가에 빌붙어 살아가는 '빈대'들을 비난했다. 『아틀라스』를 크리스마스 선물로 나눠주던 위스콘신의 하원의원 폴 라이언은 2010년에 미국은 '생산자와 수혜자로 나뉘고 있다'고 했다.[57] 2012년에 라이언은 부통령 후보로 지명되었고, '수혜자에 대항한 생산자'가 공화당의 화두가 되었다. 라이언을 선택한 사람은 밋 롬니였다. 그는 자본을 굴리는 것만으로 큰 부를 거머쥔 사람이었다. 그리고 롬니는 '47퍼센트'에 대한 발언*으로 상처뿐인 후보직을 스스로 끝장내고 말았다. 그의 관점에서 미국인 47퍼센트는 '정부가 돌봐줄 책임이 있다'고 믿으며 틀림없이 버락을 찍을 것이었다.[58] 미셸은 9월 샬럿에서 열리는 민주당 전당대회 연설에서 롬니-라이언에 대해 통렬한 공박을 준비하고 있었을 것이다.

미셸은 샬럿으로 가기 전 6월에 내슈빌에서 아프리칸 침례교 연례전국회의에 참석하고 흑인 유권자들을 다독였다.[59] 2007년 오렌지버그의 재판이었다. 그렇지만 이번에는 청중에게 버락을 소개하는 것이 아니라 그를 포기하지 말아달라고 당부하려는 것이었다. 몽고메리 버스 사건의 로자 팍스, 리틀 록스 센트럴 고등학교의 어니스트 그린, 토피카의 올리버 브라운 등을 열거하며, 노예 해방이나 투표권 쟁취는 하루아침에 이뤄지지 않았음을 강조했다. 올리버 브라운은 '브라운 대학 교육위원회' 소송 당사자였다. 미셸의 표현에 따르면 이 사건은 '분리되었지만 평등하다'는 거짓말'로 끝났다. '무기력해지거나 절망하기는' 쉽다. 그렇지만 미셸은 말했다. "평범

---

* 저소득층을 세금을 내지 않는 47퍼센트 집단으로 비하하는 발언이 담긴 동영상이 공개되어 물의를 빚었다.

한 시민들이 올바른 대의로 뭉치는 것보다 더 강력한 것은 없다는 사실을 역사가 입증합니다." 연설은 미셸이 살면서 자문해온 질문에 대해 버락, 그리고 친구들과 수년간 나눈 대화들을 반영한 것이었다. "무너져가는 학교에서 시들어가는 아이들을 위해, 고등학교를 졸업하고 대학 진학도, 취업도 준비하지 못하는 우리 아이들을 위해 뭘 하고 계십니까? 그리고 40퍼센트가 비만이거나 과체중인 흑인 아이들을 위해서는요? …안전하지 못한 동네에서 자라는 그 많은 아이들은요? 약속에 걸맞은 기회를 누려보지 못한 아이들은요? 그들을 대표해서 어떤 판결을 얻어냈나요? 그들을 위해 어떤 법안을 통과시켰나요?"

미셸은 청중 1천여 명에게 요구했다. 투표부터 시작해, 친구들과 친척들을 투표하게 만들고, 그리고 더 많은 일을 해달라고. 뉴스에 관심을 기울이라고 요청했다. 이메일 목록을 만들고 중요한 기사를 사람들과 나누라고 말했다. "전화해서 그들이 읽었는지도 확인하세요." 워싱턴과 시청에서 일어나는 정치적 행위들에 대해 이발소와 교회 주차장에서 사람들과 얘기하라고도 했다. 시청에 찾아가 "지역사회에서 기아 퇴치를 위해 무엇을 하는지 물어보세요." 학교 운영위원회 회의에 참석하고, 임원에 출마하라고 말했다. 미셸은 교회에서 정치와 정책을 토론하는 건 전혀 문제될 것이 없다고 안심시켰다. "교회는 그런 얘기를 하는 곳이 아니라고 말하는 사람이 있다면 거꾸로 교회만큼 좋은 장소는 없다고 말해주세요. 더 좋은 곳은 없습니다. 왜냐하면 궁극적으로 이건 단순히 정치적인 문제가 아니라 윤리적인 문제이기 때문입니다."

미셸은 청중에게 항상 「누가복음」 12장 8절의 충직한 종 우화에 빗대 자기와 버락은 '많은 것을 받은 사람들'로서 되갚아야 할 의무감을 느낀다고 말했다. 내슈빌에서 미셸은 신앙, 정치, 인종적 희망의 연관성을 지적하며 그동안 좀체 드러내지 않던 종교적 사고를 내비쳤다. 예수 그리스도의 유산은 사람들을 불러모아 그가 한 것처럼 하게 한 것이라고도 말했다. "매일 정의롭지 못한 것과 싸우고 권력자에게 진리를 외치셨습니다. 그분은 가장 적게 가진 자, 가장 뒤에 오는 자, 길 잃은 자들에게 은총과 구원의 메시지를 전하셨습니다. 우리의 사명은 매일 모든 곳에서 우리가 살아가는 모습으로 그분을 발견하는 것입니다."

마땅히 그래야 할 세상을 만드는 일은 단속적으로 되지 않는다고 미셸은 말했다. "영원한 구원을 얻는 것은 일주일에 한 번 기도하는 것과 다릅니다. 솔직히 말하면, 시민권은 그런 게 아니라는 얘기입니다. 민주주의는 매일매일의 행동입니다." 계속해서 말했다. "산을 오르기는 어렵지요. 당면한 문제들이 너무나도 거대하고 견고해서 해결이 불가능해 보일 때 말입니다. 그렇지만 그런 어두운 순간에, 여러분이 불가능을 행하는 것이 우리 신앙의 뿌리임을 기억하면 좋겠습니다. 그것이 우리 국민의 역사이고 이 나라의 생명선입니다."

연설을 마치자 우레 같은 박수갈채가 쏟아졌다. 신도들은 통제선까지 달려나가 미셸의 손을 잡고, 사진을 찍고, 잠시나마 붙잡고 신의 은총을 기원했다. 미셸이 차를 타고 교회를 떠나자 주교가 단상에 올라 그날 아침 대법원이 건강보험개혁법을 지지했다고 전했다. 그는 할렐루야와 아멘을 외쳤다. 감격의 도가니였다. 주교는 마이크를 손에 쥐고 오르간 연주자에게 반주를 청하고 노래를 부르기 시작했다. "우리 승리하리라."

밋 롬니가 탬파에서 공화당 후보 지명을 승낙하고 닷새 후인 9월 4일, 민주당 전당대회가 열렸다. 수개월간 유권자들 사이에서 버락의 입지는 공고해졌다. 여전히 경제는 어렵고 실업률은 8.3퍼센트에 달했지만 그는 수수께끼 같은 인물 롬니와 대등하거나 조금 앞섰다. 롬니는 보수적인 공화당원의 지지를 얻기 위해 매사추세츠 주지사 시절의 온건한 이미지를 버렸다. 그리고 다시 중도로 선회하고 싶었지만 이러지도 저러지도 못하고 어정쩡하게 중간에 낀 신세가 되고 말았다. 공화당 전당대회는 엉망이었다. 특히 여든두 살 된 배우 클린트 이스트우드가 프라임 타임의 11분을 소모하며 빈 의자와 대화를 나눈 괴상한 광경이 압권이었다. 그는 보이지 않는 버락에게 이야기한다고 했다. 대부분 각본대로 진행되는 행사에서 이는 즉흥적인 횡설수설이었다. 더욱이 전당대회는 롬니가 특권층의 곱게 자란 아들이고, 공화당이 압도적으로 백인과 남성의 요새이며, 그들 모두 노블리스지만 오블리주는 모른다는 인상을 불식시키지 못했다. 탬파에서 막이 내리고 관심은 샬럿으로 옮아갔다. 민주당으로서는 더 이상 극적인 대비 효과를 기대하기도 어려운 지경이었다. 버락의 행운—스스로 '무서울 정도로 대단한 행운'이라고 말한 적 있다[60]—은 계속되었다.

'우리가 기획한 전당대회의 방향은 첫날 오바마와 중산층의 경험을 연관 짓는 것이었다'고 나중에 데이비드 액셀로드가 설명했다. 출정 명단에는 시카고 사우스사이드에서 어린 시절을 보낸 매사추세츠 주지사 더발 패트릭과 기조연설을 맡을 훌리안 카스트로가 있었다. 카스트로는 서른일곱 살로 샌안토니오 시장이었으며, 할머니가 '집세 때문에 파출부로 일하신다'고 말했다.[61] 이라크에서 헬기를 몰다가 격추되어 심각한 부상을 입은 퇴역 군인 태미

미셸 오바마

더크워스, 동일 임금 투쟁으로 진보운동의 상징이 된 릴리 레드베터도 있었다. 그렇지만 근본적으로 모든 인물의 임무는 미셸의 등장을 앞두고 흥을 돋우는 역할에 지나지 않았다. 버락의 이야기를 전하고 사람들에게 감동을 줄 사람은 바로 미셸이었다. "미셸이 그날 밤 휘어잡기를 바랐습니다. 잘할 거라는 걸 알고 있었거든요. 그런데 그런 저도 그날 미셸을 보고 충격을 받았습니다." 액설로드가 말했다. "메릴 스트리프도 그 정도는 못했을 겁니다."[62] 그만 그렇게 말하는 게 아니었다. 폭스 뉴스의 크리스 윌리스도 미셸의 연설을 '명연설'이라고 했고 NBC의 척 토드는 "탬파에서 어떤 연설자도 해내지 못한 방식으로 전당대회를 지배했다"고 말했다.

과학 교사이자 공군 ROTC 멤버이자 군인 자녀 넷을 둔 일레인 브리가 미셸을 소개했다. 미셸은 가족 수난사를 건드렸다. 쉬엄쉬엄 계단을 오르고 딸의 프린스턴 학비에 보태려고 빚을 낸 아버지, 버스를 타고 은행에 출근하고 남성 동료들을 훈련시켜 진급을 도왔지만 정작 자신은 유리 천장에 막혀버린 버락의 백인 할머니. "버락의 가족이 계속 쪼들리는 동안 남자들은 돈을 점점 더 많이 벌었습니다." 시카고의 신혼부부 버락과 미셸은 주택 담보대출금 상환보다 학자금 대출 상환에 돈을 더 많이 쏟아부었다. "매우 젊고, 매우 사랑하고, 매우 빚이 많았지요." 아버지로서 버락은 "아이들의 중학교 교우관계를 위해 신중하게 전략을 짰습니다." 그리고 대통령으로서 그는 어려움에 처한 이들의 편지를 읽었다는 말도 전했다. "미처 상상하지 못한 방식으로 단련되었습니다. 저는 대통령이 된다고 해서 사람이 바뀌지는 않는다는 사실을 직접 확인했습니다. 대통령직은 그 사람의 됨됨이를 드러냅니다." 결혼 20주년이 다가오는 시점에 미셸은 결혼하던 무렵보다 버락을 더 사랑하고, 4년 전보다 더 사랑하게 되었다고 말했다.

대통령 가족이 평범하고 친근해 보이도록 이야기를 엮자는 구상은 2008년 선거 유세 때 미셸이 즐겨 사용한 말처럼 버락이 '해낸' 것이다. 이번에는 롬니와 대비하는 것이 목적이었다. 그는 디트로이트 유권자들과 공감대를 찾는답시고 아내 앤이 "캐딜락을 두 대 몬다"고 한 인물이다.[63] 앤은 자기들도 경제 불황을 느낀다면서, 롬니가 대학과 대학원을 다닐 때 그 어려움을 헤쳐가기 위해 주식을 팔아야 했다고 했다.[64] 그 주식은 자동차 회사 중역인 아버지에게 받은 것이었다. 정책 대비는 극명했다. 미셸은 "여성은 자기 몸과 건강을 스스로 결정할 능력이 충분합니다"라고 말했다. 또 다른 사람을 돕는 것이 성공을 도모하는 것보다 중요하며 '성공은 공정하고 정당하게 얻은 것이 아니면 무의미하다'고 천명했다. "미국의 모든 국민은 동등한 기회를 가져야 합니다. 우리가 누구이고, 어디 출신이고, 어떻게 생겼고, 누구를 사랑하든 상관없이 말입니다."

극단적인 개인주의가 판치는 상황에서 미셸은 공화당의 정강 정책에 도전하는 동시에 오랫동안 활동의 동력이 된 원칙을 재천명하는, 단순하면서도 강력한 한마디를 던졌다. "열심히 일하고 성공해서 기회의 문을 통과할 때, 등 뒤의 문을 쾅 닫아서는 안 됩니다. 그래서는 안 되지요. 돌아가서 다른 이에게 당신이 성공한 것과 똑같이 기회를 열어줘야 합니다." 미셸의 연설에 샬럿의 민주당원 모두가 기립했다. 박수를 치고 순간을 되새기고 믿음을 다시 확인했다. 한낱 연설일 뿐이지만 의미는 자못 컸다. 미셸은 사람들에게 생각해볼 이유를 제시한 것이다. 닐슨의 집계에 따르면 2,600만 명이 그 장면을 시청했다. 다음 날 긍정적인 평가들이 쏟아질 때, 『뉴요커』의 유머 작가 앤디 보로위츠는 모의 전당대회 일정을 올렸다.

민주당 전당대회 일정 수정

샬럿(보로위츠 보도): 민주당 전당대회는 오늘 극적으로 수정된 9월 5일 수요일 밤 일정을 공개했다.

8:00　　영부인 미셸 오바마의 개막사

8:10　　국가 제창:

　　　　브랜퍼드 마살리스(색소폰), 미셸 오바마(노래)

8:15　　미셸 오바마에 대한 충성 서약

8:20　　전 대통령 빌 클린턴의 미셸 오바마 동영상 소개

8:25　　미셸 오바마의 전날 밤 연설 영상 상영

　　　　(10:58까지 반복 재생)

10:58~10:59　부통령 조 바이든의 논평

10:59　미셸 오바마 목사의 축도

　투표일에 개표가 시작되기 전에 미셸과 버락은 이미 승리를 확신했다. 투표 초반 보도는 선거운동본부의 보수적인 예측을 뛰어넘었고, 전국의 거의 모든 여론조사에서 버락이 롬니를 앞서는 것으로 나타났다. 롬니는 민주당원들의 가슴을 철렁하게 만든 오바마의 끔찍한 10월 3일 토론을 제대로 활용하지 못했다. 최종적인 승리를 거두기 전날 밤, 미셸과 버락은 마지막으로 아이오와를 방문했다. 유세 길이자 순례 길이었다. 브루스 스프링스틴이 공연을 마친 후 미셸이 버락을 소개하자 청중 2만 명은 쌀쌀한 밤공기 속에 일제히 일어나 박수를 쳤다. 그곳은 6년 전 백악관을 향하는 길이 시작된 곳이고, 이제 그들은 또 다른 승리를 목전에 두고 있었다. 미셸은 그날이 선거 유세 집회에서 함께 단상에 서는 마지막 시

14　소박한 선물　　　　　　　　　441

간이 될 것이라며 '이 모든 과정에 대해 확신이 없던 당시'를 회상했다. 오바마가 첫 임기 동안 이룬 가장 훌륭한 업적들을 되짚어보고 '나의 남편, 내 인생의 사랑, 미합중국의 대통령 버락 오바마'를 소개했다.[65]

　선거 유세에 엄청난 에너지를 쏟아부은 오바마는 피로에 지친 눈가에 눈물을 글썽이며 아이오와가 보내준 성원에 감사를 표했다. 그 역시 전매특허인 재치로 답했다. "여러분, 지난 6년간 저에 대해 많은 것을 보셨지요. 제가 한 모든 결정에 찬성하지는 않으실 겁니다. 미셸은 그렇거든요. 변화의 속도에 여러분이 실망한 순간도 분명히 있을 겁니다. 여러분과 약속합니다. 전에도 했었습니다." 그렇지만 아직 승리로 이끌 싸움이 남아 있다면서, 2008년 유세 때 나눈 후렴으로 구호 복창을 유도했다. "시동 걸렸나요?" "준비됐어요!" "시동 걸렸나요?" "준비됐어요!" 버락은 통제선 뒤의 군중과 인사를 나누고 시카고로 떠나 결과를 기다렸다. 다음 날 버락은 선거인단 332명을 얻었고 롬니 쪽은 206명에 그쳤다. 득표수도 500만 표가 앞서 상황 파악도 못 하던 적수를 압도해버렸다. 롬니는 당선을 확신했기 때문에 승복 연설도 준비하지 않고 있었다.

당신과 다르지 않아요

2013년 하디야 펜들턴은 워싱턴 D.C. 취임식 축제에서 공연을 마치고 아흐레 되던 날 누군가가 쏜 총에 맞았다. 열다섯 살의 발랄한 소녀는 오바마의 집에서 1.6킬로미터쯤 떨어진 곳에서 친구 십여 명과 함께 시카고의 겨울비를 피해 서 있었다. 사우스사이드의 젊은 총격자는 다른 사람을 겨냥한 것이었지만 그건 중요하지 않았다. 하디야의 등에 총알이 꽂혔고 그녀는 숨졌다. 도시의 무차별 폭력 행위로 가슴 아프게도 2012년에만 사망자가 506명에 달했다. 이런 폭력은 불균형적으로 흑인 십대에게만 피해를 입히는 수많은 장애물 가운데 극단적인 한 가지 예에 불과했다. 부조리를 폭로하는 사건이었다. 인권법이 제정된 지 50년 가까이 됐지만 시카고의 흑인 젊은이들에게는 기회가 거의 없었고, 학교는 엉망이었으며, 그들의 삶은 버락의 재선이 어떤 진보를 약속했건 백인들보다 위험했다. 하디야는 우등생이었고, 배구 선수였으며, 고적대장이었고, 교회 찬양 율동 대원이었다. 친구들은 정다웠고, 부모님은 헌신적이었다. 하디야의 할머니는 "천천히 해라. 모든 걸 다 할 수는 없다"고 해줘야 할 만큼 부지런한 아이였다고 전했다.[1] 미셸은 하디야를 만난 적이 없다. 하지만 장례식에 참석하려고 시카고까지 날아갔다. 친구의 죽음을 슬퍼하는 아이들에게 무슨 말을 해야 할지 알 수 없었다. 미셸은 크게 충격을 받았고, 아이들의 장래와 앞으로 대중이 주목할 자신의 남은 임기를 떠올리면서 많은 생각을 했다. "하디야 펜들턴이 저고 제가 그 아이였습니다." 이후에 영부인은 말했다. "하디야의 가족은 올바르게 살아왔지만 그 아이에게는 기회가 주어지지 않았습니다."[2]

현대 미국 사회에서 수많은 아이들, 특히 흑인 어린이들은 공평한 기회를 누리지 못한다. 미셸이 항상 말하던 바다. 이런 견해는 멘토 활동에, 백악관 문화 행사 기획에, 애너코스티어 같은 동네에서 나눈 대화에 녹아들었다. 미셸은 젊은이들이 '신에게 받은 가능성을 펼칠 수 있도록' 도와야 하는 사회적 책임을 자주 언급하곤 했다. 미셸은 하디야의 장례식에서 밸러리 재럿에게 말했듯이 사람들을 일깨우고 모든 것을 속속들이 바꾸고 싶었다.[3] 버락의 마지막 선거가 끝나고 두 번째 임기에 접어들면서 오바마 부부는 공정성에 좀 더 직접적으로 초점을 맞추었다. 미셸은 곧 새로운 사업을 추진했다. 하디야의 친구들처럼 소외된 십대들을 대학에 보내는 '리치 하이어 Reach Higher' 운동이었다.[4]

두 번째 임기에 미셸은 한층 목소리를 높여, 그간 중요하게 생각해온 훨씬 다양한 문제들을 다뤘다. 인터뷰나 신문 칼럼 같이 전통적인 매체뿐만 아니라 인스타그램에 사진, 동영상을 게시하거나 @FLOTUS 트위터 계정으로 100만 명이 넘는 팔로워에게 트윗을 보내는 등 간단한 수단도 폭넓게 동원했다. 2013년 11월 미셸은

미셸 오바마

트위터에 글을 올렸다. 이민법 개정을 요구하며 내셔널 몰에서 공개적으로 단식 투쟁을 벌이는 사람들을 지지하는 메시지였다. '추수감사절로 가족들이 모이는 때, 이민법 개정을 촉구하는 용감한 @Fast4Families를 생각한다―mo'('―mo'는 참모진이 아니라 미셸 본인이 작성했다는 뜻이다). 추수감사절 다음 날 미셸과 버락은 농성자들을 찾아갔다. 미셸을 비난하는 트윗이 올라왔다. '미셸 오바마는 아직도 하버드 학장실을 점거하고 있다고 생각하는구나.' 또 누군가는 '@FLOTUS가 멍청한 이민자 쓰레기와 추수감사절을 정치적으로 이용하자는 건가? 웃겨 죽겠네. 한심하다'라고 했다.

2013년 12월 미셸은 궁지에 몰린 건강보험개혁법을 방어하며 가족들, 특히 흑인 가족들에게 건강보험을 위해 서명해달라고 촉구했다. "이렇게 부유한 나라에서 사람들이 집세와 약값 중에 하나를 선택해야 하고, 아이들이 꼭 필요한 백신을 맞을 수 없는 현실을 방치해서는 안 됩니다." 알 샤프턴 목사의 라디오 쇼에서 미셸은 말했다.[5] 대통령 집무실 홍보행사에서 어머니들에게 "크리스마스 저녁 식탁에서 건강보험 이야기를 좀 나누세요. 신년 인사는 '새로운 보장'으로 합시다"라며 익살을 부렸다.[6] 몇 달 후 이슬람 극단주의 단체인 보코하람―대략 '서방 교육은 죄악이다'로 번역된다―이 북부 나이지리아에서 소녀들을 200명 이상 납치하는 사건이 발생했다. 소녀들의 석방을 위한 국제적인 노력이 실패로 돌아간 가운데 미셸은 슬픈 얼굴로 @BringBackOurGirls라고 손으로 쓴 종이를 들고 사진을 찍어 트위터에 올렸다.

2014년 중국 여행을 웨스트윙은 어린이와 교육에 초점을 둔 친선 방문이라고 완곡하게 표현했지만, 미셸은 이를 인터넷의 자유, 소수 민족의 권리, 그리고 국가 지도자들에 대한 질의와 비판의 중요성을 단호하게 언급하는 기회로 삼았다. 정부가 인터넷을 강도 높게 검열하고 정치적 반대자들을 박해하는 나라에서, 미셸은 "모든 시민의 목소리와 의견이 수렴되는 나라가 더욱 강하고 번영한다는 사실을 역사에서 수없이 보았습니다"라고 연설했다. 베이징 대학에서 열린 강연이었다. 종교의 자유와 정보 공개는 '지구상 모든 사람이 누려야 할 생득권'이라고 불렀다. 그리고 인권운동의 힘을 보여준 사례로 자신과 버락의 삶을 들었다. 미셸은 태극권과 줄넘기를 하고 판다에게 먹이를 주고 메리언, 말리아, 샤샤와 함께 만리장성, 자금성, 그리고 병마용갱의 고장 시안西安을 구경하며 중국인들에게 친근하게 다가섰다. 마지막 날에는 일부러 청두成都의 티베트 식당에서 식사하며 박해받는 소수민족에게 유대감을 표했다. 식당 측은 기념으로 미셸의 목에 '카타'라는 하얀색 전통 스카프를 둘러주었다. 대중에게 알리기 위해 백악관 사진사도 자리를 함께 했다.

하지만 그걸로 충분했을까? 과연 할 수 있는 모든 걸 한 것일까? 이것은 우파 공화당이 제기한 의문이 아니다. 그들은 애초에 미셸을 무시했다. 미셸 본인의 마음 한구석에서 나온 이성의 목소리였다. 백악관에서 라이브 영상으로 미셸이《아르고Argo》에 아카데미 작품상을 시상한 후, 『워싱턴 포스트』의 흑인 칼럼니스트 코트랜드 밀로이는 미셸은 '할리우드 영화제 같은 데서 시상자 역할이나 할 게 아니라 대법원 자리에 앉을지를 고려해야 한다'고 썼다. 미셸이 소저너 트루스와 같은 위대한 선대의 어깨에 올라서 있다는 말을 자주 한 것을 상기시키며, 그녀의 어깨는 "다가오는 세대의 여성들이 올라탈 만큼 넓은가, 아니면 보기에만 좋은가?"라고 물었다. 밀로이는 미셸이 기회를 허비하고 있다고 지적했다. "브로콜리와 방울양배추 얘기는 그만하면 족하다. 팔뚝과 헤어스타일, 엉덩이와 디자이너 의상에 대한 관심은 언급하지 않겠다. 지적으로 타고난 프린스턴 졸업생, 하버드 교육을 이수한 변호사, 미합중국 최초의 흑인 대통령이 될 사람에게 멘토 역할을 한 여성은 대체 어디로 사라졌단 말인가?"[7]

미셸은 몇 달 전 쉰 살이 되면서 "제 자신에 대해 이렇게 자신감 넘치고 여성으로서 내가 누구인지 이렇게 확신한 적이 없습니다"라고 말했다.[8] '좀 더 열정적으로' 살겠다고도 했다. 비록 백악관이라는 황금 철창 안에 있긴 하지만 공적으로나 사적으로나 자신이 말한 대로 살고 있다는 사실을 증명했다.[9] '렛츠 무브!' 홍보차 지미 팰런과 함께 '엄마 춤의 진화'라는 패러디 영상을 찍었다. 동영상은 유튜브에서 조회수 2천만 회를 기록했다. 버락이 아일랜드와 독일을 방문할 때 딸들과 함께 쫓아가 식당에 숨어들어 카리스마 넘치는 U2 가수이자 운동가인 보노와 점심식사를 하기도 했다. 2014년 1월 50번째 생일을 맞아 오프라 윈프리의 하와이 별장에 동성 친구들과 함께 놀러 갔고, 백악관 파티에 친구와 지인 수백 명을 초대했다. 비욘세와 스티비 원더가 공연하고, 존 레전드가 〈Happy Birthday〉를 불렀다. 결혼 20주년에는 버락이 '미셸은 내 인생의 사랑이자 최고의 친구'라고 트위터에 글을 올렸고, 그의 건배사에 손님들은 눈시울이 촉촉해졌다. 그는 미셸이 자기를 더 좋은 남자로 만들어줬다고 했다.[10]

워싱턴이라는 과시적인 장식과 디자이너 의상으로 스타가 됐지만, 미셸은 여전히 대다수 미국인들에게 진실하다는 인상을 주었다. 질문에 답할 때 보이는 자기 성찰부터 표정이나 억양, 유머에 이르기까지, 사람들은 미셸과 공감한다는 느낌을 받았다. 고등학교 농구 스타 자바리 파커는 시카고에서 '렛츠 무브!'에 자원봉사를 한 후 "평범한 사람 같았어요. 대단한 사람 티를 내지 않았죠. 정말 멋지고 현실적이에요"[11]라고 말했다. 비록 보수적인 공화당원들은 거의 둘 중 하나꼴로 미셸을 싫어했지만, 미국인 3분의 2는 영부인에게 호감을 보였다.[12] 교육 담당 비서이자 하이드파크에서부터 친구인 안 덩컨은 백악관 가족모임에서 시간을 보내고, 야심 차고 논란도 많던 학교 관련 정책들을 추진하면서 미셸과 여행도 자주 다녔다. 그는 자기가 객관적이지 못할 수 있다는 사실을 인정하면서 말했다. "당신이 보는 그대로입니다. 분위기나 환상 따위는 없습니다. 미셸은 정책 입안자들에게 말할 수 있고, 부모들에게 말할 수 있으며, 아이들에게도 말할 수 있습니다. 어떤 환경에서도 자연스럽습니다. …그저 진실을 말할 뿐이지요."[13]

흑인 여성들의 지지율은 고공행진했다. 미셸보다 한 해 늦게 프린스턴을 졸업하고 『워싱턴 포스트』에서 미셸 취재를 맡은 로빈 기번은 사회경제적 스펙트럼의 양 끝에 걸친 흑인 모두로부터 사랑과 존경을 받는 미셸의 능력에 주목했다. 미셸은 선조를 공경하고 잘난 체하지 않으며 흑인 젊은이들을 격려하면서 노동자 계층의 신망을 얻었다. '다른 많은 흑인과 본인이 다르지 않다는 점을 강조합니다.' 출세한 흑인들도 미셸을 존경했다. "미셸은 현미경 아래 놓여 있습니다. 그녀는 잘하고 있고, 감탄스럽습니다. 미셸이 더 넓은 세상에다가 그들과 비슷한 사람—교육받고, 지적이고, 야심 있고, 가족적인—이 존재한다는 사실을 알려준 것에 자부심을 느낍니다."[14]

재선으로 자신감이 높아졌고 임무 수행에도 큰 힘을 얻었다. 미셸과 버락은 수십억 달러가 들어가는 거칠고 치열하고 지저분한 선거전에서 함께 적을 누르고 완벽한 승리를 일궈냈다. 당연히 좋은 편이 이겼다는 사실에 기뻤고, 또 그 승리를 백악관에서의 활동에 대한 인정이자, 2008년 11월 당선이 사고는 아니었다는 증거로 받아들였다. 만약 2012년에 패했다면 "2008년은 요행수였다고 해도 할 말이 없다고 생각했을 겁니다"라고 시카고의 오랜 측근 존 로저스가 말했다.[15] 미셸의 친구 셰릴 휘터커는 두고두고 기릴 만한 승리라고 했다. "이제 더 이상 최초의 흑인 대통령이 아닙니다. 그냥 대통령입니다. 미셸은 그냥 영부인이고요."[16]

하지만 두 번째 임기에도 처음과 마찬가지로 국회의 공화당 지도부는 맹렬히 방해 공작을 펼쳤고, 오바마의 임기 내내 시간 끌기 전략으로 일관하겠다는 의도를 노골적으로 드러냈다. 2012년 12월 코네티컷 뉴타운에서 어린이 스무 명과 성인 여섯 명이 숨진 총기 난사 사건 이후 버락은 대용량 탄창을 불법화하고 신원 조회를 확대하는 총기 규제 법안을 하원에 제출했다. 대중은 이 법안을 압도적으로 지지했으며, 미국에서 약 3억 정가량 되는 총기를 합법적으로 보유한 사람들에게는 위협이 되지 않았다. 미셸은 하디야 펜들턴의 죽음 이후 이 제안을 공개적으로 지지하며 시카고의 청중에게 말했다. "바로 지금 제 남편은 총기 폭력에서 우리 아이들을 보호하려는 상식적인 개혁안을 통과시키기 위해 최대한 많은 사람을 참여시키며, 최선을 다해 열심히 앞장서고 있습니다."[17] 법안은 상원에서 과반수 지지를 얻었음에도 필리버스터를 깰 수 있는 60표 획득에 실패해 결국 사장되고 말았다. "워싱턴에게는 참으로 수치스러운 날입니다." 버락은 혐오감을 감추지 않았다. 새 임기 개시 후 채 90일이 되지 않은 시점에 당한 패배는 앞으로의 힘겨운 나날을 예고하는 것이었다. 유세에서 말한 것처럼 2012년 11월의 승리로 야당 공화당의 '열기를 꺾을 것'이라는 그의 희망 역시 물거품이 되었다.[18]

두 번째 임기가 시작되고 얼마 되지 않아, 미셸은 처음으로 게이 커밍아웃을 한 NBA 농구선수를 공개적으로 격려했다. '제이슨 콜린스 씨! 당신이 정말 자랑스럽습니다. 이는 큰 한 걸음입니다. 우리는 당신을 응원합니다!—mo.' 2013년 12월 ABC 뉴스의 기자 로빈 로버츠가 커밍아웃하자 미셸은 트위터에 썼다. '당신과 앰버 덕에 흐뭇합니다. 계속 자부심을 느끼게 해주세요—mo.' 그리고 미주리 대학의 디펜시브 엔드인 마이클 샘이 2014년 게이라고 선언했을 때도 '@MikeSamFootball 당신은 우리 모두에게 영감을 줍니다. 운동장 안팎에서 보여준 당신의 용기가 정말 자랑스럽습니다—mo' 라고 썼다.

영부인은 게이의 권리에 공감했다. 버락이 무슨 말을 할지 고심하면서 소신을 설명하느라 진땀을 빼는 동안, 미셸은 레즈비언, 게이, 양성애자, 트랜스젠더의 평등권을 주저하지 않고 거침없이 옹호했다.[19] 2007년 캘리포니아에서 열린 회의에서 미셸은 '때로는 공포로, 때로는 무지로, 때로는 고의로' 미국이 분열되고 미국인들이 고립되는 경우에 대해 말한 적이 있다. 품위와 정직이라는 가치가 나라를 단합시킨다는 주장이었다. "저는 인종, 정파, 성적 지향에 개의치 않습니다."[20] 훨씬 전인 2004년 그녀는 레즈비언 공동체의 암 프로젝트를 위한 모금행사에 참가해 시카고 게이 운동가들을 깜짝 놀래킨 적이 있다. 미셸은 인사만 나누고 자리를 뜬 게 아니라 계속 그 자리를 지켰다. "'정치인들이 있어주면 좀 낫겠지'라

미셸 오바마

는 식의 태도가 아니었어요." 레즈비언이자 가끔 같이 운동하는 친구 제인 색스가 말했다. "게이라는 것에 찬성하는가, 아닌가의 문제가 아니고 '이 사람들은 진보를 위해 일한다'는 것이었지요. 우리에 대해 많은 걸 알고 있었어요."[21] 1990년대 중반 미셸은 공공동맹의 멤버 크리슈나 골든을 한쪽으로 데리고 가 얘기를 나눴다. 그는 열여덟 살 무렵 스스로 '골수 동성애 혐오자'라고 여겼다. 공공동맹 숙소에서 게이 룸메이트가 배정되자 그는 다른 동료의 소파에서 잤다. 미셸은 그의 감정은 이해하지만 실망스럽다고 조용히 말했다. "마음을 더 열 필요가 있어. 이건 좀 더 성장하면서 극복해야 할 일이야."[22]

미셸에게는 게이 친구와 동료 들이 있었다. 그들의 자녀 양육과 직장 내 권리부터 에이즈에 이르기까지 게이 사회에 영향을 미치는 여러 이슈에 관심이 많았다. 1980년대, 십대 시절부터 미셸의 머리를 만진 시카고의 미용사 라니 플라워스도 게이였다. 2008년 선거 운동 당시에도 여전히 라니에게 머리를 맡겼으며 이후에도 수없이 방문했다. 라니는 아주 일찍부터 미셸에게 자기의 성적 지향을 털어놓았다고 한다. "미셸은 개방적이었고, 호기심을 내비칠 때도 매우 조심스러웠기 때문입니다. 저를 친절하고 베풀 줄 아는 좋은 사람으로 대했습니다."[23] 미셸이 그리스도 연합교회에 다닐 때 제레미아 라이트 목사는 HIV 분과 설립을 승인했다. 많은 시카고 흑인 교회가 맹렬히 반 게이 성향을 보이던 시절에 이례적인 경우였다. 공공동맹의 동료를 비롯해 미셸이 아는 사람 중에도 에이즈로 사망한 사람들이 있었다. 미셸과 버락은 케냐 여행을 하면서 공개적으로 HIV 테스트를 받는 행사를 열며 테스트와 질병에 대한 부정적인 인식을 불식시키기 위해 노력했다. 백악관에서 그녀는 오바마 정부를 성적 소수자의 권리 향상을 옹호하는 세력으로 보았다. 유명한 동성결혼 옹호자 크리스티나 샤키를 이스트윙 공보 책임자로 임명해 해당 이슈에 관해 보좌하게 했다.

버락은 다소 우물쭈물했다. 특히 동성결혼 문제에서 그랬다. 1996년 시카고의 성소수자 신문인 『아우트라인 *Outline*』의 설문조사에 응할 때는 더없이 명확하게 지지하는 입장이었다. 타자로 쳐서 서명한 첫 쪽에서 버락은 "나는 동성결혼 합법화에 찬성하며 이를 방해하려는 세력에 맞설 것이다"라고 했다. 또 "나는 게이와 레즈비언의 주정부 시민권을 지지하고 공동 후원한다"고 했다.[24] 의심의 여지가 없는 태도였다. '임팩트 일리노이 IMPACT Illinois'라는 시카고의 정치운동위원회가 그해 별도로 시행한 또 다른 설문조사에서도 똑같이 강력한 목소리로 지지했다. 이 설문조사는 한 결의안을 인용한 것으로 결혼을 '기본 인권'이라고 부르고 '주정부는 결혼에 대한 시민의 권리, 책임, 의무를 동등하고 완전하게 나누고자 하는 동성 커플을 방해해서는 안 된다'고 선언했다. 버락은 수기로 답을 적었다. '지지합니다.'[25]

버락이 16년간 밝혀온 공식 입장 가운데 가장 긍정적인 것이었다. 그렇지만 일리노이 상원의원 시절 성소수자 차별에 맞서 싸우기는 했지만, 동성결혼에 대해서는 1998년 '결정 유보'에서 2007년 '나는 동성결혼에 찬성하지 않는다'에 머물렀다. 하지만 그는 스스로 '진화'하고 있다고 했다. 백악관의 여러 참모는 진화에 영향을 미치는 주요 요인으로 점점 관용적으로 변해가는 정치 지형을 꼽았다. 여러 계기로 압박도 받고 여론의 추이에 자신감도 얻은 버락은 결국 2012년 5월 전국에 방송되는 로빈 로버츠—그녀가 동성애자임을 공개 선언하기 전이었다—와의 인터뷰에서 동성결혼을 허용해야 한다고 말했다. 가족과 함께한 저녁식사 시간을 언급하면서, 말리아와 샤샤에게 친구들의 동성 부모가 다른 커플들과 다르게 취급받는 것은 '말이 되지 않는다'고 가르쳤다고 했다.[26] 정치참모 데이비드 액설로드는 텔레비전 방송이 '아주 후련했다'고 말했다. "제가 알기로 버락은 이 문제에 관한 한 편한 적이 없었습니다."[27] 미셸은 버락의 게이 지지자들에게 '바라는 것처럼 이르지는 않더라도 반드시 때가 올 것이니 인내심을 갖고 기다려달라'고 호소해왔다. 버락이 로버츠와 인터뷰하러 집을 나설 때 미셸은 말했다. "오늘을 즐겨요. 당신은 자유예요."[28]

버락은 2014년 6월 연례 백악관 프라이드 축제(게이 축제)에서 손님을 맞으며, 게이임을 공개 선언한 열한 명을 연방판사로 지명한 것을 비롯해 성소수자를 위한 정부의 치적을 열심히 선전했다. 그는 변화하는 시대의 흐름을 말하고 드라마《모던 패밀리Modern Family》에서 시청자 1천만 명을 끌어모은 미치와 캠의 결혼식 장면에 "미셸과 딸들은 눈물을 흘렸어요. 대단했지요"라고 농을 던졌다. 옆에 서 있던 미셸은 동감을 표시했다.[29]

참모진은 일주일에 사흘을 미셸의 근무일로 정하고 오후 5시 이후에는 일정을 잡지 않았다. 2009년부터 시작된 관행이었다. 다른 날은 비공식적으로 일했고, 미셸의 역할이 필요할 경우 추가로 일했다. 금요일은 다음 주 활동을 요약한 문서를 요청해 차근차근 공부했다. 만날 사람의 신상명세에는 사진이나 이력과 함께 가족과 관심 사항, 전에 만난 적이 있는지 등까지 포함됐다. 편안하게 사람들을 대하려는 배려였다. 공식 행사는 미리 메모를 확인하고 종종 수정하기도 했다. 미셸은 버락과 달리 조명이 막 켜지기 직전에 연설문을 건네받는 걸 불안해했고, 항상 지나칠 정도로 완벽을 추구하는 경향이 있었다. 새벽같이 일어났고 준비가 부족하다 싶으면 새벽에도 이메일을 보내 참모들을 당황시켰다. 스스로에게 혹독했고 직원들에게도 최고를 요구했다. "보좌진이 버락을 제대로 보좌하지 못하는 것 같으면 반드시 알렸습니다. 어떤 때는 버락을 통해, 또 다른 때는 밸러리 재럿을 통해, 또는 회의에 직접 당사자를 호출해서 사태를 설명하라고 요구하는 불행한 경우도 있었지요." 액설로드가 말했다. "미셸의 심기가 불편하면 먹구름이 웨스트윙을 뒤덮었습니다."[30]

남편을 졸졸 쫓아다니는 언론을 피해 미셸은 조용히 백악관을 드나들며 친구들을 만나고 식당을 찾고 체육관을 다녔다. 말리아와 샤샤는 십대가 되면서 점차 독립적으로 생활하게 되었다. 아이들에게도 비밀경호국 요원이 따라붙었고, 미셸의 직원이 그들의 일정 조정을 도왔다. 버락과 미셸은 딸들이 얼마나 빨리 자라는지 아쉬움을 토로했다. 두 사람은 집에 있을 때면 함께 개들—보에게 새 친구 서너가 생겼다—을 산책시켰고 따뜻한 날에는 트루먼 발코니에서 유유자적 시간을 보냈다. "신문이나 보고 밀린 소식이라든지 좋았던 일들을 주고받으며 시간을 보내는 거지요."[31] 운동도 꾸준히 했다. 종종 백악관 밖 체육관에서 눈에 띄기도 했다. "저는 정말 여든 살, 아흔 살까지 이 상태로 갔으면 좋겠어요."[32]

미셸과 버락은 워싱턴에서 외식하는 경우가 드문 대신 관저에서 사적으로 만찬을 즐겼다. 차량 행렬 없이, 성가실 것도 없이, 관저에서 버락이 고른 재즈가 흐르는 가운데 술과 기발한 음식과 즐거운 담소를 나누는 저녁 나절을 함께하고 싶어하는 손님은 무궁무진했다. 그런 비공개 모임에는 예술계, 문학계, 재계, 언론계, 그리고 수는 적지만 정계 인사도 참석했다. 한 커플은 어떤 일이 벌어질지도 모르고 오후 6시에 백악관의 검색대를 통과하면서, 막연히 9시경이면 집으로 향하겠거니 생각했다. 모임이 파한 시간은 자정을 훨씬 넘긴 후였다. 다른 날 저녁 만찬에 간 손님은 새벽 2시 반이 넘어서야 호텔로 돌아올 수 있었다.

메리언은 한결같이 안정감을 주는 존재였다. 미셸의 표현으로는 '가식이 없었다.' "우리가 누구인지 일깨워주는 분이었어요."[33] 미셸은 어머니가 '언제든 다가가 얘기하고 또 얘기하고, 얘기할 수 있는 무수한 시간'을 베풀어주셨다고 털어놓았다.[34] 버락의 임기가 5년차로 접어들 때 백악관에서 주최한 어머니의 날 다과회에서 미셸은 이렇게 말했다. "엄마가 안 계셨다면 버틸 재간이 없었을 겁니다. 항상 딸들을 돌봐주시고, 사랑하시고, 제가 아이들을 혼내면 되레 저한테 화를 내시죠. 이건 아직 이해할 수 없지만. …어머니는 '왜 그렇게 못되게 구니?'라고 하세요. 할머니들이 으레 그렇듯이 말이죠. 무엇보다 어머니는 편안하게 기댈 수 있는 어깨가 돼주셨습니다. 언제든 엄마 방에 뛰어올라가 울고, 푸념을 늘어놓고, 제 주장을 말했지요. 그러면 엄마는 '내려가서 해야 하는 일을 하라'고 말씀하셨어요."[35]

미셸은 스스로 가장 큰 변화를 일으킬 수 있는 영역은 젊은이들의 삶이라고 믿었다. 이따금 엘리트 청중에게도 연설을 했는데, 그중에는 이미 기반을 잡은 백악관 인턴들도 있었다. 미셸은 그들이 자리를 차지한 순간 혜택을 덜 받은 사람들을 대변할 책임이 있다고 단도직입적으로 말했다. 그리고 만약 과감하게 그 힘을 쓰지 않는다면 기꺼이 그렇게 할 만한 사람에게 자리를 양보해야 한다고 했다. 하지만 소외된 십대들, 특히 소수집단 출신에게 훨씬 많은 얘기를 했다. 자기의 성장 과정을 이야기하고 현 상황을 냉정하게 평가하면서, 그들 모두가 결승선을 통과할 수 있도록 결론과 전술을 공유했다. 모든 것은 경험에서 우러나온 것이었다. 사회 하층에 있는 학생들에게는 스스로 통제할 수 있는 요소에 집중하라고 일렀다. 그녀의 메시지는 선의를 지닌 대통령을 포함해 어느 누구도 단시일에 거대한 구조적 장애를 걷어내고 기회를 균등하게 만들어줄 수 없다는 사실을 암시했다. 백기사가 구하러 올 때까지 기다려서는 안 된다는 것이었다. 백기사는 없었다.

"제가 오늘 이 자리에 설 수 있는 이유는 여러분 나이 때 몇 가지 선택을 했기 때문입니다. 무슨 말인지 알겠습니까? 중요한 건 선택입니다." 미셸은 2013년 3월 시카고 학생 수천 명 앞에서 말했다. "제가 미합중국의 영부인이기는 하지만—잘 들으세요, 왜냐하면 이건 진실이니까요—저는 여러분과 하등 다를 바가 없습니다. 보세요, 여러분과 같은 동네에서 자랐고, 같은 학교를 다녔고, 같은 어려움을 겪었고, 여러분 모두가 공유하는 똑같은 희망과 꿈을 가졌습니다."[36] 그녀의 메시지는 근본적으로 보수적이었으며, 그녀와 버락이 인종 갈등과 피해망상을 부추기고 정부 차원의 해결책만 강조한다는 터무니없는 비판을 반박하는 것이었다. 미셸은 집단행동이나 시위를 선동하지 않았다. 젊은이 개개인에게 연설했고, 성공을 향해 한 걸음씩 꾸준히 나아가라고 조언했다. 그리고 성공하면 돌아와서 다른 사람도 성공할 수 있도록 도울 수 있다는 사실도. 그 공식의 타당성은 미셸이 입증했다. 장차 어려움에 직면할 학생들을 다독인 것이다. "때로는 상처 입고 실의에 빠질 수도 있습니다. 쓰러질 수도 있지만 일어서야 합니다. 여러분을 미워하는 사람

미셸 오바마

도 있을 겁니다. …이겨낼 수 있겠습니까? 여러분의 삶을 개선하는 일인데 두려움에 떨겠습니까? 두렵다고 안일하게 주저앉고 말겠습니까?"[37]

버락 역시 자기 이야기로 흑인 학생들을 이끌었다. 미셸이 시카고에서 연설하기 두 주 전, 버락의 차량 행렬은 하이드파크 아카데미 고등학교 앞에 멈췄다. 미셸의 삼촌 노메니 로빈슨이 60년 전 학생 임원 시절을 보낸 곳이었다. 흑인 십대 청중에게 버락은 술과 마리화나에 취하고, 학업을 소홀히 하고, 아버지의 부재에 화를 냈던 지난날을 털어놓았다. 학생들에게 진지하게 학업에 임하고 '르브론이나 제이지처럼 되지 못할 경우를 대비해 계획'을 마련해둬야 한다고 말했다. 한 학생은 버락의 말에 깜짝 놀랐다. 그가 고등학교 때 성취한 것이 저지른 잘못보다 별로 많아 보이지 않았기 때문이다. "지금 당신 얘기를 하는 건가요?" 그런 말을 하는 사람이 미국의 대통령이라는 사실이 도무지 믿기지 않았던 소년이 물었다.[38]

시카고 방문 이후 미셸과 버락은 이틀 간격으로 각각 다른 역사적인 흑인 대학 졸업식장에서 연설했다. 두 사람은 소위 '존경의 정치respectability politics'라고 불리는 요소로서 개인의 책임을 강조했다. 미셸은 2013년 5월 17일 보이 주립대학에서 연설했다. 이 대학은 1865년 1월 '유색인종의 윤리 및 교육 향상을 위한 볼티모어 연합'을 설립했다. 미셸은 글을 배우려고 목숨까지 걸었던 노예 이야기를 했다. 학교가 불타 잿더미가 되고 흑인 학생들이 배우려 들었다는 이유만으로 조롱당하고 모욕당하고 추방된 이야기도 전했다. '리틀록 9인Little Rock Nine'*과 여섯 살짜리 루비 브리지스를 상기시

---

* 1957년 9월 리틀록의 센트럴 공립 고등학교에 들어간 흑인 학생 아홉 명을 말한다.

켰다. 루비는 1960년 백인뿐이던 뉴올리언스 학교에 첫 번째 흑인으로 입학했다가 백인 부모들이 자녀들의 등교를 거부하는 바람에 1년간 혼자 공부했다(백인 연방보안관이 호위해 어린 소녀를 등교시키는 장면에 영감을 얻은 노먼 록웰은 〈우리 모두가 안고 살아가는 문제The Problem We All Live With〉라는 그림을 그렸다.[39] 이 그림은 훗날 버락의 백악관에 걸렸고, 버락은 루비 브리지스를 초대해 경의를 표했다). 미셸의 연설에 등장하는 주인공들은 모두 고통을 겪었고 진보를 만들어냈다. 그렇지만 현대 미국에서 25~29세 흑인은 다섯 명 중 단 한 명만 대학졸업장을 가지고 있다고 그녀는 지적했다. 정부와 사회가 극심한 불평등 해소에 실패했다는 것은 통계자료를 잠시만 들여다봐도 충분히 알 수 있었다. 하지만 미셸은 개인과 그들의 선택에 눈을 돌렸다. "교육 문제를 보면, 너무 많은 젊은이들이 구태여 힘을 쏟으려 하지 않습니다." "매일 몇 킬로미터를 걸어 학교에 가느니 소파에 앉아 몇 시간씩 비디오게임을 하거나 텔레비전을 봅니다. 교사나 변호사나 재계 지도자가 되기를 꿈꾸기보다 운동선수나 래퍼가 되는 공상에 젖어 있습니다."[40]

이틀 후인 5월 19일 버락은 애틀랜타 모어하우스 대학 졸업식에서 연설을 했다. 그는 미셸과는 다른 방식으로 정책을 설명했다. 재정난에 허덕이는 학교들, 폭력적인 지역 환경, 특권층에 비해 턱없이 부족한 기회 등을 거론했다. '누구나 공정한 기회를 누리는 미국 사회를 만드는 데' 사회가 총체적인 책임이 있다는 것이었다. 미셸과 마찬가지로 개인의 결단력과 그 중요성을 환기시키는 것도 잊지 않았다. 짐작건대 졸업생 모두 어른들로부터 '흑인으로 살아남으려면 다른 사람들보다 두 배는 열심히 해야 한다'는 얘기를 들었을 거라고도 덧붙였다. 그는 지난날 자기 과오를 '세상이 흑인 하나를 좌절시키는 흔한 예'로 치부해버렸던 것을 상기했다. 그렇지만 학생들에게 몇몇 위대한 사람을 위시해 흑인 선조가 극복한 고난에 눈을 돌려보라고 권했다. "그분들은 인종주의가 삶에 어떤 영향을 미치는지 너무나도 잘 아셨습니다. 그렇지만 성취와 사명을 위해서는 핑계만 대고 있을 여유가 없었습니다."[41]

'여기에는 엄청난 오류가 있다.' 작가 타너하시 코츠는 그해 졸업 시즌 오바마의 연설들을 검토한 후 논평했다. 코츠는 미국 노예제가 빚은 결과나 인종적 억압에서 정부가 한 역할을 아직 제대로 평가한 적이 없다고 여겼다. 그의 관점에서 보자면 미셸과 버락은 저소득층 흑인 밀집지구가 불평등한 원인을 제대로 파악하고 다루지 못했다. 그는 버락이 '놀라운 사람'으로서 '역대 그 어느 대통령보다 인종주의와 미국 역사의 교차점을 제대로 읽었다'고 말했다. 하지만 대통령이 '흑인 미국의 잔소리꾼'이 돼가고 있다고 보았다.[42] 많은 흑인 아이들의 꿈이 르브론이나 제이지처럼 되는 것인데, 이를 뛰어넘지 못한다면 그 이유 중 하나는 가난하고 분리된 동네에서 제한적인 문화에만 노출되었기 때문이다. "그런 동네는 미국 정책의 직접적인 산물이다."

새삼스러운 논의가 아니었다. 출세와 개인적 책임에 관한 논쟁의 역사는 흑인 사회에서 19세기까지 거슬러올라간다. 보통 '부커 T. 워싱턴 대 W.E.B. 듀보이스의 대결'로 불리는 이 논쟁은 '20세기 말흑인의 하층 계급화가 누구의 잘못인가'라는 질문으로 귀착된다. 버락의 임기 때도 질문은 지속되었다. 아니, 사실은 격화되었다. 흑인 소외가 제도적 인종주의의 산물인가? 백인이 지배하는 사회에서 흑인이 겪어온 차별이 누적된 결과인가? 현대 미국 도시에 만연한 어처구니없는 기회의 불평등에 눈감고 있었기 때문인가? 너무 쉽게 다른 사람들에게 구조를 바라거나, 최소한 도움의 손길에 목매는 일부 흑인 사회의 잘못인가? 오바마 부부는 그 모든 것이 조금씩 합쳐졌다고 생각했다. 버락은 2014년 "일부 사려 깊은, 혹은 그렇지 않은 흑인 논평자들은 미셸과 저를 비난합니다. 부커 T. 워싱턴 같은 자수성가한 사람의 이야기를 권장하면서 더 큰 사회의 책임은 면제해주고 있다는 거지요"라고 했다. 그는 맬컴 X와 마틴 루서 킹을 거론하면서 개인의 책임감을 더 많이 요구하는 것과 흑인 사회의 일부 문제들이 '우리 역사의 직접적인 결과'라고 인정하는 것 사이에는 '아무 모순도 없다'고 말했다.[43]

의미 있는 일을 하려는 것 자체가 도전이었다. 하버드 대학교수 랜들 케네디는 2014년 여름 버락이 비참하게 실패했다고 말했다. '인종적 정의라는 결정적인 문제'에서 '그는 어떤 어젠다도 상정하지 못했고, 어떤 전망도 제시하지 못했으며, 중대한 임무에 착수하지도 못했다'는 것이었다.[44] 대통령이 "막후에서 흑인 문제를 다뤘을 수도 있다. 그렇지만 그가 문제를 전면에 부각시키는 모습은 여전히 볼 수가 없다. 이미 재선의 부담을 덜어버린 시점인데도 말이다." 케네디 교수는 미셸의 친구 앤절라 케네디의 오빠였다. 법무부 장관 에릭 홀더는 인종 문제에서 미국은 '겁쟁이들의 나라'라며 가장 강경한 태도를 보였다.[45]

첫 번째 임기 때 버락은 원하는 것처럼 인종 문제를 공개적으로 말할 수는 없다고 실토했다. 백악관으로 들어가기 직전, 하이드파크의 이웃이자 흑인 법정변호사인 짐 몽고메리가 샴페인을 들고 축하하러 들렀을 때 나눈 대화가 많은 것을 말해준다. 몽고메리는

미셸 오바마

환담 중에 당선자에게 시간이 있으면 국내 정책을 좀 묻겠다면서 "수십억 달러를 사회간접자본에 투자하고 일자리 창출에 힘을 쏟을 때, 좀 따로 챙겨두었다가 흑인 고용에 사용해달라"고 했다. 그랬더니 버락은 "짐, 자네는 하나도 변하지 않는군. 내가 그랬다가는 백인들이 엄청나게 열 받을 걸세"라고 답했다.[46] 같은 시기에 시카고 노스쇼어에 사는 백인 부자 여성이 몽고메리에게 걱정을 털어놓았다. "짐, 걱정스러워요. 그 사람이 흑인들의 대통령이 되는 건 아닐까요?" 몽고메리는 선거의 셈법으로 대답했다. 한때 사우스사이드 출신 흑인인권운동 변호사였던 이로서 이렇게 말했다. "당신이 본 대통령 중에서 버락이 가장 백인스러운 대통령이라는 사실을 알게 될 겁니다."

두 번째 임기 첫해, 버락은 젊은 흑인과 라틴계 사람들을 돕기 위해 '내 형제의 보호자My Brother's Keeper'라는 멘토링 프로그램을 시작했다. 여러 재단과 회사로부터 착수 기금으로 2억 달러 기부를 약속받았다. 왜 청년 흑인인가? 그는 '자명한 사실'을 거론했다. "배당률이 별난 방식으로 불리하게 누적되어 특별한 해결책이 필요한 집단이 있다. 또 다른 세대보다 기회가 적은 집단도 있다."[47] 그전에 그는 헤드스타트 프로그램과 보편적 보육 확장을 주장한 적이 있다. 그렇지만 이것이 '그레이트 소사이어티* 버전 2.0'은 아니었다.

'내 형제의 보호자'는 온건한 공공-민간 합작 프로그램으로, 의식적으로 '렛츠 무브!'와 조이닝 포스의 모델을 따랐다. 2014년 경찰과 검찰의 흑인에 대한 처우에 항의하는 시위가 휩쓸고 지나간 후, 버락은 '내 형제의 보호자'를 확대하겠다고 발표했다. 특별히

---

* 1964년 린든 존슨 대통령이 내건 종합적인 국내 정책.

흑인을 돕기 위해 설계된 프로그램에 자기 이름을 올린 것은 두 번째 임기 때 일어난 상징적인 변화였다. 이제 버락은 미국인을 위한 대통령일 뿐만 아니라 명시적으로 흑인을 위한 대통령이 되는 데에도 부담을 느끼지 않는다는 것―물론 여전히 조심스럽고 실용적 방식을 취했다―을 의미했다.

워싱턴의 행사 일정 카탈로그인 로이터 데이북은 백악관에서《머펫 대소동 The Muppets》*이 상영된다고 공지했다. 군인 가족의 관심을 유도하려는 미셸의 노력의 일환이었다. '합동참모본부 의장 마틴 뎀프시와 개구리 커밋이 참석했습니다.' 2014년 5월 개구리와 장군과 영부인이 주고받은 대화는 소박한 유머로 가득해 관객의 웃음을 자아냈다. 커밋은 가족들을 향해 말했다. '나는 해병 Marine 은 아니지만 수중 marine 생물이지요. 경례!'48 언론은 이 말을 퍼뜨렸고 재미있는 사진과 비디오로 인기를 더하면서 미셸은 또 한 건 작은 성공을 기록했다. 2014년 10월도 마찬가지였다. 미셸은 6초짜리 바인 동영상 공유 서비스에〈Turn Down for What(어떻게 하면 그만 마실래)〉이라는 음악에 맞춰 보라색 순무와 같이 춤추는 장면을 올렸다. 한 달이 채 안 돼 시청자들은 무려 3,400만 회나 동영상을 돌려보았다.

반면에 렛츠 무브!의 핵심 정책을 약화시키려는 공화당 의원들과 영양 기준을 두고 이례적으로 공개적인 싸움에 휘말렸을 때만

---

* 1976년부터 1981년까지 방영된 인형극 버라이어티 쇼《머펫 쇼》를 기반으로 만든 패러디 동영상. 머펫은《세서미 스트리트 Sesame Street》의 인형을 제작한 짐 헨슨이 창조한 동물 캐릭터들이다. 개구리 커밋과 곰 포지, 개 랠프와 미스 피기 같은 캐릭터가 등장한다.

큼은 미셸도 웃음기를 거뒀다. 4년 전 의회 통과를 위해 로비한 규제 조치를 방어하는 데에도 전혀 주저하지 않았다. '끝까지 투쟁'하겠다는 다짐은 일부 비평가들이 시사한 것처럼 이것이 그리 사소한 이슈가 아니라는 것을 보여주었다. 2010년 하원의원이 264 대 157로 '아동결식방지건강법 Healthy, Hunger-Free Kids Act'을 통과시켰을 당시 아동 3,100만 명이 학교 급식을 신청했고 그중 저소득층 어린이 2천만 명은 연방정부의 보조금을 받는 상황이었다.[49] 이런 환경에서 건강한 급식을 장려하는 사업이 시작되었다. 새로운 법은 프로그램의 수혜층을 넓힐 것과 식단에 통곡물, 과일, 채소를 늘리고 소금, 설탕, 지방을 줄이도록 규정을 강화했다. 또 텃밭 활용과 지역 생산물 애용을 장려하고 학교 자판기에서 판매되는 식품의 건강도를 개선하는 시한을 정했다. 회의론자들이 비용 때문에 학교 재정이 악화될 것이라고 불평하자 미셸과 공익 단체들은 비용은 감당할 수 있는 수준이며 그 대가를 생각하면 충분히 합당하다고 반박했다. 미셸은 "아이들이 집에서는 못 먹게 하는 짜고 기름지고 단 음식을 학교에서도 먹지 않기를 바랄 권리가 있습니다"라고 말했다.[50]

그렇지만 부정적인 성인뿐만 아니라 일부 학생들도 분노를 표출했다. 학생들은 유튜브와 트위터에 #ThankYouMichelleObama라는 해시태그를 붙여 학교 영양사들이 만든 새로운 식사가 너무 맛이 없어서 배가 고프다고 불평했다. 미셸은 전국적인 논쟁에서 비난의 표적이 되어 자칫 궁지에 몰릴 상황이었다. 의회가 초당적인 투표로 프로그램을 승인했다거나 비당파적인 미국 과학 아카데미의 건강 관련 부서가 독자적으로 추천한 내용에 의거해 농무부가 규정을 개발했다는 것으로는 해명이 되지 못했다. 미셸은 이 프로그램의 얼굴이었고 비난도 그녀가 감당할 몫이었다. 그렇지만 절대적으로 필요한 경우가 아니라면 물러서지 않는 것이 미셸의 스타일이었다. "아이들이 건강식에 불만이 많지요. 저도 압니다. 그렇지만 보세요, 그건 예견한 겁니다. 솔직히 아이들이니까 그렇고, 제 아이들도 마찬가지입니다. 아이들은 좋건 나쁘건 원하는 걸 말합니다. 그리고 원하는 것을 갖지 못하면 투정을 부리지요. …우리가 할 일은 '안 돼, 아침식사로 사탕을 먹을 수는 없어'라고 말해주는 겁니다. 그리고 '그래, 매일 채소를 먹어야 한단다' 그리고 '하루 종일 앉아서 비디오게임만 해서는 안 된다. 나가 놀아라'라고 말해야 합니다."[51]

2014년까지 전국 학교의 약 90퍼센트가 규정을 준수한다고 보고했지만 일부는 이를 갈고 있었다. 그런데 의회에서 반란이 일어났다. 학교 급식 사업에서 수십억 달러의 이권을 챙기는 회사들의 지원을 받는 학교영양협회가 부추긴 것이었다. 2011년부터 이미 준비된 싸움이었다. 로비스트들은 피자 소스에 채소 반 컵당 토마토 페이스트 8분의 1컵을 허용하는 오바마 행정부에 반대하라고 의원들을 설득했다. 미셸은 3년 후 『뉴욕 타임스』의 의견란을 빌려 영양 기준을 방어했다. 피자 싸움을 언급하면서 '굳이 영양학자가 되지 않아도 말도 안 되는 소리라는 걸 안다'고 썼다.[52] 또 감자 로비스트와 연방의원들이, 수백만이 참여하는 영유아·임산부 보조 프로그램에 감자 공급을 확대하려는 시도에도 반대했다. 감자는 좋다고 영부인은 말했다. 프렌치프라이를 가장 좋아한다고 자주 말해온 터다. 그러나 조사 결과 보조 프로그램에 참여한 여성과 유아 들은 이미 탄수화물과 감자—선택에 따라 식품권으로 구입할 수 있었다—를 충분히 섭취하고 있고 부족한 것은 '영양소가 풍부

미셸 오바마

한 과일과 채소'였다.

그러나 미셸을 진짜 괴롭히고, 상원의원들에게 개별적으로 계속 전화하게 만든 것은 학교 영양 규정을 폐기하려는 시도였다. 그런 시도는 과학과 건전한 상식에 반할 뿐만 아니라 '집에서는 아이들에게 균형 잡힌 음식을 먹이려고 애쓰는데 그런 노력이 학교 때문에 물거품이 되기를 바라지 않는' 부모들에게 폐를 끼치는 짓이라고 미셸은 말했다.[53] 1,900억 달러에 달하는 연간 보건 비용에서 비만이 상당 부분을 차지하는 것은 결코 우연이 아니라고 주장했다. 납세자들이 학교 급식에 내는 100억 달러가 '아이들에게 정크푸드'를 먹이는 데 사용되어서는 안 된다고 강조했다. 주장의 핵심은 빈곤한 아이들의 어려움을 호소하는 데 있었다. 미셸은 불우아동 수백만 명이 주 영양공급원을 학교 급식에 의존하고 있으며, 잘 먹은 아이들이 학업 성취도 높다는 연구 결과를 제시했다. "쉽사리 '오, 너무 어렵군. 그러니 하지 말자'라고 할 수는 없습니다"라고 미셸은 썼다.[54]

미셸은 렛츠 무브!와 조이닝 포스 사업을 꾸준히 이어갔다. 퇴역 군인이 노숙자가 되는 것은 '국가 정신의 오점'이라고 했다.[55] 연방정부는 주택 바우처 자금을 제공하는 한편 미셸은 지역 지도자들을 규합해 문제 해결을 추진했다. 이라크 전쟁과 아프가니스탄 전쟁 참전 여성들에게 관심을 기울이며 그들의 실업률이 11.2퍼센트로 같은 전쟁에 복무한 남성보다 5퍼센트 높고 일반 여성보다는 두 배 이상 높은 것을 지적하고, 이는 '완전히 잘못된 일'이라고 말했다.[56] 미셸은 사업에 새로운 프로그램을 추가하기 위해 예비 조치를 취했다. 백악관 시절 초기에 미셸은 재임 2기에는 더 큰 국제 사업을 할 수 있으리라고 꿈꿨다. 그러나 딸들이 학교에 다니고, 버락은 힘겨운 상황이고, 해외여행은 정치 공세의 빌미가 될 우려가 있기 때문에 국내에서 직접적으로 가슴에 와 닿는 이슈를 찾았다. 시카고에서 방치된 어린이들을 상대로 한 방과 후 프로그램을 개설하기 위해 기금 5천만 달러를 공공-민간 합동으로 마련하자고 주장했다. 하디야의 장례식 경험을 회상할 때는 목소리가 잠겼다. "곧 가장 친한 친구를 묻어야 할 십대들을 보면서 무슨 말을 해야 할지 몰랐습니다." 어른들은 아이들에게 안전한 동네, 문화적 기회, '주저앉은 지붕과 찢어진 교과서'가 없는 교실을 제공할 '윤리적 의무'가 있다고 말했다.[57]

뉴타운 총기 난사 사건과 하디야의 죽음 이후 미셸은 친구들, 그리고 참모진과 함께 총기 폭력을 논의했다. 그렇지만 도시 폭력이나 총기 규제법, 또는 방과 후 프로그램이 미셸의 어젠다에서 핵심은 아니었다. 그보다는 고등교육과 불평등한 대학 입학 현실에 고개를 돌렸다. 시카고 연설에서 미셸은 자신과 버락의 머릿속에 항상 자리 잡고 있던 생각을 되풀이했다. 소수집단 사회 청소년의 성적이 낮은 원인은 능력이 아니라 기회와 더 관련이 크다는 것이었다. 1960~1970년대 사우스쇼어에서 자란 미셸은 그곳이 안전하다고 느꼈고 다양한 활동에 참여했으며, 지원과 격려를 아끼지 않는 어른들도 있었다. "결국 그것이 나중에 성장해서 변호사, 어머니, 미국의 영부인이 될지, 아니면 열다섯 살에 총에 맞아 사망할지를 가르게 됩니다."[58]

미셸은 리치 하이어라는 이스트윙의 새로운 프로젝트로 저소득층 청소년에게 대학이나 기술학교 입학을 장려하고 과정을 마칠 때까지 인내하도록 돕는 일에 착수했다. 사업의 필요성은 분명했다. 저소득층 젊은이들은 스물다섯 살이 될 때까지 열 명에 한 명만 학사학위를 받는 반면, 상류층 젊은이는 거의 반수 이상 학사학위를 갖고 있었다.[59] 렛츠 무브!와 조이닝 포스와 마찬가지로 리치 하이어도 버락의 정책을 돕는 것이었다. 이는 더욱 지적이고 숙련된 노동력을 창출하는 정책에 부합했다. 1990년에 미국은 25~34세 집단에서 대졸자 비율이 세계에서 가장 높았다. 그런데 2014년에는 12위로 떨어졌다.[60] 교육이 국가 경제의 미래와 사회적인 신분 상승에 영향을 미친다는 점을 고려해 버락은 2020년까지 미국을 다시 최고의 자리에 올려놓겠다는 목표를 세웠다. 프로젝트명은 북극성 North Star이었다.

미셸과 오바마는 오래전부터 소외된 학생들의 고등교육을 가로막는 장애물과, 입학 후 상당수가 겪을 시련을 공개적으로 이야기해왔다. 그런 불균형 현상을 자신들도 대학 시절에 익히 보았으며 최근에는 말리아와 샤샤의 경험에서 확인하기도 했다. 딸들은 시드웰 프렌즈에 다녔는데 2014년 1년 학비가 일인당 36,264달러였다.[61] 딸이 다니는 학교의 학생들은 최고의 교육을 받을 뿐만 아니라 대학 입시를 대비해 효과적인 훈련도 받았다. 이 때문에 버락은 표준화된 시험이 '표준화되지 않았다'고 지적했다. 준비 과정에서 생기는 기회 불균형은 '경쟁의 장을 기울게 만듭니다. 공정하지 않은 정도가 아니라 더 악화되고 있습니다.'[62]

몇 개월 전 미셸은《미스터와 피트의 불가피한 패배 The Inevitable Defeat of Mister and Pete》라는 영화를 관람했다. 가수 얼리샤 키스가 일부 자금을 댄 영화로, 미셸은 울면서 이 영화를 보았고 나중에도 가슴 먹먹한 장면을 떠올리면서 눈물을 흘렸다. 엄마가 교도소에 갇히고 없는 동안 두 소년이 브루클린 임대주택에서 스스로 살아가는 이야기였다. 영화가 끝나자마자 미셸은 머지않아 리치 하이어가 될 새로운 계획을 추진하기 위해 백악관에서 영화를 상영하기로 마음먹었다. 미셸은 이 영화가 영부인으로서 남은 기간 동안 길잡이가 될 거라고 했다. "그저 살아남으려고 애쓰는 미스터와 피트가 수백만 명 있기 때문이지요."[63]

2014년 1월, 대학 입학 기회 확대 방안을 모색하는 대학 총장 모임이 열리기 하루 전에 백악관에서 영화가 상영됐다. 그 자리에서 미셸은 단도직입적으로 계획을 설명했다. 아이들을 가르칠 학교, 그들을 지원할 프로그램, 그리고 '그들을 받아들이고 기회를 부여하고 일단 들어가면 학위를 취득할 때까지 도울' 대학이 필요하다고 호소했다. 아무리 진보 진영 비판자들이 더 적극적인 역할을 하라고 재촉해도, 정책이나 예산 지출 면에서 개인적으로 할 수 있는 일은 거의 없다고 미셸은 말했다. "제가 기여할 수 있는 건 젊은이들에게 직접 메시지를 전할 수 있다는 겁니다."[64]

미셸은 전국 모든 청년들의 후원자, 코치, 응원자, 그리고 모범이 되고자 했다. 그녀는 전업엄마였고 청년들이 어린 시절에 걸어야 할 힘겨운 길을 약점이 아닌 장점으로 보기를 바랐다. 물론 고단한 가운데서도 그들은 여전히 버티고 있었다. 미셸이 말리아와 사샤에게 자주 하는 말처럼 적응력은 경험으로 체득된다. 미셸은 자기 능력을 의심하는 십대들에게 확신과 실용적인 충고를 전하러 나섰다. 애너코스티어 고등학교, 엘리자베스 개릿 앤더슨 학교, 하디야 펜들턴의 장례식장, 그리고 공공동맹의 사무실까지 수백 군데에서 해온 것처럼. 미셸은 자기에게 오지 않을 것 같던 운명이 결국 자기 것이었다는 사실을 하나씩 증명해왔다. 다른 사람도 못 할 리 없었다.

2014년 9월 어느 날 미셸은 애틀란타로 날아갔다. 1924년 조지아 주에서 처음 흑인 학생을 위해 문을 연 부커 T. 워싱턴 공립고등학 교에서 자신의 경험담을 나누고 격려하기 위해서였다. 체육관의 연단에는 텔레프롬프터 두 대에서 미리 준비한 연설문이 올라가고 있었다. 미셸은 학교 다닐 때 겪은 어려움을 이야기했다. 그리고 워 싱턴 고등학교의 많은 학생이 재정적인 곤란과 가정불화, 약물과 총기 사고로 인한 상처까지 자기보다 더 어려운 환경에 처했다는 사실을 인정했다. 그렇지만 시련은 '강점'이고 그들의 성공은 용기 와 투지를 증명할 것이라고 설득했다. 9학년과 10학년 학생은 성 적을 높일 계획을 짜고, 11학년과 12학년은 대학 입시를 준비하라 고 조언했다. 그리고 기탄없이 도움을 청하라고 당부했다. "제 말 들리나요?" 옥외 관람석을 채우고 무대 앞까지 나와 선 학생들을 향해 물었다. "제가 무슨 말을 하는지 들리나요? 전국의 부잣집 아 이들은 다 아는 정보니까 여러분도 알아야 합니다. 여러분도 입학 해서 여러분 몫의 교육을 받아야 하니까요. 꼭 해내야 합니다!"[65]

MTV의 얼굴인 스웨이 캘러웨이가 보도차 뉴욕에서 날아왔다. 그는 그날 장면이 MTV, BET, 그리고 니켈로디언의 전파를 탈 예 정이니 학생들에게 밝은 모습을 보여달라고 부탁했다. 캘러웨이는 "영부인은 지구상 그 어디라도 갈 수 있는데 오늘 굳이 여러분의 학 교를 선택한 겁니다"라고 말했다. 그가 이 자리에 왔다는 것은 미셸 과 보좌진이 원칙에 따라 가장 적합한 청중을 골라 사업을 추진하 고 있다는 증거였다. 미셸은 기자들의 질문을 받지 않았다. 그러나 돌발 위험이 없는 무대 뒤에서 캘러웨이와 성소수자 매체 소속인 타일러 오클리와 인터뷰했다. 화기애애한 대화는 유튜브에서 불과 열흘 만에 120만 조회수를 기록했다.

체육관에 있는 학생들에게 미셸은 인종주의와 짐크로에 대해 말했다. 부커 T. 워싱턴과 학교의 가장 유명한 동문 마틴 루서 킹도 언급했다. 마틴 루서 킹은 학교에서 걸어서 10분 거리인 모어하우스 대학을 졸업했다. 두 사람은 진보의 유산과 스스로와 자기 가족을 위해 더 나은 삶을 살아야 할 의무를 남겼다고 미셸은 학생들에게 말했다. "변명은 필요 없습니다. 만일 누군가가 여러분에게 대학에 갈 재목이 아니라고 말한다면 무시해버리세요. 그들이 틀렸다는 것을 증명해 보이십시오." 미셸은 조부모가 부모에게, 프레이저와 메리언 로빈슨이 그녀와 크레이그에게 전해준 유산을 자연스럽게 얘기하고 있었던 것일지도 모른다. 사우스사이드의 소녀 미셸은 다시 그것을 전달하고 있었던 것이다. "여러분 모두를 사랑합니다. 신의 은총이 함께하기를. 열심히 공부하세요."

미셸 오바마

백악관 생활이 거의 6년째 접어들던 2014년, 미셸은 선거 유세에 나섰다. 상원에서 민주당의 다수당 지위를 회복하려는 싸움이었다. 버락은 궁지에 몰린 듯했다. 머리가 하얗게 셌고 지지율은 미셸보다 적어도 20퍼센트는 낮은 40퍼센트대에 머물렀다. 여러 후보들이 대통령과 함께하는 집회는 별로 득이 될 것이 없다고 여겼지만 미셸의 방문은 환영했다. 플로리다에서 메인으로, 콜로라도로, 그리고 아이오와는 세 차례나 방문하면서 미셸은 12곳이 넘는 주에서 버락을 대신해 옳은 일에 목소리를 높이고 공화당의 행태를 비난했다. 공화당은 "납세자들의 시간과 돈을 낭비하고 있습니다. 상황이 아주 심각합니다. 그들은 제가 아이들의 비만을 개선하려 하는 일까지 방해합니다. 정말 심각한 일입니다."[1] 버락은 아주 좋은 표적이었다. 그를 악마에 빗댄 풍자가 점점 더 과감해졌지만 버락은 마땅한 대응책을 찾지 못했고, 민주당원들조차도 설득하지 못하는 듯 보였다. 이런 분위기에서 선거는 투표율이 고작 36퍼센트[2]에 그쳐 1942년도 이래 최저치를 기록했다. 공화당은 희희낙락하며 상원을 장악했고 44대 대통령은 더욱 고립된 처지로 전락했다.

미셸은 프로젝트를 계속 진행했다. 그렇지만 공적으로나 사적으로나 마치 고별사를 준비하는 사람처럼 보였다. 버락의 후계자 선출로 사회의 관심이 옮아가면서, 미셸은 친구들에게 만약 샤샤가 원한다면 고등학교를 졸업하는 2018년까지 워싱턴에 남을 작정이라고 말했다. 시카고에 미셸의 기반이 있고 친구와 가족도 여전히 사우스사이드에서 살고 있지만, 버락은 퇴임 후 살 집으로 뉴욕을 염두에 두고 있었다. 미셸은 뉴욕에 살면 시카고보다 익명성이 좀 더 보장되리라고 판단했고, 어항처럼 빤히 들여다보이는 백악관 생활 이후에는 그것도 나름 괜찮을 듯했다. 미셸은 건강을 유지하면서 아름다운 곳을 여행하다가 언젠가는 할머니가 되고 싶다고 말했다. 로라 부시와 함께한 행사에서 부시 가족은 세간의 이목에서 벗어난 후에 '어느 정도 자유를 누리는 듯' 보였다. 그들은 정계 은퇴 후 댈러스에서 만족스럽게 살고 있었다. "재직 당시보다 퇴임 후에 할 수 있는 일이 더 많습니다." 수백만 달러를 벌어들이는 회고록 작업을 하면서, 미셸은 더 이상 결과를 걱정할 필요가 없다면 참으로 할 얘기가 많을 거라고 친구들과 이야기했다. 사적인 자리에서 미셸은 백악관을 떠나면 자기가 바버라 부시처럼 보일 거라고 말한 적이 있었다. 있을 법하지 않은 장면을 상상하느라 손님들이 애쓰는 동안 미셸은 빙그레 웃기만 했다. 세 줄짜리 진주목걸이를 하고 다니기 때문에? 한 친구가 어리둥절해하며 물었다. 아니, 미셸은 웃었다. 뭐든 마음대로 떠들어댈 수 있으니까.

미셸은 스스로 '통계학적 변종'이라고 말한 적이 있다. 시카고 노동자 계층 출신 흑인 여성에서 미국 엘리트 사회로 단숨에 올라섰

미셸 오바마

기 때문이다. 역사에서 미셸의 위상은 1964년 1월 이후 그녀와 미국이 걸어온 길을 반영했다. 기회는 대폭 늘어났고 거친 길은 평탄해졌다. 그렇지만 아직 미셸은 여러 가지 면에서 예외적인 경우였다. 세상에 태어나고 반 세기가 지났지만 미국에서 스스로를 흑인이라고 규정하는 4,100만 명 대부분은 여전히 녹록지 않은 환경에서 살고 있었다. 백인과 흑인은 교도소 수감 비율이나 법제도상 신뢰도 차이는 말할 것도 없고 가계 수입, 부동산 보유, 대졸자 비율, 순자산도 현격한 차이를 보였다.[3] 미셸은 2014년 5월에 "너무 많은 사람이 단지 피부색 때문에 길거리에서 검문을 당합니다"라고 말했다.[4] 미국이 인종주의를 뛰어넘는다는 것은 암울한 얘기까지는 아니더라도 아직 웃음거리에 불과했다. 역사학자 마샤 섀틀레인은 미셸이 "놀라운 변화와 놀라운 정체"[5]를 목격한 세대라고 했다. 영부인이 사회가 불공평하다고 여기며 인내심을 잃어갈 때 버락은 이렇게 일깨워주었다. "긴 게임이야. 변화는 어렵고 더디고 결코 단박에 성취할 수 없는 거지. 그렇지만 종국에는 도달할 거야. 우리가 항상 그랬듯이 말야."[6]

하루는 백악관 집무실에서 제이컵 필라델피아라는 다섯 살짜리 흑인 꼬마가 대통령에게 조용히 질문했다. 목소리가 너무 작아서 버락이 되물어야 했다. 아이의 말은 "제 머리카락도 당신과 똑같은지 궁금해요"였다.[7] 버락은 가까이 와 확인해보라며 허리를 숙였다. 제이컵이 손을 뻗어 버락의 머리카락을 만지자 백악관 사진사가 그 장면을 담았다. 사진은 웨스트윙에 5년 이상 걸려 있었다. 다른 사진들이 다 교체될 때도 그 사진만큼은 자리를 지켰다. 미셸은 내슈빌 흑인 교회에서 그 장면을 환경이 아무리 혹독하고 갈 길이 아무리 멀어 보여도 진보는 반드시 온다는 상징으로 제시했다. "생각해보세요. 사진을 본 아이들이 어떻게 아무 생각이 없겠어요. 아이들이 아는 건 그것뿐이고, 흑인이 미국 대통령이 될 수 있다는 사실을 당연하게 받아들이며 자랄 텐데요."[8] 미셸은 백악관에서 1960년대 모타운 음악의 유행을 기념하는 워크숍을 개최했을 당시 "전국의 모든 어린 소녀들이 다이애나 로스가 《에드 설리번 쇼 The Ed Sullivan Show》에 출연한 것을 본 순간 변화가 일어났다"고 회상한 적이 있다.[9] 마찬가지로 어린 소년소녀들이 미셸 오바마가 백악관에 있는 모습을 본 것만으로도 무언가 변하고 있을 것이라고 미셸은 생각했다.

미셸은 비만, 교육, 군인 가족 대상 사업에 엄청난 시간을 쏟아부었다. 자신의 프로젝트, 그리고 그 이면에 담은 메시지가 존속되기를 바랐기 때문이다. 하지만 공적인 삶에서 가장 자주 그녀를 일으켜 세운 힘은 지금까지 살아온 삶의 궤적에서 나오는 상징성이었다. 미셸은 리처드 J. 데일리 시장 치하의 힘겨운 시카고부터 프린스턴으로, 하버드로, 출세와 직업적 성취로, 그리고 백악관이라는 영광스러운 자리로 올라섰다. 그것이 바로 미셸이 소외된 학생들, 자신감 없는 학생들에게 그토록 적극적으로 자기 얘기를 들려준 이유다. 그것이 바로 절제, 인내, 품위를 강조한 이유다. 그리고 그 모든 아이들을 안아준 이유다.[10] 어느 날 미셸은 "영부인인 제가 왜 이러고 다니는지 아세요?"라고 물었다.[11] 워싱턴의 한 고등학교 학생들에게 전진하라고 외치는 중이었다. "왜냐하면 이게 지금 여러분을 위해 제가 할 수 있는 전부이기 때문입니다. 여러분이 선택할 수 있는 대안, 제가 그 모델인 겁니다." 과연 더 많은 걸 할 수 있을까? 그것은 백악관에서 임기가 끝날 때까지, 그리고 다가올 몇 년간 이어질 질문일 것이다.

미셸 오바마

．．．

"백악관에 흑인 가족이 있다니, 놀라워라!"[12] BET 어워드* 시상식
에서 미셸의 소개를 받은 마야 안젤루가 한 말이다. 미셸에게 안젤
루는 영웅이고 뮤즈였다. 그의 긍정적인 시어들이 "내 작은 머리 밖
으로 나를 끄집어냈다"고 미셸은 말했다. 2014년 시인이 세상을 떠
난 후, 영부인은 바로 이 아칸소주 스탬스 출신 작가, 무용가, 가수,
교사, 즉석요리 전문가로부터 진정성과 자기 존중에 대해 무엇을
배웠는지를 이야기했다. 1928년에 태어난 안젤루는 "과거에 그 누
구도 감히 시도하지 못한 방식으로 흑인 여성의 아름다움을 찬양
했습니다. 우리 몸의 곡선, 우리의 큰 걸음, 우리의 힘, 우리의 우아
함을 말이지요."[13] 흑인 여성이 '숨 막히는 속박'을 당할 때 안젤루
는 "침착하게 모든 규정을 무시했습니다. …영광스러운 갈색 피부
구석구석에 만족했습니다."

　　노스캐롤라이나주 윈스턴세일럼에서 열린 추도식에서 미셸은
추모사를 했다. 미셸은 자신을 '시카고 사우스사이드 출신 흑인 소
녀'로 그렸다. 아이비리그 강의실에서 느낀 외로움을 설명했고 "몇
년간 선거 유세를 하면서 제 여성성은 난도질당하고 의심받기 일
쑤였습니다"라고 말했다. 사람들로부터 진실하다는 말을 들으면
기분이 좋았다. 그럴 때마다 안젤루를 생각했다. 미셸은 시인의 작
품이 자기를 비롯해 수많은 이들에게 무엇을 가능하게 했는지를
말했다. "안젤루의 시는 흑인 여성으로서 자부심을 갖게 해주었습
니다. 스스로 진실하면 결국 세상이 우리를 포용하리라는 사실을
보여주었습니다."

---

* Black Entertainment Television Network에서 2001년부터 매년 흑인과 소수인종 연
　예인에게 수여하는 상.

감사의 말

이 책은 오바마 대통령의 임기와 비슷한 시점에 아이오와에서 시작되었다. 2007년 미셸 오바마는 대븐포트부터 아이오와 폴스, 포트 다지, 록웰 시티를 돌며 자기 이야기를 들려주고, 남편의 출마를 치켜세웠다. 버락과 자기의 삶을 이야기하고 청중에게는 자기가 남편을 믿듯이 함께 믿어달라고 호소했다. 나는 아이오와에서 미셸을 따라다녔고, 유세 열기가 더하면서 뉴욕, 텍사스, 사우스캐롤라이나, 인디애나, 그리고 마지막 경선 장소인 오하이오에서도 그녀를 보았다. 선거를 전후해 상당 시간을 버락의 삶에 관해 쓰면서, 한편으로는 미셸의 성장 과정과 시카고에서의 이력을 찾아보았다. 『워싱턴 포스트』의 시카고 지국을 떠나 이 일을 시작하던 초기에 즐거움을 안겨준 신문사 편집자들과 나를 현명하게 이끌어준 정치부 동료들이 정말 고맙다.

미셸을 가까이서 지켜보면서 나는 유명인 버락의 부인이나 단순히 영부인으로서가 아니라, 미셸이 이야기의 주인공으로서 책 한

476

권을 채우기에 충분하다고 생각했다. 작업에 착수했을 때 신문사의 두 친구가 앤드루 와일리와 스콧 모이어스를 소개해주었다. 스콧이 펭귄로 돌아간 뒤 이 일을 맡은 사람이 앤드루였는데, 그는 일에 정통할 뿐만 아니라 든든하고 영리한 동료로 작가들이 원하는 바로 그런 사람이었다. 많은 질문에 답해준 와일리 에이전시의 재클린 코에게도 감사한다. 크노프의 에럴 맥도널드는 처음부터 내 생각을 믿어주었고, 어려울 때도 변함없이 지원해주었다. 니컬러스 톰슨, 커샌드라 패퍼스, 클레어 브래들리 옹, 그리고 캐럴 더바인 카슨을 포함해 책이 마무리되기까지 이끌어준 크노프의 유능한 직원들에게 감사를 표한다.

『워싱턴 포스트』를 떠난 뒤 운 좋게 교편을 잡게 된 노스웨스턴 대학에서도 활기차고 헌신적인 대학생 조사팀의 도움을 크게 받았다. 라이나 코언과 이본 콰드조는 나만큼 미셸 이야기를 많이 알게 됐고, 책의 각 장에 세부적인 이야기와 재치 있는 생각을 보태주었다. 2년간 벤저민 퍼디의 도움을 많이 받은 것도 행운이었다. 그리고 최종 단계에서 사진 기록에 특히 주의를 기울인 에밀리 얀, 그리고 애슐리 우드와 하윤아에게 감사를 표한다. 노스웨스턴의 메딜 저널리즘 스쿨 학장 브래들리 햄과 존 라빈, 그리고 전 부학장 메리 네즈빗에게 감사를 표한다. 그들의 지원과 유연한 태도 덕분에 작업을 빨리 해치울 수 있었다. 책 작업을 마칠 무렵 '아프리카 및 아프리카 미국인 연구를 위한 허친스 센터'는 휴식처를 제공하고 하버드 도서관을 이용하도록 배려해주었다.

노스웨스턴 대학의 여러 동료도 대화에 참여하고 격려해주었다. 메딜 스쿨의 세실리아 바이스만, 에이바 그린웰, 릭 툴스키, 잭 도펠트, 주디 맥코이, 에밀리 위스로, 카리 라이더슨, 찰스 휘터커, 루이스 키어넌에게 가슴 깊이 감사를 표현한다. 또 스테판 가넷, 알렉스 코틀로비츠, 베스 베넷, 조시 마이어, 로렌 기글리온, 메이-링 홉굿, 카렌 톰프슨, 더글러스 포스터 그리고 기타 많은 동료들과 학생들에게 감사를 표한다. 메딜 스쿨 이외에 노스웨스턴 대학의 헨리 빈포드, 메리 패틸로, 그리고 달린 클라크 하인 교수로부터 시카고의 역사와 문화에 대해 배울 수 있어서 기뻤다.

수십 명이 미셸과 버락 오바마, 그리고 그들이 사는 세상에 대해 알고 있는 이야기와 지혜를 나눠주었다. 그들의 성찰과 신뢰에 감사를 표한다. 오바마에 대해 사려 깊은 질문을 해준 기자와 언론인들에게도 큰 빚을 졌다. 비교적 최근 질문도 있고 더러는 20년 가까이 된 것도 있었는데, 그들의 질문 덕분에 이야기가 대단히 풍성해졌다. 자기 노트북을 열어 공개되지 않은 인터뷰를 제공해준 동료들인 『뉴욕 타임스』의 마이클 파월, 『보스턴 글로브 *The Boston Globe*』의 스콧 헬먼, 지금은 사라진 『시카고 트리뷴』의 데이비드 멘델과 존 매코믹, 그리고 『뉴요커』의 로렌 콜린스에게 특별히 인사를 전한다.

바쁜 생활 가운데서도 초고를 읽고 따끔한 조언과 현명한 충고를 해준 친구들이 없었다면 이 정도까지 해내지 못했을 것이다. 로빈 기번, 레이철 스웬스, 데이비드 램닉, 피터 베이커, 케빈 메리다, 덱스터 필킨스에게 감사를 인사를 전한다. 모두 미완성인 전기를 검토해주었을 뿐만 아니라 책이 출간되기까지 조언을 아끼지 않았고, 긴 시간 나와 대화를 나누었다. 대학 정치사 전문가인 마사 비온디가 고맙게도 프린스턴과 하버드 편을 감수해주었다. 그럼에도 사실이나 해석에 오류가 있다면 당연히 온전히 나의 책임이다.

솔직히 말하자면 이 프로젝트를 진행하면서 이런저런 수수께끼를 풀고 싶지 않은 날은 단 하루도 없었다. 친구들의 친절한 말 한

마디와 관대한 제안은 향유와도 같았다. 말해주고 경청해준 빌 휴 잇, 크리사 톰프슨, 제럴딘 바움, 데이비드 폰 드릴, 존 로저스, 엘리 자베스 쇼그렌, 캐시 라지비츠, 멜로디 홉슨, 크리스 웨스터펠드, 존 오들리 그리고 앤드리아 더빈의 지원이 대단히 고맙다. 러스 캐 넌, 셰릴 캐신, 블레인 하튼, 마고 싱어, 코니 슐츠, 에스터 페인, 스 티브와 레나 라이스, 톰 릭스, 마샤 리프먼, 조 데이, 존 웨스터펠드, 존 헤일레만, 그리고 스티브 머프슨에게도 감사를 표한다. 에번스 턴의 앤드루 존스턴—매우 관대한 사진 전문가다—트레이시 밴 무어레헴, 데브 터크하이머, 딜런 스미스, 딜런 페닝그로스, 이언 허 드 그리고 모든 링컨과 니콜스의 친구들에게도 감사 인사를 하고 싶다. 항상 빛나는 눈으로 이 프로젝트에 대해 이야기해준 마이크 클리어먼에게 특별히 감사를 표한다.

종종 어머니가 신문 스크랩을 담은 두툼한 편지를 보내신다. 어 머니 캐서린 데이 슬레빈은 1930년대에 처음 워싱턴에 살았고 펜 실베이니아가에서 백악관 터를 가로질러 내셔널 몰에 가던 기억을 들려주셨다. 아흔 살이 훌쩍 넘었지만 어머니는 인물의 성품이 드 러나는 크고작은 요소들을 예리하게 간파하신다. 이미 세상을 떠 나셨지만 기자였던 아버지 조지프 R. 슬레빈도 똑같은 장점을 지 니셨다. 두 분에게, 그리고 두 분의 관대한 영혼에 나는 형언할 수 없는 빚을 졌다. 형제자매 마이클 슬레빈, 조너선 슬레빈, 앤 펙의 사랑과 격려에도 감사를 표한다. 그리고 앤 마수어가 레이저 같은 눈썰미로 초고를 읽어주고 내 가족을 지원해준 것에 감사한다. 슬 레빈 가족, 마수어 가족, 그리고 그 친척들은 변함없이 활기찬 대화 와 성원으로 힘을 주었다.

2013년 여름 어느 날 케이트가 저녁 식탁에서 물었을 때 나는 이 프로젝트가 우리 가족 생활에 얼마나 깊숙이 들어와 있는지 깨달았다. "7월 17일에 무슨 일이 있었는지 아는 사람?" 여섯 살짜리 마일로가 주저 없이 말했다. "미셸 오바마의 생일 6개월 전후?" 비록 케이트는 다른 일을 마음에 두었겠지만 아이의 말은 옳았다. 아이작과 마일로는 나름대로 사실을 익히고 질문했다. 물론 내가 언제 작업을 마칠지가 제일 궁금했을 것이다. 맏이 닉도 당연히 열광적으로 응원했을 것이다. 아주 높고 먼 곳에서. 케이트 마수어는 역사학자의 전문성과 학자적 감수성으로 도움을 줬다. 항상 지혜롭고 충실하며, 항상 꿋꿋하고, 훌륭한 독자이자 훌륭한 친구로서 내 사고를 예리하게 벼리고 전진을 다그치며 끝까지 진실하게 남아주었다.

피터 슬레빈

주

————

롤로그 | 살아 있는 증거

1 미셸 오바마, 2010년,
   애너코스티어 고등학교 졸업식.
2 미셸 오바마, 2007년 9월 30일,
   흑인여성전국회의에서의 발언.
3 2007년 5월 22일, ABC 뉴스,
   굿모닝 아메리카, '러닝메이트:
   미셸 오바마와 일대일 인터뷰'.
4 베르나 윌리엄스와 저자 인터뷰.
5 미셸 오바마, 2009년 5월 16일,
   캘리포니아 대학에서의 발언.
6 트루퍼 샌더스와 저자 인터뷰.
7 Michelle Obama, *106 and Park*, BET,
   November 13, 2013.

1 | 시카고의 약속

1 댄 맥심과 저자 인터뷰.
2 2007년 6월 26일, 할렘에서
   미셸 오바마.
3 케이퍼스 퍼니에와 저자 인터뷰.
4 2008년 8월 26일, 민주당
   전국위원회에서 상영한
   《사우스사이드 걸》 비디오.
5 Richard Wright, *Black Boy*, p.252.
6 Ibid., p.261.
7 Ibid., p.262.
8 St. Clair Drake and Horace R. Cayton,
   *Black Metropolis: A Study of Negro Life
   in a Northern City*, p.202.
9 Ibid., p.379; Adam Green, *Selling the
   Race: Culture, Community and Black
   Chicago, 1940-1955*, pp.58~59.
10 Nicholas Lemann, *The Promised Land:
   The Great Migration and How It
   Changed America*, p.64.
11 John Paul Stevens, "The Court and the
   Right to Vote: A Dissent", *New York
   Review of Books*, August 15, 2013.
12 Rachel L. Swarns, *American Tapestry:
   The Story of the Black, White and
   Multiracial Ancestors of Michelle
   Obama*, pp.156~160.
13 Ibid., p.79.
14 Ibid., p.80.
15 Ibid., pp.92~93.
16 Ibid., p.83.
17 Beryl Satter, *Family Properties: Race,
   Real Estate and the Exploitation of Black
   Urban America*.
18 Arnold R. Hirsch, *Making the Second
   Ghetto: Race&Housing in Chicago,
   1940-1960*, pp.4~5.
19 Ibid., p.29.
20 Drake and Cayton, p.202.

21 Ibid., p.206.

22 2009년 9월 18일, 워싱턴에서 버락 오바마의 연설.

23 Swarns, p.93.

24 노메니 로빈슨과 저자 인터뷰.

25 Swarns, p.97.

26 Swarns, p.100.

27 2013년 4월 26일, 무디 신학대학 스콧 영의 이메일.

28 Swarns, p.100.

29 노메니 로빈슨과 인터뷰.

30 Ibid.

31 노메니 로빈슨과 인터뷰.

32 Swarns, p.101.

33 노메니 로빈슨과 인터뷰.

34 Craig Robinson, *A Game of Character: A Family Journey from Chicago's Southside to the Ivy League and Beyond*, p.27.

35 노메니 로빈슨과 인터뷰; Michelle Obama, *American Grown: The Story of the White House Kitchen Garden and Gardens Across America*, p.12.

36 노메니 로빈슨과 인터뷰.

37 Ibid.

38 리처드 헌트와 저자 인터뷰.

39 Ibid.

40 Ibid.

41 루벤 크로퍼드와 저자 인터뷰.

42 노메니 로빈슨과 인터뷰; family remembrance prepared for Fraser Robinson's memorial service, Chicago, March 10, 1991.

43 노메니 로빈슨과 인터뷰.

44 Nelson Algren, *Chicago: City on the Make*, pp.45~46.

45 찰리 브라운과 저자 인터뷰.

46 Margaret T.G. Burroughs, "What Shall I Tell My Children Who Are Black?", Chicago: M.A.A.H. Press, 1968.

47 Margaret Taylor Burroughs, *Life with Margaret: The Official Autobiography*, pp.72~73.

48 Richard Hofstadter, *The American Political Tradition and the Men Who Made It*, p.135.

49 찰리 브라운과 인터뷰.

50 버나드 쇼와 저자 인터뷰.

51 루벤 크로퍼드와 인터뷰.

52 케이퍼스 퍼니에와 인터뷰.

53 Ibid.

54 Adam Green, p.198.

55 "The Murder of Emmett Till", http://www.pbs.org/wgbh/amex/till/sfeature/sf_remember.html.

56 The Rev. Jesse Jackson Sr., "Appreciation: Rosa Parks", *Time*, October 30, 2005.

57 노메니 로빈슨과 인터뷰.

58 National Register of Historic Places registration form, *National Park Service*, October 2011.

59 James R. Grossman, Ann Durkin Keating and Janice L. Reiff(eds.), *The Encyclopedia of Chicago*.

60 2011년 10월, 국가 사적지 등록 양식, 국립공원관리국.

61 Mary McLeod Bethune, "Chicago's Parkway Gardens Symbol of Growing Economic Unity and Strength", *Chicago Defender*, December 9, 1950.

62 Richard M. Leeson, *Lorraine*

Hansberry: A Research and Production
Sourcebook, p.6.

63 Lorraine Hansberry, To Be Young,
Gifted and Black, p.51.

64 Anne Cheney, Lorraine Hansberry,
p.55.

65 Lorraine Hansberry, A Raisin in the
Sun, p.143.

66 Scott Feinberg, "Tonys: A Moment
in the Sun for 'A Raisin in the Sun'
Nominee LaTanya Richardson
Jackson", Hollywood Reporter, May 27,
2014.

67 앤드루 로빈슨과 인터뷰.

68 조 헤게더스와 저자 인터뷰.

69 미국 육군 기록.

70 미국 육군 기록.

71 Christopher Manning, "African
Americans", in Grossman, Keating and
Reiff(eds.); Nicholas Lemann, p.70.

2 | 사우스사이드

1 2008년, 메리언 로빈슨과
스콧 헬먼의 미발표 인터뷰.

2 메리언 로빈슨이 크레이그 로빈슨의
말을 인용, A Game of Character: A
Family Journey from Chicago's Southside
to the Ivy League and Beyond, p.xi.

3 2009년 3월 1일,《CBS 선데이
모닝》에서 짐 액설로드.

4 Michelle Obama, "Reaching Out and
Reaching Back", InsideOut, University
of Chicago Office of Community and
Government Affairs, September 2005.

5 2013년 7월 23일, 뉴올리언스에서
개최된 라라사 전국위원회에서

미셸 오바마의 발언.

6 Rachel Swarns, American Tapestry:
The Story of the Black, White and
Multiracial Ancestors of Michelle
Obama, pp.150~151.

7 2008년, 메리언 로빈슨과
스콧 헬먼의 미발표 인터뷰.

8 Swarns, p.88.

9 Ibid., p.72.

10 Dempsey Travis, An Autobiography of
Black Jazz, p.240.

11 Laura Brown, "Michelle Obama:
America's Got Talent", Harper's
Bazaar, October 13, 2010.

12 Robinson, p.16.

13 Susan Saulny, "Michelle Obama
Thrives in Campaign Trenches", New
York Times, February 14, 2008.

14 2008년, 메리언 로빈슨과
마이클 파월의 미발표 인터뷰.

15 National Advisory Commission on Civil
Disorders, pp.1~2.

16 Lyndon Baines Johnson, speech, The
White House, July 27, 1967,
http://millercenter.org/president/
speeches/speech-4040.

17 Pierre de Vise, Chicago's Widening
Color Gap, p.18.

18 Ibid., pp.75~76.

19 John Hall Fish, Black Power/White
Control: The Struggle of the Woodlawn
Organization in Chicago(Princeton,
N.J.: Princeton University Press,
1973), p.13; 저자 인터뷰.

20 티뮤얼 블랙과 저자 인터뷰.

21 Robinson, p.5.

22 Sel Yackley, "South Shore: Integration Since 1955", *Chicago Tribune*, April 9, 1967.

23 "His Designs on Shower Curtains Led to Success", *Chicago Tribune*, April 14, 1966.

24 레너드 주얼과 저자 인터뷰.

25 1996년, 마리아나 쿡의 버락 오바마와 미셸 오바마 인터뷰.

26 Ta-Nehisi Coates, "American Girl", *Atlantic*, January 2009.

27 Robinson, p.7.

28 Taylor Branch, *At Canaan's Edge: America in the King Years, 1965~1968*, p.516.

29 Ibid., pp.501~509.

30 Jeff Kelly Lowenstein, "Resisting the Dream", *Chicago Reporter*, May 2006.

31 Branch, pp.509~511; Lowenstein, "Resisting the Dream".

32 Branch, p.558.

33 Ibid.

34 Ibid., p.523.

35 Leon Despres, *Challenging the Daley Machine: A Chicago Alderman's Memoir*, p.45.

36 Adam Cohen and Elizabeth Taylor, *American Pharaoh: Mayor Richard M. Daley—His Battle for Chicago and the Nation*, p.157.

37 Ibid., p.146.

38 Flynn McRoberts, "Chicago's Black Political Movement: What Happened?", *Chicago Tribune*, July 4, 1999.

39 Ibid.

40 Mitchell Locin and Joel Kaplan, "'I Never Did Think I Would Ever Be Really Involved in Politics'—Eugene Sawyer", *Chicago Tribune*, February 1, 1989.

41 William E. Schmidt, "Chicago Nears Choice for Mayor as Race Issue Flares", *New York Times*, February 27, 1989.

42 댄 맥심과 저자 인터뷰

43 2008년, 메리언 로빈슨과 마이클 파월의 미발표 인터뷰.

44 2008년, 메리언 로빈슨과 스콧 헬먼의 미발표 인터뷰.

45 2007년, 크레이그 로빈슨과 저자 인터뷰.

46 Kristen Gelineau, "Would-be First Lady Drifts into Rock-Star Territory, Tentatively", Associated Press, March 30, 2008.

47 Robinson, p.12.

48 2014년 6월 7일, 마야 안젤루 추모행사에서 미셸 오바마의 발언.

49 Rosalind Rossi, "Obama's Anchor", *Chicago Sun-Times*, January 21, 2007.

50 2012년 12월 23일, 미셸 오바마, 북미항공우주사령부.

51 2014년 6월 7일, 마야 안젤루 추모행사에서 미셸 오바마의 발언.

52 2009년 10월 2일, 코펜하겐, 국제올림픽위원회에서 미셸 오바마의 연설.

53 Grace Ybarra, "Michelle Obama Gets Kids Moving", *Sports Illustrated Kids*, June 25, 2013.

54 국제올림픽위원회에서 미셸 오바마의 연설.

55 Saulny, "Michelle Obama Thrives".

56 Robinson, p.11.

57 Ibid., p.8.

58 2013년 11월 20일, 버락 오바바가 자유훈장을 수여하며.

59 Chicago Tonight, WTTW, April 30, 2010.

60 Michelle Obama, *American Grown: The Story of the White House Kitchen Garden and Gardens Across America*, p.15.

61 Harriette Cole, "From a Mother's Eyes", *Ebony*, September 2008.

62 Ibid.

63 재클린 토머스와 저자 인터뷰.

64 Saulny, "Michelle Obama Thrives".

65 Elizabeth Brackett, Chicago Tonight, WTTW, October 28, 2004.

66 Robinson, p.70.

67 Scott Helman, "Holding Down the Obama Family Fort: 'Grandma' Makes the Race Possible", *Boston Globe*, March 30, 2008.

68 2008년, 스콧 헬먼과 메리언 로빈슨의 인터뷰.

69 Robinson, p.58.

70 2014년 10월 18일, 프린스턴 대학의 흑인동문회 행사에서 크레이그 로빈슨의 발언. 흑표범당은 1966년에 창설되었다.

71 Kevin Merida, "A Piece of the Dream", *Washington Post*, January 16, 2008.

72 Jackie Robinson column, *Chicago Defender*, March 14, 1964.

73 Ta-Nehisi Coates, "The Legacy of Malcolm X: Why His Vision Lives On in Barack Obama", *Atlantic*, April 2, 2010.

74 Barack Obama, *Dreams from My Father*, p.86.

75 Remnick, *The Bridge*, pp.233~234.

76 Robinson, p.53.

77 Robinson, p.12; Laura Brown, "Michelle Obama: America's Got Talent".

78 Ta-Nehisi Coates, "American Girl".

79 "Northwestern Dorms Bar Negro Students", *Chicago Defender*, August 14, 1943; "N.U. Keeps Jim Crow in Dorms", *Chicago Defender*, September 11, 1943; "Northwestern Sued for $50,000 in Dorm Ban", *Chicago Defender*, December 11, 1943.

80 베티 리드와 저자 인터뷰.

81 Rosemary Ellis, "A Conversation with Michelle Obama" Good Housekeeping, November 2008, www.goodhousekeeping.com/ family/celebrity-interviews/ michelle-obama-interview.

82 2013년 3월 4일, 미셸 오바마와 켈리 리파의 구글 행아웃 인터뷰.

83 Rosemary Ellis, "A Conversation with Michelle Obama".

84 Robinson, p.77.

85 Ibid., p.155.

86 Ibid., pp.6~7.

87 A Salute, p.68.

88 Michelle Obama, "Be Fearless", in Editors of Essence Magazine, *A Salute to Michelle Obama* (New York: Essence Communications, 2012), p.36.

89 Rosalind Rossi, "Obama's Anchor: As His Career Soars Toward a Presidential Bid, Wife Michelle Keeps His Feet on the Ground", *Chicago Sun-Times*, January 21, 2007.

90 Robinson, p.70.

91 Elizabeth Brackett, Chicago Tonight, WTTW, October 28, 2004.

92 2008년, 메리언 로빈슨과 파월의 미발표 인터뷰.

93 Cole, "From a Mother's Eyes".

94 2014년 5월 17일, 켄자스주 토피카에서 미셸 오바마의 발언.

95 Coates, "American Girl".

96 Ibid.

97 Lauren Collins, "The Other Obama: Michelle Obama and the Politics of Candor", *New Yorker*, March 10, 2008.

98 Cole, "From a Mother's Eyes".

3 | 아직 쓰이지 않은 운명

1 Craig Robinson, *A Game of Character: A Family Journey from Chicago's Southside to the Ivy League and Beyond*, p.58.

2 Ibid., p.59.

3 Ibid., pp.58~60.

4 2007년, 크레이그 로빈슨과 저자 인터뷰.

5 2013년 7월 23일, 뉴올리언스에서 개최된 라라사 전국위원회에서 미셸 오바마의 발언.

6 그레이스 헤일과 저자 인터뷰.

7 Ibid.

8 재클린 토머스와 저자 인터뷰.

9 William Finnegan, "The Candidate: How the Son of a Kenyan Economist Became an Illinois Everyman", *New Yorker*, May 31, 2004.

10 Shailagh Murray, "A Family Tree Rooted in American Soil", *Washington Post*, October 2, 2008.

11 Robinson, pp.103, 14~15.

12 Ibid., pp.14~15.

13 케이퍼스 퍼니에와 저자 인터뷰.

14 노메니 로빈슨과 저자 인터뷰.

15 앤드루 로빈슨과 저자 인터뷰.

16 Paul Grimes, "Galbraiths Fete Mrs. Kennedy at Formal Dinner on Her Last Day in India", *New York Times*, March 21, 1962.

17 앤드루 로빈슨, 노메니 로빈슨과 저자 인터뷰.

18 2007년 11월 20일, 사우스캐롤라이나주 오렌지버그에서 미셸 오바마의 발언.

19 2008년, 메리언 로빈슨과 마이클 파월의 미발표 인터뷰.

20 스털링 스터키와 저자 인터뷰.

21 Rachel Swarns, panel discussion, Northwestern University History Department, October 19, 2012.

22 Rachel Swarns, *American Tapestry: The Story of the Black, White and Multiracial Ancestors of Michelle Obama*, p.108.

23 2013년 8월 27일, 백악관 휘트니 영 영화 시사회에서 미셸 오바마.

24 Deval Patrick, *A Reason to Believe: Lessons from an Improbable Life*, p.22.

25 Ibid., p.119.

26 Ibid., p.32.

27 더발 패트릭과 저자 인터뷰.

28 Patrick, p.17.

29 Robinson, p.28.

30 Finnegan, "The Candidate"; Michelle
Obama, *American Grown: The Story of
the White House Kitchen Garden and
Gardens Across America*, p.13.

31 Lauren Collins, "The Other Obama:
Michelle Obama and the Politics of
Candor", *New Yorker*, March 10, 2008.

32 Robinson, pp.29~30.

33 2010년 4월 27일, 도미니칸
대학에서 열린 토론회에서 크레이그
로빈슨의 발언.

34 2009년 3월 1일, CBS 방송에서 짐
액설로드, "First Coach".

35 크레이그 로빈슨과 저자 인터뷰.

36 Craig Robinson, Good Morning
America, March 4, 2010.

37 Robinson, p.147.

38 그레이스 헤일과 저자 인터뷰.

39 Robinson, p.73.

40 노메니 로빈슨과 저자 인터뷰.

41 Laura Brown, "Michelle Obama:
America's Got Talent", *Harper's
Bazaar*, October 13, 2010.

42 2008년 8월 26일, 민주당
전당대회에서 미셸 오바마의 연설.

43 2007년 12월 31일, 아이오와주
그린넬에서 미셸 오바마의 발언.

44 Rickey Smiley Show, Radio One,
February 7, 2014.

45 Holly Yeager, "The Heart and Mind
of Michelle Obama", *O: The Oprah
Magazine*, November 2007.

46 댄 맥심과 저자 인터뷰.

47 짐 액설로드, "First Coach".

48 크레이그 로빈슨과 저자 인터뷰.

49 Michelle Obama, *American Grown*,
p.15.

50 Darlene Superville, "First Lady: Not
Surprised by Reaction to Oscars",
Associated Press, March 1, 2013.

51 Robinson, pp.60~61.

52 레너드 주얼과 저자 인터뷰.

53 Robinson, p.35.

54 Rebecca Johnson, "The Natural", *Vogue*,
September 2007.

55 레너드 주얼과 저자 인터뷰.

56 Ibid.

57 Judy Keen, "Candid and Unscripted,
Campaigning Her Way", *USA Today*,
May 11, 2007.

58 Karen Springen, *Chicago*,
October 2004. Reprinted at
www.chicagomag.com as "First Lady in
Waiting", June 22, 2007.

59 Robinson, p.84.

60 Ibid., p.81.

61 일리노이주 시니어 올림픽 결과
기록지, 운영위원 데버러 스테일리,
스피링필드 일리노이주.

62 Yeager, "Heart and Mind".

63 Grace Ybarra, "Michell Obama Gets
Kids Moving", *Sports Illustrated Kids*,
June 25, 2013.

64 Yeager, "Heart and Mind".

65 Judith Jamison, *Dancing Spirit: An
Autobiography*, p.132.

66 Peter Bailey, "Young: 4th Black Leader
to Die Since 1963", *Jet*, April 1, 1971.

67 2013년 8월 27일, 백악관 휘트니 영
    영화 시사회에서 미셸 오바마.

68 에이바 그린웰과 저자 인터뷰.

69 1975년 시카고 도시연맹 소식지
    5 · 6월호.

70 Ibid.

71 휘트니 영 고등학교 소장 자료 중
    버나르 도슨의 메모.

72 제프리 윌슨과 저자 인터뷰.

73 Ibid.

74 Ibid.

75 Geraldine Brooks, "Michelle Obama
    and the Roots of Reinvention: How
    the First Lady Learned to Dream Big",
    More, October 2008.

76 Kathy Burns, "South Shore High:
    Flaws Mar 'Architect's Jewel'", *Chicago
    Tribune*, July 20, 1969. Bernard Judge,
    "Witness Tells of Vast Waste at School
    Site", *Chicago Tribune*, March 7, 1970.

77 Robinson, p.79.

78 2008년 8월 26일, 민주당
    전당대회에서 크레이그 로빈슨의
    연설.

79 2013년 5월 18일, 테네시주 네슈빌,
    마틴 루서 킹 주니어 마그넷
    스쿨에서 미셸 오바마의 연설.

80 2009년 5월 12일, 워싱턴 D.C.에서
    국가 및 지역사회봉사단에 관한
    미셸 오바마의 발언.

81 Yeager, "Heart and Mind".

82 2008년, 메리언 로빈슨과 마이클
    파월의 미발표 인터뷰.

83 그레이스 헤일과 인터뷰.

84 Katie Couric, "Michelle Obama: Your
    First Lady", *Glamour*, November 2009.

85 Richard Wolffe, "Barack's Rock",
    Newsweek, February 25, 2008.

86 Elizabeth Brackett, Chicago Tonight,
    WTTW, October 28, 2004.

87 2008년, 메리언 로빈슨과 마이클
    파월의 미발표 인터뷰.

88 일리노이 대학 시카고 소장 자료 중
    에런 페인의 기록.

89 루벤 크로퍼드와 저자 인터뷰.

90 머렐 더스터와 저자 인터뷰.

91 Teresa Fambro Hooks, "18th Annual
    Chicago Film Fest Opening Honors
    the Primos", *Chicago Defender*, August
    1, 2012.

92 그레이스 헤일과 저자 인터뷰; 머렐
    더스터와 저자 인터뷰.

93 Maureen O'Donnell, "Ida B. Wells'
    Grandson Took On Machine", *Chicago
    Sun-Times*, February 17, 2011.

94 머렐 더스터와 저자 인터뷰.

95 Robinson, p.95.

96 2008년, 메리언 로빈슨과
    스콧 헬먼의 미발표 인터뷰.

97 Chicago Tonight, WTTW, April 30,
    2010.

98 2014년 10월 18일, 프린스턴 대학의
    흑인 동문회 행사에서 크레이그
    로빈슨의 발언.

99 Robinson, p.96.

100 2012년 9월 4일, 민주당
    전당대회에서 미셸 오바마의 연설.

101 2014년 9월 8일, 조지아주
    애틀랜타, 부커 T. 워싱턴
    고등학교에서 미셸 오바마의 연설.

102 Theresa Fambro Hooks, "Weeklong
    Drama Festival at Chicago Ensemble

Theater", *Chicago Defender*, November 16, 2006.

103 2008, 메리언 로빈슨과 마이클 파월의 미발표 인터뷰.

4 | 오렌지와 검정

1 Alan Sipress, "Class of 1985 Stands as Most Selective Ever", *The Daily Princetonian*, June 4, 1981.

2 1981년 9월 13일, 윌리엄 보언 총장의 연설. 프린스턴 대학 소장 자료.

3 Ibid. 전 영부인 재클린 오나시스는 자신의 장례식(1994년)에 「이타카」를 낭송해달라고 요청했다.

4 2014년 1월 16일, 백악관에서 미셸 오바마의 발언.

5 "Obama Speaks with MSNBC's Mika Brzezinski", MSNBC, November 13, 2007.

6 2012년 5월 12일, 이스턴 켄터키 대학 졸업식에서 미셸 오바마의 발언.

7 Rebecca Johnson, "The Natural", *Vogue*, September 2007.

8 2013년 11월 12일, 벨 다문화 고등학교에서 미셸 오바마의 발언.

9 2013년 5월 18일, 테네시주 네슈빌, 마틴 루서 킹 주니어 마그넷 고등학교에서 미셸 오바마의 발언.

10 Craig Robinson, *A Game of Character: A Family Journey from Chicago's Southside to the Ivy League and Beyond*, p.105.

11 Ibid., pp.113~114.

12 Ibid., p.124.

13 마빈 브레슬러와 저자 인터뷰.

14 Michelle Robinson, "Princeton-Educated Blacks and the Black Community", senior thesis, Princeton University, 1985, p.26.

15 프린스턴 대학 기록.

16 1985학번 통계는 프린스턴 대학 기록에 따름.

17 W.E.B. Du Bois, Souls of Black Folk.

18 힐러리 비어드와 저자 인터뷰.

19 Michelle Robinson, "Princeton-Educated Blacks and the Black Community", senior thesis, Princeton University, 1985.

20 Brian Feagans, "Color of Memory Suddenly Grows Vivid", *Atlanta Journal-Constitution*, April 13, 2008.

21 Ibid.

22 루스 시먼스와 저자 인터뷰.

23 로빈 기번과 저자 인터뷰.

24 샤론 홀랜드와 저자 인터뷰.

25 Ibid.

26 힐러리 비어드와 저자 인터뷰.

27 체르니 브래수얼과 저자 인터뷰.

28 루스 시먼스와 저자 인터뷰.

29 2014년 10월 18일, 프린스턴 대학의 흑인동문회 행사에서 크레이그 로빈슨의 발언.

30 켄 브루스와 저자 인터뷰.

31 로렌 유고르지와 저자 인터뷰.

32 Daily Princetonia, February 26, 1985.

33 Sally Jacobs, "Learning to be Michelle Obama", *Boston Globe*, June 15, 2008.

34 Daily Princetonian, February 26, 1985.

35 힐러리 비어드와 저자 인터뷰.

36 Ibid.

37 Lauren Collins, "The Other Obama:
Michelle Obama and the Politics of
Candor", *New Yorker*, March 10, 2008.

38 Jodi Kantor, "The Obamas' Marriage",
New York Times Magazine, October
26, 2009.

39 2014년 6월 21일, 워싱턴 D.C. 대학
지원 프로그램 수료자들에게 미셸
오바마가 한 발언.

40 Tamara Jones, "Michelle Obama Gets
Personal", *More*, January 31, 2012.

41 마빈 브레슬러와 저자 인터뷰.

42 켄 브루스와 저자 인터뷰.

43 샤론 홀랜드와 저자 인터뷰.

44 로렌 유고르지와 저자 인터뷰.

45 William G. Bowen and Derek Bok,
*The Shape of the River: Long-Term
Consequences of Considering Race in
College and University Admissions*, p.5.

46 Ibid., p.8.

47 Sarah Brown, "Obama '85 Masters a
Balancing Act", *Daily Princetonian*,
December 7, 2005.

48 Collins, "The Other Obama".

49 Rosalind Rossi, "Obama's Anchor: As
His Career Soars Toward a Presidential
Bid, Wife Michelle Keeps His Feet
on the Ground", *Chicago Sun-Times*,
January 21, 2007.

50 Karen Springen and Jonathan Darman,
"Ground Support", *Newsweek*, January
29, 2007.

51 Randall Kennedy, *The Persistence of
the Color Line: Racial Politics and the
Obama Presidency*, pp.182, 16.

52 Ibid., p.183.

53 Mark Bernstein, "Identity Politics: Why
Randall Kennedy '77 Writes About
Racial Loyalty, Betrayal and Selling
Out", *Princeton Alumni Weekly*, April
2, 2008.

54 2002년 3월 3일, 랜들 케네디와
브라이언 램의 인터뷰.

55 수잰 알렐레 입학 서류,
프린스턴 대학.

56 체르니 브래수얼과 저자 인터뷰.

57 2007년, 미셸 오바마와 저자 인터뷰.

58 Suzanne Alele obituary, *Princeton
Alumni Weekly*, October 24, 1990.

59 Joan Quigley, "Homecoming",
Princeton Alumni Weekly, December 8,
2010.

60 2009년 5월 12일, 워싱턴 D.C.에서
국가 및 지역사회봉사단에 관한
미셸 오바마의 발언.

61 Eric Schmidt, "Fresh Air Fund Offers
Off-Season Adventures", *New York
Times*, June 16, 1985.

62 Geoffrey Canada,
newyorktimes.com, video, 2006,
https://www.youtube.com/watch-v=C
a9rd4aA_t0&feature=related.

63 미셸 오바마, 2009년 5월 16일,
캘리포니아 대학에서의 발언.

64 "Fresh Air Fund Opens Up New Views
of Family and Community", *New York
Times*, May 19, 1985.

65 "Voices Ring Out at a Fresh Air
Camp", *New York Times*, August 11,
1985.

66 "Wishes and Goals at Camps for City

Children", *New York Times*, August 10, 1986.

67 윌리엄 줄리어스 윌슨, *The Declining Significance of Race: Blacks and Changing American Institutions*, p.21.

68 윌리엄 줄리어스 윌슨과 저자 인터뷰.

69 Michelle Robinson, "Princeton-Educated Blacks", p.8.

70 Ibid., p.7.

71 Ibid., pp.8~9.

72 Ibid., p.3.

73 Ibid., p.54.

74 Wilson, p.2.

75 Michelle Robinson, "Princeton-Educated Blacks", p.55.

76 Ibid., p.53.

77 Ibid., p.62.

78 Ibid., p.3.

79 Ibid., p.3.

80 Esther Breger, "All Eyes Turn to Michelle Obama '85", *Daily Princetonian*, November 5, 2008.

81 켄 브루스와 저자 인터뷰.

82 2007년, 미셸 오바마와 저자 인터뷰.

83 Ibid.

84 2008년 8월 26일, 민주당 전당대회에서.

5 | 진보의 이면

1 2014년 6월 21일, 워싱턴 D.C. 대학 지원 프로그램 수료자들에게 미셸 오바마의 발언.

2 Scott Turow, *One L: The Turbulent True Story of a First Year at Harvard Law School*, p.ix.

3 Ibid., p.277.

4 로버트 윌킨스와 저자 인터뷰.

5 베르나 윌리엄스와 저자 인터뷰.

6 Harvard University Fact Book, http://oir.harvard.edu/fact-book.

7 William G. Bowen and Derek Bok, *The Shape of the River: Long-Term Consequences of Considering Race in College and University Admissions*, p.5.

8 베르나 윌리엄스와 저자 인터뷰.

9 Ibid.

10 하버드 로스쿨 대변인 미셸 디킨과 저자의 이메일 인터뷰.

11 조슬린 프라이와 저자 인터뷰.

12 베르나 윌리엄스와 저자 인터뷰.

13 Kevin Murphy, "Actress Rashad Delivers Cosby's Message", *Capital Times*(Madison, Wisc.), September 19, 2006.

14 베르나 윌리엄스와 저자 인터뷰.

15 조슬린 프라이와 저자 인터뷰.

16 베르나 윌리엄스와 저자 인터뷰.

17 찰스 오글트리와 저자 인터뷰.

18 미셸 로빈슨, 하버드 로스쿨 1988년 졸업 앨범; 블랙레터 저널 1986년판.

19 David Remnick, *The Bridge: The Life and Rise of Barack Obama*, p.187.

20 블랙레터 저널 문서; 전 블랙레터 저널 편집자 진저 맥나이트와 저자 인터뷰.

21 Remnick, *The Bridge*, p.200.

22 "Dreams of Obama", *Frontline*, January 2009.

23 Derrick Bell, "The Civil Rights Chronicles", *Harvard Law Review*, November 1985, p.13.

24 Ibid., p.14.

25 Ibid., p.16.

26 Ibid., p.30.

27 Derrick A. Bell, "Who's Afraid of Critical Race Theory?", *University of Illinois Law Review* 893(1995): 900.

28 Bell, "Civil Rights Chronicles", p.11.

29 Wilson, *The Declining Significance of Race*, p.120.

30 Fox Butterfield, "Old Rights Campaigner Leads a Harvard Battle", *New York Times*, May 21, 1990.

31 Ibid.

32 Vincent Harding, "Equality Is Not Enough", *New York Times*, October 11, 1987.

33 Victor Bolden, "Black Lawyers Host Constitutional Conference", *Harvard Law Record*, September 18, 1987.

34 로버트 윌킨스와 저자 인터뷰.

35 Michael Sudarkasa, "Verna Williams: Providing a Spark, a Light ⋯a Beacon", *BLSA Memo*, Summer 1988, p.7.

36 Michelle Robinson, "Minority and Women Law Professors: A Comparison of Teaching Styles", *BLSA Memo*, Summer 1988, p.30.

37 찰스 오글트리와 저자 인터뷰.

38 Michelle Robinson, "Minority and Women Law Professors".

39 Ibid.

40 Ibid.

41 데이비드 윌킨스와 저자 인터뷰.

42 Karyn E. Langhorne, "Bureau Commemorates 75 Years of Legal Aid", *Harvard Law Record*, April 29, 1988.

43 Ibid.

44 하버드 법률지원사무소 기록.

45 1988년, 제75회 하버드 법률지원사무소 연례 보고서.

46 "Michelle Obama's Commitment to Public Service Began at HLS", *Harvard Law Bulletin*, 2008.

47 아일린 세이드먼과 저자 인터뷰.

48 1996년, 마리아나 쿡의 버락 오바마와 미셸 오바마 인터뷰.

49 로버트 윌킨스와 저자 인터뷰.

50 아레바 벨 마틴과 저자 인터뷰.

51 Ibid.

52 Ibid.

53 Karen W. Arenson, "Princeton Honors Ex-Judge Once Turned Away for Race", *New York Times*, June 5, 2001.

54 조슬린 프라이와 저자 인터뷰.

55 Ibid.

56 베르나 윌리엄스와 저자 인터뷰.

57 로버트 윌킨스와 저자 인터뷰.

58 Stefan Fatsis, "Arias Urges 5,500 Harvard Graduates to Help Ease Suffering", Associated Press, June 9, 1988.

59 "Bok Assails Gap in Pay in Vital Jobs", *New York Times*, June 10, 1988.

60 데이비드 윌킨스와 저자 인터뷰.

6 | 옳은 일을 찾아서

1 2009년 11월 2일, 워싱턴 D.C.에서 미셸 오바마의 발언.

2 Flynn McRoberts, "Chicago's Black Political Movement: What Happened?", *Chicago Tribune*, July 4, 1999. 훗날 오바마 부부의 친구이자

조언자, 밸러리 재럿의 시아버지가
되는 『시카고 트리뷴』 기자 버논
재럿이 작성했다.

3   Andrew H. Malcolm, "A Matter of
    Blacks and Whites", *New York Times*,
    March 27, 1983.

4   Barack Obama, *Dreams from My
    Father*, p.147.

5   앨런 그린과 저자 인터뷰.

6   Lynne Marek, "The 'Other Obama'
    Honed Her Skills at Sidley Austin",
    National Law Journal, June 23, 2008.

7   메리 허칭스 리드와 저자 인터뷰.

8   존 레비와 저자 인터뷰.

9   메리 허칭스 리드와 저자 인터뷰.

10 네이트 아이머와 저자 인터뷰.

11 존 레비와 인터뷰.

12 스티븐 칼슨과 저자 인터뷰.

13 Suzanne Malveaux, "The Obamas",
    CNN, January 1, 2009.

14 Barack Obama, "My First Date with
    Michelle", *O: The Oprah Magazine*,
    February 2007.

15 Michelle Obama, The Oprah Winfrey
    Show, January 19, 2005.

16 Holly Yeager, "The Heart and Mind
    of Michelle Obama", *O: The Oprah
    Magazine*, November 2007.

17 1996년, 마리아나 쿡의 버락
    오바마와 미셸 오바마 인터뷰.

18 Ibid.

19 Cassandra West, "Her Plan Went Awry,
    but Michelle Obama Doesn't Mind",
    Chicago Tribune, September 1, 2004.

20 Michelle Obama, *106 and Park*, BET,
    November 19, 2013.

21 2007년 6월 26일, 할렘에서
    미셸 오바마의 발언.

22 David Maraniss, *Barack Obama: The
    Story*, p.162.

23 Ibid.

24 2014년 6월 7일, 마야 안젤루
    추모행사에서 미셸 오바마의 발언.

25 Barack Obama, *Dreams*, pp.47~48.

26 2012년 9월 4일, 민주당
    전당대회에서 미셸 오바마의 연설.

27 Barack Obama, *Audacity of Hope*,
    p.346.

28 찰스 페인과 저자 인터뷰.

29 2008년 10월 24일, 오하이오주
    애크런 유세장에서 미셸 오바마의
    발언.

30 Barack Obama, *Dreams*, p.98.

31 Maraniss, *Barack Obama*.

32 2006년, 노스웨스턴 대학
    졸업식에서 버락 오바마의 연설.

33 Barack Obama, *Dreams*, p.95.

34 Ibid., p.98.

35 Ibid., p.97.

36 Ibid., p.98.

37 찰스 페인과 저자 인터뷰.

38 2008년 4월, 필라델피아에서
    버락 오바마의 연설, "A More
    Perfect Union".

39 Barack Obama, *Dreams*, p.102.

40 Ibid., p.104.

41 Ibid., p.105.

42 뉴턴 미노와 저자 인터뷰.

43 Remnick, *The Bridge*, p.193.

44 로런스 트라이브의 미발표된
    데이비드 렘닉 인터뷰.

45 Suzanne Malveaux, CNN, January 1,

2009.

46 Rosemary Ellis, "A Conversation with Michelle Obama", *Good Housekeeping*, November 2008, www.goodhousekeeping.com/family/celebrity-interviews/michelle-obama-interview.

47 Ibid.

48 Malveaux, CNN, January 1, 2009.

49 Ibid.

50 1996년, 마리아나 쿡의 버락 오바마와 미셸 오바마 인터뷰.

51 Barack Obama, Audacity of Hope, p.329.

52 Ibid., p.332.

53 2012년 9월 17일, 《레이철 레이 쇼》에서 미셸 오바마의 발언.

54 쿡 카운트 등기소 기록.

55 Barack Obama, *Audacity of Hope*, pp.332~333.

56 Liza Mundy, *Michelle: A Biography*, p.138.

57 2012년, 민주당 전당대회에서 미셸 오바마의 연설.

58 Mundy, p.138.

59 Barack Obama, *Dreams*, p.142.

60 Peter Slevin, "For Clinton and Obama, a Common Ideological Touchstone", *Washington Post*, March 25, 2007.

61 마이크 크루글릭과 저자 인터뷰.

62 그레고리 갈루조와 저자 인터뷰; Slevin, "For Clinton and Obama".

63 Barack Obama, *Dreams*, p.170.

64 Ibid., p.157.

65 2008년 8월 26일, 민주당 전당대회에서 미셸 오바마의 연설.

66 2011년 5월 25일, 옥스퍼드 대학, 크라이스트 처치 칼리지에서 미셸 오바마의 연설.

67 Rebecca Johnson, "The Natural", *Vogue*, September 2007.

68 M. Charles Bakst, "Brown Coach Robinson a Strong Voice for Brother-in-Law Obama", *Providence Journal*, May 20, 2007.

69 Bill Reynolds, "Welcome to Obama's Family", *Providence Journal*, February 15, 2007.

70 Suzanne Malveaux, CNN, January 3, 2009.

71 Elizabeth Brackett, Chicago Tonight, WTTW, October 28, 2004.

72 Chuck Klosterman, "First Coach", *Esquire*, February 1, 2009.

73 Johnson, "The Natural".

74 Fox Butterfield, "First Black Elected to Head Harvard's Law Review", *New York Times*, February 6, 1990.

75 Amanda Paulson, "Michelle Obama's Story", *Christian Science Monitor*, August 25, 2008.

76 2007년, 미셸 오바마와 저자 인터뷰.

77 Craig Robinson, *A Game of Character: A Family Journey from Chicago's Southside to the Ivy League and Beyond*, pp.153~154.

78 Ibid., p.155.

79 Barack Obama, *Audacity of Hope*, p.332.

80 Debra Pickett, "My Parents Weren't College-Educated Folks, So They Didn't Have a Notion of What We

Should Want", *Chicago Sun-Times*,
September 19, 2004.

81 Michelle Obama, North Carolina A&T
commencement, May 12, 2012.

7 | 자산과 결핍

1 수전 셔와 저자 인터뷰.

2 2007년, 밸러리 재럿과 저자 인터뷰.

3 Ibid.

4 Cal Fussman, "Valerie Jarrett: What I've
Learned", *Esquire*, May 2013.

5 Timuel D. Black Jr., *Bridges of Memory:
Chicago's First Wave of Black Migration*,
p.579.

6 Ibid., p.581.

7 Ibid., p.593.

8 2008년 11월, 시카고, 전국의료조합
행사에서 밸러리 재럿의 발언.

9 Death notice, University of Chicago,
September 29, 2011.

10 Black, p.575.

11 Ibid., p.578.

12 Ibid., p.592.

13 Ibid., pp.581~582.

14 Joe Heim, "Just Asking: Valerie Jarrett
on Giving Bad Advice, Shyness and
the Value of Loyalty", *Washington Post*,
December 7, 2014.

15 Fussman, "Valerie Jarrett".

16 애브너 미크바와 저자 인터뷰.

17 2007년, 밸러리 재럿과 저자 인터뷰.

18 Ibid.

19 Jay Newton-Small, "Michelle Obama's
Savvy Sacrifice", *Time*, August 25,
2008.

20 Jim Axelrod, "First Coach", CBS,
March 1, 2009.

21 Newton-Small, "Michelle Obama's
Savvy Sacrifice".

22 Rebecca Johnson, "The Natural", *Vogue*,
2007.

23 2007년, 미셸 오바마와 저자 인터뷰.

24 찰스 페인과 저자 인터뷰.

25 애브너 미크바와 저자 인터뷰.

26 브루스 오렌스테인과 저자 인터뷰.

27 2014년 6월 22일, 버락 오바마의
퍼레이드 인터뷰.

28 저드슨 마이너와 저자 인터뷰.

29 David Remnick, *The Bridge: The Life
and Rise of Barack Obama*, p.220.

30 저드슨 마이너와 저자 인터뷰.

31 Barnett v. Daley, 32 F.3d 1196(1994).

32 2007년 7월, 저드슨 마이너의
비망록.

33 저드슨 마이너와 저자 인터뷰.

34 Debra Pickett, "My Parents Weren't
College-Educated Folks, So They
Didn't Have a Notion of What We
Should Want", *Chicago Sun-Times*,
September 19, 2004.

35 "Barack Obama Revealed", CNN,
August 20, 2008.

36 Ibid.

37 Carol Felsenthal, "The Making of a
First Lady", *Chicago*, January 16, 2009.

38 2014년 11월 24일, 워싱턴 D.C.,
자유훈장 수여식에서 버락 오바마의
발언.

39 Janny Scott, *A Singular Woman: The
Untold Story of Barack Obama's Mother*,
p.303.

40 찰스 페인과 저자 인터뷰.

41 Felsenthal, "The Making of a First Lady".

42 데이비드 윌킨스와 저자 인터뷰.

43 Carol Felsenthal, "Yvonne Davila, Close Friend of Michelle Obama, Could Be in Trouble", *Chicago*, December 2012.

44 신디 모엘리스와 저자 인터뷰.

45 샐리 두로스와 저자 인터뷰.

46 데이비드 모세나와 저자 인터뷰.

47 Geraldine Brooks, "Michelle Obama and the Roots of Reinvention: How the First Lady Learned to Dream Big", *More*, October 2008.

48 데이비드 모세나와 저자 인터뷰.

49 샌디 뉴먼과 저자 인터뷰.

50 매들린 탤벗과 저자 인터뷰.

51 Gretchen Reynolds, "Vote of Confidence", *Chicago*, January 1993.

52 Ibid.

53 Veronica Anderson, "Forty Under 40: Here They Are, the Powers to Be", *Crain's Chicago Business*, September 27, 1993.

54 1991년 11월, 윙스프레드 회의록.

55 1991년 11월, 윙스프레드 회의 참가자 목록.

56 Paul Schmitz, *Everyone Leads: Building Leadership from the Community Up*, p.17.

57 Eric Krol, "Service to Community Helps Pay the Way Toward College Education", *Chicago Tribune*, April 29, 1994.

58 재키 그림쇼와 저자 인터뷰.

59 레이프 엘스모와 저자 인터뷰.

60 John P. Kretzmann and John L. McKnight, *Building Communities from the Inside Out: A Path toward Finding and Mobilizing a Community's Assets*, 1993.

61 2007년, 민주당 전당대회에서 미셸 오바마의 연설.

62 Geraldine Brooks, "Michelle Obama and the Roots of Reinvention".

63 Richard Wolffe, "Barack's Rock", *Newsweek*, February 25, 2008.

64 Ibid.

65 Jeremy Mindich, "AmeriCorps: Young, Spirited and Controversial", *Chicago Tribune*, April 9, 1995.

66 2009년 5월 12일, 워싱턴 D.C.에서 국가 및 지역사회봉사단에 관한 미셸 오바마의 발언.

67 조비 피터슨 케이츠와 저자 인터뷰.

68 2009년 6월 16일, Greater D.C. Cares 행사에서 미셸 오바마의 발언.

69 Christi Parsons, Bruce Japsen and Bob Secter, "Barack's Rock", *Chicago Tribune*, April 22, 2007.

70 조비 피터슨 케이츠와 저자 인터뷰.

71 크리슈나 골든과 저자 인터뷰.

72 2009년 6월 16일, Greater D.C. Cares 행사에서 미셸 오바마의 발언.

73 레이프 엘스모와 저자 인터뷰.

74 줄리 설리번과 저자 인터뷰.

75 조비 피터슨 케이츠와 저자 인터뷰.

76 줄리 설리번과 저자 인터뷰.

77 폴 슈미츠와 저자 인터뷰.

78 켈리 제임스와 저자 인터뷰.

79 Hank De Zutter, "What Makes Obama Run?", *Chicago Reader*, December 8, 1995.

80 2009년 5월 16일, 캘리포니아 대학에서 미셸 오바마의 발언.

81 써니 피셔와 저자 인터뷰.

8 | 갈등

1 Holly Yeager, "The Heart and Mind of Michelle Obama", *O: The Oprah Magazine*, November 2007.

2 2009년 5월 16일, 캘리포니아 대학에서 미셸 오바마의 발언.

3 Ibid.

4 Arnold R. Hirsch, *Making the Second Ghetto: Race and Housing in Chicago, 1940-1960*, pp.144~145.

5 John W. Boyer, *A Hell of a Job Getting It Squared Around: Three Presidents in Times of Change; Ernest D. Burton, Lawrence A. Kimpton and Edward H. Levi*, p.112.

6 Ibid., p.116.

7 Ibid., p.131.

8 Ibid., p.130.

9 James R. Grossman, Ann Durkin Keating and Janice L. Reiff(eds.), *The Encyclopedia of Chicago*, p.848.

10 Hirsch, p.170.

11 존 보이어와 저자 인터뷰.

12 Timuel D. Black Jr., *Bridges of Memory: Chicago's First Wave of Black Migration*, p.583.

13 아서 서스먼과 저자 인터뷰.

14 2007년, 미셸 오바마와 저자 인터뷰.

15 Summer Links and Jennifer Nanasco, "Close-up on Juvenile Justice: Author Former Offender Among Speakers", *University of Chicago Chronicle 17*,

16 no.4(November 6, 1997).

16 Ibid.

17 아서 서스먼, 존 보이어와 저자 인터뷰.

18 존 보이어와 저자 인터뷰.

19 Ibid.

20 Ibid.

21 Ibid.

22 멀리사 해리스페리와 저자 인터뷰.

23 새뮤얼 스피어스와 저자 인터뷰.

24 아널드 서스먼과 저자 인터뷰.

25 Paul Schmitz, *Everyone Leads: Building Leadership from the Community Up*, p.245.

26 Robert Draper, "Barack Obama's Work in Progress", *GQ*, November 2009.

27 Jeff Zeleny, "As Author, Obama Earns Big Money and a New Deal", *New York Times*, March 20, 2009.

28 Thomas Hardy, "Jackson Foe Now Wants Old Job Back", *Chicago Tribune*, December 19, 1995.

29 David Remnick, *The Bridge: The Life and Rise of Barack Obama*, p.283.

30 2007년, 미셸 오바마와 스콧 헬먼의 미발표 인터뷰.

31 Scott Helman, "Early Defeat Launched a Rapid Political Climb", *Boston Globe*, October 12, 2007.

32 Liza Mundy, "A Series of Fortunate Events", *Washington Post*, August 12, 2007.

33 애브너 미크바와 저자 인터뷰.

34 1996년, 마리아나 쿡의 버락 오바마와 미셸 오바마 인터뷰.

35 Ibid.

36 Draper, "Barack Obama's Work in Progress".

37 1996년, 마리아나 쿡의 버락 오바마와 미셸 오바마 인터뷰.

38 Remnick, *The Bridge*.

39 Joe Frolik, "A Newcomer to the Business of Politics Has Seen Enough to Reach Some Conclusions About Restoring Voters' Trust", *Cleveland Plain Dealer*, August 3, 1996.

40 Barack Obama, *Dreams from My Father*, p.97.

41 존 맥나이트와 저자 인터뷰.

42 Hank De Zutter, "What Makes Obama Run?", *Chicago Reader*, December 8, 1995.

43 Ibid.

44 매들린 탤벗과 저자 인터뷰.

45 에밀 존스와 저자 인터뷰.

46 Remnick, *The Bridge*, p.299.

47 신시아 커너리와 저자 인터뷰.

48 래리 월시와 저자 인터뷰.

49 Barack Obama, *Audacity of Hope*, p.339.

50 Carol Felsenthal, "The Making of a First Lady", *Chicago*, January 16, 2009.

51 Barack Obama, *Audacity of Hope*, p.339.

52 Geraldine Brooks, "Michelle Obama and the Roots of Reinvention: How the First Lady Learned to Dream Big", *More*, October 2008.

53 Barack Obama, *Audacity of Hope*, p.339.

54 버락과 미셸 오바마의 종합소득 신고서.

55 2007년, 미셸 오바마와 스콧 헬먼의 미발표 인터뷰.

56 Ibid.; 2012년 9월 4일, 민주당 전당대회에서 미셸 오바마의 연설 참조.

57 Maggie Murphy and Lynn Sherr, "The President and Mrs. Obama on Work, Family and Juggling It All", *Parade*, June 20, 2014.

58 Ray Gibson, John McCormick and Christi Parsons, "How Broke Were the Obamas? Hard to Tell", *Chicago Tribune*, April 20, 2008.

59 말리크 네벨스와 저자 인터뷰.

60 Barack Obama, *Audacity of Hope*, p.3.

61 Ibid., p.105.

62 Ted Kleine, "Is Bobby Rush in Trouble?", *Chicago Reader*, March 17, 2000.

63 Ibid.

64 Ibid.

65 Ibid.

66 David Mendell, *Obama: From Promise to Power*, pp.190~191.

67 Barack Obama, *Audacity of Hope*, p.340.

68 "Philip, Criminals Win Again", *Chicago Tribune*, December 31, 1999.

69 Barack Obama, *Audacity of Hope*, p.106.

70 Ibid.

71 Ibid., p.354.

72 Ibid., p.107.

73 Ibid., p.355.

74 Ibid.

75 1996년, 마리아나 쿡의

버락 오바마와 미셸 오바마 인터뷰.

76 Ibid.

77 줄리 설리번과 저자 인터뷰.

78 Barack Obama, *Audacity of Hope*, p.336.

79 Ibid., p.340.

80 Ibid.

81 Ibid., p.346.

82 밸러리 재럿과 프론트라인의 인터뷰, www.pbs.org/wgbh/pages/frontline/government-elections-politics/choice-2012/the-frontline-interview-valerie-jarrett

83 Ibid.

84 Ibid.

85 2009년 9월 18일, 워싱턴 D.C., 드와이트 아이젠하워 행정부 청사에서 미셸 오바마의 연설.

86 2010년 2월 25일, 워싱턴 D.C., Bipartisan Health Care Summit에서 버락 오바마의 발언.

87 밸러리 재럿과 프론트라인의 인터뷰, www.pbs.org/wgbh/pages/frontline/government-elections-politics/choice-2012/the-frontline-interview-valerie-jarrett.

88 Barack Obama, *Audacity of Hope*, p.186.

89 Ibid., p.4.

90 Ibid.

91 댄 쇼몬과 저자 인터뷰.

92 2006년 11월, 애리조나주 피닉스, 미국 잡지 학회에서 버락 오바마와 데이비드 렘닉의 인터뷰.

93 Helman, "Early Defeat Launched a Rapid Political Climb".

94 Ibid.

95 2014년 6월 7일, 마야 안젤루 추모행사에서 미셸 오바마의 발언.

96 Helman, "Early Defeat".

9 | 망치지 말아요

1   수전 셔와 저자 인터뷰.

2   2007년, 밸러리 재럿과 저자 인터뷰.

3   수전 셔와 저자 인터뷰.

4   케네스 케이츠, 수전 셔와 저자 인터뷰.

5   로지타 레진과 저자 인터뷰.

6   Michelle Obama, "Reaching Out and Reaching Back", *InsideOut*, University of Chicago Office of Community and Government Affairs, September 2005.

7   Michelle Obama, "Reaching Out".

8   Annah Dumas-Mitchell, "Officials to Contractors: Blacks Won't Be Cheated", *Chicago Defender*, November 29, 2001.

9   LaRisa Lynch, "AACA and University of Chicago Hospitals Reach Agreement to Increase Black Participation in Construction Employment Opportunities", *Chicago Defender*, December 6, 2001.

10 정보공개법에 의거하여 획득한 시카고 교통국 문서.

11 조앤 아치 대 존 이스턴, 시카고 대학 홍보국.

12 시카고 대학 통계 자료.

13 케네스 케이츠와 저자 인터뷰.

14 존 로저스와 저자 인터뷰.

15 제프리 스톤과 저자 인터뷰.

16 2007년, 윌리엄 데일리의 저자 인터뷰.

17 2007년, 밸러리 재럿과 저자 인터뷰.

18 2007년, 미셸 오바마와 저자 인터뷰.

19 2007년, 밸러리 재럿과 저자 인터뷰.

20 Barack Obama, *Audacity of Hope*, p.100.

21 연방선거위원회의 선거 자금 조달 보고서.

22 Barack Obama, *Audacity of Hope*, p.5.

23 David Mendell, *Obama: From Promise to Power*, p.152.

24 Scott Fornek, "Barack Obama", *Chicago Sun-Times*, March 1, 2004.

25 William Finnegan, "The Candidate: How the Son of a Kenyan Economist Became an Illinois Everyman", *New Yorker*, May 31, 2004.

26 New Day, CNN, June 23, 2014.

27 Barack Obama, *Audacity of Hope*, p.341.

28 Ibid., p.341.

29 Rebecca Johnson, "The Natural", *Vogue*, September 2007.

30 댄 쇼몬과 저자 인터뷰.

31 Cassandra West, "Her Plan Went Awry, but Michelle Obama Doesn't Mind", *Chicago Tribune*, September 1, 2004.

32 Holly Yeager, "The Heart and Mind of Michelle Obama", *O: The Oprah Magazine*, November 2007.

33 Johnson, "The Natural".

34 Yeager, "Heart and Mind".

35 2007년 10월 23일, 캘리포니아주 롱비치, 여성협회에서 미셸 오바마의 발언.

36 2008년, 메리언 로빈슨, 스콧 헬먼과의 미공개 인터뷰.

37 Barack Obama, *Audacity of Hope*, p.340.

38 Ibid., p.341.

39 Yeager, "Heart and Mind".

40 Barack Obama, *Audacity of Hope*, p.341.

41 2003년, 플레전트 리지 선교침례교회에서의 버락 오바마의 발언. 브루스 오렌스테인과 빌 글레이더가 촬영했다.

42 Barack Obama, *Audacity of Hope*, pp.5~7.

43 Lauren W. Whittington, "Final Days for Fightin' Illini", *Roll Call*, March 9, 2004.

44 Frank Main, "Hull's Dirty Laundry on the Line", *Chicago Sun-Times*, February 28, 2004.

45 포러스트 클레이풀과 저자 인터뷰.

46 Monica Davey, "A Surprise Senate Contender Reaches His Biggest Stage Yet", *New York Times*, July 26, 2004.

47 Scott Turow, "The New Face of the Democratic Party and America", *Salon*, March 30, 2004.

48 Barack Obama, *Audacity of Hope*, p.359.

49 "Dreams of Obama", *Frontline*, January 20, 2009.

50 Ibid.

51 Elizabeth Taylor, "There Has Always Been …This Hopefulness About the Country", *Chicago Tribune*, October

29, 2006.

52 2004년 7월 27일, 민주당 전당대회에서 버락 오바마의 연설.

53 2005년 1월 19일, 《오프라 윈프리 쇼》에서.

54 Yeager, "Heart and Mind".

55 Suzanne Bell, "Michelle Obama Speaks at Illinois State U", *Daily Vidette*, October 26, 2004.

56 Debra Pickett, "My Parents Weren't College-Educated Folks, So They Didn't Have a Notion of What We Should Want", *Chicago Sun-Times*, September 19, 2004.

57 Bell, "Michelee Obama Speaks at Illinois State U", 2004.

58 Elizabeth Brackett, Chicago Tonight, WTTW, October 28, 2004.

59 2007년 10월 23일, 캘리포니아주 롱비치, 여성협회에서 미셸 오바마의 발언.

60 레이프 엘스모와 저자 인터뷰.

61 케네스 케이츠와 저자 인터뷰.

62 케이티 매코믹 렐리벨트와 저자 인터뷰.

63 Johnson, "The Natural".

64 하룬 라시드와 저자 인터뷰.

65 Carol Felsenthal, "The Making of a First Lady", *Chicago*, January 16, 2009.

66 제임스 그로스먼과 저자 인터뷰.

67 David Mendell, "Barack Obama: Democrat for U.S. Senate", *Chicago Tribune*, October 22, 2004.

68 Rick Pearson and John Chase, "Unusual Match Nears Wire: Obama, Keyes Faceoff to Have Place in the Books",

Chicago Tribune, November 2, 2004.

69 2004년, 버락 오바마와 저자 인터뷰.

70 Ibid.

71 Jeff Zeleny, "New Man on the Hill", *Chicago Tribune*, March 20, 2005.

72 Bob Sector, "Obama's 2006 Income Drops", *Chicago Tribune*, April 17, 2007.

73 2006년, 버락 오바마와 저자 인터뷰.

74 Maureen Dowd, "She's Not Buttering Him Up", *New York Times*, April 25, 2007.

75 미셸 오바마의 존 매코믹과 미발표 인터뷰.

76 2007년, 밸러리 재럿과 저자 인터뷰.

77 당시 시카고 병원장 제임스 마데라와 저자 인터뷰.

78 예일 대학 하를란 크룸홀츠와 저자 인터뷰.

79 에릭 휘터커와 저자 인터뷰.

80 로라 덕스와 저자 인터뷰.

81 Yeager, "Heart and Mind".

82 제임스 마데라와 저자 인터뷰.

83 Barack Obama, *Audacity of Hope*, pp.326~327.

10 | 저는 꽤 설득력이 있거든요

1 2010년 4월 27일, 도미니칸 대학에서 열린 토론회에서 크레이그 로빈슨의 발언.

2 Ibid.

3 Dan Balz and Haynes Johnson, *The Battle for America 2008*, p.30.

4 Cynthia McFadden, Nightline, ABC, October 8, 2012.

5 Larry King Live, CNN, February 11,

2008.

6 2010년 4월 27일, 도미니칸
대학에서 열린 토론회에서
크레이그 로빈슨의 발언.

7 Pete Thamel, "Coach with a Link to
Obama Has Hope for Brown's Future",
New York Times, February 16, 2007.

8 2010년 4월 27일, 도미니칸
대학에서 열린 토론회에서
크레이그 로빈슨의 발언.

9 Gwen Ifill, "Michelle Obama: Beside
Barack", Essence, November 5, 2008.

10 David Plouffe, The Audacity to Win:
The Inside Story and Lessons of Barack
Obama's Historic Victory, p.12.

11 Ibid.

12 Jodi Kantor and Jeff Zeleny, "Michelle
Obama Adds New Role to Balancing
Act", *New York Times*, May 18, 2007.

13 Plouffe, *Audacity to Win*, p.13.

14 Cal Fussman, "Valerie Jarrett: What I've
Learned", *Esquire*, April 22, 2013.

15 1996년, 마리아나 쿡의 버락
오바마와 미셸 오바마 인터뷰.

16 Ifill, "Michelle Obama".

17 McFarland, Nightline.

18 밸러리 재럿과 저자 인터뷰.

19 2007년, 미셸 오바마와 저자 인터뷰.

20 Ibid.

21 Ibid.

22 2007년 10월 23일, 캘리포니아주
롱비치, 여성협회에서
미셸 오바마의 발언.

23 코니 슐츠와 저자 인터뷰.

24 Kantor and Zeleny, "Michelle Obama
Adds New Role to Balancing Act".

25 "Obama Hasn't Smoked in Years,
Scared of My Wife", Associated Press,
September 23, 2013.

26 Plouffe, *Audacity to Win*, p.59.

27 Ibid., p.138.

28 애브너 미크바와 저자 인터뷰.

29 유권자와 저자 인터뷰.

30 Peter Slevin, "Midwest Towns Sour on
War as Their Tolls Mount", *Washington
Post*, July 14, 2007.

31 2007년 10월 9일, 아이오와주
록웰시티에서 미셸 오바마의 발언.

32 Robin Roberts, Good Morning
America, ABC News, May 22, 2007.

33 2007년 6월 26일, 할렘에서
미셸 오바마의 발언.

34 Maureen Dowd, "She's Not Buttering
Him Up", *New York Times*, April 25,
2007.

35 Tonya Lewis Lee, "Your Next First
Lady?", *Glamour*, September 2007.

36 Dowd, "She's Not Buttering Him Up".

37 Raina Kelley, "A Real Wife, In a Real
Marriage", *Newsweek*, February 16,
2008.

38 Lynn Norment, "The Hottest Couple
in America", *Ebony*, February 2007.

39 2014년 7월 17일, 시카고 대학병원
대변인 존 이스턴.

40 David Mendell, *Obama: From Promise
to Power*, p.381.

41 President's Commission on White
House Fellowships, website.

42 Sandra Sobieraj Westfall, "5 Things
to Know about Grandma-in-Chief
Marian Robinson", *People*, January 20,

2009.

43 Kelly Wallace, "What's a Hui and Why "Michelle Obama Can't Live Without Hers", *iVillage*, November 5, 2012.

44 이본 다빌라와 저자 인터뷰.

45 "Meet Dr. Anita Blanchard: A Doctor with a Mission", *InsideOut*, University of Chicago, September 2005.

46 마티 네즈빗과 저자 인터뷰.

47 Harriette Cole, "The Real Michelle Obama", *Ebony*, September 2008.

48 2007년 7월 5일, 밸러리 재럿과 저자 인터뷰.

49 2007년, 멜리사 윈터와 저자 인터뷰.

50 Peter Slevin, "Michelle Obama in Iowa Accident", *Washington Post*, Octber 9, 2007.

51 피트 지앤그레코와 저자 인터뷰.

52 조비 피터슨 케이츠와 저자 인터뷰.

53 Peter Slevin, "A Tiny Iowa Paper and One Very Big Name: Obama", WashingtonPost.com, January 3, 2008.

54 Plouffe, *Audacity to Win*, p.17.

55 첼시 캐머러와 저자 인터뷰.

56 Peter Wallsten and Richard Faussett, "For Black Skeptics, Obama Cites Iowa", *Los Angeles Times*, January 7, 2008.

57 Remnick, *The Bridge*, p.502.

58 Allison Samuels, "What Michelle Means to Us", *Newsweek*, November 21, 2008.

59 2007년 11월 25일, 사우스캐롤라이나주 오렌지버그에서 미셸 오바마의 연설. '제나 판결'은 루이지애나주 제나에서 발생한 인종주의적 사건을 일컫는다. 2006년 12월, 한 백인 학생을 구타한 제나 고등학교의 흑인 학생 5명을 검찰은 살인미수죄로 기소하기로 결정했다. 이로 항의하는 시위가 벌어졌다. 시위대는 결정이 지나치며 흑인들에 대한 그동안의 부당한 처우가 그대로 반영된 것이라고 주장했다. 사법 당국은 이후 기소 혐의를 낮췄다. 다섯 학생은 단순 구타 행위에 대해 유죄를 인정했다. 한 학생은 2급 구타 혐의에 유죄를 인정하고 실형을 선고받았다. Mary Foster, "Jena 6 Case Nears Conclusion", Associated Press, June 25, 2009.

60 재키 노리스와 저자 인터뷰.

11 | 불가능이라는 장막

1 Gwen Ifill, "Michelle Obama: Beside Barack", Essence, November 5, 2008.

2 Alec MacGillis, "A Margin That Will Be Hard to Marginalize", *Washington Post*, January 27, 2008.

3 데데 메이즈와 저자 인터뷰.

4 2008년 1월 24일, 오바마 선거용 정치자금 모금 편지에서 미셸 오바마의 글.

5 Lauren Collins, "The Other Obama: Michelle Obama and the Politics of Candor", *New Yorker*, March 10, 2008.

6 2008년, 멜리사 윈터와 저자 인터뷰.

7 데이비드 액설로드와 저자 인터뷰.

8 2008년 1월, 사우스캐롤라이나주 에스틸에서 미셸 오바마의 연설.

9 2008년 1월, 사우스캐롤라이나주 힐튼 헤드에서 미셸 오바마의 연설.

10 Ibid.

11 David Plouffe, *The Audacity to Win*, p.163.

12 앨리 캐러거와 저자 인터뷰.

13 Will.I.Am, "Why I Recorded 'Yes We Can'", *Huffington Post*, February 3, 2008.

14 사우스캐롤라이나주 힐튼 헤드에서 미셸 오바마의 연설.

15 사우스캐롤라이나주 에스틸에서 미셸 오바마의 연설.

16 Ibid.

17 사우스캐롤라이나주 힐튼 헤드에서 미셸 오바마의 연설.

18 케이티 매코믹 렐리벨트와 저자 인터뷰.

19 Hannity&Colmes, Fox, March 8, 2008.

20 Michelle Malkin, "Michelle Obama's America—and Mine", *Augusta Chronicle*, February 21, 2008.

21 위스콘신주 매디슨, C-SPAN에서 미셸 오바마의 연설.

22 Colin Powell, *My American Journey*, p.62.

23 폴 슈미츠와 저자 인터뷰.

24 티뮤얼 블랙과 저자 인터뷰.

25 제임스 몽고메리와 저자 인터뷰.

26 Michael Cooper, "Comments Bring Wives into Fray in Wisconsin", *New York Times*, February 20, 2008.

27 "Obama Defends Wife's Remark on Pride in Country", Associated Press, February 20, 2008.

28 "Michelle Obama Seeks to Clarify 'Proud' Remark", Associated Press, February 21, 2008.

29 2008년, 로버트 깁스와 저자 인터뷰.

30 The O'Reilly Factor, *Fox*, January 26, 2009.

31 *New Yorker*, July 21, 2008.

32 Nico Pitney, "Barry Blitt Defends His New Yorker Cover Art of Obama", *Huffington Post*, July 13, 2008.

33 Rosemary Ellis, "A Conversation with Michelle Obama", *Good Housekeeping*, November 2008.

34 Verna Williams, "The First (Black) Lady", *Denver University Law Review 86*, June 1, 2009.

35 Marjorie Williams, "Barbara's Backlash!", *Vanity Fair*, August 1992.

36 2007년, 아이오와주에서 미셸 오바마의 연설.

37 Michael Powell and Jodi Kantor, "After Attacks, Michelle Obama Looks for a New Introduction", *New York Times*, June 18, 2008.

38 Patrick Healy and Jeff Zeleny, "Wisconsin Hands Obama Victory, Ninth in a Row", *New York Times*, February 20, 2008.

39 Obama, Obama for America statement, March 14, 2008.

40 Ben Wallace-Weld, "Destiny's Child", *Rolling Stone*, February 22, 2007.

41 Brian Ross, ABC, March 13, 2008.

42 Dan Balz and Haynes Johnson, *The Battle for America 2008: The Story of an Extraordinary Election*, p.201.

43 마티 네즈빗과 저자 인터뷰.

44 Cash Michaels, "Wright Episode Was

‘Opportunity’ to Lead, Says Mrs. Obama”, *New York Amsterdam News*, April 18, 2008.

45 Plouffe, *Audacity to Win*, p.212.

46 Ibid., p.213.

47 Ibid., p.208.

48 MacKensie Carpenter, “Michelle Obama Wows Them at CMU”, *Pittsburgh Post-Gazette*, April 3, 2008.

49 Michaels, “Wright Episode”.

50 2008년 4월 29일, 노스캐롤라이나주 윈스턴 세일럼에서 버락 오바마의 발언.

51 Rosemary Ellis, “A Conversation with Michelle Obama”, *Good Housekeeping*, November 2008.

52 2015년 5월 9일, 터스키기 대학에서 미셸 오바마의 발언.

53 데이비드 액설로드와 저자 인터뷰.

54 포러스트 클레이풀과 저자 인터뷰.

55 Ibid.

56 Ibid.

57 David Mendell, *Obama: From Promise to Power*, p.382.

58 2007년 11월, 사우스캐롤라이나주 오렌지버그에서 미셸 오바마의 연설.

59 Mendell, p.382.

60 리처드 더빈과 저자 인터뷰.

61 60 Minutes, CBS, February 2007.

62 리처드 엡스타인과 저자 인터뷰.

63 2008년, 아르네 던컨과 저자 인터뷰.

64 메리 파틸로와 저자 인터뷰.

65 Ellen Warren, “Economist Gets Nobel, but Ex-Wife Is the Real Winner”, *Chicago Tribune*, October 20, 1995.

66 조지 허벡과 라이나 코언 인터뷰.

67 “Firebombs Damage Hyde Park Church”, *Chicago Tribune*, June 21, 1971.

68 조지 허벡과 라이나 코언 인터뷰.

69 Rachel Swarns, American Tapestry: The Story of the Black, White and Multiracial Ancestors of Michelle Obama, p.63.

70 코미디언 마이크 니콜스와 일레인 메이의 코멘트.

71 블루 볼리엣과 저자 인터뷰.

72 제이미 캘번과 저자 인터뷰.

73 Ibid.

74 2008년, 밸러리 재럿과 저자 인터뷰.

75 Alex Leary, “It’s Michelle Obama’s Time of Opportunity”, *St. Petersburg(Fla.) Times*, August 25, 2008.

76 데이비드 액설로드와 저자 인터뷰.

77 Plouffe, *Audacity to Win*, p.301.

78 Kristen Gelineau, “Would-be First Lady Drifts into Rock-Star Status, Tentatively”, Associated Press, March 30, 2008.

79 미셸 오바마가 오하이오주 아콘의 선거운동본부를 방문했다.

80 Craig Robinson, *A Game of Character: A Family Journey from Chicago’s Southside to the Ivy League and Beyond*, p.243.

81 Ibid., p.244.

82 마이켈라 로리와 저자 인터뷰.

83 트레이시 보이킨과 저자 인터뷰.

84 David Remnick, *The Bridge: The Life and Rise of Barack Obama*, p.558.

85 케이퍼스 퍼니에와 저자 인터뷰.

12 │ 아무것도 예견되지 않았다

1 2013년 8월 27일, 《톰 조이너 라디오
쇼》에서.

2 2009년, 크레이그 로빈슨과 저자
인터뷰.

3 2009년 4월, 미국 국회의사당에서
미셸 오바마의 발언.

4 Verna L. Williams, "The First (Black)
Lady", *Denver University Law Review*
86, June 1, 2009.

5 베르나 윌리엄스와 저자 인터뷰.

6 2010년 1월 13일, 백악관에서
기자들에게 한 미셸 오바마의 발언.

7 재키 노리스와 저자 인터뷰.

8 Robin Roberts, Good Morning
America, ABC News, May 22, 2007.

9 2011년 11월 11일, 워싱턴 D.C.
조지타운 대학에서 미셸 오바마의
발언.

10 애니타 맥브라이드와 저자 인터뷰.

11 Kati Marton, *Hidden Power:
Presidential Marriages That Shaped Our
Recent History*, p.232.

12 Ibid., p.209.

13 Ibid.

14 Ibid., pp.61~62.

15 Ibid., p.64.

16 Eleanor Roosevelt, "If I Were a Negro",
Negro Digest, October 1, 194.

17 John Johnson, oral history,
TheHistoryMakers.com.

18 Katherine Boyle, "EPA: Agency Is
at Center of President's 'Highest
Priorities', First Lady Says", *E&E News*

PM, February 26, 2009.

19 2009년 2월 23일, 교통부에서
미셸 오바마의 발언.

20 2009년 2월 19일, 농무부에서
미셸 오바마의 발언.

21 2009년 2월 2일, 교육부에서
미셸 오바마의 발언.

22 2009년 5월 12일, 워싱턴 D.C.에서
국가 및 지역사회봉사단에 관한
미셸 오바마의 발언.

23 2009년 6월 3일, 워싱턴
수학·과학·기술 고등학교
졸업식에서 미셸 오바마의 연설.

24 2009년 3월 19일, 애너코스티어
고등학교에서 미셸 오바마의 발언.

25 Lois Romano, "White House Rebel",
Newsweek, June 20, 2011.

26 로스코 토머스와 저자 인터뷰.

27 2009년 3월 19일, 애너코스티어
고등학교에서 미셸 오바마의 발언.

28 Ibid.

29 Robin Givhan, "Speaking Not of
Pomp, but Circumstance", *Washington
Post*, June 4, 2009.

30 2009년 11월 2일, 백악관에서
미셸 오바마의 발언.

31 조슬린 프라이와 저자 인터뷰.

32 2010년 5월 7일, 디트로이트
미술관에서 미셸 오바마의 연설.

33 Ibid.

34 조슬린 프라이와 저자 인터뷰.

35 Peter Baker, "Inside Obama's War on
Terror", *New York Times Magazine*,
January 5, 2010.

36 "The Employment Situation: March
2009", U.S. Bureau of Labor Statistics.

37 "The Employment Situation: May 2009", U.S. Bureau of Labor Statistics.

38 Peter Baker, "Obama Takes Oath and Nation in Crisis Embraces the Moment", *New York Times*, January 21, 2009.

39 마티 네즈빗과 저자 인터뷰.

40 밸러리 재럿과 저자 인터뷰.

41 수전 셔와 저자 인터뷰.

42 Cynthia McFadden, "The Contenders: Family Ties", Nightline, ABC News, October 8, 2012.

43 Oprah Winfrey, "Oprah Talks to Michelle Obama", *O: The Oprah Magazine*, April 2009.

44 더발 패트릭과 저자 인터뷰.

45 www.whitehousemuseum.org.

46 재키 노리스와 저자 인터뷰.

47 Robin Givhan, "One Lady, One Year, a Whole Lot of Firsts", *Washington Post*, January 14, 2010.

48 Michael Scherer and Nancy Gibbs, "Find Your Space, Find Your Spot, Wear What You Love", *Time*, June 1, 2009.

49 Holly Yeager, "The Heart and Mind of Michelle Obama", *O: The Oprah Magazine*, November 2007.

50 Rachel L. Swarns, "An In-Law Is Finding Washington to Her Liking", *New York Times*, May 4, 2009.

51 Eli Saslow, "From the Second City, an Extended First Family", *Washington Post*, February 1, 2009.

52 Oprah Winfrey, "Oprah Talks to Michelle Obama", *O: The Oprah Magazine*, April 2009.

53 2010년 5월 7일, 어머니날 백악관 다과회에서 미셸 오바마의 발언.

54 Katherine Skiba, "First Grandma Keeps a Low Profile", *Chicago Tribune*, March 8, 2010.

55 수전 셔와 저자 인터뷰.

56 2010년 5월 7일, 어머니날 백악관 다과회에서 미셸 오바마의 발언.

57 2011년 5월 2일, 《오프라 윈프리 쇼》에서.

58 Michael D. Shear, "Obama Tries Diplomatic Outreach to Israeli Public", *Washington Post*, July 9, 2010.

59 "Harry S. Truman's Diary Book", January 6, 1947. www.trumanlibrary.org/diary/transcript.htm.

60 Oprah Winfrey, "Oprah Talks to Michelle Obama", *O: The Magazine*, April 2009.

61 수전 셔와 저자 인터뷰.

62 Peter Henriques, *Realistic Visionary: A Portrait of George Washington*, p.101.

63 2013년 7월 2일, 탄자니아 다르에스살람에서 미셸 오바마와 로라 부시의 발언.

64 Late Night with Jimmy Fallon, NBC, February 22, 2013.

65 Frank Bruni, "Food You'd Almost Rather Hug Than Eat", *New York Times*, August 2, 2006.

66 Randy Kennedy, "The Obamas Sat Here: Theater Seats to Be Auctioned", NewYorkTimes.com, September 25, 2009.

67 트루퍼 샌더스와 저자 인터뷰.

68 재키 노리스와 저자 인터뷰.

69 Laura Bush, *Spoken from the Heart*, p.288.

70 Ibid.

71 애니타 맥브라이드와 저자 인터뷰.

72 Ibid.

73 재키 노리스와 저자 인터뷰.

74 2009년 4월 2일, 엘리자베스 개릿 앤더슨 학교에서 미셸 오바마의 발언.

75 트루퍼 샌더스와 저자 인터뷰.

76 "'She made us all feel that our goals are achievable'", *Times(London)*, January 9, 2012.

77 2010년 4월 14일, 멕시코시티에서 미셸 오바마의 연설.

78 트루퍼 샌더스와 저자 인터뷰.

13 | 정치와 제정신 사이

1 Michelle Obama, *American Grown: The Story of the White House Kitchen Garden and Gardens Across America*, p.28.

2 Ibid., p.24.

3 Ibid., p.9.

4 Ibid., p.31.

5 Ibid., p.107.

6 조슬린 프라이와 저자 인터뷰.

7 "Too Fat to Fight: Retired Military Leaders Want Junk Food Out of America's Schools", www.missionreadiness.org/2010/too-fat-to-fight.

8 Michelle Obama, *American Grown*, p.174.

9 2010년 2월 9일, 미국 농무부 보도자료.

10 Mark Fainaru-Wada, "Critical Mass Crisis: Child Obesity", ESPN.com, March 26, 2009.

11 Sheryl Gay Stolberg, "Childhood Obesity Battle Is Taken Up by First Lady", *New York Times*, February 10, 2010.

12 2010년 2월 9일, 백악관에서 미셸 오바마의 연설.

13 Parents, March 2008.

14 2010년 2월 9일, 백악관에서 미셸 오바마의 연설.

15 Michelle Obama, *American Grown*, p.17.

16 Mary Tomer, www.Mrs-O.com, March 3, 2009.

17 Kate Betts, *Everyday Icon: Michelle Obama and the Power of Style*, p.107.

18 Maureen Dowd, "Should Michelle Cover Up?", *New York Times*, March 8, 2009.

19 Rylan Duggan, *Totally Toned Arms: Get Michelle Obama Arms in 21 Days*, New York: Grand Central Life&Style, 2010.

20 1781년 토머스 제퍼슨의 버지니아주 연설문.

21 케이티 매코믹 렐리벨트와 저자 인터뷰.

22 이사벨 톨레도와 저자 인터뷰.

23 Ibid.

24 Rheana Murray, "ASOS to Restock Sasha Obama's Beloved Unicorn Sweater", *New York Daily News*, November 21, 2013.

25 "First-Lady Style", *Ebony*, September 2008.

26 루벤 톨레도와 저자 인터뷰.

27 Betts, p.x

28 퍼트리샤 윌리엄스와 저자 인터뷰.

29 Lisa Orkin Emmanuel, "Michlle Obama's Shorts Are Latest Style Flap", Associated Press, August 20, 2009.

30 Ann Strzemien, "Michelle Obama's Shorts: Does the First Lady Have the Right to Bare Legs?", *Huffington Post*, September 13, 2009.

31 Michelle Obama, *106 and Park*, BET, November 19, 2009.

32 케이티 매코믹 렐리벨트와 저자 인터뷰.

33 Rachel Dodes, "Naeem Khan on Designing Michelle Obama's 'Priceless' First State Dinner Dress", *Wall Street Journal*, November 25, 2009.

34 스티븐 콜브와 저자 인터뷰.

35 Robin Givhan, "To Showcase Nation's Arts, First Lady Isn't Afraid to Spotlight the Unexpected", *Washington Post*, July 21, 2010.

36 Givhan, "To Showcase Nation's Arts".

37 Ibid.

38 Laura Brown, "Michelle Obama: America's Got Talent", *Harper's Bazaar*, October 13, 2010.

39 Carol Vogel, "A Bold and Modern White House", *New York Times*, October 7, 2009.

40 Holland Carter, "White House Art: Colors from a World of Black and White", *New York Times*, October 10, 2009.

41 Laura Bush, *Spoken from the Heart*, p.426. Barbara Bush had shown the window to Hillary Clinton, who showed it to Laura Bush, p.166.

42 Michelle Obama, *American Grown*, pp.213~214.

43 Yungi de Nies, Good Morning America, ABC, April 15, 2010.

44 Good Morning America, ABC, March 12, 2012.

45 Oprah Winfrey, "Oprah Talks to Michelle Obama, *O: The Oprah Magazine*, April 2009.

46 Sally Lee, "Michelle Obama's New Mission", *Ladies' Home Journal*, August 2010.

47 Michelle Obama, *106 and Park*, BET, November 19, 2013.

48 Maggie Murphy and Lynn Sherr, "The President and Michelle Obama on Work, Family and Juggling It All", *Parade*, June 22, 2014.

49 Nightline, ABC News, October 8, 2012.

50 "The First Lady Mentors in Denver", video, www.whitehouse.gov, January 10, 2010.

51 Larry King Live, CNN, February 9, 2010.

52 Michelle Obama, appearance with Jimmy Fallon, Tonight Show, NBC, February 2014.

53 Nia-Malika Henderson, "Michelle Obama's Unfolding Legacy", *Washington Post*, February 9, 2011.

54 Jodi Kantor, "The First Marriage", *New York Times*, November 1, 2009.

55 Barack Obama, *Of Thee I Sing: A Letter to My Daughters*, 2010.

56 Sheryl Gay Stolberg and Robert Pear, "Obama Signs Health Care Overhaul Bill, with a Flourish", *New York Times*, March 23, 2010.

57 Peter Baker, "The Education of President Obama", *New York Times*, October 17, 2010.

58 Major Garrett, "Top GOP Priority: Make Obama a One-Term President", *National Journal*, October 23, 2010.

59 Robert Costa, "Gingrich: Obama's 'Kenyan, Anti-Colonial Worldview'", *National Review*, September 11, 2010.

60 Richard A. Oppel Jr., "After Pressing Attacks on Obama, Romney Surrogate Later Apologizes", The Caucus blog, *New York Times*, July 17, 2012.

61 Michael D. Shear, "Citing 'Silliness', Obama Shows Birth Certificate", *New York Times*, April 28, 2011.

62 Gwen Ifill, "Michelle Obama: Beside Barack", *Essence*, November 5, 2008.

63 Kate M. Grossman, "Michelle in the Game: 1st Fundraiser adds $750k Fundraiser to Husband's Campaign", *Chicago Sun-Times*, April 17, 2007.

64 재키 노리스와 저자 인터뷰.

65 Michelle Cottle, "Leaning Out: How Michelle Obama Became a Feminist Nightmare", *Politico*, November 21, 2013.

66 레베카 트레이스터와 저자 인터뷰.

67 퍼트리샤 윌리엄스와 저자 인터뷰.

68 Brittney Cooper, "Lay Off Michelle Obama: Why White Feminists Need to Lean Back", Salon.com, November 29, 2013.

69 Jesse Washington, "Michelle Obama: The Person and the Persona", Associated Press, August 18, 2012; 2015년 5월 9일, 터스키기 대학에서 미셸 오바마의 발언 참고.

70 Krissah Thompson and Vanessa Williams, "Kindred Spirits", *Washington Post*, January 24, 2012.

71 Michel Martin, "What I've Left Unsaid: On Balancing Career and Family as a Woman of Color", *National Journal Magazine*, July 26, 2014.

72 셰릴 휘터커와 저자 인터뷰.

73 "Sharon Malone: The First Lady of Justice", *Essence*, December 16, 2009.

74 1963년 6월 11일, 조지 월리스의 연설. 앨러배마주 소장 자료, www.archives.state.al.us/govs_list/schooldoor.html.

75 "Women's Benefit Council Honors Pretty Vivian Malone", *Chicago Defender*, October 2, 1965.

76 Toni Locy, "D.C. Politics Beckons, Repels Holder; Racial Tensions Have Chilling Effect on Prosecutor's Ambitions", *Washington Post*, December 21, 1996.

77 Isabel Wilkerson, "Holding Fast", *Essence*, September 2012.

78 Ibid.

79 "Sharon Malone: The First Lady of

Justice", *Essence*, December 16, 2009.

80 2011년 11월 30일, 워싱턴 D.C. Partnership for a Healthier America에서 미셸 오바마의 연설.

81 2014년, 워싱턴 D.C.에서 로라 부시, 코키 로버츠와 대화 중 미셸 오바마의 발언.

82 2010년 11월 9일, 에밀리 왁스가 작성해 Washingtonpost.com에 올린 기사, "Michelle Shakes It Up During Visit to India"에 대한 논평.

83 Neil Katz, "Sarah Palin: Americans Have 'God-Given Right' to Be Fat?" CBSnews.com, November 30, 2010.

84 Daniel Bice, "Sensenbrenner Apologizes to First Lady over 'Big Butt' Remark", *Milwaukee Journal-Sentinel*, December 22, 2011.

85 Dana Milbank, "Limbaugh's Anti-Michelle Binge", *Washington Post*, February 27, 2011.

86 Cynthia Lambert and Sarah Linn, "Rodeo Clown Apologizes for Racist Joke About Michelle Obama, *San Luis Obispo Tribune*, September 18, 2012.

87 Jenee Desmond-Harris, "More Nat'l Geographic First Lady Jokes: School Board Member Fired", Theroot.com, May 31, 2013.

88 Katrina A. Goggins, "Ex-SC Official Apologizes for Roast Remark", Associated Press, June 17, 2009.

89 Scott Rothschild, "Speaker O'Neal apologizes for Forwarding an Email That Calls Michelle Obama 'Mrs. YoMama'", *Lawrence Journal-World*,

January 5, 2012.

14 | 소박한 선물

1 Hannah Fischer, "U.S. Military Casualty Statistics", Congressional Research Service, February 5, 2012.

2 2010년 10월 26일, 캘리포니아주 롱비치, 여성협회에서 미셸 오바마의 발언.

3 조슬린 프라이와 저자 인터뷰.

4 Ibid.

5 2013년 12월 19일, Keepin' It Real with Reverend Al Sharpton에서 미셸 오바마의 발언.

6 2010년 10월 26일, 캘리포니아주 롱비치, 여성협회에서 미셸 오바마의 발언.

7 브래드 쿠퍼와 저자 인터뷰.

8 제이슨 뎀프시와 저자 인터뷰.

9 재키 노리스와 저자 인터뷰.

10 제이슨 뎀프시와 저자 인터뷰.

11 2013년 2월 25일, 미국 주지사협회에서 미셸 오바마의 발언.

12 "2012 Demographics: Profile of the Military Community", Department of Defense, pp.40~41.

13 매슈 맥과이어와 저자 인터뷰.

14 Reginald Rogers, "First Lady Visits Fort Bragg, Vows Support for Military Families", American Forces Press Service, March 13, 2009.

15 2008년 2월 29일, 휴스턴에서 버락 오바마의 발언.

16 2011년 1월 12일, 투손에서 버락 오바마의 발언.

17 수전 셔와 저자 인터뷰.

18 2011년 1월 13일, 미셸 오바마가
부모에게 쓴 편지.

19 Sheryl Gay Stolberg, "After a Year of
Learning, the First Lady Seeks Out a
Legacy", *New York Times*, January 14,
2010.

20 케이티 매코믹 렐리벨트와
저자 인터뷰.

21 재키 노리스와 저자 인터뷰.

22 조슬린 프라이와 저자 인터뷰.

23 "The Miami Heat at the White House:
Healthy Tips from NBA Champions",
YouTube, 2014.

24 Carol D. Leonnig, "Secret Service
Fumbled Response After Gunman Hit
White House Residence in 2011",
Washington Post, September 28, 2014.

25 Ibid.

26 Carol D. Leonnig, "White House
Fence-Jumper Made It Far Deeper into
Building Than Previously Known",
Washington Post, September 29, 2014.

27 2010년 3월 16일,
미국식품제조협회에 한
미셸 오바마의 발언.

28 케이티 매코믹 렐리벨트와
저자 인터뷰.

29 Partnership for a Healthier America,
2014 website.

30 Matea Gold and Kathleen Hennessey,
"First Lady's Food Effort Stumbles",
Los Angeles Times, July 21, 2013.

31 Dave Boyer, "First Lady's Spanish
Vacation Cost Taxpayers $467K,
Critics Estimate", *Washington Times*,
April 27, 2012.

32 Lynn Sweet, "Michelle Obama at
Luxury Spanish Resort: Gibbs Asked
About 'the Appearance' of Trip",
Chicago Sun Times, August 5, 2010.

33 Brian Montopoli, "487 Days at Camp
David for Bush", CBSnews.com,
January 16, 2009.

34 애니타 맥브라이드와 저자 인터뷰.

35 케이티 매코믹 렐리벨트와 저자
인터뷰.

36 Shaila Dewan, "Zero Job Growth Latest
Bleak Sign for Economy", *New York
Times*, September 2, 2011.

37 2011년 8월, NBC · 월스트리트 저널
여론 조사.

38 데이비드 액설로드와 저자 인터뷰.

39 Nia-Malika Henderson, "Legacy in the
Making", *Washington Post*, February 9,
2011.

40 Katherine Skiba, "First Lady Set for
Big Campaign Role", *Chicago Tribune*,
September 1, 2011.

41 2011년 8월, 폭스 뉴스 여론조사.

42 Tom Bell, "First Lady Visits Maine
Today", *Portland Press Herald*,
September 30, 2011.

43 2011년 9월 30일, 백악관 속기록.
메인주 포틀랜드에서 미셸 오바마의
발언.

44 Nancy Benac, "First Lady a Not So
Secret Campaign Weapon", Associated
Press, September 29, 2011.

45 David Axelrod, *The Believer*, p.5.

46 데이비드 액설로드와 저자 인터뷰.

47 2012년 2월 22일, 호프 헌들리와

저자 인터뷰.

48 Mark Halperin and John Heilemann, *Double Down: Game Change 2012*, p.35.

49 재키 노리스와 저자 인터뷰.

50 Rosemary Ellis, "A Conversation with Michelle Obama", *Good Housekeeping*, November 2008, www.goodhouse keeping.com/family/celebrity-interviews/michelle-obama-interview.

51 Hazel Trice Edney, "White House Celebrates Black Press Week", *Washington Informer*, March 26, 2009.

52 케이퍼스 퍼니에와 저자 인터뷰.

53 Robin Givhan, "We've Gotten a Lot Done, Michelle Obama Says of Year One as First Lady", *Washington Post*, January 14, 2010.

54 Jodi Kantor, "First Lady's Fraught White House Journey to Greater Fulfillment", *New York Times*, January 7, 2012.

55 Gayle King, This Morning, CBS, January, 11, 2012.

56 "Obama Tells You to Sacrifice While Moochelle Vacations in Spain", Rush Limbaugh Show, August 10, 2010.

57 Katherine Mangu-Ward, "Young, Wonky and Proud of It: Wisconsin Republican Paul Ryan Makes Waves", *Weekly Standard*, March 2003.

58 David Corn, "Romney Tells Millionaire Donors What He REALLY Thinks of Obama Voters", *Mother Jones*, September 17, 2012.

59 2012년 6월 28일, 아프리칸 감리교회 주교회의에서 미셸 오바마의 발언.

60 Barack Obama, *Audacity of Hope*, p.118.

61 2012년 9월 4일, 민주당 전당대회에서 훌리안 카스트로의 발언.

62 데이비드 액설로드와 저자 인터뷰.

63 Felicia Sonmez, "Romney: Wife Ann Drives a Couple of Cadillacs", Washingtonpost.com, February 24, 2012.

64 Jack Thomas, "Ann Romney's Sweetheart Deal", *Boston Globe*, October 20, 1994.

65 2012년 11월 5일, 아이오와주 디모인에서 미셸 오바마의 발언.

15 | 당신과 다르지 않아요

1 Jennifer Delgado, Bridget Doyle and Jeremy Gorner, "Teen's Killing Ignites Widespread Outrage", *Chicago Tribune*, January 31, 2013.

2 2013년 4월 10일, 시카고에서 미셸 오바마의 발언.

3 2014년 9월 8일, 조지아주 애틀랜타, 상원의원 후보 미셸 넌 지지행사에서 미셸 오바마의 발언.

4 Ari Shapiro, "We Have to Do More: Michelle Obama's Next Four Years", NPR, April 12, 2013; Philip Rucker and Krissah Thompson, "An Increasingly Activist Michelle Obama?", *Washington Post*, April 10, 2013.

5 Michelle Obama, *Keepin' It Real with Reverend Al Sharpton*, December 19, 2013.

6 2013년 12월 18일, 백악관에서 미셸 오바마의 발언.

7 Courtland Milloy, "Michelle Obama's Oscars Appearance Was an Unbecoming Frivolity", *Washington Post*, February 27, 2013.

8 Maggie Murphy and Lynn Sherr, "Michelle Obama on the Move", *Parade*, August 15, 2013.

9 "Oprah Talks to Michelle Obama, *O: The Oprah Magazine*, April 2009.

10 Katherine Skiba, "Michelle Obama's 50th: 'Such a Fun, Fun Party'", *Chicago Tribune*, January 19, 2014.

11 Colleen Kane, "Parker Meets Michelle Obama,Speaks to Youth During Busy Week", *Chicago Tribune*, February 28, 2013.

12 Bruce Drake and Seth Motel, "Americans Like Michelle Obama, Except for Conservative Republicans", Pew Research Center, February 10, 2014.

13 아르네 던컨과 저자 인터뷰.

14 Linton Weeks, "The Cultish Appeal of Michelle Obama, NPR.org. February 19, 2014.

15 존 로저스와 저자 인터뷰.

16 셰릴 휘터커와 저자 인터뷰.

17 2013년 4월 10일, 시카고에서 미셸 오바마의 발언.

18 2013년 4월 17일, 로즈 가든에서 버락 오바마의 발언.

19 Michelle Obama, "The World as It Should Be", *The Advocate*, August 27, 2008; 2008년 6월 26일, 뉴욕에서 민주당전국위원회, 게이와 레지비언지도위원회를 상대로 미셸 오바마가 한 발언.

20 2007년 10월 23일, 캘리포니아주 롱비치 여성협회에서 미셸 오바마.

21 제인 색스와 저자 인터뷰.

22 크리슈나 골든과 저자 인터뷰.

23 Kerry Eleveld, "It's Not Just About the Hair", *The Advocate*, August 27, 2008.

24 Tracy Baim, "Obama Changed Views on Gay Marriage", *Windy City Times*, January 14, 2009.

25 Ibid.

26 2012년 5월 9일, ABC 뉴스, 로빈 로버츠의 버락 오바마 인터뷰.

27 Jo Becker, *Forcing the Spring: Inside the Fight for Marriage Equality*, New York: Penguin, 2014, p.296.

28 Ibid.

29 2014년 6월 30일, 백악관 프라이드 축하행사에서 버락 오바마의 발언.

30 데이비드 액설로드와 저자 인터뷰.

31 2014년 4월 21일, 켈리 및 마이클과 생방송에서 미셸 오바마.

32 Maggie Murphy and Lynn Sherr, "Michelle Obama on the Move", *Parade*, August 15, 2013.

33 Jonathan Van Meter, "Leading by Example", *Vogue*, April 2013.

34 2013년 5월 9일, 어머니날 백악관 다과회에서 미셸 오바마의 발언.

35 2014년 5월 12일, 어머니날 백악관 다과회에서 미셸 오바마의 발언.

36 2013년 4월 10일, 시카고에서 미셸 오바마의 발언.

37 2011년 11월 8일, 조지타운 대학에서 미셸 오바마의 발언.

38 David Remnick, "Going the Distance: On and Off the Road with Barack Obama", *New Yorker*, January 27, 2014.

39 DeNeen L. Brown, "Iconic Moment Finds a Space at White House", *Washington Post*, August 29, 2011.

40 2013년 5월 17일, 보위 주립대학 졸업식에서 미셸 오바마의 연설.

41 2013년 5월 19일, 모어하우스 대학 졸업식에서 버락 오바마의 연설.

42 Ta-Nehisi Coates, "How the Obama Administration Talks to Black America", *Atlantic*, May 20, 2013.

43 Remnick, "Going the Distance".

44 Randall Kennedy, "Did Obama Fail Black America?", *Politico Magazine*, July · August 2014.

45 2009년 2월 18일, 에릭 홀더의 흑인 역사의 달(2월)에 대한 발언.

46 짐 몽고메리와 저자 인터뷰.

47 2014년 2월 27일, '내 형제의 보호자'에 대한 버락 오바마의 발언.

48 2014년 3월 12일, 백악관 속기록.

49 Food Resource and Action Center, October 2011, http://frac.org/about.

50 2012년 1월 25일, 버지니아주 알렉산드리아에서 미셸 오바마의 발언.

51 2013년 9월 12일, 워싱턴 D.C.에서 미셸 오바마의 발언.

52 Michelle Obama, "The Campaign for Junk Food", *New York Times*, May 28, 2014.

53 Ibid.

54 2014년 6월 12일, 백악관에서 미셸 오바마의 발언.

55 Kathleen Curthoys, "Helping Homeless Vets", *Army Times*, August 11, 2014.

56 2014년 11월 10일, 버지니아주 알링턴, 여성 제대군인 지원 사업 회의에서 미셸 오바마의 발언.

57 2013년 4월 10일, 시카고에서 미셸 오바마의 발언.

58 Ibid.

59 Martha J. Bailey and Susan M. Dynarsk, White House fact sheet, "Increasing College Access for Low-Income Students", January 2014.

60 "Education at a Glance 2013", Organization for Economic Cooperation and Development.

61 Sidwell Friends School, website.

62 2014년 1월 16일, 백악관에서 고등교육에 대한 버락 오바마의 발언.

63 2014년 1월 15일, 백악관에서 미셸 오바마의 발언.

64 Ibid.

65 2014년 9월 8일, 애틀랜타에서 미셸 오바마의 발언.

에필로그

1 2014년 9월 8일, 애틀랜타에서 미셸 오바마의 발언.

2 Editorial, "The Worst Voter Turnout in 72 Years", *New York Times*, November 11, 2014.

3 Pew Research Center, "King's Dream
   Remains an Elusive Goal", August 22,
   2013.

4 2014년 5월 17일, 캔자스주
   토피카에서 미셸 오바마의 발언.

5 마샤 섀틀레인과 저자 인터뷰.

6 2012년 9월 5일, 민주당
   전당대회에서 미셸 오바마의 연설.

7 Jackie Calmes, "When a Boy Found a
   Familiar Feel in a Pat of the Head of
   State", *New York Times*, May 24, 2012.

8 2012년 6월 28일, 테네시주 네슈빌
   African Methodist Episcopal Church
   General Conference에서
   미셸 오바마의 발언.

9 2011년 2월 25일, 백악관에서
   미셸 오바마의 발언.

10 "Power. Passions. Work. Mothers. And
   Sting.", *More*, July · August 2015.

11 2011년 11월 8일, 조지타운
   대학에서 미셸 오바마의 발언.

12 BET Honors, January 14, 2012.

13 2014년 6월 7일, 노스캐롤라이나주
   윈스턴세일럼에서 미셸 오바마의
   발언.

참고 문헌

Algren, Nelson. *Chicago: City on the Make*. Chicago: University of Chicago Press, 2011.

Axelrod, David. *The Believer: My Forty Years in Politics*. New York: Penguin Press, 2015.

Balz, Dan and Haynes Johnson. *The Battle for America 2008: The Story of an Extraordinary Election*. New York: Viking, 2009.

Bell, Geneva. *My Rose: An African American Mother's Story of AIDS*. Cleveland: United Church Press, 1997.

Betts, Kate. *Everyday Icon: Michelle Obama and the Power of Style*. New York: Clarkson Potter, 2011.

Black, Timuel D., Jr. *Bridges of Memory: Chicago's First Wave of Black Migration*. Evanston, Ill: Northwestern University Press, 2005.

Bowen, William G. and Derek Bok. *The Shape of the River: Long-Term Consequences of Considering Race in College and University Admissions*. Princeton, N.J.: Princeton University Press, 1998.

Boyer, John W. *A Hell of a Job Getting It Squared Around: Three Presidents in Times of Change; Ernest D. Burton, Lawrence A. Kimpton and Edward H. Levi*. Chicago: University of Chicago Press, 2013.

Branch, Taylor. *At Canaan's Edge: America in the King Years, 1965-68*. New York: Simon&Schuster, 2006.

Burroughs, Margaret Taylor. *Life with Margaret: The Official Autobiography*. Chicago: In Time Pub and Media Group, 2003.

Bush, Laura. *Spoken from the Heart*. New York: Scribner, 2010.

Cheney, Anne. *Lorraine Hansberry*. Boston: Twayne, 1984.

Cohen, Adam and Elizabeth Taylor. *American Pharaoh: Mayor Richard J. Daley? His Battle for Chicago and the Nation*. Boston: Little, Brown, 2000.

Despres, Leon M., with Kenan Heise. *Challenging the Daley Machine: A Chicago Alderman's Memoir*. Evanston, Ill.: Northwestern University Press, 2005.

de Vise, Pierre. *Chicago's Widening Color Gap*. Chicago: Community and Family Study Center, University of Chicago, 1967.

Drake, St. Clair and Horace R. Cayton. *Black Metropolis: A Study of Negro Life in a Northern City*. Chicago: University of Chicago Press, 1993.

Du Bois, W.E.B. *The Souls of Black Folk*. New York: Oxford University Press, 2007.

Givhan, Robin. *Michelle Obama: Her First Year as First Lady*. Chicago: Triumph Books, 2010.

Green, Adam. *Selling the Race: Culture, Community and Black Chicago, 1940-1955*. Chicago: University of Chicago Press, 2007.

Grimshaw, William L. *Bitter Fruit: Black Politics and the Chicago Machine, 1931-1991*. Chicago: University of Chicago Press, 1992.

Grossman, James R. *Land of Hope: Chicago, Black Southerners and the Great Migration*. Chicago: University of Chicago Press, 1989.

Grossman, James R., Ann Durkin Keating and Janice L. Reiff(eds.), *The Encyclopedia of Chicago*. Chicago: University of Chicago Press, 2004.

Halperin, Mark and John Heilemann. *Double Down: Game Change 2012*. New York: Penguin, 2013.

Hansberry, Lorraine. *A Raisin in the Sun*. New York: Vintage Books, 1994.

——. *To Be Young, Gifted and Black*, New York, Signet Classics, 2011.

Henriques, Peter R. *Realistic Visionary: A Portrait of George Washington*. Charlottesville: University of Virginia Press, 2006.

Hirsch, Arnold R. *Making the Second Ghetto: Race&Housing in Chicago, 1940-1960*. Chicago: University of Chicago Press, 1998.

Hofstadter, Richard. *The American Political Tradition and the Men Who Made It*. New York: Alfred A. Knopf, 1973.

Jamison, Judith, with Howard Kaplan. *Dancing Spirit: An Autobiography*. New York: Doubleday, 1993.

Kantor, Jodi. *The Obamas*. New York: Little, Brown, 2012.

Kennedy, Randall. *The Persistence of the Color Line: Racial Politics and the Obama Presidency*. New York: Pantheon, 2011.

Kretzmann, John P. and John L. McKnight. *Building Communities from the Inside Out: A Path Toward Finding and Mobilizing a Community's Assets*. Skokie, Ill.: ACTA Publications, 1993.

Leeson, Richard M. *Lorraine Hansberry: A Research and Production Sourcebook*. Westport, Conn.: Greenwood Press, 1997.

Lemann, Nicholas. The Promised Land: *The Great Black Migration and How It Changed America*. New York: Vintage Books, 1992.

Maraniss, David. *Barack Obama: The Story*. New York: Simon&Schuster, 2012.

Marton, Kati. *Hidden Power: Presidential Marriages That Shaped Our Recent History*. New York: Pantheon Books, 2001.

McClain, Leanita. *A Foot in Each World: Essays and Articles by Leanita McClain*. Evanston, Ill., Northwestern University Press, 1986.

Mendell, David. *Obama: From Promise to Power*. New York: Amistad, 2007.

Mundy, Liza. *Michelle: A Biography*. New York: Simon&Schuster, 2009.

Obama, Barack. *The Audacity of Hope: Thoughts on Reclaiming the American Dream*. New York: Crown Publishers, 2006.

——. *Dreams from My Father: A Story of Race and Inheritance*. New York: Three Rivers Press, 2004.

——. *Of Thee I Sing: A Letter to My Daughters*. New York: Alfred A. Knopf, 2010.

Obama, Michelle. *American Grown: The Story of the White House Kitchen Garden and Gardens Across America*. New York: Crown Publishers, 2012.

Patrick, Deval. *A Reason to Believe: Lessons from an Improbable Life*. New York: Broadway, 2011.

Plouffe, David. *The Audacity to Win: The Inside Story and Lessons of Barack Obama's Historic Victory*. New York: Viking, 2009.

Powell, Colin L., with Joseph E. Persico. *My American Journey*. New York: Random House, 1995.

Remnick, David. *The Bridge: The Life and Rise of Barack Obama*. New York: Alfred A. Knopf, 2010.

——. *King of the World: Muhammad Ali and the Rise of an American Hero*. New York: Random House, 1998.

Robinson, Craig. *A Game of Character: A Family Journey from Chicago's Southside to the Ivy League and Beyond*. New York: Gotham Books, 2010.

Royko, Mike. *Boss: Richard J. Daley of Chicago*. New York: Plume, 1971.

Satter, Beryl. *Family Properties: Race, Real Estate and the Exploitation of Black Urban America*. New York: Metropolitan Books, 2009.

Schmitz, Paul. *Everyone Leads: Building Leadership from the Community Up*. San Francisco: Jossey-Bass, 2012.

Scott, Janny. *A Singular Woman: The Untold Sory of Barack Obama's Mother*. New York: Riverhead Books, 2011.

Sugrue, Thomas J. *Not Even Past: Barack Obama and the Burden of Race*. Princeton, N.J.: Princeton University Press, 2010.

Swarns, Rachel L. *American Tapestry: The Story of the Black, White and Multiracial Ancestors of Michelle Obama*. New York: Amistad, 2012.

Tomer, Mary. *Mrs. O: The Face of Fashion Democracy*. New York: Center Street, 2009.

Travis, Dempsey J. *An Autobiography of Black Chicago*. Chicago: Urban Research Institute, 1981.

——. *An Autobiography of Black Jazz*. Chicago: Urban Research Institute, 1983.

——. *An Autobiography of Black Politics*. Chicago: Urban Research Press, 1987.

Tufankjian, Scout. *Yes We Can: Barack Obama's History-Making Presidential Campaign*. New York: powerHouse Books, 2008.

Turow, Scott. *One L: The Turbulent True Story of a First Year at Harvard Law School*. New York: Penguin, 2010.

Williams, Marjorie. *The Woman at the Washington Zoo: Writings on Politics, Family and Fate*. New York: Public Affairs, 2005.

Willis, Deborah and Kevin Merida. *Obama: The Historic Campaign in Photographs*. New York: Amistad, 2008.

Wilson, August. *Joe Turner's Come and Gone*. New York: Theater Communications Group, 2007.

Wilson, William Julius. *The Declining Significance of Race: Blacks and Changing American Institutions*. Chicago: University of Chicago Press, 1980.

Wright, Bruce. *Black Robes, White Justice*. Secaucus, N.J.: Lyle Stuart, 1987.

Wright, Richard. *Black Boy*. New York: Harper Perennial, 1993.